Clive Cussler · Akte Atlantis

Clive Cussler

Akte Atlantis

Roman

Ins Deutsche übertragen
von Oswald Olms

Blanvalet

Die Originalausgabe erschien unter dem Titel
»Atlantis Found«
bei G. P. Putnam's Sons, New York.

Umwelthinweis
Dieses Buch und der Schutzumschlag wurden auf
chlorfrei gebleichtem Papier gedruckt.
Die Einschrumpffolie (zum Schutz vor Verschmutzung) ist aus
umweltschonender und recyclingfähiger PE-Folie.

Der Blanvalet Verlag
ist ein Unternehmen der Verlagsgruppe Random House

1. Auflage

Satz: Uhl+Massopust, Aalen
Druck und Bindung: GGP Media, Pößneck
Printed in Germany
ISBN 3-7645-0106-5
www.blanvalet-verlag.de

Einschlag

Kometeneinschlag in der Hudson Bay

7120 v. Chr.
Im Gebiet der heutigen Hudson Bay, Kanada

Der Eindringling kam von weit draußen. Ein schemenhafter Himmelskörper, so alt wie das Universum selbst, entstanden inmitten einer riesigen Wolke aus Eis, Gestein, Staub und Gasen, als vor 4,6 Milliarden Jahren die äußeren Planeten des Sonnensystems Gestalt annahmen. Nachdem die einzelnen Partikel zu einem festen Klumpen mit einem Durchmesser von etwa anderthalb Kilometern erstarrt waren, streifte er lautlos durch die Leere des Weltalls und trat in eine Kreisbahn ein, die ihn in einer viele tausend Jahre währenden Wanderschaft um eine ferne Sonne und wieder auf halbem Weg hinaus zum nächstgelegenen Stern führte.

Den Kern oder Nukleus des Kometen bildete eine Verbindung aus gefrorenem Wasser, Kohlenmonoxid, Methangas und schartigen Blöcken aus metallischem Gestein. Ein schmutziger Schneeball, der, wie von Gotteshand geworfen, durch das Weltall flog, so ließe er sich am ehesten beschreiben. Doch als er an der Sonne vorbeiraste und in weitem Bogen den Rückweg in die Weiten jenseits des Sonnensystems antrat, wirkte die Sonnenstrahlung auf den Kern ein, und er machte eine wundersame Verwandlung durch. Das hässliche Entlein mauserte sich zu einer strahlenden Schönheit.

In der Hitze und dem ultravioletten Licht der Sonne bildete sich eine nebelartige Hülle um den Kern, die so genannte Koma, die sich allmählich zu einem gewaltigen, leuchtend blauen Schweif auswuchs, den der Komet hundertfünfzig Millionen Kilometer weit hinter sich her schleppte. Zudem entstand ein zweiter, kürzerer Schweif aus weißem Dunst, rund anderthalb Millionen Kilometer breit, der sich wie eine Fischflosse zu beiden Seiten auswölbte.

Jedes Mal wenn der Komet in die Nähe der Sonne kam, verdampfte mehr von dem eisigen Kern. Irgendwann, in etwa zweihundert Millionen Jahren, wenn seine ganze Masse verdampft sein würde, würde er auseinander brechen und in eine Staubwolke und einen Meteoritenschwarm zerfallen. Dieser Komet jedoch sollte nie wieder die Sonne umrunden und auf seine Kreisbahn weit hinaus ins All einschwenken. Ihm war kein langsames, kaltes Erlöschen draußen in der ewigen Schwärze des Weltraums beschieden. Binnen kürzester Zeit sollte er vergehen. Denn auf dieser, seiner letzten Umlaufbahn flog er nur mehr anderthalb Millionen Kilometer am Jupiter vorbei, geriet in dessen gewaltige Anziehungskraft und wurde aus der Bahn geschleudert, auf Kollisionskurs mit dem dritten Planeten des Sonnensystems, einem Planeten, der von seinen Bewohnern Erde genannt wurde.

Mit einer Geschwindigkeit von zweihunderttausend Stundenkilometern und durch die Erdanziehung immer schneller werdend, tauchte der Komet in einem Winkel von fünfundvierzig Grad in die Atmosphäre ein, ein anderthalb Kilometer breiter Klumpen, vier Milliarden Tonnen schwer, der eine feurige Woge vor sich her schob, bis er unter der Reibungshitze in tausend Teile zerbarst. Sieben Sekunden später schlug er als gleißender Feuerball auf der Erde ein. Durch die jähe Freisetzung kinetischer Energie wurde beim Aufprall ein Krater aufgerissen, der doppelt so groß war wie Hawaii und aus dem gewaltige Erd- und Wassermassen verdampften und verdrängt wurden.

Die gesamte Erde erzitterte unter dem seismischen Schock, der einem Beben der Stärke 12 auf der Richterskala entsprach. Millionen Tonnen Wasser, Sedimente und Trümmer wurden über der Einschlagstelle in die Atmosphäre und Stratosphäre emporgeschleudert, dazu riesige Wolken aus pulverisiertem, glühendem Gestein, aus denen lodernde Meteoriten zurück auf die Erde fielen. Feuerstürme vernichteten weltweit die Wälder. Vulkane, die seit Jahrtausenden untätig gewesen waren, brachen aus und begruben Millionen von Quadratkilometern Land unter einer bis zu dreihundert Meter dicken Schicht aus glutflüssiger Lava. So gewaltig waren die Qualmwolken und Trümmermassen, die in die Atmosphäre gerieten und dort von tobenden Winden weithin verweht wurden, dass nahezu ein Jahr lang kein Sonnenstrahl hindurchdrang und die Temperaturen auf der in Dunkelheit gehüllten Erde unter den Gefrierpunkt sanken. Tiere, die an tropische und gemäßigte Klimazonen gewöhnt waren, starben über Nacht aus. Viele davon, so zum Beispiel die Mammuts, erstarrten an Ort und Stelle zu Eis, mitten auf ihrer Sommerweide, mit unverdauten Gräsern und Blumen im Magen. Bäume mitsamt ihrer Blätter und Früchte wurden durch den Kälteschock tiefgefroren. Tagelang fielen Fische, die an der Einschlagstelle emporgeschleudert worden waren, vom schwarz verhangenen Himmel.

Bis zu fünfzehn Kilometer hohe Wogen prallten auf die Kontinente und fegten mit verheerender Zerstörungskraft über das angrenzende Land hinweg. Wassermassen überschwemmten die tief gelegenen Küstenebenen, fluteten hunderte von Kilometern weit ins Inland und vernichteten alles, was ihnen in den Weg geriet. Zahllose Tonnen Schlick und andere Ablagerungen vom Meeresboden wurden ins Tiefland gespült. Erst als die mächtige Flutwelle an den Fuß der Gebirgsmassive prallte, brach sie sich und wich langsam wieder zurück, doch dabei veränderte sie den Verlauf ganzer Flüsse, füllte vordem trockene Landsenken mit Salzwasser und verwandelte Seen in Wüsteneien.

Die durch den Einschlag ausgelöste Kettenreaktion schien nicht enden zu wollen.

Mit einem leisen Grollen, das zu einem fortwährenden Donnergetöse anschwoll, gerieten die Berge ins Schwanken, und an ihren Flanken gingen Lawinen nieder. Wüsten und Savannen wogten unter der Wucht der Naturgewalten, als die Ozeane erneut aufgewühlt wurden und ins Binnenland brandeten. Durch den Aufprall des Kometen war die dünne Erdkruste in Bewegung geraten. Die äußere Schicht, knapp sechzig Kilometer dick und auf der fließfähigen oberen Schicht des Mantels liegend, verrutschte, wie von unsichtbarer Hand bewegt, in einem Stück – vergleichbar mit einer Grapefruit, bei der man die Schale entfernt und wieder um die Frucht legt. Ganze Kontinente wurden verschoben. Hügel falteten sich zu Gebirgsmassiven auf. Im Pazifischen Ozean verschwanden ganze Inseln, und neue tauchten aus dem Wasser auf. Die Antarktis, die zuvor westlich von Chile gelegen hatte, verlagerte sich über dreitausend Kilometer weit gen Süden, wo sie unter einer rasch dicker werdenden Eisschicht begraben wurde. Die riesigen Packeisfelder, die einstmals westlich von Australien im Indischen Ozean trieben, befanden sich nun in einer gemäßigten Klimazone und schmolzen binnen kurzer Zeit ab. Das Gleiche galt für den Nordpol, der einst vom nördlichen Kanada bedeckt wurde und nun mitten im Meer lag, wo sich bald mächtige Eismassen bildeten.

Ohne Unterlass wüteten die Elemente, tobten Feuersbrünste und bebte die Erde. Auf Grund der fortwährenden Verwerfung der dünnen äußeren Kruste reihte sich eine Katastrophe an die nächste. Das jähe Abschmelzen der Packeisfelder wie auch der Gletscher auf den Kontinenten, die sich mit einem Mal in warme Klimazonen verschoben, führte dazu, dass der Meeresspiegel um rund hundertzwanzig Meter stieg, sodass all das Land, das bereits bei der durch den Einschlag ausgelösten Flutwelle überschwemmt worden war, endgültig versank. Binnen eines Tages wurde Großbritannien, das bislang durch eine trockene Tiefebene mit dem angrenzenden Kontinent verbunden war, zu einer Insel. Anderswo, zum Beispiel dort, wo sich seither der Persische Golf befindet, wurden ganze Wüsten überflutet. Der Nil, der einst in ein weites, fruchtbares Tal strömte und dann zum großen Ozean im Westen strebte, mündete nun in ein jäh entstandenes Mittelmeer.

Mit einem Wimpernschlag, geologisch gesehen jedenfalls, war die letzte große Eiszeit zu Ende gegangen.

Das plötzliche Ansteigen der Ozeane und der neue Verlauf der Meeresströmungen führten zudem zu einer Verlagerung der Pole, wodurch der ganze Erdball aus dem Gleichgewicht geriet. Zeitweise verschob sich die Erdachse um bis zu zwei Grad, als Nord- und Südpol sich verlagerten, wodurch sich auch die Umdrehungsgeschwindigkeit des Globus veränderte. Die Meere passten sich an die neuen Gegebenheiten an, ehe die Erde sich dreimal gedreht hatte. Das Festland indes beruhigte sich nicht so schnell. Dort bebte die Erde noch monatelang.

Achtzehn Jahre lang tobten wilde Stürme mit gewaltigen Windgeschwindigkeiten über das Land, zerfetzten und vernichteten alles, was ihnen im Weg stand, bis die Pole schließlich zur Ruhe kamen und mit ihnen die Erdachse, die sich nun in neuem Winkel neigte. Im Lauf der Zeit gerieten die Meere wieder ins Lot, die klimatischen Bedingungen normalisierten sich, und neue Küstenabschnitte entstanden. Manche Abweichungen aber wirkten sich nachhaltig aus. So veränderte sich die Abfolge von Tag und Nacht, und die Anzahl der Tage im Jahr verringerte sich um zwei.

Hunderte, vermutlich tausende höherer und niederer Tierarten wurden auf der Stelle ausgelöscht. Auf dem amerikanischen Doppelkontinent starben das einhöckerige Kamel, das Mammut, ein eiszeitliches Pferd und das Riesenfaultier aus. Zudem verschwanden die Säbelzahntiger, riesige Vögel mit einer Flügelspannweite von bis zu acht Metern und viele andere große Tiere, fast alle ein Opfer von Rauchvergiftung und den vulkanischen Gasen.

Auch die Flora blieb nicht vom Untergang verschont. Die Pflanzen an Land, die nicht durch Feuersbrünste zu Asche wurden, gingen mangels Sonnenlicht ein, ebenso die Algen im Meer. Letzten Endes wurden über fünfundachtzig Prozent allen irdischen Lebens durch Überschwemmungen, Brände, Stürme, Lawinen und giftige Dämpfe vernichtet, oder sie verhungerten schließlich.

Zahllose menschliche Zivilisationsformen, viele davon durchaus hoch entwickelt, und aberhunderte aufstrebende Kulturen, die sich an der Schwelle zu einem goldenen Zeitalter befanden, wurden binnen eines schrecklichen Tages und der darauf folgenden Nacht ausgelöscht. Millionen Menschen auf Erden, Männer, Frauen und Kinder, starben einen grauenvollen Tod. Sämtliche Zeugnisse früherer Kulturen waren für immer dahin, und den wenigen erbarmungswürdigen Überlebenden blieben nichts als dunkle Erinnerungen an eine glorreiche Vergangenheit. Ein Zeitalter war versunken, in dem sich die Menschheit ununterbrochen fortentwickelt hatte, eine zehntausend Jahre währende Wegstrecke, auf der aus schlichten Jägern und Sammlern des Cromagnon Könige und Architekten, Steinmetze, Künstler und Krieger geworden waren. Ihre Werke wie auch ihre sterblichen Überreste waren in den Fluten der neu entstandenen Meere verschwunden, sodass nur mehr bruchstückhafte Überreste dieser einstigen Hochkulturen blieben. Denn ganze

Städte und Staatenbünde waren binnen weniger Stunden spurlos vom Antlitz der Erde getilgt worden. Eine Katastrophe von so gewaltigen Ausmaßen war über sie hereingebrochen, dass hinterher nahezu nichts mehr von den geistigen Errungenschaften früherer Zivilisationen kündete.

Die Menschen, die das Inferno überlebt hatten, siedelten zumeist in den höheren Lagen der Gebirge, wo sie in Höhlen Unterschlupf vor den tobenden Elementen fanden. Steinzeitliche Nomaden waren sie, ganz anders als die Menschen, die sich entlang der Flussläufe und an den Küsten niedergelassen und längst die Bronze als Werkstoff entdeckt hatten. Es war, als ob die Menschheit mit einem Mal ihrer klügsten Köpfe beraubt worden wäre, ihrer Leonardos, Picassos und Einsteins, deren Erkenntnisse auf immer verloren waren, denn von nun an wurde die Welt wieder von primitiven Jägerhorden beherrscht – ganz ähnlich, wie es Jahrtausende später geschah, als nach langer Dekadenz und kreativem Stillstand das ruhmreiche Rom und mit ihm das Vermächtnis der griechischen Kultur unterging. Neusteinzeitliche Völkerscharen traten nun an die Stelle der einstigen Hochkulturen – ein düsteres Zeitalter brach an, das mindestens zweitausend Jahre währen sollte. Allmählich, ganz allmählich nur trat die Menschheit wieder aus dem Dunkel der Geschichte hervor, schwang sich zu neuen Zivilisationsformen auf und schuf in Ägypten und Mesopotamien erneut Staaten und Städte.

Eine verschwindend geringe Zahl jener begabten Baumeister und großen Denker überlebte den Untergang ihrer Kultur und konnte sich in höhere Regionen durchschlagen. Da ihnen bewusst war, dass die Errungenschaften ihrer Zivilisationen unwiederbringlich verloren waren, widmeten sie sich einer neuen Aufgabe: Im Lauf vieler Jahrhunderte errichteten sie rätselhafte Megalithdenkmäler – mächtige, aufrecht stehende Steine, Steinkreise und Hünengräber, die man in ganz Europa und Asien, auf den Inseln des Pazifischen Ozeans und im südlichen Amerika findet. Auch als die Erinnerung an ihr großes Vermächtnis längst verblasst war, als sich nur mehr Mythen um sie rankten, gemahnten ihre Monumente an die fürchterliche Verwüstung und das Massensterben und dienten künftigen Generationen zur Warnung vor der nächsten Katastrophe. Doch im

Lauf des nächsten Jahrtausends vermischten sich ihre Nachkommen mit den Sprösslingen der Nomadenvölker, und das alte Brauchtum und das Wissen um eine höher entwickelte Welt gerieten in Vergessenheit.

Noch Jahrhunderte nach der großen Katastrophe wagten sich die Menschen nicht aus den Bergen herab, hatten sie eine heilige Scheu davor, im Tiefland oder gar an der Küste zu siedeln. Dass es Völker gegeben hatte, die einst die Meere befahren hatten, war nur noch eine Sage aus alter Zeit. Keiner wusste mehr, wie man Schiffe baute oder sie segelte; all dies musste von späteren Generationen neu erfunden werden, die ihre Urahnen schlichtweg als Götter verehrten.

All diese vernichtende Gewalt wurde durch einen Brocken aus dreckigem Eis ausgelöst, kaum größer als ein Dorf samt Anger. Der Komet hatte fürchterliche Verwüstungen angerichtet. So verheerend war die Erde seit dem Einschlag jenes Asteroiden nicht mehr getroffen worden, der vor fünfundsechzig Millionen Jahren das Aussterben der Dinosaurier verursacht hatte.

Noch Jahrtausende später schaute man abergläubisch zu Kometen auf, galten sie doch als Vorboten künftiger Katastrophen. Sie waren schuld an allem Elend, sei es nun Krieg, Pestilenz, Hungersnot oder Hochwasser. Bis in die Neuzeit betrachtete man Kometen – anders als den Regenbogen oder die goldglühenden Wolken beim Sonnenuntergang – nicht als Wunder der Natur.

Die Sintflut der Bibel und eine Unzahl weiterer Weltuntergangslegenden entsprangen dieser einen großen Katastrophe. Viele Überlieferungen der Hochkulturen des alten Mittelamerika, der Olmeken, Mayas und Azteken, beziehen sich darauf, dass einstmals die alte Welt jählings zu Grunde ging. Von großen Fluten, die ihre alten Jagdgründe überschwemmten, erzählten sich die Indianer Nordamerikas. Ob in China, auf den polynesischen Inseln oder in Afrika, überall ist von einem großen Unheil die Rede, das einstmals über die Vorfahren hereinbrach.

Eine Legende indes, die den Lauf der Jahrhunderte überdauerte, handelte von einer Welt, die ebenso geheimnisumwoben wie faszinierend war – einem untergegangenen Kontinent namens Atlantis.

Das Geisterschiff

Im Eis gefangener britischer Ostindienfahrer

30. September 1858
Stefansson Bay, Antarktis

Wenn sie stehen blieb, würde sie sterben, das war Roxanna Mender klar. Sie war völlig erschöpft und bewegte sich nur mehr mit schierer Willenskraft weiter. Die Temperatur lag deutlich unter null, aber es war vor allem der eisige Sturmwind, der wie mit frostigen Zähnen in ihre Haut biss. Allmählich befiel sie eine tiefe Benommenheit und raubte ihr den Lebenswillen. Sie marschierte weiter, setzte einen Fuß vor den anderen, stolperte ab und zu, wenn sie durch einen jähen Spalt auf dem Eisfeld aus dem Gleichgewicht geriet. Ihr Atem ging rasch und keuchend, wie bei einem Bergsteiger, der sich ohne Sauerstoffgerät zum Gipfel eines Achttausenders emporkämpft.

Sie konnte so gut wie nichts sehen, da ihr der Wind winzige Eiskristalle entgegenfegte und ihr Gesicht durch einen dicken Wollschal geschützt war, den sie sich unter ihrem pelzgefütterten Parka um den Kopf geschlungen hatte. Obwohl sie nur ab und zu zwischen dem Schal hindurchblinzelte, waren ihre Augen wund und gerötet vom ständigen Hagel der kleinen Körner. Roxanna packte die Verzweiflung, als sie aufblickte und den strahlend blauen Himmel und die gleißende Sonne über dem Sturm sah. Blendende Eisstürme bei klarem Himmel waren in der Antarktis nichts Ungewöhnliches.

Am Südpol fällt nur selten Schnee. Es ist so unglaublich kalt, dass die Luft kaum Kondenswasser enthält, und daher kommt es nur zu geringen Niederschlägen. Im Laufe eines Jahres fallen auf dem ganzen Kontinent nicht mehr als fünfzehn Zentimeter. Tatsächlich ist der Schnee, der dort liegt, teilweise bereits etliche tausend Jahre alt. Das grelle Sonnenlicht fällt schräg auf die weißen Eisflächen und wird umgehend wieder reflektiert, was zu den extrem niedrigen Temperaturen erheblich beiträgt.

Roxanna hatte Glück. Die Kälte drang nicht durch ihre Kleidung. Statt der üblichen europäischen Winterkluft trug sie die Sachen, die ihr Mann bei seinen Walfangexpeditionen von den Eskimos in der Arktis erstanden hatte. Die Unterkleidung bestand aus einer Hemdbluse, einer kurzen, bis zu den Knien reichenden Hose und aus weichem Fell gefertigten Füßlingen, die sich wie Socken an die Haut schmiegten. Vor den extremen Außentemperaturen schützte sie ein Parka, der weit geschnitten war, damit die Körperwärme gut zirkulieren konnte, ohne dass man ins Schwitzen geriet. Er war aus dem Fell wilder Schneewölfe gemacht, die dazugehörige Hose aus der Decke eines Karibus. Über den Füßlingen trug sie kniehohe, pelzgefütterte Stiefel.

Gefährlich konnte ihr vor allem der unebene Boden werden, denn wenn sie sich einen Knöchel vertrat oder das Bein brach, war sie verloren. Und selbst wenn sie irgendwie überleben sollte, konnte sie nur allzu leicht Erfrierungen davontragen. Am Körper war sie gut geschützt, doch um ihr Gesicht machte sie sich Sorgen. Beim geringsten Kribbeln an Nase oder Wangen rieb und rubbelte sie, damit die Partie wieder gut durchblutet wurde. Sie hatte miterlebt, wie sechs Seeleute aus der Besatzung ihres Mannes Erfrierungen erlitten hatten – zwei hatten dabei mehrere Zehen eingebüßt, einer die Ohren.

Gottlob ließ der eisige Wind nach. Der Sturm flaute ab, und sie kam nun leichter voran als in der ganzen letzten Stunde, in der sie ohne jede Orientierung immer weiter marschiert war. Der Wind heulte ihr nicht mehr um die Ohren, sodass sie jetzt hören konnte, wie die Eisdecke unter ihren Füßen knirschte.

Sie stieß auf eine Bodenerhebung, einen kleinen Hügel, allenfalls vier, fünf Meter hoch, der durch das ewig mahlende Packeis entstanden war, aufgetürmt aus geborstenen Schollen, die sich übereinander geschoben hatten. Zumeist waren diese Hügel schartig und ausgezackt, doch den hier hatten der Wind und das Wetter abgeschmirgelt. Auf allen vieren kletterte sie nach oben, krallte sich im blanken Eis fest, rutschte wieder ab und zog sich dennoch Meter um Meter hoch.

Roxanna musste ihre letzten Kräfte aufbieten. Sie wusste hinterher nicht mehr, wie sie es geschafft hatte, doch sie schleppte sich bis zur Kuppe hinauf, zu Tode erschöpft, mühsam um Atem ringend und mit hämmerndem Herz. Sie hatte keine Ahnung, wie lange sie da oben lag, aber sie war dankbar darum, dass ihr der Wind nicht mehr fortwährend Eiskristalle in die Augen trieb. Nach ein paar Minuten, als ihr Puls wieder langsamer ging und ihr Atem ruhiger, verwünschte sich Roxanna, weil sie sich aus lauter Leichtsinn selbst in Not gebracht hatte. Sie hatte jedes Zeitgefühl verloren. Eine Uhr hatte sie nicht dabei, daher wusste sie nicht, wie viele Stunden schon vergangen waren, seit sie die *Paloverde*, das Walfangschiff ihres Mannes verlassen hatte.

Nahezu sechs Monate war es jetzt her, seit das Schiff im Packeis eingeschlossen worden war, und um der Langeweile an Bord zu entrinnen, brach sie jeden Tag zu Erkundungsmärschen in die nähere Umgebung auf, immer in Sichtweite des Schiffes und seiner Besatzung, die sie im Auge behielt. Der Himmel war kristallklar gewesen, als sie an diesem Morgen losgezogen war, doch bald darauf hatte er sich verdunkelt und hinter den Eiswolken verborgen, die der Wind vor sich her peitschte. Ehe Roxanna sich versah, war das Schiff verschwunden, und seither irrte sie über das endlose Packeis.

An Bord eines Walfangschiffes gab es normalerweise keine Frauen. Aber manchmal hatten die Frauen keine Lust, allein zu Hause zu sitzen, während der Herr Gemahl drei, vier Jahre lang unterwegs war. Roxanna Mender jedenfalls stand der Sinn nicht nach endlosen einsamen Stunden. Sie war eine zähe Person, wenngleich zierlich, brachte sie doch allenfalls fünfzig Kilogramm auf die Waage und war nur einen Meter fünfzig groß. Sie war hübsch anzuschauen mit ihren hellbraunen Augen, sie lächelte gern, und außerdem klagte sie so gut wie nie über das mühselige und ewig gleichförmige Leben an Bord, und seekrank wurde sie auch nicht. In ihrer engen Kabine hatte sie bereits einen Sohn zur Welt gebracht, den sie auf den Namen Samuel getauft hatte. Und jetzt war sie wieder schwanger, im zweiten Monat schon, auch wenn sie ihrem Mann bislang nichts davon verraten hatte. Sie war mittlerweile von der Besatzung anerkannt, hatte etlichen Männern an Bord das Lesen beigebracht, für andere Briefe verfasst, die sie nach Hause, an ihre

Frauen und Angehörigen schicken wollten, und sie war fürsorglich eingesprungen, wenn jemand verletzt oder krank geworden war.

Die *Paloverde* gehörte zu einer Flotte von Walfangschiffen, die von San Francisco an der Westküste der Vereinigten Staaten aus in See stachen. Sie war ein robustes Schiff, eigens gebaut für den Walfang in polaren Gewässern. Bei einer Länge von vierzig Metern, einer Breite von neun Metern und einem Tiefgang von fünf Metern hatte sie eine Tonnage von annähernd dreihundertdreißig Bruttoregistertonnen. Auf Grund ihrer Ausmaße konnte sie große Mengen Walfischtran zuladen und verfügte über genügend Quartiere für eine vielköpfige Besatzung, Offiziere wie Mannschaften, die mit ihr auf Fahrt gingen, mitunter bis zu drei Jahre lang. Der Kiel wie auch die Spanten und Decksbalken bestanden aus Kiefernholz aus den Bergwäldern der Sierra Nevada. Die drei Zoll starken Planken waren mittels langer, für gewöhnlich aus Eiche gefertigter Holznägel befestigt.

Sie war eine Dreimastbark mit schmucker Takelage, stabil und schnittig zugleich. Die Kajüten waren tadellos eingerichtet und mit dem Holz der Washingtonfichte getäfelt. Besonders gut war die Kajüte des Kapitäns ausgestattet, da dessen Frau ihn unbedingt auf großer Fahrt begleiten wollte. Den Bug zierte ein kunstvoll geschnitztes Abbild des im Südwesten der USA heimischen Paloverde- oder Grünholzbaums. Quer über dem Heck prangte in erhabenen, vergoldeten Lettern der Name des Schiffes. Ein ebenfalls aus Holz geschnitzter kalifornischer Kondor breitete darüber die Schwingen aus.

Statt nach Norden durch das Beringmeer zu fahren und die bekannten Walfanggründe in den arktischen Gewässern anzulaufen, hatte Roxannas Mann, Kapitän Bradford Mender, die *Paloverde* gen Süden, in die Antarktis gesteuert. Da die verwegenen Walfänger, die von den Häfen Neuenglands aus in See stachen, dieses Gebiet nur selten aufsuchten, meinte er, dort sein Glück machen und noch jungfräuliche Fanggründe entdecken zu können.

Kurz nachdem sie den südlichen Polarkreis erreicht hatten, wo sie sich oftmals zwischen Eisbergen hindurchtasten mussten, hatte die

Besatzung im offenen Meer vor der Küste sechs Wale erlegt. In der letzten Märzwoche dann, als der antarktische Herbst anbrach, war das Meer unglaublich rasch zugefroren: Eine gut anderthalb Meter dicke Eisdecke hatte sich gebildet. Dennoch hätte die *Paloverde* entrinnen und sich in freies Fahrwasser durchschlagen können, doch plötzlich war der Wind umgeschlagen und zu einem heulenden Sturm angeschwollen, der das Schiff wieder an die Küste zurückfegte. Als jeder Fluchtweg versperrt war und Eisblöcke, so groß wie das ganze Schiff, auf sie zutrieben, konnte die Besatzung nur mehr hilflos zusehen, wie die Falle zuschnappte.

Binnen kürzester Zeit war das Schiff von Eis umschlossen, das es mit gewaltiger Kraft unerbittlich immer weiter auf das Land zuschob. Auch dort fror das freie Fahrwasser mittlerweile rasch zu. Mender und seine Männer kämpften verzweifelt, und schließlich schafften sie es, das Schiff in sechs Faden tiefem Wasser knapp zwei Meilen vor der Küste zu verankern. Aber innerhalb weniger Stunden saß das Schiff im Eis fest, das fortwährend dicker wurde, bis weit und breit kein Wasser mehr zu sehen war. Der antarktische Winter war angebrochen, und die Tage wurden zusehends kürzer. Jetzt gab es kein Entrinnen mehr, bis wieder mildere Witterungsbedingungen einkehrten, und bis dahin waren es noch gut und gerne sieben Monate.

Die Segel wurden getrocknet, eingeholt und verstaut, damit man sie im Frühling wieder aufziehen konnte, wenn es, so Gott wollte, wärmer wurde und sie aus dem Packeis freikamen. Nun, da ihnen ein langer, unfreiwilliger Aufenthalt bevorstand, galt es, eine Bestandsaufnahme sämtlicher Lebensmittel vorzunehmen und sie sorgfältig einzuteilen, damit sie die langen Wintermonate überstanden. Ob der Proviant an Bord bis zum Frühjahr ausreichte, wenn das Eis wieder schmolz, vermochte niemand zu sagen. Andererseits hatten die Männer, nachdem sie Löcher ins Eis gehackt und ihre mit blanken Haken bestückten Angelschnüre ausgelegt hatten, unverhofft viele antarktische Fische gefangen, die allesamt in der Vorratskammer an Deck eingefroren worden waren. Außerdem wimmelte es von Pinguinen. Drüben an der Küste tummelten sich Millionen dieser komischen Vögel. Allerdings schmeckten sie einfach widerlich, da konnte sich der Smutje noch so viel Mühe bei der Zubereitung geben.

Die schreckliche Kälte und plötzliche Verschiebungen des Packeises waren es vor allem, die dem Walfangschiff und seiner Besatzung gefährlich werden konnten. Erfrieren mussten sie nicht, da sie den Tran der Walfische verbrennen konnten, die sie harpuniert hatten, ehe sie vom Eis eingeschlossen worden waren. Sie hatten über hundert Fässer voll im Frachtraum stehen – damit sollten sich die Öfen anstandslos den ganzen antarktischen Winter hindurch beheizen lassen.

Und das Packeis hatte sich bisher kaum verworfen. Aber Mender wusste, dass es nur eine Frage der Zeit war, bis es in Bewegung geriet und sich übereinander schichtete, bis die *Paloverde* von wandernden Eisbergen umgeben war, die jederzeit ihren Rumpf eindrücken konnten, als wäre er aus Papier. Er mochte gar nicht daran denken, dass seine Frau und das Kind sich womöglich an Land durchschlagen mussten, bis sie im Sommer vielleicht ein anderes Schiff sichteten. Und ob überhaupt eines kam, war mehr als fraglich.

Zudem drohten ihnen allerhand tödliche Krankheiten. Bei sieben Männern waren bereits erste Anzeichen von Skorbut festgestellt worden. Das einzig Angenehme war, dass die Ratten und sämtliches andere Ungeziefer vor lauter Kälte längst umgekommen waren. Doch in der Einsamkeit der langen antarktischen Nacht, während der Wind um das Schiff heulte, wurden die Männer zusehends teilnahmsloser. Mender ließ sich immer neue Aufgaben für seine Besatzung einfallen, hielt sie ständig auf Trab, damit sie geistig wie körperlich fortwährend gefordert wurden.

Mender saß in seiner Kajüte und rechnete gerade ein weiteres Mal durch, wie es um ihre Überlebenschancen bestellt war. Aber wie er es auch drehte und wendete, letztlich lief es immer auf das Gleiche hinaus: Die Aussichten, dass sie im Frühjahr unbeschadet aus dem Eis freikamen und wieder in offenes Fahrwasser fanden, waren verschwindend gering.

Der eisige Sturm hatte ebenso unverhofft aufgehört, wie er eingesetzt hatte, und die Sonne schien wieder. Roxanna sah ihren Schatten, als sie mit zusammengekniffenen Augen über das gleißende Packeis hinwegblickte. Wie angenehm, dass sie in der endlosen Leere ringsum wenigstens ihren Schatten sah. Doch dann stockte ihr das Herz, als sie den Horizont absuchte und die *Paloverde* in gut zweieinhalb Kilometern Entfernung entdeckte. Der dunkle Rumpf war nahezu vom Eis verborgen, aber sie konnte die riesige amerikanische Flagge erkennen, die im abflauenden Wind wehte, und ihr wurde klar, dass ihr besorgter Mann sie eigens hoch oben am Hauptmast hatte hissen lassen, um ihr einen Anhaltspunkt zu geben. Sie konnte kaum glauben, dass sie so weit vom Weg abgekommen war. In ihrer Benommenheit hatte sie gemeint, sie wäre wenigstens halbwegs in der Nähe des Schiffes geblieben, während sie im Kreis gelaufen war.

Das Packeis war gar nicht so einsam und verlassen, wie sie gedacht hatte. Roxanna bemerkte winzige Punkte, die sich darauf fortbewegten, und ihr wurde klar, dass es sich um ihren Mann und seine Besatzungsmitglieder handelte, die nach ihr suchten. Sie wollte sich gerade recken und ihnen zuwinken, als ihr plötzlich etwas auffiel, mit dem sie zuallerletzt gerechnet hatte – die Masten eines anderen Schiffes, die zwischen zwei riesigen Eisbergen aufragten, übereinander getürmten Schollen, die zusammengefroren und gestrandet waren.

Die drei Masten, der Bugspriet und die Takelage waren allem Anschein nach unbeschädigt, die Segel eingerollt. Da der Wind nunmehr zu einer leichten Brise abgeflaut war, nahm sie den Schal ab, den sie um Gesicht und Augen geschlungen hatte, und jetzt sah sie, dass der Großteil des Schiffsrumpfes im Eis festsaß. Roxannas Vater war Kapitän gewesen und hatte etliche schnelle Klipper befehligt, die im Teehandel mit China verkehrt waren, daher hatte sie als junges Mädchen tausende von Schiffen mit unterschiedlichster Takelage und Besegelung zu Gesicht bekommen, die den Hafen von Boston anliefen. Ein Schiff wie dieses eisverkrustete hier hatte sie bislang nur einmal gesehen – auf einem Gemälde, das im Haus ihres Großvaters hing.

Das gespenstische Schiff war alt, uralt, hatte ein mächtiges, abgerundetes Heck mit einer ausladenden, mit Fenstern versehenen Galerie. Es war lang, schmal und tief gebaut. Gut fünfundvierzig Meter lang und mindestens zehn Meter breit, schätzte Roxanna. Genau wie das Schiff auf dem Gemälde. Das hier musste ein achthundert Tonnen schwerer britischer Ostindienfahrer aus dem späten achtzehnten Jahrhundert sein.

Sie wandte sich von dem Schiff ab und wedelte mit ihrem Schal, um ihren Mann und die Besatzung auf sich aufmerksam zu machen. Einer nahm die Bewegung aus dem Augenwinkel wahr und wies die anderen darauf hin. Im Nu kamen sie über das rissige Eis auf sie zugerannt, allen voran Kapitän Mender. Zwanzig Minuten später waren die Besatzungsmitglieder der *Paloverde* bei ihr und freuten sich lauthals darüber, dass sie noch am Leben war.

Mender, normalerweise ein ruhiger, zurückhaltender Mensch, zeigte sich ungewöhnlich bewegt, als er Roxanna in die Arme schloss und sie lange und liebevoll küsste. An seinen Wangen hingen gefrorene Tränen. »O mein Gott!«, murmelte er. »Ich dachte, du wärst tot. Es ist das reinste Wunder, dass du überlebt hast.«

Bradford Mender, bereits mit achtundzwanzig Kapitän eines Walfängers geworden, war sechsunddreißig Jahre alt und befand sich auf seiner zehnten großen Fahrt, als sein Schiff im Eis der Antarktis eingeschlossen wurde. Er war ein kerniger, pfiffiger Neuengländer, eins zweiundachtzig groß und breit gebaut, der zwei Zentner auf die Waage brachte. Seine Augen waren stechend blau, die Haare schwarz, außerdem trug er einen Vollbart. Er war streng, aber gerecht, hatte keinerlei Mühe mit den Offizieren oder der Besatzung, und wenn es einmal Misshelligkeiten gab, konnte er sie auf seine ehrliche Art umgehend beilegen. Mender war ein erstklassiger Walfänger und Navigator, aber auch ein ausgefuchster Geschäftsmann, der nicht nur Kapitän, sondern auch Eigner seines Schiffes war.

»Wenn du nicht darauf bestanden hättest, dass ich die Eskimosachen anziehe, die du mir geschenkt hast, wäre ich schon längst erfroren.«

Er ließ sie los und wandte sich an die sechs Besatzungsmitglieder, die sie umringten, und sich darüber freuten, dass die Frau des Kapitäns noch am Leben war. »Wir sollten Mrs. Mender schleunigst zurück zum Schiff bringen und ihr eine heiße Suppe einflößen.«

»Nein, noch nicht«, sagte sie, fasste ihn am Arm und deutete über das Eis. »Ich habe ein anderes Schiff entdeckt.«

Alle Mann drehten sich um und blickten in die Richtung, in die ihr ausgestreckter Arm wies.

»Ein Engländer. Ich kenne den Schiffstyp von einem Gemälde her, das im Salon meines Großvaters in Boston hing. Es sieht aus wie ein Wrack.«

Mender starrte auf das Schiff, das unter seinem Eispanzer weiß wie eine Geistererscheinung wirkte. »Ich glaube, du hast Recht. Es sieht aus wie ein alter Handelsfahrer aus den siebziger Jahren des letzten Jahrhunderts.«

»Ich schlage vor, dass wir uns die Sache näher ansehen, Käpt'n«, sagte Nathan Bigelow, der erste Maat der *Paloverde*. »Womöglich hat sie noch Proviant an Bord, mit dem wir bis zum Frühjahr überleben können.«

»Der wäre dann gut und gern achtzig Jahre alt«, erwiderte Mender bedächtig.

»Aber durch die Kälte konserviert«, erinnerte ihn Roxanna.

Er schaute sie zärtlich an. »Du hast Schweres durchgemacht, liebe Frau. Ich lasse dich von einem der Männer zurück zur *Paloverde* bringen.«

»Nein, mein Lieber«, versetzte Roxanna entschieden. Ihre Müdigkeit war verflogen. »Ich bin fest entschlossen zu betrachten, was es da zu sehen gibt.« Ehe der Kapitän einen Einwand erheben konnte, zog sie los und marschierte über das abschüssige Packeis hinab zu dem verlassenen Schiff.

Mender schaute seine Männer an und zuckte die Achseln. »Gott bewahre mich vor einem Wortgefecht mit einem neugierigen Weib.«

»Ein Geisterschiff«, murmelte Bigelow. »Ein Jammer, dass es im Eis festsitzt, sonst könnten wir's heimbringen und Bergungsrecht geltend machen.«

»Viel zu alt«, sagte Mender. »Das ist nicht mehr viel wert.«

»Was steht ihr denn in der Kälte herum und schwatzt dummes Zeug?«, rief Roxanna, die sich umgewandt hatte und den Männern ungeduldig zuwinkte. »Sputen wir uns, bevor der nächste Sturm aufkommt.«

So schnell wie möglich marschierten sie über das Eis, bis sie zu dem einsamen Schiff kamen, an dessen Rumpf sich die Schollen aufgetürmt hatten, sodass sie mühelos zum Schanzkleid emporklettern und über die Bordwand steigen konnten. Schließlich standen sie auf dem Achterdeck, das von einer dünnen Eisschicht überzogen war.

Mender starrte auf den trostlosen Anblick und schüttelte verwirrt den Kopf. »Erstaunlich, dass der Rumpf nicht vom Eis zermalmt wurde.«

»Hätte nie gedacht, dass ich mal auf dem Achterdeck eines englischen Ostindienfahrers stehe«, stieß einer der Männer aus und blickte sich bang um. »Einem Schiff, das gebaut worden ist, als mein Großvater noch gar nicht auf der Welt war.«

»Ein stattliches Schiff«, sagte Mender. »Etwa neunhundert Bruttoregistertonnen, würde ich schätzen. Fünfundvierzig Meter lang, zwölf Meter breit.«

Der Ostindienfahrer, auf einer Werft an der Themse auf Kiel gelegt und ausgerüstet, war das Arbeitspferd der britischen Handelsmarine, ein Schiff, das zweierlei Zwecke zu erfüllen hatte. In erster Linie war er ein Frachter, aber da es seinerzeit noch zahlreiche Piraten und Freibeuter gab, die im Auftrag von Englands Feinden die Meere unsicher machten, war er zudem mit achtundzwanzig Achtzehnpfünderkanonen bestückt. Zudem verfügte er über Passagierkabinen, da er neben Waren und Handelsgütern auch Personen beförderte. An Deck herrschte Ordnung, alles war da, wo es hingehörte, wenn auch in Eis gehüllt, so als wartete das Schiff auf eine längst verblichene Besatzung. Die Kanonen standen an den Stückpforten, die Rettungsboote waren auf den Ersatzspieren vertäut, sämtliche Luken ordentlich gesichert.

Das alte Schiff hatte etwas Unheimliches und erschreckend Befremdliches an sich, eine eigenartig unwirkliche Trostlosigkeit. Die an Deck stehenden Besatzungsmitglieder wurden von einer unerklärlichen Angst gepackt, dass irgendwo eine fahle, grausige Kreatur ihrer harrte. Seeleute sind abergläubisch, und mit Ausnahme von Roxanna, die von einer beinahe mädchenhaften Begeisterung erfasst war, empfanden sie alle eine düstere Vorahnung.

»Seltsam«, sagte Bigelow. »Es sieht so aus, als hätte die Besatzung das Schiff verlassen, bevor es im Eis stecken geblieben ist.«

»Das bezweifle ich«, erwiderte Mender grimmig. »Die Rettungsboote sind noch vertäut.«

»Gott allein weiß, was wir unter Deck vorfinden.«

»Dann schauen wir doch nach«, rief Roxanna aufgeregt.

»Du nicht, meine Liebe. Ich glaube, es ist besser, wenn du hier bleibst.«

Sie warf ihrem Mann einen stolzen Blick zu und schüttelte langsam den Kopf. »Ich bleibe nicht allein und warte auf die Gespenster, die hier umgehen.«

»Wenn es hier Gespenster gibt«, versetzte Bigelow, »sind sie längst stocksteif gefroren.«

Mender erteilte seinen Männern die entsprechenden Befehle. »Wir teilen uns in zwei Gruppen auf. Mr. Bigelow, Sie nehmen sich drei Mann und schauen in den Mannschaftsunterkünften und im Frachtraum nach. Wir andern gehen nach achtern und durchsuchen die Passagierkabinen und die Offiziersquartiere.«

Bigelow nickte. »Aye, Käpt'n.«

Ein Berg aus Schnee und Eis hatte sich rund um die Tür aufgetürmt, die zu den Heckkajüten führte, daher stiegen Mender, Roxanna und die übrigen Männer auf das Poopdeck, wo sie ihre ganze Kraft aufwenden mussten, um die festgefrorene Luke über dem Niedergang anzuheben. Sie legten sie beiseite und stiegen vorsichtig die Treppe hinab. Roxanna ging unmittelbar hinter Mender und hielt sich am Gürtel seines schweren Mantels fest. Ihr normalerweise bleiches Gesicht war vor Aufregung und Anspannung gerötet.

Sie ahnte nicht, welcher Albtraum sie dort unten erwartete.

An der Tür zur Kapitänskajüte stießen sie auf einen riesigen deutschen Schäferhund, der zusammengerollt auf einem Läufer lag. Roxanna kam es so vor, als schliefe der Hund, doch der dumpfe Ton, den er von sich gab, als Mender ihn mit der Stiefelspitze anstieß, verriet ihnen, dass er steif gefroren war.

»Buchstäblich hart wie Stein«, sagte Mender.

»Armer Kerl«, murmelte Roxanna betroffen.

Mender deutete mit dem Kopf zu der verschlossenen Tür am hinteren Ende des Gangs. »Die Kapitänskajüte. Mir graut beim bloßen Gedanken daran, was wir dort vorfinden.«

»Womöglich gar nichts«, sagte einer der Männer beklommen. »Vermutlich haben alle das Schiff verlassen und sind die Küste entlang nach Norden gezogen.«

Roxanna schüttelte den Kopf. »Ich kann mir nicht vorstellen, dass jemand ein so herrliches Tier seinem Schicksal überlässt.«

Die Männer drückten die Tür zur Kapitänskajüte auf und traten ein, mitten hinein in das Grauen. Eine Frau, gekleidet nach der Mode des späten achtzehnten Jahrhunderts, saß auf einem Stuhl und starrte mit weit aufgerissenen dunklen Augen in tiefer Trauer auf ein Kleinkind, das in seiner Wiege lag. Sie war allem Anschein nach erfroren, während sie sich noch darüber grämte, dass sie ihre Tochter verloren hatte. Sie hatte eine offene Bibel auf dem Schoß, die bei den Psalmen aufgeschlagen war.

Roxanna und die Männer von der *Paloverde* waren von dem Anblick wie benommen. Ihre Begeisterung war mit einem Mal verflogen, ihre Entdeckungslust tiefem Schmerz gewichen. Schweigend standen sie und die anderen da und wagten kaum zu atmen, als sie sahen, wie ihre Hauchschwaden durch die eisige Gruft trieben.

Mender drehte sich um und ging in eine angrenzende Kajüte, wo er den Kapitän des Schiffes und vermutlichen Ehemann der toten Frau fand. Zusammengesunken saß er an seinem Schreibtisch, die roten Haare von einer Eisschicht überzogen, das Gesicht totenbleich. In der einen Hand hielt er noch den Federkiel. Ein Blatt Papier lag vor ihm. Mender wischte den Reif weg und las, was dort stand.

26. August 1779

Fünf Monate ist es nun her, seit wir an diesem verfluchten Gestade gefangen wurden, nachdem uns der Sturm weitab vom Kurs gen Süden getrieben hatte. Keine Verpflegung mehr. Seit zehn Tagen hat niemand mehr gegessen. Der Großteil der Besatzung und die Mehrzahl der Passagiere sind tot. Gestern ist meine kleine Tochter gestorben, vor einer Stunde mein armes

Weib. Wer immer unsere Leichen finden mag, möge die Direktoren der Skylar Croft Trading Company in Liverpool von unserem Geschick verständigen. Es geht zu Ende. Bald werde ich wieder mit meinem geliebten Weib und meiner Tochter vereint sein.

Leigh Hunt.
Kapitän der *Madras*

Das in Leder gebundene Logbuch der *Madras* lag neben Kapitän Hunt auf dem Schreibtisch. Mender löste es vorsichtig von der Eisschicht, in der es an der Holzplatte festgefroren war, und steckte es in die Tasche seines schweren Mantels. Dann verließ er die Kabine und schloss die Tür.

»Was hast du gefunden?«, fragte Roxanna.

»Den Leichnam des Kapitäns.«

»Es ist alles so schrecklich.«

»Vermutlich kriegen wir noch viel Schlimmeres zu sehen.«

Seine Worte sollten sich bewahrheiten. Sie teilten sich auf und durchsuchten eine Kajüte nach der anderen. Die Unterkünfte für die gut betuchten Passagiere befanden sich in der Heckgalerie, einem weitläufigen, nach achtern mit Fenstern versehenen Raum unmittelbar unter dem Poopdeck, der in Kabinen unterschiedlicher Größe aufgeteilt war. Seinerzeit buchten die Passagiere nur das Quartier, ausstatten mussten sie ihre Kabinen selbst. Sie mussten auch dafür sorgen, dass die Sofas, Betten und Sessel, die sie an Bord schaffen ließen, fest verankert waren, falls das Schiff in schwere See geriet. Wohlhabende Passagiere nahmen häufig ihre Privatmöbel mit, Sekretäre, Bücherschränke und Musikinstrumente, einschließlich Klavier und Harfe. Hier fand der Suchtrupp nahezu dreißig im Tode erstarrte Leichen. Manche saßen aufrecht, einige lagen im Bett, andere lang hingestreckt auf dem Boden. Alle sahen so aus, als wären sie friedlich entschlafen.

Roxanna war ganz verstört beim Anblick der offenen Augen bei diesem oder jenem. Die farbige Iris schien förmlich zu funkeln, was durch die totenbleichen Züge noch unterstrichen wurde. Sie zuckte zusammen, als einer der Matrosen der *Paloverde* den Arm ausstreckte und einer der Frauen über die Haare strich. Knisternd brachen die gefrorenen Locken unter der Hand des Mannes ab.

In der großen Kajüte unterhalb der eleganten Kabinen im Oberdeck sah es aus wie in einer Leichenhalle nach einer Katastrophe. Mender sah zahllose Tote, Männer zumeist, darunter viele britische Armeeoffiziere in Uniform. Weiter vorn befand sich das Zwischendeck, das ebenfalls voller steif gefrorener Leichen war, alle in den Hängematten liegend, die sie über den Schiffsvorräten und dem Gepäck aufgespannt hatten.

Die Menschen an Bord der *Madras* waren friedlich entschlafen. Es gab keinerlei Anzeichen, die auf einen Aufruhr hindeuteten. Nichts lag durcheinander. Sämtliche Gegenstände und Besitztümer waren ordentlich verstaut. Wenn da nicht Kapitän Hunts letzte Worte gewesen wäre, hätte man meinen können, die Zeit sei einfach stehen geblieben und sie seien friedlich aus dem Leben geschieden. Was Roxanna und Mender vor sich sahen, war weder abstoßend noch schrecklich, sondern kündete lediglich von einem unfassbaren Unglück. Diese Menschen waren seit neunundsiebzig Jahren tot und von aller Welt vergessen. Selbst jene, die sich über ihr Verschwinden gewundert und um sie getrauert hatten, waren längst verstorben.

»Ich verstehe das nicht«, sagte Roxanna. »Woran sind die alle gestorben?«

»Diejenigen, die nicht verhungert sind, sind erfroren«, antwortete ihr Mann.

»Aber sie hätten doch trotz des Eises Fische fangen können, genau wie wir, oder Pinguine erlegen und Teile des Schiffes verheizen, damit sie es warm haben.«

»Die letzten Worte des Kapitäns deuten darauf hin, dass sein Schiff weitab vom Kurs nach Süden geriet. Meiner Meinung nach waren sie weiter von der Küste entfernt als wir, als sie vom Eis eingeschlossen wurden. Vermutlich glaubte der Kapitän, dass sie zu guter Letzt wieder freikommen würden, und hielt sich aus Angst vor einem Brandunglück an die gute alte Seemannsregel, wonach offenes Feuer an Bord verboten ist, bis es schließlich zu spät war.«

»Und so ist einer nach dem anderen gestorben.«

»Als dann der Frühling anbrach und das Eis schmolz, wurden sie nicht etwa von der Strömung in den Südpazifik getrieben, sondern von widrigen Winden an die Küste geworfen, wo das Wrack seither liegt.«

»Ich glaube, Sie haben Recht, Käpt'n«, sagte Bigelow, der Erste Maat, der vom vorderen Teil des Schiffes nahte. »Der Kleidung nach zu urteilen, waren die armen Teufel nicht auf eine lange Reise vorbereitet, die sie in eisige Gewässer führt. Die Sachen, die sie tragen, scheinen mir eher für tropische Breiten geeignet. Wahrscheinlich waren sie von Indien nach England unterwegs.«

»Was für ein Jammer«, stieß Roxanna aus, »dass nichts und niemand diese unglückseligen Menschen retten konnte.«

»Nur der Herrgott«, murmelte Mender, »nur Gott allein.« Er wandte sich an Bigelow. »Was für eine Fracht hatten sie geladen?«

»Keinerlei Gold oder Silber, soweit ich feststellen konnte, hauptsächlich Tee, chinesisches Porzellan in fest verpackten Holzkisten und Seidenballen, dazu Rattan, Gewürze und Kampfer. Ach ja, und außerdem habe ich unmittelbar unter der Kapitänskajüte einen kleinen, mit schweren Ketten verriegelten Stauraum entdeckt.«

»Haben Sie ihn durchsucht?«, fragte Mender.

Bigelow schüttelte den Kopf. »Nein, Sir. Ich hielt es nur für recht und billig, dass Sie dabei sind. Meine Männer machen sich noch an den Ketten zu schaffen.«

»Vielleicht enthält der Raum einen Schatz«, rief Roxanna, deren Wangen wieder einen Hauch Farbe bekamen.

»Das werden wir bald herausfinden.« Mender nickte Bigelow zu. »Mr. Bigelow, würden Sie uns bitte den Weg weisen?«

Der Erste Maat führte sie die Leiter hinab ins hintere Zwischendeck. Der Stauraum befand sich gegenüber einer Kanone, die vor der zugefrorenen Stückpforte stand. Zwei Männer von der *Paloverde* bearbeiteten gerade das schwere Vorhängeschloss, mit dem die an der Tür befestigten Ketten gesichert waren. Mit einem Meißel und einem Vorschlaghammer bewehrt, die sie in der Werkstatt des Schiffszimmermanns gefunden hatten, hämmerten sie wie wild auf den Schäkel ein, bis das Schloss aufsprang. Dann schoben sie den schweren Riegel zurück und stießen die Tür nach innen auf.

Durch eine schmale Pforte in der Bordwand fiel gedämpftes Licht in den Raum. Holzkisten waren von Wand zu Wand gestapelt. Mender begab sich zu einer großen Kiste und hob mühelos den Deckel auf der einen Seite an. Allem Anschein nach war der Inhalt planlos und in aller Eile verstaut worden.

»Diese Kisten wurden nicht fachmännisch gepackt und von Händlern im Hafen an Bord gebracht«, sagte er leise. »Sieht so aus, als ob sie von der Besatzung während der Fahrt hastig zusammengezimmert und vom Kapitän unter Verschluss gehalten wurden.«

»Steh doch nicht da herum, lieber Mann«, versetzte Roxanna, die ihre Neugier kaum bezähmen konnte. »Öffne sie.«

Während die übrigen Mitglieder der Besatzung draußen vor dem Stauraum warteten, stemmten Mender und Bigelow die Holzkisten auf. Niemand nahm die bittere Kälte wahr. Sie waren wie gebannt, erwarteten einen großen Schatz, Gold und Edelsteine. Doch ihre Hoffnung zerstob im Nu, als Mender einen Gegenstand aus dem Innern einer Kiste hochhob.

»Ein Kupfergefäß«, sagte er und reichte es Roxanna, die es draußen im Zwischendeck ans Licht hielt. »Herrlich gearbeitet. Griechisch oder römisch, sofern ich das beurteilen kann.«

Bigelow entnahm der Kiste weitere Gegenstände und reichte sie durch die offene Tür nach draußen. Zum größten Teil handelte es sich um seltsam aussehende Tierfiguren aus Kupfer mit Augen aus Opal. »Sie sind wunderschön«, flüsterte Roxanna, während sie die kunstvollen Formen und Muster bewunderte. »So etwas habe ich noch nie gesehen.«

»Sie sehen ungewöhnlich aus«, pflichtete Mender ihr bei.

»Ob die wohl etwas wert sind?«, fragte Bigelow.

»Für einen Sammler, einen Kunsthändler oder ein Museum womöglich schon«, antwortete Mender. »Aber ich bezweifle sehr, dass einer von uns dadurch reich wird …« Er stockte, als er einen lebensgroßen menschlichen Schädel hochhielt, der im Zwielicht schwarz glänzte. »Lieber Gott, schaut euch das an.«

»Gruselig«, versetzte Bigelow.

»Sieht aus, als hätte ihn der Teufel persönlich gemeißelt«, murmelte eins der Besatzungsmitglieder erschrocken.

Völlig ungerührt hielt ihn Roxanna hoch und musterte die leeren Augenhöhlen. »Allem Anschein nach aus Glas, aber schwarz wie Ebenholz. Schaut euch den Drachen an, der zwischen den Zähnen hervorkommt.«

»Meiner Ansicht nach Obsidian«, stellte Mender fest, »aber ich habe nicht die geringste Ahnung, wie er herausgearbeitet wurde…« Mender wurde durch ein lautes Knacken unterbrochen, als das Eis rings um das Heck aufgeworfen wurde und barst.

Ein Besatzungsmitglied kam lauthals schreiend den Niedergang vom Oberdeck heruntergestürmt. »Wir müssen schnell weg, Kapitän! Im Eis ist ein breiter Riss entstanden, durch den bereits das Wasser quillt. Wenn wir uns nicht beeilen, sitzen wir hier fest!«

Mender verlor keine Zeit mit überflüssigen Fragen. »Geht zurück zum Schiff!«, befahl er. »Schnell!«

Roxanna schlug den Schädel in ihren Schal ein und klemmte ihn sich unter den Arm.

»Wir können nichts mitnehmen«, herrschte Mender sie an. Doch sie kümmerte sich nicht darum und weigerte sich den Schädel wieder herzugeben.

Die Männer schoben Roxanna vor sich her, hasteten die Leiter hinauf zum Oberdeck und kletterten hinab aufs Eis. Voller Entsetzen stellten sie fest, dass die eben noch so feste Eisfläche ringsum aufgebrochen und mit Tümpeln und Pfuhlen übersät war. Immer breiter wurden die Risse, durch die das Seewasser nach oben drängte und Ströme bildete, die sich zwischen den Schollen hindurchwanden. Keiner von ihnen hatte geahnt, dass das Packeis so schnell abschmelzen konnte.

Ein ums andere Mal mussten sie mächtigen Eisblöcken ausweichen, Schollen, die mehr als zehn Meter hoch übereinander getürmt waren, und über Risse hinweg springen, bevor sie allzu breit wurden, aber Roxanna und die übrigen Mitglieder der Besatzung rannten, als wären sämtliche Scheitane der Hölle hinter ihnen her. Grässlich klang ihnen das Knacken und Grollen der aneinander mahlenden Schollen im Ohr. Trotzdem kamen sie nur mühsam voran, denn bei jedem Schritt sanken sie bis zum Knöchel in der dicken Schneedecke über dem Packeis ein.

Der Wind nahm wieder zu, aber er war warm, auch wenn sie es zunächst kaum glauben mochten, wärmer denn je, seit sie im Eis stecken geblieben waren. Nachdem sie gut zweieinhalb Kilometer über das Eis gerannt waren, waren sie völlig erschöpft. Nur die Rufe ihrer Bordkameraden von der *Paloverde*, die sie anfeuerten, aufforderten, sich zu beeilen, hielten sie noch auf den Beinen. Dann jedoch schien es, als wäre alle Mühe vergebens gewesen. Ein letzter Riss im Eis tat sich zwischen ihnen und der *Paloverde* auf, und beinahe hätten sie sich geschlagen geben müssen. Er war bereits über fünf Meter breit, sodass niemand mehr darüber hinwegspringen konnte, und wurde immer breiter.

Asa Knight, der Zweite Maat der *Paloverde*, sah die Gefahr indes voraus und befahl den Männern, ein Walfangboot zu Wasser zu lassen und über die Bruchstelle zwischen den Schollen zu rudern, die mittlerweile fast zehn Meter breit war. Die Mannschaft legte sich mächtig in die Riemen, um ihre Bordkameraden samt dem Kapitän und seiner Frau zu retten.

Mender, Roxanna und die anderen Männer standen bereits bis zu den Knien im Wasser, das jetzt überall durch das Eis leckte. Im letzten Moment legten die Männer, die mit aller Macht durch das eisige Wasser pullten, drüben an. Roxanna wurde zuerst ins Boot gehoben, dann stiegen Mender und die übrigen Mitglieder der Besatzung ein.

»Wir sind Ihnen zutiefst verbunden, Mr. Knight«, sagte Mender und schüttelte seinem Zweiten Maat die Hand. »Durch Ihre mutige Tat haben Sie uns das Leben gerettet. Ich danke Ihnen dafür, schon meiner Frau wegen.«

»Und dem Kind«, fügte Roxanna hinzu, während sie von zwei Besatzungsmitgliedern in warme Decken gepackt wurde.

Er schaute sie an. »Unser Kind ist doch auf dem Schiff.«

»Ich habe nicht von Samuel gesprochen«, sagte sie zähneklappernd.

Mender starrte sie an. »Soll das etwa heißen, dass du wieder guter Hoffnung bist, Frau?«

»Seit etwa zwei Monaten, glaube ich.«

Mender war außer sich. »Du bist durch diese Eiswüste marschiert, im Sturm, obwohl du wusstest, dass du schwanger bist?«

»Als ich aufgebrochen bin, hat es noch nicht gestürmt«, versetzte sie mit verlegenem Grinsen.

»Guter Gott«, stieß er aus, »was soll ich mit dir bloß machen?«

»Falls Sie's nicht mehr aushalten, Käpt'n«, mischte sich Bigelow ein, »übernehm ich sie gern.«

Mender, obgleich zu Tode erschrocken, lachte auf, schloss seine Frau in die Arme und zog sie an sich, als wollte er sie zerquetschen. »Führen Sie mich nicht in Versuchung, Mr. Bigelow.«

Eine halbe Stunde später war Roxanna wieder an Bord der *Paloverde*, hatte trockene Sachen an und wärmte sich an dem großen schmiedeeisernen Ofen mit dem Ziegelfundament, auf dem für gewöhnlich der Waltran ausgelassen wurde. Ihr Mann und die übrigen Besatzungsmitglieder verloren keine Zeit. Eilends holten sie die Segel aus dem Frachtraum und zogen sie auf. Sobald sie angebrasst waren, wurde der Anker gelichtet, worauf sich die *Paloverde*, von Mender persönlich gesteuert, vorsichtig zwischen schmelzenden Schollen und mächtigen Eisbergen hindurch in offenes Fahrwasser tastete.

Nachdem sie sechs Monate lang in eisiger Kälte ausgeharrt hatten, stets vom Hungertod bedroht, nahmen sie nun Kurs auf die Heimat. Aber erst, nachdem sämtliche Fässer an Bord mit Walrosstran gefüllt waren.

Der aus Obsidian gemeißelte Schädel, den Roxanna aus der im ewigen Eis gefrorenen *Madras* mitgenommen hatte, fand einen Ehrenplatz auf ihrem Kaminsims in San Francisco. Mender setzte sich, wie es sich gehörte, mit den derzeitigen Eigentümern der Skylar Croft Trade Company in Liverpool in Verbindung, die mittlerweile einen anderen Namen trug, ließ ihnen das Tagebuch zukommen und nannte ihnen die Position des Schiffes, das an der Küste des Bellingshausen-Meeres gestrandet war.

Das ewige Eis wahrte sein finsteres Geheimnis. Die beiden Schiffe, die 1862 von Liverpool aus in See stachen, um die Fracht der *Madras* zu bergen, verschwanden auf Nimmerwiedersehen, vermutlich verschollen im Packeis der Antarktis.

Über hundertvierzig Jahre sollten vergehen, bis wieder jemand den Fuß an Deck der *Madras* setzte.

ERSTER TEIL

Im tiefsten Schoß der Hölle

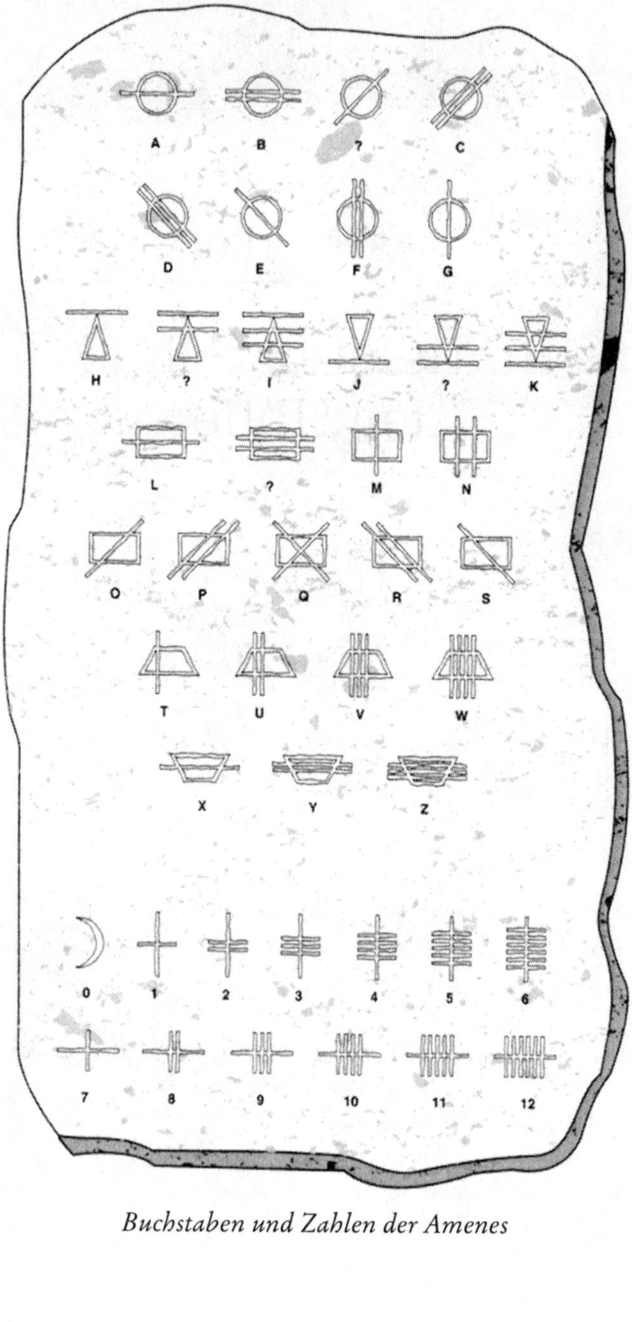

Buchstaben und Zahlen der Amenes

22. März 2001
Pandora, Colorado

1

Die Sterne verblassten allmählich, aber in dieser Höhe, rund zweitausendsiebenhundert Meter über dem Meeresspiegel, funkelten sie noch immer wie eine Leuchtreklame am frühmorgendlichen Himmel. Doch der Mond hatte etwas Gespenstisches an sich, als Luis Marquez aus seinem kleinen Holzhaus trat. Er hatte einen eigenartigen orangefarbenen Hof, wie er ihn noch nie zuvor gesehen hatte. Er betrachtete die seltsame Erscheinung einen Moment lang, ehe er über den Hof zu seinem Pickup ging, einem 1973er Chevrolet Cheyenne mit Allradantrieb.

Er hatte seine Arbeitskleidung angezogen und sich leise aus dem Haus gestohlen, damit er seine Frau und die beiden Töchter nicht aufweckte. Lisa, seine Frau, wäre gern aufgestanden und hätte ihm das Frühstück zubereitet und ein paar Brote zum Mitnehmen geschmiert, doch er bestand darauf, dass sie liegen bleiben sollte, weil früh um vier, wenn es draußen noch stockdunkel war, kein normaler Mensch freiwillig auf den Beinen war.

Marquez und seine Familie führten ein einfaches Leben. Eigenhändig hatte er das 1882 gebaute Haus renoviert. Seine Kinder gingen im nahe gelegenen Telluride zur Schule, einem beliebten Wintersportort, in dem Lisa und er auch den Großteil ihrer Einkäufe erledigten. Alles Übrige besorgten sie sich einmal im Monat in Montrose, einer etwas größeren, aber dennoch ländlichen Stadt, die rund hundert Kilometer weiter nördlich lag.

Aus alter Gewohnheit gönnte er sich noch einen Schluck Kaffee und ließ den Blick einmal rundum schweifen, über die Ruinen der Geisterstadt. Im Schein dieses gespenstischen Mondes ragten die wenigen Gebäude, die stehen geblieben waren, wie Grabsteine auf.

Nachdem man 1874 Goldadern im Felsgestein entdeckt hatte, waren zahllose Bergleute ins San Miguel Valley geströmt und hatten eine Stadt namens Pandora gegründet, benannt nach einer schönen Jungfrau aus der griechischen Sagenwelt, die einst den Deckel eines geheimnisvollen Gefäßes gelupft hatte. Ein Bostoner Bankenkonsortium erwarb die Schürfrechte, finanzierte die Erschließung der Mine und errichtete nur zwei Meilen nördlich der weitaus bekannteren Bergbaustadt Telluride ein Hüttenwerk.

Die Mine taufte man auf den Namen Paradise, und binnen kurzer Zeit wurde Pandora zu einem kleinen Städtchen mit zweihundert Einwohnern und einem eigenen Postamt. Die Häuser waren ordentlich gestrichen und von gepflegten Gärten und weißen Zäunen umgeben. Pandora lag zwar in einem Cañon, der nur von einer Seite aus zugänglich war, dennoch war die Stadt keineswegs von der Außenwelt abgeschnitten. Die Straße nach Telluride war in gutem Zustand, außerdem führte ein einspuriger Schienenstrang der Rio Grande Southern Railroad in das Tal, über den Fahrgäste und Versorgungsgüter in die Stadt gebracht und das gewonnene Edelmetall nach Denver abtransportiert wurde, auf die andere Seite der Rocky Mountains.

Schon damals war manch einer davon überzeugt, dass die Mine verflucht sei. Allzu viele Menschen hatten in den vierzig Jahren, in denen hier Gold im Wert von etwa fünfzig Millionen Dollar gewonnen worden war, ihr Leben verloren. Insgesamt achtundzwanzig Bergleute waren in den düsteren, dumpfigen Stollen umgekommen – vierzehn Mann bei einem einzigen Unglück –, an die hundert andere waren bei Stolleneinbrüchen und durch herabstürzendes Gestein so schwer verletzt worden, dass sie ihr Leben lang gezeichnet waren.

Die Alteingesessenen, die später nach Telluride zogen und inzwischen längst gestorben sind, behaupteten immer, man könnte die Geister der toten Kumpel in den verlassenen Stollen umgehen hören, die sich fünfzehn Kilometer weit durch das Gebirgsmassiv zogen – graue Felsen, die viereinhalbtausend Meter hoch in den tiefdunklen Himmel über Colorado aufragten.

Anfang der dreißiger Jahre waren die Goldvorkommen, die sich mithilfe von Chemikalien halbwegs rentabel aus dem Gestein gewinnen ließen, erschöpft. Die ausgebeutete Paradise-Mine wurde stillgelegt. Mehr als sechzig Jahre lang lebte sie nur mehr in der Erinnerung der Überlebenden fort, während die Natur die alten Narben im Antlitz der Erde allmählich überwucherte. Bis zum Jahr 1996 dauerte es, ehe wieder jemand mit schweren Arbeitsstiefeln durch diese Gänge schritt und der Klang einer Spitzhacke in den Stollen widerhallte.

Marquez blickte zu den Gipfeln der Berge hinauf. Letzte Woche hatte es vier Tage lang gestürmt, sodass da oben noch mehr Schnee lag als zuvor. Mittlerweile stiegen die Temperaturen, wodurch die weiße Pracht immer weicher und schwerer wurde. Jetzt herrschte höchste Lawinengefahr, vor allem droben in den Bergen, daher wurden die Skifahrer davor gewarnt, die ausgewiesenen Pisten zu verlassen. Soweit Marquez wusste, war bislang noch nie eine Lawine auf Pandora niedergegangen. Doch sosehr es ihn auch beruhigte, seine Familie in Sicherheit zu wissen – er selbst fuhr im Winter ungeachtet aller Gefahr den steilen, vereisten Weg hinauf und arbeitete tief im Berginneren. Dabei konnte bei einsetzendem Tauwetter jederzeit ein Schneebrett abbrechen.

Marquez hatte erst einmal eine Lawine niedergehen sehen. Die gewaltige Wucht und Schönheit dieser Schneemassen, die sich in einer weißen Wolke zu Tal wälzten und dabei Felsbrocken und Bäume mit sich rissen, hatte er niemals vergessen.

Zu guter Letzt setzte er den Schutzhelm auf, klemmte sich ans Steuer des Pickup, ließ den Motor an und wartete ein paar Minuten, bis er warm gelaufen war. Dann fuhr er vorsichtig die schmale, unbefestigte Straße hinauf, die zu der einstmals ergiebigsten Goldmine in ganz Colorado führte. Seine Reifen hinterließen tiefe Abdrücke im Neuschnee. Behutsam steuerte er höher und immer höher in die Berge hinauf. Schon nach kurzer Zeit ging es unmittelbar neben der Straße steil bergab, hunderte von Metern tief. Wenn er jetzt ins Schleudern geriet, konnten die Rettungsmannschaften nur mehr seine Überreste aus den zerschellten Trümmern des Pickups kratzen.

Die Leute hier in der Gegend meinten, er sei nicht recht bei Trost, als er die Schürfrechte an der alten Paradise-Mine erworben hatte. Schließlich waren sämtliche Goldadern, deren Abbau sich lohnte, längst erschöpft. Doch Marquez war damit reich geworden, auch wenn das außer einem Bankier in Telluride niemand ahnte. Er hatte den Gewinn in Grundstücke vor Ort gesteckt, die er später, als ringsum die Skisportanlagen nur so aus dem Boden schossen, für zwei Millionen Dollar veräußern konnte.

Marquez hatte es nicht auf Gold abgesehen. Seit zehn Jahren schon schürfte er weltweit nach Edelsteinen. Auf der Suche nach wertvollen Kristallen, die sich zu Schmucksteinen verarbeiten ließen, hatte er die alten, aufgelassenen Gold- und Silberminen von Montana, Nevada und Colorado erkundet. In einem Stollen der Paradise-Mine, dessen Wände nach Ansicht der alten Bergleute nur aus wertlosem Gestein bestanden, hatte er eine Ader aus rosaroten Kristallen entdeckt. Bei dem Fund, so hatte Marquez erkannt, handelte es sich um Rhodochrosit oder Manganspat, ein großartiges, rosa bis dunkelrote Kristalle bildendes Mineral, das man an diversen Stellen der Welt findet.

Geschliffenes oder poliertes Rhodochrosit bekam man nur selten zu Gesicht. Die großen Kristalle waren bei Sammlern begehrt, und die dachten nicht daran, sie zerstückeln zu lassen. Reine, durchscheinende Steine wie aus der Paradise-Mine, aus denen sich makellose Achtzehnkaräter schleifen ließen, waren sehr teuer. Marquez wusste, dass er sich zur Ruhe setzen und bis ans Ende seiner Tage ein angenehmes Leben führen konnte, doch solange die Ader noch etwas hergab, war er fest entschlossen, auch die letzten Kristalle aus dem Granit herauszuhacken.

Er hielt mit dem alten, verbeulten und zerschrammten Laster an und stieg vor einem mächtigen Eisentor aus, das mit vier verschiedenen Ketten und Vorhängeschlössern gesichert war. Er schob riesige Schlüssel in die Schlösser, ließ sie aufschnappen und löste die Ketten. Dann zog er mit beiden Händen die schwere Tür auf. Das Mondlicht fiel ein Stück weit in den abschüssigen Stollen, durch den ein Schienenpaar in die Dunkelheit führte.

Er warf den Motor eines großen, tragbaren Generators an und legte dann einen Hebel am Schaltkasten um. Mit einem Mal wurde der Schacht von einer Reihe nackter Glühbirnen erleuchtet, die sich gut hundert Meter weit an der Decke entlangzogen und in der Ferne verloren, bis man nur noch kleine, glimmende Punkte erkennen konnte. Eine Erzlore, die durch eine Trosse mit einer Seilwinde verbunden war, stand auf dem Gleis. Die Lore war für die Ewigkeit gebaut. Nur die Roststellen am Förderkorb wiesen darauf hin, dass sie einst hart herangenommen worden war.

Marquez stieg in den Förderkorb und drückte auf einen Knopf an der Fernbedienung. Mit einem Summen setzte die Winde ein und spulte die Trosse ab, sodass die Lore auf Grund der Schwerkraft die abschüssigen Gleise hinabrollte. Die Fahrt ins Innere der Erde war nichts für zaghafte oder klaustrophobisch veranlagte Menschen. Der enge Stollen bot kaum genügend Platz für die Lore. Ineinander gefügte Holzbohlen, die wie Türstürze aussahen, so genannte Verzimmerungen und Stempel, stützten alle paar Meter die Decke ab, damit sie nicht einbrach. Zahlreiche Hölzer waren morsch und brüchig, aber andere waren noch so tragfest und stabil wie an dem Tag, an dem sie von den längst verblichenen Bergleuten zurechtgezimmert worden waren. Rasch rollte die Erzlore die abschüssige Strecke hinab, bis sie nach rund dreihundertfünfzig Metern zum Stehen kam. In dieser Tiefe tröpfelte fortwährend Wasser von der Stollendecke.

Marquez nahm seinen Rucksack und die Brotzeitdose, kletterte von der Lore und ging zu einem senkrechten Schacht, der zur unteren Sohle der alten Paradise-Mine führte. Dort unten, in sechshundertfünfzig Metern Tiefe, zogen sich die Hauptförderstrecke und zahlreiche Querschläge wie die Speichen eines Rades durch das Granitgestein. Laut der alten Aufzeichnungen und der vorhandenen Karten erstreckten sich die Stollen, die man unter und um Pandora in den Berg getrieben hatte, über eine Länge von insgesamt hundertfünfzig Kilometern.

Marquez warf einen Steinbrocken in das gähnende schwarze Loch. Zwei Sekunden später hörte er ihn unten aufklatschen.

Kurz nachdem die Mine stillgelegt und die unter dem Fuß des Berges gelegene Pumpenstation abgeschaltet worden war, waren die tieferen Stollen überflutet worden. Im Laufe der Zeit war immer mehr Wasser eingedrungen, sodass es jetzt nur mehr knapp fünf Meter unter der in dreihundertfünfzig Metern Tiefe liegenden Sohle stand, in der Marquez die Rhodochrositader ausbeutete. Wenn das Wasser weiter so stetig anstieg wie nach den ungewöhnlich starken Regenfällen in diesem Herbst, konnte es nur noch ein paar Wochen dauern, bis es oben aus dem alten Förderschacht quoll, sich in den Hauptstollen ergoss und seinem Schmucksteinabbau ein Ende bereitete.

Marquez hatte sich vorgenommen, in der kurzen Zeit, die ihm noch verblieb, so viele Steine wie möglich zu gewinnen. Tagtäglich arbeitete er länger, schlug mühsam mit einer Spitzhacke die roten Kristalle los und beförderte sie in einer Schubkarre zu der Lore, mit der er sie zum Eingang der Mine schaffte.

Auf dem Weg durch den Stollen wich er alten, rostenden Erzloren und Bohrern aus, die die Bergmänner zurückgelassen hatten, als die Mine aufgegeben worden war. Seinerzeit hatte sich kein Abnehmer für das Gerät gefunden, da sämtliche Minen in der Gegend zur selben Zeit stillgelegt worden waren. Man hatte einfach alles an Ort und Stelle stehen und liegen lassen.

Nach etwa fünfundsiebzig Metern kam er zu einem schmalen Spalt im Fels, gerade breit genug, dass er hindurchschlüpfen konnte. Fünf Meter weiter befand sich das Rhodochrosit. Eine Glühbirne, die an einem Kabel von der Spaltdecke hing, war durchgebrannt. Er holte eine Ersatzbirne aus seinem Rucksack und tauschte sie aus, dann nahm er die Spitzhacke in die Hand und hieb auf das mit Schmucksteinen durchsetzte Gestein ein. Die mattroten Kristalle sahen aus wie getrocknete Kirschen.

Ein gefährlicher Felsüberhang ragte oberhalb des Spalts aus der Wand. Wenn Marquez hier weiter arbeiten wollte, ohne Gefahr zu laufen, dass er von herabfallendem Gestein zermalmt wurde, blieb ihm nichts anderes übrig, als ihn wegzusprengen. Mit einem tragbaren Presslufthammer bohrte er ein Loch in den Felsen. Dann schob er eine kleine Dynamitstange hinein und schloss den Draht an einen handlichen Zündkasten an. Nachdem er sich durch den Spalt gezwängt und ein Stück weit den Hauptstollen zurückgegangen war, drückte er den Auslöser herunter. Ein dumpfer Knall hallte durch die Mine, gefolgt vom Poltern des herabfallenden Gesteins und einer Staubwolke, die durch den Hauptstollen zog.

Marquez wartete ein paar Minuten, bis sich der Staub gelegt hatte, ehe er sich vorsichtig durch den natürlichen Felsspalt zwängte. Der Überhang war weg, nur ein Haufen Steine auf dem Boden des schmalen Gangs war von ihm übrig geblieben. Er holte die Schubkarre, beseitigte den Schutt und kippte ihn ein Stück weiter in den Stollen. Als der Durchgang frei geräumt war, blickte er nach oben, um sich zu überzeugen, dass kein loses Gestein hängen geblieben war.

Verwundert starrte er auf das Loch, das sich auf einmal in der Decke über der Kristallader auftat. Er richtete die Lampe an seinem Schutzhelm nach oben. Der Strahl fiel durch das Loch in eine Kammer, die sich offenbar dahinter befand. Plötzlich packte ihn die Neugier. Er rannte ein Stück weit durch den Stollen zurück und wühlte zwischen den herumliegenden Bergbaugeräten herum, bis er die rostigen Überreste einer einen Meter achtzig langen Leiter fand. Er stieg wieder durch den Spalt, lehnte die Leiter an die Wand, kletterte hinauf, stemmte sämtliche Steinbrocken am Rand des Loches los und erweiterte es, bis er sich hindurchzwängen konnte. Dann schob er sich mit dem Oberkörper in die Kammer, drehte den Kopf hin und her und ließ den Strahl der Helmlampe durch die Dunkelheit schweifen.

Marquez starrte in einen aus dem Fels gehauenen Raum. Allem Anschein nach war er vollkommen quadratisch, ungefähr viereinhalb Meter breit, mit der gleichen Kantenlänge und Höhe. Eigenartige Zeichen waren in die glatten blanken Wände geritzt. Das hier war eindeutig nicht das Werk von Bergmännern aus dem neunzehnten Jahrhundert. Dann fiel der Strahl seiner Helmlampe plötzlich auf ein steinernes Piedestal und blieb schimmernd an dem Gegenstand hängen, der darauf ruhte.

Marquez erstarrte vor Schreck, als er den schaurigen schwarzen Schädel erblickte, der ihn mit leeren Augenhöhlen anstierte.

2

Der Pilot zog die zweimotorige Beechcraft der United Airlines um ein Paar watteweiße Wolken herum und setzte zum Anflug auf die kurze Landebahn über dem San Miguel River an. Obwohl er den kleinen Flughafen von Telluride schon mindestens hundert Mal angeflogen hatte, kostete es ihn nach wie vor Mühe, sich auf die Landung zu konzentrieren, ohne sich von dem unglaublichen Anblick ablenken zu lassen, der sich ihm von hier oben aus auf die herrlichen, schneebedeckten San Juan Mountains bot. Die erhabene Schönheit der schroffen Gipfel und weißen Hänge unter einem strahlend blauen Himmel war atemberaubend.

Majestätisch ragten die Berge zu beiden Seiten auf, als das Flugzeug tiefer in das Tal hineintauchte. Sie wirkten so nah, dass es den Insassen vorkam, als streiften die Flügelspitzen der Maschine die Espen auf den Felsvorsprüngen. Dann fuhr der Pilot das Fahrwerk aus, und eine Minute später setzten die Räder mit einem kurzen Stoß und quietschenden Bremsen auf der schmalen Asphaltrollbahn auf.

Die Beechcraft beförderte nur neunzehn Passagiere, sodass sie im Nu entladen war. Patricia O'Connell stieg als Letzte aus. Sie hatte den Rat einer Freundin beherzigt, die einst zum Skifahren in diesen Wintersportort geflogen war, und um einen Platz im hinteren Teil der Kabine gebeten, damit sie den großartigen Ausblick genießen konnte, ohne dass ihr die Flügel die Sicht versperrten.

In dieser Höhe, etwa zweitausendsiebenhundert Meter über dem Meeresspiegel, war die Luft zwar dünn, aber unglaublich rein und erfrischend. Pat atmete tief durch, als sie von der Maschine zum Flughafengebäude ging. Als sie durch die Tür trat, kam ein kleiner, stämmiger Mann mit kahl rasiertem Kopf und einem dunkelbraunen Bart auf sie zu.

»Dr. O'Connell?«

»Nennen Sie mich bitte Pat«, erwiderte sie. »Sie müssen Dr. Ambrose sein.«

»Tom, bitte«, sagte er mit einem freundlichen Lächeln. »Hatten Sie einen angenehmen Flug von Denver hierher?«

»Es war wunderbar. Ein bisschen unruhig, als wir über die Berge geflogen sind, aber die herrliche Landschaft hat alle Unannehmlichkeiten wettgemacht.«

»Telluride ist ein zauberhafter Flecken Erde«, sagte er leicht wehmütig. »Manchmal wünschte ich, ich könnte hier leben.«

»Ich kann mir nicht vorstellen, dass es hier viele Ausgrabungsstätten gibt, die ein Mann mit Ihrer Erfahrung erkunden könnte.«

»In dieser Höhe nicht«, sagte er. »Die alten indianischen Ruinen liegen viel tiefer.«

Dr. Thomas Ambrose mochte nicht dem Bild entsprechen, das man sich von einem berühmten Anthropologen machte, doch er war einer der angesehensten Männer seines Fachs. Als emeritierter Professor der Arizona State University war er nicht nur ein ausgezeichneter Forscher, sondern auch berühmt für die sorgfältigen Veröffentlichungen über seine Feldstudien. Jetzt, mit Ende fünfzig – Pat schätzte ihn allerdings zehn Jahre jünger –, konnte er auf dreißig Jahre Forschung auf den Spuren früher Menschen und ihrer Zivilisationen im gesamten Südwesten der Vereinigten Staaten zurückblicken.

»Dr. Kidd gab sich am Telefon sehr geheimnisvoll. Er ließ sich so gut wie keine Auskunft darüber entlocken, um was für eine Entdeckung es sich handelt.«

»Und ich halte es ebenso«, sagte Ambrose. »Warten Sie lieber, bis Sie es mit eigenen Augen sehen.«

»Wie sind Sie an diesen Fund geraten?«, fragte sie.

»Ich war zur rechten Zeit am richtigen Ort. Ich war gerade mit einer alten Freundin im Skiurlaub, als mich ein Kollege von der Universität von Colorado anrief und fragte, ob ich einen Blick auf einen Fund werfen möchte, den ein Bergmann gemeldet hatte. Nachdem ich mich vor Ort kurz umgesehen hatte, wurde mir klar, dass dies meinen Horizont übersteigt.«

»Bei einem Mann mit Ihrem Ruf kann ich das kaum glauben.«

»Leider fällt Inschriftenkunde nicht in mein Fachgebiet. Und deshalb sind Sie hier. Der einzige mir persönlich bekannte Spezialist im Entziffern alter Inschriften ist Dr. Jerry Kidd in Stanford. Er war nicht abkömmlich, doch er hat Sie in den höchsten Tönen empfohlen.«

Ambrose drehte sich um, als die äußeren Pforten der Gepäckausgabe geöffnet wurden und die Damen vom Abfertigungsschalter, die nebenbei auch für das Gepäck zuständig waren, Koffer und Taschen auf eine Metallrutsche warfen. »Die große grüne ist meine«, sagte Pat, die dankbar war, dass ein Mann da war, der ihre tonnenschwere Tasche voller Fachbücher tragen konnte.

Ambrose ächzte, sagte aber nichts, als er die schwere Tasche zu einem Jeep Cherokee schleppte, der draußen auf dem Parkplatz vor dem Flughafengebäude stand. Pat zögerte, ehe sie einstieg, und ließ den großartigen Anblick der Kiefern- und Espenwälder auf sich einwirken, die sich an den Hängen des Mount Wilson und des Sunshine Peak auf der anderen Seite des Tales hinaufzogen. Ambrose musterte sie, während sie begeistert die herrliche Landschaft betrachtete. Pat hatte leuchtend rote Haare, die bis zur Taille fielen. Ihre Augen waren graugrün. Sie stand da wie von einem Bildhauer geschaffen, das rechte Bein belastet und das linke Knie leicht nach innen gedreht. Die Schultern und Arme deuteten darauf hin, dass sie muskulöser war als die meisten Frauen, ohne Zweifel eine Folge stundenlangen Trainings in einem Fitnessstudio. Ambrose schätzte, dass sie etwa eins dreiundsiebzig groß war und um die sechzig Kilo wog. Sie war eine hübsche Frau, weder süß noch hinreißend schön, aber er konnte sich gut vorstellen, dass sie sehr begehrenswert aussah, wenn sie etwas reizvollere Kleidung trug als die Jeans und die eher männlich wirkende Lederjacke.

Dr. Kidd behauptete, dass es niemand Besseren gäbe als Patricia O'Connell, was das Entziffern alter Schriften anging. Er hatte ihm ihren Lebenslauf gefaxt, und Ambrose war beeindruckt. Fünfunddreißig Jahre alt, mit einem Doktortitel in alten Sprachen vom St. Andrews College in Schottland, lehrte an der University of Pennsylvania Linguistik. Pat hatte drei allgemein anerkannte Bücher über ihre Entzifferung alter Steininschriften verfasst, die man in verschiedenen Teilen der Welt gefunden hatte. Von ihrem Mann, einem Anwalt, geschieden und allein erziehende Mutter einer vierzehnjährigen Tochter. Als erklärte Anhängerin der Diffusionstheorie, wonach sich Kulturerscheinungen ausbreiten, statt unabhängig voneinander zu entstehen, war sie überzeugt davon, dass alte Seefahrervölker viele Jahrhunderte vor Kolumbus an den Gestaden Amerikas gelandet waren.

»Ich habe Sie in einer hübschen Pension in der Stadt untergebracht«, sagte Ambrose. »Wenn Sie möchten, setze ich Sie dort ab, damit Sie sich frisch machen können.«

»Nein, danke«, sagte Pat lächelnd. »Wenn Sie nichts dagegen haben, würde ich gern sofort den Fundort aufsuchen.«

Ambrose nickte, zog ein Mobiltelefon aus der Jackentasche und wählte eine Nummer. »Ich sage Luis Marquez Bescheid, dass wir kommen. Das ist der Besitzer der Mine, der die Entdeckung gemacht hat.«

Schweigend fuhren sie durch das Zentrum von Telluride. Pat blickte zu den verschneiten Bergen des Mountain Village im Süden hinauf und sah Skifahrer die steilen Buckelpisten hinunterwedeln. Sie kamen an alten Häusern vorbei, die im Laufe des letzten Jahrzehnts renoviert worden waren und nun statt Saloons Einzelhandelsgeschäfte beherbergten. Ambrose deutete auf ein Gebäude zur Linken. »Dort hat Butch Cassidy seine erste Bank überfallen.«

»Telluride muss eine bewegte Geschichte haben.«

»Stimmt«, erwiderte Ambrose. »Genau da, vor dem Sheridan Hotel, hat William Jennings Bryan seine berühmte Rede vom ›Kreuz aus Gold‹ gehalten. Und weiter droben, im South Fork Valley, stand das erste Elektrizitätswerk der Welt. Man hat dort Wechselstrom für die Minen erzeugt. Die Generatoren und technischen Apparaturen wurden von Nikola Tesla entwickelt.«

Ambrose fuhr durch die Stadt Telluride, in der zur Wintersportsaison reges Treiben herrschte, und dann in den Cañon nach Pandora, wo die Asphaltstraße endete. Staunend blickte Pat zu den steilen Felsklippen rund um die alte Goldgräberstadt hinauf, zu den herrlichen Bridal Veil Falls, die nun, da mit den ersten warmen Vorboten des Frühlings die Schneeschmelze einsetzte, in hellen Kaskaden zu Tal stürzten.

Sie bogen auf eine Nebenstraße ab, die zu den Überresten etlicher alter Gebäude führte. Ein Kleinbus und ein Jeep, beide in hellem Türkis lackiert, standen davor. Zwei Männer in Tauchanzügen luden gerade ihre Atemgeräte aus. Jedenfalls kam es Pat so vor. »Was haben denn diese Taucher mitten in den Bergen von Colorado verloren?«, erkundigte sie sich.

»Ich habe mich gestern mit ihnen unterhalten«, versetzte Ambrose. »Die sind von irgendeiner Behörde für Meeres- und Unterwasserforschung.«

»Ziemlich weitab vom Meer, nicht wahr?«

»Mir haben sie gesagt, dass sie alte unterirdische Adern erkunden, über die einst das Wasser von der Westflanke der San Juan Mountains abgeflossen ist. Da drunten gibt es ein ganzes Höhlenlabyrinth, das die alten Minenstollen kreuz und quer miteinander verbindet.«

Eine halbe Meile weiter kamen sie an einem riesigen, stillgelegten Hüttenwerk am San Miguel River an, über dem sich ein anderer Minenschacht auftat. Davor stand ein Sattelzug. Rundum waren Zelte aufgestellt, zwischen denen allerlei Leute herumwuselten. Links und rechts auf dem langen Aufleger des Sattelzugs prangte die Aufschrift »Geo Subterranean Science Corporation«, dazu eine Firmenadresse in Phoenix, Arizona.

»Noch ein Forschungstrupp«, erklärte Ambrose ungefragt. »Lauter Geophysiker, die mit modernstem Bodenmessgerät die alten Minen erkunden wollen. Angeblich können sie damit jede Goldader feststellen, die den Bergleuten einst entgangen ist.«

»Glauben Sie, die werden fündig?«, fragte Pat.

Ambrose zuckte die Achseln. »Ich bezweifle es. Die Berge sind ziemlich tief durchlöchert.«

Kurz darauf steuerte Ambrose ein malerisches kleines Haus an und hielt neben einem Chevrolet-Pickup. Marquez und seine Frau, die sie bereits erwarteten, kamen heraus und begrüßten sie. Ambrose stellte Pat vor.

»Ich beneide Sie«, sagte Pat, »vor allem um die großartige Landschaft, in der Sie wohnen.«

»Stimmt schon«, sagte Lisa, »aber nach einem Jahr nimmt man das gar nicht mehr wahr.«

»Ich könnte mich an so was nie satt sehen.«

»Darf ich euch etwas anbieten? Kaffee? Ein Bier?«

»Nein, danke«, erwiderte Pat. »Wenn es Ihnen recht ist, möchte ich so bald wie möglich zum Fundort.«

»Von mir aus«, sagte Marquez. »Wenn wir jetzt aufbrechen, haben wir noch fünf Stunden Zeit. Sie können sich die Kammer genau ansehen, und trotzdem sind wir vor Einbruch der Dunkelheit zurück.«

»Danach erwartet Sie nämlich das Abendessen«, sagte Lisa. »Ich dachte, Sie hätten vielleicht Lust auf Hirschsteaks.«

»Hört sich wunderbar an«, sagte Pat, deren Magen jetzt schon knurrte.

Marquez deutete mit dem Kopf auf den alten Pickup. »Ich glaube, mit Ihrem Jeep kommen wir bequemer rauf zu der Mine, Doc.«

Eine Viertelstunde später saßen sie in der alten Erzlore und rollten hinab in die Paradise-Mine. Für Pat war das eine völlig neue Erfahrung. Sie war noch nie in einen Bergwerksschacht eingefahren.

»Es kommt mir so vor, als ob es immer wärmer würde«, stellte sie fest, »je tiefer wir vordringen.«

»Nach einer alten Faustregel«, erklärte Marquez, »steigt die Temperatur alle dreißig Meter, die man tiefer in die Erde eindringt, um etwa fünf Grad. Drunten auf der untersten Sohle, die jetzt überflutet ist, war es früher über vierzig Grad heiß.«

Die Erzlore blieb stehen. Marquez stieg aus und kramte in einer großen hölzernen Werkzeugkiste herum. Er reichte Pat und Ambrose Schutzhelme.

»Wegen der Steinschlaggefahr?«, fragte Pat.

Marquez lachte. »Hauptsächlich deshalb, damit Sie sich an den Stützhölzern nicht den Schädel zerschrammen.«

Im gelblich flackernden Schein der Glühbirnen folgten sie Marquez in den Stollen hinein. Hohl hallten ihre Stimmen von den Felsenwänden wider. Mehr als einmal geriet Pat auf den alten, verrosteten Schwellen und Schienen, über die einst die Erzloren gerollt waren, ins Straucheln, doch sie fing sich immer wieder. In weiser Voraussicht, auch wenn ihr das heute Morgen noch nicht klar gewesen war, hatte sie vor dem Abflug nach Telluride ein Paar bequeme Wanderschuhe angezogen. Nach einer halben Ewigkeit, so jedenfalls kam es ihr vor – tatsächlich waren nur zehn Minuten vergangen –, gelangten sie zu dem Felsspalt, hinter dem die Kammer lag, und zwängten sich hinter Marquez hindurch.

Er blieb vor der Leiter stehen und deutete nach oben, zu einem Loch in der Stollendecke, aus dem helles Licht fiel. »Nach Ihrem Besuch gestern habe ich da drin eine Birne angebracht, Dr. Ambrose. Die blanken Wände wirken wie Spiegel, sodass Sie die Inschrift mühelos erkennen können.« Dann trat er zur Seite und half Pat die Leiter hinauf.

Nachdem niemand sie darauf vorbereitet hatte, was sie erwartete, war sie wie vom Donner gerührt. So wie seinerzeit Howard Carter zu Mute gewesen sein musste, als er den ersten Blick in Tutanchamuns Grab geworfen hatte. Dann bemerkte sie den schwarzen Schädel und vorsichtig begab sie sich zu dem Piedestal und betrachtete den blanken schimmernden Stein.

»Herrlich«, murmelte sie bewundernd, als Ambrose sich durch die schmale Öffnung schob und neben sie trat.

»Ein Meisterwerk«, stimmte er zu. »Aus Obsidian.«

»Ich habe Schädel aus Bergkristall gesehen, die man in Belize gefunden hat, von den Mayas hergestellt. Aber im Vergleich zu dem hier sind die geradezu ungeschlacht.«

»Angeblich sollen Kristallschädel einen Strahlenkranz absondern und eigenartige Töne von sich geben.«

»Dann muss der, mit dem ich mich damals befasst habe, ziemlich lethargisch gewesen sein«, sagte Pat lächelnd. »Er stand nur da und hat geglotzt.«

»Ich kann mir gar nicht vorstellen, wie viele Jahre es gedauert hat – um nicht zu sagen Generationen, denn man hatte ja keinerlei modernes Werkzeug –, bis etwas derart Schönes fertig gestellt war. Zumal aus einem so spröden Material, das man nur schmirgeln und abschleifen kann, das beim geringsten Hammerschlag in tausend Stücke zerspringt.«

»Vollkommen glatt«, sagte Pat leise. »Wie poliert.«

Ambrose wies rundum. »Diese ganze Kammer ist das reinste Wunder. Allein mit den Inschriften im Gestein muss mindestens eine Hand voll Männer ein Leben lang beschäftigt gewesen sein. Aber zuvor mussten sie diese ebenmäßigen Wände aus dem Fels herausmeißeln. Aus hartem Granit, in dieser Tiefe. Ich habe sie vermessen. Boden, Wände und Decke bilden einen Kubus. Sie sind bis auf den Millimeter genau im Lot. Aber es gibt keinerlei Aus- oder Eingang – ein Rätsel wie aus einem klassischen Krimi.«

»Was ist mit dem Loch in der Decke?«, fragte Pat.

»Das hat Luis Marquez bei der Suche nach Schmucksteinen frei gesprengt«, erwiderte Ambrose.

»Und wie ist dann diese Kammer entstanden, wenn es keinen Ausgang gibt?«

Ambrose deutete zur Decke. »Ich habe nur einen einzigen Hinweis gefunden – einen kaum wahrnehmbaren Spalt rund um die Oberkante. Meiner Meinung nach haben die Baumeister damals erst die Kammer gegraben und dann eine Steinplatte darüber gebettet, die genau passte.«

»Aber wozu?«

Ambrose grinste. »Das herauszufinden ist Ihre Aufgabe.«

Pat holte einen Notizblock, einen kleinen Pinsel und eine Lupe aus einer Tasche, die sie am Gürtel trug. Sie trat unmittelbar vor eine Wand, fegte den Staub weg, der sich im Lauf der Jahrhunderte abgesetzt hatte, und musterte die Inschrift. Eingehend betrachtete sie die Zeichen, ehe sie zur Decke emporblickte. Dann wandte sie sich mit verständnisloser Miene an Ambrose. »Die Decke stellt allem Anschein nach eine Sternenkarte dar. Die Zeichen deuten darauf hin …« Sie zögerte, schaute ein weiteres Mal verdutzt zu Ambrose. »Es muss sich um eine Art Jux handeln, den sich die Bergmänner erlaubt haben, die den Stollen gruben.«

»Wie kommen Sie zu diesem Schluss?«, wollte Ambrose wissen.

»Die Zeichen an der Wand haben nicht die geringste Ähnlichkeit mit irgendeiner Inschrift, die ich bislang untersuchen durfte.«

»Können Sie sie entziffern?«

»Ich kann Ihnen bloß sagen, dass es sich weder um Piktogramme noch um Hieroglyphen, noch um Logogramme handelt, die einzelne Wörter wiedergeben. Auch deuten die Zeichen nicht auf Wort- oder Silbensymbole hin. Allem Anschein nach ist es eine Art Alphabet.«

»Dann stellen sie also einzelne Lautzeichen dar«, warf Ambrose ein.

Pat nickte zustimmend. »Entweder handelt es sich um eine Art Code oder um ein geniales Schreibsystem.«

Ambrose schaute sie forschend an. »Wie kommen Sie darauf, dass das Ganze ein Jux sein könnte?«

»Die Zeichen weisen keinerlei Ähnlichkeit mit irgendeiner anderen bekannten Schrift auf, die der Mensch im Laufe der Geschichte entwickelt hat«, sagte Pat leise, aber bestimmt.

»Sie haben sie als genial bezeichnet.«

Pat reichte Ambrose das Vergrößerungsglas. »Sehen Sie selbst. Die Symbole sind bemerkenswert einfach. Die Verwendung geometrischer Figuren in Verbindung mit einzelnen Linien stellt eine überaus zweckmäßige Methode der schriftlichen Mitteilung dar. Deswegen kann ich ja nicht glauben, dass diese Inschriften hier von einer alten Zivilisation stammen.«

»Lassen sich die Symbole entziffern?«

»Das weiß ich erst, wenn ich sie kopiert habe und auf der Universität durch den Computer laufen lasse. Die meisten alten Inschriften sind nicht annähernd so klar und eindeutig wie diese hier. Allem Anschein nach sind diese Zeichen nach einer genau festgelegten Systematik aufgebaut. Das große Problem dabei ist, dass es nirgendwo auf der Welt eine entsprechende Inschrift gibt, an der wir uns orientieren könnten. Ich tappe hier im Dunkeln, bis mir der Computer einen Anhaltspunkt liefert.«

»Wie weit seid ihr da oben?«, rief Marquez unten aus dem Stollen.

»Vorerst sind wir fertig«, antwortete Pat. »Gibt es in der Stadt einen Schreibwarenladen?«

»Zwei sogar.«

»Gut. Ich brauche nämlich einen Packen Pauspapier und Tesafilm, damit ich es zu großen Bögen zusammenkleben kann…« Sie verstummte, als ein leises Grollen aus dem Stollen drang und der Boden des viereckigen Gelasses unter ihren Füßen erzitterte.

»Ein Erdbeben?«, rief Pat zu Marquez hinab.

»Nein«, erwiderte er. »Ich nehme an, dass irgendwo in den Bergen eine Lawine niedergegangen ist. Machen Sie und Dr. Ambrose ruhig weiter, ich laufe kurz nach oben und schau mich um.«

Ein weiterer Erdstoß, diesmal deutlich stärker, erschütterte die Kammer.

»Vielleicht sollten wir mitkommen«, sagte Pat bang.

»Die hölzernen Stützstreben in den Stollen sind alt, und viele sind morsch«, warnte sie Marquez. »Bei heftigen Erschütterungen könnten sie zusammenbrechen, sodass es zu einem Einsturz kommt. Hier unten sind Sie beide besser aufgehoben.«

»Bleiben Sie nicht zu lange weg«, sagte Pat. »In diesen engen, dunklen Gängen ist es mir nicht ganz geheuer.«

»Bin in zehn Minuten wieder da«, beruhigte sie Marquez.

Sobald Marquez' Schritte unten im Stollen verhallt waren, wandte sich Pat an Ambrose. »Sie haben mir noch nicht gesagt, was Sie von diesem Schädel halten. Glauben Sie, er ist alt, oder stammt er aus jüngerer Zeit?«

Ambrose betrachtete den Schädel mit versonnener Miene. »Nur in einem Laboratorium ließe sich feststellen, ob er von Hand oder mit modernen Werkzeugen geschliffen und poliert wurde. Wir wissen lediglich, dass dieser Raum ganz bestimmt nicht von den Bergleuten aus dem Fels gehauen wurde. Über eine derart aufwändige Arbeit müsste es irgendwo schriftliche Unterlagen geben. Marquez hat mir versichert, dass sich in den alten Akten und Stollenplänen der Paradise-Mine keinerlei Hinweis auf einen senkrechten Schacht befindet, der zu einer unterirdischen Kammer an dieser Stelle führt. Folglich muss sie vor 1850 entstanden sein.«

»Oder viel später.«

Ambrose zuckte mit den Schultern. »Der gesamte Bergwerksbetrieb wurde 1931 eingestellt. Ein derart großes Projekt hätte seither nicht unbemerkt vonstatten gehen können. Ich möchte meinen guten Ruf nicht aufs Spiel setzen, wage aber ohne jede Einschränkung zu behaupten, dass diese Kammer und der Schädel mehr als tausend Jahre alt sind, vermutlich viel älter.«

»Vielleicht stammen sie von Indianern«, hakte Pat nach.

Ambrose schüttelte den Kopf. »Unmöglich. Die alten Amerikaner haben zwar zahlreiche komplexe Steinbauten errichtet, aber ein Unternehmen von dieser Größe und Genauigkeit überstieg ihre Fähigkeiten. Außerdem sind da noch die Inschriften. Und die dürften wohl kaum das Werk eines Volkes sein, das keine Schriftsprache kannte.«

»Allem Anschein nach handelt es sich hier um die Hinterlassenschaft hochintelligenter und hoch gebildeter Menschen«, sagte sie leise, während sie mit den Fingerspitzen über die in den Granit gehauenen Zeichen strich.

Ambrose blieb bei ihr, als sie die ungewöhnlichen Symbole in ein kleines Notizbuch übertrug, bis sie ingesamt zweiundvierzig Zeichen kopiert hatte. Dann vermass sie die Gravurtiefe und den Abstand zwischen den Linien und Symbolen. Je genauer sie den Text untersuchte, denn um einen solchen handelte es sich offenbar, desto verblüffter war sie. Diesen Inschriften wohnte eine rätselhafte Logik inne, deren Geheimnis sich nur durch eine sorgfältige Übersetzung erschließen würde. Sie machte gerade Blitzlichtaufnahmen von den Schriftzeichen und Sternensymbolen an der Decke, als Marquez durch das Loch im Boden der Kammer kletterte.

»Sieht so aus, als ob wir eine Weile hier aushalten müssten«, berichtete er. »Eine Lawine hat den Zugang zur Mine verschüttet.«

»Ach du liebe Güte«, stieß Pat aus.

»Nur keine Bange«, sagte Marquez mit einem verkniffenen Grinsen. »Meine Frau hat mit so was Erfahrung. Die bekommt garantiert mit, dass wir in der Klemme stecken, und holt Hilfe. In Kürze wird ein Rettungstrupp mit schwerem Gerät aus der Stadt anrücken und uns ausbuddeln.«

»Wie lange werden wir hier festsitzen?«, fragte Ambrose.

»Schwer zu sagen, da ich nicht weiß, wie viel Schnee vor dem Mineneingang liegt. Ein paar Stunden vermutlich. Könnte aber auch einen Tag dauern. Die werden rund um die Uhr arbeiten, bis sie den Schnee weggeräumt haben. Da können Sie sich drauf verlassen.«

Pat war erleichtert. »Nun denn, solange Ihre Beleuchtung funktioniert, sollten Dr. Ambrose und ich die Zeit nutzen und die Inschriften aufzeichnen.«

Sie hatte die Worte kaum ausgesprochen, als ein gewaltiges Grollen irgendwo tief unterhalb der Kammer ertönte. Danach hallte das markerschütternde Knacken berstender Stützhölzer, gefolgt vom lauten Poltern herabstürzender Steine aus dem Stollen. Eine heftige

Druckwelle fegte durch den Felsspalt in die Kammer und schleuderte sie zu Boden.

Dann ging das Licht aus.

3

Das dumpfe Grollen im Innern des Berges hallte bedrohlich aus den verborgenen Tiefen des Stollens, erstarb allmählich und hinterließ eine beklemmende Stille. Zugleich wälzte sich eine dichte Staubwolke durch den dunklen Gang, drang durch den Felsspalt und in die Kammer. Sie husteten sich in der Dunkelheit schier die Seele aus dem Leib, als sich der Schmutz in Mund und Nase festsetzte.

Ambrose war der Erste, der wieder ein paar halbwegs verständliche Worte hervorbrachte. »Was, in Gottes Namen, ist da passiert?«

»Ein Einsturz«, krächzte Marquez. »Die Decke des Stollens muss eingebrochen sein.«

»Pat!«, rief Ambrose und tastete in der Dunkelheit umher. »Sind Sie verletzt?«

»Nein«, stieß sie aus, immer noch hustend. »Ich kriege keine Luft, aber sonst fehlt mir nichts.«

Er stieß auf ihre Hand und half ihr auf die Beine. »Hier, nehmen Sie mein Taschentuch und halten Sie es sich vor den Mund.«

Pat stand reglos und um Atem ringend da. »Ich hatte das Gefühl, als ob die Erde unter meinen Füßen explodiert.«

»Wieso ist der Fels plötzlich eingebrochen?«, fragte Ambrose Marquez.

»Ich weiß es nicht, aber meiner Meinung nach klang es wie eine Sprengung.«

»Könnte der Stollen nicht auch durch die Nachwirkungen der Lawine eingestürzt sein?«, fragte Ambrose.

»Ich schwöre bei Gott, dass es Dynamit war«, sagte Marquez. »Ich muss es schließlich wissen. Ich habe im Laufe der Jahre so viel davon verwendet, dass ich das Geräusch erkenne. Ich benutze immer Dynamit mit einer niedrigen Detonationsgeschwindigkeit, damit das Gestein so wenig wie möglich erschüttert wird. Irgendjemand hat in einem der Stollen unter uns eine brisante Ladung gezündet. Eine gewaltige, der Erschütterung nach zu urteilen.«

»Ich dachte, die Mine wäre verlassen.«

»Ist sie auch. Außer meiner Frau und mir hat sie seit Jahren niemand mehr betreten.«

»Aber wie …«

»Nicht wie, sondern warum.« Marquez streifte die Beine des Anthropologen, als er auf allen vieren herumkroch und seinen Schutzhelm suchte.

»Wollen Sie damit etwa sagen, dass jemand absichtlich Sprengstoff gezündet hat, um die Mine zum Einsturz zu bringen?«, fragte Pat verwirrt.

»Das werde ich schon erfahren, wenn wir hier wieder rauskommen.« Marquez fand seinen Helm, stülpte ihn über seine eingestaubten Haare und schaltete die Lampe an. »So, schon besser.«

Die kleine Lampe warf lediglich einen matten Lichtschein durch die Kammer. Der sich langsam setzende Staub hatte etwas Unheimliches und Bedrohliches an sich, wie wabernde Nebelschwaden über dunklen Wassern, und sie selbst wirkten mit der pudrigen Schicht aus grauem Granit, die sich auf Haut und Kleidung abgelagert hatte, wie Statuen, die aus dem Gestein rundum gehauen waren.

»Mir will gar nicht gefallen, wie Sie dieses Wenn ausgesprochen haben.«

»Kommt ganz drauf an, auf welcher Seite des Spalts der Stollen eingebrochen ist. Wenn's weiter unten war, ist alles klar. Aber wenn die Decke irgendwo zwischen hier und dem Hauptschacht runtergekommen ist, könnte es heikel werden. Ich geh mal nachschaun.«

Ehe Pat noch etwas sagen konnte, war der Bergmann durch das Loch geschlüpft, und in der Kammer herrschte wieder tiefste Dunkelheit. Schweigend standen Ambrose und Pat inmitten der drückenden Düsternis, beide zusehends beklommen und verängstigt. Knapp fünf Minuten verstrichen, bis Marquez wieder zurückkehrte. Sein Gesicht konnten sie nicht sehen, weil ihnen der Strahl seiner Helmlampe in die Augen schien, aber sie spürten geradezu, dass er dem Tod ins Antlitz geblickt hatte.

»Ich habe leider ganz schlechte Nachrichten«, sagte er bedächtig. »Die Decke ist ein Stück weiter droben im Stollen runtergekommen, in Richtung Hauptschacht. Meiner Schätzung nach ist der Stollen auf einer Länge von dreißig Metern eingefallen, wenn nicht noch mehr. Das kann Tage dauern, womöglich Wochen, bis die Rettungsmannschaften das Geröll beiseite geräumt haben, zumal sie das Ganze ja ständig wieder abstützen müssen.«

Ambrose wollte wissen, ob es noch Hoffnung gab. »Aber man wird uns doch hier herausholen, ehe wir verhungern«, sagte er.

»Verhungern müssen wir ja nicht«, sagte Marquez, unfähig, die Verzweiflung in seiner Stimme zu verbergen. »Das Wasser im Stollen steigt. Es steht schon fast einen Meter hoch.«

Jetzt sah Pat auch, dass Marquez' Hosen bis zu den Knien klatschnass waren. »Dann sitzen wir also ausweglos in diesem verdammten Loch fest?«

»Das habe ich nicht gesagt!«, versetzte der Bergmann. »Es könnte gut sein, dass das Wasser über einen der Seitenstollen abläuft, bevor es bis zur Kammer hoch steigt.«

»Aber garantieren können Sie nicht dafür«, sagte Ambrose.

»In ein paar Stunden wissen wir's«, entgegnete Marquez.

Pat war unter der Staubschicht kreidebleich geworden, konnte kaum atmen. Die nackte Angst packte sie, als sie zum ersten Mal das Wasser hörte, das draußen, unterhalb der Kammer in den Stollen sickerte. Zuerst war es nur ein leises Glucksen, doch dann, viel zu schnell, wurde es immer lauter. Sie schaute zu Ambrose, fing seinen Blick auf. Auch er konnte seine Angst nicht verhehlen.

»Wie mag es wohl sein«, flüsterte sie, »wenn man ertrinkt?«

Sie zählten jede einzelne endlose Minute, und die nächsten zwei Stunden kamen ihnen vor wie Jahrhunderte, während das Wasser immer höher stieg, bis es durch das Loch im Boden der Kammer drang und um ihre Füße leckte. Pat, die vor Grauen wie gelähmt war, drückte sich an die Wand, als könnte sie den unablässig steigenden Wassermassen dadurch eine Gnadenfrist abringen. Sie sprach ein stummes Stoßgebet, flehte um ein Wunder, damit die Flut nicht über ihre Schulter stieg.

Allzu grässlich war der Gedanke an diesen grauenhaften Tod, hunderte von Metern unter der Erde, in diesem finsteren, stickigen Loch, ein Albtraum, viel zu gespenstisch, als dass man sich damit abfinden könnte. Ihr fiel die Geschichte über die toten Taucher ein, die sie einst gelesen hatte, Taucher, die sich in einer unterirdischen Höhle verirrt hatten. Als man sie schließlich fand, hatten sie sich die Finger bis auf die blanken Knochen abgeschürft, so verzweifelt hatten sie sich auf der Suche nach einem Ausweg in den blanken Fels gekrallt.

Stumm und bedrückt standen die beiden Männer da. Marquez mochte einfach nicht glauben, dass irgendwelche geheimnisvollen Unbekannten sie ermorden wollten. Dazu gab es keinerlei Grund, nicht das geringste Motiv. Vor allem aber dachte er an seine Angehörigen, an seine Familie, die bald Trauer tragen würden.

Pat dachte an ihre Tochter, und eine tiefe Trostlosigkeit überkam sie nun, da sie wusste, dass sie nicht miterleben würde, wie ihr einziges Kind zur Frau heranwuchs. Es war einfach nicht fair, dass sie tief im Innern der Erde zu Grunde gehen sollte, wo man nicht einmal ihren Leichnam finden würde. Sie hätte gern geweint, aber sie brachte keine Träne hervor.

Als ihnen das Wasser bis zu den Knien stand, erstarb jedes Gespräch. Es stieg immer weiter, bis zur Hüfte. Es war eiskalt, so als stächen ihnen tausend Nadeln ins Fleisch. Pat fing an zu zittern, klapperte mit den Zähnen, ohne dass sie es unterdrücken konnte. Ambrose bemerkte, dass sich bei ihr die ersten Anzeichen einer drohenden Unterkühlung einstellten, und schloss sie in die Arme. Pat war ihm dankbar dafür, sowohl für die Aufmerksamkeit als auch für die Wärme, die er ihr spendete. Atemlos vor Entsetzen starrte sie auf das grässlich dunkle Wasser, die kalte, wirbelnde Flut, auf der sich der gelbe Schein von Marquez' Lampe widerspiegelte.

Dann meinte Pat plötzlich etwas zu sehen, spürte es geradezu. »Schalten Sie die Lampe aus«, murmelte sie Marquez zu.

»Was?«

»Schalten Sie die Lampe aus. Ich glaube, da unten ist irgendwas.«

Die beiden Männer waren überzeugt, dass sie vor Angst an Hirngespinsten litt. Dennoch griff Marquez nach oben und schaltete die kleine Lampe an seinem Schutzhelm aus. Wieder war die Kammer in tiefe Dunkelheit getaucht.

»Was wollen Sie denn gesehen haben?«, fragte Ambrose leise.

»Einen Lichtschein«, murmelte sie.

»Ich sehe gar nichts«, sagte Marquez.

Ambrose und Marquez spähten in das Wasser, sahen aber nichts als abgrundtiefe Schwärze.

»Ich habe was gesehen. Ich schwöre bei Gott, da drunten in dem Felsspalt war ein Licht.«

Ambrose drückte sie an sich. »Hier ist niemand«, sagte er behutsam. »Wir sind allein.«

»Da!«, stieß sie aus. »Seht ihr das nicht?«

Marquez tauchte mit dem Kopf in die Fluten und sperrte die Augen auf. Und dann sah er es ebenfalls, einen schwachen Lichtschein, der aus dem Stollen drang. Er hielt die Luft an, starrte gespannt in die Richtung, sah, wie er heller wurde, als käme er näher. Er riss den Kopf aus dem Wasser. »Da unten ist irgendwas«, schrie er mit schriller, überschnappender Stimme. »Ein Gespenst. Das kann nur der Geist sein, der angeblich in der Mine umgeht. Kein Wesen von Fleisch und Blut kommt durch einen überfluteten Stollen.«

Sie verloren jeglichen Lebensmut, der ihnen noch geblieben war. Wie hypnotisiert starrten sie auf den Lichtschein, der offenbar genau auf das Loch im Boden der Kammer zuhielt. Dann schaltete Marquez die Lampe an seinem Helm wieder an, und sie blickten gebannt auf die schwarze Gestalt, die langsam aus dem Wasser stieg.

Dann hob das Gespenst die Hand aus den dunklen Fluten, nahm das Mundstück des Atemreglers heraus und schob die Taucherbrille auf die Stirn. Im Schein der Helmlampe funkelten ein Paar grüner Augen auf, dann eine Reihe ebenmäßiger weißer Zähne, als der Mann breit grinste.

»Sieht so aus«, ertönte eine freundliche Stimme, »als wäre ich buchstäblich auf den letzten Drücker gekommen.«

4

Pat fragte sich unwillkürlich, ob sie vor Angst und Eiseskälte so benommen war, dass ihre Sinne ihr einen Streich spielten. Ambrose und Marquez starrten fassungslos auf die Erscheinung und brachten kein Wort heraus. Allmählich legte sich der Schreck und wich einer tiefen Erleichterung darüber, dass sie nicht mehr allein waren und der Fremde offenbar mit der Außenwelt in Verbindung stand. Sie schöpften neue Hoffnung.

»Woher, in Gottes Namen, kommen Sie denn?«, stieß Marquez aufgeregt aus.

»Aus der Buccaneer-Mine nebenan«, antwortete der Fremde, der den Lichtstrahl seiner Unterwasserlampe über die Wände der Kammer wandern ließ, ehe er ihn auf den Obsidianschädel richtete. »Was ist denn das? Ein Mausoleum?«

»Nein«, antwortete Pat, »ein Rätsel.«

»Jetzt erkenne ich Sie«, sagte Ambrose. »Wir haben uns heute Morgen unterhalten. Sie sind von der National Underwater and Marine Agency.«

»Dr. Ambrose, nicht wahr? Ich wünschte, ich könnte sagen, dass es mir eine Freude ist, Ihnen hier zu begegnen.« Der Fremde wandte sich dem Bergmann zu. »Sie müssen Luis Marquez sein, der Besitzer der Mine. Ich habe Ihrer Frau versprochen, dass ich Sie rechtzeitig zum Abendessen nach Hause bringe.« Er betrachtete Pat mit einem verschmitzten Grinsen. »Und die hinreißende Dame hier muss Dr. O'Connell sein.«

»Sie kennen meinen Namen?«

»Mrs. Marquez hat Sie beschrieben«, sagte er lediglich.

»Wie, um alles in der Welt, sind Sie hierher gekommen?«, fragte Pat immer noch ganz benommen.

»Nachdem wir vom Sheriff erfahren haben, dass der Mineneingang von einer Lawine verschüttet wurde, haben die anderen Ingenieure der NUMA und ich beschlossen zu versuchen, ob wir durch einen der Stollen, die von der Buccaneer-Mine hierher führen, an Sie rankommen. Wir hatten erst ein paar hundert Meter zurückgelegt, als der Berg von der Explosion erschüttert wurde. Als wir sahen, dass das Wasser in den Schächten stieg und beide Minen überflutete, wurde uns klar, dass nur noch ein Taucher durch die Stollen zu Ihnen vordringen kann.«

»Sie sind von der Buccaneer-Mine bis hierher geschwommen?«, fragte Marquez ungläubig. »Das sind fast achthundert Meter.«

»Genau genommen bin ich den Großteil der Strecke gelaufen, bis ich ins Wasser musste«, erklärte der Fremde. »Die Strömung war stärker, als ich erwartet hatte. Ich habe einen wasserdicht verpackten Sack mit Nahrungsmitteln und Medikamenten an einer Leine hinter mir her gezogen, aber leider wurde er weggerissen und ging verloren, als ich von einem Wasserschwall an ein altes Bohrgestänge geschleudert wurde.«

»Haben Sie sich verletzt?«, fragte Pat besorgt.

»Nur ein paar blaue Flecken, nicht der Rede wert.«

»Es ist ein Wunder, dass Sie durch dieses Stollenlabyrinth zu uns gefunden haben«, sagte Marquez.

Der Fremde hielt ein kleines Gerät mit einem grün leuchtenden Bildschirm hoch. »Ein Unterwassercomputer, in dem sämtliche Schächte, Querschläge und Stollen rund um Telluride gespeichert sind. Weil Ihr Stollen durch den Einsturz blockiert war, musste ich auf eine tiefere Sohle ausweichen, die Stelle umschwimmen und von der entgegengesetzten Seite aus vorrücken. Als ich durch den Stollen geschwommen bin, habe ich den schwachen Schimmer Ihrer Grubenlampe bemerkt. Und da bin ich nun.«

»Dann weiß da droben also niemand, dass wir durch den Einsturz in der Falle sitzen«, sagte Marquez fest.

»Doch«, antwortete ihm der Taucher. »Meine Männer haben den Sheriff verständigt, sobald uns klar wurde, was passiert ist.«

Ambrose wirkte kreidebleich. Er teilte die Begeisterung der anderen nicht. »Folgt Ihnen noch ein weiteres Mitglied Ihres Tauchtrupps?«, fragte er bedächtig.

Der Taucher schüttelte kurz den Kopf. »Ich bin allein. Wir hatten nur noch zwei Pressluftflaschen übrig. Ich hielt es für zu gefährlich, wenn mehr als ein Mann zu Ihnen vordringt.«

»Mir scheint, Sie haben bloß Zeit vergeudet und sich die ganze

Mühe umsonst gemacht. Sie können doch kaum etwas für uns tun.«

»Lassen Sie sich überraschen«, versetzte der Taucher lediglich.

»Sie haben einfach nicht genügend Luft in Ihren beiden Flaschen, um uns alle vier durch ein Labyrinth aus überfluteten Stollen an die Erdoberfläche zu bringen. Und da wir innerhalb einer Stunde entweder ertrunken sind oder an Unterkühlung gestorben, bleibt Ihnen keine Zeit mehr, um zurückzukehren und Hilfe zu holen.«

»Sie sind sehr scharfsinnig, Doktor. Zwei Leute könnten den Rückweg zur Buccaneer-Mine schaffen, aber nur zwei.«

»Dann müssen Sie die Dame mitnehmen.«

Der Taucher lächelte spöttisch. »Sehr nobel von Ihnen, mein Guter, aber wir sind hier nicht auf der *Titanic*.«

»Bitte«, flehte Marquez. »Das Wasser steigt. Bringen Sie Dr. O'Connell in Sicherheit.«

»Wenn Sie das glücklich macht«, sagte er scheinbar ungerührt. Er nahm Pat an der Hand. »Sind Sie schon mal mit Atemgerät getaucht?«

Sie schüttelte den Kopf.

Er richtete seine Unterwasserlampe auf die beiden Männer. »Wie sieht's mit euch zwei aus?«

»Spielt das denn eine Rolle?«, fragte Ambrose ernst.

»Für mich schon.«

»Ich bin ausgebildeter Taucher.«

»Dachte ich mir doch. Und Sie?«

Marquez zuckte die Achseln. »Ich kann kaum schwimmen.«

Der Taucher wandte sich an Pat, die ihre Kamera und das Notizbuch sorgfältig in Plastik einwickelte. »Sie schwimmen neben mir her, und wir teilen uns das Mundstück meines Atemreglers. Ich nehme einen Zug und reiche es dann Ihnen. Dann nehmen Sie einen Zug und geben es wieder mir. Sobald wir aus dieser Kammer abtauchen, halten Sie sich an meinem Bleigurt fest.«

Dann drehte er sich noch einmal zu Ambrose und Marquez um. »Tut mir Leid, dass ich euch enttäuschen muss, Jungs, aber wenn ihr glaubt, dass ihr draufgeht, habt ihr euch gebrannt. In einer Viertelstunde komme ich euch holen.«

»Machen Sie bitte schneller.« Marquez' Gesicht war grau wie der Granit. »In zwanzig Minuten geht uns das Wasser bis über den Kopf.«

»Dann müsst ihr euch eben auf die Zehenspitzen stellen.«

Der Mann von der NUMA nahm Pat an der Hand, stieg ins Wasser und verschwand mit ihr in der trüben Brühe.

Der Taucher hielt seine Unterwasserlampe gerade, sodass der Strahl durch den Stollen fiel, und musterte eine der hellen Linien auf seinem kleinen Computer. Dann blickte er von dem kleinen Monitor auf, richtete die Lampe nach vorn und schwamm auf die dräuende Dunkelheit zu. Das Wasser war mittlerweile bis zur Stollendecke gestiegen, und die Strömung, in die er zuvor geraten war, hatte nachgelassen. Mit kräftigen Flossenschlägen stieß er durch den überfluteten Gang und zog Pat mit sich.

Er warf einen kurzen Blick nach hinten und sah, dass sie die Augen fest zusammengekniffen hatte und sich mit beiden Händen an seinem Bleigurt festklammerte. Sie machte die Augen nicht einmal dann auf, als sie das Mundstück des Atemreglers hin und her gehen ließen.

In weiser Voraussicht hatte er sich für eine einfache Tauchbrille vom Typ U. S. Divers Scan und einen gewöhnlichen Aquarius-Lungenautomaten, ebenfalls von U. S. Divers, an Stelle seiner altvertrauten Mark-II-Vollgesichtsbrille entschieden. Er war dadurch leichter vorangekommen, als er von der Buccaneer-Mine aus durch das Labyrinth unterirdischer Gänge hatte schwimmen müssen, die teilweise voller heruntergestürzter Felsbrocken und Stützhölzer lagen. Zumal es auch trockene Galerien gab, Stollen, in die das Wasser noch nicht vorgedrungen war und durch die er kriechen oder zu Fuß gehen musste. Mit sperrigen Sauerstoffflaschen, Tarierweste, diversen Messgeräten, einem Messer und einem mit Bleigewichten bestückten Gürtel bepackt über Lorengleise, geborstene Schwellen und Geröll zu steigen, war alles andere als einfach. Das Wasser war eiskalt, doch der Halbtrockentauchanzug vom Typ DUI Norseman hatte ihn einigermaßen warm gehalten, als er gezwungen war, die eine oder andere Strecke schwimmend zurückzulegen. Er hatte den leichteren Norseman-Anzug gewählt, weil er damit auf dem Trockenen mehr Bewegungsfreiheit hatte.

Das Wasser war aufgewühlt und so trüb, dass der Strahl der Unterwasserlampe keine drei Meter weit durch die Dunkelheit schnitt. Er zählte die Stützbalken, an denen sie vorbeikamen, und versuchte daran abzuschätzen, wie weit sie gekommen waren. Schließlich knickte der Stollen jäh ab und endete vor einem senkrecht aufsteigenden Schacht. Als er hineinschwamm, kam es ihm so vor, als wäre er in den Schlund eines Ungeheuers geraten. Zwei Minuten später tauchten sie auf, und er richtete den Strahl der Unterwasserlampe in die Dunkelheit über ihnen. Rund zehn Meter weiter oben tat sich ein weiterer waagerechter Stollen auf, der zur nächsten Sohle der Paradise-Mine führte.

Pat strich sich die Haare aus dem Gesicht und starrte ihn mit großen Augen an. Erst jetzt fielen ihm ihre zauberhaften graugrünen Augen auf. »Wir haben's geschafft«, japste sie hustend und spie Wasser aus. »Haben Sie gewusst, wohin dieser Schacht führt?«

Er hielt den Computer hoch, an dem er sich orientiert hatte. »Der hier hat uns den Weg gewiesen.« Er legte ihre Hände auf die glitschigen Sprossen einer stark verrosteten Leiter, die nach oben führte. »Meinen Sie, Sie schaffen es von allein bis zur nächsten Etage?«

Pat nickte nur, überglücklich, dass sie der grässlichen Kammer entronnen war und weiterleben durfte, vielleicht sogar in Ehren alt werden.

»Halten Sie sich mit den Händen außen an den Holmen fest, wenn Sie die Leiter hinaufsteigen, und treten Sie nicht mitten auf die Sprossen – die sind alt und womöglich halb durchgerostet.«

»Ich werd's schon schaffen.«

Er reichte ihr ein kleines, mit Butangas gefülltes Sturmfeuerzeug. »Nehmen Sie das, suchen Sie trockene Stützhölzer und machen Sie damit ein Feuer. Sie waren schon viel zu lange im kalten Wasser.«

Als er die Tauchbrille wieder aufsetzte und ins Wasser steigen wollte, packte sie ihn unverhofft am Handgelenk. Sie meinte in seinen schimmernd grünen Augen zu versinken. »Kehren Sie zu den anderen zurück?«

Er nickte und lächelte ihr aufmunternd zu. »Ich hole sie raus. Keine Sorge. Noch reicht die Zeit.«

»Sie haben mir überhaupt nicht gesagt, wer Sie sind.«

»Dirk Pitt ist mein Name«, sagte er. Dann schob er sich das Mundstück zwischen die Zähne, winkte ihr kurz zu und verschwand in dem trüben Wasser.

Das Wasser reichte den beiden Männern, die in dem alten Gelass zurückgeblieben waren, mittlerweile bis zur Schulter. Mit jedem Zentimeter, den es weiter stieg, war ihnen banger geworden. Doch Ambrose und Marquez hatten sich insgeheim in das Schicksal gefügt, das ihnen hier in diesem Höllenloch beschieden war. Marquez war fest entschlossen, bis zum letzten Atemzug zu kämpfen, während Ambrose sich ein zähes Ringen mit dem Tod liefern wollte. Er gedachte durch den Felsspalt da unten zu tauchen und den Stollen entlangzuschwimmen, bis ihm die Luft ausging.

»Der kommt nicht wieder, was?«, murmelte Marquez.

»Sieht nicht so aus. Es sei denn, er schafft es nicht rechtzeitig. Vermutlich dachte er, er müsste uns Hoffnung machen.«

»Komisch, aber ich hatte das Gefühl, dass wir dem Mann trauen können.«

»Vielleicht können wir das auch«, sagte Ambrose, als er einen schwachen Lichtstrahl sah, wie von einem Glühwürmchen, der sich unter Wasser näherte.

»Gott sei Dank!«, stieß Marquez aus, als der Strahl der Halogenlampe über Wände und Decke der Kammer tanzte, noch ehe Pitt aufgetaucht war. »Sie sind zurückgekommen!«

»Habt ihr daran etwa gezweifelt?«, fragte Pitt leichthin.

»Wo ist Pat?«, erkundigte sich Ambrose bei Pitt, der noch die Tauchbrille aufhatte.

»In Sicherheit«, erwiderte Pitt kurz angebunden. »Etwa fünfundzwanzig Meter weiter führt ein Schacht ins Trockene.«

»Den kenne ich«, versetzte Marquez, der kaum noch zu verstehen war. »Er führt zur nächsthöheren Sohle.«

Pitt, der bei dem Bergmann erste Anzeichen einer Unterkühlung zu erkennen meinte, die Benommenheit, die Teilnahmslosigkeit, entschied sich, erst ihn mitzunehmen statt Ambrose, der eindeutig in der besseren Verfassung war. Er musste sich sputen, denn die lähmende Kälte kostete beide die letzte Lebenskraft. »Sie sind der Nächste, Mr. Marquez.«

»Womöglich drehe ich unter Wasser durch oder werde ohnmächtig«, krächzte Marquez.

Pitt packte ihn an der Schulter. »Stellen Sie sich einfach vor, dass Sie vor Waikiki im warmen Wasser paddeln.«

»Viel Glück«, sagte Ambrose.

Pitt grinste und schlug dem Anthropologen aufmunternd auf die Schulter. »Halten Sie aus.«

»Ich werde hier auf Sie warten.«

Pitt nickte Marquez zu. »Alles klar, mein Guter, auf geht's.«

Alles ging glatt vonstatten. Pitt legte sich mächtig ins Zeug, damit sie so schnell wie möglich zu dem Schacht gelangten. Ihm war klar, dass der Bergmann das Bewusstsein verlieren würde, wenn er ihn nicht schleunigst ins Trockene brachte. Marquez hielt sich wacker, jedenfalls für einen Mann, der wasserscheu war. Er nahm einen tiefen Zug aus dem Mundstück und reichte es dann umgehend an Pitt weiter.

Als sie zu der Leiter kamen, schob Pitt ihn die ersten Sprossen hoch, bis er aus dem kalten Wasser heraus war. »Meinen Sie, Sie kommen aus eigener Kraft bis zum nächsten Stollen hinauf?«

»Ich muss es schaffen«, stammelte Marquez, während er gegen die eisige Kälte ankämpfte, die ihm schier das Blut in den Adern gefrieren ließ. »Jetzt geb ich bestimmt nicht mehr auf.«

Pitt ließ ihn allein und kehrte zu Ambrose zurück, dem das eiskalte Wasser inzwischen sichtlich zugesetzt hatte. Seine Körpertemperatur war mittlerweile stark gesunken. Noch ein, zwei Grad weniger, und er würde das Bewusstsein verlieren. Wenn er sich nur fünf Minuten länger Zeit gelassen hätte, wäre er zu spät gekommen, denn das Wasser stand jetzt nur mehr wenige Zentimeter unter der Decke der Kammer. Pitt hielt sich nicht mit langen Reden auf, sondern schob dem Anthropologen kurzerhand das Mundstück zwischen die Zähne und zog ihn mit sich, zu dem Spalt hinab und durch den Stollen.

Eine Viertelstunde später saßen sie alle um das Feuer, das Pat mit den Holztrümmern, die sie in den umliegenden Querstollen fand, entfacht hatte. Pitt stöberte ebenfalls herum und entdeckte ein paar alte, eingebrochene Stützbalken, die noch trocken waren. Binnen kürzester Zeit loderten helle Flammen auf, in deren Glutschein die Überlebenden aus der überfluteten Kammer allmählich auftauten. Marquez wirkte nach einiger Zeit wieder halbwegs menschlich. Pat hatte sich erholt und war wieder so lebhaft wie eh und je, als sie Ambrose die eiskalten Füße massierte.

Während sich alle am Feuer wärmten, beschäftigte Pitt sich mit dem Computer und suchte einen Weg, der sie durch die Mine nach draußen führte. Die Gegend rund um Telluride war von Stollen unterhöhlt. Die Schächte, Querschläge, Vortriebe und Verbindungsstollen waren alles in allem fast sechshundert Kilometer lang. Pitt wunderte sich nur, dass die Berge nicht längst zusammengesackt waren wie ein nasser Schwamm. Er ließ die anderen noch eine Stunde ausruhen und ihre Kleidung trocknen, ehe er sie daran erinnerte, dass sie noch längst nicht aus dem Schneider waren.

»Wenn wir jemals wieder ans Tageslicht gelangen wollen, müssen wir uns ranhalten.«

»Wozu die Eile?«, versetzte Marquez achselzuckend. »Wir müssen doch bloß den Stollen entlang zum Einstiegsschacht laufen und abwarten, bis sich die Rettungsmannschaften durch die Lawine gebuddelt haben.«

»Ich überbringe ja nur ungern schlechte Nachrichten«, entgegnete Pitt mit grimmigem Unterton, »aber die Rettungsmannschaften mussten leider feststellen, dass sie auf der schmalen Straße und mit ihrem schweren Gerät nicht durch die sechs Meter hohen Schneemassen bis zum Mineneingang vordringen können. Inzwischen wurden sie abgezogen, weil die Temperatur weiter ansteigt und damit auch die Lawinengefahr. Es kann Tage, wenn nicht Wochen dauern, bis die den Zugang zur Mine freigelegt haben.«

Marquez starrte ins Feuer, während er sich ausmalte, wie es da droben aussehen mochte. »Alles hat sich gegen uns verschworen«, sagte er leise.

»Wir haben Feuerholz und Trinkwasser, auch wenn es schlammig ist«, sagte Pat. »Wir können es doch bestimmt auch ohne Nahrung so lange aushalten, bis die es geschafft haben.«

Ambrose lächelte leicht. »Sechzig bis siebzig Tage dauert es im Allgemeinen, bis man verhungert.«

»Oder wir schlagen uns zu Fuß nach draußen durch, solange wir noch bei Kräften sind«, wandte Pitt ein.

Marquez schüttelte den Kopf. »Sie wissen doch selber, dass der einzige Stollen, der von der Buccaneer- zur Paradise-Mine führt, überflutet ist. Auf dem Weg, über den Sie zu uns gelangt sind, kommen wir nicht mehr durch.«

»Jedenfalls nicht ohne das entsprechende Tauchgerät«, fügte Ambrose hinzu.

»Stimmt«, räumte Pitt ein. »Aber wenn mein kleiner elektronischer Wegweiser Recht hat, gibt es mindestens zwei Dutzend trockene Stollen und Schächte auf den höher gelegenen Sohlen, über die wir an die Erdoberfläche gelangen können.«

»Schon möglich«, sagte Marquez, »aber die meisten Stollen sind im Lauf der letzten neunzig Jahre eingebrochen.«

»Dennoch«, sagte Ambrose, »ist es besser, als wochenlang hier herumzuhocken und Daumen zu drehen.«

»Ganz meine Meinung«, pflichtete Pat ihm bei. »Ich habe für heute genug von alten Bergwerksstollen.«

Auf ihre Worte hin ging Pitt zum Rand des Schachtes und spähte nach unten. Die flackernden Flammen des Feuers spiegelten sich im Wasser, das nur mehr knapp einen Meter unterhalb des Stollenbodens stand. »Uns bleibt gar nichts anderes übrig. In zwanzig Minuten steigt das Wasser aus dem Schacht.«

Marquez trat neben ihn und starrte auf das glucksende Wasser. »Schon verrückt«, murmelte er, »wenn man nach all den Jahren hier miterlebt, wie das Wasser diese Sohle überflutet. Sieht so aus, als ob's vorbei ist mit dem Schmucksteinabbau.«

»Eine der Wasseradern, die sich durch den Berg ziehen, muss durch das Erdbeben geborsten sein und sich in die Mine ergossen haben.«

»Das war kein Erdbeben«, versetzte Marquez unwirsch. »Das war eine Sprengung.«

»Wollen Sie etwa sagen, dass der Einsturz und die Überflutung durch eine Sprengladung ausgelöst wurden?«, fragte Pitt.

»Ich bin mir völlig sicher.« Mit zusammengekniffenen Augen, schaute er Pitt an. »Ich verwette meine Schürfrechte darauf, dass noch jemand anders in der Mine gewesen ist.«

Pitt starrte auf das dunkel drohende Wasser. »Wenn das so ist«, sagte er nachdenklich, »dann will irgendjemand euch drei um die Ecke bringen.«

5

»Sie gehen voraus«, befahl Pitt Marquez. »Wir laufen einfach hinter dem Lichtstrahl Ihrer Grubenlampe her, bis die Batterien alle sind. Danach nehmen wir meine Unterwasserlampe.«

»Schwer wird es, wenn wir durch die Schächte zu den höheren Sohlen klettern müssen«, sagte der Bergmann. »Bislang haben wir Glück gehabt. Leitern gibt's nur in wenigen Schächten. Meistens hat man die Bergleute und das Erz mit Seilzügen befördert.«

»Damit befassen wir uns, wenn es so weit ist«, sagte Pitt.

Es war fünf Uhr nachmittags, als sie aufbrachen. Mit Hilfe von Pitts Tauchkompass hielten sie sich immer in Richtung Westen. Er sah komisch aus, als er in seinem Halbtrockentauchanzug, den Handschuhen und den mit Stahlkappen bewehrten Servus-Tauchstiefeln durch den Stollen marschierte. Er hatte nur den Computer dabei, den Kompass, die Unterwasserlampe und ein Messer, das an seiner rechten Wade festgeschnallt war. Die übrige Ausrüstung hatte er neben den Überresten des verglimmenden Feuers zurückgelassen.

In dem Stollen lag keinerlei Schutt, und die ersten hundert Meter kamen sie einigermaßen leicht voran. Marquez übernahm die Führung, gefolgt von Pat und Ambrose. Pitt bildete die Nachhut. Zwischen den Gleisen und den Felswänden war genügend Platz, sodass sie nicht auf den Schienen gehen mussten. Sie kamen an einem Schacht vorbei, dann an zwei weiteren, in denen es keinerlei Aufstiegsmöglichkeiten zur nächsthöheren Sohle gab. Dann stießen sie auf eine kleine, offene Galerie, von der drei Stollen in die Dunkelheit führten.

»Wenn ich mich recht entsinne«, sagte Marquez, »müssten wir laut Lageplan den Stollen nehmen, der nach links abzweigt.«

Pitt zog seinen bewährten Computer zu Rate. »Stimmt genau.«

Nach fünfzig Metern stießen sie auf eine Stelle, an der ein Steinschlag niedergegangen war. Der Geröllhaufen war nicht allzu groß, daher schickten sie sich an, ihn so weit abzutragen, dass sie auf allen vieren weiterkamen. Eine Stunde später hatten sie mühsam und im Schweiße ihres Angesichts so viel loses Gestein weggeräumt, dass sie darüber hinwegrobben konnten. Der Stollen führte zu einer weiteren Kammer und einem Schacht mit einem noch vorhandenen alten Flaschenzug. Pitt leuchtete senkrecht nach oben. Es war, als blickte man in ein schwarzes Loch. Der Lichtstrahl drang nicht bis nach oben. Doch der Schacht sah viel versprechend aus. An der einen Wand befand sich eine Leiter, die vermutlich zu Wartungsarbeiten benutzt worden war, und von oben hingen die Trossen herab, an denen einst die Förderkörbe auf und nieder gezogen worden waren.

»Das lässt sich ganz gut an«, sagte Pitt.

»Hoffentlich hält die Leiter«, sagte Ambrose, packte die beiden Holme und rüttelte daran. Sie vibrierte von unten bis oben, wo sie in der Dunkelheit verschwand. »Es ist lange her, seit ich mich zum letzten Mal an alten, glitschigen Tauen emporgezogen habe.«

»Ich gehe zuerst«, sagte Pitt und schlang sich den Riemen am Griff seiner Unterwasserlampe ums Handgelenk.

»Achten Sie auf die erste Stufe«, sagte Pat mit einem leichten Lächeln.

Pitt schaute ihr in die Augen und sah, dass sie ehrlich um ihn besorgt war. »Um die Letzte mache ich mir viel mehr Gedanken.«

Er hielt sich fest, stieg etliche Sprossen hoch und zögerte dann, weil sie ihm allzu wacklig vorkamen. Er kletterte höher, behielt aber stets die Trossen des Seilzugs im Auge, die in Armeslänge herabhingen. Falls die Leiter brechen sollte, konnte er sich zumindest an einem der Taue festhalten. Langsam stieg er hinauf, Sprosse um

Sprosse, prüfte jede, ehe er sie voll belastete. Er hätte schneller vorankommen können, doch er musste sich davon überzeugen, dass ihm die anderen gefahrlos folgen konnten.

Rund fünfzehn Meter über den Köpfen seiner Begleiter, die ihn gespannt beobachteten, blieb er stehen und leuchtete durch den Schacht nach oben. Die Leiter endete nur knapp zwei Meter über ihm, aber gut dreieinhalb Meter unter dem Eingang des Stollens. Pitt stieg zwei Sprossen höher, streckte den Arm aus und ergriff eins der Taue. Die aus Hanf gedrehten Stricke waren etwa anderthalb Zentimeter dick und boten ausgezeichnet Halt. Er ließ die Leiter los und zog sich mit beiden Händen an dem Tau hoch, bis er sich einen Meter über dem Stollenboden befand. Dann schaukelte er hin und her, holte mit jedem Schwung weiter aus, sprang schließlich ab und landete auf hartem Fels.

»Wie sieht's aus?«, rief Marquez.

»Die Leiter ist unmittelbar unterhalb vom Stollen abgebrochen, aber ich kann euch das letzte Stück hochziehen. Schicken Sie Dr. O'Connell rauf.«

Während Pat auf den Schein von Pitts Lampe zukletterte, die in den Schacht herableuchtete, hörte sie, wie er mit einem Steinbrocken auf irgendetwas einhämmerte. Als sie bei der letzten Sprosse angelangt war, ließ er einen Stützbalken herunter, in den er zwei Handgriffe gekerbt hatte.

»Packen Sie die Strebe mit beiden Händen und halten Sie sich dran fest.«

Ohne ein Widerwort tat sie wie geheißen und wurde im Nu hinaufgezogen. Kurz darauf waren auch Marquez und Ambrose oben angelangt. Pitt richtete seine Lampe in den Stollen und sah, so weit der Strahl reichte, nirgendwo Geröll oder eine Einsturzstelle. Dann schaltete er sie wieder aus, um die Batterien zu schonen.

»Nach Ihnen, Marquez.«

»Diesen Stollen hab ich vor etwa drei Jahren erkundet. Wenn ich mich recht entsinne, führt er direkt zum Einstiegsschacht der Paradise-Mine.«

»Da kommen wir aber wegen der Lawine nicht heraus«, sagte Ambrose.

»Wir können sie umgehen«, erwiderte Pitt und musterte den Monitor seines Computers. »Wenn wir den nächsten Querschlag nehmen, stoßen wir nach etwa hundertfünfzig Metern auf einen Stollen, der zu einer Mine mit Namen North Star führt.«

»Was ist denn ein Querschlag?«, fragte Pat.

»Ein von einem Schacht ausgehender waagrechter Gang, der quer zu den Gebirgsschichten verläuft. Sie dienen als Wetter- und Verbindungsstollen«, antwortete Marquez. Zweifelnd schaute er Pitt an. »So ein Gang ist mir bislang noch nie aufgefallen, was nicht heißen muss, dass es ihn nicht gibt, aber vermutlich ist er zugeschüttet.«

»Dann achten Sie mal genau auf die linke Stollenwand«, riet ihm Pitt.

Marquez nickte schweigend, brach auf und leuchtete ihnen mit seiner Grubenlampe den Weg durch die Dunkelheit. Der Stollen zog sich schier endlos dahin. Irgendwann blieb Marquez stehen und bat Pitt, seine stärkere Lampe auf eine Aufschüttung zwischen zwei Stützhölzern zu richten.

»Sieht so aus, als ob das die Stelle ist, die wir suchen«, sagte er und deutete auf einen Bogen aus hartem Granit über dem losen Gestein.

Die Männer machten sich sofort ans Werk und räumten das Geröll weg. Nach mehreren Minuten hatten sie eine Öffnung freigelegt. Pitt beugte sich hinein und richtete seine Lampe in den Gang, der so niedrig war, dass man kaum aufrecht stehen konnte. Dann warf er einen Blick auf seinen Kompass. »Er führt in die richtige Richtung. Los, wir räumen den Zugang so weit frei, dass wir reinkriechen können, und dann nichts wie weiter.«

Der Stollen war schmäler als die anderen, und sie mussten auf den Schwellen und Schienen für die Erzloren gehen, sodass sie nur langsam und mühselig vorankamen. Eine Stunde lang marschierten sie im schummrigen Schein der Grubenlampe auf den Gleisen durch die Düsternis, ein Weg, der ihnen schier endlos vorkam und sie die letzte Kraft kostete.

Marquez merkte man allmählich an, wie viel Anstrengung ihn die letzten paar Stunden gekostet hatten. Für sein Alter war er gut in Form, aber der ständigen körperlichen Belastung und inneren Anspannung war er auf Dauer nicht gewachsen. Ambrose hingegen sah aus, als unternähme er einen Sonntagsspaziergang durch den Park. Für einen Universitätsprofessor, einen Stubenhocker, wirkte er erstaunlich ruhig und gelassen. Pitt war der Einzige, der hin und wieder für Erheiterung sorgte. Immer wieder schlug er mit dem Schutzhelm, den Pat ihm überlassen hatte, weil sie ein gutes Stück kleiner war als er mit seinen stattlichen ein Meter neunzig, an den Stützhölzern an.

Ihre Gesichter konnte er in dem schummrigen Gang und bei den tanzenden Schattenlichtern an den Wänden nicht sehen, aber er wusste, dass sie alle drei so stur und hartnäckig waren, dass sie vor lauter Stolz weitergehen würden, bis sie umfielen, weil keiner der Erste sein wollte, der um eine Verschnaufpause bat. Er bemerkte indes sehr wohl, wie schwer ihr Atem ging. Daher fing er, obwohl er sich noch frisch fühlte, laut und vernehmlich an zu keuchen.

»Ich bin geschafft. Wie wär's mit einer kurzen Rast?«

»Von mir aus gern«, sagte Marquez, sichtlich erleichtert, dass jemand anders den Vorschlag gemacht hatte.

Ambrose lehnte sich an die Stollenwand. »Ich meine, wir sollten weitergehen, bis wir draußen sind.«

»Ich stimme dagegen«, sagte Pat. »Meine Beine toben vor Schmerz. Ich komme mir vor, als wäre ich über tausend Bahnschwellen gestiegen.«

Erst als sich alle zu Boden sinken ließen, während Pitt locker stehen blieb, wurde ihnen klar, dass sie hinters Licht geführt worden waren. Doch niemand beschwerte sich, jeder war froh darüber, dass er endlich seine Beine ausruhen und die schmerzenden Knöchel und Knie massieren konnte.

»Irgendeine Ahnung, wie weit es noch ist?«, fragte Pat.

Pitt zog zum hundertsten Mal seinen Computer zu Rate. »Völlig sicher bin ich mir nicht, aber wenn wir noch zwei Ebenen höher klettern, ohne dass uns ein weiterer Einsturz den Weg versperrt, müssten wir in etwa einer Stunde rauskommen.«

»Und wo kommen wir Ihrer Meinung nach raus?«, fragte Marquez.

»Schätzungsweise irgendwo unterhalb von Telluride.«

»Das kann nur der alte O'Reilly-Claim sein. Das ist ein alter, verschütteter Schacht nicht weit von der Talstation der Gondelbahn, die zu den Skipisten droben am Mountain Village führt. Aber das dürfte schwierig werden.«

»Schon wieder?«

»Unmittelbar über dem alten Mineneingang steht heutzutage das New Sheridan Hotel samt Restaurant.«

Pitt grinste. »Wenn das stimmt, geht das Essen auf mich.«

Schweigend und in Gedanken verloren saßen sie die nächsten zwei Minuten da. Lediglich ihre Atemzüge und das stete Tropfen des Wassers von der Stollendecke waren zu hören. Schließlich fassten sie neuen Mut. Nun, da sie wussten, dass ihre Leiden womöglich bald ein Ende hatten, überwanden sie die bleierne Müdigkeit.

Pitt hatte schon immer den Verdacht gehabt, dass Frauen ein schärferes Gehör hatten als Männer – zumindest seitdem sich diverse Freundinnen, die ihn zu Hause besuchten, darüber beschwert hatten, dass sein Fernseher zu laut wäre. Sein Verdacht wurde bestätigt, als Pat sagte: »Ich glaube, ich höre ein Motorrad.«

»Eine Harley-Davidson oder eine Honda?«, fragte Marquez, der zum ersten Mal, seitdem er von zu Hause aufgebrochen war, wieder lachte.

»Nein, ich mein's ernst«, sagte Pat entschieden. »Das klingt eindeutig wie ein Motorrad.«

Dann hörte auch Pitt etwas. Er drehte sich um, blickte in den Stollen, durch den sie gekommen waren, und legte die Hände an die Ohren. Er erkannte das unverwechselbare Röhren einer hochgezüchteten Geländemaschine. Ruhig wandte er sich an Marquez. »Donnert die hiesige Landjugend ab und zu nur so zum Spaß mit Moto-Cross-Maschinen durch die alten Bergwerksstollen?«

Marquez schüttelte den Kopf. »Niemals. Die würden sich in dem Wirrwarr von Gängen heillos verirren, wenn sie nicht gleich in den erstbesten Schacht stürzen und ein paar hundert Meter runterfallen. Außerdem besteht die Gefahr, dass die morschen Stützhölzer durch die Erschütterungen und den Motorenlärm zusammenkrachen und die Decke einstürzt. Nein, ich wüsste niemanden, der so blöde ist, dass er unter Tage rumgurkt.«

»Woher kommen die dann?«, fragte Pitt in die Runde.

»Aus einer anderen Mine, die noch zugänglich ist. Weiß der Himmel, weshalb die zufällig in den gleichen Stollen geraten sind wie wir.«

»Ein merkwürdiger Zufall«, sagte Pitt und starrte in den Tunnel. Irgendwie war ihm unwohl zu Mute. Warum? Er wusste es nicht. Er stand da, ohne einen Muskel zu rühren, und horchte auf die röhrenden Motorengeräusche, die immer lauter wurden. Ein seltsamer Klang in dieser alten Mine. Irgendwie passte er nicht hierher. Er stand immer noch reglos da, als weit hinten im Stollen der erste Lichtschein auftauchte.

Pitt konnte nicht erkennen, ob nur ein Motorrad durch den Stollen kam oder ob es mehrere waren. Aber seiner Meinung nach durfte man dem Fahrer, beziehungsweise den Fahrern nicht unbedingt über den Weg trauen. Vorsicht ist die Mutter der Porzellankiste. So idiotisch und abgedroschen der Spruch auch klingen mochte, er traf nach wie vor zu. Er jedenfalls hatte sich seit jeher daran gehalten, und das hatte ihm mehr als einmal das Leben gerettet.

Er wandte sich um und ging langsam an Ambrose und Marquez vorbei. Die konzentrierten sich voll und ganz auf die näher kommenden Lichter und Motorengeräusche, sodass sie gar nicht wahrnahmen, wie er sich die Wand entlangstahl, tiefer in den Stollen hinein, aus dem die Motorräder kamen. Nur Pat, die Pitt nicht aus den Augen ließ, bemerkte, wie er sich unauffällig in einen Vortrieb drückte, einen schmalen, dunklen Spalt in der Wand, genau zwischen zwei Stützhölzern, und von einem Augenblick zum andern verschwunden war.

Es waren drei Motorradfahrer. Die grellen Halogenscheinwerfer, mit denen ihre Maschinen bestückt waren, blendeten die drei erschöpften Wanderer durch die Unterwelt so sehr, dass sie sich abwenden und ihre Augen bedecken mussten, als der Motorenlärm verklang und die Maschinen nurmehr im Leerlauf vor sich hin tuckerten. Zwei Mann stiegen ab und kamen näher, im grellen Gegenlicht nur in Umrissen erkennbar. Mit ihren schwarzen, stromlinienförmigen Helmen und dem Brustschutz, den sie über ihren Jogginganzügen trugen, wirkten sie wie Wesen von einem anderen

Stern. Die Stiefel reichten fast bis zum Knie, und an den Händen trugen sie schwarze, gerippte Handschuhe. Der dritte Mann blieb auf seiner Maschine sitzen, während die beiden anderen vortraten und ihr Helmvisier hochschoben.

»Sie können sich gar nicht vorstellen, wie froh wir sind, Sie zu sehen«, sagte Pat aufgeregt.

»Von mir aus hätten Sie uns etwas früher zu Hilfe kommen können«, sagte Ambrose matt.

»Mein Kompliment, dass ihr es so weit geschafft habt«, sagte die dunkle Gestalt zur Rechten mit tiefer, Unheil verkündender Stimme. »Wir dachten, ihr wärt längst in der Amenes-Kammer ersoffen.«

»Amenes?«, wiederholte Pat verdutzt.

»Wo kommt ihr überhaupt her?«, wollte Marquez wissen.

»Ist doch egal«, erwiderte der eine Biker mit einem Tonfall, als ödeten ihn die dummen Fragen seiner Klassenkameraden an.

»Ihr habt gewusst, dass wir nach dem Einsturz und dem Wassereinbruch in der Kammer festsaßen?«

»Ja«, versetzte der Biker kühl.

»Und ihr habt nichts unternommen?«, sagte Marquez ungläubig. »Ihr habt weder versucht, uns zu retten, noch Hilfe geholt?«

»Nein.«

Ein wahrhaft anregender Gesprächspartner, dachte Pitt. Zuvor war es nur eine dunkle Ahnung gewesen, jetzt aber war er felsenfest davon überzeugt, dass es sich nicht um eine Horde unbedarfter Draufgänger aus der Gegend handelte, die in ihrer Freizeit auf Abenteuer aus waren. Diese Männer waren Mörder und schwer bewaffnet dazu. Er wusste nicht, warum, aber ihm war klar, dass sie sie nicht lebend davonkommen lassen würden. Höchste Zeit, dass er etwas unternahm, aber er musste sie überraschen. Er zückte sein Tauchermesser, fasste es fest am Griff. Es war die einzige Waffe, die er hatte, sie musste genügen. Er atmete ein paarmal tief und langsam durch und lockerte seine Finger. Jetzt oder nie.

»Wir wären um ein Haar in der Kammer ertrunken«, sagte Pat, die sich fragte, was Pitt vorhatte, falls er überhaupt etwas unternahm. Vielleicht war er nur feige und wollte sich verstecken.

»Wissen wir. War auch so vorgesehen.«

»Vorgesehen? Was war vorgesehen?«

»Dass ihr alle draufgeht«, sagte der Biker im Plauderton.

Verständnislos schweigend und wie erstarrt schauten sie ihn an.

»Leider habt ihr sowohl den Stolleneinsturz als auch den Wassereinbruch überlebt«, fuhr der Biker fort. »Wir haben euren Lebenswillen unterschätzt. Aber das spielt keine Rolle. Ihr habt das Unvermeidliche lediglich hinausgezögert.«

»Die Sprengung«, murmelte Marquez wie benommen. »Das wart ihr.«

»Ja, wir haben die Ladung angebracht«, lautete die unverhohlene Antwort.

Pat wirkte allmählich wie ein Reh, das wie gebannt in die Scheinwerfer eines nahenden Lastwagens starrt. Sie wusste, dass die Biker Pitt nicht bemerkt hatten, daher tat sie so, als wäre er nicht vorhanden. Marquez und Ambrose wiederum nahmen an, er stehe hinter ihnen, ebenso fassungslos vor Schreck wie sie.

»Wieso wollen Sie uns umbringen?«, fragte sie mit bebender Stimme. »Wieso sollten uns wildfremde Menschen umbringen wollen?«

»Ihr habt den Schädel und die Inschriften gesehen.«

Marquez sah man geradezu an, dass er zwischen Angst und Wut hin und her gerissen war. »Na und?«, knurrte er.

»Eure Entdeckung darf auf keinen Fall bekannt werden.«

»Wir haben nichts Unrechtes getan«, sagte Ambrose, der eigenartig ruhig wirkte. »Wir sind Wissenschaftler, die sich mit der Geschichte der Menschheit befassen. Hierbei handelt es sich nicht um einen Schatz, sondern um Funde aus alter Zeit. Es ist doch heller Irrsinn, wegen so etwas Menschen umzubringen.«

Der Biker zuckte die Achseln. »So Leid's mir tut, aber ihr seid da in eine Sache reingeraten, die euer Verständnis übersteigt.«

»Woher wusstet ihr überhaupt, dass wir einen Zugang zu der Kammer gefunden haben?«, fragte Marquez.

»Man hat uns verständigt. Mehr braucht ihr nicht zu erfahren.«

»Wer? Allenfalls fünf Menschen haben gewusst, dass wir dort waren.«

»Wir verschwenden unsere Zeit«, versetzte der zweite Biker. »Los, bringen wir die Sache zu Ende und schmeißen sie in den nächsten Schacht.«

»Das ist doch Wahnsinn«, sagte Ambrose, ohne dass man ihm eine Gefühlsregung anhörte.

Pitt nutzte das leise Tuckern der Motoren aus, das seine Schritte übertönte, schob sich lautlos aus dem Vortrieb und schlich sich von hinten an den Fahrer an, der nach wie vor auf seiner Maschine saß und durch die Unterhaltung abgelenkt war. Pitt konnte durchaus einen Menschen töten, aber er brachte es nicht fertig, einem anderen, so verkommen er auch sein mochte, einfach ein Messer in den Rücken zu stoßen. Im gleichen Moment drehte er die Klinge um und rammte dem Biker den stumpfen Knauf mit aller Kraft unmittelbar unter dem Helm an den Nackenansatz. Es wäre ein tödlicher Hieb gewesen, wenn er nur eine Idee fester zugeschlagen hätte. Der Biker sackte zusammen und kippte ohne einen Laut nach hinten. Pitt ging in die Hocke, schlang die Arme um den schlaffen Leib und ließ ihn dann zusammen mit dem noch leise im Leerlauf tuckernden Motorrad auf die Lorengleise sinken.

Hastig schob er den Brustschutz des Bikers beiseite und zog eine elfschüssige Para-Ordnance, eine .45er Automatik, aus dem Schulterholster unter der Achselhöhle. Er richtete sie auf den Rücken des rechts von ihm stehenden Bikers und entsicherte sie. Er hatte noch nie mit einer P-10 geschossen, aber er spürte am Gewicht, dass das Magazin voll war, und äußerlich ähnelte sie seinem altvertrauten .45er Colt, der in dem NUMA-Fahrzeug lag, mit dem er von Washington nach Colorado gefahren war.

Die Scheinwerfer der Motorräder strahlten die beiden Killer an, die die Gestalt nicht bemerkten, die sich von hinten anschlich. Doch als sich Pitt näher pirschte, geriet er in den Lichtschein der dritten Maschine, die auf den Gleisen lag, sodass Ambrose ihn sah.

Der Anthropologe entdeckte Pitt, kaum dass er aus dem hellen Lichtschein trat. »Was machen Sie denn da hinten?«, rief er aus.

Ehe er die Worte ausgestoßen hatte, zielte Pitt sorgfältig und legte den Zeigefinger um den Abzug.

»Mit wem reden Sie?«, herrschte der erste Biker Ambrose an.

»Mit meiner Wenigkeit«, sagte Pitt lässig.

Diese Männer waren erstklassige Profis. Sie waren nicht einen Moment lang verdutzt. Verloren kein Wort. Stellten keinerlei Fragen. Zögerten nicht und ließen sich nicht die geringste Unsicherheit anmerken. Sie verstanden sich blind, reagierten blitzartig. Mit einer einzigen schnellen Bewegung, die von langer Übung zeugte, rissen sie die P-10 aus ihren Holstern, fuhren im gleichen Augenblick herum und suchten mit starrer, entschlossener Miene ihr Ziel.

Pitt trat den Killern nicht breitbeinig gegenüber, die Knie leicht gebeugt, die Waffe mit beiden Händen auf Augenhöhe haltend, wie man es auf der Polizeiakademie lernt oder in Actionfilmen sieht. Er zog die klassische Schusshaltung vor, den Körper seitwärts gewandt, Augen über die Schulter ausgerichtet, die Waffe in der ausgestreckten Hand. Dadurch war er nicht nur schwerer zu treffen, sondern konnte seinerseits genauer zielen. Er wusste, dass die Revolverhelden des alten Westens, die sich eines langen Lebens erfreuen durften, nicht die Schnellsten gewesen waren, was das Ziehen anging, aber sie waren sichere Schützen gewesen, die sich reichlich Zeit zum Zielen ließen, ehe sie abdrückten.

Pitts erster Schuss traf den Biker zur Rechten am Nacken. Dann zog er die P-10 leicht, beinahe unmerklich nach links, drückte ein zweites Mal ab und jagte dem zweiten Killer eine Kugel in die Brust, als der gerade seine Waffe auf Pitts Silhouette richten wollte. Kaum zu glauben, dachte Pitt, dass zwei Männer so blitzschnell und wie aus einem Guss reagieren können. Wenn er ihnen auch nur zwei Sekunden Zeit gelassen hätte, wären sie zum Schuss gekommen, und er läge auf dem harten Granitboden des Bergwerkstollens.

Ohrenbetäubend wie schweres Artilleriefeuer hallten die Schüsse von den Felswänden wider. Zehn, vielleicht auch zwanzig Sekunden lang – es kam ihnen vor wie eine Stunde – starrten Pat, Ambrose und Marquez ungläubig und mit weit aufgerissenen Augen auf die beiden Toten zu ihren Füßen. Dann, ganz allmählich, kamen sie wieder zu sich und fassten neuen Mut: Sie waren noch am Leben.

»Was, um Gottes willen, geht hier vor?«, sagte Pat leise und wie zu sich selbst. Dann blickte sie zu Pitt auf. »Sie haben sie getötet?« Es war eher eine Feststellung als eine Frage.

»Lieber die als wir«, sagte Pitt und legte ihr den Arm um die Schultern. »Wir haben einen schlimmen Albtraum durchgemacht, aber bald haben wir's hinter uns.«

Marquez stieg über die Gleise und beugte sich über die beiden toten Biker. »Was sind das für Typen?«

»Dieses Rätsel zu lösen dürfte den Behörden vorbehalten sein«, erwiderte Ambrose. Er streckte die Hand aus. »Meinen Glückwunsch, Mister…« Er hielt inne, blickte verdutzt auf. »Ich weiß nicht einmal den Namen des Mannes, der mir das Leben gerettet hat.«

»Dirk Pitt«, sagte Pat.

»Ich stehe zutiefst in Ihrer Schuld«, sagte Ambrose. Er wirkte eher erregt als erleichtert.

»Ich ebenso«, fügte Marquez hinzu und schlug Pitt auf den Rücken.

»Über welche Mine könnten die Ihrer Meinung nach eingefahren sein?«, fragte Pitt Marquez.

Der Bergmann dachte einen Moment nach. »Die Paradise höchstwahrscheinlich.«

»Das hieße aber, dass sie sich absichtlich den Rückweg versperrten, als sie die Sprengladung zündeten, die die Lawine auslöste«, sagte Ambrose.

Pitt schüttelte den Kopf. »Absichtlich nicht. Sie wussten, dass sie über eine andere Strecke wieder nach draußen kommen können. Sie haben nur den großen Fehler begangen, eine zu starke Ladung zu verwenden. Sie hatten nicht damit gerechnet, dass durch die Erschütterung der Stollen einstürzt und Wasser einbricht, das die Mine überflutet.«

»Könnte hinkommen«, meinte Marquez. »Da sie auf der anderen Seite von der Einsturzstelle waren, konnten sie einfach den Einstiegsschacht hinauffahren, bevor das Wasser zu hoch stand. Als sie dann feststellten, dass der Eingang durch die Schneemassen versperrt ist, haben sie in den angrenzenden Stollen nach einem Ausweg gesucht…«

»Und nachdem sie stundenlang in den Minen herumfuhren, stießen sie schließlich auf uns«, schloss Ambrose.

Pitt nickte. »Dadurch sind sie auch auf diese Ebene der Mine gelangt, ohne mühsam den senkrechten Schacht hochklettern zu müssen, so wie wir.«

»Kommt mir fast so vor, als ob die uns gesucht hätten«, murmelte Marquez.

Pitt behielt seine Gedanken für sich, aber er war fest davon überzeugt, dass die Biker hinter ihnen her gewesen waren, nachdem sie sich vor dem Wasser in Sicherheit gebracht hatten.

»Das ist so was von aberwitzig«, sagte Pat, die wie benommen auf die toten Biker starrte. »Was hat er damit gemeint, dass wir ›in eine Sache reingeraten sind, die unser Verständnis übersteigt‹?«

Pitt zuckte die Achseln. »Das müssen andere klären. Ich frage mich bloß, wer die geschickt hat. Wer steckt dahinter? Aber was weiß ich schon, ein kleiner Ingenieur für Meerestechnologie, der nass und ausgefroren ist und sich nur noch nach einem dicken Stück Hochrippe vom Colorado-Rind sehnt, halb durchgebraten bitte, und dazu ein Glas Tequila.«

»Für einen Ingenieur für Meerestechnologie«, sagte Ambrose grinsend, »können Sie aber ziemlich gut mit einer Schusswaffe umgehen.«

»Es gehört nicht viel dazu, einen Mann von hinten zu erschießen«, versetzte Pitt gallig.

»Was machen wir denn mit dem da?«, fragte Marquez und deutete auf den Biker, den Pitt bewusstlos geschlagen hatte.

»Wir haben kein Seil, mit dem wir ihn fesseln können, deshalb ziehen wir ihm einfach die Stiefel aus. Barfuß kommt er in den Stollen nicht weit.«

»Sie wollen ihn hier lassen?«

»Ist doch Unsinn, wenn wir uns mit ihm abschleppen. Er ist wahrscheinlich immer noch bewusstlos, wenn wir dem Sheriff Bescheid sagen und der ihn mit seinen Deputys hier abholt.« Pitt stockte einen Moment. »Ist einer von euch schon mal Motorrad gefahren?«, fragte er dann.

»Ich habe zehn Jahre lang eine Harley gefahren«, antwortete Marquez.

»Und ich habe eine alte Honda CBX Super Sport, die meinem Vater gehört hat«, meldete sich Pat.

»Fahren Sie auch damit?«

»Als ich noch studiert habe, bin ich ständig damit rumgefahren. Am Wochenende unternehme ich damit immer noch Spritztouren.«

Pitt schaute sie mit neuer Hochachtung an. »Dann sind Sie also eine alte Lederbraut, die Bescheid weiß, wie man einen Bock zwischen die Beine nehmen muss.«

»Ganz recht«, erwiderte sie stolz.

Danach wandte er sich an Ambrose. »Und Sie, Doc?«

»Ich habe noch nie im Leben auf einem Motorrad gesessen. Weshalb fragen Sie?«

»Weil wir drei hervorragende Supercross-Maschinen von Suzuki an der Hand haben und meiner Ansicht nach nichts dagegen spricht, dass wir sie uns ausborgen und damit aus dem Bergwerk fahren.«

Marquez grinste ihn breit an. »Ich bin dabei.«

»Ich warte hier, bis der Sheriff eintrifft«, sagte Ambrose. »Beeilt euch bitte. Ich möchte nicht länger als nötig in Gesellschaft zweier toter und eines lebenden Mörders verbringen müssen.«

»Ich möchte Sie hier nicht allein mit einem Killer lassen, Doc. Mir wär's lieber, wenn Sie hinter mir aufsitzen.«

Ambrose ließ sich nicht umstimmen. »Diese Maschinen sehen nicht so aus, als ob sie für zwei Personen gemacht wären. Ich denke nicht daran, mich da draufzusetzen. Außerdem müsst ihr auf den Schienen fahren, und das dürfte verdammt holprig werden.«

»Wie Sie wollen«, sagte Pitt, ohne weiter auf den widerborstigen Anthropologen einzuwirken.

Pitt bückte sich und nahm den Toten die zwei P-10 ab. Er war alles andere als ein kaltblütiger Killer, doch er ließ sich keinerlei Bedauern anmerken. Kurz zuvor noch hatten diese beiden Männer drei unschuldige Menschen umbringen wollen, denen sie nie begegnet waren – das hätte er unter keinen Umständen zulassen können.

Er reichte Ambrose eine der Waffen. »Halten Sie wenigstens fünf Meter Abstand zu unserem Freund und seien Sie wachsam. Passen Sie gut auf ihn auf, sobald er auch nur mit der Wimper zuckt.« Außerdem gab er ihm seine Unterwasserlampe. »Die Batterien müssen so lange halten, bis der Sheriff hier eintrifft.«

»Ich glaube kaum, dass ich es fertig bringe, auf einen anderen

Menschen zu schießen«, wandte Ambrose ein, doch es klang merkwürdig kühl und scharf.

»Von wegen Menschen. Das sind kaltblütige Mörder, die einer Frau die Kehle aufschlitzen und hinterher ein Eis essen könnten. Ich warne Sie, Doc. Ziehen Sie ihm einen Stein über den Schädel, sobald er Sie auch nur schief anschaut.«

Die Suzukis tuckerten noch im Leerlauf vor sich hin, und es dauerte keine Minute, bis sie sich mit Schaltung, Bremse und Gas vertraut gemacht hatten. Pitt winkte Ambrose ein letztes Mal zu und donnerte los. Zwischen den Schienen und der Tunnelwand war nicht genug Platz für die Maschine, daher fuhr Pitt mitten auf dem Gleis. Pat und Marquez hielten sich dicht hinter ihm. Mit dieser harten Federung über die holprigen Schwellen zu brettern und durchgeschüttelt zu werden bis aufs Mark, war alles andere als angenehm. Pat kam sich vor, als würde sie durch eine Wäscheschleuder gedreht. Pitt stellte fest, dass es nur darauf ankam, die richtige Geschwindigkeit und den entsprechenden Rhythmus zu finden. Bei etwa vierzig Sachen haute es bestens hin, einer Geschwindigkeit, die ihm auf einer asphaltierten Straße eher gemächlich vorgekommen wäre, die aber hier, in diesem schmalen Stollen geradezu halsbrecherisch war.

Wie Donnerschlag hallte der Lärm der röhrenden Motoren vom blanken Urgestein wider. Die Scheinwerferstrahlen tanzten auf und ab, huschten wie Stroboskopblitze über Schienen und Stützhölzer. Pitt schrammte um Haaresbreite an einer Erzlore vorbei, die aus einem Querstollen halb auf die Gleise ragte. Nachdem sie einen schräg ansteigenden Stollen hinaufgefahren waren, erreichten sie die oberste Ebene der Mine, die laut Pitts Computer »The Citizen« hieß. Er ließ seine Maschine vor einer Gabelung zweier Stollen ausrollen und zog seinen kleinen elektronischen Wegweiser zu Rate.

»Haben wir uns verfahren?«, erkundigte sich Pat lauthals, um den Motorenlärm zu übertönen.

»Noch etwa zweihundert Meter. Der linke Stollen müsste genau da enden, wo Sie gesagt haben – unter dem New Sheridan Hotel.«

»Der Einstieg zum alten O'Reilly-Claim ist schon vor über hundert Jahren zugeschüttet worden«, sagte Marquez. »Da kommen wir nie und nimmer raus.«

»Anschauen schadet nichts«, sagte Pitt, schaltete in den ersten Gang und ließ die Kupplung kommen. Er jagte die Maschine hoch, musste aber keine zwei Minuten später mächtig in die Eisen steigen, als plötzlich eine massive Ziegelmauer vor ihm auftauchte. Jäh kam er zum Stehen, lehnte das Motorrad an ein Stützholz und musterte im Scheinwerferlicht die Ziegel.

»Wir müssen einen anderen Weg suchen«, sagte Marquez, der neben ihm anhielt, beide Füße auf den Boden stellte und die Maschine aufrecht hielt. »Das ist die Kellerwand vom Hotel.«

Pitt schien ihn gar nicht wahrzunehmen. Versonnen, so als wäre er in Gedanken ganz woanders, strich er mit der Hand über die alten, hart gebrannten Ziegel. Er drehte sich um, als Pat ihre Maschine anhielt und den Motor abstellte.

»Wo geht's weiter?«, fragte sie. Sie war so erschöpft, dass sie kaum noch einen Ton herausbrachte.

»Da«, sagte Pitt, ohne sich umzudrehen, und deutete auf die Ziegelmauer. »Würdet ihr bitte eure Motorräder aus dem Weg schaffen?«

Pat und Marquez kapierten es nicht. Auch als Pitt sich auf die Suzuki schwang, den Motor hochjagte und im Stollen verschwand, begriffen sie nicht, was er vorhatte. Im nächsten Moment hörten sie ihn auf sich zurasen, sahen, wie das Scheinwerferlicht über die Stützhölzer tanzte.

Marquez schätzte, dass Pitt an die fünfzig Sachen draufhatte, als er die Beine ausstreckte, die Absätze in die keine zehn Meter von der Stollenwand entfernten Gleise rammte, sich aufrichtete und die Maschine unter sich hindurchflutschen ließ. Ein paar Schritte lang hielt er sich auf den Beinen, doch dann glitt er von den Schienen, fiel hin und rollte sich auf dem harten Stollenboden.

Das Motorrad fuhr geradeaus weiter, und im nächsten Moment krachte es scheppernd gegen die Wand, durchschlug in einer riesigen Staubwolke die mürben alten Ziegel und verschwand in dem dunklen Raum, der sich dahinter befand.

Pat rannte zu Pitt, der inzwischen reglos liegen geblieben war. Sie war davon überzeugt, dass er sich das Genick gebrochen hatte, doch er blickte zu ihr auf und grinste sie tolldreist an, während ihm das

Blut aus einer Platzwunde am Kinn den Hals hinunterlief. »Das soll mir Evel Knievel erst mal nachmachen«, sagte er.

Pat starrte ihn fassungslos an. »Ich kann kaum glauben, dass Sie sich nicht sämtliche Knochen gebrochen haben.«

»Gebrochen ist nichts«, versetzte er gepresst, als er sich langsam aufrappelte. »Aber ich glaube, ich habe mir allerhand geprellt.«

»Das war das Irrste, was ich je gesehen habe«, murmelte Marquez.

»Vielleicht, aber es hat mehr gebracht, als ich erwartet habe.« Pitt fasste sich an die rechte Schulter und deutete mit dem Kopf auf das Loch in der Mauer. Er stand da, rang mühsam nach Atem und wartete, bis der Schmerz, der von seiner verstauchten Schulter und den geprellten Rippen ausstrahlte, allmählich nachließ. Marquez räumte unterdessen die losen Ziegel aus dem Weg und erweiterte das Loch, das die Maschine gerissen hatte.

Der Bergmann warf einen Blick durch die geborstene Mauer und richtete die Grubenlampe in den Raum nebenan. Im nächsten Moment drehte er sich um. »Ich glaube, wir haben da gewaltigen Mist gebaut.«

»Wieso?«, fragte Pat. »Kommen wir hier nicht raus?«

»Raus kommen wir schon«, erwiderte Marquez, »aber wir werden bitter dafür büßen müssen.«

»Büßen?«

Pitt hinkte mühsam zu dem Loch in der Wand und blickte hindurch. »O nein«, ächzte er.

»Was ist los?«, herrschte Pat ihn an.

»Das Motorrad«, sagte Pitt. »Es ist im Weinkeller des Hotels gelandet. Da drin laufen mindestens hundert Flaschen voller edler Tropfen aus.«

6

Sheriff James Eagan jr. leitete gerade die Rettungsarbeiten bei der Paradise-Mine, als ein Funkspruch aus der Zentrale einging, in dem man ihm mitteilte, dass Luis Marquez von Deputys des städtischen Marshals im New Sheridan Hotel wegen Einbruchs festgehalten werde. Eagan meinte, nicht recht zu hören. Wie konnte das sein? Marquez' Frau hatte hartnäckig behauptet, ihr Mann und zwei Begleiter seien durch die Lawine in der alten Mine eingeschlossen. Wider besseres Wissen gab er die Aufsicht über den weiteren Fortgang der Bergungsarbeiten ab und fuhr hinunter in die Stadt.

Umso fassungsloser war er, als er das verbeulte Motorrad sah, das inmitten etlicher Kisten voller zertrümmerter Weinflaschen lag. Und noch mehr staunte er, als er sich in den Konferenzraum des Hotels begab, um sich die geständigen Täter vorzunehmen, und dort drei durchnässte, schmutzige und abgerissene Gestalten vorfand, eine Frau und zwei Männer, einer davon in einem zerfetzten und zerfledderten Tauchanzug. Alle drei trugen Handschellen und befanden sich im Gewahrsam zweier Deputy-Marshals, die mit ernster Miene hinter ihnen standen. Einer von ihnen deutete mit dem Kopf auf Pitt. »Der da hatte ein ganzes Arsenal dabei.«

»Haben Sie seine Waffen sichergestellt?«, fragte Eagan förmlich.

Der Deputy nickte und zeigte ihm zwei automatische 45er Pistolen vom Typ Para-Ordnance.

Zufrieden wandte sich Eagan Marquez zu. »Wie, zum Teufel, bist du aus der Mine rausgekommen?«, herrschte er ihn verständnislos an.

»Das spielt doch keine Rolle«, versetzte Marquez. »Schnapp dir ein paar Deputys und steig runter in den Stollen. Dort findest du zwei Leichen und einen Universitätsprofessor, Dr. Ambrose heißt er, der zurückgeblieben ist und einen dritten Mörder bewacht.«

Misstrauisch und ohne ein Wort zu glauben, nahm Sheriff Jim Eagan Platz, kippte seinen Stuhl so weit zurück, dass er nur mehr auf zwei Beinen stand, und holte ein Notizbuch aus der Brusttasche seines Hemds. »Nun erzähl mir mal, was hier vorgeht.«

Marquez berichtete in aller Kürze von dem Stolleneinsturz und dem Wassereinbruch, von Pitts wundersamem Auftauchen und ihrer Flucht aus der geheimnisvollen Kammer. Er schilderte ihm die Begegnung mit den drei Mördern und erklärte ihm, weshalb sie gewaltsam in den Weinkeller des Hotels gedrungen waren. Marquez, erschöpft und ausgelaugt, wie er war, begann stockend. Doch als er Eagans Zweifel spürte, sprach er immer schneller und flüssiger, wurde zusehends verzweifelter und ungehaltener, flehte den Sheriff schließlich regelrecht an, er solle Tom Ambrose retten. »Verdammt, Jim, stell dich doch nicht so stur. Mach dich auf die Socken und schau selber nach.«

Eagan achtete Marquez, denn er wusste, dass er ein rechtschaffener Mann war, doch seine Geschichte war allzu weit hergeholt, als dass er sie ihm ohne stichhaltige Beweise abgenommen hätte. »Ein Schädel aus schwarzem Obsidian, geheimnisvolle Inschriften in einer Kammer, die dreihundert Meter tief im Berg aus dem Fels gehauen wurde, eine Mörderbande, die sich mit Motorrädern in der alten Mine rumtreibt. Wenn das, was du mir da erzählst, stimmt, dann steht ihr drei unter Mordverdacht.«

»Mr. Marquez hat Ihnen die reine Wahrheit gesagt«, mischte sich Pat ein, die zum ersten Mal das Wort ergriff. »Wieso wollen Sie ihm nicht glauben?«

»Und wer sind Sie?«

»Patricia O'Connell«, sagte sie müde. »Ich bin von der University of Pennsylvania.«

»Und was haben Sie in der alten Mine zu suchen?«

»Mein Fachgebiet sind alte Sprachen. Man hat mich gebeten, nach Telluride zu kommen und die seltsamen Inschriften zu entziffern, die Mr. Marquez in der Mine entdeckt hat.«

Eagan musterte die Frau einen Moment lang. Sie hätte durchaus hübsch sein können, wenn sie anständig gekleidet und ein bisschen gepflegter gewesen wäre. Er konnte kaum glauben, dass er es mit einer Doktorin für alte Sprachen zu tun hatte. Tropfnass, wie sie war, mit strähnigen Haaren und vor Schmutz starrendem Gesicht, wirkte sie eher wie eine Stadtstreicherin.

»Bislang weiß ich bloß«, sagte Eagan langsam, »dass ihr ein Motorrad, das womöglich gestohlen ist, zu Schrott gefahren und den Weinkeller vom Hotel verwüstet habt.«

»Vergiss es«, rief Marquez. »Rette lieber Dr. Ambrose.«

»Ich schicke meine Männer erst in die Mine, wenn ich davon überzeugt bin, dass ihr die Wahrheit sagt.«

Jim Eagan war seit acht Jahren Sheriff im San Miguel County, und die Zusammenarbeit mit den Marshals, die für die politischen Aufgaben in der Stadt Telluride zuständig waren, klappte im besten Einvernehmen. Nur ab und zu wurde in dieser Gegend ein Mord verübt. Für gewöhnlich hatte er es mit Autounfällen, kleinen Diebstählen, Trunkenheit, Schlägereien, Vandalismus und Drogendelikten zu tun, zumeist begangen von jungen Leuten, die im Sommer zahlreicher Attraktionen wegen nach Telluride kamen, so zum Beispiel zum Bluegrass- und Jazz-Festival. Eagan wurde von Bewohnern dieses kleinen, in einer herrlichen Landschaft gelegenen Verwaltungsbezirks allgemein geachtet. Er war ein umgänglicher Mann, ernsthaft bei der Arbeit, aber auch jederzeit für einen Spaß zu haben, wenn er auf ein Bier in einer der hiesigen Kneipen einkehrte. Obwohl er nur mittelgroß und auch nicht allzu schwer gebaut war, konnte seine Miene so einschüchternd und vorwurfsvoll wirken, dass jeder Verdächtige, den er festgenommen hatte, klein beigab, sobald er ihn nur einmal streng anschaute.

»Dürfte ich Sie um einen kleinen Gefallen bitten?«, sagte der zerschrammte, müde wirkende Mann in dem zerfetzten Tauchanzug, der aussah, als wäre er in die Flügelräder eines Pumpwerks geraten.

Auf den ersten Blick hielt Eagan ihn für Mitte vierzig, aber vermutlich war er gut fünf Jahre jünger, als man auf Grund des braun gebrannten, wettergegerbten Gesichts hätte meinen mögen. Der Sheriff schätzte ihn auf etwa einen Meter neunzig, achtzig bis fünfundachtzig Kilo schwer. Er hatte schwarze, wellige Haare mit ein paar grauen Strähnen an den Schläfen. Die Augenbrauen waren dunkel und buschig, die Augen leuchtend grün. Eine schmale, gerade Nase, ein energischer Mund, auch wenn er gerade zu einem leichten Grinsen verzogen war. Was Eagan zu schaffen machte, war weniger die Gelassenheit, mit der er ihm begegnete – er hatte schon viele Straftäter erlebt, die sich gleichgültig gaben –, sondern sein abgeklärtes, distanziertes Interesse. Der Mann, der ihm am Tisch gegenübersaß, war von seinem überlegenen Auftreten offensichtlich nicht im Geringsten beeindruckt.

»Kommt drauf an«, antwortete Eagan schließlich, blätterte sein Notizbuch um und setzte den Kugelschreiber an. »Ihr Name?«

»Dirk Pitt.«

»Und was haben Sie mit der Sache zu tun, Mr. Pitt?«

»Ich bin Leiter der Spezialprojekte bei der National Underwater and Marine Agency. Ich war gerade auf der Durchreise und dachte mir, es könnte vielleicht ganz lustig werden, hier in der Gegend ein bisschen nach Gold zu suchen.«

Eagan schäumte innerlich, weil er nicht gegen ihn ankam.

»Auf Ihre Scherze können wir verzichten, Mr. Pitt.«

»Wären Sie vielleicht so freundlich, einen Anruf für mich zu erledigen, wenn ich Ihnen die Nummer gebe?« Pitts Ton war höflich, ohne eine Spur von Feindseligkeit.

»Wollen Sie einen Anwalt sprechen?«

Pitt schüttelte den Kopf. »Nein, nichts dergleichen. Ich dachte nur, es würde Ihnen vielleicht weiterhelfen, wenn Sie kurz anrufen und sich bestätigen lassen, wer ich bin und was ich hier mache.«

Eagan dachte einen Moment lang nach, dann schob er Stift und Notizbuch über den Tisch. »Okay, geben Sie mir die Nummer.«

Pitt schrieb sie in das Notizbuch des Sheriffs und gab es ihm zurück. »Es ist ein Ferngespräch. Wenn Sie wollen, können Sie ein R-Gespräch anmelden.«

»Sie können ja für die Hotelkosten aufkommen«, sagte Eagan mit einem verkniffenen Lächeln.

»Sie werden mit einem Admiral James Sandecker sprechen«, sagte Pitt. »Das ist seine Privatnummer. Nennen Sie ihm meinen Namen und schildern Sie ihm die Lage.«

Eagan ging zu einem Telefon auf einem in der Nähe stehenden Schreibtisch, bat um Freischaltung und wählte die Nummer. »Admiral Sandecker«, sagte er nach einer kurzen Pause, »hier spricht Sheriff Jim Eagan aus dem San Miguel County in Colorado. Es geht um einen Mann, der behauptet, er sei für sie tätig. Er heißt Dirk Pitt.« Dann berichtete Eagan kurz, was vorgefallen war, und verwies darauf, dass Pitt vermutlich inhaftiert und wegen Hausfriedensbruchs, Diebstahls und Sachbeschädigung belangt werden würde. Von da an nahm das Gespräch eine unverhoffte Wende, jedenfalls Eagans Miene nach zu schließen, die im Lauf der nächsten zehn Minuten immer betroffener wirkte. »Ja, Sir«, wiederholte er mehrmals, als spräche er mit Gott Vater persönlich. Schließlich legte er auf und wandte sich an Pitt. »Ihr Chef ist ganz schön bissig.«

»Pitt lachte. »Mit dieser Meinung stehen Sie nicht allein.«

»Sie haben ja allerhand vorzuweisen.«

»Hat er angeboten, dass er für den Schaden aufkommt?«

Eagan grinste. »Er will's Ihnen vom Gehalt abziehen.«

Pat war neugierig geworden. »Was hat der Admiral sonst noch gesagt?«, fragte sie.

»Er hat unter anderem gesagt«, erwiderte Eagan bedächtig, »dass ich Mr. Pitt glauben soll, selbst wenn er behauptet, der Süden hätte den Bürgerkrieg gewonnen.«

Pitt und Marquez stiegen in Begleitung von Eagan und einem seiner Deputys durch das Loch in der Wand des Weinkellers und marschierten durch den Bergwerksschacht. Bald darauf kamen sie an der alten, halb in den Gang ragenden Erzlore vorbei und zogen weiter in die gähnenden Tiefen der Mine.

In diesen dunklen Gängen war es so gut wie unmöglich, Entfernungen einzuschätzen. Pitt konnte lediglich raten. Aber seiner Meinung nach musste es vom Hotel aus ungefähr einen bis anderthalb Kilometer weit bis zu der Stelle sein, wo sie Ambrose und den bewusstlosen Biker zurückgelassen hatten. Er hatte eine Taschenlampe in der Hand, die er sich von einem Deputy geliehen hatte, schaltete sie etwa alle hundert Meter kurz ab, spähte in die Dunkelheit und hielt Ausschau nach dem Schein seiner Unterwasserlampe, die er Ambrose überlassen hatte.

Als Pitt meinte, sie seien weit genug marschiert, blieb er stehen, richtete die Taschenlampe in den Stollen und leuchtete ihn aus, soweit der Strahl reichte. Dann schaltete er sie wieder ab. Vor ihnen war alles stockdunkel.

»Wir sind da«, sagte Pitt zu Marquez.

»Das kann nicht sein«, erwiderte der Bergmann. »Dr. Ambrose hätte doch unsere Stimmen gehört und das Licht gesehen. Er hätte uns doch bestimmt zugerufen oder ein Zeichen gegeben.«

»Irgendwas stimmt hier nicht.« Pitt richtete den Lichtstrahl auf ein Loch in der Stollenwand. »Dort ist der Eingang von dem Vortrieb, in dem ich mich versteckt habe, als die Biker auftauchten.«

Eagan trat zu ihm. »Warum machen wir Halt?«

»So irre es klingt«, antwortete Pitt, »aber sie sind verschwunden.«

Der Sheriff richtete seine Lampe auf Pitts Gesicht und musterte ihn eingehend. »Und Sie sind davon überzeugt, dass Sie sich das alles nicht nur eingebildet haben?«

»Ich kann's beschwören«, versetzte Marquez. »Irgendwo hier in der Nähe müssen die zwei Toten sein. Und Dr. Ambrose. Wir haben ihm eine Pistole gegeben, damit er den dritten Mann in Schach halten kann.«

Pitt kniete sich hin, ohne auf den Sheriff einzugehen. Langsam ließ er den Strahl seiner Lampe durch den Stollen wandern, suchte jeden Zentimeter Boden ab, musterte die Gleise.

»Was haben Sie?«, wollte Marquez gerade sagen, doch Pitt hob die Hand und gebot ihm zu schweigen.

Selbst wenn Ambrose und der Killer verschwunden waren, dachte Pitt, hätten sie zumindest Spuren hinterlassen müssen. Deshalb hatte er ursprünglich nach den von der P-10 ausgeworfenen Patronenhülse Ausschau gehalten, dem funkelnden Messing, das den Schein der Taschenlampe widerspiegeln müsste. Vergebens. Pitt spürte, wie ihm mit einem Mal der Nacken kribbelte. Er war davon überzeugt, dass sie an der richtigen Stelle waren. Dann, fast so, als hätte er ihn eher geahnt als gesehen, entdeckte er keinen halben Meter von sich den kaum wahrnehmbaren schwarzen Draht, so dünn, dass er im Lichtschein nicht einmal einen Schatten warf. Er folgte ihm mit der Lampe, quer über die Gleise, die Wand empor, bis zu einem schwarzen Leinwandbündel, das an einem der Stützhölzer angebracht war.

»Sagen Sie mal, Sheriff«, meldete Pitt sich eigenartig leise, wissen Sie, wie man eine Bombe entschärft?«

»Ich bring das den jungen Leuten sogar bei«, erwiderte Eagan. Er zog die Augenbrauen hoch. »Ich war Sprengmeister beim Militär. Worum geht's?«

»Ich glaube, hier will uns jemand in tausend Stücken ins Jenseits befördern.« Er deutete auf den Draht, der quer über die Gleise zu dem Stützholz hinaufführte. »Wenn ich mich nicht irre, ist das hier eine Sprengfalle.«

Eagan beugte sich vor und musterte den Draht aus nächster Nähe. Er stellte fest, wohin er führte, betrachtete das unter der Decke hängende Bündel. Dann wandte er sich sichtlich beeindruckt wieder an Pitt. »Ich glaube, Sie haben Recht, Mr. Pitt. Irgendjemand will Ihnen ans Leben.«

»Ihnen aber auch, Sheriff. Die haben nämlich genau gewusst, dass Sie und Ihre Männer uns begleiten, wenn wir Dr. Ambrose rausholen.«

»Aber wo steckt der Professor?«, wandte Marquez ein. »Und wo sind die Biker geblieben?«

»Da gibt's zwei Möglichkeiten«, sagte Pitt. »Erstens, der Killer ist wieder zu Bewusstsein gekommen und hat Doc Ambrose überwältigt, ihn umgebracht und die Leiche in den nächsten Schacht geworfen. Dann hat er die Sprengladung angebracht und sich durch einen Stollen verzogen, der nach draußen führt.«

»Sie sollten Märchenerzähler werden«, sagte Eagan.

»Dann erklären Sie mir mal, was die Sprengfalle soll.«

»Woher soll ich wissen, dass nicht Sie die angebracht haben?«

»Weil ich keinerlei Grund dazu habe.«

»Lass gut sein, Jim«, sagte Marquez. »Mr. Pitt war ständig bei uns. Er hat uns das Leben gerettet. Ohne ihn wären wir längst tot.«

»Wir wissen doch gar nicht, ob in dem Bündel da droben wirklich Sprengstoff steckt«, erwiderte Eagan ungerührt.

»Treten Sie doch auf den Draht, dann werden Sie schon merken, was passiert.« Pitt grinste. »Aber ich will das lieber nicht miterleben. Ich hau ab.« Er stand auf und wollte auf den Gleisen entlang zurück zum Hotel laufen.

»Einen Moment, Mr. Pitt. Ich bin noch nicht fertig mit Ihnen.«

Pitt blieb stehen und drehte sich um. »Was wollen Sie denn noch, Sheriff?«

»Ich will mir den Sack da oben vornehmen und ihn entschärfen, falls er Sprengstoff enthält.«

Pitt trat ein paar Schritte zurück und wandte sich ihm mit todernster Miene zu. »Ich würde das an Ihrer Stelle lieber sein lassen. Das Ding da haben nicht irgendwelche Nachwuchsterroristen in Heimarbeit gebastelt, da waren Leute am Werk, die was davon verstehen. Das geht garantiert bei der geringsten Berührung los.«

Eagan musterte ihn. »Fällt Ihnen vielleicht was Besseres ein?«

»Die alte Erzlore, die ein paar hundert Meter weiter oben steht«, erwiderte Pitt. »Wir schieben sie an, lassen sie das Gleis runterrollen, bis sie den Draht durchtrennt und die Ladung auslöst.«

»Dann bricht aber die Decke des Stollens ein«, sagte Marquez, »und er ist für immer dicht.«

Pitt zuckte die Achseln. »Es ist ja nicht so, dass wir den Stollen deswegen zerstören, damit künftig keiner mehr rein kann. Immerhin sind wir die Ersten, die seit den dreißiger Jahren wieder da drin gewesen sind.«

»Leuchtet mir ein«, pflichtete Eagan schließlich bei. »Wir können hier drin keine Sprengladung rumliegen lassen, sonst stolpern noch die Nächsten drüber, die durch diesen Stollen laufen.«

Fünfzehn Minuten später hatten Pitt, Eagan, Marquez und der Deputy die Erzlore bis auf fünfzig Meter an den Stolperdraht herangeschoben. Auf den ersten Metern quietschten und kreischten die schweren Eisenräder fürchterlich, aber dann, als sich der Rost löste und das alte Wagenfett in den Radlagern wieder geschmeidiger wurde, rollten sie reibungslos über die Schienen. Dennoch waren die vier Männer schweißgebadet, als sie schließlich zu einer Kuppe kamen, von der aus die Gleise leicht abschüssig nach unten führten.

»Endstation«, rief Pitt. »Ein kräftiger Schubs, und sie rollt mindestens einen Kilometer weiter.«

»Oder bis sie in den nächsten Schacht fällt«, sagte Marquez.

Mit vereinten Kräften schoben sie und liefen dann ein Stück mit, bis die Lore in Schwung kam, schneller wurde und davonrollte. Torkelnd und um Atem ringend blieben sie stehen. Dann richteten sie die Taschenlampen auf die Erzlore, die über die Gleise polterte und hinter einer Kurve verschwand.

Keine Minute später donnerte eine gewaltige Detonation durch den Stollen. Die Druckwelle riss sie beinahe um. Dann fegte eine Staubwolke an ihnen vorbei, gefolgt von einem tiefen Grollen, als Tonnen von Gestein von der Stollendecke fielen.

Sie waren noch fast taub von dem Getöse, das durch die alte Mine hallte, als Marquez sich an Eagan wandte. »Damit sollten alle Zweifel beseitigt sein«, rief er.

»Ihr habt es so eilig gehabt, mich zu überzeugen, dass ihr was übersehen habt«, versetzte Eagan trocken und herausfordernd.

Pitt schaute ihn an. »Was denn?«

»Dr. Ambrose. Er könnte noch am Leben sein, irgendwo auf der anderen Seite der Einsturzstelle. Und selbst wenn er tot ist, können wir seine Leiche nie mehr bergen.«

»Die Mühe wäre auch vergebens«, sagte Pitt kurz angebunden.

»Sie haben uns vorhin nur eine Möglichkeit genannt«, sagte Eagan. »Gibt es vielleicht noch eine zweite?«

Pitt nickte leicht. »Dr. Ambrose«, sagte er ruhig, »ist nicht tot.«

»Wollen Sie damit etwa sagen, dass ihn der dritte Biker nicht umgebracht hat?«, fragte Marquez.

»Er wird wohl kaum seinen Boss ermorden.«

»Seinen Boss?«

Pitt lächelte. »Dr. Tom Ambrose war einer der Killer«, erwiderte er.

7

»Entschuldigen Sie, dass ich zu spät zum Essen komme«, sagte Pat, als sie durch Marquez' Haustür trat. »Aber ich habe dringend ein heißes Bad gebraucht und bin zu lange in der Wanne geblieben.«

Lisa Marquez schloss Pat freudig in die Arme. »Sie können sich gar nicht vorstellen, wie froh ich bin, Sie wieder zu sehen.« Sie trat zurück und strahlte wie ein Rauschgoldengel, als sie hinter ihr Pitt auftauchen sah. Sie küsste ihn auf beide Wangen. »Wie kann ich Ihnen jemals dafür danken, dass Sie mir meinen Mann heil und wohlbehalten zurückgebracht haben?«

»Ich habe geschummelt«, sagte Pitt mit seinem typischen Grinsen. »Um Luis zu retten, musste ich mich selber retten.«

»Sie sind zu bescheiden.«

Überrascht stellte Pat fest, dass er sichtlich verlegen zu Boden blickte. »Ihr Mann war nicht der Einzige, dem Dirk das Leben gerettet hat«, fügte sie hinzu.

»Luis war sehr zugeknöpft, was eure Erlebnisse angeht. Beim Abendessen müssen Sie mir alles ganz genau erzählen.« Lisa trug einen eleganten Hosenanzug, der ihr ausgezeichnet stand. »Moment, ich nehme euch die Mäntel ab.«

»Rieche ich da brutzelndes Hirschfleisch?«, rief Pitt, der seine Betretenheit überspielen wollte.

»Luis ist in der Garage und spielt mit seinem Räucherofen«, sagte Lisa. »Es ist zu kalt, um draußen zu essen, daher habe ich den Tisch in unserem Wintergarten hinten auf der Veranda gedeckt. Luis hat Heizlüfter aufgestellt, damit es schön warm und kuschelig ist. Nehmt euch ein Bier mit, wenn wir durch die Küche kommen.«

Pitt holte sich eine Flasche Pacifico aus dem Kühlschrank und begab sich zu Marquez in die Garage. Marquez war über ein Zweihundert-Liter-Fass gebeugt, das er zu einem Räucherofen umgemodelt hatte. »Riecht gut«, sagte Pitt. »Sie benutzen keinen Holzkohlengrill?«

»Auf einem Räucherofen bekommen Fleisch und auch Fisch viel mehr Aroma«, sagte Luis. »Den Hirsch habe ich letzten Herbst geschossen. Hab ihn in Montrose zerteilen und einfrieren lassen. »Warten Sie mal ab, wie der mit Lisas selbst gemachter Mornay-Soße schmeckt.«

Kurze Zeit später saßen sie alle an einem Kiefernholztisch, den Marquez gezimmert hatte, auf der verglasten Veranda und genossen die mit Lisas köstlicher Soße übergossenen Hirschsteaks. Dazu gab es Rahmspinat, Ofenkartoffeln und eine große Schüssel Salat. Marquez hatte Pat und Pitt darum gebeten, nicht zu viel von ihren grässlichen Erlebnissen zu erzählen. Lisa hatte schon genug durchgemacht, als sie stundenlang verzweifelt warten musste, bis sie endlich erfuhr, dass er heil und gesund aus der Mine herausgekommen war. Sie gingen leichthin über die Mühsal und die Strapazen hinweg, die sie erduldet hatten, verloren kein Wort über die Killer und erzählten ihr, dass Dr. Ambrose sich mit Freunden treffe und deshalb nicht zum Essen kommen könne.

Obwohl sie so taten, als wären sie von einem Spaziergang durch den Park zurückgekehrt, wusste Lisa genau Bescheid, doch sie sagte nichts. Nach dem Essen half Pat ihr, den Tisch abzuräumen, und kam dann zurück, während Lisa ihre Töchter fütterte und Kaffee kochte, bevor sie einen Karottenkuchen herausbrachte.

»Entschuldigt mich einen Moment«, sagte Pitt. Er ging ins Haus und sprach kurz mit Lisa, dann setzte er sich wieder zu Pat und Marquez an den Tisch.

Nachdem er sich davon überzeugt hatte, dass seine Frau außer Hörweite war, wandte sich Marquez an Pitt. »Ich kann Ihnen nicht zustimmen, was Dr. Ambrose angeht. Ich bin fest davon überzeugt, dass er ermordet wurde, kurz nachdem wir aufgebrochen sind.«

»Ich bin der gleichen Meinung wie Luis«, sagte Pat. »Tom war ein hoch geachteter Wissenschaftler. Ihm unlautere Motive zu unterstellen ist schlichtweg lächerlich.«

»Sind Sie Dr. Ambrose vorher schon mal begegnet?«, fragte Pitt.

Sie schüttelte den Kopf. »Nein, aber ich kannte ihn auf Grund seines Rufs.«

»Aber Sie haben ihn vorher noch nie gesehen.«

»Nein.«

»Woher wollen Sie dann wissen, dass der Mann, den wir für Tom Ambrose hielten, kein Hochstapler war?«

»Na schön«, sagte Marquez. »Angenommen, er war einer und hat mit diesen irren Bikern unter einer Decke gesteckt. Aber wie erklären Sie sich dann die Tatsache, dass er garantiert ertrunken wäre, wenn Sie nicht aufgetaucht wären?«

»Ganz recht«, wandte Pat ruhig ein. »Da die Killer auch ihn ermorden wollten, kann er doch unmöglich gemeinsame Sache mit ihnen gemacht haben.«

»Seine Helfershelfer haben Mist gebaut.« Pitt klang kühl, so als wäre er sich völlig sicher. »Vermutlich waren sie durchaus Sprengstoffexperten, aber eben keine erfahrenen Bergleute wie Luis, deshalb haben sie eine zu starke Ladung gezündet. Statt nur den Stollen zum Einsturz zu bringen, haben sie den ganzen Berg erschüttert, durch den eine unterirdische Wasserader führt, und die hat sich dann in die Mine ergossen. Sie haben sich verschätzt, und das hat ihnen den ganzen Plan verhunzt. Der Stollen und die Kammer wurden überflutet, bevor sie mit ihren Maschinen die Einsturzstelle umgehen und ihren Boss retten konnten.«

Marquez schaute zu den Berggipfeln rund um Telluride hinauf, die sich im Licht des Sternenhimmels abzeichneten. »Warum sollten sie den Stollen zum Einsturz bringen? Was wollten sie damit bezwecken?«

»Den perfekten Mord«, antwortete Pitt. »Sie wollten euch beide umbringen, vermutlich mit Steinen den Schädel einschlagen. Danach hätten sie euch unter dem Geröll in dem eingestürzten Schacht verscharrt. Falls eure sterblichen Überreste überhaupt gefunden worden wären, hätte man gemeint, ihr wärt bei einem Minenunglück umgekommen.«

»Wieso sollten sie uns umbringen?«, fragte Pat ungläubig. »Aus welchem Grund?«

»Weil ihr eine Gefahr für sie darstellt.«

»Luis und ich sollen eine Gefahr darstellen?« Verständnislos schaute sie ihn an. »Für wen?«

»Für eine straff geführte, finanziell hervorragend ausgestattete und vermutlich streng geheime Organisation, die nicht will, dass die Entdeckung der Kammer und des schwarzen Schädels bekannt wird.«

»Wieso sollte jemand einen wichtigen archäologischen Fund verheimlichen wollen?«, fragte Pat, die überhaupt nichts mehr begriff.

Pitt hob hilflos die Hände. »Ab hier weiß ich auch nicht weiter. Aber ich gehe jede Wette ein, dass es kein Einzelfall ist. Dass es im Zusammenhang mit anderen Funden dieser Größenordnung auch schon etliche Tote gegeben hat.«

»Mir fällt nur ein archäologisches Projekt ein, bei dem es ebenfalls zu rätselhaften Todesfällen kam. Eine Expedition unter Leitung von Dr. Jeffrey Taffet von der Arizona State University. Er und mehrere Studenten kamen um, als sie eine Höhle an der Nordflanke des Lascar in Chile erkunden wollten.«

»Wodurch sind sie ums Leben gekommen?«, fragte Marquez.

»Sie waren erfroren, als man sie fand«, sagte Pat. »Was nach Ansicht der Rettungsmannschaft, die die Leichen geborgen hat, ziemlich merkwürdig war. Das Wetter war hervorragend, kein Sturm, die Temperatur knapp unter dem Gefrierpunkt. Auch bei einer anschließenden Untersuchung konnte man nicht klären, weshalb Taffet und seine Studenten an Unterkühlung gestorben waren.«

»Was haben die Archäologen in der Höhle gesucht?«, hakte Pitt nach.

»Das weiß niemand genau. Zwei Bergsteiger aus New York, beide erfolgreiche Steueranwälte, haben beim Abstieg von dem Berg eine Höhle entdeckt und erkundet. Sie berichteten, dass sie darin alte Kunstgegenstände in tadellosem Zustand gefunden hätten. Kurz darauf kamen sie um.«

Pitt schaute sie an. »Die also auch?«

»Die Privatmaschine, mit der sie nach Hause fliegen wollten, stürzte kurz nach dem Start in Santiago ab.«

»Das wird ja immer rätselhafter.«

»Die nächsten Expeditionen, die man hinschickte, haben nichts gefunden«, fuhr Pat fort. »Entweder haben die beiden Anwälte nur angegeben –«

»Oder jemand hat die Kunstgegenstände weggeschafft«, schloss Pitt.

»Ob die Archäologen wohl einen schwarzen Schädel gefunden haben?«, überlegte Marquez versonnen.

Pat zuckte die Achseln. »Das wird man nie erfahren.«

»Haben Sie die Aufzeichnungen, die Sie in der Kammer gemacht haben, retten können?«, fragte Marquez Pat.

»Das Papier wurde zwar völlig durchweicht, als wir durch die Mine geschwommen sind, aber nachdem ich es mit meinem Föhn getrocknet hatte, konnte man sie noch ganz gut lesen. Aber fragt mich nicht, was die Inschriften bedeuten. Derartige Schriftzeichen habe ich noch nie gesehen.«

»Ich dachte immer, alle Schriftzeichen, egal ob alt oder modern, hätten in allen Kulturen ähnliche Merkmale«, sagte Pitt nachdenklich.

»Nicht unbedingt. Ich kenne viele alte Inschriften, zu denen es nichts Vergleichbares gibt. Glauben Sie mir, die Schriftzeichen an den Wänden der Kammer sind einzigartig.«

»Könnte es sich um eine Fälschung handeln?«

»Das kann ich erst feststellen, wenn ich sie näher untersucht habe.«

»Eins kann ich euch sagen«, meldete sich Marquez im Brustton der Überzeugung, »in dieser Kammer war seit Ewigkeiten keiner mehr. An den Felsen rundum gab es keinerlei Spuren, die darauf hingedeutet hätten, dass dort in jüngerer Zeit jemand gegraben hat.«

Pat strich sich die langen roten Haare aus den Augen. »Aber wer hat sie geschaffen? Und warum?«

»Und wann«, warf Pitt ein. »Irgendwie muss es eine Verbindung zwischen dieser Kammer und den Killern geben.«

Ein jäher Windstoß fuhr durch das Tal und rüttelte an den Fenstern des Wintergartens. Pat erschauderte. »Es wird ziemlich kühl. Ich glaube, ich hole mir lieber einen Mantel.«

Marquez wandte sich zur Küche. »Wo bleibt eigentlich Lisa mit dem Kaffee und …«

Weiter kam er nicht. Pitt sprang plötzlich auf, stieß ihn unter den Holztisch, packte dann Pat, riss sie zu Boden und warf sich schützend über sie. Ein leises Rascheln da draußen, eine kaum wahrnehmbare Bewegung in der Dunkelheit, die er nur bemerkte, weil seine Sinne im Lauf der Jahre so geschärft worden waren, dass er eine Gefahr förmlich vorausahnte, hatte ihn aufgeschreckt. Im nächsten Moment fielen zwei Schüsse, so kurz hintereinander, dass sie sich fast übertönten.

Pitt hörte, wie Pat japsend nach Atem rang. Er wälzte sich von ihr und stand auf, und dann hörte er eine vertraute Stimme draußen im Wald, ruhig und unerschütterlich wie immer.

»Hab ihn!«

Pitt half Pat auf die Beine und brachte sie zu einem Stuhl, dann zog er Marquez hoch. »Das waren Schüsse … und die Stimme?«, murmelte Marquez benommen.

»Keine Sorge«, beruhigte ihn Pitt. »Das sind unsere Hilfstruppen.«

»Lisa, die Kinder«, rief Marquez und wollte in die Küche laufen.

Pitt packte ihn an Arm. »Sie sind in der Badewanne in Deckung gegangen«, sagte er.

»Was …?«

»Weil ich ihnen gesagt habe, sie sollen sich da reinlegen.«

Ein stämmiger, bulliger Mann in einem schneeweißen Overall mit Kapuze tauchte aus dem Latschengehölz auf, das rund um das Haus wucherte. Er zog eine Gestalt hinter sich her, die einen schwarzen Ninja-Anzug trug und eine schwarze Skimaske übergezogen hatte. Noch immer schienen die Sterne so hell, dass man die schwarzen lockigen Haare des weiß gekleideten Mannes erkennen konnte, die dunklen Augen, das breite Grinsen und die blitzenden Zähne. Scheinbar mühelos, so als schleppte er einen Sack mit fünf Kilo Kartoffeln nach Hause, schleifte er den Körper hinter sich her.

»Irgendwelche Schwierigkeiten?«, fragte Pitt leise, als er auf den verschneiten Hof hinaustrat.

»Nicht die geringsten«, erwiderte der andere. »Als ob man einen Blinden und Taubstummen überfällt. Der wollte sich zwar still und leise anschleichen, aber auf einen Hinterhalt war er nicht gefasst.«

»Man sollte seine Opfer nie unterschätzen. Das ist der größte Fehler, den ein Profi machen kann.«

Pat starrte Pitt mit aschfahlem Gesicht an. »Sie haben das geplant?«, versetzte sie tonlos.

»Natürlich«, erwiderte Pitt regelrecht feixend. »Die Killer sind …«, er hielt inne und schaute auf den Mann, der zu seinen Füßen lag, »beziehungsweise sie *waren* Fanatiker. Allerdings kann ich mir wirklich nicht erklären, weshalb die jeden umbringen wollen, der diese geheimnisvolle Kammer betreten hat. In diesem Fall hatten sie es wohl vor allem auf mich abgesehen, weil ich wie aus heiterem Himmel aufgetaucht bin und ihre ganze Planung über den Haufen geworfen habe. Außerdem haben sie befürchtet, ich könnte in die Kammer zurückkehren und den schwarzen Schädel herausholen. Bei Pat wiederum bestand die Gefahr, dass sie womöglich die Inschriften entziffern könnte.

Seitdem wir wieder auf freiem Fuß sind, lag der hier auf der Lauer und hat uns beobachtet und auf eine günstige Gelegenheit gewartet. Nachdem sie schon vorher alle Zeugen beseitigen wollten und nichts unversucht ließen, um die Entdeckung der Kammer zu vertuschen, musste jedem Blinden und Lahmen klar sein, dass die nicht unverrichteter Dinge aus Telluride abziehen würden, solange einer von uns am Leben war. Deshalb habe ich sie angelockt, geködert und eingeholt.«

»Und wir waren die Köder«, murmelte Marquez. »Wir hätten alle draufgehen können.«

»Lieber jetzt ein kleines Risiko eingehen, solange wir alle Karten in der Hand haben, als abwarten, bis wir verwundbar sind.«

»Sollten wir nicht Sheriff Eagan hinzuziehen?«

»Der müsste grade in diesem Moment den anderen Killer in Pats Pension dingfest machen.«

»Ein Mörder in meinem Zimmer?«, flüsterte Pat erschrocken. »Während ich in der Badewanne lag?«

»Nein«, sagte Pitt ruhig. »Er ist erst eingedrungen, nachdem Sie und ich zu Marquez gegangen waren.«

»Aber er hätte einfach reinmarschieren und mich ermorden können.«

»Wohl kaum.« Pitt drückte ihre Hand. »Glauben Sie mir, die Gefahr war denkbar gering. Ist Ihnen nicht aufgefallen, dass die Pension ziemlich überlaufen war? Der Sheriff hat einen Schwung Hilfskräfte abgestellt, die sich auf den Fluren und in den Speisesälen der Pension herumgetrieben und so getan haben, als wären sie Kongressteilnehmer. Als ich dann bekannt gegeben habe, dass wir beide zum Abendessen zu Marquez gehen, haben sich die Killer aufgeteilt. Der eine wollte uns beim Essen um die Ecke bringen, während der andere Ihr Zimmer nach dem Notizbuch und der Kamera durchwühlt hat.«

»Den da habe ich in der Sheriff-Dienststelle noch nie gesehen«, sagte Marquez und deutete auf den muskulösen Neuankömmling.

Pitt drehte sich um und legte den Arm um die Schultern des Fremden, der soeben den Mörder überwältigt hatte. »Darf ich euch Albert Giordino vorstellen, meinen ältesten und besten Freund.

Al ist mein Assistent und stellvertretender Projektleiter bei der NUMA.«

Marquez und Pat standen stumm da, wussten nicht recht, wie sie sich verhalten sollten. Sie musterten Al so eindringlich wie zwei Mikrobiologen, die eine Bakterienkultur untersuchen. Giordino ließ den Fuß des Eindringlings los, trat einen Schritt vor und schüttelte ihnen die Hand. »Freut mich, Sie beide kennen zu lernen. Schön, dass ich Ihnen einen Gefallen tun konnte.«

»Wen hat's erwischt?«

»Der Kerl hat ein Reaktionsvermögen, das kannst du dir nicht vorstellen.«

»O doch, das kann ich.«

»Der muss übersinnliche Kräfte haben. Er hat genau in dem Moment auf mich geschossen, als ich abgedrückt habe.« Giordino deutete auf einen leichten Riss an der Taille seines Overalls. »Seine Kugel hat kaum die Haut gekratzt. Meine hat ihn am rechten Lungenflügel erwischt.«

»Du hast Glück gehabt.«

»Ach, ich weiß nicht«, sagte Giordino selbstsicher. »Ich habe gezielt, er nicht.«

»Lebt er noch?«

»Ich glaube schon. Aber an einem Marathonlauf wird er in nächster Zeit nicht teilnehmen.«

Pitt bückte sich und nahm dem Killer die Skimaske ab.

Pat keuchte entsetzt auf – durchaus verständlich in Anbetracht der Umstände, dachte Pitt. Sie konnte immer noch nicht fassen, was alles passiert war, seit sie am Flughafen von Telluride aus der Maschine stieg.

»Ach du lieber Gott!« Sie klang sowohl erschrocken als auch erschüttert. »Das ist ja Dr. Ambrose!«

»Nein, meine Liebe«, sagte Pitt leise. »Das ist nicht Dr. Thomas Ambrose. Der richtige Ambrose ist vermutlich tot, wie schon gesagt. Dieser Dreckskerl hat wahrscheinlich deshalb den Auftrag bekommen, Sie, mich und Luis zu ermorden, weil er der Einzige war, der uns mit Sicherheit erkennen konnte.«

Sie war wie benommen, als ihr die grausame Wahrheit von Pitts

Worten bewusst wurde. Sie kniete nieder und schaute in die offenen Augen des Killers. »Wieso haben Sie Dr. Ambrose umgebracht?«, herrschte sie ihn an.

Der Killer ließ sich nicht die geringste Regung anmerken. Lediglich der Blutfaden, der aus seinem Mund sickerte, das typische Anzeichen einer Lungenverletzung, verriet, dass er getroffen war. »Nicht ermordet, hingerichtet«, flüsterte er. »Er stellte eine Gefahr dar und musste sterben, so wie ihr alle sterben müsst.«

»Du traust dich deine Schandtaten auch noch zu rechtfertigen«, sagte Pitt mit eisiger, schneidender Stimme.

»Ich rechtfertige gar nichts. Wer der Neuen Bestimmung dient, braucht keine Rechtfertigung.«

»Wer oder was ist diese Neue Bestimmung?«

»Das Vierte Reich, aber ihr werdet das nicht mehr erleben.« Im Tonfall des Killers schwang keinerlei Hass oder Überheblichkeit mit, es war eine schlichte Feststellung. Er sprach mit einem europäisch klingenden Akzent.

»Die Kammer und der schwarze Schädel, was haben die zu bedeuten?«

»Eine Botschaft aus der Vergangenheit.« Zum ersten Mal spielte ein leichtes Lächeln um seine Mundwinkel. »Das größte Geheimnis der Welt. Mehr werdet ihr niemals erfahren.«

»Vielleicht wirst du ja noch gesprächiger, wenn du eine Zeit lang wegen Mordes hinter Gittern sitzt.«

Ein kurzes Kopfschütteln. »Ich werde niemals vor einem Gericht stehen.«

»Die Wunde heilt wieder.«

»Nein, Sie irren sich. Es wird keine weitere Gelegenheit mehr geben, mich zu verhören. Ich werde beruhigt und im Wissen darum sterben, dass Sie mir bald folgen werden, Mr. Pitt.«

Ehe Pitt ihn aufhalten konnte, führte der Killer die Hand zum Mund und schob sich eine Kapsel zwischen die Zähne. »Zyankali, Mr. Pitt. Noch genauso nützlich und wirksam wie vor sechzig Jahren, als Hermann Göring es genommen hat.«

Pitt beugte sich rasch ans Ohr des Killers. Er musste Tom Ambroses Mörder noch ein letztes Wort mit auf den Weg geben, bevor er das Zeitliche segnete. »So Leid's mir tut, du elender Dreckskerl, aber wir wissen bereits Bescheid über euer schwachsinniges Viertes Reich.« Eine dreiste Lüge, aber Pitt konnte sich diesen letzten Seitenhieb nicht verkneifen.

Die dunklen Augen öffneten sich weit, dann wurden sie glasig und brachen, als der Killer starb.

»Ist er tot?«, flüsterte Pat.

»Wie eine ägyptische Mumie«, erwiderte Pitt kalt.

»Den wären wir los.« Giordino zuckte die Achseln. »Schade, dass wir ihn nicht den Geiern zum Fraß vorwerfen können.«

Pat starrte Pitt an. »Sie haben es gewusst«, sagte sie leise. »Niemand außer mir hat es bemerkt, aber ich habe gesehen, wie Sie die Waffe entladen haben.«

»Er hätte uns alle drei umgebracht«, versetzte Marquez. »Wie sind Sie ihm auf die Schliche gekommen?«

»Reine Vermutung, ein ungutes Gefühl«, antwortete Pitt. »Mehr nicht. Er kam mir einfach zu abgebrüht vor, zu kühl und berechnend. Der angebliche Dr. Ambrose benahm sich einfach nicht wie jemand, der in Lebensgefahr schwebt.«

In der Küche klingelte das Telefon. Marquez ging ran, hörte kurz zu, sagte ein paar Worte und legte auf. »Das war Sheriff Eagan«, berichtete er. »Zwei seiner Deputys wurden bei einer Schießerei in Pats Pension schwer verletzt. Der Schütze, der bislang noch nicht identifiziert werden konnte, wurde tödlich getroffen und starb, ohne noch irgendwas zu sagen.«

Pitt starrte nachdenklich auf den Leichnam des angeblichen Dr. Ambrose. »Wer behauptet denn, dass Tote nichts mehr verraten können?«

»Ist draußen alles klar?«, fragte Lisa Marquez, die furchtsam um die Küchentür spähte und kaum mehr als ein Flüstern hervorbrachte, als sie die am Boden liegende Gestalt sah.

Pitt ging zu ihr und ergriff ihre Hand. »Klar und sicher.«

Marquez legte besorgt den Arm um sie. »Was machen die Mädels?«

»Die haben fast die ganze Zeit geschlafen.«

»Der Stollen ist dicht. Da kommt nach dem Einsturz keiner mehr rein«, sagte er behutsam zu Lisa. »Sieht so aus, als ob die Schürferei vorbei ist.«

»Deswegen würde ich keine schlaflosen Nächte verbringen«, erwiderte Lisa und lächelte. »Du hast genug Geld, Luis Marquez. Wird höchste Zeit, dass wir uns einen neuen Lebensstil zulegen.«

»Außerdem würde ich Ihnen dringend dazu raten«, schaltete Pitt sich ein, während drunten auf der Straße die Sirenen der Polizei und eines Krankenwagens immer näher kamen, »dass Sie Ihre Familie zusammenpacken und schleunigst aus Telluride verschwinden.« Er hielt inne und warf einen bösen Blick auf den toten Killer. »Jedenfalls bis wir wissen, wer diese Leute sind und was sie vorhaben.«

Lisa schaute ihren Mann versonnen an. »Das kleine Hotel am Strand von Cabo San Lucas, umgeben von Palmen, das wir uns schon immer kaufen wollten…«

Er nickte. »Ich glaube, jetzt ist es so weit.«

Pat fasste Pitt am Arm, worauf er sich lachend zu ihr umdrehte. »Und wo soll ich mich verstecken?«, fragte sie leise. »Ich kann meinen Lehrstuhl nicht so einfach aufgeben. Dazu habe ich zu sehr geschuftet, bis ich es an der Universität zu etwas gebracht habe.«

»Ihr Leben ist keinen Pfifferling wert, wenn Sie zu Ihren Forschungen und Vorlesungen zurückkehren«, sagte Pitt. »Jedenfalls nicht, solange wir nicht wissen, womit wir es zu tun haben.«

»Aber ich bin auf alte Sprachen spezialisiert, und Sie sind Ingenieur für Meerestechnologie. Mördern nachzustellen ist nicht unser Fach.«

»Sie haben Recht«, sagte er. »Ab jetzt sollten die Bundesbehörden die Ermittlungen übernehmen. Aber Ihre Sachkenntnis wird von unschätzbarem Wert sein, wenn man das Rätsel jemals lösen will.«

»Sie glauben also, das hier war noch nicht alles?«

Er schüttelte den Kopf. »Wir haben es hier nicht nur mit einer bloßen Mörderbande zu tun. Hier geht es um Macht und Einfluss, den irgendwelche verschworenen Kreise gewinnen wollen. Ich brauche kein Hellseher zu sein, um zu wissen, dass die Inschriften in der Kammer und der schwarze Schädel viel weitreichendere Konsequenzen haben, als wir uns vorstellen können.«

Als Sheriff Eagan eintraf und sich Giordino vornahm, ging Pitt hinaus in die kalte Nacht und blickte zu dem sternenübersäten Himmel auf – die Milchstraße. Marquez' Haus lag ungefähr dreitausend Meter über dem Meeresspiegel, und in dieser Höhe wirkten die Sterne übergroß, wie ein funkelndes Meer von Kristallen.

Er schaute in den Himmel hinein und verfluchte seine Hilflosigkeit, verfluchte die unbekannten Mörder, verfluchte sich selbst, weil er so wenig wusste. Wer waren diese Wahnsinnigen mit ihrer aberwitzigen Neuen Bestimmung? Die Lösung lag irgendwo da draußen in der Nacht. Er konnte das Offensichtliche nicht erkennen, und das Unvermeidliche rückte in weite Ferne.

Er wusste ganz genau, dass irgendjemand dafür würde büßen müssen, und zwar bitter büßen.

Allmählich ging es ihm wieder besser. Bei aller Wut empfand er auch eine eiskalte Zuversicht, und er sah wieder klarer. Ein Gedanke kam ihm, flüchtig, kaum greifbar noch, und wurde dann deutlicher, bis er genau erkannte, was er tun musste.

Morgen würde er in aller Frühe in die Mine zurückkehren und den schwarzen Obsidianschädel herausholen.

8

Da der Stollen, über den sie tags zuvor aus dem Berginneren entronnen waren, durch die Explosion der Sprengfalle eingestürzt und unpassierbar geworden war, wählte der Bergungstrupp, dem neben Pitt und Giordino auch Marquez, Sheriff Eagan und zwei Deputys angehörten, den gleichen Weg, auf dem Pitt keine vierundzwanzig Stunden früher von der Buccaneer-Mine aus vorgedrungen war. Von Pitts Computer geleitet, erreichten die sechs Männer nach kurzer Zeit den voll gelaufenen Schacht, der zu den tiefer gelegenen Stollen und von dort aus zur Paradise-Mine führte.

Pitt stand am Rand des Schachts, starrte in das schwarze, unheimliche Wasser und fragte sich, ob er sich nicht zu viel vorgenommen hatte. Seit dem Vortag waren zwei weitere Sohlen der Mine überflutet worden, aber offenbar hatte über Nacht der Druck von unten nachgelassen, sodass das Wasser seinen Höchststand erreicht hatte.

Sheriff Eagan hielt ihn für verrückt. Auch Pat O'Connell, Luis und Lisa Marquez zweifelten an seinem Verstand. Nur Giordino verkniff sich jede Bemerkung über Pitts Zurechnungsfähigkeit. Immerhin hatte er darauf bestanden, Pitt zu begleiten und zu unterstützen, falls es Schwierigkeiten geben sollte.

Pitt hatte im Wesentlichen die gleiche Tauchausrüstung gewählt wie zuvor, nur dass er diesmal einen Trockentauchanzug anlegen wollte. Der Norseman hatte sich auf festem Boden als praktisch erwiesen und ihn auf dem Weg durch die Mine gut vor der Kälte geschützt, doch in dem eisigen Wasser in den unterirdischen Stollen leistete ein Trockentauchanzug mit seinem isolierenden Luftpolster zwischen Neoprenschicht und Körper bessere Dienste. Beim Anmarsch zum Schacht jedoch trug er warme, bequeme Kleidung, denn den Anzug wollte er erst anlegen, wenn der Tauchgang unmittelbar bevorstand.

Luis Marquez hatte die Expedition begleitet, nachdem er drei Nachbarn, ebenfalls Bergleute, darum gebeten hatte, beim Transport der Tauchausrüstung zu helfen, zu der diesmal auch Strickleitern gehörten, die den Auf- und Abstieg durch die senkrechten Schächte erleichtern sollten. Sheriff Eagan wiederum war fest davon überzeugt, dass man seine Dienste benötigen würde, und sei es auch nur, um die Rettungsaktion zu leiten, auf die das Ganze seiner Ansicht nach hinauslief.

Pitt und Giordino schlüpften aus ihrer Kleidung und zogen als zusätzlichen Wärmeschutz Unterzeug aus Nylon und Polyester an, eine Mischung aus Overall und langen Unterhosen. Dann stiegen sie in die einteiligen, mit Kopfhaube, Handschuhen und Füßlingen mit rutschfester Sohle versehenen Viking-Trockentauchanzüge aus vulkanisiertem Gummi. Als sie die Reißverschlüsse zuzogen und ihre Ausrüstung und die Messgeräte überprüft hatten, warf Pitt einen Blick auf Giordino. Der kleine Italiener wirkte so ruhig und ungerührt, als ginge es um einen Tauchgang in ein zweieinhalb Meter tiefes Schwimmbecken. »Ich führe uns mit meinem Computer auf den richtigen Weg, und du konzentrierst dich auf die Auftauchtabellen.«

Giordino hob den linken Arm, an den ein Dekompressionscomputer geschnallt war. »War eine Mordsrechnerei, bei einer voraussichtlichen Tauchzeit von etwa dreißig Minuten und einer Tauchtiefe von rund dreiunddreißig Metern, das Ganze dreitausend Meter über Normalnull, die Dekopausen zu bestimmen. Aber ich glaube, ich kann dich ohne Bewusstseinstrübungen oder Luftembolien wieder zurück zu diesem reizenden Felsengarten bringen.«

»Dafür wäre ich dir unendlich dankbar.«

Pitt zog eine Mark-II-Vollgesichtsbrille mit integriertem Unterwasser-Kommunikationssystem über. »Kannst du mich hören?«, fragte er Giordino.

»Als ob du mitten in meinem Kopf sitzen würdest.«

Sie hatten zehn Pressluftflaschen in die Mine geschleppt. Vor dem Tauchgang hatte sich jeder von ihnen ein Doppelflaschenpaket mit einer dritten, ebenfalls an der Trageschale angebrachten Flasche als Notreserve auf den Rücken geschnallt. Die vier verbliebenen Flaschen sollten Marquez und seine Freunde auf die von Giordino am Computer vorausberechnete Tiefe hinunterlassen, in der sie ihre Dekopausen einlegen mussten. Außer ihren Tauchermessern nahmen sie keinerlei Waffen mit.

»Von mir aus kann's losgehen«, sagte Pitt.

»Nach dir«, erwiderte Giordino.

Pitt schaltete seine Unterwasserlampe ein und richtete den Lichtstrahl auf die spiegelglatten Fluten. Er stieß sich vom Rand ab, ließ sich anderthalb Meter durch die Luft fallen und tauchte in einer Wolke aus Luftblasen ein. Unmittelbar darauf wallte das Wasser ein weiteres Mal auf, als Giordino im Zwielicht zu ihm stieß. Er deutete mit der Hand nach unten, rollte sich vornüber, schlug mit den Flossen und drang in die Tiefen der Mine vor.

Sie schwammen abwärts, immer weiter abwärts, während der Lichtstrahl ihrer Lampen durch das schwarze Wasser schnitt und nichts als kalte, nackte Felswände erfasste. Sie ließen es langsam angehen, glichen regelmäßig den Wasserdruck aus, der immer stärker wurde, je tiefer sie hinabtauchten. Nach einiger Zeit kam es ihnen so vor, als bewegten sie sich durch ein senkrechtes Kanalrohr fort.

Schließlich sahen sie den Boden unter sich, eine Galerie von Gängen, die sich dort auftat, verbogene, mit einer dicken Rostschicht überzogene Lorengleise, die ihnen wie zum stummen Gruß entgegenragten. Die Strudel und die starke Strömung, die gestern nach der Explosion geherrscht hatten, hatten sich beruhigt, und das Wasser war klar, sodass sie mindestens fünfzehn Meter weit sehen konnten. Pitt warf einen Blick auf seinen Tiefenmesser – die Nadel stand auf fünfundsiebzig Meter – und wartete, bis Giordino bei ihm angelangt war.

»Wie weit ist es noch?«, fragte Giordino.

»Knapp hundert Meter«, antwortete Pitt und deutete nach vorn. »Gleich hinter der Stollenbiegung.«

Ein Flossenschlag, und er stieß in den Tunnel vor, ließ dabei den Lichtstrahl über die Stützhölzer huschen. Sie hielten sich in Höhe der Gleise und folgten ihnen um die Kurve. Plötzlich streckte Pitt den Arm aus und hielt inne.

»Mach das Licht aus!«, befahl er Giordino.

Der tat, wie geheißen, und rundum versank alles in Schwärze – aber nicht ganz. Ein schwacher Lichtschein schimmerte vor ihnen im Wasser. »Ich glaube, da sind Plünderer am Werk«, sagte Giordino.

»Warum muss ich mich bloß ständig mit solchen Gestalten rumschlagen?«, stöhnte Pitt.

Zwei Taucher waren in der Kammer zugange. Konzentriert fotografierten sie eine Inschrift nach der anderen. Zwei auf Stativen aufgebaute Unterwasserstrahler tauchten das steinerne Gelass in gleißendes Licht. Pitt spähte durch das Loch im Boden der Kammer, wobei er darauf achtete, dass er im Dunkeln blieb, damit sich der Lichtschein nicht in seiner Vollgesichtsbrille spiegelte.

Einmal mehr staunte er über ihre Ausrüstung. Sie benutzten so genannte Kreislauf- oder Regenerationstauchgeräte, damit beim Ausatmen keine Luftblasen entwichen, die die Bildqualität hätten beeinträchtigen können. Umso mehr musste er aufpassen, dass keine Blasen aus seinem Lungenautomaten in die Kammer stiegen.

»Die sind hartnäckig, das muss man ihnen lassen«, murmelte Pitt. »Sie riskieren Kopf und Kragen für diese Inschriften, was immer es damit auf sich haben mag.«

»Bloß gut, dass sie sich auf einer anderen Frequenz verständigen als wir, sonst hätten sie unser Gespräch die ganze Zeit mithören können.«

»Wäre es möglich, dass sie sich eingeklinkt haben und uns bloß da reinlocken wollen?«

Giordino rang sich trotz der Taucherbrille ein verkniffenes Grinsen ab. »Wollen wir sie etwa enttäuschen und die Biege machen?«

»Wann waren wir denn schon mal so klug, um rechtzeitig zu verschwinden?«

»Meines Wissens noch nie.«

Giordino und Pitt waren seit ewigen Jahren dicke Freunde – genau genommen seit der ersten Klasse. Pitt konnte sich ausdenken, was er wollte, so abenteuerlich und abwegig es auch sein mochte, Giordino war immer dabei, ohne das geringste Widerwort. Sie hatten einander mehr als einmal das Leben gerettet und verstanden sich blind, wenn es haarig wurde. Als Team arbeiteten sie natürlich engstens zusammen. Ihre Abenteuer waren bei der NUMA bereits legendär.

»Da kommen wir nicht beide durch, ohne dass die etwas merken«, sagte Pitt und deutete auf das enge Loch.

»Wir könnten doch einfach reinschwimmen und ihnen ein Messer zwischen die Rippen rammen«, meldete sich Giordino.

»So würden die das machen«, erwiderte Pitt so leise, dass Giordino ihn kaum verstehen konnte. »Aber meiner Meinung nach bringt es mehr, wenn wir sie lebend schnappen.«

»Leichter gesagt, als getan.«

Pitt spähte durch das Loch, wagte sich immer näher und musterte die beiden Taucher, die ganz in ihrer Arbeit aufgingen. »Ich glaube, es gibt da eine Möglichkeit.«

»Mach's nicht zu spannend«, sagte Giordino, der bereits die Handschuhe abstreifte, damit er besser zulangen konnte.

»Die haben bloß Messer dabei, die sie um die Wade geschnallt haben.«

»Wir doch auch«, versetzte Giordino, der trotz der Taucherbrille unwillkürlich die Augenbrauen hochzog.

»Ja, aber wir werden nicht hinterrücks von zwei frohgemuten Spitzbuben überfallen.«

Die Taucher nahmen die letzten Bilder von den Inschriften und Sternensymbolen auf. Während der eine ihre Fotoausrüstung in einem großen Seesack verstaute, brachte der andere in der einen Ecke der Kammer eine Sprengladung an. Damit spielten sie Pitt und Giordino in die Hände. Kaum hatte sich der Taucher mit den Kameras durch das Loch in den darunter liegenden Gang geschoben, als Giordino ihm das Mundstück seines Atemreglers wegriss und seine Luftzufuhr unterband. Im gleichen Moment schlang er ihm den Arm um den Hals und würgte ihn, bis er schlaff wurde und das Bewusstsein verlor.

»Ich habe meinen«, stieß Giordino schwer atmend aus.

Pitt schenkte sich die Antwort. Mit einem kräftigen Flossenschlag stieß er in die Kammer und schoss auf den nichts ahnenden Taucher zu, der gerade den Zeitzünder an der Sprengladung anbrachte. Er griff von der Seite an, damit ihm die Sauerstoffflaschen am Rücken des anderen Tauchers nicht in die Quere kamen. Er ging genauso vor wie Giordino, riss ihm das Mundstück weg und schlang die Arme wie einen Schraubstock um seinen Hals. Aber Pitt hatte bei aller Eile übersehen, dass er sich mit einem Mann von gewaltiger Größe anlegte. Ganze zwei Sekunden dauerte es, bis ihm klar wurde, dass er sich übernommen hatte. Sein Gegner war gebaut wie ein Proficatcher und mindestens genauso muskulös. Er war keineswegs hilflos, sondern reagierte sofort und schlug in der engen Kammer wie wild um sich. Pitt kam sich vor wie ein Fuchs, der ahnungslos auf den Rücken eines waidwunden Bären gesprungen ist und sich nun um des lieben Lebens willen mit aller Macht festklammert.

Die schiere, animalische Kraft des Mannes, der sich herumwarf, die Arme nach hinten streckte und nach Pitts Kopf griff, war erschreckend. Zwei riesige Hände bekamen ihn zu fassen. Einen Moment lang meinte Pitt, sein Schädel zerspringe in tausend Stücke. Im letzten Moment, als er bereits glaubte, sein Hirn würde zerquetscht, sah er einen stämmigen Unterarm unmittelbar neben seinem Gesicht. Er spie das Mundstück aus, schaffte es irgendwie, trotz des Klammergriffs den Kopf zu drehen, und biss mit aller Kraft in das feiste Handgelenk. Ein Schwall Blut trübte das Wasser. Sein Widersacher riss die Hände zurück und stieß einen Schmerzensschrei aus, der als hilfloses Gurgeln herauskam. Pitt ließ nicht locker, hielt den mächtigen Stiernacken weiter umklammert und drückte mit aller Macht zu, spürte aber, wie seine Kräfte schwanden. In seiner Verzweiflung riss er dem Riesen die Taucherbrille weg.

Krampfhaft warf sich der Mann nach hinten, gegen die Wand. Scheppernd prallten Pitts Sauerstoffflaschen auf den Fels, dass ihm die Luft aus dem Leib gedrückt wurde, aber er lockerte seinen Würgegriff um keinen Millimeter. Mit der freien Hand packte er den Unterarm seines Gegners und drückte noch fester zu.

Pitt konnte das Gesicht des anderen nicht sehen. Er spürte nur, wie er sich hin und her warf, sich schüttelte wie ein nasser Hund, verzweifelt nach seinem Atemregler tastete und ihn in den Mund schieben wollte, doch der Schlauch war um Pitts Arm gewickelt. Hektisch beugte sich der Mann nach vorn, versuchte das an die rechte Wade geschnallte Messer zu ziehen. Pitt hatte damit gerechnet und war darauf vorbereitet. Als der Riese nach unten griff, ließ Pitt seinen Unterarm los, hob die Hand und stieß ihm den Finger in das offene Auge.

Er erzielte genau die Wirkung, die er erhofft hatte. Der Hüne wurde stocksteif und schlug die Hand vor das Auge. Doch gleichzeitig bekam er zufällig Pitts Hand zu fassen und bog langsam, aber erbarmungslos seinen Zeige- und Mittelfinger nach hinten. Ein gellender Schmerz, der sich mit nichts auch nur annähernd vergleichen ließ, fuhr durch Pitts Hand, so heftig, dass er Sterne vor Augen hatte. Fast hätte er seinen Würgegriff gelöst und nach der Hand gegriffen, die ihn so quälte, doch plötzlich spürte er, wie der Druck schwächer wurde.

Langsam, viel zu langsam ließ der stechende Schmerz nach, als der Riese anfing, mit weit aufgerissenem Mund Wasser zu schlucken. Seine Bewegungen wurden krampfhafter und unbeherrschter, das Gesicht verzerrte sich vor Angst und Panik, als ihm die Sinne schwanden und er zu ertrinken drohte. Pitt wartete noch ein paar Sekunden, nachdem der Mann schlaff geworden war, ehe er ihm das Mundstück wieder zwischen die Zähne schob und seine Lunge mit Luft versorgte.

Giordino schob den Oberkörper durch das Loch. »Warum brauchst du denn so lange?«

»Künstlerpech«, versetzte Pitt keuchend und mit rasendem Herz. »Ist doch immer so. Wenn ich im Stau stecke, erwische ich garantiert die falsche Fahrspur, in der Bank die falsche Warteschlange, und jetzt habe ich mir den größten Kerl auf der ganzen Welt für einen Ringkampf ausgesucht. Was macht dein Mann?«

»Den hab ich mit einem Stück Stromkabel von der Deckenbeleuchtung eingewickelt wie eine Seidenraupe.« Giordino blickte auf die reglose Gestalt am Boden der Kammer, und die Augen unter der Taucherbrille wurden größer. Sichtlich beeindruckt schaute er Pitt an. »Wissen die Talentsucher der National Football League über den Bescheid?«

»Wenn ja, hätte er längst einen Profivertrag«, sagte Pitt, der allmählich wieder gleichmäßiger atmete. »Nimm ihre Messer und alle anderen Waffen, die du findest. Danach besorgst du noch ein Stück Stromkabel, damit wir ihn fesseln können, bevor er wieder zu sich kommt und den ganzen Berg einreißt. Die Taucherbrillen brauchen sie nicht, sonst sehen sie zu viel.«

Giordino verschnürte den hünenhaften Taucher mit einem Stück Stromkabel und beförderte ihn nicht allzu sanft durch das Loch in den darunter liegenden Gang. Dann löste er ein, zwei Gewichte von den Bleigurten beider Männer, damit sie etwas Auftrieb bekamen und sich leichter durch die Stollen schleppen ließen. Außerdem nahm er ihnen die Messer ab. Bei dem Kleineren fand er zudem eine pressluftbetriebene Pistole, die eine mit Widerhaken bewehrte Harpune verschoss.

Während Giordino mit den Gefangenen beschäftigt war, löste Pitt ein großes Nylonnetz von seinem Bleigurt und öffnete den Metallverschluss. Er betrachtete den düster dräuenden schwarzen Schädel, der ihn mit seinen leeren Augenhöhlen anzustarren schien. Unwillkürlich fragte er sich, ob ein Fluch auf diesem Schädel lag. Welches Geheimnis verbarg sich dahinter?

Pitts Sinn fürs Praktische verdrängte alle abergläubischen Anwandlungen. Zwar hatte auch er seine romantischen Seiten, aber auf Mythen und Märchen fiel er nicht herein. Alles, was er nicht mit den eigenen Sinnen sehen, erfahren oder erleben konnte, gab es für ihn nicht. Wenn er nicht rund fünfzig Meter tief unter Wasser gewesen wäre, hätte er dem Obsidianschädel in die leeren Augenhöhlen gespuckt. Aber weil er ein wichtiges Bindeglied war, das womöglich zur Lösung des Rätsels beitragen konnte, war er fest entschlossen, ihn in die Hände von Leuten zu geben, die ihn eingehend untersuchen konnten.

»Tut mir Leid, mein Freund«, murmelte er so leise, dass Giordino ihn nicht hören konnte, »aber es wird Zeit, dass du deine Geheimnisse preisgibst.« Vorsichtig hob er den Schädel vom Piedestal und steckte ihn in seinen Netzbeutel. In dieser Tiefe ließ er sich mühelos tragen, aber sobald sie aus dem Wasser kamen, dürfte er gut und gern zwanzig Kilo wiegen. Er warf einen letzten Blick auf die Kammer, die Inschriften an den Wänden, die Strahler, die im Verlauf des Kampfes umgekippt waren und am Boden lagen. Dann stieß er kopfüber durch das Loch im Felsboden, achtete aber darauf, dass der Schädel nirgendwo anstieß und zerbarst. Giordino hatte die beiden Taucher bereits in den Stollen gezogen. Der Riese war wieder bei Bewusstsein und versuchte mit aller Kraft die Stromkabel zu sprengen, mit denen seine Knöchel gefesselt und die Arme eng an den Oberkörper geschnürt waren.

»Brauchst du Hilfe?«, fragte Pitt.

»Du übernimmst den Schädel und den Sack mit der Fotoausrüstung. Ich schleppe den Müll raus.«

»Dann schwimmst du am besten voraus, und ich halte mich hinter dir. Auf diese Weise habe ich sie ständig im Auge, nur für den Fall, dass unser Großer sich losreißt.«

Giordino reichte ihm die kleine, mit einer Harpune geladene Pistole. »Schieß sie ihm in den Adamsapfel, wenn er auch nur den kleinen Finger rührt.«

»Wir müssen uns die Dekopausen genau einteilen. Möglicherweise reicht die Luft nicht für uns vier.«

Giordino winkte ungerührt ab. »So Leid's mir tut, aber ich bin nicht in Spendierlaune.«

Der Rückweg ging nur langsam vonstatten. Giordino stellte fest, dass er besser vorankam, wenn er nicht schwamm, sondern auf den

Lorengleisen entlangging und die beiden Taucher mitsamt ihren Geräte hinter sich herzog. Trotzdem verbrauchten sie in dem langen Gang kostbare Atemluft. Pitt behielt seinen Finimeter ständig im Auge; er wusste, dass sein Luftvorrat zur Neige ging. Das Messgerät zeigte einen Flaschendruck von nur mehr fünfzig Bar an. Er und Giordino hatten bei dem Tauchgang doppelt so viel Luft verbraucht wie vorgesehen, vor allem durch den Kampf mit den beiden Eindringlingen, mit denen sie nicht gerechnet hatten.

Er rollte sich vornüber, stieß mit einem Flossenschlag zu den beiden gefesselten Tauchern vor und überprüfte deren Finimeter. Die beiden hatten noch deutlich mehr Luft. Vermutlich hatten sie einen kürzeren Weg zu der Kammer gefunden. Pitt kam es so vor, als wäre eine halbe Ewigkeit vergangen, bis sie den senkrechten Schacht erreichten, sich an den Aufstieg machten und die erste Dekopause einlegen mussten. Sheriff Eagan und Luis Marquez hatten mit einem Nylonseil zwei Reserveflaschen punktgenau auf die Tiefe heruntergelassen, die Giordino vorausberechnet hatte.

Ohne den Dekompressionscomputer aus den Augen zu lassen, hörte Giordino zu, wie Pitt den Flaschendruck ablas und durchgab, wie lange ihr Luftvorrat noch reichte. Erst als die Nadel im roten Bereich stand, schnallte er seine ab und stieß sie weg. Die Gefangenen setzten sich nicht zur Wehr. Trotzdem war Pitt ständig auf der Hut. Er wusste sehr wohl, dass die beiden zwei tickende Zeitbomben waren, die jeden Moment losgehen konnten, dass sie nur auf die erstbeste Gelegenheit zur Flucht warteten.

Bleiern zog sich die Zeit dahin. Längst hatten sie die Reserveflaschen angeschlossen. Als der Luftvorrat ihrer Gefangenen zur Neige ging, nahmen sie sie in Wechselatmung und schoben ihnen alle zwei Atemzüge eins ihrer Mundstücke zwischen die Zähne. Als die vorgeschriebene Zeit abgelaufen war, schwammen sie langsam nach oben bis zur nächsten Dekopause.

Die Reserveflaschen waren fast aufgebraucht, als Giordino endlich das Zeichen zum Auftauchen gab. »Das wär's gewesen. Jetzt geht's heim.«

Pitt stieg die Strickleiter hinauf, die Marquez in den Schacht geworfen hatte. Oben angelangt, überließ er Sheriff Eagan seine Pressluftflaschen. Dann reichte er ihm den Schädel und den Sack mit der Fotoausrüstung. Anschließend ließ er sich von ihm hochziehen, bis er wieder festen Boden unter den Füßen hatte. Pitt rollte sich auf den Rücken, zog die Vollgesichtsmaske ab und blieb eine Zeit lang liegen, atmete dankbar die kühle, feuchte Luft in der Mine ein.

»Da seid ihr ja wieder«, sagte Eagan. »Wieso hat das so lang gedauert? Ihr hättet schon vor zwanzig Minuten zurück sein sollen.«

»Wir sind auf zwei weitere schwere Jungs gestoßen.«

Giordino tauchte auf, kletterte an der Leiter hoch, blieb auf allen vieren knien und zog den kleineren der beiden Gefangenen in den Stollen hinauf. »Beim andern müsst ihr mir helfen«, sagte er und nahm die Taucherbrille ab. »Der wiegt mindestens doppelt so viel wie ich.«

Drei Minuten später stand Eagan über den beiden Eindringlingen und vernahm sie. Doch sie schauten ihn nur herausfordernd an, ohne ein Wort zu sagen. Pitt kniete sich neben sie und nahm die Haube ab, die Kopf und Kinn des Kleineren bedeckte.

»Schau an, schau an, mein alter Freund, der Biker. Was macht der Nacken?«

Der gefesselte Killer hob den Kopf und wollte Pitt ins Gesicht spucken, verfehlte ihn aber knapp. Er hatte die Zähne gefletscht wie ein tollwütiger Hund und funkelte Pitt an, als wollte er ihn mit Blicken töten.

»Ein richtig giftiger kleiner Teufel sind wir, was?«, sagte Pitt. »Ein Vorkämpfer fürs Vierte Reich. Nicht wahr? Träum ruhig weiter davon, wenn du im Knast schmorst.«

Der Sheriff beugte sich vor und tippte Pitt an die Schulter. »Ich muss sie laufen lassen.«

Pitt blickte auf und funkelte ihn mit seinen leuchtend grünen Augen an. »Den Teufel werden Sie tun.«

»Ich kann sie nicht einfach festnehmen, solange sie sich nicht strafbar gemacht haben«, erwiderte Eagan.

»Ich erstatte Anzeige gegen sie«, meldete sich Marquez.

»Weswegen?«

»Hausfriedensbruch, Verstoß gegen die Schürfrechte, vorsätzliche Sachbeschädigung und Diebstahl obendrein.«

»Was haben sie gestohlen?«, fragte Eagan verdutzt.

»Meine Stromleitung«, erwiderte Marquez empört und deutete auf die Kabel, mit denen die beiden Taucher gefesselt waren. »Das Kabel haben sie aus meiner Mine geklaut.«

Pitt legte Eagan die Hand auf die Schulter. »Sheriff, hier geht's auch noch um versuchten Mord. Ich glaube, Sie wären besser beraten, wenn sie die beiden ein paar Tage in Gewahrsam nähmen, wenigstens so lange, bis man sie vernommen, ihre Identität festgestellt und vielleicht herausgefunden hat, was sie vorhatten.«

»Komm schon, Jim«, sagte Marquez. »Du kannst sie doch wenigstens so lange hinter Schloss und Riegel sperren, bis du sie vernommen hast.«

»Ich bezweifle, dass ich von denen viel erfahre.«

»Ganz meine Meinung«, sagte Giordino, der sich mit einer kleinen Bürste über die lockigen Haare strich. »Allzu gesprächig wirken die nicht.«

»Hier geht irgendetwas vor sich, das weit über die Grenzen dieses Bezirks hinausreicht.« Pitt schälte sich aus seinem Trockentauchanzug und schlüpfte wieder in seine Straßenkleidung. »Könnte nichts schaden, wenn Sie sich auf allerhand gefasst machen.«

Eagan wirkte nachdenklich. »Na schön, ich schreibe einen Bericht für die Kriminalpolizei …«

Der Sheriff stockte, und alle wandten sich um und starrten in den Stollen. Ein Mann kam laut rufend auf sie zugerannt, als würde er von tausend Teufeln gehetzt. Kurz darauf erkannten sie, dass es einer von Eagans Deputys war. Torkelnd blieb er stehen, beugte sich erschöpft vornüber und rang keuchend nach Luft.

»Was gibt's, Charlie?«, bedrängte ihn Eagan. »Spuck's schon aus!«

»Die Toten …«, japste Charlie, der Deputy. »Die Toten im Leichenschauhaus!«

Eagan packte Charlie an den Schultern und zog ihn hoch. »Was ist mit den Toten?«

»Sie sind weg.«

»Was redest du da?«

»Der Coroner hat gesagt, sie sind verschwunden. Jemand hat sie aus dem Leichenschauhaus geklaut.«

Pitt schaute Eagan eine ganze Weile schweigend an. »An Ihrer Stelle«, sagte er dann leise, »würde ich auch dem FBI und dem Justizministerium einen Durchschlag Ihres Berichts zukommen lassen. Hier geht es um viel mehr, als wir uns überhaupt vorstellen können.«

ZWEITER TEIL

In den Fußstapfen der Ahnen

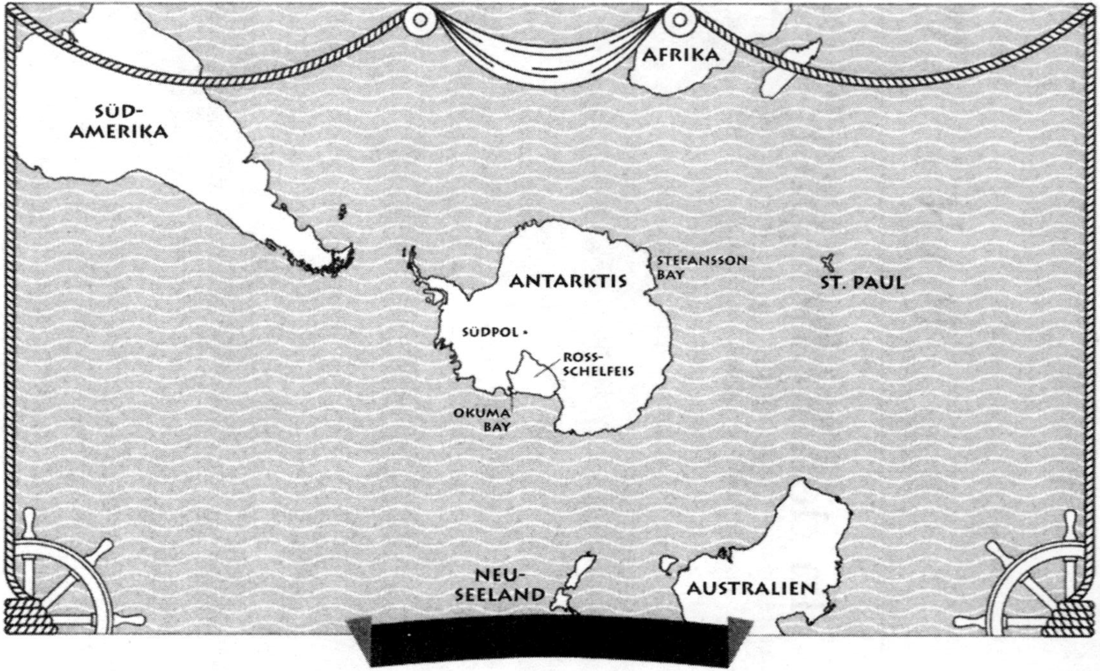

Südpolargebiet

27. März 2001
Okuma Bay, Antarktis

9

Kapitän Daniel Gillespie stand auf der breiten, verglasten Brücke der *Polar Storm* und schaute durch den getönten Feldstecher auf das Eis, das sich rund um den Rumpf des Eisbrechers aufschichtete. Gertenschlank stand er da, besorgt vornüber gebeugt, und musterte das Eis, während er sich einen Kurs überlegte, auf dem sie möglichst mühelos hindurchkämen. In diesem Herbst war das Rossmeer sehr früh zugefroren. Stellenweise war das Eis bereits über einen halben Meter dick, und mitunter türmten sich die Schollen bis zu anderthalb Metern hoch auf.

Das Schiff erbebte unter seinen Füßen, als der tropfenförmige Bug das Eis rammte, angehoben wurde und sich über die glatte Scholle schob. Dann zerbarst das Packeis unter dem Gewicht des Vorschiffes in lauter klavierdeckelgroße Schollen, die scharrend und schürfend an den Stahlplatten vorbeischrammten und den Anstrich vom Rumpf schabten, bis sie von den mächtigen, gut dreieinhalb Meter großen Schiffsschrauben zu kleinen Brocken zerhackt wurden, die im Kielwasser davontrieben. Dieser Vorgang wiederholte sich, bis das Schiff ein paar Meilen vor dem Festland in freies Fahrwasser gelangte, auf dem sich noch kein Eis gebildet hatte.

Die *Polar Storm* war Eisbrecher und Forschungsschiff in einem. Sie war ein vergleichsweise altes Schiff, das 1981 vom Stapel gelaufen war, vor zwanzig Jahren also. Außerdem war sie für einen Eisbrecher relativ klein – ganze fünfundvierzig Meter lang, knapp achteinhalb Meter breit und achttausend Bruttoregistertonnen groß. Aber sie war eigens für die Erkundung polarer und subpolarer Gewässer ausgerüstet, verfügte über allerlei ozeanographische, meteorologische und biologische Forschungseinrichtungen und konnte bis zu einem Meter dickes Eis durchbrechen.

Evie Tan, die sich in Montevideo an Bord begeben hatte, wo die *Polar Storm* auf ihrer Fahrt in die Antarktis einen Zwischenstopp eingelegt hatte, saß auf ihrem Stuhl und machte sich Notizen. Als freie Journalistin und Fotografin, die auf wissenschaftliche und technische Themen spezialisiert war, sollte sie für eine einschlägige Illustrierte eine Story über diese Expedition schreiben. Sie war klein und zierlich, hatte langes, seidiges schwarzes Haar und war auf den Philippinen geboren und aufgewachsen. Sie blickte zu Kapitän Gillespie und beobachtete ihn, wie er das Packeis vor ihnen musterte, ehe sie ihm eine Frage stellte.

»Wollen Sie hier auf dem Packeis ein wissenschaftliches Team absetzen, das das Eis untersuchen soll?«

Gillespie senkte das Fernglas und nickte. »Das machen wir regelmäßig. Die Glaziologen marschieren mitunter bis zu dreimal pro Tag raus aufs Eis und sammeln Proben, die sie später im Schiffslabor untersuchen. Außerdem vermessen sie ständig die Ausdehnung und die Dicke des Eises, an dem wir vorbeifahren.«

»Was genau wollen Sie erforschen?«

»Joel Rogers, der wissenschaftliche Leiter dieser Expedition, kann Ihnen das besser erklären als ich. Unsere Aufgabe besteht vor allem darin festzustellen, inwieweit das Packeis in letzter Zeit zurückgegangen ist und welche Rückschlüsse sich daraus auf die globale Erwärmung gewinnen lassen.«

»Ist es denn wissenschaftlich tatsächlich erwiesen, dass das Packeis schrumpft?«, fragte Evie.

»Im antarktischen Herbst, etwa von März bis Mai, friert das Meer rund um das Festland zu. Einstmals hat sich das Packeis über eine Fläche erstreckt, die fast doppelt so groß war wie Australien. Aber inzwischen ist es bei weitem nicht mehr so dick, und es weicht immer weiter zurück. Die Winter sind einfach nicht mehr so kalt wie noch vor vierzig, fünfzig Jahren. Durch die zunehmende Erderwärmung gerät die ganze Biosphäre der Antarktis aus dem Gleichgewicht.«

»Angefangen von den einzelligen Algen unter dem Packeis«, fuhr Evie fort, die mittlerweile einigermaßen Bescheid wusste.

»Sie haben Ihre Hausaufgaben gemacht.« Gillespie lächelte. »Ohne die Algen gibt es keinen Krill, die winzig kleinen Krebse, von denen sich wiederum fast alle anderen Lebewesen in diesen südpolaren Gewässern ernähren, ob Fische, Pinguine, Wale oder Flossenfüßler.«

»Mit Flossenfüßler meinen Sie Robben?«

»Ganz recht.«

Evie blickte hinaus auf die Okuma Bay, die das große Ross-Schelfeis von der Edward-VII.-Halbinsel trennte. »Diese Bergkette im Süden«, sagte sie, »wie heißt die?«

»Die Rockefeller Mountains«, antwortete Gillespie. »Sie erstrecken sich vom Mount Frazie´r auf dieser Seite bis zum Mount Nilsen auf der anderen.«

»Sie sind herrlich«, sagte Evie, während sie die schneebedeckten Gipfel bewunderte, die im Licht der Sonne gleißten. »Darf ich mir Ihr Fernglas ausleihen?«

»Selbstverständlich.«

Evie richtete das Glas auf eine Reihe von Gebäuden, die rund um eine große, turmartige Konstruktion nur zwei Meilen weiter südlich, an einer geschützten Stelle der Okuma Bay aufragten. Hinter den Gebäuden konnte sie einen Flugplatz erkennen und einen aus Beton gebauten Pier, der in die Bucht ragte. Ein großer, am Pier vertäuter Frachter wurde gerade mithilfe eines hoch aufragenden Krans entladen. »Ist das dort, am Fuß des Mount Frazier, eine Forschungsstation?«

Gillespie blickte zu der Stelle, auf die sie das Fernglas gerichtet hatte. »Nein, das ist ein Hüttenunternehmen, das von einem großen internationalen Konzern mit Sitz in Argentinien betrieben wird. Sie gewinnen Rohstoffe aus dem Meer.«

Sie senkte das Fernglas und schaute ihn an. »Ich hätte nicht gedacht, dass so was unter wirtschaftlichen Gesichtspunkten machbar ist.«

Gillespie schüttelte den Kopf. »Wie mir Bob Mars, unser Bordgeologe, mitgeteilt hat, haben sie eine neue Methode zur Gewinnung von Gold und anderen wertvollen Mineralien aus dem Meerwasser entwickelt.«

»Komisch, dass ich noch nie was davon gehört habe.«

»Die Sache ist auch streng geheim. Näher als bis hierher kommen wir nicht ran, ohne dass die ihre Wachboote losschicken und uns verscheuchen. Aber es geht das Gerücht, dass sie ein neues wissenschaftliches Verfahren anwenden, die so genannte Nanotechnologie.«

»Aber wieso in einer derart abgelegenen Gegend wie der Antarktis? Warum nicht in der Nähe einer Küsten- oder Hafenstadt, wo es bessere Transportmöglichkeiten gibt?«

»Mars sagt, dass sich der Salzgehalt in frierendem Wasser konzentriert, und es sinkt tiefer. Auf diese Weise lassen sich die Rohstoffe besser abbauen, wenn das Salz ausgefällt wird…« Der Kapitän brach ab und musterte das Packeis vor dem Bug. »Entschuldigen Sie mich, Miss Tan, aber wir halten direkt auf einen Eisberg zu.«

Wie ein weiß glasiertes Wüstenplateau erhob sich der Eisberg aus dem flachen Packeis. Die steilen Wände, die gut und gern dreißig Meter hoch aus dem Meer aufragten, leuchteten im strahlenden Sonnenlicht unter dem klaren, blauen Himmel. Makellos und jungfräulich wirkte er, unberührt von Mensch und Tier. Die *Polar Storm* näherte sich dem Berg von Westen, und Gillespie befahl dem Rudergänger, die automatische Steuerung auf einen Kurs einzustellen, der das Schiff um den nächsten Ausläufer herumführen sollte. Gekonnt betätigte der Rudergänger die elektronischen Regler des Sollkurseinstellers auf der breiten Konsole und ließ das Schiff um fünfundsiebzig Grad nach Backbord beidrehen, behielt dabei das Echolot im Auge und achtete auf unter dem Wasser hervorspringende Zacken. Der Rumpf des Eisbrechers war so robust gebaut, dass er auch einen härteren Stoß aushalten konnte, aber Gillespie wollte jeglichen Schaden an den Stahlplatten vermeiden.

Sie fuhren keine dreihundert Meter weit an dem Berg vorbei, ein sicherer Abstand, aber doch so nahe, dass die Besatzung und die Wissenschaftler draußen auf dem Deck standen und zu den eisigen Klippen emporblickten, die über ihnen aufragten. Es war ein seltsamer, ein wunderbarer Anblick. Bald darauf glitten die weißen Zinnen vorbei, als das Schiff das gewaltige Hindernis umrundete und wieder in das offene Packeis dahinter vordrang.

Plötzlich kam ein anderes Schiff in Sicht, das durch den Eisberg verdeckt gewesen war. Ein Unterseeboot, wie Gillespie erstaunt feststellte. Es fuhr durch eine Wasserrinne im Eis und hielt einen Kurs, der es genau vor den mächtigen Bug des Eisbrechers führen musste.

Der Rudergänger reagierte, bevor Gillespie einen Befehl erteilen konnte. Augenblicklich erkannte er die Lage, schätzte die Geschwindigkeit des U-Bootes ein und stellte den schweren Diesel, der die Backbordschraube antrieb, auf volle Fahrt zurück, ließ aber die Steuerbordmaschine weiter mit halber Kraft voraus laufen. Es war ein kluges Manöver, das, wenn es seinerzeit auch auf der *Titanic* durchgeführt worden wäre, den unglückseligen Dampfer der White Star Line vielleicht hätte retten können. Da die *Polar Storm* nun von der einen Schraube vorwärts getrieben und von der anderen zurückgezogen wurde, drehte sie weitaus härter bei als durch bloßen Rudereinschlag. Wie gebannt standen alle auf der Brücke, als der mächtige Bug langsam herumschwenkte, vom Rumpf des U-Bootes weg und auf dessen Kielwasser zu.

Für einen Warnruf oder einen Funkspruch an das andere Schiff war keine Zeit mehr. Gillespie betätigte das mächtige Signalhorn des Eisbrechers und forderte die Besatzung und die Wissenschaftler über Bordsprechanlage auf, sich auf eine Kollision gefasst zu machen. Auf der Brücke bewahrte man trotz aller Aufregung die Ruhe.

»Komm schon, Schätzchen«, flehte der Rudergänger. »Dreh dich, dreh bei!«

Evie starrte einen Moment lang gespannt nach vorn, ehe sie sich auf ihre beruflichen Pflichten besann. Rasch holte sie ihre Kamera aus der Tasche, überprüfte die Einstellung und schoss etliche Bilder. Sie hatte das U-Boot im Sucher, sah aber keine Besatzungsmitglieder an Deck, auch keinen Offizier auf dem Kommandoturm. Sie hielt inne und wollte gerade die Schärfe nachstellen, als sich der Bug des U-Boots unter das Packeis schob: Offenbar setzte es zu einem Schnelltauchmanöver an.

Die beiden Schiffe hielten aufeinander zu. Gillespie war davon überzeugt, dass der massige, dickwandige Bug des Eisbrechers den Druckkörper des U-Boots zermalmen würde. Aber ein jähes Beschleunigen des Unterseebootes, die rasche Reaktion des Rudergängers, vor allem aber die Manövrierfähigkeit der *Polar Storm* verhinderten letztlich, dass es zu einer Katastrophe kam.

Gillespie rannte auf die Steuerbordbrückennock und starrte hinab; er rechnete mit dem Schlimmsten. Doch das U-Boot war mit knapper Not untergetaucht, als der Bug des Eisbrechers auf sein Heck zuhielt. Um Haaresbreite schrammte er an der Ruderanlage und den Schrauben vorbei. Gillespie konnte es kaum fassen, dass die beiden Schiffe einander nicht gerammt hatten. Kaum eine Schaumspur war zu sehen, nur ein leichter Wellenring, der sich allmählich auf dem ansonsten unbewegten Wasser ausbreitete – das U-Boot war in den eisigen Fluten verschwunden, als ob es nie da gewesen wäre.

»Mein Gott, war das knapp!«, murmelte der Rudergänger und atmete erleichtert auf.

»Ein Unterseeboot«, sagte Evie nachdenklich und senkte die Kamera. »Woher kommt es? Und was für eine Nationalität hatte es?«

»Ich habe keine Hoheitszeichen entdeckt«, erwiderte der Rudergänger. »So ein U-Boot hab ich garantiert noch nie gesehen.«

Jake Bushey, der Erste Offizier, kam auf die Brücke gestürmt. »Was ist passiert, Käpt'n?«

»Wir hätten beinahe ein U-Boot gerammt.«

»Ein Atom-U-Boot, hier an der Marguerite Bay? Das soll wohl ein Witz sein.«

»Kapitän Gillespie macht keine Witze«, sagte Evie. »Ich habe Fotos geschossen, ich kann es beweisen.«

»Das war kein Atom-U-Boot«, sagte Gillespie bedächtig.

»Dem Aussehen nach war's ein alter Bautyp«, meinte der Rudergänger und betrachtete seine Hände. Erst jetzt fiel ihm auf, wie sehr sie zitterten.

»Sie übernehmen die Brücke«, befahl Gillespie Bushey. »Halten Sie Kurs auf dieses Eisfeld etwa eine Meile Steuerbord voraus. Dort setzen wir die Wissenschaftler ab. Ich bin in meiner Kajüte.«

Sowohl Evie als auch Bushey bemerkten die verwirrte Miene, den abwesenden Gesichtsausdruck des Kapitäns. Sie sahen, wie er den Niedergang zum darunter liegenden Deck hinabstieg, die Tür aufmachte und sich in seine Kajüte begab. Gillespie war der geborene

Seemann, und der Seefahrtsgeschichte galt seine ganze Leidenschaft. Die Regale, die die Wände seiner Kajüte säumten, standen voller nautischer und marinehistorischer Werke. Sein Blick schweifte von einem Titel zum anderen und blieb schließlich auf einem alten Schiffsbestimmungsbuch hängen.

Er setzte sich in einen bequemen Ledersessel, blätterte darin, hielt dann inne, als er auf ein Foto stieß. Da war es, genau das gleiche Boot, das ihnen unverhofft in die Quere gekommen war. Auf dem Foto war ein großes U-Boot abgebildet, das aufgetaucht vor einem felsigen Küstenstreifen im Hintergrund über Wasser fuhr. Der darunter stehende Text lautete:

> Das einzig bekannte Foto von U-2015, einem von zwei Elektrobooten der Baureihe XXI, die im Zweiten Weltkrieg zum Einsatz kamen. Ein schnelles Boot, das nahezu unbegrenzt unter Wasser bleiben und fast die halbe Welt umfahren konnte, ehe es wieder auftauchen und die Batterien aufladen musste.

Ferner hieß es da, dass U-2015 letztmals vor der dänischen Küste gesichtet und dann irgendwo im Atlantik verschollen sei. Offiziell gelte es als vermisst.

Gillespie traute seinen Augen kaum. Das konnte einfach nicht wahr sein – und doch wusste er, dass es so war. Bei dem unbekannten Schiff ohne Kennung, das die *Polar Storm* beinahe in den Grund der eisigen See gebohrt hätte, handelte es sich um ein U-Boot, das die Nazis im Zweiten Weltkrieg eingesetzt hatten, vor fast sechsundfünfzig Jahren.

10

Nach einer längeren Konferenzschaltung mit Admiral Sandecker, dem Direktor der National Underwater & Marine Agency, und Francis Ragsdale, dem erst unlängst ernannten neuen Chef des FBI, kam man überein, dass Pitt, Giordino und Pat O'Connell nach Washington fliegen und den Ermittlungsbehörden des Bundes über die seltsamen Vorkommnisse in der Paradise-Mine Bericht erstatten sollten. Unterdessen wurden FBI-Agenten zu Pats Wohnung in der Nähe der University of Pennsylvania in Philadelphia beordert, um ihre Tochter abzuholen und zu einem sicheren Haus außerhalb von Washington zu bringen, in dem auch Pat unterkommen sollte. Außerdem fielen etliche Agenten in Telluride ein und verfrachteten Luis und Lisa Marquez mitsamt ihren Töchtern zu einem geheimen Aufenthaltsort in Hawaii.

Umringt von Deputys, die Sheriff Eagan eigens abgestellt hatte, begaben sich Pitt, Giordino und Pat O'Connell an Bord eines NUMA-Jets und starteten in Richtung Hauptstadt. Als die türkis lackierte Cessna Citation Ultra V über den schneebedeckten Gipfeln der San Juan Mountains beidrehte und auf Nordostkurs ging, lehnte sich Pat in ihren Ledersitz zurück, streckte den Arm aus und ergriff Pitts Hand.

»Und meine Tochter ist bestimmt in Sicherheit?«

Er lächelte und drückte sacht ihre Hand. »Zum zehnten Mal – beim FBI ist sie in besten Händen. In ein paar Stunden können Sie sie in die Arme schließen.«

»Ich kann mir nicht vorstellen, dass wir den Rest unseres Lebens gejagt werden sollen wie wilde Tiere.«

»So weit wird's nicht kommen«, versicherte ihr Pitt. »Sobald diese Spinner mit ihrem Vierten Reich aufgespürt, festgenommen und verurteilt sind, werden wir alle wieder ein normales Leben führen können.«

Pat blickte zu Giordino, der sofort eingeschlafen war, kaum dass die Maschine von der Rollbahn abgehoben hatte. »Der lässt sich auch durch nichts aus der Ruhe bringen, was?«

»Al kann überall schlafen, jederzeit. Er ist wie eine Katze.« Er führte ihre Hand an seine Lippen und küsste sie leicht. »Sie sollten auch ein bisschen schlafen. Sie müssen todmüde sein.«

Es war das erste Mal, seit sie sich kennen gelernt hatten, dass Pitt ihr seine Zuneigung zeigte, und Pat empfand ein Gefühl von Wärme. »Mit geht zu viel durch den Kopf, als dass ich müde wäre.« Sie holte ihr Notizbuch aus dem Koffer. »Ich nutze lieber die Zeit, während wir in der Luft sind, für eine erste gründliche Bestandsaufnahme der Inschriften.«

»Hinten in der Kabine des Flugzeugs steht ein Computer, falls Ihnen das weiterhilft.«

»Gibt's auch einen Scanner, damit ich meine Notizen auf Festplatte übertragen kann?«

»Ich glaube schon.«

Alle Erschöpfung schien von ihr abzufallen. »Das wäre eine große Hilfe. Ein Jammer, dass mein Film durch das Wasser ruiniert wurde.«

Pitt griff in seine Hosentasche, holte ein Plastikpäckchen heraus und ließ es in ihren Schoß fallen. »Eine komplette fotografische Bestandsaufnahme der Kammer.«

Überrascht blickte sie auf, als sie das Päckchen öffnete und sechs Filmdosen darin fand. »Woher, um alles in der Welt, haben Sie die?«

»Mit den besten Empfehlungen vom Vierten Reich«, antwortete er lässig. »Al und ich haben sie bei ihren Aufnahmen in der Kammer gestört. Sie wollten gerade einpacken, als wir dazugekommen sind, daher vermute ich, dass sie sämtliche Inschriften fotografiert haben. Sobald wir zurück sind, lasse ich die Filme im Labor der NUMA entwickeln.«

»Oh, vielen Dank«, sagte Pat aufgeregt und küsste ihn auf die stoppelige Wange. »Meine Notizen enthalten nur einen Bruchteil der Inschriften.« Dann wandte sie sich rasch ab, so als wäre er nichts als ein Fremder, dem sie auf einer belebten Straße begegnet war, und begab sich in den Computerraum der Maschine.

Mit schmerzenden Gliedern und so behutsam wie möglich stemmte sich Pitt aus dem Sitz hoch und ging nach vorn zu der kleinen Bordküche, öffnete den Kühlschrank und holte eine Dose Sprudel heraus. Sehr zu seinem Bedauern duldete Admiral Sandecker keine alkoholischen Getränke an Bord der Schiffe und Flugzeuge, die in Diensten der NUMA standen.

Er hielt inne und betrachtete die Holzkiste, die auf einem freien Sitz festgeschnallt war. Der schwarze Obsidianschädel war ständig in seiner Nähe gewesen, seit er ihn aus der Kammer geborgen hatte.

Er konnte sich lebhaft vorstellen, wie ihn die leeren Augenhöhlen durch die hölzerne Wand anstierten.

Er setzte sich auf der anderen Seite des Ganges hin, zog die Antenne eines Globalstar-Satellitentelefons aus und drückte eine gespeicherte Nummer. Der Anruf wurde von einem von siebzig Satelliten empfangen, die die Erde umkreisten, und an einen anderen Satelliten weitergeleitet, der das Signal wiederum an eine Erdfunkstelle durchgab, von wo aus es in das öffentliche Telefonnetz eingespeist wurde.

Pitt blickte durch das Fenster auf die vorüberziehenden Wolken. Er wusste, dass sein Gesprächspartner nur selten vor dem siebten oder achten Klingelzeichen abhob. Beim zehnten dröhnte endlich eine tiefe Stimme aus dem Hörer. »Hier bin ich.«

»St. Julien.«

»Dirk!«, rief St. Julien Perlmutter, als er die Stimme erkannte. »Wenn ich gewusst hätte, dass du es bist, wäre ich früher rangegangen.«

»Entgegen aller Gewohnheit? Das glaube ich nicht.«

Pitt konnte sich Perlmutter nur zu gut vorstellen, wie er mit seinen annähernd vier Zentnern Lebendgewicht in einem seiner Seidenpyjamas mit Paisley-Muster inmitten von Bücherbergen in der Remise hockte, die er sein Zuhause nannte. Er war ein großartiger Schnurrenerzähler, ein Gourmet und Weinkenner, darüber hinaus ein allgemein anerkannter und hoch geschätzter Marinehistoriker, der in seiner Bibliothek die seltensten nautischen Werke der Welt, persönliche Briefe, Dokumente und Pläne von fast jedem Schiff, das jemals gebaut worden war, zusammengetragen hatte, und außerdem ein wandelndes Lexikon der Seefahrtsgeschichte.

»Wo steckst du, mein Junge?«

»Zehntausend Meilen über den Rocky Mountains.«

»Du konntest wohl nicht abwarten, bis du in Washington bist?«

»Ich wollte die erstbeste Gelegenheit nutzen, um ein Forschungsprojekt in die Gänge zu bringen.«

»Wie kann ich dir helfen?«

Pit berichtete ihm kurz von der geheimnisvollen Kammer und den Inschriften an den Wänden. Perlmutter hörte nachdenklich zu und unterbrach ihn hin und wieder, um eine Frage zu stellen. »Was genau hast du im Sinn?«, erkundigte er sich, als Pitt fertig war.

»Du hast doch Unterlagen darüber, dass es bereits in präkolumbianischer Zeit Verbindungen zwischen der Alten und der Neuen Welt gab.«

»Ein ganzes Zimmer voll. Allerhand Material und Studien über Seefahrer, die lange vor Kolumbus Nord-, Süd- und Mittelamerika besucht haben.«

»Kannst du dich an irgendwelche Geschichten über alte Seefahrer erinnern, die tief ins Landesinnere gezogen sind und unterirdische Kammern angelegt haben? Kammern, die nur dazu dienten, der Nachwelt eine Botschaft zu hinterlassen? Wurde so etwas jemals in irgendwelchen historischen Aufzeichnungen erwähnt?«

»Mir fällt auf Anhieb nichts ein. Aber es gibt jede Menge Berichte über alte Handelsbeziehungen zwischen den Völkern Amerikas und Seefahrern aus Europa und Afrika. Man nimmt an, dass bereits vor fünftausend Jahren Kupfer und Zinn abgebaut wurden, die man zur Herstellung von Bronze benötigte.«

»Wo?«, fragte Pitt.

»In Minnesota, Michigan und Wisconsin.«

»Ist das wahr?«

»Ich für meinen Teil glaube es«, sagte Perlmutter. »Es gibt Beweise dafür, dass man in Kentucky Blei, in Pennsylvania Serpentin und in North Carolina Glimmer abgebaut hat. Die Minen wurden viele Jahrhunderte vor Christi Geburt ausgebeutet. Dann verschwanden die unbekannten Bergleute aus rätselhaften Gründen binnen kürzester Zeit und ließen alles liegen und stehen, ihre Werkzeuge und Gebrauchsgegenstände, darüber hinaus Steinskulpturen, Altäre und Dolmen. Das sind Baudenkmäler aus prähistorischer Zeit – zwei mächtige Steinblöcke, die eine waagerecht liegende steinerne Platte tragen.«

»Könnten die nicht von den Indianern stammen?«

»Die amerikanischen Indianer haben selten steinerne Skulpturen hergestellt und nur wenige Baudenkmäler aus Stein errichtet, wenn überhaupt. Bergbauingenieure, die die alten Förderstätten untersucht haben, schätzen, dass dort über dreieinhalbtausend Tonnen

Kupfer abgebaut und abtransportiert wurden. Niemand glaubt, dass dies das Werk von Indianern war, denn bei denen haben Archäologen bislang nur ein paar hundert Kilo Kupfer gefunden, zumeist in Form von Schmuck und Perlen. Die alten Indianervölker haben kaum Metall verarbeitet.«

»Aber es gibt keinerlei Hinweise auf unterirdische Kammern mit rätselhaften Inschriften?«

Perlmutter hielt inne. »Nicht, dass ich wüsste. Diese prähistorischen Bergleute haben nur wenige Spuren hinterlassen, kaum Tonscherben oder schriftliche Aufzeichnungen. Nur ein paar Logogramme und Piktogramme, die größtenteils unlesbar sind. Wir können nur raten, wer sie waren – Ägypter vielleicht, Phönizier oder Normannen, möglicherweise auch ein weitaus älteres Volk. Es gibt Hinweise auf keltische Bergwerke im Südwesten, und in Arizona, ganz in der Nähe von Tucson, sollen angeblich kurz nach der Jahrhundertwende Artefakte aus der Römerzeit gefunden worden sein. Was soll ich dazu sagen? Die meisten Archäologen sind nicht bereit, sich vorzuwagen und einzuräumen, dass es in präkolumbianischer Zeit Verbindungen zu anderen Kontinenten gegeben hat. Von einer Diffusion wollen sie einfach nichts wissen.«

»Die Weitergabe und Ausbreitung kultureller Errungenschaften durch Begegnungen der Völker untereinander?«

»Ganz genau.«

»Aber warum?«, fragte Pitt. »Wenn es doch so viele Beweise dafür gibt?«

»Archäologen sind eine fantasielose Bande«, erwiderte Perlmutter. »Die sind von Haus aus misstrauisch. Man muss sie mit der Nase darauf stoßen. Bloß weil die alten amerikanischen Kulturen das Rad nicht nutzten, außer als Spielzeug für ihre Kinder und zum Töpfern, wollen sie nicht an die Diffusion glauben.«

»Dafür könnte es allerhand Gründe gegeben haben. Bis Cortez und die Spanier kamen, gab es auch keine Pferde oder Hausrinder. Sogar ich weiß, dass es sechshundert Jahre gedauert hat, bis die Schubkarre von China, wo sie erfunden wurde, nach Europa gelangt ist.«

»Was soll ich dazu sagen?« Perlmutter seufzte. »Ich bin bloß ein

Marinehistoriker und denke nicht daran, mich näher über Themen auszulassen, von denen ich nicht genug verstehe.«

»Aber du siehst doch nach, ob du in deiner Bibliothek irgendwelche Berichte über uralte unterirdische Kammern mit nicht entzifferbaren Inschriften findest?«

»Ich werde mein Bestes geben.«

»Ich danke dir, mein Guter. Mehr kann ich nicht verlangen.« Pitt hatte völliges Vertrauen in seinen Freund, den er bereits von Kindesbeinen an kannte, der ihn auf dem Schoß geschaukelt und ihm allerlei Seemannsgarn erzählt hatte.

»Gibt es im Zusammenhang mit dieser Kammer sonst noch was, das du mir bislang nicht erzählt hast?«

»Nur, dass ein Fund dazugehört.«

»Das hast du mir vorenthalten. Was für ein Fund?«

»Ein menschlicher Schädel in Lebensgröße, aus schwarzem Obsidian.«

Es dauerte einen Moment lang, bis Perlmutter sich dazu äußerte. »Hast du eine Ahnung, was er zu bedeuten hat?«, sagte er schließlich.

»Nicht die geringste«, antwortete Pitt. »Ich kann dir nur sagen, dass es ohne moderne Geräte, wenn er also wirklich von alten Handwerkern stammt, etliche Generationen lang gedauert haben muss, bis ein so großer Brocken Obsidian derart fein zurechtgefeilt, abgeschliffen und poliert war.«

»Ganz recht. Obsidian ist ein vulkanisches Glas, das bei einer jähen Abkühlung glutflüssiger Lava entsteht. Viele tausend Jahre lang hat es der Mensch zur Herstellung von Messern, Pfeil- und Speerspitzen verwendet. Obsidian ist sehr spröd. Es wäre schon eine bemerkenswerte Leistung, wenn ein derartiges Kunstwerk in, sagen wir, anderthalb Jahrhunderten hergestellt worden wäre, ohne dass der Werkstoff geborsten oder zersprungen ist.«

Pitt warf einen Blick auf die am Sitz festgeschnallte Kiste. »Schade, dass du ihn dir nicht anschauen kannst, St. Julien.«

»Nicht nötig. Ich weiß, wie er aussieht.«

Pitt roch Unrat. Perlmutter war bekannt dafür, dass er einen gelegentlich zum Narren hielt und so tat, als wäre er allwissend. Doch

Pitt musste sich wohl oder übel darauf einlassen. »Du musst ihn dir mit eigenen Augen ansehen, sonst hast du überhaupt keine Vorstellung davon, wie schön er wirklich ist.«

»Ach, habe ich dir das etwa nicht gesagt, mein Lieber«, versetzte Perlmutter mit gespielter Unschuld, »ich weiß, wo noch einer steht.«

11

Die Cessna Citation Ultra V setzte auf der östlichen Landebahn der Andrews Air Force Base auf und rollte zu den Hangars, die von der Luftwaffe an diverse Bundesbehörden verpachtet wurden. Die Hallen der NUMA befanden sich im nordöstlichen Teil des Geländes. Ein türkisfarbener Kleinbus mit zwei Wachmännern der NUMA, die Giordino zu seiner Wohnung in Alexandria, Virginia, und Pat zu dem sicheren Haus bringen sollten, in dem ihre Tochter untergebracht war, erwartete sie bereits.

Pitt trug die Holzkiste mit dem Obsidianschädel aus der Maschine und stellte sie draußen vorsichtig auf den Boden.

»Kommen Sie nicht mit?«, fragte Pat.

»Nein, ich werde abgeholt.«

Sie warf ihm einen durchdringenden Blick zu. »Von einer Freundin?«

Er lachte. »Von meinem Patenonkel, ob Sie's glauben oder nicht.«

»Nie und nimmer«, versetzte sie schnippisch. »Wann sehen wir uns wieder?«

Er drückte ihr einen Kuss auf die Stirn. »Früher als Sie meinen.«

Dann schlug er die Tür zu und schaute dem Kleinbus hinterher, der auf das große Tor an der Hauptzufahrt des Luftwaffenstützpunktes zuhielt. Anschließend ließ er sich nieder und lehnte sich an das Fahrwerk der Maschine, deren Piloten sich ebenfalls empfahlen. Er musste nur zehn Minuten warten, bis ein sehr elegantes, grün und silbern lackiertes Automobil auf leise surrenden Reifen neben ihm anhielt.

Das Chassis des Rolls-Royce Silver Dawn war 1955 unmittelbar vom Fließband an die Karosseriebaufirma Hopper & Company geliefert worden, wo man ihm einen Aufbau mit anmutig fließenden Linien und Schürzen an den hinteren Kotflügeln zurechtschneiderte. Mit seinem Sechszylindermotor mit oben liegender Nockenwelle und einem Hubraum von 4,3 Litern erreichte der Wagen eine Geschwindigkeit von bis zu hundertvierzig Kilometern die Stunde, ohne dass man mehr als das Schnurren der Reifen hörte.

Hugo Mulholand, St. Julien Perlmutters Chauffeur, stieg auf der Fahrerseite aus und streckte die Hand aus. »Was für eine Freude, Sie wiederzusehen, Mr. Pitt.«

Pitt grinste und schüttelte dem Chauffeur die Hand. Die Begrüßung war alles andere als herzlich, doch Pitt störte sich nicht daran. Er kannte Hugo seit über zwanzig Jahren. Perlmutters Chauffeur und Adlatus war ein herzensguter und zuvorkommender Mensch, aber er hatte die gleiche versteinerte Miene wie einst Buster Keaton, lächelte selten und ließ sich so gut wie nie zu einer freundlichen Geste herab. Er nahm Pitts Seesack und legte ihn in den Kofferraum des Rolls, trat dann zurück, als Pitt die Holzkiste behutsam daneben stellte. Danach öffnete Mulholand die hintere Tür und nahm Haltung an.

Pitt schlüpfte in den Wagen und ließ sich auf dem Rücksitz nieder, der zu zwei Dritteln von St. Julien Perlmutter in Beschlag genommen wurde. »St. Julien, du wirkst frisch wie ein Fisch im Wasser.«

»Eher wie ein Pottwal.« Perlmutter ergriff Pitts Hand und küsste ihn auf beide Wangen. Der massige Mann trug einen Panamahut auf seinem grauen Haar. Er hatte ein rotes Gesicht, eine Knollennase und himmelblaue Augen. »Lang, lang ist's her. Wir haben uns nicht mehr gesehen, seit diese hübsche Asiatin von der Einwanderungsbehörde in deiner Hangarwohnung ein Abendessen für uns gekocht hat.«

»Julia Maria Lee. Das muss ziemlich genau ein Jahr her sein.«

»Was ist aus ihr geworden?«

»Julia hatte einen Auftrag in Hongkong, als ich das letzte Mal von ihr gehört habe.«

»Die halten es nie lange aus, nicht wahr?«, meinte Perlmutter versonnen.

»Ich bin nicht unbedingt der Typ, den die Mädels ihrer Mutter vorstellen.«

»Unsinn. Du wärst ein großartiger Fang, wenn du endlich zur Ruhe kommen würdest.«

Pitt wechselte das Thema. »Rieche ich hier etwas zu essen?«

»Wann hast du denn zum letzten Mal etwas bekommen?«

»Ich hatte einen Kaffee zum Frühstück und Sprudel zum Mittagessen.«

Perlmutter hob einen Picknickkorb vom Boden hoch und stellte ihn auf seinen mächtigen Schoß. Dann zog er die aus knorrigem Walnussholz gefertigten Abstelltischchen aus der Rückenlehne der vorderen Sitzbank. »Ich habe mir erlaubt, für die Fahrt nach Fredericksburg eine kleine Stärkung vorzubereiten.«

»Dahin geht's also?«, fragte Pitt, der sich bereits auf die Leckereien in dem Korb freute.

Perlmutter nickte nur und hielt eine Flasche Veuve Clicquot Ponsradin Brut Champagne mit dem bekannten gelben Etikett hoch. »In Ordnung?«

»Mein Lieblingsstoff«, versetzte Pitt.

Nachdem Mulholand durch das große Tor gewinkt worden war, bog er nach links auf den Capital Beltway und fuhr nach Osten über den Potomac, bis er nach Springfield kam, wo er in Richtung Süden steuerte. Perlmutter hatte unterdessen das Silberbesteck und die Porzellanteller bereitgestellt und tischte dann die diversen Speisen auf – zum Auftakt Crêpes mit einer Füllung aus Pilzen und Kalbsbries, danach gegrillte und panierte Austern, etliche Pasteten und Käse und zum krönenden Abschluss pochierte Birnen in Rotwein.

»Das ist ja das reinste Festmahl, St. Julien. Ich habe selten so ausgezeichnet gegessen.«

»Ich schon«, sagte Perlmutter und schlug sich auf den mächtigen Bauch. »Und das ist der Unterschied zwischen uns.«

Mit einem Espresso aus einer kleinen Thermoskanne beendeten sie das üppige Picknick. »Kein Cognac?«, fragte Pitt scherzhaft.

»Für einen Mann über sechzig ist es noch zu früh am Tag für geistige Getränke. Sonst schlafe ich am Nachmittag ein.«

»Wo ist der zweite Obsidianschädel, von dem du gesprochen hast?«

»In Fredericksburg.«

»Das habe ich mir gedacht.«

»Er gehört einer reizenden alten Dame namens Christine Mender-Husted. Ihre Urgroßmutter kam in den Besitz des Schädels, als das Walfangschiff ihres Mannes den Winter über in der Antarktis festsaß. Eine ergreifende Geschichte. Wie es die familiäre Überlieferung will, verirrte sich Roxanna Mender eines Tages auf dem Packeis. Als ihr Gatte, Kapitän Bradford Mender, Kommandant des Walfängers *Paloverde*, und seine Besatzung sie retten wollten, entdeckten sie das Wrack eines alten Segelschiffs, eines englischen Ostindienfahrers. Neugierig, wie sie waren, gingen sie an Bord, durchsuchten das Schiff und fanden die toten Besatzungsmitglieder und Passagiere. In einem Stauraum entdeckten sie einen schwarzen Schädel aus Obsidian und andere seltsame Gegenstände, die sie jedoch zurücklassen mussten, weil das Packeis taute und sie sich schleunigst zu ihrem Schiff begeben mussten.«

»Haben sie den schwarzen Schädel geborgen?«

Perlmutter nickte. »Ja, Roxanna hat ihn persönlich aus dem Wrack geholt. Er ist seither ein Erbstück der Familie.«

Pitt blickte träge aus dem Fenster des Rolls auf die grüne, hügelige Landschaft von Virginia. »Selbst wenn die beiden Schädel identisch sein sollten, wissen wir noch lange nicht, wer sie geschaffen hat und warum.«

»Meine Verabredung mit Mrs. Mender-Husted ist auch nicht dazu da, die Schädel zu vergleichen.«

»Was hast du dann vor?«

»Seit zehn Jahren versuche ich schon, die Briefe der Familie aus jener Zeit zu erstehen, als Kapitän Mender auf Walfang ging. Darunter sind auch die Logbücher der Schiffe, auf denen er Dienst tat. Das Kernstück der Sammlung aber, das Objekt, für das ich die wenigen Zähne hingeben würde, die ich noch habe, ist das Logbuch des Wracks, das sie im ewigen Eis gefunden haben.«

»Die Familie Mender hat es?«

»Meines Wissens hat Kapitän Mender es mitgenommen, als sie über das Packeis flüchten mussten.«

»Dann hast du also gewisse Hintergedanken, was diesen Besuch angeht.«

Perlmutter lächelte wie ein Fuchs. »Ich hoffe, dass Mrs. Mender-Husted vielleicht nachgibt, wenn sie deinen Schädel sieht, und mir ihren samt den gesammelten Schätzen aus ihrem Familienarchiv verkauft.«

»Schämst du dich nicht, wenn du in den Spiegel schaust?«

»Doch.« Perlmutter lachte diabolisch. »Aber das vergeht rasch wieder.«

»Gibt es in dem Logbuch des Wracks irgendeinen Hinweis darauf, woher der Schädel stammt?«

Perlmutter schüttelte den Kopf. »Ich habe es noch nicht gelesen. Mrs. Mender-Husted hält es unter Verschluss.«

Pitt hing seinen Gedanken nach, während die Zeit verstrich. Er fragte sich, wie viele andere Obsidianschädel weltweit verborgen sein mochten.

Der lautlos dahinschnurrende Rolls-Royce schaffte die Fahrt nach Fredericksburg in genau anderthalb Stunden. Mulholand steuerte den vornehmen Wagen auf eine geschwungene Auffahrt, die zu einem malerischen, im Kolonialstil erbauten Haus auf einer Anhöhe über dem Rappahannock führte, von der aus man das Schlachtfeld überblicken konnte, auf dem im Bürgerkrieg an einem einzigen Tag zwölfeinhalbtausend Soldaten der Union gefallen waren. Das 1848 errichtete Haus erweckte indes eher angenehme Erinnerungen an längst vergangene Zeiten.

»Nun, da wären wir«, sagte Perlmutter, als Mulholand die Tür öffnete.

Pitt ging zum Heck des Wagens, klappte den Kofferraum auf und holte die Kiste mit dem Schädel heraus. »Das könnte interessant werden«, sagte er, als sie die Treppe hinaufstiegen und am Glockenstrang zogen.

Christine Mender-Husted sah genauso aus, wie man sich eine

Großmutter vorstellt. Sie war rüstig, wenn auch ein bisschen übergewichtig, hatte weiße Haare, ein Gesicht wie ein Barockengel und empfing sie mit einem freundlichen Lächeln. Die funkelnden, haselnussbraunen Augen, mit denen sie sie musterte, waren ständig in Bewegung, und auch sonst wirkte sie flink und behände. Sie begrüßte Perlmutter mit festem Handschlag und nickte, als er seinen Begleiter vorstellte.

»Treten Sie bitte ein«, sagte sie liebenswürdig. »Ich habe Sie schon erwartet. Darf ich Ihnen einen Tee anbieten?«

Beide Männer nahmen die Einladung an, worauf sie in eine hohe, holzgetäfelte Bibliothek geleitet wurden und auf bequemen Ledersesseln Platz nahmen. Nachdem ein junges Mädchen, das als Nachbarstochter vorgestellt wurde, die im Haus aushalf, den Tee serviert hatte, wandte sich Christine an Perlmutter.

»Nun ja, St. Julien, wie ich Ihnen am Telefon bereits mitteilte, bin ich nach wie vor nicht bereit, die Schätze meiner Familie zu verkaufen.«

»Ich muss gestehen, dass ich die Hoffnung darauf nie aufgegeben habe«, sagte Perlmutter, »aber ich habe Dirk aus einem anderen Grund mitgebracht.« Er wandte sich an Pitt. »Würdest du Mrs. Mender-Husted zeigen, was sich in der Kiste befindet?«

»Christine bitte«, sagte sie. »Der Doppelname geht einem gar zu schwer von der Zunge.«

»Leben Sie schon immer in Virginia?«, fragte Pitt, um mit ihr ins Gespräch zu kommen, während er die Schnappschlösser der Kiste öffnete, die den Schädel aus der Paradise-Mine enthielt.

»Ich stamme aus einer alten kalifornischen Familie. Sechs Generationen sind dort groß geworden, und rund um San Francisco leben immer noch viele von uns. Wie es das Glück und der Zufall wollten, heiratete ich einen Mann aus Virginia, der als Sonderberater im Dienst dreier Präsidenten stand.«

Pitt schwieg, als sein Blick auf einen schwarzen Obsidianschädel fiel, der über dem flackernden Feuer auf dem Kaminsims stand. Dann öffnete er langsam, wie in Trance die Kiste. Er nahm seinen Schädel heraus, ging hin und stellte ihn neben sein Ebenbild auf den Kamin.

»Herrje!«, stieß Christine aus. »Ich hätte mir nie träumen lassen, dass es noch einen Zweiten gibt.«

»Ich auch nicht«, sagte Pitt und musterte die beiden schwarzen Schädel. »Soweit ich das mit bloßem Auge feststellen kann, sind die völlig identisch, die gleiche Form, die gleiche Machart. Sogar die Abmessungen stimmen allem Anschein nach überein. Als ob sie aus einem Guss gemacht wären.«

»Sagen Sie mal, Christine«, meldete sich Perlmutter, die Teetasse in einer Hand. »Was war das denn für eine gruslige Geschichte, die Ihre Urgroßmutter über diesen Schädel zu erzählen wusste?«

Sie schaute ihn an, als wüsste sie nicht, was die dumme Frage sollte. »Sie wissen doch ebenso gut wie ich, dass man ihn auf einem im ewigen Eis eingefrorenen Schiff namens *Madras* gefunden hat. Sie war mit siebenunddreißig Passagieren und vierzig Mann Besatzung von Bombay nach Liverpool unterwegs, hatte Tee, Seide, Gewürze, Porzellan und Rattan geladen. Meine Urgroßeltern fanden den Schädel in einem Stauraum, in dem noch zahllose andere uralte Artefakte aufbewahrt wurden.«

»Ich wollte auf etwas anderes hinaus. Haben Sie irgendeinen Hinweis darauf gefunden, wie diese Artefakte an Bord der *Madras* gelangten?«

»Ich weiß genau, dass der Schädel und die anderen Sachen nicht in Bombay verladen wurden. Die Besatzung und die Passagiere haben sie auf einer einsamen Insel entdeckt, auf der sie im Verlauf ihrer Reise Wasser fassten. Das war im Logbuch in allen Einzelheiten vermerkt.«

Pitt zögerte, befürchtete das Schlimmste. »Sagten Sie, es *war* vermerkt?«

»Kapitän Mender hat es nicht für sich behalten. Der letzte Wunsch des sterbenden Kapitäns der *Madras* lautete, dass es dem Eigner seines Schiffes zugesandt werden sollte. Dem entsprechend hat es mein Urgroßvater, wie es sich gehörte, per Kurier nach Liverpool überstellen lassen.«

Pitt kam sich vor, als wäre er mit Volldampf gegen eine Ziegelmauer gerannt. »Wissen Sie, ob die Eigner der *Madras* eine Suchexpedition losgeschickt haben und ob man zurückverfolgen konnte, wie sie an diese Artefakte geraten ist?«

»Die damaligen Eigner des Schiffes hatten, wie sich herausstellte, ihre Handelskompanie samt Reederei verkauft, bevor Kapitän Mender ihnen das Logbuch zugeschickt hatte«, erklärte Christine. »Die neuen Inhaber sandten zwei Schiffe aus, um nach der *Madras* zu suchen, aber sie sind mit Mann und Maus verschollen.«

»Dann sind also alle Aufzeichnungen verloren gegangen«, sagte Pitt entmutigt.

Christines Augen funkelten. »Das habe ich nicht gesagt.«

Er musterte die alte Dame eingehend, als könnte ihm ihr Blick etwas verraten. »Aber ...«

»Meine Urgroßmutter war eine gewitzte Frau«, unterbrach sie ihn. »Sie hat eine Abschrift vom Logbuch der *Madras* angefertigt, bevor ihr Mann es nach England sandte.«

Pitt strahlte augenblicklich wieder auf. »Dürfte ich die vielleicht lesen?«

Christine antwortete nicht gleich. Sie ging zu einem alten Kapitänskajütentisch und blickte zu einem Bild auf, das an der mit Eichenholz getäfelten Wand hing. Ein breitschultriger Mann saß da mit verschränkten Armen und übergeschlagenen Beinen auf einem Sessel, massig und in sich ruhend. Wenn sein Gesicht nicht von einem Vollbart bedeckt gewesen wäre, wäre er durchaus attraktiv gewesen. Die Frau, die neben ihm stand, war eher zierlich, aber umso wacher wirkten die braunen Augen, die sie dem Betrachter zuwandte. Beide trugen Kleider des ausgehenden neunzehnten Jahrhunderts.

»Kapitän Bradford und Roxanna Mender«, sagte sie wehmütig, so als weilte sie in einer längst vergangenen Zeit, die sie nie erlebt hatte. Dann wandte sie sich zu Perlmutter um. »St. Julien, ich glaube, es ist so weit. Ich bewahre diese Briefe und Dokumente schon viel zu lange auf, vermutlich aus reiner Sentimentalität. Ich glaube, sie wären anderswo besser aufgehoben, dort, wo sie zugänglich sind, wo man in ihnen lesen kann, Lehren zu ziehen vermag aus der Geschichte, die darin niedergeschrieben ist. Von mir aus können Sie das ganze Archiv zu Ihrem Preis haben.«

Leichtfüßig wie ein Leistungssportler sprang Perlmutter auf und schloss Christine in die Arme. »Besten Dank, meine Teuerste. Ich verspreche Ihnen, dass alles ordentlich verwahrt und archivarisch erfasst werden wird, damit es auch künftig von Historikern ausgewertet werden kann.«

Christine kam zum Kamin und blieb neben Pitt stehen. »Und Sie, Mr. Pitt, sollen auch nicht leer ausgehen. Ich vertraue Ihnen den Obsidianschädel an. Was gedenken Sie damit anzufangen, nun, da Sie zwei davon haben?«

»Zunächst mal kommen sie ins Labor, wo man sie genauestens unter die Lupe nehmen wird. Schon um festzustellen, wann und in welchem Kulturkreis sie entstanden sein könnten.«

Sie schaute den Schädel eine ganze Weile an, atmete dann tief durch. »Ich gebe ihn ungern weg, aber es fällt mir erheblich leichter, da ich nun weiß, dass er gut aufgehoben sein wird. Die Leute hier haben immer gedacht, es wäre ein Vorbote von Unglück und schlimmen Zeiten. Aber uns und der gesamten Familie hat er nur Glück und Segen gebracht, seit Roxanna Mender ihn geborgen und über das schmelzende Packeis zu ihrem Schiff gebracht hat.«

Auf der Rückfahrt nach Washington vertiefte sich Pitt in das Logbuch der *Madras*, das Roxanna Mender mit ihrer zierlichen, flüssigen Handschrift in ein Notizbuch mit Ledereinband übertragen hatte. Obwohl der Rolls-Royce nach wie vor samtweich dahinglitt, fuhr er ab und zu auf und schaute aus dem Fenster, damit ihm nicht schwindlig wurde.

»Irgendwas Interessantes gefunden?«, fragte Perlmutter, als Mulholand auf der George Mason Bridge den Potomac überquerte.

Pitt blickte von dem Notizbuch auf. »In der Tat. Wir wissen jetzt in etwa, wo die Besatzung der *Madras* auf den Schädel gestoßen ist. Und noch viel, viel mehr.«

12

Der Rolls-Royce hielt vor dem alten, in einem abgelegenen Winkel des Washington National Airport stehenden Flugzeughangar, den Pitt sein Zuhause nannte. Die baufällig wirkende Halle, 1936 errichtet, sah aus, als stünde sie seit langem leer. Unkraut wucherte entlang der rostigen Wellblechwände, und die Fenster waren mit dicken Brettern vernagelt.

Hugo Mulholand hatte kaum die Füße aus dem Wagen geschwungen, als zwei schwer bewaffnete Männer in Tarnanzügen, die Schnellfeuergewehre im Anschlag, scheinbar aus dem Nichts auftauchten. Der eine beugte sich zum Fenster herab, während sich er andere vor Mulholand aufbaute, als wollte er ihn vor jeder unbedachten Bewegung warnen. »Hoffentlich ist einer von euch Dirk Pitt«, blaffte der Mann, der in den Fond spähte.

»Das bin ich.«

Der Wachmann musterte einen Moment lang sein Gesicht. »Ihren Ausweis, Sir.« Es war keine Bitte, sondern ein Befehl.

Pitt zeigte ihm seinen Dienstausweis von der NUMA, worauf der Wachmann die Waffe senkte und lächelte. »Entschuldigen Sie die Unannehmlichkeiten, aber wir haben den Auftrag, Sie und Ihr Eigentum zu schützen.«

Pitt vermutete, dass die beiden Männer einem wenig bekannten Sicherheitsdienst des Bundes angehörten, dessen hervorragend ausgebildete Mitarbeiter hauptsächlich zum Schutz gefährdeter Regierungsbediensteter herangezogen wurden. »Ich danke Ihnen für Ihre Aufmerksamkeit und Ihren Einsatz.«

»Wer sind die beiden anderen Herrschaften?«

»Gute Freunde.«

Der Wachmann reichte Pitt einen kleinen Funkalarmgeber. »Tragen Sie den bitte immer bei sich, wenn Sie in Ihrer Wohnung sind. Beim geringsten Anzeichen von Gefahr drücken Sie die Sendetaste. Wir reagieren innerhalb von zwanzig Sekunden.«

Der Wachmann nannte seinen Namen nicht, und Pitt fragte nicht danach.

Mulholand hatte den Kofferraum bereits geöffnet, und Pitt holte seinen Seesack heraus. In diesem Augenblick bemerkte er, dass die beiden Wachleute verschwunden waren. Er suchte den Grund und Boden um den Hangar ab, musterte dann das einsam und verlassen daliegende Gelände neben der Hauptrollbahn. Es war, als ob sie nie da gewesen wären. Pitt konnte nur raten, dass sie sich irgendwo unter der Erde verborgen hielten.

»Ich lasse Hugo bei der NUMA-Zentrale vorbeifahren und deine Obsidianschädel abliefern«, sagte Perlmutter.

Pitt legte Mulholand die Hand auf die Schulter. »Bringen Sie sie ganz vorsichtig zum Labor im fünften Stock und übergeben Sie sie dem wissenschaftlichen Leiter. Harry Matthews heißt er.«

Mulholand rang sich ein knappes Grinsen ab – für seine Verhältnisse geradezu ein Zeichen höchster Belustigung. »Ich werde mir alle Mühe geben, sie nicht fallen zu lassen.«

»Wiedersehen, St. Julien. Und vielen Dank.«

»Keine Ursache, mein Junge. Komm zum Abendessen vorbei, sobald sich die Gelegenheit dazu ergibt.«

Pitt schaute dem alten Rolls hinterher, als er sich in einer feinen Staubwolke auf dem unbefestigten Fahrweg entfernte, der zu dem bewachten Tor führte. Er blickte zu einem alten, verwitterten Lichtmast auf und sah die winzige Kamera, die da oben angebracht war. Vielleicht würde die ihm helfen, seine Neugier über den Verbleib der Wachmänner zu stillen, zeichnete sie doch sämtliche Bewegungen rund um den Hangar auf.

Mit einer kleinen Fernbedienung schaltete er die raffinierte Alarmanlage ab und öffnete eine Tür, die allem Anschein nach mindestens seit dem Zweiten Weltkrieg nicht mehr öffnet worden war. Er lud sich den Seesack auf die Schulter und ging hinein. In dem staubdichten Innenraum war es stockdunkel. Nirgendwo fiel ein Lichtstrahl ein. Dann schloss er die Tür und drückte auf einen Schalter, worauf der Hangar in gleißendes Licht und ein Meer aus schillernden Farben getaucht wurde.

Auf dem spiegelblanken, mit weißem Kunstharzlack gestrichenen Boden standen reihenweise alte und klassische Automobile, insgesamt fünfzig Stück, allesamt funkelnd und auf Hochglanz poliert.

Dazu ein deutscher Düsenjäger aus dem Zweiten Weltkrieg, ein Ford-Trimotor-Flugzeug, das man seinerzeit, Anfang der Dreißigerjahre, Tin Goose – Blechgans – genannt hatte, sowie ein etwa um die Jahrhundertwende gebauter Eisenbahnwagen auf einem eigens an der einen Hangarwand verlegten Schienenstück. Wie Fremdkörper, so als hätte man sie nur als Blickfang dazugestellt, wirkten daneben die alte, mit einem Außenbordmotor bestückte schmiedeeiserne Badewanne und das eigenartige Boot mit den aufblasbaren Schwimmkörpern, der zusammengeschusterten Kajüte und dem Behelfsmast. Ein hoher Totempfahl der Haida-Indianer wachte über die ganze Sammlung.

Pitt blieb stehen, ließ den Blick über seine Schätze schweifen und betrachtete die schwungvollen Schriftzüge auf den alten Reklameschildern, die von der hohen, gewölbten Decke hingen, darunter auch eine Werbetafel für Burma Shave. Nachdem er sich davon überzeugt hatte, dass noch alles an Ort und Stelle war, stieg er die schmiedeeiserne Wendeltreppe zu seiner über der Halle gelegenen Wohnung hinauf.

Dort sah es aus wie in einem Seefahrtsmuseum. Überall Glasvitrinen mit Schiffsmodellen, dazwischen Steuerräder mit Holzspeichen, Kompassgehäuse, Schiffsglocken und Taucherhelme aus Kupfer und funkelndem Messing. Die Wohnung selbst, mit Wohn- und Schlafzimmer, Badezimmer, Küche und angeschlossenem Esszimmer, war knapp über hundert Quadratmeter groß.

Trotz aller Müdigkeit packte er noch seinen Seesack aus und warf die schmutzigen Sachen in eine kleine Kammer, in der seine Waschmaschine und der Trockner standen. Dann ging er ins Badezimmer und stellte sich unter die Dusche, legte sich dann rücklings auf den Boden der Kabine, reckte die Beine an der einen Wand hoch und ließ das heiße Wasser auf sich herunterrinnen. Er hatte es sich gerade mit einem weißen Juan-Julio-Tequila auf reichlich Eis gemütlich gemacht, als die Schiffsglocke unten an der Tür schellte und einen Besucher ankündigte.

Pitt blickte auf einen der vier Bildschirme, die zwischen zwei Bücherregalen an der Wand angebracht waren, und stellte fest, dass es Rudi Gunn war, der stellvertretende Direktor der NUMA, der da

Einlass begehrte. Er drückte auf einen Knopf an der Fernbedienung und sagte: »Komm rein, Rudi. Ich bin oben.«

Gunn stieg die Wendeltreppe hinauf und trat in die Wohnung. Er war eher schmächtig, hatte schütteres Haar, eine anmutig geschwungene Römernase und trug eine dicke Hornbrille. Er war einstmals hoher Offizier bei der Navy gewesen, Klassenbester auf der Marineakademie, ein hochintelligenter Mann, der bei der NUMA jede Menge Achtung genoss. Derzeit allerdings wirkte er etwas verdattert; mit weit aufgerissenen, unter der Brille übergroß wirkenden Augen sah er sich um.

»Zwei Typen im Kampfanzug, beide mit Schnellfeuergewehren, haben mich da draußen in die Mangel genommen, bis ich ihnen klar machen konnte, dass ich ein Freund und Kollege von der NUMA bin.«

»Ist auf Admiral Sandeckers Mist gewachsen.«

»Ich habe ja gewusst, dass er einen Sicherheitsdienst eingeschaltet hat, aber ich hatte keine Ahnung, dass er irgendwelche Zauberkünstler angeheuert hat, die plötzlich mir nichts, dir nichts vor einem stehen. Hat bloß noch gefehlt, dass es Puff macht und sie in einer Rauchwolke wieder verschwinden.«

»Die verstehen ihr Handwerk«, versetzte Pitt.

»Ich habe erfahren, was in Telluride vorgefallen ist«, sagte Rudi, während er sich in einen Sessel sinken ließ. »Und hier in der Stadt geht das Gerücht, dass dein Leben keinen Pfifferling mehr wert ist.«

Pitt ging in die Küche und brachte ihm ein Glas Eistee. Gunn trank so gut wie keinen Alkohol, allenfalls ab und zu ein Bier. »Stimmt, jedenfalls wenn es nach den Pfeifenköpfen geht, die da von einem Vierten Reich träumen. Die scheuen vermutlich weder Kosten noch Mühen, um mich unter die Erde zu bringen.«

»Ich war so frei und habe mich ein bisschen umgetan.« Gunn hielt inne und trank sein Glas aus. »Unter anderem habe ich mich mit ein paar alten Bekannten von der CIA...«

»Was hat denn die CIA damit zu tun – hier, im eigenen Land, bei einem ganz gewöhnlichen Verbrechen?«

»Die vermuten, dass die Killer, auf die du in der Paradise-Mine gestoßen bist, womöglich einem internationalen Verbrechersyndikat angehören.«

»Terroristen?«, fragte Pitt.

Gunn schüttelte den Kopf. »Um religiöse Fanatiker handelt es sich offenbar nicht. Auch wenn wir nicht genau wissen, worauf sie eigentlich hinauswollen. Bislang ist es weder der CIA noch Interpol gelungen, jemanden bei ihnen einzuschleusen. Die Geheimdienste unserer Verbündeten wollen lediglich gehört haben, dass es da eine gewisse Organisation gibt. Aber sie haben nicht die leiseste Ahnung, von wo aus die operieren oder wer dahinter steckt. Die Killer kreuzen auf, bringen ihre Opfer um und verschwinden wieder wie in Telluride.«

»Weiß man wenigstens, was hinter der ganzen Sache steckt?«

»Auch das ist anscheinend ein Rätsel.«

Pitt kniff die Augen zusammen. »Ist ja mal was ganz Neues – ein Verbrechersyndikat ohne Motiv.«

Gunn zuckte die Achseln. »Ich weiß ja, dass es aberwitzig klingt, aber bislang gibt es noch nicht den geringsten Anhaltspunkt.«

»In Telluride sitzen doch zwei von den Typen. Denen muss man nur tüchtig zusetzen.«

Gunn zog die Augenbrauen hoch. »Hast du es etwa noch nicht gehört?«

»Was?«

»Ein Sheriff Eagan rief vor etwa einer Stunde aus Telluride bei Admiral Sandecker an. Beide Häftlinge wurden tot aufgefunden.«

»Verdammt!«, versetzte Pitt wütend. »Ich habe dem Sheriff ausdrücklich gesagt, dass er sie genau durchsuchen soll, vor allem nach Zyankalikapseln.«

»Sie haben sich nicht mit Gift um die Ecke gebracht. Sheriff Eagan sagte, man hätte eine Bombe in ihrer Zelle deponiert. Sie wurden buchstäblich in Stücke gerissen, mitsamt einem Deputy, der vor der Zellentür Wache stand.«

»Auf ein Menschenleben mehr oder weniger kommt's denen offenbar nicht an«, erwiderte Pitt mit ätzendem Unterton.

»Anscheinend.«

»Und wie soll's weitergehen?«

»Der Admiral will dich zu einem Forschungsprojekt abstellen – einer geologischen Untersuchung des Meeresbodens mitten im Pazifik. Dort wärst du halbwegs sicher vor weiteren Mordanschlägen.«

Pitt grinste verschmitzt. »Ich will aber nicht weg.«

»Das weiß er doch.« Gunn grinste seinerseits. »Außerdem kann er dich nicht einfach in die weite Welt schicken, weil du hier für die laufenden Ermittlungen gebraucht wirst. Du bist dieser Truppe dichter auf den Pelz gerückt als irgendjemand sonst, und du hast es überlebt. Ein paar hohe Tiere wollen dich sprechen. Morgen früh um acht …« Er hielt inne und schob Pitt einen Zettel zu. »Das ist die Adresse. Melde dich dort. Fahr mit deinem Auto in die offene Garage und warte dort auf weitere Anweisungen.«

»Sind James Bond und Jack Ryan auch da?«

Gunn zog eine säuerliche Miene. »Sehr komisch.« Er trank den letzten Schluck Eistee aus, ging hinaus auf den Balkon und blickte auf die herrlichen Sammlerstücke hinab. »Sehr interessant.«

»Was?«

»Du hast im Zusammenhang mit diesen Mördern den Begriff ›Viertes Reich‹ erwähnt.«

»Das haben die gesagt, nicht ich.«

»Die Nazis haben ihr wahnwitziges Schreckensregime als Drittes Reich bezeichnet.«

»Die alten Nazis sind aber fast alle tot«, sagte Pitt. »Und das Dritte Reich ist mit ihnen untergegangen.«

»Trotzdem beziehen die sich meiner Ansicht nach darauf.«

Pitt runzelte die Stirn. »Du willst doch nicht etwa andeuten, dass es sich um eine Bande von Neonazis handelt?«

Gunn wollte gerade etwas erwidern, als ein donnerndes Fauchen ertönte, als zündete ein Düsenjäger den Nachbrenner, unmittelbar gefolgt von einem ohrenbetäubenden metallischen Kreischen, und im nächsten Moment zischte ein orangeroter Feuerstrahl quer durch den Hangar und verschwand durch die gegenüberliegende Wand. Zwei Sekunden später wurde die Halle von einer Explosion erschüttert. Staub rieselte vom Blechdach und legte sich wie ein trüber Schleier über die glänzenden Karossen. Eine unheimliche Stille kehrte ein, nachdem der Explosionsknall verhallt war.

Dann ratterten draußen Schnellfeuergewehre los, und kurz darauf gab es eine weitere, weniger heftige Explosion. Beide Männer standen wie erstarrt da und hielten sich am Balkongeländer fest.

Pitt fand zuerst die Sprache wieder. »Die Dreckskerle«, zischte er.

»Was, in Gottes Namen, war das?«, fragte Gunn erschrocken.

»Verdammt sollen sie sein. Die haben eine Rakete auf meinen Hangar abgefeuert. Wir sind nur deshalb noch am Leben, weil sie nicht explodiert ist. Sie hat die beiden Wellblechwände glatt durchschlagen, ohne dass der Sprengkopf ein tragendes Teil getroffen hat.«

Die Tür flog auf, und die beiden Wachmänner kamen in den Hangar gestürmt und blieben am Fuß der Wendeltreppe stehen. »Sind Sie verletzt?«, fragte der eine.

»Mitgenommen trifft's eher«, erwiderte Pitt. »Woher kam die denn?«

»Aus einem Hubschrauber. Abgefeuert von einem leichten Raketenwerfer«, antwortete der Wachmann. »Wir haben ihn leider zu nahe rankommen lassen. Die Kennzeichen haben uns getäuscht – angeblich stammte er von einem lokalen Fernsehsender. Allerdings haben wir ihn unter Beschuss genommen und runtergeholt. Er ist in den Fluss gestürzt.«

»Gute Arbeit«, sagte Pitt ernst.

»Ihre Freunde scheuen weder Kosten noch Mühen, was?«

»Die haben offensichtlich zu viel Geld.«

Der Wachmann wandte sich an seinen Kollegen. »Wir müssen die Sicherheitszone ausweiten.« Dann blickte er sich im Hangar um. »Irgendwelche Schäden?«, fragte er Pitt.

»Nur zwei Löcher in den Wänden, durch die man einen Drachen steigen lassen kann.«

»Wir lassen sie so schnell wie möglich abdichten. Sonst noch was?«

»Ja«, sagte Pitt, der zusehends wütender wurde, als er die Staubschicht auf seinen kostbaren Autos betrachtete. »Rufen Sie bitte eine Putzkolonne.«

»Vielleicht solltest du doch noch mal über dieses Projekt im Pazifik nachdenken«, sagte Gunn.

Pitt schien ihn nicht gehört zu haben. »Ob Drittes, Viertes oder Fünftes Reich – wer immer die auch sind, sie haben einen schweren Fehler gemacht.«

»Ach ja?«, sagte Gunn, während er verwundert auf seine zitternden Hände schaute, so als gehörten sie jemand anderem.

Pitt blickte zu den klaffenden, ausgezackten Löchern in den Hangarwänden. Seine leuchtend grünen Augen funkelten boshaft, ein Blick, den Gunn bei mindestens vier Gelegenheiten erlebt hatte, und unwillkürlich schauderte ihn.

»Bislang hatten nur die bösen Buben ihren Spaß«, sagte Pitt, den Mund zu einem schiefen Grinsen verzogen. »Jetzt bin ich dran.«

13

Pitt schaute sich die Videoaufzeichnungen seiner Überwachungskamera an, bevor er zu Bett ging, und stellte fest, dass die Wachmänner ihre Hausaufgaben gemacht hatten. Offenbar hatten sie die Pläne der unter dem Flughafen verlaufenden Kanalisation studiert und waren auf ein zweieinhalb Meter starkes Rohr gestoßen, durch das der Regen und das Schmelzwasser von Rollbahn, Vorfeld und Flughafengebäude abfloss. Das Abwasserrohr führte in einer Entfernung von knapp dreißig Metern an Pitts Hangar vorbei. Bei einem gut getarnten Einsteigschacht, der im hohen Gras nicht zu sehen war, hatten die Wachmänner ihren Beobachtungsposten bezogen.

Pitt überlegte, ob er hingehen und ihnen Kaffee und ein paar Brote anbieten sollte, ließ es dann aber lieber sein. Er wollte auf keinen Fall, dass ihre Tarnung aufflog.

Er hatte sich gerade angezogen und in aller Eile gefrühstückt, als ein Laster mit allerlei Baumaterial zum Flicken der Löcher in der Hangarwand auf dem Fahrweg draußen hielt. Unmittelbar dahinter kam ein Kleinbus ohne jede Firmenaufschrift zum Stehen, und mehrere Frauen in weißen Latzhosen stiegen aus. Die Wachmänner zeigten sich nicht, aber Pitt wusste, dass sie alles ganz genau beobachteten. Einer der Arbeiter kam zu ihm.

»Mr. Pitt?«

»Ja.«

»Wir stopfen die Löcher, putzen den Dreck weg und hauen so schnell wie möglich wieder ab.«

Beeindruckt schaute Pitt den Männern zu, als sie alte, rostige Wellblechplatten abluden, die genau zu den Hangarwänden passten. »Wo habt ihr denn die gefunden?«, fragte er und deutete darauf.

»Sie würden sich wundern, wenn Sie wüssten, woher die Regierung altes Baumaterial beschafft«, erwiderte der Vorarbeiter. »Das da stammt vom Dach eines alten Lagerhauses in Capital Heights.«

»Unsere Regierung ist tüchtiger, als ich ihr zugetraut hätte.«

Er ließ sie mit ihrer Arbeit allein und wollte sich gerade ans Steuer eines türkis lackierten Jeep Cherokee der NUMA setzen, als ein schwarzer Corvette Sting Ray mit geteilter Heckscheibe auf dem Fahrweg hielt. Giordino lehnte sich aus dem Beifahrerfenster und brüllte: »Willst du mitfahren?«

Pitt trabte zu dem Auto, zwängte sich hinein, zog die Beine an und ließ sich auf den Ledersitz sinken. »Du hast mir nicht Bescheid gesagt, dass du vorbeikommst.«

»Ich soll mich um acht Uhr am gleichen Ort einfinden wie du. Dachte mir, wir könnten gleich zusammen hinfahren.«

»Du bist in Ordnung, Al«, sagte Pitt gut gelaunt. »Ist mir egal, was die andern sagen.«

Giordino bog mit dem Corvette von der Wisconsin Avenue in eine schmale Nebenstraße in Glover Park ab, ganz in der Nähe des Naval Observatory. Die kurze, von hundert Jahre alten Ulmen gesäumte Straße wirkte einsam und verlassen. Nirgendwo parkten Autos, niemand ging auf den Gehsteigen spazieren. Nur ein einziges, hinter hohen Hecken verborgenes Haus war zu sehen.

»Bist du sicher, dass wir nicht falsch abgebogen sind?«, fragte Giordino.

Pitt schaute durch die Windschutzscheibe und deutete nach vorn. »Wir sind in der richtigen Straße, und da ich weit und breit nur ein Haus sehe, muss es das hier sein.«

Giordino bog in die zweite Einfahrt, die in weitem Bogen zu dem

Haus führte, fuhr aber geradeaus weiter zur Rückseite, statt unter dem überdachten Vorbau anzuhalten. Pitt musterte den zweistöckigen Ziegelbau, als Giordino eine etwas abseits stehende Garage ansteuerte. Das Haus sah aus, als wäre es irgendwann nach dem Bürgerkrieg von jemandem gebaut worden, der reich und bedeutend war. Haus und Grundstück waren allem Anschein nach tadellos gepflegt, doch sämtliche Vorhänge waren zugezogen, so als wären die Bewohner für längere Zeit verreist.

Der Corvette rollte in eine Garage, deren Doppeltor weit offen stand. Im Innern befanden sich lediglich ein paar Gartengeräte, ein Rasenmäher und eine Werkbank, die so aussah, als wäre sie seit Jahrzehnten nicht mehr benutzt worden. Giordino nahm den Gang heraus, stellte den Motor ab und wandte sich an Pitt.

»Was nun?«

Wie zur Antwort schloss sich das Garagentor. Ein paar Sekunden später sank der Wagen langsam und nahezu lautlos, von einem leichten Summen abgesehen, auf einem Aufzug nach unten. Pitt versuchte die Geschwindigkeit und die Tiefe zu schätzen, aber es wurde immer dunkler. Nach ungefähr dreißig Metern kam der Aufzug sacht zum Stehen. Eine Reihe Lampen ging an, und sie stellten fest, dass sie sich in einer geräumigen, aus Beton gebauten Tiefgarage befanden, in der etliche andere Autos standen. Giordino stieß mit dem Corvette auf einen freien Stellplatz zwischen einem türkisfarbenen Jeep Cherokee mit der Aufschrift »NUMA« auf den Vordertüren und einer Chrysler-Limousine. Der Jeep gehörte, wie sie wussten, Admiral Sandecker. Er bestand darauf, dass sämtliche Dienstfahrzeuge der NUMA über Allradantrieb verfügten, damit man sie auch bei schlechtesten Witterungsbedingungen einsetzen konnte.

Ein Marineinfanterist stand neben einer Eisentür auf Posten. »Meinst du, die Karre ist hier gut aufgehoben?«, fragte Giordino spöttisch. »Oder soll ich sie lieber abschließen?«

»Nicht, dass ich die Hand dafür ins Feuer legen würde«, erwiderte Pitt, »aber ich habe das Gefühl, dass sie hier nicht wegkommt.«

Sie stiegen aus und gingen zu dem Wachposten, den die drei Streifen am Ärmel seiner Uniform als Sergeant auswiesen. Er nickte und begrüßte sie. »Sie müssen Dirk Pitt und Albert Giordino sein. Sie sind die Letzten.«

»Wollen Sie unsere Ausweise nicht sehen?«, fragte Giordino.

Der Posten lächelte. »Ich habe mir Ihre Fotos angeschaut. Ihr zwei seid so unverwechselbar wie Joe Pesci und Clint Eastwood. Und genauso leicht auseinander zu halten.«

Er drückte auf einen Knopf neben der Tür, worauf diese lautlos aufglitt und den Weg zu einem kurzen Korridor freigab, der zu einer weiteren Metalltür führte. »Bleiben Sie einen Moment stehen, wenn Sie zu der zweiten Tür kommen, damit Sie der Posten über seine Überwachungskamera identifizieren kann.«

»Traut er Ihrem Urteil etwa nicht?«, fragte Giordino.

Der Posten verzog keine Miene. »Nur zur Sicherheit«, sagte er kurz und knapp.

»Übertreiben die das nicht mit den Sicherheitsvorkehrungen?«, grummelte Giordino. »Wir hätten uns doch auch beim Mexikaner einen Tisch bestellen und die ganze Konferenz dort abhalten können.«

»In Sachen Sicherheit haben sämtliche Bürokraten eine Macke«, sagte Pitt.

»Dann wär ich wenigstens zu einem Burrito gekommen.«

Sie durften die zweite Tür passieren und gelangten in einen großen, mit Teppichboden ausgelegten Raum, dessen Wände mit schallschluckenden Blenden verhängt waren. Ein über fünf Meter langer, nierenförmiger Konferenztisch beherrschte den Raum. Am anderen Ende des Zimmers befand sich eine riesige Projektionswand. Die Beleuchtung war wohltuend indirekt und angenehm für die Augen. Mehrere Männer und eine Frau saßen an dem Tisch. Niemand stand auf, als Pitt und Giordino anrückten.

»Ihr kommt zu spät.« Das kam von Admiral Sandecker, dem Leiter der NUMA. Er war ein kleiner, drahtiger Mann mit feuerroten Haaren und Spitzbart, einem forschen, herrischen Blick und nussbraunen Augen, denen nichts entging. So ruhig er nach außen hin auch wirken mochte – Sandecker war wie ein Leopard, der beim Dösen ein Auge offen hält, weil er genau weiß, dass die Beute früher oder später von selbst in Reichweite kommt. Er war bissig und bärbeißig, konnte aber auch gütig und verständnisvoll sein, doch die NUMA führte er mit unerbittlicher Strenge. Er deutete jetzt auf den Mann zu seiner Linken.

»Ken Helm kennen Sie beide noch nicht, glaube ich. Er ist vom FBI.«

Ein grauhaariger Mann, der einen maßgeschneiderten Anzug trug, musterte sie mit braunen Augen über den Rand seiner Lesebrille hinweg, erhob sich kurz und bot ihnen die Hand zum Gruß. »Mr. Pitt, Mr. Giordino, ich habe schon viel von Ihnen gehört.«

Was wahrscheinlich heißen soll, dass er in unseren Akten rumgeschnüffelt hat, dachte Pitt bei sich.

Sandecker wandte sich an den Mann zu seiner Rechten. »Ron Little. Ron ist ein hohes Tier bei der CIA, aber das geht euch gar nichts an.«

Stellvertretender Direktor vermutlich, dachte Pitt, als er Little vorgestellt wurde.

Die schäferhundbraunen Augen lagen tief in dem zerfurchten Gesicht – ein Mann im besten Alter, erfahren, von sich und seiner Aufgabe überzeugt. Er nickte nur kurz. »Meine Herren.«

»Die anderen kennt ihr ja«, sagte Sandecker und deutete mit dem Kopf am Tisch entlang.

Rudi Gunn, der mit seinen Notizen beschäftigt war, blickte nicht einmal auf. Pitt trat neben Pat O'Connell und legte ihr die Hand auf die Schulter. »Ging ja schneller, als Sie gedacht haben, was?«

»Ich stehe auf Männer, die ihr Versprechen halten.« Sie tätschelte seine Hand, ohne sich um die Blicke der anderen Männer rund um den Tisch zu scheren. »Setzen Sie sich zu mir. Ich fühle mich sonst so unwohl unter all diesen hohen Herren.«

»Ich versichere Ihnen, Dr. O'Connell«, sagte Sandecker, »dass Ihnen hier niemand auch nur ein Haar krümmen wird.«

Pitt zog sich einen Stuhl zurecht und setzte sich neben Pat. Giordino ließ sich neben Gunn nieder. »Haben Al und ich irgendwas Wichtiges verpasst?«, erkundigte sich Pitt.

»Dr. O'Connell hat uns von dem Schädel und der unterirdischen Kammer berichtet«, sagte Sandecker. »Und Ken Helm wollte uns gerade mitteilen, was bei der gerichtsmedizinischen Untersuchung der beiden Leichen herausgekommen ist, die man aus Telluride hat einfliegen lassen.«

»Viel gibt's dazu nicht zu sagen«, erwiderte Helm bedächtig. »Sie über ihre Zähne zu identifizieren erweist sich als zunehmend schwierig. Aber unsere bisherigen Untersuchungen lassen darauf schließen, dass ihre Füllungen von einem Zahnarzt in Südamerika stammen.«

Pitt wirkte ganz und gar nicht überzeugt. »Ihre Leute wollen anhand der Plomben feststellen können, in welchem Land man beim Zahnarzt gewesen ist?«

»Ein guter Gerichtsmediziner, der sich mit Zahnbildern auskennt, kann einem mitunter sogar sagen, aus welcher Stadt die Füllung stammt.«

»Dann waren es also Ausländer«, stellte Giordino fest.

»Ich habe mir doch gleich gedacht, dass ihr Englisch ein bisschen komisch klang«, sagte Pitt.

Helm betrachtete ihn über seine Lesebrille hinweg. »Das ist Ihnen aufgefallen?«

»Es klang zu glatt, zu gestochen, gar nicht amerikanisch, allenfalls ein leichter Akzent, so wie droben an der Nordostküste.«

Little machte sich eifrig Notizen. »Mr. Pitt, Commander Gunn hat uns mitgeteilt, dass die Mörder, mit denen Sie es in Telluride zu tun hatten, sich auf ein Viertes Reich beriefen.«

»Sie haben auch irgendwas von einer Neuen Bestimmung geschwafelt.«

»Wie Sie und Commander Gunn ja bereits gemutmaßt haben, könnte es sich womöglich um ein paar Spätberufene handeln, die nach dem Dritten ein Viertes Reich errichten möchten.«

»Möglich ist alles.«

Giordino zog eine dicke Zigarre aus der Brusttasche seines Hemds und rollte sie von einem Mundwinkel zum andern, ohne sie anzuzünden, hauptsächlich aus Rücksicht auf die anderen Leute am Tisch, die offenbar alle nicht rauchten. Sandecker warf ihm einen vernichtenden Blick zu, als er anhand der Bauchbinde feststellte, dass sie aus seinem persönlichen Bestand stammte. »Ich bin nicht grade der Schlauste«, meldete sich Giordino zu Wort. Doch er spielte nur den tumben Toren. Immerhin war er auf der Akademie der Air Force Drittbester seines Jahrgangs gewesen. »Aber mir leuchtet beim besten Willen nicht ein, dass eine Organisation, die offenbar über eine internationale Killerelite verfügt, zwei Jahre lang ihr Unwesen treiben kann, ohne dass die besten Nachrichtendienste der Welt auch nur die geringste Ahnung haben, wer dahinter steckt und was die vorhaben.«

»Ich bin der Erste, der zugibt, dass wir matt gesetzt wurden«, sagte Helm vom FBI offen. »Wie Sie wissen, sind Verbrechen, für die es anscheinend kein Motiv gibt, immer am schwierigsten aufzuklären.«

Little nickte zustimmend. »Zumal es bislang, bevor Sie in Telluride mit diesen Leuten aneinander gerieten, niemanden gab, der eine Konfrontation mit ihnen überlebte.«

»Dank Dirk und Dr. O'Connell«, sagte Gunn, »haben wir jetzt eine Spur, die wir verfolgen können.«

»Ein paar angekokelte Zähne sind eine ziemlich schwache Spur«, wandte Sandecker ein.

»Wohl wahr«, stimmte Helm zu, »aber da ist ja noch diese rätselhafte Kammer in der Paradise-Mine. Wenn die derartige Anstrengungen unternehmen, nur um zu verhindern, dass Wissenschaftler die Inschriften untersuchen, wenn sie unschuldige Menschen abschlachten und Selbstmord begehen, sobald sie gestellt werden – nun, dann müssen sie ein zwingendes Motiv haben.«

»Die Inschriften«, sagte Pitt. »Warum legen sie sich so ins Zeug, um ihre Bedeutung zu verschleiern?«

»Die dürften nicht gerade froh sein über den Ausgang des Unternehmens«, sagte Gunn. »Sie haben sechs Profikiller verloren und konnten die Fotos von den Inschriften nicht retten.«

»Es ist doch absurd, dass eine ganz gewöhnliche archäologische Entdeckung derart viele Menschen das Leben gekostet haben soll«, warf Sandecker mit ausdrucksloser Miene ein.

»Eine ganz gewöhnliche Entdeckung ist das wohl kaum«, versetzte Pat. »Wenn es sich nicht um einen Scherz handelt, den sich die alten Bergleute erlaubt haben, könnte sich diese Kammer durchaus als der archäologische Fund des Jahrhunderts erweisen.«

»Konnten Sie schon einige Zeichen entziffern?«, fragte Pitt.

»Nach einer ersten flüchtigen Auswertung meiner Notizen kann ich Ihnen lediglich mitteilen, dass es sich um eine Art alphabetische Schrift handelt. Das heißt, jedes Zeichen steht für einen Laut. Unser Alphabet zum Beispiel verwendet sechsundzwanzig Zeichen. Die Zeichen in der Kammer lassen auf ein Alphabet mit dreißig Zeichen schließen. Hinzu kommen zwölf weitere Zeichen, die Ziffern darstellen und, soweit ich sie verstanden habe, auf hoch entwickelte mathematische Kenntnisse schließen lassen. Wer immer diese Menschen waren, sie kannten die Null und rechneten mit der gleichen Anzahl von Ziffern und Symbolen wie wir heute. Viel mehr kann ich Ihnen nicht dazu sagen, solange ich sie nicht in einen Computer eingegeben und in ihrer Gesamtheit untersucht habe.«

»Meiner Meinung nach haben Sie in der Kürze der Zeit und mit den wenigen Anhaltspunkten, die Ihnen zur Verfügung standen, schon Außerordentliches geleistet«, sagte Helm anerkennend.

»Ich bin davon überzeugt, dass wir die Bedeutung der Inschriften entschlüsseln können. Im Gegensatz zur Silbenschrift der Ägypter, Chinesen oder Kreter, die nach wie vor nicht entziffert ist, scheint mir diese hier schon auf Grund ihrer Einfachheit einzigartig zu sein.«

»Glauben Sie, dass es eine Verbindung zwischen dem schwarzen Obsidianschädel aus der Kammer und den Inschriften gibt?«, fragte Gunn.

Pat schüttelte den Kopf. »Ich will mich nicht auf Spekulationen einlassen. Er könnte rituellen Zwecken gedient haben, so wie die Kristallschädel, die wir aus Mexiko oder Tibet kennen. Es gibt Menschen – keine anerkannten Archäologen, möchte ich hinzufügen –, die der Meinung sind, dass es eine ganze Reihe dieser Schädel gibt, dreizehn Stück insgesamt, die Schwingungen erfassen und in dreidimensionale Bilder umsetzen können.«

»Glauben Sie das?«, fragte Little ernst.

Pat lachte. »Nein, ich bin eher pragmatisch veranlagt. Ich halte mich lieber an handfeste Beweise, als wilden Spekulationen Vorschub zu leisten.«

Little schaute sie nachdenklich an. »Glauben Sie, der Obsidianschädel –«

»Die Schädel«, berichtigte Pitt ihn.

Pat warf ihm einen zweifelnden Blick zu. »Seit wann haben wir mehr als einen?«

»Seit gestern Nachmittag. Dank der Vermittlung eines guten Freundes, St. Julien Perlmutter heißt er, habe ich noch einen in die Hände bekommen.«

Sandecker schaute ihn durchdringend an. »Wo ist er jetzt?«

»Er wurde zusammen mit dem Schädel aus Telluride zur Untersuchung ins NUMA-Labor gebracht. Mit herkömmlichen Mitteln lässt sich das Alter von Obsidian offenbar nicht bestimmen, aber wenn man ihn mit den entsprechenden technischen Hilfsmitteln unter die Lupe nimmt, könnte er uns womöglich etwas über seine Schöpfer verraten.«

»Wissen Sie, woher er stammt?«, fragte Pat, die vor Neugier brannte.

Ohne sich in ermüdenden Einzelheiten zu ergehen, schilderte Pitt kurz, wie die Besatzung der *Paloverde* im Wrack der *Madras* den Schädel gefunden hatte. Dann berichtete er von der Begegnung und dem Gespräch mit Christine Mender-Husted, die so liebenswürdig gewesen war, ihm den Schädel zu überlassen, nachdem sie auf Perlmutters Angebot für die Dokumente ihrer Vorfahren eingegangen war.

»Hat sie gesagt, wo die Besatzung und die Passagiere der *Madras* den Schädel entdeckt haben?«

Pitt ließ sich mit seiner Antwort Zeit. »Dem Logbuch des Schiffes zufolge war die *Madras* von Bombay nach Liverpool unterwegs, als sie in einen schweren Hurrikan geriet –«

»Zyklon«, belehrte ihn Sandecker. »Für einen Seemann kommen Hurrikane nur im Atlantik und im östlichen Pazifik vor. Im westlichen Pazifik spricht man von Taifunen und im Indischen Ozean von Zyklonen.«

»Also gut.« Pitt seufzte. Admiral Sandecker protzte nur allzu gern mit seinem schier unerschöpflichen Wissen um jedes noch so belanglose Detail in Sachen Seefahrt. »Wie ich bereits gesagt habe, geriet die *Madras* in einen heftigen Sturm und schwere See, die sie fast zwei Wochen lang beutelten. Sie kam vom Kurs ab und wurde weit nach

Süden getrieben. Als Wind und Wellen sich schließlich wieder beruhigten, stellte man fest, dass die Wasserfässer beschädigt waren und man einen Großteil der Trinkwasservorräte verloren hatte. Der Kapitän zog daraufhin seine Karten zu Rate und beschloss, eine Kette öder, unbewohnter Inseln im südlichen Indischen Ozean anzulaufen. Die Crozet-Inseln, die heute unter französischer Verwaltung stehen. Vor einer kleinen Insel namens St. Paul, einem zerklüfteten Eiland, in dessen Mitte ein Vulkan aufragt, ging er vor Anker. Während die Besatzung die Wasserfässer ausbesserte und an einem Bachlauf auffüllte, beschloss einer der Passagiere, ein Oberst der britischen Kolonialtruppen, der sich nach zehnjähriger Dienstzeit in Indien mit seiner Frau und den beiden Töchtern auf der Heimreise befand, einen kleinen Jagdausflug zu unternehmen.

Das einzige Wild, das es auf der Insel gab, waren See-Elefanten und Pinguine, aber unser unbedarfter Gast meinte, dort müssten sich auch allerhand Paarhufer tummeln. Nachdem er und seine Freunde fast dreihundert Meter bergauf geklettert waren, stießen sie auf einen mit verwitterten und blank geschliffenen Steinen gepflasterten Fußweg. Sie folgten ihm bis zu einem aus dem Fels gehauenen Eingang, der wie ein Torbogen aussah. Dahinter entdeckten sie einen Gang, der weiter in den Berg hineinführte.«

»Ich frage mich, ob man diesen Zugang seither wieder gefunden und erkundet hat«, sagte Gunn.

»Möglich wär's«, räumte Pitt ein. »Hiram Yeager hat es für mich überprüft, aber mit Ausnahme einer unbemannten Wetterstation, die die Australier von 1976 bis 1997 dort betrieben und per Satellit überwacht haben, war die Insel völlig unbewohnt. Falls die Wetterfrösche dort am Berg irgendwas gefunden haben sollten, haben sie es nirgendwo erwähnt. Sämtliche Aufzeichnungen betreffen ausschließlich meteorologische Messungen.«

Little beugte sich gespannt über den Tisch. »Was geschah dann?«

»Der Oberst schickte einen seiner Begleiter zum Schiff, worauf der mit Laternen zurückkehrte. Erst dann wagten sie sich hinein. Sie stellten fest, dass der Gang glatt aus dem Fels herausgehauen war und etwa dreißig Meter schräg abwärts führte, bis er in einer kleinen Kammer endete, in der sich allerlei sonderbare und allem Anschein nach uralte Skulpturen befanden. Außerdem ist von unleserlichen Inschriften die Rede, die in Wände und Decke der Kammer geritzt waren.«

»Haben Sie die Inschriften festgehalten?«, fragte Pat.

»Im Logbuch des Kapitäns steht jedenfalls nichts«, antwortete Pitt. »Das enthält nur eine von Hand gezeichnete Karte, auf der die ungefähre Lage des Eingangs zur Kammer vermerkt ist.«

»Und die Kunstgegenstände?«, hakte Sandecker nach.

»Die sind noch auf der *Madras*«, erklärte Pitt. »Roxanna Mender, die Frau des Kapitäns von dem Walfangschiff, erwähnt sie in einer kurzen Tagebucheintragung. Sie will ein silbernes Gefäß erkannt haben. Ansonsten handelte es sich um Bronze- und Tonskulpturen von sonderbaren Tieren, die sie, wie sie schreibt, noch nie zuvor gesehen hat. Sie wollten von ihrem Bergerecht Gebrauch machen und alles, was halbwegs von Wert war, von Bord der *Madras* schaffen, aber das Packeis fing an zu schmelzen, sodass sie schleunigst zu dem Walfangschiff zurückkehren mussten. Sie nahmen nur den Obsidianschädel mit.«

»Noch eine Kammer, aber diesmal voller Artefakte«, sagte Pat und starrte vor sich hin, als gäbe es jenseits der Wand etwas zu sehen. »Wie viele andere mögen weltweit wohl noch verborgen sein?«

Sandecker musterte Giordino giftig, während der kleine Italiener genüsslich an seiner riesigen Zigarre lutschte. »Die Sache scheint mir wie für uns geschaffen.« Er riss sich von Giordino los und wandte sich an Gunn. »Rudi, Sie rüsten so schnell Sie können zwei Expeditionen aus. Die eine soll in der Antarktis nach der *Madras* suchen. Die zweite überprüft diese Kammer, die von den Passagieren auf St. Paul entdeckt wurde. Setzen Sie alle Forschungsschiffe ein, die in der Nähe des jeweiligen Gebietes verfügbar sind.« Er wandte sich an die Männer, die ein Stück abseits saßen. »Dirk, Sie leiten die Suche nach dem Wrack. Al, Sie übernehmen St. Paul.«

Giordino fläzte zusammengesunken auf seinem Stuhl. »Hoffentlich sind unsere blutrünstigen kleinen Freunde nicht vor uns da.«

»Das erfahrt ihr, sobald ihr dort seid«, sagte Gunn, ohne eine Miene zu verziehen.

»Ich setze inzwischen zwei Agenten auf die Spur an«, sagte Helm.

»Sie sollen in sämtlichen Bundesstaaten nach Hinweisen auf die Organisation suchen, die die Killer gedungen hat.«

»Ich muss darauf hinweisen, Admiral«, sagte Little an Sandecker gewandt, »dass dies nicht zu den vordringlichen Aufgaben der CIA zählt. Aber ich werde tun, was ich kann, um zur Aufklärung dieser Angelegenheit beizutragen. Meine Leute werden sich sämtliche internationalen Firmenkonglomerate vornehmen – soweit sie ihren Hauptsitz nicht außerhalb der Vereinigten Staaten haben, denn dort dürfen wir das nicht –, die archäologische Forschungen finanzieren oder unter eigener Regie durchführen lassen. Außerdem werden sie nachforschen, ob es weitere ungeklärte Todesfälle unter ähnlich merkwürdigen Umständen gab. Ihre neuesten Erkenntnisse, die auf eine Neonazi-Organisation hindeuten, könnten sich als sehr wertvoll erweisen.«

»Womit wir schließlich zu der reizenden jungen Dame kommen, die heute in unserer Mitte weilt«, sagte Sandecker. Er meinte das nicht gönnerhaft – es war sein üblicher Umgangston, wenn er mit Frauen sprach.

Pat lächelte selbstbewusst, als sie aller Augen auf sich gerichtet sah. »Mir fällt selbstverständlich die Aufgabe zu, die Inschriften zu entziffern.«

»Die Fotos, die diese Killer aufgenommen haben, müssten inzwischen entwickelt sein«, sagte Gunn.

»Ich brauche aber einen Arbeitsplatz«, sagte sie nachdenklich. »Da ich derzeit untergetaucht bin, kann ich schlecht in mein Büro an der Universität gehen und mich vor den dortigen Rechner setzen.«

Sandecker lächelte. »Ich glaube, Ron, Ken und meine Wenigkeit verfügen über die drei derzeit wohl leistungsstärksten Datenverarbeitungsanlagen der Welt, samt dem dazugehörigen Bedienungspersonal. Suchen Sie sich einen aus.«

»Wenn ich mal was vorschlagen dürfte, Admiral«, mischte sich Pitt unverfroren ein. »Da die NUMA noch eine ganze Weile mit diesen Kammern und ihrem Inhalt beschäftigt sein dürfte, wäre es vielleicht ganz nützlich, wenn Dr. O'Connell gemeinsam mit Hiram Yeager an unseren Computern arbeiten könnte.«

Sandecker schaute Pitt forschend an, um vielleicht einen Hinweis zu entdecken, was in dessen Kopf vorging. Schließlich gab er sich geschlagen, zuckte die Achseln und sagte: »Sie haben die Wahl, Doktor.«

»Ich glaube, Mr. Pitt hat Recht. Wenn ich bei der NUMA arbeite, könnte ich in ständiger Verbindung mit den beiden Expeditionen stehen.«

»Wie Sie möchten. Ich werde dafür sorgen, dass Hiram Yeager und Max zu Ihrer Verfügung stehen.«

»Max?«

»Yeagers neuestes Spielzeug«, erwiderte Pitt. »Ein Computer, eine so genannte künstliche Intelligenz, die holographische Bilder darstellen kann.«

Pat atmete tief durch. »Mir ist jedes technische Hilfsmittel recht, egal wie ausgefallen.«

»Nur keine Bange«, warf Giordino launig ein, so als ginge ihn das Ganze gar nichts an. »Wahrscheinlich handelt es sich bei diesen Inschriften doch bloß um eine Sammlung alter Rezepte, falls sie überhaupt alt sind.«

»Was für Rezepte?«, wollte Helm wissen.

»Für Ziegenbraten«, versetzte Giordino düster. »Ziegenbraten auf tausend Arten.«

14

»Entschuldigen Sie bitte, aber sind Sie Hiram Yeager?« Voller Tatendrang und hellauf begeistert von den zahllosen Rechnern, hatte Pat sich endlich im neunten Stock der NUMA-Zentrale zurechtgefunden. Sie hatte mitbekommen, dass die Computerfreaks an der Universität geradezu ehrfürchtig von der ozeanographischen Datenbank der National Underwater & Marine Agency gesprochen hatten. Hier in diesem Haus, so hieß es, wären weitaus mehr und umfassendere Daten zum Thema Meeresforschung zusammengetragen worden als sonst wo auf der Welt.

Der zauselig wirkende Mann, der an einer hufeisenförmigen Konsole saß, nahm die Großmutterbrille ab und blickte blinzelnd zu der Frau, die in der Tür zu seinem Allerheiligsten stand. »Der bin ich. Sie müssen Dr. O'Connell sein. Der Admiral hat mir gesagt, dass Sie heute Morgen kommen.«

Der Mann, der über all diese digitale Macht gebot, der dieses Netzwerk zum Erfassen und Verarbeiten von Daten ersonnen hatte, entsprach ganz und gar nicht dem Bild, das sie sich von ihm gemacht hatte. Pat hatte mit einer Mischung aus Bill Gates und Albert Einstein gerechnet. Er ähnelte keinem von beiden. Er trug Levi's samt dazugehöriger Jacke, darunter ein weißes T-Shirt. Die Füße steckten in Cowboystiefeln, die so aussahen, als hätte ihr Besitzer sie schon mindestens tausend Mal beim Rodeo getragen und in den Boden gestemmt, um wild gewordene Kälber festzuhalten. Er hatte lange, graublonde Haare, die zu einem Pferdeschwanz zusammengebunden waren. Das Gesicht war jungenhaft und glatt rasiert, mit einer schmalen Nase und grauen Augen.

Pat hätte sich noch mehr gewundert, wenn sie gewusst hätte, dass Yeager in einer vornehmen Gegend in Maryland wohnte, mit einer Künstlerin verheiratet war, deren Tierstudien sehr gefragt waren, und zwei halbwüchsige Töchter hatte, die eine teure Privatschule besuchten. Er wiederum sammelte und restaurierte in seiner Freizeit alte, ausgediente Computer.

»Ich hoffe, ich störe Sie nicht«, sagte Pat.

»Hat man Sie etwa nicht am Fahrstuhl abgeholt?«

»Nein, ich bin einfach herumspaziert, bis ich auf jemanden gestoßen bin, der nicht wie Dilbert aussieht.«

Yeager, seit jeher ein Fan von Scott Adams' Comicfigur, lachte. »Vermutlich sollte ich das als Kompliment auffassen. Ich bitte um Entschuldigung, dass man Sie nicht abgeholt und hergebracht hat.«

»Keine Ursache. Dadurch konnte ich mir alles in Ruhe ansehen. Sie verfügen hier über gewaltige Rechnerkapazitäten. Kein Vergleich mit den Geräten, an denen ich für gewöhnlich arbeite.«

»Darf ich Ihnen eine Tasse Kaffee bringen?«

»Nein, vielen Dank«, sagte Pat. »Wollen wir uns an die Arbeit machen?«

»Wie Sie möchten«, erwiderte Yeager höflich.

»Haben Sie die Fotos, die in der Kammer aufgenommen wurden?«

»Das Fotolabor hat sie gestern Abend raufgeschickt. Ich bin ein bisschen länger geblieben und habe Max per Scanner damit gefüttert.«

»Dirk hat mir von Max erzählt. Ich kann es kaum erwarten, ihn in Aktion zu sehen.«

Yeager zog einen Stuhl zu sich, bot ihn Pat aber nicht gleich an. »Wenn Sie bitte mal um die Konsole herumgehen und sich mitten auf das Podest vor uns stellen würden, kann ich Ihnen Max' einzigartige Fähigkeiten vorführen.«

Pat ging zu dem Podest, stellte sich darauf und schaute Yeager an. Der Computerspezialist schien mit einem Mal vor ihren Augen zu verschwimmen, dann verschwand er vollends, während sie den Eindruck hatte, als würde sie von einer Art Nebel umwabert. Dann bildeten sich Konturen heraus, Wände, eine Decke, wurden deutlicher, bis sie sich in einem genauen Ebenbild der Felsenkammer wieder fand. Sie musste sich regelrecht einreden, dass es sich um eine holographische Darstellung handelte, so täuschend echt wirkte das Bild, vor allem, als die Inschriften an den Wänden immer klarer wurden.

»Das ist ja fantastisch«, murmelte sie.

»Max hat sämtliche Zeichen von den Fotos gespeichert. Er kann sie Ihnen auch auf einem Flachbildmonitor darstellen, der in etwa die Ausmaße einer kleinen Kinoleinwand hat, aber ich dachte, es würde Ihnen weiterhelfen, wenn Sie die Inschriften so sehen, wie sie ursprünglich angeordnet waren.«

»Ja, unbedingt«, sagte Pat, die immer aufgeregter wurde. »Im Zusammenhang lässt sich das Ganze viel leichter erkennen. Vielen Dank, auch an Max.«

»Kommen Sie her, dann stelle ich Ihnen Max vor«, meldete sich Yeager hinter der imaginären Wand der Kammer. »Und danach machen wir uns an die Arbeit.«

»Das geht nicht«, hätte Pat beinahe gesagt, so real wirkte die Kammer. Doch sie zerstörte die Illusion, indem sie einfach wie ein Gespenst durch eine Wand trat, und begab sich wieder zu Yeager.

»Max«, sagte Yeager, »darf ich vorstellen: Dr. Pat O'Connell.«

»Wie geht es Ihnen?«, meldete sich eine sanfte Frauenstimme.

Pat warf Yeager einen argwöhnischen Blick zu. »Ist Max eine Frau?«

»Am Anfang habe ich mein eigenes Stimmmuster einprogrammiert. Aber seither habe ich fortwährend daran herumgefeilt, bis mir irgendwann klar wurde, dass eine Frauenstimme einfach angenehmer klingt.«

»Und sie reagiert auf bloßen Zuruf?«

Yeager lächelte. »Max ist eine künstliche Intelligenz. Reden Sie einfach mit ihr wie mit jedem anderen Menschen.«

Pat blickte sich um. »Gibt's hier irgendwo ein Mikrofon?«

»Sechs insgesamt, aber sie sind so klein, dass man sie nicht sehen kann. Sie können sich irgendwo im Umkreis von fünf Metern hinstellen.«

»Max«, sagte Pat beklommen.

Auf dem großen Monitor hinter dem Podest tauchte das Gesicht einer Frau auf. In voller Farbenpracht schaute sie Pat an. Die Augen waren topasbraun, die Haare leuchteten rostrot. Sie hatte den Mund zu einem Lächeln geöffnet, sodass man die ebenmäßigen weißen Zähne sah. Ihre Schultern waren nackt bis zum Brustansatz, der gerade noch am unteren Rand des Bildschirms zu erkennen war. »Hallo, Dr. O'Connell. Sehr erfreut, Sie kennen zu lernen.«

»Nennen Sie mich bitte Pat.«

»Ab jetzt werde ich das tun.«

»Sie ist reizend«, sagte Pat bewundernd.

»Vielen Dank.« Yeager lächelte. »Eigentlich heißt sie Elsie und ist meine Frau.«

»Klappt die Zusammenarbeit?«, fragte Pat scherzend.

»Meistens. Aber wenn ich nicht aufpasse, wird sie genauso schnippisch und kapriziös wie das Original.«

»Okay, los geht's«, murmelte Pat vor sich hin. »Max, haben Sie die Symbole untersucht, die wir eingescannt haben?«

»Jawohl.« Max' Stimme klang eindeutig menschlich.

»Konnten Sie bereits irgendwelche Symbole erkennen und ins englische Alphabet übertragen?«

»Ich bin noch nicht allzu weit vorgedrungen, aber ich habe Fortschritte gemacht. Bei den Inschriften an der Decke der Kammer handelt es sich allem Anschein nach um eine Sternenkarte.«

»Erkläre das«, befahl Yeager.

»Meiner Ansicht nach stellen sie ein ausgeklügeltes Koordinatensystem dar, wie man es in der Astronomie zur Positionsbestimmung von Himmelskörpern verwendet. Ich glaube, sie könnten auf eine andere Deklination der Sterne hindeuten, die in einer früheren Zeit in einem bestimmten Teil der Welt am Himmel sichtbar waren.«

»Was bedeutet, dass es auf Grund einer Deviation der Erdachse so scheint, als würden die Sterne ihre Position verändern.«

»Ja, die wissenschaftlichen Begriffe dafür lauten Präzession und Nutation«, trug Max vor. »Da die Erde auf Grund der Rotation am Äquator ihren größten Umfang hat, wirkt sich die Anziehungskraft von Sonne und Mond dort am stärksten aus, was wiederum zu leichten Schwankungen des Erdachsenwinkels führt. Das gleiche, durch die Schwerkraft bedingte Phänomen kann man auch bei einem Kreisel beobachten. Man bezeichnet es als Präzession, was besagt, dass die Erdachse im Raum in einer rücklaufenden Bewegung, die jeweils fünfundzwanzigtausend Jahre dauert, eine Art Kreiskegel beschreibt. Bei der Nutation, dem Nicken, handelt es sich um eine leichte, aber unregelmäßige Schwankung der Erdachse gegen den Himmelspol, was alle 18,6 Jahre zu einer Abweichung von zehn Sekunden von der genauen Kreisbahn führt.«

»Ich weiß«, sagte Pat, »dass der Polarstern irgendwann in ferner Zukunft nicht mehr im Norden stehen wird.«

»Ganz recht«, pflichtete Max bei. »Und in ungefähr dreihundertfünfundvierzig Jahren wird ein anderer Stern seine Position über dem Nordpol einnehmen. Hundert Jahre vor Christi Geburt befand sich die Sonne zum Frühlingsäquinoktium – Entschuldigen Sie, ist Ihnen der Begriff Frühlingsäquinoktium bekannt?«

»Soweit ich mich aus meinen jungen Jahren auf dem College erinnern kann«, sagte Pat, »ist das die Tag-und-Nacht-Gleiche im Frühling, wenn die Sonne zum Frühlingsanfang den Himmelsäquator von Nord nach Süd schneidet, was wiederum einen Bezugspunkt für die Messung der Winkelabstände vom Äquator vorgibt.«

»Sehr gut«, erwiderte Max lobend. »Gesprochen wie eine Schullehrerin, die ihre Klasse einlullen will. Jedenfalls zog die Sonne vor Christi Geburt zum Frühlingsäquinoktium durch das Sternzeichen des Widders. Auf Grund der Präzession findet das Frühlingsäquinoktium derzeit im Sternzeichen der Fische statt und verschiebt sich in Richtung Wassermann.«

»Sie wollen uns, glaube ich, klar machen«, sagte Pat mit wachsender Begeisterung, »dass die Symbole an der Decke der Kammer die Koordinaten eines Sternenhimmels in früherer Zeit darstellen.«

»Genau so deute ich sie«, erwiderte Max gelassen.

»Verfügten denn die Menschen damals über das notwendige Wissen, um derart exakte Positionsberechnungen anzustellen?«

»Soweit ich feststellen kann, wussten die Schöpfer dieser Himmelskarte besser Bescheid als unsere Astronomen vor ein paar hundert Jahren. Sie errechneten ganz richtig, dass das Universum stationär ist und dass sich die Planeten und deren Monde um die Sonne bewegen. Die Karte zeigt die Umlaufbahn der Planeten, einschließlich des Pluto, der erst im letzten Jahrhundert entdeckt wurde. Sie erkannten, dass die Sterne Beteigeuze, Sirius und Prokyon immer an der gleichen Stelle stehen, während sich andere im Laufe der Jahrtausende kaum merklich bewegen. Glauben Sie mir, diese alten Sterngucker haben ihr Handwerk verstanden.«

Pat schaute Yeager an. »Wenn Max die Sternkoordinaten entschlüsseln kann, die seinerzeit in die Kammer eingeritzt wurden, können wir doch auch feststellen, wann sie geschaffen wurde.«

»Es wäre einen Versuch wert.«

»Ich habe einen kleinen Teil des Zahlensystems entziffert«, sagte Pat. »Würde Ihnen das weiterhelfen, Max?«

»Die Mühe hätten Sie sich nicht zu machen brauchen. Das numerische System habe ich bereits entschlüsselt. Ich finde es schon seiner Einfachheit wegen ganz genial. Ich kann es kaum erwarten, die Schriftzeichen zu knacken.«

»Max?«

»Ja, Hiram.«

»Konzentrier dich auf das Entschlüsseln der Sternsymbole und lass die Buchstaben vorerst links liegen.«

»Soll ich die Himmelskarte auswerten?«

»So weit wie möglich.«

»Kannst du mir bis fünf Uhr Zeit lassen? Bis dahin sollte ich einen ersten Ansatzpunkt haben.«

»So viel Zeit sollst du haben«, erwiderte Yeager.

»Will Max etwa in ein paar wenigen Stunden eine Aufgabe lösen, für die man normalerweise Monate, wenn nicht Jahre braucht?«, fragte Pat ungläubig.

»Unterschätzen Sie Max nicht«, sagte Yeager, drehte sich auf seinem Stuhl um und trank einen Schluck kalten Kaffee. »Ich habe die besten Jahre meines Lebens damit zugebracht, Max zusammenzustöpseln. Einen Computer wie sie gibt es kein zweites Mal auf der Welt. Was nicht heißen muss, dass sie in fünf Jahren nicht auch längst überholt ist. Aber vorerst gibt es kaum etwas, das sie nicht kann. Sie ist einzigartig, und sie gehört mit Leib und Seele zu mir und der NUMA.«

»Was ist mit den Patenten? Sie müssen Ihre Rechte doch sicher an die Regierung abtreten.«

»Admiral Sandecker ist nicht der übliche Bürokrat. Wir haben eine mündliche Absprache getroffen. Ich traue ihm, und er traut mir. Fünfzig Prozent aller Einkünfte, die wir über die Vergabe von Patentrechten oder die Gebühren beziehen, die wir erheben, wenn Privatfirmen oder Regierungsbehörden unsere Datenbank nutzen wollen, gehen an die NUMA. Die anderen fünfzig Prozent gehören mir.«

»Der Mann hat einen Sinn für Gerechtigkeit. Jeder andere Arbeitgeber würde Ihnen eine Prämie geben, eine goldene Uhr und einen feuchten Händedruck und den Profit selber einstreichen.«

»Glücklicherweise bin ich hier von Leuten umgeben, die alle einen Sinn für Gerechtigkeit haben«, sagte Yeager feierlich. »Sei es der Admiral, Rudi Gunn, Al Giordino oder Dirk Pitt – ich bin stolz darauf, dass ich jeden von ihnen als meinen Freund bezeichnen kann.«

»Wie lange kennen Sie sie schon?«

»Fast fünfzehn Jahre. Wir haben zusammen ein paar wilde Zeiten durchgemacht und so manches Rätsel rund um die Weltmeere gemeinsam gelöst.«

»Wollen wir schon mal die Zeichen an den Wänden untersuchen, bis Max sich wieder bei uns meldet? Vielleicht finden wir einen Anhaltspunkt, was sie bedeuten könnten.«

Yeager nickte. »Klar doch.«

»Können Sie das Hologramm von der Kamera wieder herstellen?«

»Ihr Wunsch ist mir Befehl«, sagte Yeager und betätigte ein paar Tasten an seiner Tastatur, worauf wieder das dreidimensionale Abbild der Kamera auftauchte.

»Da ich keinerlei Anhaltspunkte für eine Bilder- oder Hieroglyphenschrift erkennen kann, nehme ich an, dass diese Zeichen eine Art Alphabet darstellen, also ein System von Schriftsymbolen, mit dem sich einzelne Laute wiedergeben lassen.«

»Wo ist eigentlich die erste alphabetische Schrift entstanden?«, fragte Yeager.

»Hundertprozentig nachweisen lässt sich das nur schwer, aber die Mehrzahl der Epigrafiker nimmt an, dass sie irgendwann zwischen 1700 und 1500 vor Christus im alten Kanaan und Phönizien erfunden wurde, deshalb bezeichnet man sie als nordsemitisches Alphabet. Selbstverständlich gibt es auch bedeutende Gelehrte, die anderer Ansicht sind. Aber man ist sich mehr oder weniger darüber einig, dass die ersten Anfänge des Alphabets von frühen mediterranen Kulturen aus prähistorischen geometrischen Symbolen entwickelt wurden. Viel später übernahmen die Griechen dieses Alphabet und verbesserten es, sodass unsere heutigen Buchstaben mit den ihren vertraut sind. Die nächste Weiterentwicklung kam mit den Etruskern, gefolgt von den Römern, die für ihre lateinische Schrift kräftige Anleihen bei ihnen machten und deren klassische Schriftzeichen später die Grundlage für das Alphabet bildeten, das Sie und ich heute benutzen.«

»Wo wollen wir anfangen?«

»Ganz von vorn«, sagte Pat, während sie ihre Notizen zu Rate zog. »Mir ist keine andere alte Schrift bekannt, deren Zeichen sich mit denen aus der Kammer vergleichen ließen. Ich kann keinerlei Verwandtschaft oder gegenseitige Beeinflussung erkennen. Es besteht allenfalls eine entfernte Ähnlichkeit zum keltischen Ogham-Alphabet, aber das ist auch schon alles.«

»Fast hätte ich's vergessen.« Yeager reichte ihr einen kleinen Stab, an dessen einem Ende sich eine Miniaturkamera befand. »Max hat die Zeichen bereits kodiert. Wenn ich Ihnen meinerseits bei irgendwelchen Berechnungen helfen kann, brauchen Sie nur die Kamera auf das Zeichen oder die Zeichenfolge zu richten, die Sie untersuchen möchten, und ich sehe dann zu, dass ich ein Programm entwickle, mit dem man sie entziffern kann.«

»Klingt gut«, sagte Pat, die froh war, dass sie sich endlich wieder ins Zeug legen konnte. »Zuerst stellen wir fest, wie viele unterschiedliche Zeichen es gibt, und zählen nach, wie oft jedes vorkommt. Danach können wir versuchen, ob wir sie zu Wörtern zusammensetzen können.«

»Einfache Wörter wie *das* oder *und*?«

»In allen Inschriften kommen viele Wörter, die uns heute selbstverständlich sind, gar nicht vor. Außerdem möchte ich zuerst zusehen, ob wir Vokale erkennen, bevor wir uns die Konsonanten vornehmen.«

Sie arbeiteten stundenlang ohne eine Pause. Mittags rief Yeager in der Cafeteria der NUMA an und ließ ihnen Sandwiches und alkoholfreie Getränke bringen. Pat wurde immer ungehaltener. Es war zum Wahnsinnigwerden. Die Zeichen wirkten so einfach, und dennoch war sie bis fünf Uhr nachmittags mit dem Entziffern noch so gut wie keinen Schritt vorangekommen.

»Wieso ist die Schrift so vertrackt, wo doch das numerische System so leicht zu knacken war?«, brummte sie mürrisch.

»Wollen wir nicht für heute Schluss machen?«, schlug Yeager vor.

»Ich bin nicht müde.«

»Ich auch nicht«, entgegnete er. »Aber dann sehen wir die Sache vielleicht mit anderen Augen. Ich weiß nicht, wie es Ihnen geht, aber mir fallen die besten Lösungen immer mitten in der Nacht ein. Außerdem braucht Max keinen Schlaf. Ich setze sie über Nacht auf die Inschriften an. Bis morgen früh sollte sie eine ungefähre Ahnung haben, was sie bedeuten.«

»Ich wüsste nicht, was dagegen spricht.«

»Ich melde mich nur kurz bei Max, bevor wir Schluss machen. Mal sehen, ob sie mit den Sternen weitergekommen ist.«

Yeager benötigte dazu keine Tastatur. Er drückte einfach auf eine Sprechtaste und sagte: »Max, bist du da?«

Mit finsterer Miene tauchte sie am Monitor auf. »Was hat dich und Dr. O'Connell denn so lange aufgehalten? Ich warte schon seit fast zwei Stunden darauf, dass ihr euch meldet.«

»'tschuldigung, Max«, sagte Yeager, ohne sich allzu reumütig zu geben. »Wir waren beschäftigt.«

»Sie waren doch höchstens ein paar Stunden mit dem Projekt beschäftigt«, wandte Pat ein. »Haben Sie etwa aufgesteckt?«

»Von wegen aufgesteckt«, versetzte Max. »Ich kann Ihnen genau sagen, was Sie wissen wollen.«

»Fang am besten damit an, wie du zu deinen Schlussfolgerungen gelangt bist«, forderte Yeager sie auf.

»Du hast doch nicht etwa gedacht, dass ich die Bewegungen der Sterne selber berechne, was?«

»Es war deine Aufgabe.«

»Wieso sollte ich mir ein Byte ausreißen, wenn ich das einen anderen Computer erledigen lassen kann?«

»Bitte, Max, berichten Sie uns, was Sie festgestellt haben.«

»Tja, zunächst mal erfordert die Bestimmung astronomischer Koordinaten komplizierte geometrische Berechnungen. Ich will mich nicht in allen Einzelheiten darüber auslassen, wie man Höchststand, Azimut, Rektaszension und Deklination bestimmt. Am schwersten war die Bestimmung der Standorte, von denen aus die in den Fels eingravierten Koordinaten ermittelt wurden. Aber es ist mir gelungen, bis auf ein paar Kilometer hin oder her zu berechnen, wo die alten Sterngucker ihre Peilungen vorgenommen haben. Und ich weiß auch, welche Sterne es waren, deren Lauf sie über viele, viele Jahre hinweg vermessen haben. Die drei Gürtelsterne im Sternbild Orion bewegen sich. Sirius, der Hundsstern, der zu Füßen des Orion steht, hingegen nicht. Mit diesen Vorgaben habe ich mich in den Astrometriecomputer drüben im National Science Center eingeklinkt.«

»Schäm dich was, Max«, versetzte Yeager tadelnd. »Du kannst mich mächtig in die Bredouille bringen, wenn du in anderen Computern räubern gehst.«

»Ich glaube, der Computer drüben beim NSC mag mich. Er hat versprochen, meine Anfrage wieder zu löschen.«

»Ich hoffe, du kannst ihn beim Wort nehmen«, knurrte Yeager. Er tat nur so grimmig. Yeager hatte selbst schon zigmal fremde Computer angezapft und sich unbefugt Datenmaterial beschafft.

»Die Astrometrie«, fuhr Max ungerührt fort, »falls ihr das nicht wissen solltet, ist eine der ältesten Disziplinen der Astronomie, und man bedient sich ihrer zur Bahnbestimmung der Himmelskörper.« Max schwieg einen Moment. »Kommt ihr mit?«

»Und weiter«, drängte Pat.

»Der Computer da drüben beim NSC entspricht vom Typ her natürlich nicht meinem Niveau, aber weil er das entsprechende Programm auf Abruf bereit hatte, habe ich meinen Charme spielen lassen und ihn dazu überredet, anhand des heutigen Abstands zwischen den Gürtelsternen im Orion und dem Sirius auszurechnen, wann die Sterne so gestanden haben könnten, wie es in dieser Kammer dargestellt wird.«

»Konnten Sie feststellen, wie alt die Kammer ist?«, murmelte Pat und hielt den Atem an.

»Ja.«

»Und, ist die Kammer ein Jux?«, fragte Yeager, als hätte er Angst vor der Antwort.

»Nur wenn diese Bergleute drüben in Colorado hervorragende Mathematiker und Astronomen waren.«

»Ich bitte Sie, Max«, meldete sich Pat. »Nun sagen Sie uns schon, wann die Kammer und die Inschriften an den Wänden entstanden sind.«

»Aber bedenken Sie bitte, dass ich mich auch um hundert Jahre hin oder her verschätzen könnte.«

»Ist sie über hundert Jahre alt?«

»Ich würde meinen«, sagte Max bedächtig, als wollte sie die Spannung steigern, »mit neuntausend Jahren sind wir schon näher dran.«

»Was soll das heißen?«

»Das heißt, dass Ihre Kammer etwa um 7100 vor Christi Geburt aus den Felsen von Colorado gehauen wurde.«

15

Kurz nach vier Uhr morgens stieg Giordino mit dem Kipprotorflugzeug vom Typ Bell-Boeing 609 senkrecht in den rötlich-blauen Himmel außerhalb von Kapstadt auf. Mit den beiden in 90-Grad-Stellung gebrachten Rotoren, deren mächtige Blätter durch die Luft wirbelten, konnte die Maschine starten wie ein Hubschrauber. Dann, etwa hundertfünfzig Meter über dem Boden, betätigte Giordino die Regler für die mechanische Kupplung, worauf die beiden Rotoren in die Horizontale geschwenkt wurden und die Maschine in den Geradeausflug überging.

Die 609 bot Platz für neun Passagiere, aber auf diesem Flug beförderte sie nur ein Bündel mit Notfallausrüstung, das am Boden verzurrt war. Giordino hatte die Maschine in Kapstadt gechartert, da das nächste Forschungsschiff der NUMA rund anderthalbtausend Kilometer von den Crozetinseln entfernt war.

Ein Helikopter hätte auf dem insgesamt rund dreieinhalbtausend Kilometer langen Hin- und Rückflug mindestens viermal auftanken müssen, und ein normales, zweimotoriges Flugzeug hätte zwar die nötige Reichweite gehabt, aber auf der vulkanischen Insel nicht landen können. Die 609 jedoch, die mit ihren Kipprotoren wie ein Hubschrauber landen konnte, war bestens für diese Aufgabe geeignet. Je nachdem, wie der Wind mitspielte, sollte sie sowohl den Hin- als auch den Rückflug in jeweils etwa vier Stunden schaffen. Allerdings mussten sie genau auf den Treibstoffverbrauch achten. Giordino schätzte, dass er die für den Rückflug nach Kapstadt berechnete Flugzeit trotz der übergroßen Tragflächentanks allenfalls um anderthalb Stunden überziehen durfte. Alles andere als eine beruhigende Reserve, aber ein gewisses Restrisiko hatte Giordino noch nie schrecken können.

Dreißig Minuten später, als er eine Flughöhe von zwölftausend Fuß (rund dreitausendsechshundert Meter) erreicht hatte und über dem Indischen Ozean auf Südostkurs ging, nahm er das Gas zurück und behielt dabei den Fahrtmesser im Auge, bis er sich bei knapp dreihundert Meilen pro Stunde (vierhundertachtzig km/h) einpendelte, einer Reisegeschwindigkeit, bei der die Maschine möglichst wenig Sprit verbrauchte. Dann wandte er sich an den kleinen Mann, der auf dem Platz des Kopiloten saß.

»Falls du es bereits bereuen solltest, dass du dich auf dieses verrückte Unternehmen eingelassen hast, kann ich dich trösten. Jetzt ist es zu spät, um deine Meinung zu ändern.«

Rudi Gunn lächelte. »Ich kriege sowieso mächtig Stunk, wenn der Admiral rausfindet, dass ich mich mit dir verdrückt habe, statt an meinem Schreibtisch in Washington zu sitzen.«

»Was hast du eigentlich für einen Grund dafür angegeben, dass du tagelang fort bist?«

»Ich habe meinen Mitarbeitern gesagt, dass ich an die Ostsee fliege, um mich um ein Bergungsprojekt zu kümmern, das die NUMA gemeinsam mit dänischen Archäologen durchführt.«

»Gibt's so ein Projekt überhaupt?«

»Selbstverständlich«, erwiderte Gunn. »Eine ganze Flotte von Wikingerschiffen, die einem Fischer ins Netz gegangen sind.«

Giordino reichte Gunn zwei Karten. »Hier, du darfst navigieren.«

»Wie groß ist St. Paul?«

»Etwa sechseinhalb Quadratkilometer.«

Gunn musterte Giordino durch seine dicke Brille. »Ich hoffe nur«, sagte er gelassen, »dass es uns nicht genauso ergeht wie Amelia Earhart und Fred Noonan.«

Nach dreistündigem Flug waren sie, was den Treibstoffverbrauch anging, dank eines Rückenwinds von fünf Knoten im grünen Bereich. Der Indische Ozean verschwand allmählich unter ihnen, als von Osten eine Wolkendecke aufzog, die ihnen Regenschauer und Turbulenzen bescherte. Giordino zog die Maschine höher, über wattige Wolken hinweg, die wie eine stürmische See unter ihnen wogten, bis sie wieder auf blauen Himmel und ruhigere Luftschichten stießen.

Giordino besaß die geradezu unheimliche Fähigkeit, zehn Minuten lang zu schlafen, plötzlich aufzuwachen, die Instrumente zu überprüfen und die von Gunn vorgeschlagenen Kurskorrekturen vorzunehmen, ehe er wieder eindöste. Das wiederholte sich so oft und derart regelmäßig, fast bis auf die Minute genau, dass Gunn sich irgendwann nicht mehr die Mühe machte mitzuzählen.

Im Grunde genommen bestand auch keinerlei Gefahr, dass sie sich verfranzten und die Insel verpassten. Das Kipprotorflugzeug verfügte über das neueste Global Positioning System (GPS) zur Navigation. Mit dem GPS-Empfänger, der die relative Entfernung der Maschine von einer Kette von Satelliten ermittelte, wurden der genaue Breiten- und Längengrad sowie die Flughöhe berechnet und die Daten in den Bordcomputer eingespeist, sodass Gunn anhand des Kurses, der Flugzeit und der Geschwindigkeit feststellen konnte, wie weit es noch bis zu ihrem Ziel war.

Im Gegensatz zu Giordino war er unruhig. Außerdem lag Giordino nicht ganz falsch, wenn er ihn als Schwarzseher bezeichnete. Gunn hätte sich nicht einmal entspannen können, wenn er am Strand von Tahiti unter Palmen gelegen hätte. Ständig blickte er auf die Uhr, überprüfte ihre Position und musterte zwischendurch die Luftaufnahmen von der Insel.

Als Giordino wieder einmal aufwachte und einen Blick auf das Armaturenbrett warf, tippte Gunn ihn an den Arm. »Schlaf nicht wieder ein. Du solltest mit den Anflug beginnen. Die Insel müsste rund sechzig Kilometer voraus liegen.«

Giordino spritzte sich eine Hand voll Wasser aus einer Feldflasche ins Gesicht und schob den Steuerknüppel leicht nach vorn. Langsam glitt die Maschine in den Sinkflug, wurde von Turbulenzen erfasst und durchgerüttelt, als sie in die Wolkendecke eindrang. Da sie so gut wie keine Sicht hatten, hätte Giordino einfach auf den Höhenmesser achten können, dessen Nadel sich entgegen dem Uhrzeigersinn drehte, aber er blickte weiterhin wie gebannt auf die weißen Nebelschleier, die an der Cockpitverglasung vorbeiwirbelten. Dann, in einer Höhe von fünftausend Fuß (rund fünfzehnhundert Meter) stießen sie plötzlich aus der Wolkendecke und sahen seit drei Stunden zum ersten Mal wieder den Ozean unter sich.

»Gut gemacht, Rudi«, lobte ihn Giordino. »Sieht so aus, als ob St. Paul etwa acht Kilometer vor uns liegt, knapp zwei Grad steuerbord voraus. Du hast sie fast auf den Punkt genau erwischt.«

»Zwei Grad«, sagte Rudi. »Das nächste Mal muss ich mich mehr anstrengen.«

Nun, da sie die Turbulenzen hinter sich hatten, lag die Maschine wieder ruhiger. Giordino nahm das Gas zurück, worauf das Dröhnen der Motoren zu einem gedämpften Summen absank. Der heftige Regen hatte nachgelassen, aber nach wie vor strömten Wasserbäche über das Kanzelglas. Erst jetzt, als er den Bug der Maschine auf die hohen Klippen ausrichtete, die die Insel vor der anbrandenden See abschirmten, stellte er die Scheibenwischer an.

»Hast du dir schon einen Landeplatz ausgesucht?«, fragte Giordino, während er auf die kleine Insel und den Berg hinabschaute, der wie ein riesiger Kegel aus dem Meer aufragte. Nirgendwo waren ein Strand oder ein halbwegs ebenes Stück Land in Sicht. Rundum sah er nur steile Felsenhänge.

Gunn musterte die Karte mit einer Lupe. »Ich habe mir jeden Zentimeter vorgenommen und bin zu dem Schluss gelangt, dass es sich um das mieseste Stück Land handelt, das mir je untergekommen ist. Nichts als Felsbrocken. Hier kannst du höchstens eine Kiesgrube aufmachen.«

»Erzähl mir bloß nicht, dass wir abdrehen müssen«, versetzte Giordino säuerlich.

»Ich habe nicht gesagt, dass wir nicht landen können. Die einzige einigermaßen flache Stelle auf der Insel befindet sich am Fuß des Berges, an der Westflanke. Allem Anschein nach kaum mehr als eine Felsbank, etwa fünfzehn Meter breit und hundert Meter lang.«

Giordino schaute ihn erschrocken an. »Nicht mal im Kino lässt man Hubschrauber an einem Berghang landen.«

Gunn deutete nach vorn. »Da, links von dir. Sieht gar nicht so schlimm aus, wie ich dachte.«

Von Giordinos Blickwinkel aus wirkte die einzige ebene Stelle, die an der Bergflanke zu sehen war, nicht größer als die Ladefläche eines Pickup. Gekonnt kippte er mit den Füßen die Seitenruderpedale an, während er mit spitzen Fingern das Handrad am Steuerknüppel hielt und mittels Höhen- und Querruder den Anflugwinkel und die Sinkgeschwindigkeit korrigierte. Gott sei Dank hatte er Gegenwind, auch wenn er nur mit vier Knoten blies. Er konnte jede

Menge Felsbrocken erkennen, mit denen sein winziger Landeplatz übersät war, aber allem Anschein nach war keiner so groß, dass er das Fahrgestell der Maschine beschädigen konnte. Er nahm eine Hand vom Steuerknüppel, betätigte die Hebel zum Kippen der Rotoren und brachte sie in vertikale Stellung, bis die Maschine wie ein Hubschrauber in der Luft stand. Die ausladenden Rotorblätter wirbelten allerlei kleine Steine und dichte Staubwolken unter dem Fahrwerk auf.

Giordino flog jetzt nur mehr nach Gefühl, hatte den Blick nach unten gerichtet, achtete mit einem Auge auf den näher kommenden Boden, mit dem anderen auf den nackten Fels der Bergflanke, die keine drei Meter neben der Tragflächenspitze an Steuerbord aufragte. Dann gab es einen leichten Ruck, als die Räder auf Geröll stießen, und die Kipprotormaschine setzte so weich auf wie eine fette Gans, die sich auf ihrem Gelege niederlässt. Er atmete tief durch, zog die Gashebel zurück und stellte die Motoren ab.

»Da wären wir«, sagte er erleichtert.

Gunns Eulengesicht verzog sich zu einem Lächeln. »Hast du etwa daran gezweifelt?«

»Auf meiner Seite ist der Berg. Wie sieht's bei dir aus?«

Gunn, der während der Landung nur auf die Bergflanke geachtet hatte, blickte erst jetzt aus dem Fenster auf der Steuerbordseite. Keine anderthalb Meter neben dem Ausstieg fiel der Fels steil ab, gut zweihundertfünfzig Meter tief, und die Tragfläche ragte weit über den Abgrund hinaus. Er lächelte nicht mehr und wirkte eher blass, als er sich wieder Giordino zuwandte.

»War doch nicht so viel Platz, wie ich dachte«, murmelte er verlegen.

Giordino warf die Hosenträgergurte ab. »Hast du schon eine Ahnung, wie wir zu der Kammer kommen?«

Gunn hielt die Luftaufnahme hoch und deutete auf eine schmale Schlucht, die vom Strand aus bergan führte. »Das ist der einzige Weg, auf dem die Jagdgesellschaft ins Innere der Insel vordringen konnte. Laut Logbuch, sagt Pitt, müssen sich der Colonel und seine Begleiter ungefähr auf halber Höhe des Berges befunden haben. Genau da sind wir in etwa.«

»Und wo befindet sich diese Rinne?«

»Im Süden. Und um deine nächste Frage gleich mit zu beantworten – wir sind derzeit an der Westflanke des Berges. Wenn wir Glück haben, müssen wir nicht mehr als einen Kilometer weit marschieren, vorausgesetzt, wir stoßen auf den alten Weg, den der Colonel erwähnt hat.«

»Gelobt seien kleine Inseln«, murmelte Giordino. »Hast du den alten Fußweg auf deinem Foto auch schon entdeckt?«

»Nein, nicht die geringste Spur.«

Danach lösten sie die Riemen, mit denen ihre Ausrüstung gesichert war, und packten ihre Rucksäcke. Draußen goss es mittlerweile in Strömen, deshalb zogen sie Ölzeug über. Dann schnallten sie ihre Rucksäcke um, stießen die Passagiertür auf und stiegen hinab auf den blanken Fels. Nach einem kurzen Blick in den Abgrund, zu dessen Füßen nur mehr die bleigrauen Wogen des Indischen Ozeans anbrandeten, vertäuten sie die Maschine vorsichtshalber an ein paar großen Felsbrocken.

Trostlos und düster wirkte die Insel unter den tief hängenden Wolken. Gunn blinzelte durch die Regenschleier, winkte Giordino nach vorn und deutete in die Richtung, die sie seiner Meinung nach einschlagen sollten. Sie marschierten quer über die Bergflanke, immer auf den großen Felsbrocken, weil der Boden dort flacher und trittfester war.

Mühsam stiegen sie über Felsnasen hinweg und kletterten über schmale Spalten, wobei sie versuchten, so weit wie möglich ohne Bergsteigerausrüstung auszukommen, denn damit waren sie beide nicht besonders firm. Unermüdlich marschierte der stämmige, kräftige Giordino mit weit ausholenden Schritten voran. Gunn hielt mühelos mit. Er war drahtig und weitaus zäher, als er nach außen hin wirkte. Dennoch fiel er nach einiger Zeit zurück, aber nicht etwa aus Erschöpfung, sondern weil er ab und zu stehen bleiben und seine Brille abwischen musste.

Mitten in der Westflanke des Berges machte Giordino Halt. »Wenn deine Angaben stimmen, müsste der Steinweg unmittelbar über oder unter uns sein.«

Gunn setzte sich hin, lehnte sich an einen blank geschliffenen Brocken Lavagestein und musterte das Foto, das inzwischen klatschnass und zerknittert war. »Wenn wir mal annehmen, dass der Colonel seinerzeit den Weg des geringsten Widerstands gegangen ist, dann müsste er etwa dreißig Meter unter uns darauf gestoßen sein.«

Giordino ging in die Hocke, stützte die Hände auf die Knie und spähte den Hang hinab. Einen Moment lang wirkte er wie verzückt, dann wandte er sich mit strahlender Miene an Gunn. »Herrgott nochmal, ich weiß nicht, wie du das machst.«

»Was meinst du damit?«

»Knapp zehn Meter unter uns ist eine schmale, gepflasterte Straße.«

Gunn blickte über die Felskante. Fast in Spuckweite sah er einen Pfad, eine Art Römerstraße genau genommen, mit verwitterten Steinen belegt. Ursprünglich hatte er quer über den Hang geführt, war aber teilweise bei einem Erdrutsch zu Tal gerissen worden. In den Ritzen zwischen den Steinen wucherten Pflanzen, die wie Salatköpfe wirkten.

»Das muss der Weg sein, von dem der Oberst berichtet hat«, sagte Gunn.

»Was sind denn das für komische Gewächse?«, fragte Giordino.

»Kerguélen-Kohl. Das Öl, das man daraus gewinnt, stinkt zum Himmel. Aber in gekochtem Zustand ist er durchaus genießbar.«

»Jetzt weißt du, warum der Weg auf dem Foto nicht zu erkennen war. Die Kohlköpfe haben ihn regelrecht überwuchert.«

»Ja, das seh ich selber.«

»Wie das Grünzeug wohl auf diese gottverlassene Insel gelangt ist?«

»Vermutlich wurden die Samen vom Wind übers Meer geweht.«

»Und wie geht's weiter?«

Gunn musterte den Plattenweg, verfolgte ihn in beide Richtungen, so weit das Auge reichte. »Der Oberst muss irgendwo rechts unter uns auf den Weg gestoßen sein. Neben der Stelle, wo er bei einem Erdrutsch oder infolge der Erosion weggebrochen ist. Folglich müssen wir uns nach links halten, bergaufwärts, denn nur dort kann die verborgene Kammer liegen.«

Vorsichtig kletterten sie über die Bimssteine und das Basaltgeröll nach unten, bis sie auf den gepflasterten Weg stießen. Zunächst kamen sie dort gut voran, bis ihnen auch hier die Erdrutsche zu schaffen machten. Zweimal war der Weg vor ihnen weggebrochen, und beide Male mussten sie über zerklüftete, messerscharfe Lavafelsen hinwegklettern, kamen nur langsam voran, denn hier durften sie sich keinen Ausrutscher leisten, sonst landeten sie drunten in der brodelnden See.

Nachdem sie das letzte Hindernis überwunden hatten, setzten sie sich hin und rasteten eine Weile. Giordino riss einen Kohlkopf aus und kullerte ihn den Hang hinab, schaute ihm hinterher, wie er über die Felsen hüpfte und allmählich zerfleddert wurde, bis er irgendwo tief unten, wo er ihn nicht mehr sehen konnte, im Meer aufschlug. Das Wetter setzte ihnen allmählich zu, die Kälte und die Nässe vor allem. Denn trotz des Ölzeugs rann ihnen das Regenwasser in den Kragen und sickerte in die Sachen, die sie darunter trugen.

Gunn reichte Giordino eine Thermosflasche mit Kaffee, der mittlerweile nur noch lauwarm war. Ihr Mittagessen bestand aus vier Müsliriegeln. Noch war ihnen nicht ernstlich elend, aber lange würde es nicht mehr dauern.

»Es muss ganz in der Nähe sein«, sagte Gunn, nachdem er einen Blick durch das Fernglas geworfen hatte. »Hinter dem großen Felsbrocken da vorn ist kein Weg mehr zu sehen.«

Giordino schaute zu dem mächtigen Block, der quer über den Weg ragte. »Wehe, dahinter ist keine Kammer«, knurrte er. »Ich habe keine Lust, die Nacht auf dem kahlen Berg zu verbringen.«

»Keine Sorge. In diesen Breitengraden bleibt es noch fast zwölf Stunden lang hell.«

»Mir ist bloß grade was eingefallen.«

»Und zwar?«, fragte Gunn.

»Dass wir weit und breit die einzigen Menschen sind.«

»Einfach herrlich, wenn man's recht bedenkt.«

»Und was ist, wenn einem von uns irgendwas zustößt und wir nicht von hier wegkommen? Bei dem Wind zum Beispiel könnte ich beim besten Willen nicht starten.«

»Dann schickt uns der Admiral einen Rettungstrupp, sobald wir ihm unsere Lage schildern.« Gunn griff in seine Jackentasche und zückte das Globalstar-Satellitentelefon. »Ein Anruf genügt.«

»Und in der Zwischenzeit futtern wir diesen Stinkekohl. Nein, danke.«

Gunn schüttelte schicksalsergeben den Kopf. Giordino meckerte immer über irgendwas, aber wenn es darauf ankam, konnte man sich hundertprozentig auf ihn verlassen. Keiner der beiden Männer hatte das Gefühl, dass ihnen hier irgendeine Gefahr drohte. Wenn überhaupt, dann hatten sie allenfalls Angst vor einem Misserfolg.

»Wenn wir die Kammer finden«, rief Gunn lauthals, um das Sturmgeheul zu übertönen, »suchen wir uns erst mal einen windgeschützten Platz und trocknen unsere Sachen.«

Giordino raffte sich sofort auf. »Dann nichts wie los«, sagte er. »Ich komme mir allmählich vor wie ein lauwarmer Mopp in einem Eimer voll kaltem Wischwasser.«

Ohne auf Gunn zu warten, marschierte er auf den Felsen zu, der etwa fünfzehn Meter vor ihnen aufragte. Von dort aus führte der Weg steil bergan, zu einer hohen Wand hinauf. Stellenweise war er weggebrochen, sodass sie mühsam außen herumklettern mussten. Dann endlich standen sie vor dem Eingang zu der Kammer und sahen den Torbogen, der eindeutig von Menschenhand stammte. Er war kleiner, als sie ihn sich vorgestellt hatten – etwa einen Meter achtzig hoch und knapp anderthalb Meter breit, ebenso breit wie der Weg, der sich dort in diesem schwarzen, unheilschwangeren Loch verlor.

»Da ist er, genau wie der Oberst ihn beschrieben hat«, sagte Gunn.

»Einer von uns sollte jetzt vermutlich heureka schreien«, rief Giordino, froh darüber, dass er endlich aus dem Wind und dem Regen wegkam. »Ich weiß nicht, was du vorhast, aber ich will erst mal meinen Rucksack und das Ölzeug loswerden und es mir gemütlich machen.«

»Ich bin dabei.«

Ein paar Minuten später hatten sie ihre Rucksäcke abgeschnallt und das Ölzeug im Tunnel ausgebreitet, wo sie es bis zum Rückmarsch zu ihrer Maschine liegen lassen wollten. Sie holten Taschenlampen aus ihren Rucksäcken, tranken einen letzten Schluck Kaffee und drangen dann tiefer in das unterirdische Gewölbe vor. Die Wände waren glatt und ebenmäßig aus dem Fels gehauen. Der Gang hatte etwas Eigenartiges und Befremdliches an sich, ein Eindruck, der durch die unheimliche Dunkelheit und das Heulen des Windes draußen vor dem Höhlenloch noch verstärkt wurde.

Sie gingen weiter, teils neugierig, teils beklommen, leuchteten mit ihren Taschenlampen voraus und fragten sich, was sie hier wohl finden würden. Mit einem Mal wurde der Gang breiter und mündete in eine viereckige Kammer. Giordino verkrampfte sich unwillkürlich und schaute mit starrem Blick auf den Boden, als der Lichtstrahl ein menschliches Skelett erfasste – einen Fuß, einen Oberschenkelknochen, das Becken, die Rippen, die Wirbelsäule samt Schädel, an dem noch vereinzelte rote Haare hafteten. Die Überreste der zerlumpten und vermoderten Kleidung klebten noch an den Knochen.

»Wie mag der arme Teufel wohl hierher gekommen sein?«, sagte Gunn, dem etwas mulmig zu Mute war.

Giordino ließ den Lichtstrahl seiner Lampe durch die Kammer schweifen und entdeckte eine kleine Feuerstelle und diverse Werkzeuge und Geräte, die allem Anschein nach von Hand aus Holz und Lavagestein gefertigt waren. In der Ecke gegenüber lagen zudem die Überreste etlicher Robbenfelle und ein Haufen Knochen.

»Der Kleidung nach zu urteilen, handelt es sich wohl um einen Seemann, der auf der Insel ausgesetzt wurde oder gestrandet ist und wer weiß wie lange hier gelebt hat.«

»Komisch, dass der Oberst nichts davon erwähnt hat«, sagte Gunn.

»Die *Madras* musste hier 1779 außerplanmäßig vor Anker gehen, um Wasser zu bunkern, nachdem sie vom Kurs abgekommen war. Den armen Kerl muss es später hierher verschlagen haben. Vermutlich hat in den nächsten fünfzig bis hundert Jahren kein anderes Schiff die Insel angelaufen.«

»Ich mag mir gar nicht vorstellen, wie schrecklich es für ihn gewesen sein muss, mutterseelenallein auf diesem scheußlichen, nasskalten und verregneten Haufen vulkanischem Gestein zu sitzen, ohne die geringste Aussicht auf Rettung und ständig den Tod vor Augen.«

»Er hat ein Feuer geschürt«, sagte Giordino. »Was glaubst du, was für Holz er dafür genommen hat? Auf der Insel wächst doch nichts außer ein paar kümmerlichen Büschen und Gestrüpp.«

»Er muss sämtliches Bauwerk verbrannt haben, das er auftreiben konnte ...« Gunn hielt inne, kniete sich hin und tastete in der Asche herum, bis er auf etwas stieß, und hielt es hoch. Es sah aus wie ein Spielzeug – ein Streitwagen mit zwei vom Feuer versengten Pferden. »Die Kunstwerke«, sagte er bedrückt. »Er muss die Kunstwerke verbrannt haben, soweit sie aus Holz bestanden, um sich warm zu halten.« Dann richtete er das Licht auf Giordino und sah das Lächeln, das sich auf dessen Gesicht ausbreitete. »Was ist daran denn komisch?«

»Ich musste bloß an was denken«, erwiderte Giordino versonnen. »Was meinst du wohl, wie viele von diesen ekelhaften Kohlköpfen der arme Kerl verdrückt hat?«

»Du weißt überhaupt nicht, wie sie schmecken, solange du sie nicht probierst.«

Giordino richtete den Lichtstrahl auf die Wände und entdeckte dort die gleichen Inschriften, die er bereits in der Kammer bei Telluride kurz gesehen hatte. Mitten aus dem Boden ragte ein Piedestal aus schwarzem Obsidian auf. Dort hatte vermutlich der schwarze Schädel gestanden, den der Oberst mitgenommen hatte. Dann fiel das Licht auf einen Haufen Steine und Geröll an der hinteren Wand der Kammer, wo ein Teil der Decke eingestürzt war.

»Was mag wohl auf der anderen Seite von dem Steinhaufen sein?«

»Noch eine Wand?«

»Vielleicht, vielleicht auch nicht.« Gunns Tonfall klang eigenartig bestimmt.

Giordino hatte im Lauf der Jahre die Erfahrung gemacht, dass er sich auf Rudi Gunns Scharfsinn und seine mitunter geradezu genialen Eingebungen verlassen konnte. Er schaute ihn an. »Meinst du, dahinter ist noch ein anderer Gang?«

»Genau.«

»Verdammt!«, stieß Giordino aus. »Unsere Freunde aus Telluride müssen uns zuvorgekommen sein.«

»Wie kommst du denn darauf?«

Giordino ließ den Lichtstrahl über den Geröllhaufen schweifen. »Das ist ihre Handschrift. Die sprengen für ihr Leben gern Stollen.«

»Glaube ich nicht. Dieser Einsturz scheint alt zu sein, sehr alt sogar, wenn ich mir den Staub ansehe, der sich zwischen den Steinen angesammelt hat. Ich wette meine Weihnachtsgratifikation, dass die Decke Jahrhunderte bevor der Oberst und der einsame Seemann den Fuß hierher gesetzt haben, heruntergekommen ist und dass sich keiner von beiden die Mühe gemacht hat, weiter zu graben und nachzuschauen, was sich dahinter verbirgt.« Gunn kroch auf den Geröllhaufen und ließ den Lichtstrahl darüber hinwegschweifen. »Meiner Ansicht nach war hier die Natur am Werk. Die Einsturzstelle ist auch nicht allzu schlimm. Ich glaube, da könnten wir durchkommen.«

»Ich bin mir nicht sicher, ob ich besonders scharf drauf bin.«

»Halt's Maul und grabe.«

Gunn hatte Recht, wie sich herausstellte. Die Einbruchstelle war nicht allzu groß. Trotz allen Murrens schuftete Giordino wie ein Pferd. Da er der weitaus Kräftigere war, nahm er sich die schweren Brocken vor, während Gunn das Geröll beiseite räumte. Wild entschlossen wuchtete er einen zentnerschweren Felsblock nach dem anderen hoch, als wären sie aus Styropor. In knapp einer Stunde hatten sie einen Durchgang frei gelegt, der so groß war, dass sie beide hindurchkriechen konnten.

Gunn ging voran, da er der Kleinere von beiden war. Er hielt inne und leuchtete nach vorn.

»Was siehst du?«, fragte Giordino.

»Einen kurzen Gang, der nach rund fünf Metern zu einer weiteren Kammer führt.« Dann wand er sich durch die Öffnung. Er stand auf, klopfte sich ab und entfernte auf der anderen Seite noch ein paar Geröllbrocken, damit Giordino mit seinen breiten Schultern leichter hindurchpasste. Einen Moment lang zögerten sie beide, richteten die Strahlen ihrer Taschenlampen in die vor ihnen liegende Kammer und bemerkten einen eigentümlichen Widerschein.

»Ich bin froh, dass ich auf dich gehört habe«, sagte Giordino, als er langsam weiterging.

»Ich bin guter Dinge. Ich wette zehn Dollar, dass uns niemand zuvorgekommen ist.«

»Misstrauisch, wie ich nun mal bin, nehm ich die Wette glatt an.«

Ganz wohl war ihnen nicht zu Mute, und ihre Beklommenheit nahm noch zu, als sie in die zweite Kammer traten und den Lampenschein über Wände und Boden wandern ließen. Hier gab es keine Inschriften, aber sie erstarrten regelrecht ob des unverhofften Anblicks, der sich ihnen im weißgelben Lichtstrahl ihrer Taschenlampen bot, schauten geradezu ehrfürchtig auf die zwanzig mumifizierten Gestalten, die aufrecht auf steinernen, aus dem Fels gehauenen Stühlen saßen. Die beiden, deren Gesichter dem Eingang zugewandt waren, thronten auf einer Art Podest. Alle übrigen waren entlang der Wände aufgereiht.

»Was ist das hier?«, flüsterte Giordino, fast als erwarte er jeden Moment, im Dunkeln lauernde Gespenster zu entdecken.

»Wir sind in einem Grabmal«, murmelte Gunn mit bebender Stimme. »Einem uralten Grabmal, der Kleidung nach zu schließen.«

Die Mumien waren erstaunlich gut erhalten. Sie trugen ihre volle schwarze Haarpracht, die Gesichter waren unversehrt, die Gewänder, deren rote, blaue und grüne Färbung noch zu erkennen war, waren in bestem Zustand. Die beiden Mumien an der hinteren Wand saßen auf kunstvoll behauenen, mit allerlei Meeresgetier verzierten steinernen Stühlen. Ihre Garderobe, lange, togaartige Roben, die vom Kragen bis zum Saum mit absonderlichen Mustern aus kleinen Muschelschalen, polierten Obsidianen und Kupferscheiben bestickt waren, wirkten noch feiner gewebt und farbenprächtiger als die der anderen. Herrlich ziselierte, mit Türkisen und schwarzen Opalen besetzte Kupferreifen umspannten ihre Stirn. Hohe Kegelhüte saßen auf ihren Köpfen. Ihre Füße steckten in weiten, halbhohen Stiefeln aus gepunztem Leder.

Die beiden waren offensichtlich hochrangiger und bedeutender als die anderen. Das Skelett zur Linken war größer als das rechte. Die Stirnreifen, respektive Kronen, die sie trugen, waren gleich groß, so als hätten beide über dieselbe Macht verfügt. Zwar hatten sämtliche Mumien zu Lebzeiten langes Haar getragen, doch bei genauem Hinsehen ließen sich die Männer auf Grund der kantigeren Kinnpartie und der kräftigeren Brauen mühelos von den Frauen unterscheiden. Sämtliche Männer saßen in Reih und Glied an der

Wand zur Rechten des Paares. Alle trugen die gleichen Gewänder, aber ihre waren grober gewirkt, weniger reich mit Türkisen und Opalen bestickt. Das galt auch für die Frauen, die zur Linken der beiden prachtvoll geschmückten Mumien saßen.

An der einen Wand lehnte eine Reihe von Speeren mit herrlich polierten Obsidianspitzen. Zu Füßen einer jeder Mumie standen Kupferschalen, Trinkbecher und Löffel. Sowohl das Geschirr als auch die Löffel hatten Löcher, durch die Lederschnüre gefädelt waren, so als hätte man sie für gewöhnlich umgehängt und immer bei sich getragen. Neben den steinernen Stühlen standen irdene Gefäße, glasiert und von Hand mit feinen geometrischen Mustern verziert, dazu große Kupferschalen voller verwelkter Blätter und Blüten, die man den Toten des Wohlgeruchs wegen mit ins Grab gegeben hatte. Sämtliche Gerätschaften sahen aus, als wären sie von hervorragenden Kunsthandwerkern gefertigt.

Gunn musterte die Mumien aus nächster Nähe. Schon erstaunlich, mit welchem Können die Balsamierer zu Werk gegangen waren, dachte er. Da konnten die alten Ägypter nicht mithalten. »Keinerlei Anzeichen, die auf einen gewaltsamen Tod hindeuten. Sie sehen alle aus, als ob sie im Schlaf gestorben wären. Kaum zu glauben, dass sie sich alle gemeinsam hierher zurückgezogen haben, um in Ruhe zu sterben.«

»Irgendeiner muss noch gelebt und sie auf die Stühle gesetzt haben«, stellte Giordino fest.

»Ganz recht.« Gunn deutete quer durch die Kammer. »Ist dir schon aufgefallen, dass sie alle verschieden sitzen? Die einen haben die Hände im Schoß liegen, andere auf den Armlehnen ihrer Stühle. Der König und die Königin – oder was immer sie auch zu Lebzeiten gewesen sind – haben den Kopf in die Hände gestützt, als ob sie über ihr Schicksal nachsännen.«

»Werd bloß nicht schwülstig«, grummelte Giordino.

»Kommst du dir nicht vor wie Howard Carter, als er zum ersten Mal einen Blick in Tutanchamuns Grab geworfen hat?«

»Howard hat Glück gehabt. Er hat was gefunden, was es hier nicht gibt.«

»Und zwar?«

»Schau dich um. Keinerlei Gold. Nicht mal Silber. Die Leute hier müssen irgendwelche armen Verwandten vom guten Tut gewesen sein, wenn sie überhaupt mit ihm verwandt waren. Sieht so aus, als ob Kupfer ihr kostbarstes Edelmetall gewesen ist.«

»Wann mögen sie sich wohl zur letzten Ruhe hierher zurückgezogen haben?«, entgegnete Gunn leise und nachdenklich.

»Frag lieber, warum«, versetzte Giordino. »Ich hole jetzt jedenfalls die Kamera aus meinem Rucksack und halte das Ganze fest, damit wir endlich von hier wegkommen. In diesen alten Gräbern und Gruften wird mir nach 'ner Weile immer mulmig im Magen.«

Die nächsten fünf Stunden fotografierte Giordino jeden Quadratzentimeter der Kammer, während Gunn auf seinen kleinen Kassettenrekorder sprach, alles ganz genau beschrieb und sämtliche Grabbeigaben in einem Notizbuch auflistete. Sie fassten nichts an, ließen alles an Ort und Stelle. Vermutlich gingen sie nicht ganz so systematisch und streng wissenschaftlich vor wie Archäologen, aber für blutige Laien, die zudem unter schwierigen Bedingungen arbeiteten, schlugen sie sich wacker. Für alles Weitere waren andere zuständig, Fachleute für Ur- und Frühgeschichte. Die mussten des Rätsels Lösung finden und feststellen, wer die Toten in der Grabkammer waren.

Erst am späten Nachmittag waren sie fertig. Gunn war bereits wieder in der Kammer, in der die Gebeine des armen Seemanns ruhten, als er bemerkte, dass Giordino nicht bei ihm war. Er kehrte zu der Stelle zurück, an der ein Teil der Decke eingestürzt war. Giordino stand inmitten des Gerölls und türmte Stein um Stein aufeinander, bis der Durchgang wieder dicht war.

»Was versprichst du dir davon?«, fragte er.

Giordino hielt inne und schaute ihn mit schweißüberströmtem Gesicht an. »So leicht kommt mir da keiner rein. Wenn einer da durch will, soll er gefälligst genauso schuften wie wir zwei.«

Auf dem Rückweg kamen die beiden Männer erstaunlich gut voran. Zum einen hatten der Wind und der Regen deutlich nachgelassen, außerdem ging es zumeist bergab, und nur auf den letzten zehn, fünfzehn Metern mussten sie klettern. Gerade überwanden sie einen schmalen Felsvorsprung und waren nur noch ein Stück weit von ihrer Maschine entfernt, als vor ihnen ein orangeroter Feuerball in die feuchte Luft aufstieg. Ohne Donnergrollen oder ohrenbetäubendes Getöse. Lediglich von einem dumpfen Knall begleitet, als ob ein Feuerwerkskörper in einer Blechbüchse explodiert wäre. Im nächsten Moment war das Feuer wieder verglüht, und nur mehr eine Rauchsäule stieg zu den dunklen Wolken auf.

Ohnmächtig und fassungslos mussten Giordino und Gunn mitansehen, wie ihr Kipprotorflugzeug aufplatzte wie eine überreife Melone. Trümmer flogen durch die Luft, als das zerfetzte und qualmende Wrack über die Felskante kippte, am Steilhang aufschlug, weiter zerrissen wurde, bis es schließlich über die Klippen stürzte und mit einem lauten Aufklatschen in den Brechern landete, die unten an die Insel schlugen.

Das Kreischen des berstenden Metalls war längst verstummt, doch die beiden Männer standen immer noch wie angewurzelt da. Fast eine Minute lang brachten sie kein Wort heraus. Gunn war sichtlich betroffen und starrte ungläubig vor sich hin. Ganz anders Giordino. Er war sauer, verdammt sauer. Kreidebleich vor Wut und mit geballten Fäusten sah er auf die Stelle, wo eben noch ihr Flugzeug gestanden hatte.

»Unmöglich«, murmelte Gunn schließlich. »Nirgendwo ein Boot in Sicht, nirgendwo anders kann ein Flugzeug landen. Hier kann keiner unbemerkt eine Bombe in unserer Maschine angebracht haben.«

»Die Bombe wurde gelegt, bevor wir in Kapstadt gestartet sind«, versetzte Giordino frostig. »Mit einem Zeitzünder versehen, der auf dem Rückflug losgehen sollte.«

Gunn starrte ihn fassungslos an. »Aber weil wir uns stundenlang in der Gruft aufgehalten haben …«

»Sind wir am Leben geblieben. Diese Killer, wer immer sie auch sind, haben nicht damit gerechnet, dass wir auf irgendwas Interessantes stoßen, das uns ein paar Stunden beschäftigt. Deshalb haben sie den Zeitzünder vier Stunden zu früh eingestellt.«

»Ich glaube kaum, dass seit dem gestrandeten Seemann jemand in der Kammer gewesen ist.«

»Unsere Freunde aus Telluride garantiert nicht, sonst hätten sie die erste Kammer gesprengt. Irgendjemand muss ausgeplaudert haben, dass wir nach St. Paul fliegen wollen, und damit haben wir denen auch noch den Weg gewiesen. Jetzt ist es nur noch eine Frage der Zeit, bis sie hier aufkreuzen, um sich die Inschriften in der Kammer vorzunehmen.«

Gunn dachte nach, überlegte fieberhaft, was ihnen unter diesen Umständen übrig blieb. »Wir müssen den Admiral davon in Kenntnis setzen, dass wir uns in einer Notlage befinden.«

»Benutz deinen Code«, warf Giordino ein. »Die Jungs sind gut. Jede Wette, dass die auch Gespräche via Satellit belauschen können. Meiner Meinung nach wär's besser, wenn sie denken, dass wir Futter für die Fische im Indischen Ozean sind.«

Gunn holte sein Globalstar-Telefon heraus und wollte gerade wählen, als ihm ein Gedanke kam. »Angenommen, die Killer treffen vor dem Rettungstrupp des Admirals hier ein?«

»Dann sollten wir lieber Steineschmeißen üben, das ist nämlich das Einzige, was wir ihnen entgegenzusetzen haben.«

Gunn betrachtete die Felsen und das trostlose Geröll rundum. »Na ja«, sagte er schließlich gepresst, »wenigstens müssen wir uns keine Gedanken wegen der Munition machen.«

16

Die Besatzung und die Forscher an Bord der *Polar Storm* hatten im Dienste der Wissenschaft die antarktische Halbinsel umrundet und das Weddellemeer durchquert, als eine Nachricht von Admiral Sandecker einging, in der er Kapitän Gillespie befahl, die Expedition vorübergehend abzubrechen. Er sollte das Packeis unverzüglich verlassen und mit voller Kraft Kurs auf die Kronprinz-Olaf-Küste nehmen. Dort sollte er beidrehen und vor der japanischen Forschungsstation von Syowa weitere Order abwarten. Gillespie meldete sich daraufhin beim Chefmaschinisten und forderte ihn und die Maschinenraum-Crew auf, den schweren Eisbrecher auf Höchstleistung zu bringen. Sie schafften das schier Unmögliche und holten stolze zwanzig Knoten heraus. Durchaus eindrucksvoll, zumal sich Gillespie entsinnen konnte, dass die Höchstgeschwindigkeit des Schiffes vor zwanzig Jahren, als es die Werft verlassen hatte, mit achtzehn Knoten angegeben war.

Er war denn auch sehr zufrieden, als sein altes Schiff acht Stunden früher als erwartet im Zielgebiet eintraf. Das Wasser war zu tief, als dass sie vor Anker gehen konnten, daher brachte er das Schiff an den Rand des Packeises, bevor er den Befehl zum Abstellen der Maschinen erteilte. Dann verständigte er Sandecker, dass er die vorgegebene Position erreicht habe und auf weitere Order warte.

Die Antwort war kurz und knapp. »Halten Sie sich bereit zur Aufnahme eines Passagiers.«

Alle Mann nutzten die Zeit, um unerledigte Arbeiten nachzuholen. Die Wissenschaftler waren damit beschäftigt, ihre Erkenntnisse per Computer zu erfassen und auszuwerten, während die Besatzung die üblichen Reparaturen am Schiff vornahm.

Sie mussten nicht lange warten.

Fünf Tage nach dem Aufbruch aus dem Weddellemeer stand Gillespie auf der Brücke und musterte mit seinem Fernglas die See, als er einen Helikopter sah, der sich langsam aus dem frühmorgendlichen Eisdunst löste. Er flog direkt auf die *Polar Storm* zu. Er befahl seinem Zweiten Offizier, die Maschine auf dem Hubschrauberlandeplatz am Heck in Empfang zu nehmen.

Der Helikopter schwebte ein paar Sekunden über dem Schiff, dann setzte er auf. Ein Mann mit einem Aktenkoffer und einem kleinen Seesack sprang aus der offenen Frachtluke und sprach mit Gillespies Zweitem Offizier. Dann drehte er sich um und winkte dem Piloten zu, der ihn zum Schiff geflogen hatte. Die Rotorblätter drehten sich schneller, und der Hubschrauber stieg in die kalte Luft auf und entfernte sich, als Pitt zur Brücke der *Polar Storm* hinaufstieg.

»Hallo, Dan«, begrüßte er den Kapitän. »Schön, dich mal wieder zu sehen.«

»Dirk! Wo kommst du denn hier?«

»Ein Jet der Air Force hat mich von Punta Arenas an der Magellanstraße zum Flugplatz der japanischen Forschungsstation gebracht, die hier in der Nähe liegt. Und dort war man so freundlich, mir einen Hubschrauber zur Verfügung zu stellen, der mich zum Schiff geflogen hat.«

»Was führt dich in die Antarktis?«

»Ein kleines Forschungsprojekt ein Stück weiter die Küste runter.«

»Ich wusste doch, dass der Admiral irgendwas in der Hinterhand hat. Er hat so verdammt geheimnisvoll getan. Er hat kein Wort darüber verloren, dass du kommst.«

»Er hat seine Gründe.« Pitt stellte seinen Aktenkoffer auf den Kartentisch und reichte Gillespie ein Blatt Papier mit einer Reihe von Koordinaten. »Das ist unser Bestimmungsort.«

Der Kapitän musterte die Koordinaten und suchte die entsprechende Seekarte heraus. »Die Stefansson Bay«, sagte er leise. »Das ist hier in der Nähe, an der Kempküste, nicht weit von den Hobbsinseln entfernt. Für uns nicht weiter interessant. Einer der ödesten Landstriche, die ich je gesehen habe. Was suchen wir dort?«

»Ein Schiffswrack.«

»Ein Wrack unter dem Eis?«

»Nein«, sagte Pitt mit einem schiefen Grinsen. »Ein Wrack *im* Eis.«

Die Stefansson Bay wirkte noch trostloser und abweisender, als Gillespie sie geschildert hatte, zumal der Himmel mit dunklen, beinahe kohlschwarzen Wolken verhangen war und tückische Eisschollen auf der düsteren See trieben. Der Wind pfiff, als wäre die Luft mit tausend Nadeln gespickt, und Pitt bekam allmählich eine Vorstellung davon, welche Strapazen ihn erwarteten, wenn er das Packeis überqueren und zur Küste des sechsten Kontinents vordringen wollte. Doch beim bloßen Gedanken daran, dass er ein Schiff entdecken könnte, das seit dem Jahr 1858 niemand mehr betreten hatte, packte ihn die Abenteuerlust.

Ob es wohl noch da ist, fragte er sich, wo Roxanna Mender und ihr Mann es vor fast hundertfünfzig Jahren vorgefunden haben? Oder ist es mittlerweile vom Eis zermalmt, hinaus aufs Meer geschoben worden und versunken?

Gillespie stand auf der Brückennock und hatte das Fernglas auf das breite Kielwasser des Schiffes gerichtet, als Pitt zu ihm stieß. »Hältst du Ausschau nach Walen?«, fragte er.

»Nach U-Booten«, antwortete Gillespie trocken.

Pitt dachte, der Kapitän wollte ihn veräppeln. »In diesem Seegebiet dürfte es nicht viele Wolfsrudel geben.«

»Eins reicht schon.« Gillespie schaute unverwandt durch das Glas. »U-2015. Es folgt uns schon seit zehn Tagen, seit wir es beinahe gerammt hätten.«

Pitt war sich immer noch nicht sicher, ob er richtig gehört hatte. »Meinst du das ernst?«

Gillespie senkte schließlich das Glas. »Durchaus.« Dann berichtete er Pitt von der Begegnung mit dem U-Boot. »Ich habe es anhand eines alten Fotos in meiner Bibliothek erkannt. Für mich gibt es da nicht den geringsten Zweifel. Es handelt sich eindeutig um ein U-2015. Frag mich nicht, woher es nach all den Jahren kommt und warum es uns verfolgt. Ich kann's dir nicht sagen. Ich weiß lediglich, dass es da draußen ist.«

Pitt hatte im Lauf der Jahre bei mindestens vier Projekten mit Gillespie zusammengearbeitet. Er wusste, dass er einer der zuverlässigsten Kapitäne in der gesamten Forschungsschiffflotte der NUMA war. Dan Gillespie war weder ein Spinner noch ein Fantast. Er war ein nüchterner, entschlossener Mann ohne Fehl und Tadel. Unter seinem Kommando war es noch nie zu einem Unfall, einer Verletzung oder einem schweren Schaden gekommen.

»Wer kommt denn auf die Idee, dass nach so vielen Jahren ...« Pitt verstummte. Er wusste nicht recht, was er sagen sollte.

»Ich weiß genau, dass du meinst, ich wäre reif für die Zwangsjacke«, sagte Gillespie ernst. »Aber ich kann's beweisen. Miss Evie Tan, eine Journalistin, die an Bord ist, um eine Reportage über die Expedition zu schreiben, hat das U-Boot fotografiert, als wir es um ein Haar gerammt hätten.«

»Siehst du irgendeine Spur davon?«, hakte Pitt nach. »Ein Periskop oder den Schnorchel?«

»Es tut ziemlich scheu und bleibt tief unten«, antwortete Gillespie.

»Und woher willst du dann wissen, dass es da draußen ist?«

»Einer unserer Wissenschaftler hat seine Unterwassermikrofone ausgebracht – normalerweise zeichnet er damit Waltöne auf. Wir haben das Aufnahmegerät eine gute Viertelmeile hinter dem Schiff hergezogen. Dann habe ich die Maschinen abstellen lassen. Schließlich handelt es sich nicht um ein modernes Atom-U-Boot, das lautlos durch die Tiefe gleiten kann. Wir haben seine Maschine laut und deutlich gehört.«

»Keine schlechte Idee, aber ich hätte einen Wetterballon mit einem herunterhängenden Magnetometer hinter dem Schiff hergezogen.«

Gillespie lachte. »Auch nicht schlecht. Wir haben überlegt, ob wir unser Sidescan-Sonar einsetzen sollen, aber für einen guten Empfang hätten wir längsseits gehen müssen, und das war uns zu heikel. Ich hatte gehofft, dass uns vielleicht jetzt, da du an Bord bist, etwas dazu einfällt.«

Bei Pitt schrillten augenblicklich die Alarmglocken. Allmählich bangte er um seinen Verstand. Allein der Gedanke, dass es irgendeine Verbindung zwischen den Mordbuben vom Vierten Reich und einem alten Unterseeboot geben könnte, kam ihm vor wie der helle Wahnsinn. Und dennoch – immerhin war dieser ganze unglaubliche Fall von Anfang an nichts als aberwitzig gewesen.

»Verständige den Admiral«, befahl Pitt. »Sag ihm, dass wir möglicherweise Hilfe brauchen.«

»Wollen wir ihn ein bisschen ärgern?«, fragte Gillespie, der damit das U-Boot meinte. »Kehrtmachen und Katz-und-Maus mit ihm spielen?«

Pitt schüttelte kurz den Kopf. »Unser Schatten muss leider warten. Die Suche nach der *Madras* geht vor.«

»Ist das der Name des Schiffes?«

Pitt nickte. »Ein Ostindienfahrer, der 1779 verloren ging.«

»Und du glaubst, dass sie irgendwo an der Küste im Eis liegt«, sagte Gillespie mit zweifelndem Unterton.

»Zumindest hoffe ich, dass sie noch da ist.«

»Was verspricht sich denn die NUMA davon?«

»Die Lösung zu einem uralten Rätsel.«

Gillespie verlangte keine ausführliche Erklärung. Wenn Pitt sich nicht weiter darüber auslassen wollte, sollte ihm das recht sein. Er war für das Schiff und die Menschen an Bord verantwortlich. Einen Befehl seiner Vorgesetzten führte er ohne Widerworte aus, es sei denn, man verlangte von ihm, dass er sein Schiff aufs Spiel setzte.

»Wie weit soll ich mit dem Schiff ins Packeis vordringen?«

Pitt reichte dem Kapitän einen Zettel. »Ich wäre dir dankbar, wenn du mit der *Polar Storm* genau diese Position anlaufen könntest.«

Gillespie musterte einen Moment lang die Angaben. »Ist 'ne Weile her, seit ich das letzte Mal anhand von Längen- und Breitengraden navigiert habe, aber ich bring dich so dicht wie möglich ran.«

»Erst den Kompass, dann die Funkortung, danach die Satellitenpeilung. Irgendwann erfindet einer ein Gerät, auf dem man auf den Zentimeter genau ablesen kann, wie weit es bis zur nächsten Rolle Klopapier ist.«

»Darf ich fragen, woher du diese Angaben hast?«

»Aus dem Logbuch der *Paloverde*, einem Walfangschiff, das den Ostindienfahrer vor langer Zeit entdeckt hat. Leider kann ich dir nicht dafür garantieren, wie genau sie sind.«

»Weißt du«, sagte Gillespie bedächtig, »ich wette, dass der Skipper von dem alten Walfänger sein Schiff punktgenau auf Position bringen konnte. Ich dagegen wäre schon heilfroh, wenn ich's auch nur halbwegs hinkriege.«

Die *Polar Storm* drang in das Packeis vor und stieß durch die treibenden Schollen, als gälte es, eine gegnerische Abwehrreihe aufzureißen. Am Anfang, als das Eis allenfalls dreißig Zentimeter dick war, schnitt der wuchtige Bug mühelos durch den Frostpanzer, doch je näher sie der Küste kamen, desto stärker wurde das Packeis, bis es schließlich meterdick auf dem Meer lag. Danach kam das Schiff langsam zum Stillstand, setzte zurück und fuhr erneut gegen das Eisfeld an, bahnte sich eine gut fünfzehn Meter breite Fahrrinne, bis sich der Panzer vor ihm wieder schloss. Dann ging das Ganze von vorne los, bis der Bug einmal mehr das Eis aufgebrochen hatte.

Gillespie schaute sich dieses mühselige Aufbrechen des Eises nicht mit an. Er saß in einem Drehstuhl und ließ den Bildschirm des Tiefenecholots nicht aus den Augen. Mit diesem Gerät, das Schallwellen aussendet und deren Widerhall empfängt, lässt sich die genaue Tiefe des Meeresbodens feststellen. Die Gewässer hier waren noch nicht erforscht, und auf keiner Seekarte war die Meerestiefe verzeichnet.

Pitt stand ein paar Schritte entfernt. Er schaute durch Gillespies Fernglas, dessen dunkel getönte Linsen das gleißende Licht auf dem Eis dämpften. Gut dreißig Meter hoch ragten die weißen Klippen am Küstensaum auf, bevor sie in ein weites Plateau übergingen. Er suchte den Fuß der Klippen ab, entdeckte aber nicht die geringste Spur von der *Madras*, weder eine Heckgalerie noch irgendwelche Masten, die aus dem Eis aufragten.

»Mr. Pitt?«

Er drehte sich um und sah einen stämmigen Mann vor sich stehen. Er war etwa Ende vierzig, hatte ein rosiges Gesicht mit funkelnden grünen Augen und einem breiten Mund, der zu einem schiefen Grinsen verzogen war. Er bot ihm seine kleine, beinahe zierliche Hand zum Gruß.

»Ja«, erwiderte Pitt, erstaunt über den festen Händedruck.

»Ich bin Ed Northrop, wissenschaftlicher Leiter und Glaziologe. Ich glaube, wir hatten noch nicht das Vergnügen.«

»Dr. Northrop. Admiral Sandecker hat oft von Ihnen gesprochen«, sagte Pitt freundlich.

»In den höchsten Tönen, will ich hoffen«, sagte Northrop lachend.

»Ehrlich gesagt hat er Ihnen nie verziehen, dass Sie ihm bei einer Expedition nördlich des Beringmeeres die Stiefel mit Eis gefüllt haben.«

»Jim ist ganz schön nachtragend. Das ist fünfzehn Jahre her.«

»Sie haben ziemlich viel Zeit in der Arktis und Antarktis zugebracht.«

»Ich untersuche jetzt seit achtzehn Jahren das Schelfeis. Übrigens habe ich mich freiwillig bereit erklärt, Sie zu begleiten.«

»Halten Sie mich bitte nicht für unhöflich, aber ich gehe lieber allein.«

Northrop nickte und fasste sich mit beiden Händen an den ausladenden Bauch.

»Könnte aber nichts schaden, jemanden mitzunehmen, der sich mit dem Eis auskennt. Außerdem bin ich besser in Form, als es den Anschein hat.«

»Ein gutes Argument.«

»Boden steigt an«, verkündete Gillespie. Dann rief er im Maschinenraum an. »Alle Maschinen stoppen. Bis hierher und nicht weiter.« Er warf einen Blick zu Pitt. »Wir befinden uns genau an der Position, die du mir vorgegeben hast.«

»Besten Dank, Dan. Gute Arbeit. Das müsste ungefähr die Stelle sein, an der die *Paloverde* 1858 während des antarktischen Winters eingefroren war.«

Northrop starrte durch das Brückenfenster auf das Eisfeld, das sich vom Schiff bis zur Küste erstreckte. »Meiner Meinung nach etwa drei Kilometer. Ein kurzer Fußmarsch an der frischen Luft wird uns gut tun.«

»Gibt es keine Schneemobile an Bord?«

»Tut mir Leid, aber unsere Arbeit findet meistens im Umkreis von hundert Metern um das Schiff statt. Wir wollten unseren Forschungsetat nicht mit unnötigen Ausgaben belasten.«

»Was für eine Temperatur hat diese frische Luft denn?«

»Zwanzig bis fünfundzwanzig Grad unter null. Relativ warm für diese Breitengrade.«

»Ich kann's kaum erwarten«, sagte Pitt lakonisch.

»Sie können sich glücklich schätzen, dass derzeit hier unten Herbst ist. Im Frühjahr ist es viel kälter.«

»Ich ziehe die Tropen vor, warme Passatwinde und bezaubernde Mädchen in Sarongs, die sich zum Klang der Trommeln wiegen.«

Sein Blick fiel auf eine attraktive Asiatin, die auf ihn zukam. »Übertreiben Sie's nicht ein bisschen?«, sagte sie lächelnd.

»Das ist so meine Art.«

»Sie sind also Dirk Pitt.«

Er lächelte strahlend. »Das will ich hoffen. Und Sie müssen Evie Tan sein. Dan Gillespie hat mir erzählt, dass Sie eine Reportage über die Eismeerexpedition schreiben wollen.«

»Ich habe eine Menge über Ihre Heldentaten gelesen. Dürfte ich Sie vielleicht interviewen, wenn Sie von Ihrer Erkundungstour zurück sind, worum immer es dabei auch gehen mag?«

Pitt warf Gillespie einen fragenden Blick zu, doch der schüttelte den Kopf. »Ich habe keiner Menschenseele erzählt, worum es geht.«

Pitt drückte ihr die Hand. »Sie dürfen mich gern interviewen, aber unser Projekt ist nicht für die Öffentlichkeit bestimmt.«

»Geht es um irgendetwas Militärisches?«, fragte sie mit unschuldiger Miene.

Pitt bemerkte sofort, dass sie ihn aus der Reserve locken wollte. »Es geht weder um militärische Geheimnisse noch um spanische Schatzschiffe, noch um irgendwelche Schneemenschen. Genau genommen ist die Sache so langweilig, dass ich nicht sicher bin, ob sich ein Journalist, der etwas auf sich hält, überhaupt dafür interessiert.« Dann wandte er sich an Gillespie. »Sieht so aus, als hätten wir das U-Boot am Rand des Packeises abgehängt.«

»Entweder das«, sagte der Kapitän, »oder sie sind uns unter dem Eis gefolgt.«

»Alles ist bereit«, sagte Bushey, der Erste Offizier, zu Pitt.

»Bin schon unterwegs.«

Die Besatzung legte die Gangway aus und ließ drei Schlitten aufs Eis hinab. Auf dem einen befand sich unter einer Plane eine Kiste mit allerlei Geräten zum Spalten des Eises, auf den anderen waren Seile zum Festzurren der Artefakte verstaut, die sie zu finden hofften. Pitt stand bis über die Knöchel in dem pulvrigen Schnee und schaute zu Gillespie, der einem hünenhaften Mann mit einer Statur wie ein Kodiakbär zuwinkte. »Ich gebe dir und Doc Northrop meinen Dritten Offizier mit. Darf ich vorstellen, Ira Cox.«

»Habe die Ehre«, grummelte Cox durch seinen bis zur Brust reichenden Bart. Dem Tonfall nach zu schließen, stammte er irgendwo aus dem tiefen Süden der Vereinigten Staaten. Er bot ihnen nicht die Hand zum Gruß. Seine mächtigen Pranken steckten in nicht minder riesigen Polarhandschuhen.

»Noch ein Freiwilliger?«

»Meine Idee«, erwiderte Gillespie. »Ich kann nicht zulassen, dass einer von Admiral Sandeckers Projektleitern allein über das unberechenbare Eis latscht. Das kann ich nicht verantworten. Auf die Art habt ihr bessere Überlebenschancen, falls ihr in Schwierigkeiten geraten solltet. Und wenn ihr auf einen Eisbären stoßt, ringt Cox ihn einfach nieder.«

»In der Antarktis gibt es keine Eisbären.«

Gillespie schaute Pitt an und zuckte die Achseln. »Wozu ein Risiko eingehen?«

Pitt erhob keine Einwände. Insgeheim wusste er, dass ihm die beiden Männer möglicherweise das Leben retten könnten, falls es zum Schlimmsten kommen sollte.

Im Herbst wird das Meer rund um die Antarktis von schweren Stürmen aufgewühlt, doch wenn der Winter anbricht und die Temperaturen sinken, wird das Wasser zähflüssiger und sulzig. Dann verklumpen die Eispartikel zu tellergroßen Schollen, dem so genannten Tellereis, die immer größer werden, sich verbinden und schließlich das schneebedeckte Packeis bilden. Da das Wasser in diesem Jahr ungewöhnlich früh überfroren war, konnten Pitt, Northrop und Cox ungehindert über den welligen, aber einigermaßen ebenen Untergrund marschieren. Sie mussten lediglich etliche Eisgrate und zwei Eisberge umgehen, die von der Küste weggetrieben und schließlich im Packeis festgefroren waren. Für Pitt sah dieses Eisfeld wie ein ungemachtes Lotterbett aus, über das eine weiße Decke geworfen worden war.

Forschen Schrittes marschierten sie dahin, ließen sich auch durch den gut dreißig Zentimeter tiefen Pulverschnee nicht aufhalten, durch den sie stapfen mussten. Northrop ging voraus, musterte im Vorübergehen das Eis und achtete auf Unregelmäßigkeiten und Risse. Er zog keinen Schlitten, da er darauf verwiesen hatte, dass er beim Erkunden des Eises mehr Bewegungsfreiheit bräuchte. Pitt, der vor einen Schlitten gespannt war, konnte ihm auf seinen Langlaufskiern, die er aus der Hütte seines Vaters in Colorado hatte hierher verfrachten lassen, mühelos folgen. Cox bildete die Nachhut. Er trug Schneeschuhe und zog die beiden übrigen Schlitten hinter sich her, als wären es Spielzeuge.

Das vordem so herrliche Wetter mit gleißendem Sonnenschein

und strahlend blauem Himmel wurde schlechter, und am Horizont zogen Wolken auf. Der Himmel wurde allmählich grau, bis die Sonne nur mehr wie eine fahle, orangerote Scheibe über ihnen stand. Leichter Schneefall setzte ein und trübte die Sicht. Pitt achtete nicht auf die Witterungsverhältnisse, und er verdrängte auch jeden Gedanken an das grüne, eiskalte Wasser unter seinen Füßen. Ständig blickte er zu den Klippen, die höher und immer höher aufragten, je näher sie kamen. Er sah die schroffen, eisfreien Felsen der Hansen-Kette weiter im Inland, aber nach wie vor keine Spur von einem im ewigen Eis liegenden Geisterschiff. Allmählich kam er sich wie ein Eindringling vor in diesem weiten, unberührten Land, in dem es keinerlei menschliche Ansiedlungen gab.

Nach etwas über einer Stunde hatten sie das Packeis überquert und den Fuß der Klippen erreicht. Gillespie behielt sie auf Schritt und Tritt im Auge, bis sie am Küstensaum Halt machten. Mit ihren türkisfarbenen NUMA-Schneeanzügen waren sie in der Eiswüste gut zu erkennen. Zum zehnten Mal nahm er sich den Wetterbericht vor. Bislang fiel nur leichter Schnee, und es ging kein Wind, aber er wusste, dass sich das binnen weniger Minuten ändern konnte. Vor allem der Wind war unberechenbar. Der konnte die eisig glitzernde Landschaft da draußen unverhofft und ohne jede Vorwarnung in eine weiße Hölle verwandeln.

Gillespie griff zum Satellitentelefon des Schiffes und wählte eine Nummer. Er wurde sofort mit Sandecker verbunden. »Sie sind an der Küste und beginnen mit der Suche«, teilte er seinem Chef mit.

»Besten Dank, Dan«, erwiderte Sandecker. »Geben Sie mir Bescheid, wenn Sie zurück sind.«

»Da wäre noch was, Admiral. Ich fürchte, wir sind hier in eine ziemlich undurchsichtige Geschichte reingeraten.« Dann berichtete er Sandecker von dem U-Boot. Als er fertig war, herrschte am anderen Ende zunächst Schweigen. Der Admiral musste die Mitteilung erst einmal verdauen.

»Ich kümmere mich darum«, erwiderte er kurz und knapp.

Gillespie griff wieder zu seinem Fernglas und spähte durch das breite Brückenfenster. »Und all das nur wegen eines Schiffswracks«, murmelte er vor sich hin. »Hoffentlich ist es das wert.«

Pitt wollte sich nicht entmutigen lassen. Er war sich durchaus darüber im Klaren, dass die Suche nach einem vor so langer Zeit verschollenen Schiff vor allem Geduld erforderte. Keiner konnte sagen, wie dick der Eispanzer war, der sich in den letzten hundertfünfzig Jahren um das Schiff gebildet hatte. Soweit er wusste, konnte es gut und gern hundert Meter tief im Eis liegen. Pitt orientierte sich an der *Polar Storm* und bestimmte das Gebiet, das sie systematisch absuchen sollten – einen rund drei Kilometer langen Küstenstreifen zu Füßen der Klippen. Pitt und Cox hatten kleine GPS-Empfänger dabei, nicht größer als eine Zigarettenschachtel, mit denen sie jederzeit ihre genaue Position feststellen konnten. Dann teilten sie sich auf und ließen die Schlitten am Ausgangspunkt stehen. Pitt hielt sich nach links, während Cox und Northrop die rechte Seite übernahmen. Nach etwa anderthalb Kilometern, so war es vereinbart, sollten sie zum Ausgangspunkt zurückkehren.

Pitt, der mit seinen Skiern auf dem Eisfeld zu Füßen der Klippen besser vorankam, traf als Erster wieder bei den Schlitten ein. Meter um Meter hatte er die Klippen und die Schründe dazwischen abgesucht, ohne die geringste Spur von der *Madras* zu finden. Dreißig Minuten später kehrte der Glaziologe zurück, legte sich rücklings mit ausgestreckten Armen und Beinen auf einen Eishügel und ruhte sich aus. Er schaute Pitt durch seine dunkel getönte Sonnenbrille an und winkte ab.

»Tut mir Leid, Dirk. Ich habe nirgendwo etwas entdeckt, das auch nur annähernd einem alten Schiff ähnelt.«

»Ich habe auch nichts vorzuweisen«, entgegnete Pitt.

»Ohne genaue Untersuchungen kann ich das zwar nicht feststellen, aber es könnte sein, dass das Eis im Lauf der Zeit ein paar Mal abgebrochen ist und das Schiff raus aufs Meer geschoben hat.«

Gedämpft ertönte Gillespies Stimme aus einer Tasche von Pitts dick gefütterter Schneejacke. Er holte ein kleines Funkgerät heraus und meldete sich. »Schieß los, Dan, ich höre.«

»Sieht so aus, als ob ein schwerer Sturm aufzöge«, gab Gillespie durch. »Ihr solltet so schnell wie möglich zum Schiff zurückkehren.«

»Nichts dagegen einzuwenden. Bis bald.«

Pitt steckte das Funkgerät wieder in die Tasche, ließ den Blick nach Norden schweifen, über das Eisfeld hinweg. Weit und breit nichts zu sehen. »Wo ist denn Cox geblieben?«

Sichtlich betroffen setzte sich Northrop auf und schaute über das Eis. »Er hat einen Spalt zwischen den Klippen entdeckt, den er erkunden wollte. Ich dachte, er sieht sich kurz mal um und kommt mir dann hinterher.«

»Ich schau lieber mal nach, wo er steckt.«

Pitt stieß sich mit den Skistöcken ab und folgte den Fußspuren im Schnee. Der Wind frischte zusehends auf und trieb Eiskristalle vor sich her, die wie ein weißer Schleier in der Luft hingen. Die Landschaft ringsum wirkte grau und stumpf, und die Sonne war endgültig hinter den Wolken verschwunden. Er konnte nur den Mut bewundern, den Roxanna Mender bewiesen hatte. Seiner Ansicht nach war es das reinste Wunder, dass sie bei dieser furchtbaren Kälte überlebt hatte. Erst jetzt fiel ihm auf, dass er unmittelbar unter eisigen Schroffen und Schründen entlangmarschierte, die drohend über ihm aufragten. Einen Moment lang hatte er das Gefühl, als könnten sie ihn jederzeit unter sich begraben.

Trotz des heulenden Windes meinte er irgendwo in der Nähe einen dumpfen Schrei zu hören. Er blieb stehen, spitzte die Ohren und lauschte und starrte in die wirbelnden Eiskristalle, als könnte er hindurchsehen.

»Mr. Pitt! Hier drüben!«

Zunächst sah Pitt nichts als die frostig weiße Wand der Klippe. Dann meinte er undeutlich irgendetwas Türkisgrünes zu erkennen, kaum mehr als einen Farbfleck, das ihm aus einem schwarzen Spalt zwischen den Zacken zuwinkte. Pitt stieß sich mit den Skistöcken ab und zog los. Er kam sich vor wie Ronald Colman, als er weiland auf der Kinoleinwand mitten in einem Schneesturm im Himalaja auf einen Tunnel stieß, der in das sagenumwobene Shangri-la führte. Auch er fand sich unverhofft an einer windgeschützten Stelle wieder, nachdem ihm eben noch die Eiskristalle um die Augen gewirbelt waren.

Er stützte sich auf die Stöcke, beugte sich vor und blickte in die Höhle im Eis, die etwa zweieinhalb Meter breit und gut sechs Meter hoch war, sich nach oben verjüngte und in einer spitz zulaufenden Decke endete. Nur andeutungsweise ließ sich der elfenbeinerne Schimmer der Rückwand erahnen. Unter dem weißen Eingang leuchtete Cox' türkisgrüner Schneeanzug auf.

»Ein schwerer Sturm zieht auf«, sagte Pitt und deutete mit dem Daumen nach draußen. »Wir sollten schleunigst zum Schiff zurück.«

Cox schob seine Schneebrille hoch und schaute Pitt erstaunt an. »Sie wollen abhaun?«

»Hier mag's ja ganz angenehm und gemütlich sein, aber wir sollten keine Zeit verlieren.«

»Ich dachte, Sie halten Ausschau nach einem alten Schiff.«

»Das dachte ich auch«, versetzte Pitt bissig.

Cox hob die Hand und deutete mit dem Zeigefinger nach oben. »Na?«

Pitt schaute hinauf. Da oben, neben dem spitzen Spalt in der Decke, ragte ein kleines Stück von der hölzernen Heckpartie eines alten Segelschiffes aus dem Eis.

17

Pitt lief auf Skiern zu Northrop zurück, und gemeinsam zogen sie die drei Schlitten zu der Höhle im Eis. Außerdem berichtete er Gillespie von ihrer Entdeckung und versicherte ihm, dass sie in dem Spalt einigermaßen vor dem Wetter geschützt seien.

Cox packte sofort die Werkzeuge aus, machte sich an die Arbeit und hackte Stufen ins Eis, über die sie hinauf zu dem Rumpf des eingefrorenen Schiffes klettern konnten. Als Roxanna und ihr Mann, Kapitän Bradford Mender, an Bord der *Madras* gewesen waren, hatte das Oberdeck noch frei gelegen, aber in den vergangenen hundertvierzig Jahren war das Wrack völlig vom Eis eingeschlossen worden, sodass nicht einmal mehr die Mastspitzen zu sehen waren.

»Schon erstaunlich, dass es so gut erhalten ist«, stellte Northrop fest. »Ich hatte angenommen, dass es längst zu Kleinholz zermalmt worden ist.«

»Was nur beweist«, stellte Pitt trocken fest, »dass sich auch Eisforscher irren.«

»Ich meine es ernst. Das bedarf weiterer Untersuchungen. Die Eisklippen an diesem Küstenabschnitt haben sich immer höher aufgetürmt, ohne abzubrechen und in Richtung Meer zu wandern. Höchst ungewöhnlich. Es muss einen Grund dafür geben.«

Pitt blickte zu Cox hinauf, der gerade die letzten Stufen zu den bloß liegenden Planken meißelte. »Wie sieht's aus, Ira?«

»Die Holzplanken sind hart gefroren und zerbrechen genauso leicht wie das Glasauge von meiner Oma. Ich hack ein Loch rein. In etwa 'ner Stunde müsste es groß genug sein, dass wir durchkrabbeln können.«

»Achten Sie darauf, dass Sie zwischen den Spanten bleiben, sonst hacken Sie nächste Woche noch.«

»Ich weiß schon, wie ein Schiff gebaut is', Mr. Pitt«, erwiderte Cox, der so tat, als wäre er eingeschnappt.

»Ich gelobe Besserung«, sagte Pitt liebenswürdig. »Wenn wir in vierzig Minuten drin sind, sorge ich dafür, dass Sie von Kapitän Gillespie das Blaue Band für den Weltrekord im Eishacken kriegen.«

Cox ließ sich nicht so leicht auf andere Leute ein. Er hatte nur wenige Freunde an Bord der *Polar Storm*. Am Anfang war Pitt für ihn nichts als ein hochnäsiger Bürohengst aus der NUMA-Zentrale gewesen. Aber inzwischen hatte er eingesehen, dass der Leiter für Spezialprojekte ein umgänglicher Typ war, der mit beiden Beinen im Leben stand, nüchtern und sachlich war, aber dennoch Sinn für Humor hatte. Allmählich mochte er ihn sogar. Wie Funken flogen die Eissplitter unter seinem Meißel davon.

Fünfunddreißig Minuten später kletterte Cox herunter. »Der Zugang is' frei, meine Herren.«

Pitt verbeugte sich. »Besten Dank, Ira. General Lee wäre stolz auf Sie.«

Cox erwiderte die Verbeugung. »Wie ich immer sag: Hebt euer konföderiertes Geld auf. Man kann nie wissen. Vielleicht kommt der Süden irgendwann mal wieder auf die Beine.«

»Könnte schon sein, bei dem Einsatz.«

Pitt kletterte über die Stufen, die Cox ins Eis gehauen hatte, nach oben und schlüpfte mit den Füßen voran durch das Loch. Knapp anderthalb Meter tiefer stieß er mit den Stiefeln auf das Deck. Er spähte in das Dämmerlicht und stellte fest, dass er die Heckgalerie des Schiffes betreten hatte.

»Was sehen Sie?«, erkundigte sich Northrop aufgeregt.

»Einen eingefrorenen Kombüsenherd«, antwortete Pitt. Er beugte sich durch das Loch im Rumpf. »Kommt rauf und bringt die Lampen mit.«

Cox und Northrop waren im Nu bei ihm und verteilten die mit Aluminium verkleideten Halogenscheinwerfer, die das Umfeld augenblicklich in gleißendes Licht tauchten. Von dem Ruß am Rauchabzug über dem großen, schmiedeeisernen Herd einmal abgesehen, wirkte die Kombüse so, als wäre sie nie benutzt worden. Pitt öffnete die Ofentür, entdeckte aber keine Aschereste.

»Die Regale sind leer«, stellte Cox fest. »Die müssen alles aufgegessen haben, einschließlich Packpapier, Dosen und Gläser.«

»Na ja, das Papier vielleicht«, grummelte Northrop, dem allmählich ausgesprochen unwohl zu Mute war.

»Bleiben wir lieber beisammen«, sagte Pitt. »Einer von uns könnte irgendwas entdecken, was den anderen entgeht.«

»Suchen wir denn irgendwas Bestimmtes?«, fragte Cox.

»Einen Stauraum im Zwischendeck des Achterschiffs, unmittelbar unter der Kapitänskajüte.«

»Müsste meiner Ansicht nach mindestens zwei Decks weiter unten sein.«

»Das hier muss die Kombüse für die Passagiere und die Offiziere des Schiffs gewesen sein. Die Kapitänskajüte müsste ganz in der Nähe sein. Los, wir suchen einen Niedergang.«

Pitt trat durch eine Tür und richtete den Lichtstrahl in den Speiseraum. Der Tisch, die Stühle und sämtliche Möbel rundum waren von einer dicken Eisschicht überzogen. Im Schein der Halogenlampen funkelte der ganze Raum wie ein Kristall-Lüster. Mitten auf dem Esstisch stand ein Teeservice, als wartete es nur darauf, benutzt zu werden.

»Hier sind keine Leichen«, sagte Northrop erleichtert.

»Sie sind alle in ihren Kajüten gestorben«, erwiderte Pitt. »Wahrscheinlich an Unterkühlung, Hunger und Skorbut.«

»Wie geht's von hier aus weiter?«, fragte Cox.

Pitt richtete den Lichtstrahl in einen Durchgang hinter dem Esstisch. »Da draußen sollten wir einen Niedergang finden, der zum Deck darunter führt.«

»Wie wollen Sie sich auf einem zweihundert Jahre alten Schiff zurechtfinden?«

»Ich habe mir die alten Entwürfe und Planzeichnungen für die Handelsschiffe vorgenommen, die einst nach Ostindien gefahren sind. Bis jetzt habe ich zwar noch nie eins aus der Nähe gesehen, aber ich kenne sämtliche Ecken und Winkel.«

Sie stiegen eine Leiter hinab, rutschten ein paar mal auf den vereisten Sprossen ab, blieben aber auf den Beinen. Pitt, der voranging, kam an einer alten Kanone vorbei, die so neu aussah, als käme sie frisch aus der Gießerei. Die Tür zum Stauraum stand offen, so wie Roxanna und die Besatzung der *Paloverde* sie hinterlassen hatten.

Gespannt und voller Erwartung trat Pitt hinein und ließ den Lichtstrahl herumwandern.

Entlang der Schotten waren vom Boden bis zur Decke Packkisten übereinander gestapelt, genau wie vor hundertvierzig Jahren. Zwei weitere Kisten, deren Deckel aufgestemmt waren, standen auf den Planken. Ein umgekipptes Kupfergefäß lag hinter der Tür. Vermutlich war es dort hineingerollt, als Mender und seine Männer das Schiff wegen des auftauenden Packeises in aller Eile verlassen hatten.

Pitt kniete sich hin, holte die in den Kisten verstauten Gegenstände vorsichtig, geradezu liebevoll heraus und stellte sie auf die eisigen Planken. In kurzer Zeit hatte er eine ganze Menagerie um sich versammelt – allerlei Statuen, die Katzen, Hunde, Rinder oder Löwen darstellten, aber auch Wesen, wie er sie noch nie gesehen hatte. Einige waren aus Kupfer gefertigt, viele aus Bronze. Außerdem fand er etliche Menschengestalten, Frauen hauptsächlich, in lange Gewänder mit Faltenröcken gekleidet, die bis auf ihre seltsamen Stiefel hinabreichten. Die kunstvoll ziselierten Haare waren zu Zöpfen geflochten, die bis zur Hüfte herabhingen, die Brüste deutlich ausgebildet, ohne übertrieben füllig zu wirken.

Wie Chips auf einem Kasinotisch lagen am Boden der beiden Kisten Kupferscheiben, die etwa einen Zentimeter dick waren und einen Durchmesser von etwa zwölf Zentimetern hatten. Auf beiden Seiten waren Schriftzeichen eingraviert, die Pitt bekannt vorkamen, glichen sie doch denen, die er in jener Kammer in der Paradise-Mine gesehen hatte. Im Mittelpunkt der Scheiben befanden sich zwei Abbildungen – auf der einen Seite ein Mann, auf der anderen eine Frau. Der Mann trug eine hohe, spitz zulaufende Mütze mit einem seitlichen Knick, einen metallenen Brustpanzer unter einem wehenden Umhang und einen kurzen Rock, der einem schottischen Kilt ähnelte. Er saß auf einem Pferd, aus dessen Kopf ein Horn ragte, und hatte ein breites Schwert in der erhobenen Hand, mit dem er offenbar auf den Hals einer gewaltigen Echse mit weit aufgerissenem Maul und gefletschten Zähnen einschlagen wollte.

Die Frau auf der anderen Seite der Scheibe war genauso gekleidet wie der Mann, trug aber mehr Schmuck, Ketten vor allem, die allem Anschein nach aus Muscheln und Perlen gefertigt waren. Auch sie saß auf einem Einhorn, hatte aber kein Schwert in der Hand, sondern stieß einen Speer in den Leib eines Tieres, das Pitt für einen Säbelzahntiger hielt, ein Tier, das seit tausenden von Jahren ausgestorben war.

Pitt ließ seine Gedanken schweifen und versuchte sich in eine andere Zeit zu versetzen, an einen anderen Ort, der sich durch die Nebelschleier grauer Vorzeit nur erahnen ließ. Er hielt die Scheiben in der Hand, als könnte er dadurch Verbindung zu jenen aufnehmen, die sie einstmals geschaffen hatten. Aber übersinnliche Fähigkeiten waren Pitts Stärke nicht – er war ein Mann von dieser Welt, aufs Hier und Jetzt eingestellt. Er konnte die unsichtbare Mauer nicht überwinden, die Gegenwart und Vergangenheit voneinander trennte.

Er wurde von Ira Cox' breitem Südstaatenakzent aus seiner Versunkenheit gerissen. »Wollen wir die Kisten hier auf die Schlitten laden?«

Pitt zwinkerte, blickte auf und nickte. »Sobald die Deckel wieder drauf sind, tragen wir sie ein Deck höher und lassen sie durch das Loch im Rumpf runter in die Höhle.«

»Vierundzwanzig Stück, wenn ich richtig gezählt habe«, sagte Northrop. Er ging zu einem Stapel Kisten und hob eine hoch. Er lief dunkelrot an, und die Augen traten ihm fast aus den Höhlen.

Cox erfasste die Lage sofort und übernahm Northrops Kiste so mühelos, als hätte man ihm einen Säugling gereicht. »Die schwere Arbeit überlassen Sie mal lieber mir, Doc.«

»Sie können sich gar nicht vorstellen, wie dankbar ich Ihnen bin, Ira«, sagte Northrop, heilfroh darüber, dass er die zentnerschwere Kiste los war.

Cox übernahm die Knochenarbeit. Er lud sich Kiste um Kiste auf die Schulter und schleppte sie die Leiter hinauf zu Pitt, der eine Schlinge darum legte und sie an einem Seil zu einem bereitstehenden Schlitten hinunterließ, wo Northrop sie nur noch zurechtrücken musste. Zu guter Letzt hatten sie sämtliche Kisten verstaut, acht auf jedem Schlitten.

Pitt ging zum Eingang der Höhle und rief das Schiff. »Wie sieht's mit dem Sturm aus?«, fragte er Gillespie.

»Unser Schiffsmeteorologe meint, er müsste sich in ein paar Stunden ausgetobt haben.«

»Sämtliche Artefakte sind auf den Schlitten verstaut«, sagte Pitt.

»Braucht ihr Hilfe?«

»Wir dürften fast acht Zentner pro Schlitten geladen haben. Da sind wir natürlich für jede Unterstützung dankbar.«

»Wartet ab, bis das Wetter wieder aufklart«, sagte Gillespie. »Ich persönlich werde den Hilfstrupp führen.«

»Bist du sicher, dass du dir das antun willst?«

»An Bord eines Schiffes aus dem achtzehnten Jahrhundert zu gehen? Selbstverständlich, und wenn ich dafür allen Cognac Frankreichs hingeben müsste.«

»Ich stelle dich dem Kapitän vor.«

»Hast du den Kapitän gesehen?«, fragte Gillespie.

»Noch nicht, aber wenn Roxanna Mender nicht übertrieben hat, dürfte er noch frisch und knackig sein.«

Kapitän Leigh Hunt saß immer noch an dem Schreibtisch, an dem er 1779 gestorben war. Seither war nichts mehr verändert worden – wenn man von einer kleinen Vertiefung im Eis absah, wo einst das Logbuch gelegen hatte. Mit ernster Miene betrachteten sie das Kind in der Wiege und die Frau des Kapitäns, deren zarte, in Trauer versunkene Züge sich unter der zweihundert Jahre alten Eisschicht nur mehr erahnen ließen. Der Hund war unter einem weißen Hügel verschwunden.

Sie gingen von einer Kajüte zur anderen und richteten ihre Halogenlampen auf die vor langer Zeit verblichenen Passagiere. Sie waren kaum zu erkennen unter dem Eis, das sie wie glitzernde Leichentücher umhüllte. Pitt versuchte sich vorzustellen, wie ihnen in diesen letzten Momenten wohl zu Mute gewesen war, doch war die Tragödie so ergreifend, dass er gar nicht darüber nachdenken mochte. Beim Anblick dieser wächsernen Gestalten, die unter ihren Eispanzern steif und schattenhaft im Zwielicht ruhten, konnte man kaum glauben, dass dies einst Menschen aus Fleisch und Blut gewesen waren, Menschen, die Sorgen und Nöte gehabt und dennoch tagtäglich ihr Leben genossen hatten, ehe sie an diesem abgelegenen und unwirtlichen Flecken Erde umgekommen waren. Manche der vom Eis verzerrten Gesichter waren unbeschreiblich grauenhaft. Was waren ihre letzten Gedanken gewesen, als sie hier verschmachteten, allein, ohne die geringste Hoffnung auf Rettung?

»Ein Albtraum«, murmelte Northrop. »Aber auch grandios.«

Pitt schaute ihn fragend an. »Grandios?«

»Das reinste Wunder. Menschen, die bestens erhalten sind, eingefroren für die Ewigkeit. Überlegen Sie doch nur, was das für die Wissenschaft bedeutet. Stellen Sie sich vor, man könnte sie wieder zum Leben erwecken.«

Pitt war einen Moment lang wie betäubt. Und wenn die Wissenschaft eines Tages womöglich wirklich so weit war, dass man die toten, tiefgefrorenen Passagiere und Besatzungsmitglieder der *Madras* wieder auferstehen lassen konnte? »Denken Sie doch nur, wie viele Geschichtsbücher umgeschrieben werden müssten, wenn jemand, der seit zweihundert Jahren tot ist, wieder unter uns weilte und erzählte, wie es wirklich gewesen ist.«

Northrop hob beide Hände. »Wozu die Träumereien? Wir erleben das ohnehin nicht mehr.«

»Wahrscheinlich nicht«, sagte Pitt, der immer noch darüber nachdachte. »Aber ich wünschte, ich könnte dabei sein, wenn diese armen Seelen aufwachen und sehen, was seither aus ihrer Welt geworden ist.«

Vier Stunden später verzogen sich die Sturmwolken, und der Wind flaute ab. Cox trat vor die Höhle und winkte mit der gelben Plane, mit der ihr Werkzeugkasten abgedeckt gewesen war, als hätte er eine Fahne in der Hand. Die Gestalten da drüben hatten ihn offenbar bemerkt, denn jetzt marschierten sie über das zerklüftete Packeis hinweg auf die Höhle zu. Pitt zählte insgesamt zehn Mann, alle in türkisfarbenen Schneeanzügen, die auf dem weißen Untergrund deutlich zu erkennen waren. Als sie näher kamen, sah Pitt, dass Gillespie den Trupp anführte. Die kleine Gestalt dahinter musste die Journalistin sein, diese Evie Tan.

Dreißig Minuten später kam Gillespie lächelnd auf Pitt zu. »Ein hübscher Spaziergang bei bestem Wetter«, sagte er freudestrahlend.

»Willkommen im antarktischen Museum mit seinen Zeugnissen aus alten Seefahrerzeiten«, sagte Pitt, führte den Kapitän hinein und deutete hinauf zu dem Schiffsrumpf. »Pass auf, dass du auf den Stufen, die Ira ins Eis gehauen hat, nicht abrutschst.«

Während Pitt und Gillespie die *Madras* erkundeten, auf Schritt und Tritt von Evie Tan begleitet, die mindestens zehn Rollen Film verknipste, buchstäblich jeden Quadratzentimeter des Schiffes fotografierte, sich keinen der Toten entgehen ließ, halfen Cox und Northrop den Männern von der *Polar Storm*, die Schlitten mit ihrer uralten Fracht zu dem Eisbrecher zu ziehen.

Pitt musste unwillkürlich grinsen, als er sah, wie Evie ihren Parka aufzog, den dicken Wollpullover hochschob, den sie darunter trug, und die Filmrollen mit Hilfe von Klebeband unter ihrer langen Unterhose verstaute. Lächelnd schaute sie ihn an. »So schützt man Filme vor der Kälte.«

Jake Bushey, der Erste Offizier der *Polar Storm*, meldete sich über Funk bei Gillespie. Der Kapitän hörte einen Moment lang zu, dann steckte er das Funkgerät wieder in die Tasche. Pitt konnte ihm den Missmut förmlich am Gesicht ansehen. »Wir müssen zurück zum Schiff.«

»Zieht etwa schon wieder ein Sturm auf?«, fragte Evie.

Er schüttelte nur kurz den Kopf. »Das U-Boot«, sagte er grimmig. »Es ist mitten im Eis aufgetaucht, knapp anderthalb Kilometer von der *Polar Storm* entfernt.«

18

Als sie sich dem Schiff näherten, sahen sie das Unterseeboot, das wie ein schwarzer Walbuckel aus dem Packeis ragte. Kurz darauf konnten sie Gestalten auf dem Kommandoturm erkennen, dann weitere, die aus einer Luke im Rumpf kletterten und die Bordkanone bemannten. Das U-Boot war knapp einen halben Kilometer von der *Polar Storm* entfernt aus dem Eis gebrochen.

Gillespie meldete sich über Sprechfunkgerät bei seinem Ersten Offizier. »Bushey?«

»Zur Stelle, Sir.«

»Lassen Sie alle wasserdichten Schotten schließen und sorgen Sie dafür, dass sämtliche Besatzungsmitglieder und Wissenschaftler ihre Schwimmwesten anlegen.«

»Jawohl, Sir«, erwiderte Bushey. »Alle wasserdichten Schotten schließen.«

»Dieses Geisterschiff ist die reinste Pest«, grummelte Gillespie. »Ein Unglücksbote, wie er im Buche steht.«

»Sei froh, dass es nicht schlimmer gekommen ist«, sagte Pitt. »Im Eis kann das U-Boot wenigstens keinen Torpedo abschießen.«

»Stimmt, aber die haben auch eine Bordkanone.«

Ein Warnsignal, tief und dröhnend, das alle Mann an Bord darauf hinwies, dass die wasserdichten Schotten geschlossen wurden, hallte über das Eis, worauf sich Pitt und alle anderen noch mehr ins Zeug legten. Verbissen schleppten sie die schweren Schlitten durch den mittlerweile niedergewalzten Schnee zum Schiff, auf die Gangway zu, an der bereits etliche Besatzungsmitglieder standen, die ihnen ungeduldig zuwinkten.

Der Kapitän griff erneut zum Funkgerät. »Bushey, hat sich das U-Boot gemeldet?«

»Bislang nicht, Sir. Soll ich es anpeilen?«

Gillespie dachte einen Moment lang nach. »Nein, noch nicht, aber behalten Sie es genau im Auge und achten Sie auf jedes verdächtige Manöver.«

»Hast du den Kommandanten des U-Boots auf der Fahrt von der Halbinsel bis hierher mal angefunkt?«, fragte Pitt.

»Ich hab's zwei Mal versucht, aber er ist nicht darauf eingegangen.« Gillespie ließ das U-Boot nicht einen Moment aus den Augen.

»Was hat der Admiral gesagt, als du ihm davon berichtet hast?«

»›Ich kümmere mich darum.‹ Das war alles.«

»Wenn der Admiral etwas verspricht, kann man sich darauf verlassen.« Pitt dachte einen Moment lang nach. »Sag Jake, er soll das U-Boot anfunken und den Kommandanten darauf hinweisen, dass unsere Geophysiker genau an der Stelle, an der er aufgetaucht ist, eine Sprengladung zur seismischen Vermessung des Meeresbodens unter dem Eis angebracht haben.«

»Was versprichst du dir davon?«

»Wir müssen sie hinhalten. Egal, was Sandecker ausbrütet, er braucht auf jeden Fall ein bisschen Zeit, um irgendwas auf die Beine zu stellen.«

»Die hören womöglich alles mit, was wir über Funk durchgeben.«

»Damit rechne ich doch«, sagte Pitt lächelnd.

»Wenn sie so vorgehen wie einst im Zweiten Weltkrieg gegen versprengte Frachtschiffe, stören sie womöglich auch unseren Satellitenfunk.«

»Auch damit sollten wir rechnen.«

Knapp einen Kilometer mussten sie noch bis zum Schiff zurücklegen. Gillespie drückte auf die Sprechtaste seines Funkgeräts. »Bushey, hören Sie bitte genau zu.« Dann erklärte er seinem Ersten Offizier, was er tun und sagen sollte, wobei er davon ausging, dass man das Gespräch auf dem U-Boot mithörte.

Bushey äußerte weder Bedenken gegen den Befehl seines Vorgesetzten, noch zögerte er auch nur einen Moment. »Alles klar, Käpt'n, ich funke das Schiff sofort an und weise es auf die Gefahr hin.«

»Ein guter Mann«, sagte Pitt.

»Der Beste«, erwiderte Gillespie.

»Warten wir mal zehn Minuten ab, dann binden wir dem Kommandanten von dem U-Boot den nächsten Bären auf. Hoffentlich kauft er uns auch den ab.«

»Los, halten wir uns ran«, drängte Gillespie.

Pitt drehte sich zu Evie Tan um, die schwer atmend hinter ihm stand. »Warum lassen Sie mich nicht wenigstens die Kameraausrüstung tragen?«

Entschieden schüttelte sie den Kopf. »Eine gute Fotografin trägt ihr Handwerkszeug selber. Ich komme schon klar. Gehen Sie weiter. Wir sehen uns auf dem Schiff.«

»Ich will ja nicht schoflig sein«, sagte Gillespie, »aber ich muss so schnell wie möglich an Bord.«

»Zieh los«, versetzte Pitt. »Wir sehen uns auf dem Schiff.«

Der Kapitän stürmte davon. Pitt hatte Evie bei der Höhle im Eis seine Skier angeboten, doch sie hatte entrüstet abgelehnt. Nachdem er ihr weiter gut zugeredet hatte, ließ sie sich jetzt beim Festschnallen der Bindung helfen. Dann reichte er ihr die Stöcke. »Laufen Sie weiter. Ich will mir das U-Boot mal ein bisschen näher anschauen.«

Nachdem er Evie losgeschickt hatte, marschierte Pitt quer über das Eis, bis er sich etwa fünfzig Meter hinter dem Heck des Schiffes befand, und starrte zu dem U-Boot. Deutlich konnte er die Besatzungsmitglieder an der Bordkanone erkennen und die Offiziere, die sich über das Süll des Kommandoturms beugten. Allem Anschein nach trugen sie nicht die Uniform der deutschen U-Bootfahrer im Zweiten Weltkrieg, sondern schwarze, eng anliegende Schlechtwetter-Overalls.

Pitt achtete darauf, dass die Besatzung auch ihn sehen konnte. Dann drückte er auf die Sprechtaste seines Funkgeräts. »Ich möchte den Kommandanten von U-2015 sprechen. Pitt ist mein Name. Sie können mich hinter dem Heck der *Polar Storm* stehen sehen.« Er wartete einen Moment, ehe er fortfuhr. »Ich weiß ganz genau, wer Sie sind. Haben Sie verstanden?«

Statisches Rauschen ertönte aus dem Funkgerät, dann meldete sich eine freundliche Stimme. »Ja, Mr. Pitt. Hier spricht der Kommandant von U-2015. Womit kann ich Ihnen dienen?«

»Ich habe Ihnen meinen Namen genannt. Wie heißen Sie?«

»Das brauchen Sie nicht zu wissen.«

»Genau«, sagte Pitt ruhig. »Das passt. Sie und Ihre Helfershelfer von der Neuen Bestimmung, oder sollte ich lieber sagen, vom Vierten Reich, sind ja Geheimniskrämer. Aber keine Sorge. Ich verspreche, dass ich kein Wort über Sie und Ihre schmierige Mörderbande verlieren werde, vorausgesetzt, ihr macht euch mit eurem altersschwachen Schrotthaufen auf die Socken und haut ab.«

Es war ein Schuss ins Blaue, das reinste Rätselraten, doch das lange Schweigen, das darauf folgte, verriet Pitt, dass er auf der richtigen Spur war. Eine ganze Minute verging, bis sich der Kommandant des U-Boots wieder meldete.

»Sie sind also der allgegenwärtige Dirk Pitt.«

»Ganz recht«, antwortete Pitt, der insgeheim frohlockte, dass er den richtigen Ton getroffen hatte. »Ich habe gar nicht gewusst, dass sich mein Ruhm so rasch verbreitet.«

»Wie ich sehe, haben Sie sich ohne Umschweife von Colorado in die Antarktis begeben.«

»Ich wäre noch früher da gewesen, aber ich musste erst ein paar Freunde von Ihnen loswerden.«

»Wollen Sie meine Geduld auf die Probe stellen, Mr. Pitt?«

Das Gespräch wurde immer alberner, aber Pitt wollte den U-Boot-Kommandanten weiter aufstacheln, um Zeit zu gewinnen. »Nein, ich will lediglich, dass Sie Ihr aberwitziges Verhalten erklären. Anstatt ein unbewaffnetes Forschungsschiff anzugreifen, sollten Sie lieber im Nordatlantik Jagd auf hilflose Frachter machen.«

»Wir haben die Feindseligkeiten im Mai 1945 eingestellt.«

Der Anblick des vorn am Turm angebrachten und auf ihn gerichteten Maschinengewehrs gefiel Pitt ganz und gar nicht. Er wusste, dass ihm die Zeit davonlief, und er war davon überzeugt, dass das U-Boot die *Polar Storm* und alle, die sich an Bord befanden, vernichten wollte. »Und wann habt ihr euer Viertes Reich in die Gänge gebracht?«

»Ich wüsste nicht, weshalb ich dieses Gespräch fortsetzen sollte, Mr. Pitt.« Der Kommandant klang so unbeteiligt wie ein Nachrichtensprecher, der den Wetterbericht vorträgt. »Leben Sie wohl.«

Pitt wusste ganz genau, was jetzt kam. Er hechtete augenblicklich hinter einen Eisgrat, und im gleichen Moment eröffnete das Maschinengewehr auf dem Turm das Feuer. Kugeln schwirrten durch die Luft und schlugen mit einem seltsamen Zischen im Eis ein. Er lag in einer flachen Mulde hinter den übereinander getürmten Schollen und konnte sich nicht von der Stelle bewegen. Jetzt bereute er es, dass er den türkisfarbenen Schneeanzug der NUMA trug. Mit der leuchtenden Farbe gab er auf dem Eis ein hervorragendes Ziel ab.

Von seiner Deckung aus konnte er zu den Aufbauten der *Polar Storm* hinaufblicken. So nahe, und doch so weit weg. Vorsichtig schlüpfte er aus dem Schneeanzug, bis er nur mehr einen Wollpullover und eine wollene Hose anhatte. Die Stiefel waren zu schwer, als dass er damit rennen konnte, daher zog er sie ebenfalls aus und behielt nur die Thermosocken an. Der Feuerstoß hörte auf. Vermutlich fragte sich der Schütze, ob er ihn getroffen hatte.

Er packte sich Schnee auf den Kopf, damit seine schwarzen Haare auf dem Eis nicht auffielen. Dann spähte er über den Rand des Grates. Der Schütze lehnte an seiner Waffe, aber der U-Boot-Kommandant schaute mit dem Fernglas in seine Richtung. Einen Moment später sah Pitt, wie sich der Kommandant umdrehte und auf das Schiff deutete. Der Schütze richtete das Maschinengewehr aus.

Pitt holte tief Luft und rannte los, so schnell ihn die Füße trugen. Haken schlagend und fast noch genauso flink wie einst vor vielen Jahren, als er auf der Air-Force-Akademie Quarterback gespielt hatte, sprintete er über das Eis, nur dass diesmal kein Al Giordino dabei war, der die Gegner von ihm weglockte. Das Eis zerfetzte seine Socken und schnitt ihm in die Füße, aber er achtete nicht auf den Schmerz.

Er war bereits gut dreißig Meter weit gekommen, ehe die Besatzung des U-Boots aufwachte und ihn erneut unter Beschuss nahm. Aber die Kugeln schlugen entweder hinter ihm ein oder flogen über ihn hinweg. Als sie sich auf ihn eingeschossen hatten, war es bereits zu spät. Er hechtete hinter das Ruder der *Polar Storm*, und im nächsten Moment prallten die Geschosse wie ein Schwarm wild gewordener Bienen gegen die Stahlplatten, dass der Anstrich absplitterte.

Jetzt, da er durch das Schiff gedeckt war, verschnaufte er kurz. Die Gangway war bereits eingeholt, und Gillespie hatte Befehl gegeben, das Schiff mit voller Kraft voraus zu wenden, aber man warf ihm eine Strickleiter über die Bordwand zu. Pitt rannte am Rumpf entlang, während das Schiff zusehends Fahrt aufnahm, bekam die Leiter zu fassen und konnte sich gerade noch hinaufziehen, als die ersten schartigen Eisbrocken, die vom Bug beiseite geschoben wurden, unter seinen Füßen vorbeiglitten.

Sobald er oben an der Reling war, hob Cox ihn hinüber und setzte ihn an Deck ab. »Da sind Sie ja wieder«, sagte er mit einem breiten Grinsen.

»Besten Dank, Ira«, versetzte Pitt keuchend.

»Der Kapitän bittet Sie auf die Brücke.«

Pitt nickte nur und trottete quer über das Deck zu dem Niedergang, der auf die Brücke führte.

»Mr. Pitt.«

Er drehte sich um. »Ja?«

Cox deutete mit dem Kopf auf die blutigen Fußabdrücke, die Pitt auf dem Deck hinterlassen hatte. »Vielleicht sollte sich der Schiffsarzt Ihre Füße mal anschaun.«

»Ich lasse mir so bald wie möglich einen Termin geben.«

Gillespie stand auf der Brückennock und betrachtete das U-Boot, dessen schwarzer Druckkörper reglos inmitten der Eisschollen trieb, zwischen denen es aufgetaucht war. Er drehte sich um, als Pitt den Niedergang heraufgehumpelt kam. »Da bist du ja gerade noch mal davongekommen.«

»Ich muss irgendwas Falsches gesagt haben.«

»Ja, ich habe euren kurzen Wortwechsel mitgehört.«

»Hat sich der Kommandant bei dir gemeldet?«

Gillespie schüttelte nur kurz den Kopf. »Keine Spur.«

»Kommst du nach draußen durch?«

»Nein. Wie schon vermutet, stört er unseren Satellitenfunk.«

Pitt schaute zu dem U-Boot. »Ich frage mich, worauf der wartet.«

»Ich an seiner Stelle würde warten, bis die *Polar Storm* beidreht und Kurs auf die offene See nimmt. Dann kann er uns jederzeit querschiffs beharken.«

»Wenn das stimmt«, sagte Pitt grimmig, »kann's nicht mehr lange dauern.«

Wie auf ein Stichwort sah er im nächsten Moment eine dünne Rauchwolke aus dem Lauf der Bordkanone aufsteigen, und unmittelbar darauf schlug die Granate dicht hinter dem breiten Heck des Eisbrechers ein. »Das war knapp«, sagte Bushey, der den Fahr- und Kommandostand übernommen hatte.

Evie, die unter der Tür zur Brücke stand, wirkte völlig benommen. »Wieso schießen die auf uns?«

»Nach unten!«, brüllte Gillespie sie an. »Alle Wissenschaftler, Passagiere und Besatzungsmitglieder, die nicht dringend gebraucht werden, sollen unter Deck bleiben, und zwar an Backbord, außer Schussweite.«

Trotzig knipste sie noch ein paar Fotos von dem U-Boot, ehe sie sich im Inneren des Schiffes in Sicherheit brachte. Wieder explodierte ein Geschoss, aber diesmal klang es anders. Die Granate hatte den Hubschrauberlandeplatz am Heck getroffen und nur mehr einen Haufen verbogener, qualmender Trümmer hinterlassen. Kurz darauf heulte eine weitere Granate durch die eisige Luft, schlug mit ohrenbetäubendem Krachen in den Schornstein und riss ihn auf wie eine Blechbüchse. Die *Polar Storm* schwankte, schien einen Moment lang liegen zu bleiben, nahm dann schwerfällig wieder Fahrt auf und bahnte sich einen Weg durch das Eis.

»Der Abstand wird immer größer«, rief Cox.

»Wir haben aber noch ein ganzes Stück vor uns, bis wir außer Reichweite sind«, sagte Pitt. »Und selbst dann kann er tauchen und uns unter dem Packeis verfolgen.«

Wieder eröffnete das Maschinengewehr des U-Boots das Feuer. Die Geschosse schlugen in den Bug ein, rissen eine Reihe von Löchern in die vorderen Aufbauten, trafen schließlich die Fenster der Brücke und zerschmetterten sie in tausend Trümmer. Pitt, Gillespie und Cox warfen sich sofort flach zu Boden, als die Kugeln quer durch die Brücke flogen und in alles einschlugen, das höher als einen Meter aufragte. Aber Bushey reagierte zwei Sekunden zu spät. Ein Geschoss traf ihn an der Schulter, ein zweites streifte seinen Unterkiefer.

Erneut spie die Bordkanone des U-Boots Feuer. Die Granate traf die unmittelbar hinter der Brücke gelegene Messe, schlug in das Schott ein und explodierte mit einer derartigen Gewalt, dass die *Polar Storm* vom Bug bis zum Heck erbebte. Die Druckwelle fegte über sie hinweg und schleuderte alle, die sich auf der Brücke befanden, wie Stoffpuppen durch die Gegend. Gillespie und Cox wurden gegen den Kartentisch geworfen; Bushey, der bereits am Boden lag, rollte unter die zertrümmerten Überreste des Kommandostands. Pitt landete in der Tür zur Brückennock.

Er zog sich hoch, ohne auf die zahllosen Abschürfungen und Schnittwunden zu achten. Beißender Qualm stieg ihm in die Nase, und seine Ohren klingelten derart, dass er kein anderes Geräusch wahrnahm. Er schleppte sich zu Gillespie und kniete neben ihm nieder. Der Kapitän war mit der Brust voran gegen den Kartentisch geschleudert worden, hatte sich drei, vielleicht auch vier Rippen gebrochen und blutete aus den Ohren. Ein weiterer Blutfleck breitete sich auf einem Hosenbein aus. Er hatte die Augen geöffnet und schaute Pitt mit glasigem Blick an. »Mein Schiff«, stöhnte er leise. »Diese Saubande schießt mein Schiff kaputt.«

»Beweg dich nicht«, befahl ihm Pitt. »Möglicherweise hast du innere Verletzungen.«

»Was zum Teufel ist da oben los?«, ertönte die Stimme des Chefmaschinisten aus den noch funktionierenden Lautsprechern. Das Stampfen und Mahlen der Maschinen war so laut, dass er kaum zu verstehen war.

Pitt schnappte sich den Hörer der Schiffssprechanlage. »Wir werden von einem U-Boot angegriffen. Holen Sie alles raus, was die Maschinen hergeben. Wir müssen außer Reichweite kommen, bevor wir zu Klump geschossen werden.«

»Wir haben hier unten Schäden und ein paar Verletzte.«

»Es wird noch viel schlimmer werden«, blaffte Pitt ihn an, »wenn Sie uns nicht auf volle Fahrt bringen.«

»Jake«, stöhnte Gillespie. »Wo ist Jake?«

Der Erste Offizier lag blutend und bewusstlos am Boden. Cox beugte sich benommen über ihn. »Außer Gefecht«, antwortete Pitt lediglich. »Wer ist der nächsthöhere Offizier?«

»Joe Bascom war mein Zweiter Offizier, aber er ist von Montevideo aus in die Staaten zurückgekehrt, weil seine Frau ein Kind gekriegt hat. Hol Cox.«

Pitt winkte dem schwergewichtigen Dritten Offizier zu. »Ira, der Kapitän will Sie sprechen.«

»Haben wir das Wendemanöver schon hinter uns?«, fragte Gillespie.

Cox nickte. »Ja, Sir, wir steuern auf Kurs null-fünf-null aus dem Packeis.«

Pitt starrte wie gebannt auf das U-Boot und machte sich auf die nächste Granate aus der Bordkanone gefasst. Er musste nicht lange warten. Schon im nächsten Moment sah er das Geschoss über das Eis fliegen. Es durchschlug das Steuerbord-Rettungsboot, eine große Barkasse, in der sechzig Menschen Platz fanden, zertrümmerte es mit verheerender Wucht, explodierte am Schott zur Kombüse und setzte eine Druckwelle frei, unter der sich das Schiff nach Backbord neigte. Rauch und Flammen stiegen aus den Trümmern der zerfetzten Reling und der zersplitterten Davits auf, züngelten durch die klaffenden Löcher in Deck und Schott und breiteten sich in kürzester Zeit über das ganze Steuerbord-Bootsdeck aus.

Noch ehe sich Pitt, Gillespie und Cox wieder erholt hatten, kam die nächste Granate aus der Mündung der Bordkanone und jagte wie eine heulende Furie auf den angeschlagenen Eisbrecher zu. Dann schlug sie mit einem Donnergetöse, das sich anhörte, als würde der halbe Bug weggerissen, im Vorschiff ein und schleuderte die Ankerketten in die Luft. Doch die *Polar Storm* fuhr weiter.

Das Schiff entfernte sich immer schneller von dem U-Boot. Das Maschinengewehr auf dem Turm konnte nichts mehr ausrichten und verstummte. Doch der Abstand reichte bei weitem noch nicht aus. Als der Besatzung des U-Bootes klar wurde, dass der Eisbrecher unter Umständen außer Reichweite gelangen und entkommen könnte, lud und feuerte sie doppelt so schnell. Alle fünfzehn Sekunden kamen die Granaten jetzt angeflogen, aber nicht alle trafen das Schiff. Etliche gingen auf Grund der höheren Feuergeschwindigkeit daneben, und eine schoss so hoch über das Schiff hinweg, dass sie die Funk- und Radarantenne abriss.

Der verheerende Angriff war so schnell erfolgt, dass Gillespie überhaupt keine Zeit gehabt hatte, darüber nachzudenken, ob er die Flagge streichen sollte, um allen an Bord das Leben zu retten. Nur Pitt wusste Bescheid, dass dies vergeblich wäre. Die Schergen vom Vierten Reich dachten nicht daran, auch nur einen von ihnen entrinnen zu lassen. Die hatten sich fest vorgenommen, sie alle umzubringen und mitsamt dem Eisbrecher auf den Meeresgrund zu schicken.

Das Eis wurde allmählich dünner, je näher die *Polar Storm* der offenen See kam, und das angeschlagene Schiff brach hindurch, zermalmte die Schollen unter seinem Bug, während die Maschinen auf vollen Touren liefen und die Schrauben das kalte Wasser aufwirbelten. Pitt überlegte einen Moment, ob sie auf das U-Boot zuhalten und es rammen sollten, aber der Weg war zu weit. Das Forschungsschiff müsste ein fürchterliches Trommelfeuer über sich ergehen lassen, und außerdem könnte das U-Boot jederzeit tauchen und sich in Sicherheit bringen, ehe die *Polar Storm* ihm zu nahe kam.

Vom Steuerbordboot war kaum mehr als ein Haufen qualmender Splitter übrig, neben dem die zerschmetterten Überreste von Bug und Heck von den verzogenen Davits hingen. Dunkler Rauch stieg aus den ausgezackten Einschusslöchern, aber solange der Maschinenraum nicht getroffen war, würde die *Polar Storm* weiter voranpflügen. Die Brücke lag voller Trümmer und Glasscherben, auf denen ab und zu ein Tropfen Blut glänzte.

»Noch eine Viertelmeile, dann müssten wir außer Reichweite sein!«, schrie Pitt durch das Getöse.

»Recht so!«, befahl Gillespie, während er sich mit schmerzverzerrtem Gesicht aufsetzte und an den Kartentisch lehnte.

»Die elektronische Steuerung ist weggeschossen«, sagte Cox. »Das Ruder is' blockiert, es spricht nicht mehr an. Ich fürchte, wir fahren im Kreis und halten wieder auf das verfluchte U-Boot zu.«

»Verluste?«, fragte Gillespie.

»Soweit ich feststellen kann, sind die Wissenschaftler und der

Großteil der Besatzung unverletzt«, antwortete Pitt. »Der Teil des Schiffes, in dem sie das Gefecht ausgesessen haben, ist noch heil.«

»Schönes Gefecht«, brummte Cox und biss sich auf die blutende Lippe. »Wir können nicht mal Schneebälle schmeißen.«

Wieder brach das Inferno los. Eine panzerbrechende Granate bohrte sich durch die Schiffswand und schoss durch den Maschinenraum, wo sie etliche Stromkabel und Treibstoffleitungen kappte, bevor sie auf der anderen Seite wieder hinausflog, ohne zu explodieren. Keiner der Maschinisten wurde verletzt, aber der Schaden war gewaltig: Die schweren Dieselmotoren wurden langsamer und blieben schließlich stehen.

»Der letzte Treffer hat die Treibstoffleitungen zerrissen«, dröhnte die Stimme des Chefmaschinisten aus dem Lautsprecher.

»Können Sie das reparieren?«, fragte Cox verzweifelt.

»Kann ich.«

»Wie lange dauert es?«

»Zwei, vielleicht auch drei Stunden.«

Cox schaute zu Pitt, der sich umdrehte und auf das U-Boot starrte. »Jetzt sind wir fällig«, sagte Cox.

»Sieht fast so aus«, erwiderte Pitt mit ernster Stimme. »Die können sich in aller Ruhe auf uns einschießen, bis nur noch ein Loch im Wasser übrig ist. Dan, du solltest lieber den Befehl zum Verlassen des Schiffes geben. Vielleicht können sich ein paar Besatzungsmitglieder und Wissenschaftler über das Packeis zum Festland durchschlagen und in der Höhle aushalten, bis Hilfe naht.«

Gillespie wischte sich einen Blutfaden von der Wange und nickte. »Ira, reichen Sie mir bitte den Hörer der Bordsprechanlage.«

Geknickt trat Pitt hinaus auf die Brückennock, die aussah, als wäre sie in eine Schrottpresse geraten. Er blickte achteraus zum Sternenbanner, das trotzig am Heck flatterte. Dann blickte er hinauf zu dem türkisfarbenen NUMA-Emblem, das halb zerfetzt im Wind knatterte. Schließlich wandte er sich wieder dem U-Boot zu. Er sah den Mündungsblitz der Bordkanone und hörte, wie die Granate zwischen Radarmast und Schornstein hindurchheulte und hundert Meter weiter auf dem Eis explodierte. Doch die Gnadenfrist, das war Pitt wohl bewusst, würde nur von kurzer Dauer sein.

Dann nahm er aus dem Augenwinkel einen Lichtblitz wahr und warf einen kurzen Blick über das U-Boot hinweg. Als er den dünnen Strahl aus weißem Rauch und Feuer am blauen Himmel sah, atmete er tief durch. Er fühlte sich mit einem Mal ungeheuer erleichtert.

Fünfzehn Kilometer entfernt war eine Boden-Boden-Rakete durch das Packeis gebrochen, stieg jetzt hoch in den Himmel auf, bis sie den Gipfelpunkt ihrer Flugbahn erreichte, und stieß dann auf das U-Boot herab. Von einem Moment zum anderen war der im Eis treibende Druckkörper in einen gewaltigen, himmelhoch auflodernden Ball aus orangeroten und gelben Flammen gehüllt. Das U-Boot zerbarst in zwei Teile, Bug und Heck ragten aus dem Wasser. Mittschiffs tobte ein flammendes Inferno. Eine Dampfwolke stieg auf, als eine letzte Feuerzunge über das Eis leckte. Dann versank es in den Tiefen der See.

All das war so schnell vor sich gegangen, dass Pitt seinen Augen kaum traute. »Weg ist es«, murmelte er verdutzt.

Die tiefe Stille, die nach dem Untergang des U-Bootes herrschte, wurde von einer Lautsprecherdurchsage unterbrochen. »*Polar Storm*, können Sie mich hören?«

Pitt griff zum Schiffsfunkgerät. »Wir verstehen euch, ihr Helfer in der Not.«

»Hier spricht Commander Evan Cunningham, Kommandeur des US-Atom-Unterseebootes *Tucson*. Tut uns Leid, dass wir nicht früher eingetroffen sind.«

»Besser spät als nie trifft in diesem Fall voll zu«, erwiderte Pitt. »Können Sie uns einen Reparaturtrupp zur Verfügung stellen? Uns hat's bös erwischt.«

»Macht ihr Wasser?«

»Nein, aber oben rum sind wir ziemlich schlimm zugerichtet. Außerdem hat der Maschinenraum einen Treffer abbekommen.«

»Halten Sie sich bereit zur Übernahme eines Hilfstrupps. Wir gehen in zwanzig Minuten längsseits.«

»Champagner und Kaviar warten schon.«

»Wo kommen die denn her?«, fragte Cox verdutzt.

»Von Admiral Sandecker«, antwortete Pitt. »Er muss dem Stabschef der Marine mächtig Druck gemacht haben.«

»Da jetzt das U-Boot unseren Satellitenfunk … nicht mehr stören kann«, sagte Gillespie stockend, »schlage ich vor, dass du dich beim Admiral meldest. Er will bestimmt einen Bericht über unsere Schäden und Verluste.«

Cox kümmerte sich gerade um Bushey, der offenbar wieder zu Bewusstsein kam. »Mache ich«, versicherte Pitt dem Kapitän. »Ruh dich aus, bis wir dich aufs Krankenrevier bringen und verarzten lassen.«

»Wie geht's Bushey?«

»Er wird's überleben. Er hat eine scheußliche Wunde, aber in zwei, drei Wochen sollte er wieder auf die Beine kommen. Du hast mehr durchgemacht als sonst jemand an Bord.«

»Gott sei Dank«, stieß Gillespie aus.

Als Pitt die NUMA-Zentrale in Washington anrief, schweiften seine Gedanken zu Giordino, der keine zweieinhalbtausend Kilometer entfernt auf St. Paul saß. Elender Glückspilz, dachte er. Er stellte sich gerade lebhaft vor, wie sein Freund und Weggefährte mit einer hinreißenden Frau in einem verführerischen Kleid in einem schicken Restaurant in Kapstadt saß und eine Flasche vom besten südafrikanischen Wein bestellte.

»Künstlerpech«, murmelte Pitt vor sich hin, der inmitten der zertrümmerten Überreste der Brücke stand. »Der hat's schön warm, und ich bin halb erfroren.«

19

»Wieso bekommt eigentlich immer Dirk die tollen Aufträge?«, maulte Giordino. »Jede Wette, dass der in diesem Moment in einer warmen, gemütlichen Kajüte auf der *Polar Storm* liegt und eine schnucklige Meeresbiologin im Arm hat.«

Klatschnass und bibbernd stolperte er durch den peitschenden Schneeregen über den felsigen Hang auf die Höhle zu, im Arm eine Ladung kleiner Äste, die er und Gunn aus dem kümmerlichen Gestrüpp geschnitten hatten, das hie und da am Berg wucherte.

»Wir werden's auch warm haben, sobald das Holz trocken genug ist, dass es brennt«, erwiderte Gunn. Er ging ein Stück voraus, einen Haufen abgebrochener Zweige, an denen fast kein Laub mehr hing, auf den Armen, und trat dankbar in den Eingang der Kammer. Er warf sein Bündel hin, ließ sich auf den Felsboden sinken und lehnte sich an die Wand.

»Mit dem Zeug qualmen wir uns höchstens die Höhle voll«, murmelte Giordino, während er sein Ölzeug auszog und mit einem kleinen Handtuch das Wasser abwischte, das ihm in den Kragen gelaufen war.

Gunn reichte Giordino eine Tasse Kaffee, der mittlerweile völlig erkaltet war, und den letzten Müsliriegel. »Das letzte Abendmahl«, sagte er.

»Hat Sandecker dir gegenüber angedeutet, wann er uns von diesem Steinhaufen hier abholen lassen will?«

»Er hat nur gesagt, die Bergung sei in die Wege geleitet.«

Giordino warf einen prüfenden Blick auf seine Armbanduhr. »Das ist vier Stunden her. Ich wäre gern in Kapstadt, bevor die Kneipen dichtmachen.«

»Vermutlich konnte er kein anderes Kipprotorflugzeug chartern, oder er hat keinen Piloten aufgetrieben. Sonst wäre schon längst jemand hier.«

Giordino legte den Kopf schief und lauschte. Er ging zum Ausgang des Stollens und blieb unter dem Torbogen stehen. Der Schneeregen hatte mittlerweile nachgelassen, und die Wolkendecke riss auf, sodass stellenweise der blaue Himmel zum Vorschein kam. Seit Stunden konnte er zum ersten Mal weit hinaus aufs Meer blicken.

Da war etwas – ein dunkler Punkt, wie ein Fliegendreck auf einer Milchglasscheibe. Der Fleck wurde größer, bis er erkennen konnte, dass es ein schwarzer Hubschrauber war. Ein McDonnell Douglas Explorer mit doppeltem Heckausleger, aber ohne Ausgleichsrotor, stellte er fest, als er noch näher kam.

»Wir bekommen Gesellschaft«, meldete er. »Ein Helikopter der aus Nordwesten anfliegt. Er nähert sich rasch und hält sich tief über dem Wasser. Sieht aus, als wäre er mit Luft-Boden-Raketen bestückt.«

Gunn kam nach vorn und stellte sich neben Giordino. »Ein Helikopter hat nicht die Reichweite, um von Kapstadt bis hierher zu fliegen. Er muss von einem Schiff kommen.«

»Keine Kennzeichen. Sehr seltsam.«

»Eindeutig keine südafrikanische Militärmaschine«, sagte Gunn.

»Ich glaube, von denen ist nichts Gutes zu erwarten«, erwiderte Giordino. »Sonst hätten sie sich vorher angemeldet.«

Kurz darauf drangen Rotorgeräusche und der Lärm der Hubschrauberturbinen durch die kalte Luft. Der Pilot war alles andere als ein Draufgänger. Vorsichtig flog er hoch über die Klippen an, blieb mindestens drei Minuten in der Luft stehen und musterte den Felsvorsprung, auf dem einst das Kipprotorflugzeug gestanden hatte. Dann ging er langsam tiefer, tastete sich durch die Luftströmungen hindurch, bis die Landekufen auf dem felsigen Untergrund aufsetzten und die Rotorblätter langsam ausdrehten.

Danach Stille. Kein heulender Wind mehr, der über den Berghang fegte. Kurz darauf wurde die große, fast anderthalb Meter breite Schiebetür geöffnet, und sechs Männer in schwarzen Overalls sprangen heraus. Sie waren bis an die Zähne bewaffnet und sahen aus, als wollten sie irgendwo einen Zwergstaat erobern.

»Sehr seltsamer Rettungstrupp«, sagte Giordino.

Gunn hatte bereits das Globalstar-Telefon in der Hand und wählte den Admiral in Washington an. »Wir haben Besuch bekommen. Sechs bewaffnete Männer in einem schwarzen Hubschrauber ohne Kennzeichen«, sagte Gunn, als Sandecker sich meldete.

»Kommt mir vor, als müsste ich heute ständig die Feuerwehr spielen«, sagte Sandecker bissig. »Erst für Pitt und jetzt für euch.« Sein Tonfall verriet, wie besorgt er war. »Wie lange könnt ihr euch verstecken?«

»Allenfalls zwanzig bis dreißig Minuten«, erwiderte Gunn.

»Eine Raketenfregatte der US-Marine läuft St. Paul mit voller Fahrt an. Ich werde den Kapitän bitten, dass er den Bordhubschrauber losschickt, sobald er in Reichweite ist.«

»Irgendeine Ahnung, Admiral, wie lange das noch dauert?«

Betretenes Schweigen, dann: »Zwei Stunden, mit etwas Glück vielleicht ein paar Minuten weniger.«

»Ich weiß, dass Sie alles versucht haben«, sagte Gunn leise, mit verständnisvollem Unterton, »und wir danken Ihnen dafür.« Er wusste, dass der Admiral kurz davor stand, die Fassung zu verlieren. »Nur keine Sorge. Al und ich sind bis Montag wieder im Büro.«

»Sehen Sie zu, dass es klappt«, erwiderte Sandecker mit düsterem Tonfall.«

»Wiedersehen, Sir.«

»Wiedersehen, Rudi. Viel Glück. Und sagen Sie Al, dass ich ihm eine Zigarre schulde.«

»Wird gemacht.«

»Wie lange?«, fragte Giordino, der mit dem Schlimmsten rechnete, als er Gunns Miene sah.

»Zwei Stunden.«

»Na prachtvoll«, schnaubte Giordino. »Ich wünschte, jemand könnte mir erklären, woher diese Mordbuben wissen, dass wir hier sind.«

»Gute Frage. Wir waren eine kleine, handverlesene Runde. Nicht mehr als fünf Personen wussten, wo die Passagiere der *Madras* den schwarzen Schädel gefunden haben.«

»Allmählich glaube ich, dass die überall ihre Spitzel sitzen haben«, sagte Giordino.

Der Suchtrupp teilte sich auf. Drei der bewaffneten Männer schwärmten fünfzig Meter aus und kämmten den Berghang ab, die anderen drei zogen in die entgegengesetzte Richtung. Allem Anschein nach wollten sie in weitem Bogen bergauf klettern, bis sie die Höhle entdeckten.

»Eine Stunde«, murmelte Gunn. »Die brauchen etwa eine Stunde, bis sie auf den alten Weg stoßen.«

»Meiner Meinung nach keine fünf Minuten«, sagte Giordino und deutete auf den aufsteigenden Hubschrauber. »Der Pilot führt seine Kumpel direkt zu unserer Tür.«

»Meinst du, es bringt was, wenn wir mit ihnen verhandeln?«

Giordino schüttelte den Kopf. »Wenn die Typen zu der Bande gehören, an die Dirk und ich in Telluride geraten sind, gibt's weder Gnade noch Pardon.«

»Zwei wehrlose Männer gegen sechs, die bis an die Zähne bewaffnet sind. Wir müssen etwas fürs Kräfteverhältnis tun.«

»Hast du einen Plan?«, fragte Giordino.

»Selbstverständlich.«

Giordino warf dem kleinen Mann, der so streberhaft und gelehrt wirkte, einen nachdenklichen Blick zu. »Ist er hinterhältig, niederträchtig und gemein?«

Gunn nickte und grinste verschmitzt. »All das und noch mehr.«

Der Hubschrauber kreiste drei Mal um den Berg, ehe der Pilot den alten Weg entdeckte, der zu dem Stollen führte. Nachdem er die beiden Suchtrupps verständigt hatte, blieb er darüber stehen, damit sie sich an ihm orientieren konnten. Die ersten drei Männer stießen auf den Weg und rückten hintereinander vor, im Abstand von zwanzig Metern. Die typische Stoßtrupptaktik – der erste Mann achtet auf das Gelände vor ihm, der zweite sichert den Hang nach oben ab, während der dritte den unteren Teil übernimmt. Der Helikopter flog daraufhin zum zweiten Trupp, der die andere Seite des Berges abgesucht hatte, und lotste ihn zu dem Weg.

Der erste Trupp kletterte unterdessen über das weggebrochene Wegstück und näherte sich dem großen Felsen kurz vor dem Stolleneingang. Der Vordermann umging ihn und stand mit einem Mal vor der Höhle. Er drehte sich zu seinen Hinterleuten um. »Ich stehe vor dem Stollen«, rief er auf Englisch. »Ich gehe rein.«

»Pass auf, dass du in keinen Hinterhalt gerätst, Nummer eins«, schrie ihm der zweite Mann zu.

»Wenn sie Waffen hätten, hätten sie längst Gebrauch davon gemacht.«

Der Anführer verschwand hinter dem Felsen. Zwei Minuten später folgte ihm der zweite Mann. Sobald er außer Sicht war, rückte der dritte vor, der nur noch an den Stollen dachte, das Ziel ihrer Suche, sodass er weder die Gestalt wahrnahm, die sich aus dem Geröll aufrichtete, noch das leise Klacken der Steine oder die nahezu lautlosen Schritte hinter ihm. Ehe er sich versah, holte Gunn mit aller Kraft aus, schlug ihm mit einem Felsbrocken den Schädel ein und streckte ihn nieder, ohne dass er einen Laut von sich geben konnte.

Knapp eine Minute später war er unter einem Geröllhaufen vergraben. Gunn warf einen kurzen Blick nach oben und kroch um den Felsen, nachdem er sich davon überzeugt hatte, dass der Hubschrauber noch auf der anderen Seite des Berges war. Diesmal allerdings war er mit einem Sturmgewehr, einer Pistole, einer Neun-Millimeter-Automatik und einem Kampfmesser bewaffnet, und er trug eine kugelsichere Weste. Außerdem hatte er das Funkgerät des letzten Manns erbeutet. Bislang war Gunns Guerillataktik gut gegangen.

Der Anführer des Suchtrupps drang vorsichtig in den Stollen vor, klemmte sich eine Stablampe unter den Arm und leuchtete voraus. Langsam trat er in die erste Kammer, ging in die Hocke, ließ den Lichtstrahl rundum schweifen und sicherte ab. Er sah lediglich das Skelett des alten Seemanns, seine vermodernden Habseligkeiten und ein paar alte Robbenfelle, die an der einen Wand hingen.

Er stand auf, senkte die Waffe und sprach in das kleine Mikrofon, das an seinen Kopfhörern angebracht war. »Hier Nummer eins. In der Höhle ist niemand, abgesehen von den Gebeinen eines alten Seemanns, der hier gestrandet sein muss. Hören Sie?«

»Ich höre klar und deutlich, Nummer eins«, meldete sich der Hubschrauberpilot über den Rotorenlärm hinweg. »Keine Spur von den NUMA-Leuten?«

»Hier drin sind sie bestimmt nicht.«

»Sobald Nummer vier, fünf und sechs zu euch gestoßen sind, suche ich die Klippen ab.«

Nummer eins schaltete sein Funkgerät aus. Im nächsten Moment sprang Giordino hinter den Robbenfellen hervor und stieß ihm die Obsidianspitze eines uralten Speers in die Kehle. Ein kurzes Aufkeuchen, ein Röcheln, gurgelnd und grässlich anzuhören, dann sank der Mann tot zu Boden.

Giordino schnappte sich sofort das Sturmgewehr, zog ihn vom Stollen weg, nahm ihm den Kopfhörer ab und setzte ihn auf. Danach knüllte er sein Ölzeug zusammen und hielt es vor die Mündung des Gewehrs.

»Nummer eins«, ertönte eine laute Stimme vom Eingang des Stollens. »Was hast du entdeckt?«

Giordino wandte sich zur hinteren Wand und legte die Hand an den Mund. »Nur ein altes Skelett«, rief er.

»Sonst nichts?« Der zweite Mann hatte offenbar keine rechte Lust, in die Höhle vorzudringen.

»Nicht das Geringste.« Giordino beschloss aufs Ganze zu gehen. »Komm rein und überzeug dich selber, Nummer zwei.«

Vorsichtig, so als wollte er die Witterung prüfen, trat Nummer zwei in die Kammer. Giordino richtete die Taschenlampe auf sein Gesicht, drückte das zusammengeknüllte Ölzeug an die Mündung seiner Waffe, damit der Schall gedämpft wurde, und traf ihn genau zwischen die Augen. Gunn kam in die Kammer gestürmt, das Gewehr im Anschlag, auf das Schlimmste gefasst.

»Jetzt steht's nur noch zwei zu drei«, rief ihm Giordino zu.

»Nur nicht übermütig werden«, versetzte Gunn. »Sobald der Helikopter zurückkehrt, sitzen wir hier in der Falle.«

»Wenn die mir auch abnehmen, dass ich Nummer eins bin, kann ich sie vielleicht genauso reinlocken wie Nummer zwei.«

Der zweite Suchtrupp war nicht annähernd so arglos. Wachsam wie Postinspektoren, die nach einer Briefbombe suchen, näherten sich die drei Männer über den zur Höhle führenden Weg. Während der Hubschrauber über ihnen schwebte, rückten sie sprungweise im so genannten überschlagenden Einsatz vor – einer stürmte nach vorn, die beiden anderen gaben ihm Feuerschutz, bis er sich flach zu Boden warf und wiederum sie absicherte. Sie waren auf der Hut, denn Giordino wahrte so weit wie möglich Funkstille und reagierte nicht auf ihre Anrufe, da er Angst hatte, die fremde Stimme könnte ihnen auffallen.

Gunn und Giordino zogen einen der Toten aus, der um Schulter und Taille etwa so kräftig gebaut war wie Giordino. Nachdem er in den schwarzen Overall geschlüpft war, krempelte er die ein paar Zentimeter zu langen Ärmel und Hosenbeine hoch, hängte sich das Sturmgewehr um und trat dreist nach draußen. Er nuschelte aus dem Mundwinkel in das Mikrofon am Kopfhörer und versuchte den Tonfall des Mannes zu treffen, den er getötet hatte.

»Weshalb braucht ihr so lange, Nummer vier?«, fragte er ruhig, ohne zu dem Hubschrauber aufzublicken. »Ihr benehmt euch wie alte Weiber. Ich habe euch doch gesagt, dass in der Höhle nichts ist außer den Knochen eines alten Seemanns, der auf der Insel gestrandet ist.«

»Du klingst nicht so wie sonst, Nummer eins.«

Giordino wusste, dass er sie nicht mehr länger täuschen konnte. »Ich krieg 'ne Erkältung. Kein Wunder bei diesem Mistwetter.«

»Du siehst aus, als ob du durch die Erkältung um zehn Zentimeter geschrumpft bist.«

»Macht euch ruhig lustig«, nuschelte Giordino. »Ich seh zu, dass ich aus dem Regen rauskomme. Schlage vor, dass ihr das auch tut.«

Er drehte sich um und zog sich wieder in die Höhle zurück, überzeugt davon, dass er keine Kugel in den Rücken bekommen würde, zumindest so lange nicht, bis sich die Männer hundertprozentig sicher waren, dass sie nicht auf einen ihrer Kameraden schossen.

»Die haben etwas spitzgekriegt«, sagte Gunn. »Ich habe euer Gespräch über Funk verfolgt.«

»Wie lautet Plan zwei?«, fragte Giordino lakonisch.

»Wir kriechen durch die Einsturzstelle in den nächsten Stollen und überfallen sie von dort aus.«

»Damit erwischen wir allenfalls einen oder zwei, wenn wir Glück haben.«

»Dann sind wir zumindest in der Überzahl«, sagte Gunn geradezu fröhlich.

Sie hatten nur ein paar Minuten Zeit, daher arbeiteten sie fieberhaft, bis sie so viele Steine beiseite geräumt hatten, dass sie in die Gruft kriechen konnten. Trotz der feuchten Kälte schwitzten sie am ganzen Körper, als sie die beiden Toten durch den schmalen Spalt schleppten, sich ebenfalls hindurchwanden und ihre Rucksäcke hinter sich herzogen. Gerade noch rechtzeitig. Kaum hatten sie die letzten Felsbrocken wieder aufgetürmt und waren hinter ihren kleinen Gucklöchern in Stellung gegangen, als Nummer vier in die Kammer sprang und sich zu Boden warf, unmittelbar gefolgt von Nummer fünf, worauf beide den Lichtstrahl ihrer Lampen über die Wände kreisen ließen und mit ihren Gewehren rundum absicherten.

»Ich hab's dir doch gesagt«, flüsterte Giordino Gunn ins Ohr, damit kein Ton durch das Mikrofon vor seinem Mund drang. »Die haben Nummer sechs als Reserve draußen gelassen.«

»Hier drin ist niemand«, sagte Nummer vier. »Die Höhle ist leer.«

»Unmöglich«, ertönte die Stimme des Hubschrauberpiloten. »Alle drei sind vor fünfzehn Minuten zum Stollen vorgerückt.«

»Er hat Recht«, sagte Nummer fünf. »Nummer eins, zwei und drei sind verschwunden.«

Sie tuschelten miteinander, aber Gunn bekam über Kopfhörer jedes Wort mit. Zwar waren sie immer noch auf der Hut und achteten auf jede verdächtige Bewegung, aber ihre Anspannung ließ nichtsdestotrotz etwas nach, als sie in der Kammer keinerlei Versteckmöglichkeit sahen.

»Du übernimmst den Stehenden«, flüsterte Giordino. »Sie tragen kugelsichere Westen, also ziel auf den Kopf. Ich übernehme den am Boden.«

Sie schoben die Mündung ihrer Waffen durch die knapp vier Zentimeter großen Löcher, durch die sie gerade noch zielen konnten, richteten sie auf die beiden Männer, die sie umbringen wollten, und gaben gleichzeitig zwei Schüsse ab, die wie ein Donnerschlag in der Felsenkammer widerhallten. Der Mann am Boden zuckte nur kurz auf, während der andere die Hände hochriss, aufkeuchte und über die zu seinen Füßen liegende Leiche sank.

Giordino fegte die Steine vor seinem Gesicht beiseite, richtete die Lampe durch das Loch und betrachtete ihr Werk. Er wandte sich an Gunn und fuhr sich mit der Hand über die Kehle. Gunn verstand und stellte sein Funkgerät ab.

»Wir müssen bleiben, wo wir sind«, grummelte Giordino.

Ehe er das erklären konnte, dröhnte eine Stimme aus seinem Kopfhörer. »Was ist da drin los?«

»Nichts Besonderes«, erwiderte Giordino, der keine Lust auf weitere Täuschungsmanöver hatte. »Wir haben ein Karnickel erschossen.«

»Ein Kaninchen?«, herrschte ihn der Hubschrauberpilot an. »Was soll der Unsinn?«

»Ich fürchte, unsere Kameraden sind tot«, schaltete sich Nummer sechs ein. »Diese Teufel von der NUMA müssen sie umgebracht haben.«

»Das waren doch die Karnickel, von denen ich gesprochen habe«, meldete sich Giordino höhnisch.

»Ihr werdet garantiert sterben«, sagte der Hubschrauberpilot.

»Was haben die Gangster früher immer zu den Bullen gesagt? Kommt uns doch holen.«

»Das wird nicht nötig sein«, erwiderte der Pilot.

»Duck dich!«, zischte Giordino Gunn zu. »Jetzt geht's los.«

Der Pilot richtete die Schnauze seines Vogels auf den Stolleneingang aus und feuerte eine Rakete ab. Mit einem lauten Fauchen schoss sie aus dem am Rumpf des Hubschraubers angebrachten Werfer und drang in die Höhle ein, streifte aber kurz darauf die Wand und explodierte mit einem ohrenbetäubenden Knall. Die Erschütterung war so gewaltig, dass Gunn und Giordino das Gefühl hatten, als wäre aus dem zehnten Stock ein Klavier auf sie herabgestürzt. Ein tödlicher Hagel aus Felssplittern wurde in die Kammer geschleudert, wo er alles zerfetzte, was ihm in die Quere kam. Eine wirbelnde Wolke aus Rauch und Staub fegte mit Sturmgewalt durch den schmalen Gang, ehe sie den Weg des geringsten Widerstands nahm und wieder nach draußen entwich. Sämtliche brennbaren Stoffe in der Kammer gingen augenblicklich in Flammen auf.

Wie durch ein Wunder waren weder die Stollen- noch die Kammerdecke eingestürzt. Die Felswände hatten den Großteil der Sprenggewalt abgefangen und nach draußen abgeleitet, aber dennoch kamen sich Giordino und Gunn vor, als hätte ihnen eine riesige Faust sämtliche Luft aus den Lungen gedroschen. Sofort zogen sie sich das Oberteil ihres Overalls über das Gesicht, um sich gegen den Staub und den Qualm zu schützen, und wichen vorübergehend in die Grabkammer zurück.

»Hoffentlich ... jagen die nicht noch eine Rakete rein«, sagte Gunn hustend. »Das wäre mit Sicherheit unser Tod.«

Giordino konnte ihn kaum hören, so sehr klangen ihm die Ohren. »Wenn ich mich nicht irre, glauben die, dass eine reicht«, krächzte er keuchend. Nachdem er sich halbwegs wieder erholt hatte, räumte er die Felsbrocken aus dem Weg und erweiterte die

Öffnung. »Allmählich habe ich die verdammte Steineschlepperei satt, das sag ich dir.«

Sobald der Weg frei war, tasteten sie sich durch den Qualm und den Staub zu den beiden toten Angreifern vor und nahmen ihnen die Waffen ab. Jetzt hatten sie fünf Schnellfeuergewehre und ebenso viele automatische Pistolen. Giordino, der in der stickigen Luft mühsam nach Atem rang und kaum etwas sehen konnte, band drei Sturmgewehre mit einer Schnur aus seinem Rucksack zusammen, sodass die Läufe nebeneinander lagen. Dann zog er eine weitere Schnur um die Abzüge und verknotete sie unter den Abzugsbügeln.

»Dass wir schießend aus dem Tunnel stürmen ist garantiert das Letzte, womit die rechnen«, sagte er zu Gunn. »Du übernimmst Nummer sechs. Ich seh zu, dass ich den Hubschrauber erwische.«

Gunn putzte seine schmutzige Brille am Ärmel ab und nickte. »Lass mich lieber vorausgehen. Solange Nummer sechs nicht ausgeschaltet ist, kannst du auch nicht auf den Hubschrauber feuern.«

Giordino war unschlüssig, ob er dem stellvertretenden Direktor der NUMA eine beinahe selbstmörderische Aufgabe überlassen sollte. Er wollte gerade Einspruch erheben, als Gunn seine Waffe nahm und im dichten Qualm verschwand.

Gunn geriet ins Stolpern und fiel im Tunnel der Länge nach hin, rappelte sich wieder auf und stürmte weiter, obwohl er befürchtete, dass er niedergemäht werden würde, sobald er inmitten der Schwaden auftauchte, die immer noch aus dem Tunnel quollen. Doch Nummer sechs war fest davon überzeugt, dass in der Höhle niemand mehr am Leben war, daher war er nicht auf der Hut, während er sich mit dem Hubschrauberpiloten unterhielt.

Gunn wiederum konnte kaum etwas sehen, und er hatte keine Ahnung, wo Nummer sechs Position bezogen hatte. Ruß hatte sich auf seiner Brille niedergelassen, und seine Augen tränten derart, dass er die undeutliche schwarze Gestalt kaum erkennen konnte, die knapp zehn Meter entfernt rechts neben dem Höhleneingang stand. Er drückte den Abzug durch und eröffnete das Feuer, doch die Kugeln flogen weit vorbei, ohne Nummer sechs zu treffen. Der wirbelte herum und gab fünf Schüsse auf Gunn ab – zwei gingen fehl, aber einer traf ihn an der linken Wade, und die anderen schlugen in seine kugelsichere Weste ein und schleuderten ihn zurück. Da kam unverhofft Giordino aus dem Qualm gestürmt, feuerte aus allen drei Gewehren und schoss Nummer sechs fast den Kopf weg. Im nächsten Moment riss er die drei Läufe nach oben, nahm den Bauch des Hubschraubers unter Beschuss und jagte fast dreitausend Schuss pro Minute durch das dünne Blech.

Der Pilot, der fassungslos mit ansehen musste, wie zwei Männer in schwarzen Uniformen aufeinander schossen, reagierte zu spät. Ehe er dazu kam, das unter der Schnauze des Explorers angebrachte Maschinengewehr einzusetzen, hatte Giordino bereits eine Unmenge Kugeln in den Bauch des ungepanzerten Helikopters gejagt. Loch um Loch stanzten die steten Feuerstöße in den Rumpf, so als wäre eine Nähmaschine am Werk, zertrümmerten die Verglasung und schlugen im Cockpit ein. Dann schwiegen die Waffen mit einem Mal, als die Magazine leer waren.

Der Explorer hing einen Moment lang in der Luft, dann kippte er jählings weg, geriet außer Kontrolle, prallte dreihundert Meter unter dem Höhleneingang auf den Berghang und ging in Flammen auf. Giordino ließ seine Gewehre fallen und stürzte zu Gunn, der sein verletztes Bein umklammerte.

»Bleib, wo du bist!«, befahl Giordino. »Beweg dich nicht.«

»Lediglich ein Kratzer«, stieß Gunn mit zusammengebissenen Zähnen aus.

»Von wegen Kratzer. Die Kugel hat dir das Schienbein zerschlagen. Ein komplizierter Bruch ist das.«

Gunn blickte zu Giordino hoch und rang sich trotz aller Schmerzen ein verkniffenes Grinsen ab. »Mit dem Umgangston bringst du's als Krankenpfleger nicht weit.«

Giordino scherte sich nicht um Gunns heroisches Gehabe. Er fädelte einen Schnürsenkel von seinem Schuh und brachte am Oberschenkel, knapp über dem Knie, eine Aderpresse an.

»Kannst du das einen Moment lang festhalten?«

»Muss ich wohl, wenn ich nicht verbluten will«, erwiderte Gunn stöhnend.

Giordino rannte in den Stollen, durch die verräucherte Kammer und holte seinen Rucksack mit dem Verbandskasten hinter dem Steinhaufen an der Einsturzstelle hervor. Im Nu war er wieder zurück und nahm sich die Wunde vor, desinfizierte sie gründlich und versuchte den Blutverlust zu unterbinden, so gut es ging.

»Ich habe nicht vor, den Bruch zu richten«, sagte er. »Das überlassen wir lieber einem Arzt in Kapstadt.« Giordino wollte Gunn nicht von der Stelle bewegen, daher machte er es ihm so bequem wie möglich und breitete eine Plastikplane aus seinem Rucksack über ihn, damit er vor dem Nieselregen geschützt war. Danach rief er den Admiral an, berichtete ihm von Gunns Verletzung und bat um rasche Rettung.

Als er sein Gespräch mit Sandecker beendet hatte, steckte er das Telefon in die Tasche und schaute zu dem brennenden Hubschrauber drunten am Berghang.

»Wahnwitz«, murmelte er vor sich hin. »Der reinste, abgefeimteste Wahnwitz. Was bringt all diese Männer dazu loszuziehen, andere umzubringen und sich selber umbringen zu lassen?« Er konnte nur hoffen, dass er darauf bald eine Antwort bekam.

20

»Fünfzig Meter bis zum Grund«, sagte Ira Cox, während er auf das dunkel drohende Loch im Eis starrte, in dem das zerschmetterte U-Boot sein nasses Grab gefunden hatte. »Sind Sie sicher, dass Sie sich das antun wollen?«

»Die Jungs von der Marine sind frühestens in zwei Stunden mit den Reparaturen im Maschinenraum und auf der Brücke fertig«, erwiderte Pitt. »Und da das Schiff Tauchausrüstung für den Einsatz im Polarmeer an Bord hat, lasse ich mir die Gelegenheit nicht entgehen, mich mal in dem U-Boot umzusehen.«

»Was erwarten Sie denn dort zu finden?«, fragte Evie Tan, die sich Pitt und ein paar weiteren Männern von der Besatzung angeschlossen hatte.

»Logbücher, Schiffspapiere, Berichte, irgendwas Schriftliches, das uns einen Hinweis darauf geben könnte, wer den Einsatz befohlen hat und woher das Boot kommt.«

»Aus Nazideutschland 1945«, sagte Cox lächelnd, aber ohne vorlaut zu klingen.

Pitt setzte sich auf das Eis und zog die Schwimmflossen an. »Einverstanden, aber wo hat es sich in den letzten sechsundfünfzig Jahren versteckt?«

Cox zuckte die Achseln und überprüfte Pitts Unterwasserfunkgerät. »Können Sie mich verstehen?«

»Mir platzt gleich das Trommelfell. Stellen Sie es leiser.«

»Wie kommt's so?«

»Besser.« Pitts Stimme drang aus einem Lautsprecher in einem neben dem Eisloch aufgestellten Zelt.

»Sie sollten nicht allein da runter«, sagte Cox.

»Ein anderer Taucher käme mir bloß ins Gehege. Außerdem bin ich schon über zwanzig Mal in polaren Gewässern getaucht.«

Pitt schlüpfte in dem mit einem Generator geheizten Zelt in einen Divex Armadilo Hot Water Suit, einen eigens für den Einsatz in kalten Gewässern konstruierten Tauchanzug, der innen und außen mit einem Röhrensystem versehen war, durch das warmes Wasser über den ganzen Körper zirkulierte, Hände, Kopf und Füße eingeschlossen. Es wurde von einer mit einem Heizgerät versehenen Pumpe durch eine Art Nabelschnur über ein Ventil in den Anzug geleitet, sodass Pitt den Zustrom nach Bedarf regeln konnte. Außerdem trug er eine Vollgesichtsmaske, vom Typ AGA MK-II, die mit einem Sprechfunkgerät ausgerüstet war. Er hatte sich dafür entschieden, lieber Sauerstoff-Flaschen mitzunehmen, als sich von oben mit Atemluft versorgen zu lassen. Nachdem er kurz seine Unterwasserlampe, eine Substrobe Ikelite, überprüft hatte, war er bereit.

»Viel Glück«, rief Evie laut, damit Pitt sie durch Kapuze und Brille hören konnte. Dann schoss sie rasch ein paar Fotos von ihm, als er am Rand des Eislochs saß. »Kann ich Sie wirklich nicht dazu überreden, da unten mit einer wasserdichten Kamera ein paar Bilder aufzunehmen?«

Pitt schüttelte nur kurz den Kopf und meldete sich über Lautsprecher. »Ich habe nicht genug Zeit, den Fotografen zu spielen.«

Er winkte ihr zu, stieß sich mit den Flossen vom Eis weg und rollte sich ins Wasser. In drei Metern Tiefe hielt er inne, ließ die überschüssige Luft aus seinem Trockentauchanzug ab und wartete einen Moment, um sich davon zu überzeugen, dass das Heizgerät auf die eisige Wassertemperatur ansprach. Pitt war ein umsichtiger Taucher, der in all den Jahren, die er diesen Beruf nun schon ausübte, unter Wasser nur selten in Not geraten war. Fortwährend unterhielt er sich in Gedanken mit sich selbst, hinterfragte seine Entscheidungen, erkundete seine Umgebung, überwachte seine Messgeräte und achtete auf seine körperliche Verfassung.

Unter dem Packeis, das knapp einen Meter dick war, befand er sich in einer völlig anderen Welt. Von unten sah das Eis wie die Oberfläche eines fernen, unbekannten Planeten aus, eine in diffuses, von oben hindurchdringendes Licht getauchte Landschaft mit Bergen und Tälern, über die gelbe Algenwolken hinwegzogen, von denen sich Abermillionen kleinster Krebse ernährten, der Krill. Er regelte kurz die Warmwasserzufuhr und schaute dann hinab in die grüne Tiefe, in die Dunkelheit, die sich darunter auftat.

Sie lockte ihn, und er tauchte hinab, um sich von ihr umfangen zu lassen.

Es war ein trostloser Anblick, der sich Pitt darbot, je tiefer er hinabtauchte. Hier gab es weder Kelp noch Korallen, noch kunterbunte Fische. Er blickte nach oben, zu dem unheimlichen Lichtschein, der durch das Loch im Eis fiel, um sich zu orientieren. Dann hielt er einen Moment lang inne, schaltete seine Unterwasserlampe an und richtete sie auf das Wrack, während er den Druckausgleich vornahm.

Rundum lagen die zerfetzten Überreste des U-Bootes, dessen Rumpf in Höhe des Turms auseinander gebrochen und zermalmt war. Der weggerissene Turm lag ein Stück weit entfernt inmitten eines Trümmerfeldes. Das Heck hing offenbar nur mehr an den Schraubenwellen am Kiel fest. Der Bug war verzogen, stand aber aufrecht im Schlick. Pitt war überrascht, wie tief das Wrack bereits in den weichen Untergrund eingesunken war.

»Bin beim Wrack angelangt«, meldete er Cox. »Es ist auseinander gebrochen. Ich gehe rein.«

»Passen Sie gut auf«, ertönte Cox' Stimme über Kopfhörer. »Wenn Sie sich an dem schartigen Eisen den Anzug aufreißen, sind Sie erfroren, bevor Sie wieder oben sind.«

»Sie können einem ja Mut machen.«

Pitt drang nicht gleich in das Wrack vor. Fast zehn Minuten lang schwamm er darüber hinweg und betrachtete das Trümmerfeld. Der schwere Sprengkopf, eigentlich zur Vernichtung von Flächenzielen gedacht, hatte das Unterseeboot nahezu bis zur Unkenntlichkeit zerstört. Wie von Riesenhand verstreut, lagen rundum Rohre, Ventile und geborstene Stahlplatten. Leichenteile tauchten unter ihm auf, zerfetzte Leiber, so als hätte ein Terrorkommando einen Bombenanschlag verübt.

Mit ein paar Flossenschlägen schwamm er gegen die Strömung an und drang durch das Loch, das der abgerissene Turm hinterlassen hatte, in das Wrack ein. Zwei Tote, beide unter dem Kommandostand eingeklemmt, tauchten im Schein seiner Unterwasserlampe auf. Er kämpfte kurz gegen die Übelkeit an und durchsuchte sie, fand aber nicht das Geringste, weder eine Brieftasche noch persönliche Papiere, geschweige denn einen Ausweis.

»Acht Minuten«, meldete sich Cox. »In acht Minuten müssen Sie mit dem Aufstieg beginnen.«

»Verstanden.« Normalerweise kamen diese Warnungen von Giordino, aber Pitt war dankbar für die Aufmerksamkeit des schwergewichtigen Seemanns. Es ersparte ihm kostbare Sekunden, wenn er nicht ständig innehalten und auf das orangefarbene Leuchtzifferblatt seiner Doxa-Taucheruhr blicken musste.

Er drang tiefer in den stockdunklen Druckkörper ein, richtete seine Lampe auf das Gewirr aus verbogenen Stahlteilen und Rohren, arbeitete sich durch einen schmalen Gang voran und untersuchte die Unterkünfte zu beiden Seiten. Alle waren leer. Er durchwühlte die Schubladen und Spinde, fand aber keinerlei Dokumente.

Er überprüfte kurz, wie viel Luft er noch für den Aufstieg und die erforderlichen Dekopausen hatte. Dann schwamm er in die einstige Offiziersmesse, die sich auf der völlig zermalmten Seite des Druckkörpers befand. Die Anrichte und die am Boden verschraubten Tische und Stühle waren zertrümmert und geborsten.

»Vier Minuten.«

»Vier Minuten«, wiederholte Pitt.

Er stieß weiter vor und fand die Unterkunft des Kommandanten. Fieberhaft suchte er jetzt, da die Zeit knapp wurde, nach Briefen, Berichten oder einem Tagebuch. Nichts. Nicht einmal ein Logbuch war vorhanden. Fast kam es ihm vor, als wäre das Wrack mitsamt seiner toten Besatzung nur eine Sinnestäuschung, die sich jeden Moment vor seinen Augen in Luft auflösen könnte.

»Zwei Minuten.« Der Tonfall war schärfer.

»Bin unterwegs.«

Plötzlich spürte Pitt ohne jede Vorwarnung eine Hand auf seiner Schulter. Er erstarrte, und sein bislang ruhig und gleichmäßig schlagendes Herz hämmerte mit einem Mal wie wild. Es war kein zupackender Griff, eher eine leichte Berührung zwischen Hals und Oberarm. Auf den ersten Schreck folgte für gewöhnlich die Angst, das lähmende, unbändige Entsetzen, das leicht zum Wahnsinn führen kann. In einen Zustand, in dem Wahrnehmung und Begriffsvermögen ausgeschaltet sind. Die meisten Menschen reagieren darauf wie betäubt, als stünden sie unter Narkose, und sind zu keinem vernünftigen Gedanken mehr fähig.

Die meisten Menschen, aber nicht Pitt.

Zunächst war er zwar überrascht, behielt aber trotzdem einen klaren Kopf. Er war zu nüchtern und praktisch veranlagt, um an Geister und Gespenster zu glauben, und dass plötzlich ein zweiter Taucher auf der Bildfläche erscheinen könnte, hielt er für unwahrscheinlich. Die Angst und das anfängliche Erschrecken legten sich. Er wusste noch immer nicht, womit er es zu tun hatte, aber jetzt konnte er sich vernünftig damit auseinander setzen. Bewegungslos stand er da. Dann nahm er langsam und vorsichtig die Unterwasserlampe in die linke Hand und zog mit der rechten das Tauchermesser aus der Scheide. Fest schloss er die in dem beheizten Handschuh steckenden Finger um den Griff und fuhr herum.

Den Anblick, der sich ihm bot, würde er sein Lebtag nicht mehr vergessen.

21

Eine Frau, eine schöne Frau, soweit noch etwas von der einstigen Schönheit zu erkennen war, starrte ihn mit großen, blicklosen graublauen Augen an. Die Hand, die ihn an der Schulter berührt hatte, war noch ausgestreckt, so als wollte sie ihm zuwinken. Sie trug die übliche Uniform des Vierten Reiches, einen schwarzen Overall, der jetzt zerfetzt war, als wäre eine riesige Katze mit sämtlichen Krallen darüber hergefallen. Wie Tentakel wiegten sich die aus den Rissen quellenden Fleischfetzen in der leichten Strömung. Eine wohl geformte Brust lag bloß, der eine Arm war unterhalb des Ellbogens abgerissen. Auf den Schulterstücken prangten Rangabzeichen, aber Pitt hatte keine Ahnung, was sie zu bedeuten hatten.

Das Gesicht wirkte seltsam entrückt und blutleer. Die blonde Haarmähne wogte wie ein Heiligenschein um ihren Kopf. Sie hatte hohe Jochbeine und eine leichte Stupsnase. Der Mund war halb geöffnet, so als wollte sie etwas sagen. Sie war rund einen Viertelmeter von ihm entfernt und schien ihm direkt in die Augen zu schauen. Im ersten Moment wollte er sie wegstoßen, als wäre sie ein Dämon aus der Unterwelt, doch dann besann er sich und wusste, was er zu tun hatte.

Rasch durchwühlte er ihre Taschen. Er war nicht weiter überrascht, als er keinen Ausweis fand. Anschließend rollte er ein Stück von dem dünnen Seil ab, das an seinem Bleigurt hing, und band es um die Stiefel der Toten. Danach stieg er durch das gewaltige Loch im Druckkörper des U-Bootes aus und hielt auf den trüben Lichtschein zu, der rund fünfzig Meter weiter oben schimmerte.

Nachdem er die nötigen Dekompressionspausen eingehalten hatte, tauchte er mitten in dem schartigen Loch im Eis auf und schwamm zum Rand, wo Cox und etliche andere Mitglieder der Besatzung auf ihn warteten. Evie Tan stand in der Nähe und fotografierte, als Pitt von kräftigen Händen gepackt und mitsamt seiner sperrigen Tauchausrüstung aus dem Wasser gezogen wurde.

»Irgendwas gefunden?«, fragte Cox.

»Nicht den geringsten Anhaltspunkt«, erwiderte Pitt, nachdem man ihm die Brille abgenommen hatte. Er reichte Cox das Seil, das hinab ins Wasser führte.

»Darf ich fragen, was da dranhängt?«

»Ich habe jemanden vom U-Boot mitgebracht.«

Evie starrte auf die seltsame Gestalt, die da aus der Tiefe aufstieg, bis sie auftauchte, mit ausgebreiteten Haaren im Wasser lag und mit weit aufgerissenen Augen in die Sonne blickte. »Lieber Gott!«, keuchte sie auf und wurde so weiß wie das Packeis rundum. »Eine Frau!« Sie war so erschrocken, dass sie vergaß, die Frau zu fotografieren, bevor sie in eine Plastikplane eingerollt und auf dem Schlitten verstaut wurde.

Pitt ließ sich die Pressluftflaschen abnehmen und schaute dem Schlitten hinterher, der von den Seeleuten zur *Polar Storm* gezogen wurde. »Wenn ich mich nicht irre, war sie ein Offizier.«

»Jammerschade drum«, sagte Cox. »Die muss mal ziemlich attraktiv gewesen sein.«

»Selbst im Tod«, warf Evie betroffen ein, »strahlt sie noch eine gewisse Eleganz aus. Wenn mich nicht alles täuscht, muss sie mal eine richtige Klassefrau gewesen sein.«

»Schon möglich«, sagte Pitt. »Aber was hat sie auf einem U-Boot gemacht, das angeblich schon vor fünfzig Jahren vernichtet wurde? Wenn wir Glück haben und sie identifizieren können, hilft uns das vielleicht bei der Lösung des Rätsels.«

»Ich werde an dieser Geschichte dranbleiben, bis sie geklärt ist«, sagte sie entschieden.

Pitt streifte die Schwimmflossen ab und zog ein Paar pelzgefütterte Stiefel an. »Sprechen Sie das vorher lieber mit der Marine und mit Admiral Sandecker ab. Kann sein, dass die von dieser Sache noch nichts an die Öffentlichkeit dringen lassen wollen.«

Evie setzte zu einer Erwiderung an, doch Pitt marschierte bereits in den Schlittenspuren auf das Schiff zu.

Pitt duschte und rasierte sich, genoss den heißen Dampf in der Kabine, bevor er es sich mit einem kleinen Glas Agavero Liqueur de Tequila gemütlich machte, den er einst bei einer Tauchtour in La Paz in Mexiko erstanden hatte. Erst als er sich wieder einigermaßen gesammelt hatte und halbwegs klar denken konnte, rief er Sandecker in Washington an.

»Eine Leiche, sagen Sie«, versetzte Sandecker, nachdem er sich Pitts Bericht über den Angriff auf das Schiff und das weitere Geschehen angehört hatte. »Ein weiblicher Offizier des U-Bootes.«

»Ja, Sir. Bei erstbester Gelegenheit lasse ich sie nach Washington fliegen, damit man sie untersuchen und vielleicht identifizieren kann.«

»Dürfte nicht einfach sein, wenn es sich um eine Ausländerin handelt.«

»Ich bin überzeugt, dass man ihre Herkunft feststellen kann.«

»Wurden irgendwelche Artefakte von der *Madras* bei dem Angriff beschädigt?«, fragte Sandecker.

»Die sind alle unversehrt.«

»Sie und alle anderen an Bord hatten Glück, dass Sie mit heiler Haut davongekommen sind.«

»Um Haaresbreite, Admiral. Wenn Commander Cunningham und die *Tucson* nicht zur rechten Zeit gekommen wären, läge statt des U-Boots jetzt die *Polar Storm* am Grund des Eismeers.«

»Yeager hat seine Datenbanken nach U-2015 durchforstet. Das U-Boot stellt uns vor ein Rätsel. Die Aufzeichnungen deuten darauf hin, dass es im April 1945 vor der dänischen Küste verloren ging. Allerdings glauben manche Historiker, dass es den Krieg überstanden hat und von seiner Besatzung im Rio de la Plata versenkt wurde, irgendwo zwischen Uruguay und Argentinien, nicht weit von der Stelle, an der die *Graf Spee* gesprengt wurde. Aber bewiesen ist das nicht.«

»Über seinen genauen Verbleib ist also nichts bekannt?«

»Nein«, antwortete Sandecker. »Man weiß lediglich, dass es im November 1944 fertig gestellt wurde und in See stach, aber nie im Kampfeinsatz war.«

»Wozu wurde es von der deutschen Marine eingesetzt?«

»Es war ein neuer deutscher U-Boot-Typ, ein so genanntes Elektroboot, weitaus moderner als alle anderen Unterseeboote, die damals weltweit im Einsatz waren. Durch den niedrigen Druckkörper, der mit leistungsstarken Batterien voll gepackt war, war es schneller als die meisten Überwasserschiffe, konnte buchstäblich monatelang auf Tauchfahrt bleiben und unter Wasser riesige Strecken zurücklegen. Yeager ist in den ansonsten wenig ergiebigen Unterlagen der deutschen Marine auf einen Hinweis gestoßen, wonach es an einem Einsatz teilnahm, der den Decknamen Unternehmen Neue Bestimmung trug.«

»Wo hab ich den Ausdruck schon mal gehört?«, murmelte Pitt.

»Es handelt sich um einen Plan, den hohe Nazis gemeinsam mit der argentinischen Regierung um Perón ausheckten, um die ungeheuren Reichtümer, die die Nazis im Laufe des Krieges zusammengerafft hatten, nach Argentinien zu schleusen. Während andere U-Boote alliierte Schiffe und Geleitzüge angriffen, fuhr U-2015 zwischen Deutschland und Argentinien hin und her und beförderte Gold- und Silberbarren, Platin, Diamanten und Kunstschätze im Wert von etlichen Millionen Dollar, die die Nazis in ganz Europa geraubt hatten. Gleichzeitig wurden unter höchster Geheimhaltung hohe Nazifunktionäre mitsamt ihrer Familien nach Übersee gebracht und an einem abgelegenen Küstenstreifen von Patagonien abgesetzt.«

»Das ging vor Kriegsende über die Bühne?«

»Bis zum bitteren Ende«, antwortete Sandecker. »Es gibt keinerlei aktenkundige Bestätigung dafür, aber vieles deutet darauf hin, dass die Idee zum Unternehmen Neue Bestimmung von Martin Bormann stammt. Er mag zwar ein Fanatiker und überzeugter Anhänger von Adolf Hitler gewesen sein, aber er war auch schlau genug, um zu erkennen, dass das Dritte Reich in Feuer und Asche unterging. Er hatte sich vorgenommen, die Nazi-Elite und einen erklecklichen Teil ihrer Wertsachen in ein den Deutschen freundlich gesinntes Land zu schmuggeln, noch ehe die alliierten Armeen den Rhein überschritten. Sein Ehrgeiz ging sogar so weit, dass er Hitler zu einem geheimen Zufluchtsort in den Anden schaffen wollte, doch dazu kam es nicht mehr, da Hitler sich in seinem Bunker in Berlin umbrachte.«

»War U-2015 das einzige Unterseeboot, das Wertsachen und Passagiere nach Südamerika transportierte?«, fragte Pitt.

»Nein, es gab noch mindestens zwölf weitere. Aber deren Schicksal konnte nach dem Krieg ausnahmslos geklärt werden. Ein paar wurden von alliierten Flugzeugen und Kriegsschiffen vernichtet. Alle übrigen hatten entweder neutrale Staaten angelaufen oder waren von ihrer Besatzung versenkt worden.«

»Irgendwelche Hinweise, was aus dem Geld und den Passagieren geworden ist?«

»Nichts«, musste Sandecker gestehen. »Einer der beteiligten U-Bootfahrer, den man lange nach Kriegsende danach fragte – er verschwand übrigens kurz darauf –, berichtete von schweren Holzkisten, die an einem einsamen Pier auf bereit stehende Lastwagen umgeladen worden seien. Die Passagiere, alle in Zivil, aber dem Verhalten nach zu schließen offensichtlich hochrangige Parteimitglieder, wurden zu einer Reihe von Pkw gebracht. Was aus ihnen oder den Schätzen geworden ist, weiß man nicht.«

»Argentinien hat viele alte Nazis aufgenommen. Wäre doch durchaus denkbar, dass die jetzt von dort aus ihre Rattenfängerei betreiben und eine neue Weltordnung aus der Asche der alten erstehen lassen wollen.«

»Vermutlich lebt kaum mehr als eine Hand voll von ihnen. Die müssen inzwischen alle über neunzig sein, wenn sie damals einen hohen Rang in der Partei oder bei der Wehrmacht inne hatten.«

»Das wird ja immer spannender«, sagte Pitt. »Aber warum sollte ein Haufen alter Nazis ein U-2015 wieder in Dienst stellen und gegen ein Forschungsschiff einsetzen?«

»Aus dem gleichen Grund, aus dem man Sie in Telluride und Al und Rudi auf St. Paul im Indischen Ozean liquidieren wollte.«

»Hab ganz vergessen, mich nach ihnen zu erkundigen«, sagte Pitt zerknirscht. »Wie ist es ihnen ergangen? Haben sie die Kammer mit den Artefakten gefunden?«

»Jawohl«, erwiderte Sandecker. »Aber danach sind sie mit knapper Not davongekommen, als ihre Maschine zerstört wurde, bevor sie zum Rückflug nach Kapstadt starten konnten. Soweit wir feststellen konnten, wurde von einem Frachter aus ein Hubschrauber mit sechs bewaffneten Männern losgeschickt, die jeden Eindringling, den sie auf der Insel vorfanden, töten und alle Artefakte, die von den Passagieren der *Madras* zurückgelassen worden waren, in ihren Besitz bringen sollten. Al und Rudi haben sie alle erledigt und zudem den Hubschrauber abgeschossen. Rudi wurde von einer Kugel getroffen, die ihm das Schienbein gebrochen hat. Er ist wohlauf und wird wieder auf die Beine kommen, muss aber vermutlich eine ganze Weile einen Gips tragen.«

»Sind sie noch auf der Insel?«

»Nur Al. Rudi wurde vor etwa einer Stunde vom Helikopter einer britischen Raketenfregatte abgeholt, die sich auf der Rückfahrt von Australien nach Southampton befindet und zufällig in der Nähe war. Er müsste bald auf dem Weg zu einem Krankenhaus in Kapstadt sein.«

»Sechs Killer und einen Hubschrauber«, sagte Pitt bewundernd. »Die Geschichte will ich hören.«

»Schon erstaunlich, wenn man bedenkt, dass sie den Kampf zunächst unbewaffnet aufnehmen mussten.«

»Der Nachrichtendienst des Vierten Reichs vollbringt wirklich wahre Wunder«, sagte Pitt. »Ich habe mich kurz mit dem Kommandanten des U-Boots unterhalten, bevor es das Feuer auf die *Polar Storm* eröffnete. Als ich ihm meinen Namen nannte, wusste er sofort Bescheid, dass ich in Colorado war. Passen Sie auf, Admiral, so Leid es mir tut, aber ich glaube, wir haben möglicherweise einen Informanten in den Reihen der NUMA.«

»Ich kümmere mich darum«, sagte Sandecker, den der bloße Gedanke daran zur Weißglut trieb. »Inzwischen schicke ich Dr. O'Connell nach St. Paul, damit sie vor Ort die Kammer und die Funde, auf die Al und Rudi dort gestoßen sind, in Augenschein nehmen kann. Sobald ich das entsprechende Beförderungsmittel bereitgestellt habe, begeben Sie sich zu ihr und sorgen dafür, dass die Funde abtransportiert und in die Vereinigten Staaten überführt werden.«

»Was ist mit den Franzosen? Gehört denen nicht die Insel?«

»Was sie nicht wissen, werden sie nicht missen.«

»Und wann komme *ich* wieder in die zivilisierte Welt?«

»Bis Ende der Woche werden Sie wieder in Ihrem eigenen Bett schlafen. Haben Sie sonst noch was auf dem Herzen?«

»Sind Pat und Hiram mit dem Entziffern der Inschriften vorangekommen?«

»Sie haben das Zahlensystem geknackt. Der Computer hat anhand der Position der Sternbilder an der Decke der Kammer errechnet, dass die Inschriften etwa neuntausend Jahre alt sein müssten.«

Pitt meinte nicht recht gehört zu haben. »Sagten Sie neuntausend?«

»Hiram zufolge wurde die Kammer etwa 7100 Jahre vor Christi Geburt geschaffen.«

Pitt war wie vom Donner gerührt. »Wollen Sie damit etwa sagen, dass es viertausend Jahre vor den Sumerern oder Ägyptern bereits eine Hochkultur gegeben hat?«

»Ich habe mich zwar seit dem Seminar auf der Marineakademie nicht mehr mit Frühgeschichte befasst«, sagte Sandecker, »aber soweit ich mich entsinne, läuft es darauf hinaus.«

»Die Archäologen und Historiker dürften nicht allzu begeistert sein, wenn sie die Vorgeschichte umschreiben dürfen.«

»Yeager und Dr. O'Connell haben auch beim Entziffern der Schrift erste Fortschritte gemacht. Allmählich zeichnet sich ab, dass es sich um eine Art Chronik handelt, in der von einer großen Katastrophe berichtet wird, die in grauer Vorzeit die ganze Welt heimgesucht hat.«

»Eine geheimnisvolle alte Kultur, die durch eine Katastrophe ausgelöscht wurde. Wenn ich's nicht besser wüsste, Admiral, würde ich sagen, Sie sprechen von Atlantis.«

Sandecker antwortete nicht gleich. Pitt meinte förmlich hören zu können, wie der Admiral überlegte. »Atlantis«, sagte Sandecker schließlich bedächtig, wiederholte den Namen, als handelte es sich um ein Heiligtum. »So merkwürdig es klingen mag, aber womöglich haben Sie es genauer getroffen, als Sie denken.«

DRITTER TEIL

Eine Arche für das 21. Jahrhundert

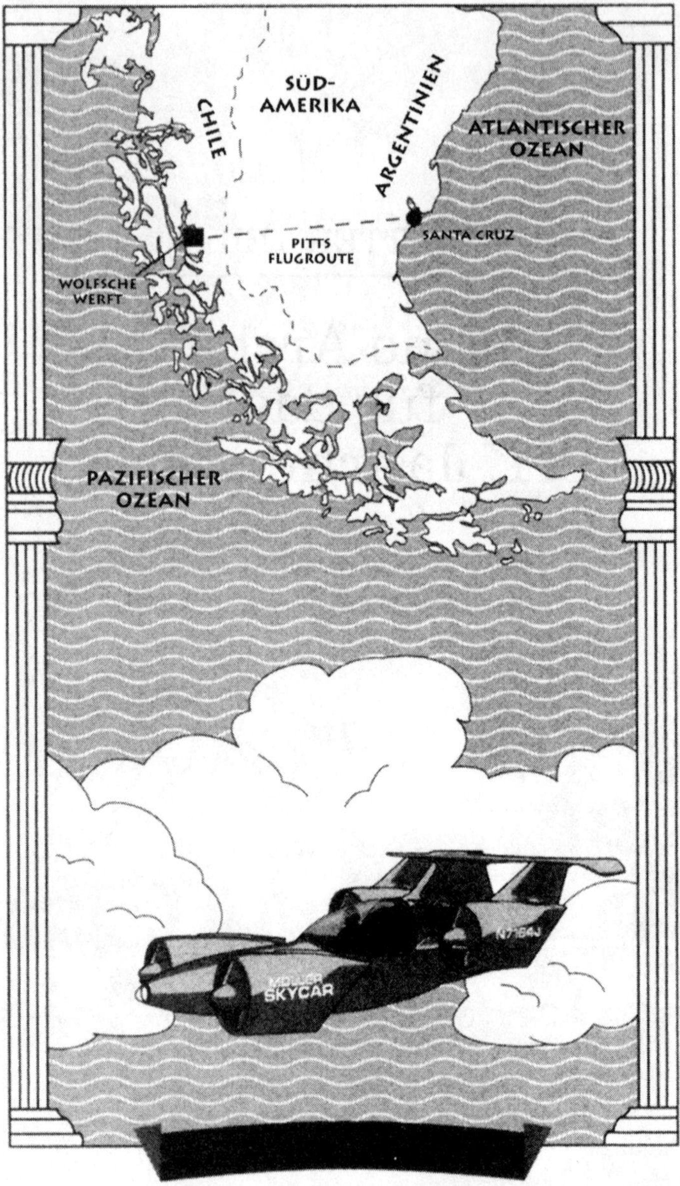

Flugroute von Pitts Skycar

4. April 2001
Buenos Aires, Argentinien

22

Die großen Opernhäuser dieser Welt werden von den Sängern und Musikern auf Grund ihrer Akustik beurteilt, der Reinheit und Fülle des Klangs, der sich von der Bühne aus bis zu den Logenplätzen und den obersten Rängen fortpflanzt. Die Opernliebhaber hingegen, die die Eintrittskarten kaufen, bewerten und bewundern sie eher anhand ihrer Eleganz und Ausstattung. Manche Häuser bestechen durch ihre barocke Pracht, andere durch ihren plüschigen Pomp, ein paar durch ihr verschnörkeltes und stuckverziertes Interieur. Doch keines kann gegen den unnachahmlichen Bombast des Teatro Colón an der Avenida 9 de Julio in Buenos Aires bestehen.

Beim Bau des Hauses, der 1890 begonnen und 1908, als Puccini der uneingeschränkte König der Oper war, vollendet wurde, scheute man weder Kosten noch Aufwand. Im Teatro Colón, das sich über eine ganze Häuserzeile erstreckt und eine faszinierende Verbindung aus Jugendstil, italienischer Renaissance und französischem Klassizismus darstellt, tanzten bereits Nijinskij und die Pawlowa, stand einst ein Toscanini am Dirigentenpult, und alle großen Künstler ihrer Zeit, von Caruso bis Callas, traten hier auf.

Der Innenraum ist so prunkvoll, dass es einem schier die Sprache verschlägt. Kunstvoll verschlungene Messinggeländer säumen die Emporen, die Sitze im Parkett und auf den sechs Rängen sind mit Samt bezogen, die Vorhänge mit Goldbrokat durchwirkt, und über all dieser Pracht spannt sich eine meisterhaft bemalte und mit reichem Stuck verzierte Decke. An den glanzvollen Premierenabenden versammelt sich die gesamte feine Gesellschaft von Argentinien in dem mit italienischem Marmor getäfelten Foyer und begibt sich über die prachtvollen Treppen zu den luxuriösen Logen.

Sechzig Sekunden vor Beginn der Ouvertüre zu Claudio Monteverdis *L'incoronazione di Poppea* waren sämtliche Plätze des Hauses besetzt, mit Ausnahme der Loge auf der rechten Seite der Bühne. Die war noch leer.

Kurz bevor die Lichter im Saal ausgingen, begaben sich ein Mann und vier Frauen in die Loge und nahmen auf den rostbraunen Samtsesseln Platz. Davor, von den Vorhängen vor neugierigen Blicken geschützt, bezogen zwei Leibwächter Posten, beide geschniegelt und in elegantem Frack. Aller Augen und zahlreiche Operngläser richteten sich auf die Neuankömmlinge, die im letzten Moment und so unauffällig wie nur möglich in die Loge geschlüpft waren.

Die Frauen waren hinreißend, nicht nur hübsch oder außergewöhnlich, sondern strahlende Schönheiten im klassischen Sinn. Sie hatten allesamt flachsblonde Haare, die am Oberkopf zu dichten Zöpfchen geflochten waren und in langen, sorgfältig aufgedrehten Locken über die bloßen Schultern fielen. Hoheitsvoll saßen sie da, die schmalen Hände schicklich im Schoß gefaltet, und schauten mit den ihnen allen eigenen blaugrauen Augen, die so durchdringend schimmerten wie Mondlicht in rabenschwarzer Nacht, hinab in den Orchestergraben. Ebenmäßig wirkten die Gesichter mit den hohen Jochbeinen und dem leicht gebräunten Teint, der womöglich noch vom letzten Skiurlaub in den Anden oder vom jüngsten Sonnenbad auf einer draußen vor Bahia Blanca vor Anker liegenden Jacht herrührte. Man hätte sie ohne weiteres für fünfundzwanzig halten können, doch alle vier waren zehn Jahre älter, waren nicht nur Schwestern, sondern entstammten einer Sechslingsgeburt. Trotz der Kleidung konnte man erkennen, dass sie alle rank und schlank und durchtrainiert waren.

Alle vier trugen lange, mit Fuchspelz besetzte Abendkleider aus schimmernder Seide, die sich nur farblich voneinander unterschieden. Strahlend wie gelbe, blaue, grüne und rote Edelsteine saßen sie in ihrer Loge, umfunkelt vom glitzernden Feuer ihrer mit Diamanten besetzten Kolliers, Ohrringe und Armbänder. Doch bei aller Schönheit und Farbenpracht wirkten sie unnah, fast ätherisch, wie Göttinnen. Niemand, der sie so sah, wäre auf die Idee gekommen, dass jede von ihnen schon fünf Kinder geboren hatte. Die vier

Frauen, die stellvertretend für ihre Familie an dieser Premiere teilnahmen, hatten sich anmutig nickend und lächelnd dem Mann in ihrer Mitte zugewandt. Kerzengerade saß er da, ebenso blond und mit den gleichen blaugrauen Augen wie seine Schwestern. Doch damit endete die Ähnlichkeit. Auch er konnte sich sehen lassen, war aber eher markig als makellos schön, mit schmaler Taille, breiten Schultern und muskulösen Armen und Beinen. Über dem kantigen Gesicht mit dem nur leicht angedeuteten Spalt im Kinn und der kerzengeraden Nase wucherte dichtes blondes Haar, das förmlich dazu einlud, von zarter weiblicher Hand gestreichelt zu werden. Er war groß – mit knapp zwei Metern überragte er seine eins achtundsiebzig großen Schwestern um fast einen Kopf.

Als er sich seinen Geschwistern zuwandte, strahlend lächelte und angeregt mit ihnen redete, wirkte er jungenhaft freundlich, als könnte er kein Wässerchen trüben. Die Augen indes waren eiskalt. Als ob ein Panter auf der Suche nach Beute über die Savanne spähte.

Karl Wolf war ein reicher und mächtiger Mann, Vorstandsvorsitzender eines riesigen Familienimperiums mit Niederlassungen in China und Indien, ganz Europa, Kanada, den Vereinigten Staaten, Mexiko und Südamerika. Sein persönliches Vermögen wurde auf weit über hundert Milliarden Dollar geschätzt. Die von ihm geleitete Unternehmensgruppe, die sich der Anwendung neuester wissenschaftlicher und technologischer Erkenntnisse verschrieben hatte, war in der Wirtschaftswelt allgemein unter dem Namen Destiny Enterprises Limited bekannt. Karl war im Gegensatz zu seinen Schwestern noch unverheiratet.

Karl Wolf und seine Anverwandten hätten mühelos Zugang zur so genannten Prominenz des neuen Argentinien finden können. Er war gebildet, voller Selbstvertrauen, wohlhabend, doch er und die anderen Mitglieder seiner Familie lebten eher bescheiden, jedenfalls in Anbetracht ihres riesigen Vermögens. Selten nur ließ sich jemand aus dem Wolfschen Familienclan, einer über zweihundert Mitglieder zählenden Dynastie, in einem der schicken Restaurants oder bei offiziellen Anlässen blicken, so gut wie nie sah man eine der Frauen in den zahllosen eleganten Geschäften und Boutiquen von Buenos Aires. Man lebte zurückgezogen, achtete darauf, dass niemand auffiel, von Karl einmal abgesehen, der sich betont offen und aufgeschlossen gab, und schottete sich von seinen argentinischen Mitbürgern ab. Man schloss mit niemandem Freundschaft, nicht einmal mit Prominenten oder hohen Regierungsvertretern. Stets achtete die Familie Wolf auf Distanz. Immer nahmen sie den Familiennamen ihrer Frauen an, sodass alle weiteren Sprösslinge ebenfalls den Namen Wolf trugen, egal, ob sie der männlichen oder weiblichen Linie entsprangen. Sie alle bildeten eine verschworene Gemeinschaft.

Umso mehr Aufsehen und Getuschel erregten Karl und seine Schwestern, als sie an diesem Abend der Premiere beiwohnten. Dann endete die Ouvertüre, und der Vorhang ging auf, worauf sich das Publikum widerstrebend von den fünf hinreißend schönen Gestalten in der Loge losriss und sich der Bühne zuwandte.

Maria Wolf, die links neben Karl saß, beugte sich vor. »Wieso müssen wir uns das immer wieder antun?«, flüsterte sie ihm zu.

Wolf wandte sich lächelnd an sie. »Weil wir uns ab und zu der Öffentlichkeit präsentieren müssen, Schwesterherz, sonst könnte man in der Regierung oder der Presse auf die Idee kommen, wir hätten etwas zu verbergen. Lieber hie und da ein Auftritt, als dass man uns eine gigantische Verschwörung andichtet oder uns für Außerirdische hält, die das Land in ihre Gewalt bekommen wollen.«

»Wir hätten warten sollen, bis Heidi aus der Antarktis zurück ist.«

»Ganz meine Meinung«, flüsterte Geli, die rechts von Wolf saß. »Sie ist die einzige, die diesem langweiligen Gedudel etwas abgewinnen könnte.«

Wolf tätschelte Gelis Hand. »Ich werde sie dafür nächste Woche zur Premiere von *La Traviata* begleiten.«

Sie achteten nicht auf die Blicke des Publikums, das hin und her gerissen war zwischen der Loge und dem Geschehen auf der Bühne. Der Vorhang zum dritten Akt war gerade aufgegangen, als einer der Leibwächter eintrat, die draußen auf dem Gang Wache standen, und Wolf etwas ins Ohr flüsterte. Er erstarrte sichtlich, das Lächeln erstarb, und er beugte sich mit ernster Miene vor. »Liebe Schwestern«, sagte er leise, »ich muss euch leider verlassen. Ein Notfall. Ihr bleibt hier. Ich habe uns im Plaza Grill einen privaten Speiseraum für ein leichtes Abendessen nach der Vorstellung reservieren lassen. Geht schon mal vor, ich komme später nach.«

Alle vier Frauen wandten sich von der Bühne ab und blickten ihn betroffen an. »Was ist denn los?«, fragte Geli.

»Wir würden es gern wissen«, sagte Maria.

»Wenn ich es weiß, sage ich euch Bescheid«, versprach er. »Und jetzt amüsiert euch.«

Wolf stand auf und verließ in Begleitung eines Leibwächters die Loge, während der andere weiter auf Posten blieb. Er eilte durch einen Seitenausgang aus dem Theater und stieg in einen bereitstehenden Wagen, einen 1969er Mercedes Benz 600, ein Auto, das auch nach über vierzig Jahren noch als die luxuriöseste Limousine der Welt galt. Es herrschte dichter Verkehr, aber das war in Buenos Aires üblich. Hier war von spätabends bis in die frühen Morgenstunden immer viel los auf den Straßen. Der Fahrer steuerte den Mercedes nach Recoleta, den Teil des Barrio Norte, der sich rund um die Grünanlagen an der Plaza Francia und der Plaza Intendente Alvear erstreckte. Mit seinen von Bäumen gesäumten Boulevards, den schicken Geschäften, eleganten Hotels und palastartigen Villen galt er als das Nobelviertel von Buenos Aires, vergleichbar der Michigan Avenue in Chicago oder dem Rodeo Drive in Beverly Hills.

Nachdem der Wagen am berühmten Recoleta-Friedhof vorbeigefahren war, auf dem unter anderem in der Gruft der Familie Duarte Evita Perón begraben liegt, steuerte der Chauffeur an einem herrlichen schmiedeeisernen Zaun vorbei und durch ein bewachtes Tor. Über eine in weitem Bogen angelegte Auffahrt gelangte er zu dem von hohen Säulen gesäumten Portal eines riesigen efeubewachsenen Herrenhauses aus dem 19. Jahrhundert, in dem vor dem Zweiten Weltkrieg die Deutsche Botschaft untergebracht war. Vier Jahre nach dem Krieg waren die deutschen Diplomaten in die vornehme Gegend von Palermo Chico umgezogen. Seither diente das Herrenhaus als Hauptsitz der Destiny Enterprises Limited.

Wolf stieg aus dem Wagen und betrat das Haus. Das Innere war alles andere als luxuriös. Die Marmorböden, die getäfelten Wände und die mit Kacheln verzierten Decken kündeten zwar noch von der einstigen Pracht, doch die Ausstattung war eher bescheiden und spartanisch. Eine Treppe aus weißem Marmor führte hinauf zu den Büroräumen, doch Wolf trat in einen kleinen, in der Wand verborgenen Aufzug. Lautlos fuhr er hinauf zu einem großen Konferenzraum mit einem zehn Meter langen Teakholztisch, an dem zehn Mitglieder der Familie Wolf saßen, vier Frauen und sechs Männer.

Alle standen auf und begrüßten Karl. Er war zwar erst achtunddreißig, doch als das schlauste und scharfsinnigste Mitglied der vielköpfigen Familie wurde er als oberster Berater und Leiter des Familienunternehmens allgemein anerkannt und geachtet.

»Entschuldigt die Verspätung, aber ich bin so schnell wie möglich hergekommen, als ich von dem Unglück erfuhr.« Dann ging er zu einem grauhaarigen Mann und umarmte ihn. »Ist es wahr, Vater, dass U-2015 untergegangen ist und Heidi mit ihm?«

Max Wolf nickte bedrückt. »Es ist wahr. Deine Cousine, Kurts Sohn Erich und die gesamte Besatzung liegen jetzt vor der Küste der Antarktis am Meeresgrund.«

»Erich?«, fragte Karl Wolf. »In der Oper hat man mir nichts davon erzählt, dass er ebenfalls tot ist. Ich wusste gar nicht, dass er an Bord war. Weißt du das alles gewiss?«

»Wir haben ein satellitenübermitteltes Telefongespräch mit der National Underwater and Marine Agency in Washington abgehört«, sagte ein großer Mann auf der anderen Seite des Tisches, der ebenso groß und blond wie Karl war. Bruno Wolfs Gesicht war vor Wut verzerrt. »In der Niederschrift kannst du alles nachlesen. Unser U-Boot nahm ein Forschungsschiff der NUMA unter Beschuss, um alle Zeugen zu beseitigen, die die Amenes-Artefakte zu Gesicht bekommen hatten, als ein Atom-Unterseeboot der Vereinigten Staaten auftauchte, eine Rakete abfeuerte und U-2015 mit Mann und Maus vernichtete. Von Überlebenden war nicht die Rede.«

»Ein schrecklicher Verlust«, murmelte Karl mit ernster Miene. »Zwei Familienmitglieder und das gute alte U-2015. Wir dürfen niemals vergessen, dass es einst unsere Großeltern und den Grundstock zu unserem Imperium aus Deutschland weggebracht hat.«

»Außerdem hat es uns im Laufe der Jahre unschätzbare Dienste geleistet«, fügte Otto Wolf hinzu, einer der acht Ärzte der Familie. »Wir werden es schmerzlich vermissen.«

Schweigsam und bedrückt saßen alle am Tisch. Noch nie hatten sie ein derartiges Missgeschick hinnehmen müssen. Seit ihrer Gründung vor fünfundfünfzig Jahren hatte die Destiny Enterprises Limited einen Erfolg nach dem anderen erzielt. Jedes Projekt, jedes Unternehmen wurden bis in alle Einzelheiten geplant. Nichts blieb dem Zufall überlassen. Wenn mit Schwierigkeiten zu rechnen war, traf man die entsprechenden Vorkehrungen. Nachlässigkeiten und Fehler leistete man sich einfach nicht. Bislang hatte die Familie Wolf nach Belieben schalten und walten können. Umso schwerer fiel es den Betroffenen nun, sich mit einem Rückschlag abzufinden.

Wolf nahm am Kopfende des Tisches Platz. »Wie viele Angehörige und Bedienstete haben wir in den letzten zwei Wochen verloren?«

Bruno Wolf, der mit Karls Schwester Geli verheiratet war, schlug einen Aktenordner auf und musterte eine Reihe von Zahlen. »Sieben Mann in Colorado, sieben weitere auf St. Paul, darunter auch unseren Cousin Fritz, der den Einsatz vom Hubschrauber aus leitete. Die siebenundvierzig Besatzungsmitglieder von U-2015, dazu Heidi und Erich.«

»Sechzig unserer besten Leute und drei Familienmitglieder in nicht einmal zehn Tagen«, meldete sich Elsie Wolf zu Wort. »Das darf doch nicht wahr sein.«

»Vor allem wenn man bedenkt, dass es sich bei den Leuten, die dafür verantwortlich waren, um einen Haufen Meeresforscher handelt, verweichlichte Akademiker ohne jedes Rückgrat«, knurrte Otto aufgebracht.

Karl rieb sich die müden Augen. »Ich möchte dich daran erinnern, mein lieber Otto, dass diese verweichlichten Akademiker ohne jedes Rückgrat zwölf unserer besten Leute getötet haben. Die beiden, die wir beseitigen mussten, damit sie nichts ausplaudern, noch gar nicht mitgerechnet.«

»Meeresforscher und Techniker sind keine professionellen Killer«, sagte Blondi. »Unser Spitzel, den wir bei der National Underwater and Marine Agency eingeschleust haben, hat mir die Personalakten der Männer geschickt, die für den Tod unserer Leute in Colorado und auf St. Paul verantwortlich waren. Das sind keine gewöhnlichen Männer. Ihre Akten lesen sich fast wie Abenteuerromane.« Blondi hielt inne und reichte mehrere Fotografien am Tisch herum. »Bild Nummer eins zeigt Admiral James Sandecker, den Direktor der NUMA. Sandecker ist höchst angesehen bei den Politikern und Regierungsmitgliedern der Vereinigten Staaten. Nach seinem beneidenswert erfolgreichen Dienst in Vietnam wurde er persönlich mit dem Aufbau und der Leitung der Behörde betraut. Er verfügt über großen Einfluss bei den Mitgliedern des Kongresses.«

»Ich bin ihm einmal bei einer meereswissenschaftlichen Tagung in Marseille begegnet«, sagte Karl. »Ein Widersacher, den man nicht unterschätzen darf.«

»Das nächste Foto zeigt Rudolph Gunn, den stellvertretenden Direktor der NUMA.«

»Ein unscheinbarer kleiner Kerl«, stellte Felix Wolf fest, der Syndikus des Familienunternehmens. »Dem traut man gar nicht zu, dass er die Kraft hat, jemanden umzubringen.«

»Er braucht ja nicht mit bloßen Händen zu töten«, sagte Blondi. »Soweit wir feststellen konnten, war er der Kopf des Unternehmens auf St. Paul, bei dem wir unsere Leute verloren. Glänzender Abschluss auf der Marineakademie der Vereinigten Staaten, anschließend eine steile Karriere bei der US-Navy, bevor er zur NUMA ging und Admiral Sandeckers rechte Hand wurde.«

Bruno hielt das dritte Foto hoch. »Aber der hier sieht aus, als ob nicht gut Kirschen essen ist mit ihm.«

»Albert Giordino, stellvertretender Leiter für Spezialprojekte bei der NUMA«, erklärte Blondi. »Besuchte die US-Luftwaffenakademie. In Vietnam für besondere Verdienste ausgezeichnet. Bruno hat Recht. Giordino gilt als harter Bursche. Seine Akte bei der NUMA ist bemerkenswert. Kann eine ganze Reihe von erfolgreich abgeschlossenen Projekten vorweisen. Von ihm weiß man, dass er bereits Menschen getötet hat, und den wenigen Erkenntnissen nach zu schließen, die wir bislang gewinnen konnten, war er derjenige, der gemeinsam mit Gunn unseren Suchtrupp auf St. Paul vernichtet hat.«

»Und das letzte Foto?«, drängte Otto.

»Das ist Dirk Pitt. Genießt unter Meereskundlern einen geradezu legendären Ruf. Er ist Leiter für Spezialprojekte bei der NUMA und gilt als eine Art Allroundgenie. Ledig, sammelt Oldtimer. Besuchte ebenfalls die Air-Force-Akademie. Mehrmals für heldenhaften Einsatz in Vietnam ausgezeichnet. Seine Leistungsbilanz ist wirklich beachtlich. Er war es, der in Colorado unsere Pläne durchkreuzt hat. Außerdem war er in der Antarktis, als U-2015 versenkt wurde.«

»Ein Jammer«, sagte Otto mit mühsam bezähmter Wut. Er blickte sich in der Runde um. »Es war ein Fehler. Wir hätten lieber ein modernes Schiff einsetzen sollen.«

»Ein schlecht beratener Versuch unsererseits«, sagte Karl, »unsere Feinde zu verwirren.«

Bruno schlug mit der Faust auf den Tisch. »Wir müssen diese Männer zur Rechenschaft ziehen. Sie müssen sterben.«

»Du hast schon einmal einen Mordanschlag auf Pitt befohlen, ohne unsere Zustimmung einzuholen«, versetzte Karl scharf. »Einen Anschlag, der missglückt ist, möchte ich hinzufügen. Wir können uns keine Vergeltungsmaßnahmen leisten. Wir müssen einen Zeitplan einhalten, und ich möchte nicht, dass wir uns von kleinlichen Rachegelüsten ablenken lassen.«

»Ich wüsste nicht, was daran kleinlich sein sollte«, entgegnete Bruno. »Diese vier Männer sind unmittelbar verantwortlich für den Tod unserer Angehörigen. Sie dürfen nicht ungestraft davonkommen.«

Karl schaute Bruno mit eisigem Blick an. »Bist du schon mal auf den Gedanken gekommen, lieber Bruder, dass sie alle ohnehin sterben werden, wenn Unternehmen Neue Bestimmung in Gang gesetzt wird?«

»Karl hat Recht«, sagte Blondi. »Wir dürfen uns nicht von unserem eigentlichen Ziel ablenken lassen, so schmerzlich dies für die Familie auch sein mag.«

»Die Sache ist erledigt«, sagte Karl entschieden. »Wir konzentrieren uns auf unsere Aufgaben und schreiben unsere Verluste bei aller Trauer ab.«

»Jetzt, wo die Kammern in Colorado und auf St. Paul von anderen entdeckt wurden«, sagte Otto, »brauchen wir die Hinweise auf unsere Ahnen doch nicht länger zu unterdrücken. Damit vergeuden wir nur Zeit, Geld und Menschenleben.«

»Ganz meine Meinung«, sagte Bruno. »Nachdem sich die Inschriften jetzt in Händen von Mitarbeitern der amerikanischen Regierung befinden, sollten wir uns bedeckt halten, bis sie die Schriftzeichen entziffert haben und die Katastrophenwarnung der Amenes weltweit über sämtliche Medien verbreitet wird. Das erspart uns viel Mühe.«

Karl starrte nachdenklich auf die Tischplatte. »Wir müssen vor allem dafür sorgen, dass die Sache nicht zu früh herauskommt, ehe Unternehmen Neue Bestimmung angelaufen ist, und dass es keinerlei Spuren gibt, die zu uns führen.«

»Dann müssen wir eben falsche Fährten legen, bevor uns irgendwelche Wissenschaftler oder Ermittler auf die Schliche kommen.«

»Wegen dieser vorwitzigen Schweinehunde von der NUMA wird in zwei Wochen alle Welt hinter uns her sein.« Bruno blickte quer über den Tisch zu Karl. »Besteht denn die Möglichkeit, dass unsere Leute in Walhalla den Ablauf beschleunigen?«

»Wenn ich ihnen erkläre, wie dringlich die Sache ist, und sie auf die drohende Gefahr hinweise. Ja, ich glaube, ich kann sie dazu bewegen, die Sache so weit zu beschleunigen, dass wir in zehn Tagen losschlagen können.«

»Zehn Tage«, wiederholte Christa erregt. »Nur noch zehn Tage, bis die alte Welt untergeht und aus ihrer Asche das Vierte Reich ersteht.«

Karl nickte ernst und würdevoll. »Wenn alles wie geplant vonstatten geht, so wie es unsere Familie seit 1945 sorgfältig vorbereitet, werden wir die Geschicke der Menschheit für die nächsten zehntausend Jahre verändern.«

23

Nachdem Pitt per Hubschrauber zu einer Eisstation gebracht worden war, wurde er über den westlichen Teil des Indischen Ozeans nach Kapstadt geflogen, wo er sich mit Pat O'Connell traf, die auf dem Luftweg aus Washington angereist war. Sie wurde von Dr. Bradford Hatfield begleitet, einem Pathologen und Archäologen, der auf die Untersuchung alter Mumien spezialisiert war. Gemeinsam flogen sie mit einer Kipprotormaschine nach St. Paul, wo sie heftige Schauer, ein wolkenverhangener Himmel und ein scharfer Wind erwarteten, der ihnen die Regentropfen ins Gesicht peitschte. Sie wurden von einem Trupp Navy-SEALs, Einzelkämpfern in Diensten der US-Marine, in Empfang genommen – großen, schweigsamen Männern, ernst und entschlossen, deren Tarnanzüge an das graue, vulkanische Gestein der Insel angepasst waren.

»Willkommen am Arsch der Welt«, sagte ein schlaksiger Mann mit einem freundlichen Lächeln. Er trug eine schwere Waffe, die er mit der Mündung nach unten über die Schulter gehängt hatte. Sie sah aus wie eine Mischung aus Schnellfeuergewehr, Raketenwerfer, Scharfschützengewehr und Schrotflinte. »Lieutenant Miles Jacobs. Ich bin Ihr Reisebegleiter.«

»Admiral Sandecker will offenbar keinerlei Risiko eingehen«, bemerkte Pitt, als er Jacobs die Hand schüttelte.

»Er ist zwar nicht mehr bei der Marine«, sagte Jacobs, »aber er hat immer noch allerhand Beziehungen zu höchsten Dienststellen. Wir haben von der obersten Marineleitung den Befehl bekommen, Sie und die übrigen Mitarbeiter der NUMA zu beschützen.«

Ohne weitere Worte wurden Pitt und seine Begleiterin von Jacobs und vier seiner Männer, zwei an der Spitze, die anderen beiden als Nachhut, den Berghang hinauf zu dem alten Weg geleitet, der zur Höhle führte. Pat, die trotz ihrer Regenkleidung klatschnass war, konnte es kaum abwarten, bis sie endlich ins Trockene kam. Als sie kurz vor dem Eingang waren, trat Giordino unter dem Torbogen hervor. Er sah müde aus, schritt aber keck und mit stolzgeschwellter Brust auf sie zu.

Pat war leicht verwundert, als sie sah, wie die beiden Männer, die sonst so raubeinig und unerschütterlich wirkten, einander in die Arme schlossen und sich gegenseitig auf den Rücken schlugen. Fast kam es ihr so vor, als könnten sie jeden Moment in Tränen ausbrechen.

»Schön, dass du noch am Leben bist, Alter«, sagte Pitt fröhlich.

»Ganz meinerseits«, erwiderte Giordino grinsend. »Ich habe gehört, dass du mit Schneebällen ein U-Boot angegriffen hast.«

Pitt lachte. »Die reinste Übertreibung. Wir konnten bloß die Fäuste schütteln und die Typen beschimpfen, bis die Marine dann grade noch rechtzeitig eingetroffen ist.«

»Dr. O'Connell.« Giordino verbeugte sich galant und küsste ihr die Hand, ohne sich um den Handschuh zu scheren. »Endlich ein Lichtblick auf diesem finstern Felsen.«

Pat lächelte und machte einen Knicks. »Freut mich sehr, Sir.«

Pitt drehte sich um und stellte den Archäologen vor. »Al Giordino, Dr. Bradford Hatfield. Brad will die Mumien untersuchen, die ihr beide entdeckt habt.«

»Man hat mir von dem großen Fund berichtet, auf den Sie und Commander Gunn gestoßen sind«, sagte Hatfield. Er war groß und hager, hatte hellbraune Augen, ein glattes, schmales Gesicht und eine angenehme Stimme, war leicht vornüber gebeugt und trug eine kleine, runde Nickelbrille, die aussah, als stammte sie aus den Zwanzigerjahren.

»Kommen Sie mit und überzeugen Sie sich selbst.«

Giordino führte sie durch den Gang in die erste Kammer. Schon von weitem drang ihnen der Qualm und der Gestank nach verbranntem Fleisch in die Nase, obwohl die SEALs einen Generator mitgebracht hatten, mit dem sie einerseits den Strom für eine Reihe von Strahlern erzeugten und andererseits über einen Schlauch, den sie vom Auspuff zum Höhleneingang gelegt hatten, die Dämpfe absaugten.

Keiner von ihnen war auf eine derartige Verwüstung vorbereitet. Sämtliche Wände waren schwarz vom Feuer und voller Ruß. Die wenigen Gegenstände, die sich in der Kammer befunden hatten, waren bei der Explosion verglüht.

»Was hat denn hier eingeschlagen?«, fragte Pitt erstaunt.

»Der Hubschrauberpilot, der uns ans Leder wollte, hielt es für eine gute Idee, eine Rakete in den Gang zu jagen«, erwiderte Giordino so ruhig, als wollte er jemandem erklären, wie man einen Apfel schält.

»Hier drin könnt ihr zwei aber nicht gewesen sein.«

Giordino grinste. »Selbstverständlich nicht. Dort hinten ist noch ein weiterer Gang, der zur nächsten Kammer führt. Die Decke ist stellenweise eingestürzt, und wir sind hinter einem Haufen Steine in Deckung gegangen. Rudi und ich haben reichlich Staub in die Lunge gekriegt und sind vermutlich ein paar Wochen lang schwerhörig, aber wir haben überlebt.«

»Das reinste Wunder, dass ihr nicht ebenso gegrillt worden seid wie unsere Freunde hier«, sagte Pitt, während er die verkohlten Überreste der beiden Angreifer musterte.

»Die SEALs räumen hier noch auf und schaffen die Leichen zum Identifizieren in die Staaten.«

»Wie grässlich«, murmelte Pat, die kreidebleich geworden war. Doch sie besann sich rasch auf ihre eigentliche Aufgabe und strich mit den Fingern über die Inschriften an der Wand. Betroffen starrte sie auf den geborstenen und zersprungenen Fels. »Sie sind zerstört«, stieß sie kaum hörbar aus. »Vernichtet. Für eine Entzifferung ist nicht genügend übrig geblieben.«

»Nicht weiter schlimm«, sagte Giordino ungerührt. »Das Beste kommt eh erst in der zweiten Kammer, und dort ist alles heil geblieben. Die Mumien sind ein bisschen eingestaubt, aber ansonsten sehen sie noch genauso aus wie an dem Tag, als man sie da hingehockt hat.«

»Hingehockt?«, wiederholte Hatfield. »Liegen die Mumien etwa nicht in Sarkophagen?«

»Nein, die sitzen aufrecht auf steinernen Stühlen.«

»Sind sie mit Binden umwickelt?«

»Nochmals nein«, erwiderte Giordino. »Die sitzen da, als ob sie eine Konferenz abhalten, in wallende Gewänder gekleidet, mit Hut und Stiefeln.«

Hatfield schüttelte verwundert den Kopf. »Ich habe schon manch eine alte Begräbnisstätte untersucht und viele Mumien gesehen, Mumien, die mit straffen Binden umwickelt im Sarg lagen, andere, die zusammengerollt wie ein Fötus in Tongefäßen ruhten, Mumien, die auf dem Bauch oder am Rücken lagen, mitunter sogar eine stehende. Aber von aufrecht sitzenden Mumien habe ich noch nie gehört.«

»Ich habe da drin Lampen aufgestellt, damit Sie alles genau untersuchen können.«

Giordino hatte die langen Stunden bis zum Eintreffen von Pitt und Pat O'Connell genutzt und mithilfe der SEALs die Einsturzstelle geräumt, die Steine nach draußen geschleppt und den Hang hinabgeworfen. Jetzt war die innere Kammer frei zugänglich, ohne dass sie über Geröll hinwegklettern mussten. Zudem waren Strahler aufgebaut, in deren gleißendem Lichtschein die Mumien mitsamt ihrer Gewänder in voller Farbenpracht zur Geltung kamen.

Hatfield stürmte voran und nahm die erste Mumie aus nächster Nähe in Augenschein. Sichtlich begeistert, so als wäre er endlich in seinem Element, ging er von einer Gestalt zur anderen, untersuchte die Haut, die Ohren, die Nasen und die Lippen. Er öffnete ein großes Lederetui und entnahm ihm eine Art Augenspiegel, einen Stirnreif, an dem eine kleine Lampe und ein Vergrößerungsglas angebracht waren. Er setzte ihn auf, schaltete die Lampe ein, regelte die Schärfeneinstellung der Lupe und bürstete dann mit einem weichen Malerpinsel vorsichtig den Staub von den Lidern einer Mumie. Schweigend sahen ihm die anderen zu, bis er sich umwandte und den Augenspiegel abnahm.

Er wirkte ergriffen, beschwörend fast, wie ein Prediger auf der Kanzlei. »In all den Jahren, in denen ich mich nun schon mit dem Studium von Leichen aus alter Zeit befasse«, sagte er leise, »habe ich noch nie so gut erhaltene Körper gesehen. Selbst die Augen scheinen so unversehrt zu sein, dass man noch die Farbe der Iris erkennen kann.«

»Vielleicht sind sie nicht mal hundert Jahre alt«, sagte Giordino.

»Das glaube ich nicht. Das Material ihrer Gewänder, der Schnitt, die Form der Stiefel und der Kopfbedeckungen sind ohne Beispiel, anders als alles, was wir aus historischen Dokumenten oder frühgeschichtlichen Überlieferungen kennen. Ich weiß nicht, wie die Einbalsamierung erfolgte, aber diese Menschen müssen über Methoden verfügt haben, die weitaus ausgereifter waren als jene, die ich von Mumien aus dem alten Ägypten her kenne. Die Ägypter öffneten die Leiber der Toten, entnahmen die inneren Organe und entfernten das Gehirn durch die Nase. Diese Mumien hier aber sind offensichtlich völlig unversehrt. Sie wirken fast so, als wären gar keine Balsamierer am Werk gewesen.«

»Die Inschriften, die wir in den Bergen von Colorado gefunden haben, wurden auf das Jahr 7100 vor Christi Geburt datiert«, sagte Pat. »Wäre es möglich, dass diese Menschen und ihre Gerätschaften aus der gleichen Zeit stammen?«

»Ohne die entsprechenden technischen Hilfsmittel lässt sich das schwer sagen«, erwiderte Hatfield. »Zumal die Datierung nicht unbedingt mein Fachgebiet ist. Aber ich wage zu behaupten, dass diese Menschen aus einer alten Kultur stammen, die bislang unbekannt ist.«

»Sie müssen erstklassige Seefahrer gewesen sein, wenn sie zu dieser Insel gefunden haben, um hier ihre Toten zu bestatten«, stellte Pitt fest.

»Warum eigentlich hier?«, fragte Giordino. »Warum haben sie ihre Toten nicht einfach an der Küste des Festlands begraben?«

»Ich kann allenfalls raten, aber vermutlich wollten sie nicht, dass man sie findet«, antwortete Pat.

Versonnen musterte Pitt die Mumien. »Da bin ich mir nicht so sicher. Ich glaube, die wollten, dass man sie irgendwann entdeckt. Sie haben ihre Schriftzeichen auch in anderen unterirdischen Kammern hinterlassen, die tausende von Kilometern entfernt sind. Soweit ich weiß, haben Sie und Hiram Yeager festgestellt, dass es sich bei den Inschriften in Colorado nicht um Botschaften an irgendwelche Gottheiten handelt, die im Reich der Toten herrschen.«

»Das ist wohl wahr. Aber wir haben noch viel Arbeit vor uns, bis wir alle Zeichen und ihre Bedeutung entziffert haben. Bislang haben wir lediglich herausgefunden, dass es sich offenbar nicht um Grabinschriften handelt, sondern um eine Warnung vor einer künftigen Katastrophe.«

»Was heißt hier künftig?«, fragte Giordino. »Vielleicht hat sie sich in den letzten neuntausend Jahren schon ereignet.«

»Wir konnten noch nicht feststellen, auf welchen Zeitraum sie sich bezieht«, antwortete Pat. »Hiram und Max arbeiten noch daran.« Sie ging zur einen Wand und wischte den Staub weg, der die in den Fels eingeritzten Symbole bedeckte. Erstaunt blickte sie auf. »Das sind nicht die gleichen Zeichen, wie wir sie in Colorado gefunden haben. Das hier sind Glyphen, die menschliche Gestalten und Tiere darstellen.«

Kurz darauf waren sie alle damit beschäftigt, den Staub und Schmutz der Jahrhunderte von den blanken Felswänden zu entfernen. Sie fingen in den Ecken an und arbeiteten sich allmählich bis zur Mitte vor, bis die Inschriften im Schein der Strahler in allen Einzelheiten zu erkennen waren.

»Was stellt denn das dar?«, murmelte Giordino vor sich hin.

»Eindeutig einen Hafen oder eine Küstenstadt«, sagte Pitt leise. »Man kann eine Flotte alter Schiffe mit Segeln und Rudern erkennen, umgeben von Dämmen oder Wellenbrechern, an deren Ende hohe Türme stehen. Vermutlich eine Art Seezeichen oder auch Leuchttürme.«

»Genau«, pflichtete Hatfield ihm bei. »Ich kann sogar Gebäude rings um die Kais erkennen, an denen mehrere Schiffe vertäut sind.«

»Anscheinend werden sie gerade be- oder entladen«, sagte Pat, die einmal mehr ihre Lupe zu Hilfe nahm. »Die Menschen sind so genau dargestellt, dass man die kleinsten Einzelheiten sehen kann. Sie tragen die gleichen Gewänder wie die Mumien. Das eine Schiff scheint eine Herde Tiere geladen zu haben.«

Giordino trat zu Pat und musterte blinzelnd die Glyphen. »Einhörner«, stellte er fest. »Das sind Einhörner. Seht ihr, sie haben nur ein Horn am Kopf.«

»Reine Fantasie«, brummte Hatfield ungläubig. »Nicht minder fantastisch als die Götterbilder der alten Griechen.«

»Woher wollen Sie das wissen?«, wandte Pitt ein. »Vielleicht hat es vor neuntausend Jahren tatsächlich Einhörner gegeben. Möglicherweise sind sie ausgestorben, so wie das Mammut und der Säbelzahntiger.«

»Ja, genau wie die Medusa mit ihren Schlangenhaaren und die Zyklopen, die nur ein Auge mitten auf der Stirn hatten.«

»Vergesst die Greife und die Drachen nicht«, warf Giordino ein.

»Solange man weder Knochen noch andere Überreste findet, mit denen sich ihre Existenz beweisen lässt«, sagte Hatfield, »sind das lediglich Fabelwesen aus grauer Vorzeit.«

Pitt wollte sich mit Hatfield nicht weiter darüber auseinander setzen. Er wandte sich ab, begab sich hinter die steinernen Stühle, auf denen die Mumien saßen, und musterte einen großen Vorhang aus zusammengenähten Tierhäuten, der die gegenüberliegende Wand bedeckte. Vorsichtig hob er die eine Ecke an und schaute darunter. Verdutzt blickte er auf.

»Vorsichtig«, rief Hatfield. »Das Material ist sehr brüchig.«

Ohne auf ihn zu achten, hob Pitt den Vorhang mit beiden Händen hoch und rollte ihn auf.

»Sie sollten nichts berühren«, mahnte Hatfield aufgebracht. »Das ist ein unschätzbar wertvolles Stück aus alter Zeit. Es könnte leicht zerbröseln. So etwas muss man behutsam behandeln, bis es konserviert werden kann.«

»Das, was sich darunter befindet, ist noch viel wertvoller«, entgegnete Pitt ungerührt. Er nickte Giordino zu. »Schnapp dir zwei von den Speeren dort und halte damit den Vorhang hoch.«

Hatfield wurde feuerrot und versuchte ihn aufzuhalten. Doch Giordino schob ihn einfach beiseite, ohne ihm einen Blick zu gönnen, besorgte sich zwei alte Obsidianspeere, stellte sie mit der Spitze auf den Boden der Kammer und hielt mit den Schäften den Vorhang hoch. Dann rückte Pitt zwei Strahler zurecht und richtete den Lichtschein auf die Wand.

Pat hielt unwillkürlich den Atem an und starrte auf die vier großen, mit seltsamen Linien versehenen Kreise, die in die blanke Wand geritzt waren. »Das sind irgendwelche Glyphen«, sagte sie bedächtig.

»Sehen aus wie Landkarten«, meldete sich Giordino.

»Und was stellen sie dar?«

Pitt lächelte gedankenverloren. »Die Erde. Aus vier verschiedenen Blickwinkeln.«

Hatfield schaute über Pats Schulter. »Lächerlich. Diese Bilder haben nicht die geringste Ähnlichkeit mit den alten Karten, die ich bislang zu Gesicht bekommen habe. Sie sind zu präzise, zu detailliert, und außerdem erkenne ich hier nichts, was auch nur annähernd dem Bild der Erde gleicht, wie ich sie kenne.«

»Weil Sie nicht genug Fantasie haben, um sich vorzustellen, wie die Kontinente und der Verlauf der Küstenlinien vor neuntausend Jahren ausgesehen haben.«

»Ich muss Dr. Hatfield beipflichten«, sagte Pat. »Ich erkenne nichts als eine Reihe von zerklüfteten Inseln, die einen größer, die andern kleiner, umgeben von Wellenlinien, die möglicherweise ein Meer darstellen sollen.«

»Ich finde, das sieht aus wie ein Schmetterling, den die Flak runtergeholt hat – so ähnlich wie diese Tintenkleckse beim Rorschachtest«, brummte Giordino spöttisch.

»Das kostet dich mindestens fünfzig IQ-Punkte«, versetzte Pitt. »Ich dachte, wenigstens du könntest was zur Lösung des Rätsels beisteuern.«

»Was sehen Sie denn?«, fragte Pat.

»Ich erkenne vier verschiedene Ansichten vom Globus, so wie er vor neuntausend Jahren von der Antarktis aus betrachtet ausgesehen hat.«

»Scherz beiseite«, sagte Giordino. »Du hast Recht.«

Pat trat zurück, um sich einen Gesamteindruck zu verschaffen. »Ja, allmählich kann ich die Kontinente erkennen. Aber sie sehen irgendwie anders aus. Fast so, als wäre die Erde gekippt.«

»Mir leuchtet immer noch nicht ein, wo hier die Antarktis sein soll«, wandte Hatfield ein.

»Direkt vor Ihren Augen.«

»Woher wollen Sie das so genau wissen?«, fragte Pat.

»Ich würde gern mal wissen, wie Sie zu dieser Feststellung kommen«, sagte Hatfield abschätzig.

Pitt wandte sich an Pat. »Sie haben doch bestimmt ein Stück Kreide in Ihrer Tasche, mit dem man alte Inschriften hervorheben kann.«

Sie lächelte. »Kreide nimmt man nicht mehr. Wir verwenden heute lieber Talkumpuder.«

»Okay, her damit, und ein paar Taschentücher. Alle Frauen haben Taschentücher bei sich.«

Sie kramte in ihrer Jackentasche herum und reichte ihm einen kleinen Packen Papiertücher. Dann durchwühlte sie ihren Schulterbeutel, in dem sie ihre Notizbücher, die Kameraausrüstung und allerlei optische Geräte zum Untersuchen alter Inschriften verstaut hatte, bis sie auf eine Dose Talkumpuder stieß.

Pitt nahm eine Feldflasche, goss ein paar Tropfen Wasser über die Papiertücher und befeuchtete die Umrisse an der Wand, damit das Talkum besser haftete. Dann ließ er sich von Pat das Puder reichen und tupfte es rundum auf dem glatten Gestein auf. Nach etwa drei Minuten trat er zurück und bewunderte sein Werk.

»Meine Damen und Herren: die Antarktis.«

Forschend betrachteten alle drei die Linien aus weißem Talkumpuder, die zurückgeblieben waren, als Pitt den Puder wieder weggewischt hatte. Sie stellten eindeutig den sechsten Kontinent dar.

»Was hat das alles zu bedeuten?«, fragte Pat verwirrt.

»Das bedeutet«, erklärte Pitt und deutete auf die Mumien, die ringsum stumm auf ihren Stühlen thronten, »dass diese Menschen vor tausenden von Jahren in der Antarktis gewesen sein müssen. Sie haben sie umsegelt und kartografisch erfasst, bevor sie von Schnee und Eis bedeckt war.«

»Unsinn!«, schnaubte Hatfield. »Es ist wissenschaftlich erwiesen, dass rund siebenundneunzig Prozent des gesamten südpolaren Festlands seit Millionen von Jahren unter einer Eisdecke liegen.«

Pitt schwieg einen Moment lang. Er betrachtete die Gestalten ringsum, als ob sie am Leben wären, schaute von einem Gesicht zum nächsten, so als wollte er mit ihnen sprechen. Schließlich hob er die Hand und deutete auf die Toten aus unvordenklicher Zeit. »Alles Weitere«, sagte er im Brustton der Überzeugung, »werden wir von denen erfahren.«

24

Als Hiram Yeager nach der Mittagspause in sein rechnergestütztes Reich zurückkehrte, hatte er einen Karton unter dem Arm, in dem sich ein Bassetwelpe befand, den er aus dem städtischen Tierheim gerettet hatte, wo man ihn ein paar Stunden später hätte einschläfern wollen. Nachdem ihr Golden Retriever an Altersschwäche gestorben und im Kreise der Familie zu Grabe getragen worden war, hatte er sich geschworen, so etwas nicht noch einmal mitzumachen, und sich geweigert, einen neuen Hund anzuschaffen. Doch seine beiden halbwüchsigen Töchter hatten so lange gebettelt, ihm sogar mit Schulstreik gedroht, bis er sich hatte breitschlagen lassen. Vermutlich, sagte er sich, bin ich nicht der einzige Vater, dem es so geht.

Ursprünglich hatte er wieder einen Golden Retriever besorgen wollen, aber sobald er in die treuherzigen traurigen Augen geblickt hatte, den unbeholfenen Körper mit den kurzen Beinen gesehen hatte, die riesigen Füße und die langen Hängeohren, hatte er sich nicht mehr von dem Basset losreißen können. Er breitete rund um seinen Schreibtisch ein paar Bogen Zeitungspapier am Boden aus und ließ dem Welpen freien Lauf, doch er blieb immer auf dem Handtuch im offenen Karton liegen und blickte derart traurig zu ihm auf, dass er sich unmöglich abwenden konnte.

Er musste sich regelrecht zur Arbeit zwingen. Schließlich rief er Max auf. Sie warf ihm einen bösen Blick zu, als sie am Monitor auftauchte. »Musst du mich immer so lange warten lassen?«

Er bückte sich, hob den Welpen hoch und zeigte ihn Max. »Hat ein bisschen gedauert, weil ich einen Hund für meine Töchter besorgt habe.«

Max wurde sofort umgänglicher. »Niedlich. Die Mädchen werden begeistert sein.«

»Bist du mit dem Entziffern der Inschriften vorangekommen?«, fragte er.

»Die Bedeutung der einzelnen Buchstaben habe ich raus, aber es dauert noch ein bisschen, bis ich sie so weit zusammengefügt habe, dass sie einen Wortsinn ergeben.«

»Was hast du denn bislang rausgekriegt?«

»Eine ganze Menge«, erwiderte Max stolz.

»Lass hören.«

»Etwa um das Jahr siebentausend vor Christi Geburt wurde die Erde von einer gewaltigen Katastrophe heimgesucht.«

»Weißt du, was die Ursache war?«, erkundigte sich Yeager.

»Ja, auf der Sternenkarte, die man an der Decke der Kammer in Colorado gefunden hat, ist das genau verzeichnet«, erklärte Max. »Ich habe noch nicht den gesamten Text entziffert, aber offenbar sind seinerzeit zwei Kometen in das Sonnensystem eingedrungen und haben weltweite Verwüstungen angerichtet.«

»Bist du sicher, dass es keine Asteroiden waren? Ich bin zwar kein Astronom, aber ich habe noch nie gehört, dass sich Kometen auf einer parallelen Umlaufbahn bewegen.«

»Auf dieser Karte sind zwei Himmelskörper mit einem langen Schweif dargestellt, die nebeneinander herfliegen und auf der Erde einschlagen.«

Yeager setzte den Hund ab und streichelte ihn. »Zwei Kometeneinschläge gleichzeitig. Das dürfte die gute alte Erde mächtig gebeutelt haben, je nachdem, wie groß sie waren.«

»Entschuldige, Hiram«, sagte Max, »ich wollte dich nicht irreführen: Nur ein Komet hat die Erde getroffen. Der andere hat die Sonne umkreist und ist wieder in den Weiten des Weltalls verschwunden.«

»Lässt sich anhand der Sternenkarte erkennen, wo der Komet einschlug?«

Max schüttelte den Kopf. »Der Abbildung nach zu urteilen, müsste er in Kanada niedergegangen sein, irgendwo in der Gegend um die Hudson Bay.«

»Ich bin stolz auf dich.« Yeager nahm den Basset auf den Schoß, wo er prompt einschlief. »Du würdest einen großartigen Detektiv abgeben.«

»Ich soll ganz gewöhnliche Verbrechen aufklären. Das wäre ja der reinste Kinderkram.«

»Na schön, wir waren bei einem Kometen, der etwa um das Jahr siebentausend vor Christus im heutigen Kanada einschlug und eine weltweite Katastrophe ausgelöst hat.«

»Das ist nur der erste Akt. Danach geht es im Text erst richtig zur Sache. Da wird eine menschliche Kultur dargestellt, die durch die Katastrophe und ihre Folgen größtenteils vernichtet wurde. Die wenigen Überlebenden, viel zu schwach, um ihr Reich in alter Herrlichkeit wieder erstehen zu lassen, betrachteten es als ihre heilige Pflicht, durch die Welt zu ziehen, die primitiven Steinzeitmenschen zu unterrichten, die in abgelegenen Gegenden hausten, wo sie alles heil überstanden hatten, um Mahnmale zu errichten, mit denen sie vor der nächsten Katastrophe warnen sollten.«

»Rechneten sie denn mit einem weiteren Unheil aus dem All?«

»Soweit ich das ersehen kann, stellten sie fest, dass der zweite Komet wiederkehren und das Werk der Zerstörung vollenden würde.«

Yeager war zunächst sprachlos. »Was willst du damit sagen, Max? Soll das heißen, dass es wirklich eine frühe Hochkultur namens Atlantis gab?«

»Das habe ich nicht gesagt«, versetzte Max unwirsch. »Wie sich diese Menschen nannten, konnte ich noch nicht feststellen. Allerdings weichen sie ganz schön ab von der Darstellung, die in den Dialogen des berühmten griechischen Philosophen Platon überliefert ist. Er gibt darin eine Geschichte wieder, die der große griechische Staatsmann Solon zweihundert Jahre zuvor von einem ägyptischen Priester erfahren hatte. Darin wird übrigens der Name Atlantis zum ersten Mal schriftlich erwähnt.«

»Die Geschichte kennt doch jeder«, sagte Yeager, dessen Gedanken weit abschweiften. »Der Priester berichtete von einer großen Insel, die sich westlich der Säulen des Herakles, der heutigen Straße von Gibraltar also, aus dem Atlantischen Ozean erhob. Angeblich versank sie vor vielen tausend Jahren nach einem Aufruhr der Elemente im Meer. Seither rätseln die Leute, die daran glauben, darüber nach, während sich die Historiker bislang nur darüber lustig machen. Ich persönlich schließe mich eher den Historikern an. Meiner Meinung nach ist das nichts als eine Legende.«

»Womöglich hat sie aber einen wahren Kern.«

Yeager starrte Max mit gefurchter Stirn an. »Nach Ansicht der Geologen ist es völlig ausgeschlossen, dass es im Atlantik einen Kontinent gegeben haben könnte, der jetzt versunken ist. Jedenfalls nicht zwischen Nordafrika und der karibischen Küste. Man geht mittlerweile davon aus, dass sich die Geschichte auf einen Vulkanausbruch auf der Insel Thera, dem heutigen Santorin, bezieht, der ein verheerendes Seebeben auslöste, bei dem unter anderem die minoische Kultur auf Kreta ausgelöscht wurde.«

»Du meinst also, Platons Darstellung von Atlantis, so wie er sie in *Kritias* und *Timaios* wiedergegeben hat, beruht auf purer Fantasie?«

»Das ist keine Darstellung«, versetzte Yeager. »Er hat die ganze Geschichte in Form eines Gesprächs wiedergegeben, was im alten Griechenland eine durchaus beliebte Erzählmethode war. Außerdem geht die ganze Sache schon bei Platon über mehrere Ecken. Aber was deine Frage angeht – ja, ich bin davon überzeugt, dass Platon Atlantis nur erfunden hat, womöglich sogar voller Schadenfreude, weil er genau gewusst hatte, dass man noch Generationen später darauf hereinfallen, tausend Bücher darüber schreiben und endlos diskutieren würde, ohne dass auch nur das Geringste dabei herauskommt.«

»Was bist du doch für ein sturer Kerl, Yeager«, sagte Max. »Vermutlich hältst du auch nichts von den Weissagungen des Sehers Edgar Cayce.«

Yeager schüttelte den Kopf. »Cayce behauptet, er hätte das strahlende Atlantis im karibischen Meer versinken sehen. Aber wenn es dort jemals eine frühe Hochkultur gegeben hätte, müssten sich doch auf diesen zigtausend Inseln irgendwelche Zeugnisse davon finden lassen. Aber bislang hat man nicht einmal eine alte Tonscherbe gefunden.«

»Und was ist mit den riesigen Steinblöcken, die wie eine versunkene Straße vor Bimini am Meeresgrund liegen?«

»Geologisch durchaus erklärbar und außerdem nichts Ungewöhnliches.«

»Und die steinernen Säulen, die man vor der Küste von Jamaika entdeckt hat?«

»Die stammen nachweislich von einem Schiff, das einst Zementfässer geladen hatte. Als es unterging, ist der Zement verklumpt, die Fassdauben sind verfault, und seither sehen die Überreste aus wie Säulentrommeln. Finde dich damit ab, Max, Atlantis ist nichts als eine Legende.«

»Du bist ein alter Saftsack, Hiram. Ist dir das klar?«

»Nun hör mir mal gut zu«, versetzte Yeager bissig. »Ich will mit all diesen Spinnern nichts zu tun haben, die da von einer alten Hochkultur schwärmen, die sämtliche ökologischen Probleme gelöst und nebenbei auch noch den Weltraum erschlossen hat.«

»Aha«, entgegnete Max. »Da also liegt der Hund begraben. Atlantis war aber keine große Stadt, die ein Genie nach dem anderen hervorbrachte. Es war auch keine von Kanälen durchzogene Insel, so wie Platon sie dargestellt hat. Soweit ich das feststellen konnte, handelte es sich eher um eine Art Staatenbund, zu dem sich eine Reihe von Seefahrervölkern zusammenschloss, die viertausend Jahre bevor die alten Ägypter ihre Pyramiden bauten, sämtliche Weltmeere befuhren und die Erde kartografisch erfassten. Sie kannten die Meeresströmungen, wussten den Sternenhimmel zu deuten, waren hervorragende Mathematiker und ausgezeichnete Navigatoren. Sie errichteten eine Reihe von Hafenstädten entlang der Küsten, bauten ein Handelsimperium auf und förderten Mineralien und Erze, die sie zu Metallen verarbeiteten. All das zu einer Zeit, als andere Menschen noch ein Nomadendasein führten. Die allerdings lebten im Inland, wo sie, in höheren Lagen jedenfalls, die Katastrophe überstanden, während die Kultur dieser Seefahrer von den riesigen Flutwellen vernichtet und spurlos vom Antlitz der Erde getilgt wurde. Die Überreste ihrer Hafenstädte liegen heute am Meeresgrund und sind, soweit überhaupt etwas von ihnen übrig geblieben ist, unter einer viele Meter dicken Schlammschicht begraben.«

»All das hast du seit gestern entschlüsselt und herausgefunden?«, fragte Yeager mit unverhohlenem Staunen.

»Unter meinen Füßen«, belehrte ihn Max, »wächst kein Gras, und ich sitze auch nicht rum, wenn ich das hinzufügen darf, und warte darauf, dass meine Eingeweide rosten.«

»Max, du bist ein Genie.«

»Das ist doch gar nichts. Immerhin bist du derjenige, der mich geschaffen hat.«

»Du hast mir so viel Stoff geliefert, dass ich das erst mal alles verdauen muss.«

»Geh heim, Hiram. Lade deine Frau und deine Töchter ins Kino ein. Danach legst du dich hin und schläfst dich aus, während ich meine Chips warm laufen lasse. Wenn du morgen früh wieder zu mir kommst, versorge ich dich mit Material, bei dem sich dein Pferdeschwanz aufrollt.«

25

Nachdem Pat die Inschriften und die seltsamen Weltkarten in der Grabkammer fotografiert hatte, wurden sie und Giordino nach Kapstadt geflogen, wo sie Rudi Gunn im Krankenhaus besuchten. Gunn, der kurz zuvor operiert worden war, löste einen allgemeinen Tumult aus, als er sich über sämtliche Anweisungen des Klinikpersonals hinwegsetzte und Giordino dazu anstiftete, ihn heimlich zu einem Flugzeug zu bringen und aus Südafrika fortzuschaffen. Giordino wiederum tat ihm nur zu gern den Gefallen. Mit Pats Unterstützung schmuggelte er den kleinen NUMA-Direktor an Ärzten und Schwestern vorbei in den Keller des Krankenhauses, setzte ihn in eine Limousine und raste mit ihm zum Flughafen, wo bereits ein Privatjet der NUMA wartete, der sie nach Washington bringen sollte.

Pitt blieb mit Dr. Hatfield und den Navy-SEALs auf der Insel zurück. Sorgfältig verpackten sie die Artefakte und ließen sie per Hubschrauber zu einem Tiefseeforschungsschiff der NUMA fliegen, das eigens nach St. Paul umgeleitet worden war. Anschließend widmete sich Hatfield den Mumien, wickelte sie behutsam in Decken, die vom Schiff geliefert worden waren, und verstaute sie vorsichtig in Holzkisten, damit sie auf dem Transport zu seinem Labor an der Stanford University keinen Schaden nahmen.

Nachdem die letzte Mumie im NUMA-Hubschrauber verladen war, begleitete Hatfield seine Schätze auf dem kurzen Weg zum Schiff. Pitt wandte sich an Lieutenant Jacobs und schüttelte ihm die Hand. »Vielen Dank für Ihre Hilfe, Lieutenant. Und bestellen Sie bitte auch Ihren Männern meinen Dank. Ohne Sie hätten wir das nie geschafft.«

»Wir bekommen nicht oft den Auftrag, alte Mumien zu bewachen«, sagte Jacobs lächelnd. »Nur schade, dass die Terroristen nicht aufgekreuzt sind, um sie zu klauen.«

»Ich glaube nicht, dass es sich um Terroristen handelt, jedenfalls nicht im eigentlichen Sinn des Wortes.«

»Mörder sind es allemal, egal, wie man sie nennt.«

»Kehren Sie in die Staaten zurück?«

Jacobs nickte. »Wir haben den Befehl bekommen, die Leichen der Angreifer, die Ihre Freunde so geschickt erledigt haben, ins Walter Reed Hospital in Washington zu bringen, wo man sie untersuchen und wenn möglich identifizieren will.«

»Viel Glück«, sagte Pitt.

Jacobs salutierte knapp. »Vielleicht begegnen wir uns irgendwo mal wieder.«

»Das nächste Mal aber hoffentlich am Strand von Tahiti.«

Pitt stand im endlosen Nieselregen und sah zu, wie die Elitesoldaten in ein dicht über dem Boden schwebendes Osprey-Kipprotorflugzeug stiegen. Dann drehte es ab und verschwand in der niedrig hängenden Wolkendecke. Jetzt war er der einzige Mensch auf dieser Insel.

Er kehrte zu der leeren Grabkammer zurück, um einen letzten Blick auf die Weltkarten zu werfen, die in die hintere Wand geritzt waren. Die Strahler waren inzwischen abgebaut, daher richtete er seine Taschenlampe auf die alten Felszeichnungen.

Wer waren diese alten Kartografen, die vor vielen Jahrtausenden so unglaublich genaue Darstellungen der Erde angefertigt hatten? Wie hatten sie es geschafft, die Küste der Antarktis zu vermessen? Hatte möglicherweise vor mehreren tausend Jahren auf dem sechsten Kontinent ein anderes Klima geherrscht? Konnten dort Menschen leben?

Doch nicht nur die Vorstellung, dass die Antarktis seinerzeit eisfrei gewesen sein könnte, beschäftigte ihn. Pitt hatte es den anderen gegenüber zwar nicht erwähnt, aber auch die Lage der übrigen Kontinente gab ihm zu denken. Sie befanden sich nicht dort, wo sie eigentlich sein sollten. Es kam ihm so vor, als ob Asien, Europa und Amerika rund dreitausend Kilometer weiter nördlich eingezeichnet waren. Warum hatten diese alten Seefahrer, die ansonsten den Verlauf der Küsten so genau vermessen hatten, die Erdteile nicht so dargestellt, wie sie sich auf dem Globus präsentieren? Ein weiteres Rätsel.

Diese Menschen hatten eindeutig über weitaus höhere wissenschaftliche und technische Fertigkeiten verfügt als nachfolgende Völker und Kulturen. Auch ihre Schrift war offenbar viel weiter entwickelt als die anderer Hochkulturen, die tausende von Jahren später auf den Plan traten. Aber was für eine Nachricht wollten sie mit diesen in Stein verewigten Zeichen über alle Zeitläufte hinweg weitergeben? War es eine frohe Botschaft oder eine Warnung vor künftigen Naturkatastrophen?

Pitt wurde in seinen Gedanken unterbrochen, als der Lärm der Rotorblätter und Turbinen durch den Gang hallte und die Rückkehr des Hubschraubers ankündigte, der ihn zum Forschungsschiff bringen sollte. Widerwillig wandte er sich ab, schaltete die Taschenlampe aus und verließ die dunkle Kammer.

Statt lange zu warten, bis man ihn abholte, flog Pitt auf eigene Faust von Kapstadt nach Johannesburg und von dort aus mit der South African Airlines weiter nach Washington. Unterwegs schlief er die meiste Zeit, vertrat sich nur kurz die Beine, als die Maschine zum Auftanken auf den Kanarischen Inseln landete. Kurz vor Mitternacht kam er aus der Abfertigungshalle des Dulles International Airport. Er war angenehm überrascht, als er draußen von einem 1936er Ford-Kabriolett mit offenem Dach erwartet wurde, einem Hot Rod, das aussah, als stammte es aus dem Kalifornien der Fünfzigerjahre. Karosserie und Kotflügel waren mit einem rotvioletten Metalliclack gespritzt, der im Licht des Flughafengebäudes funkelte, die gerippten Stoßstangen stammten von einem 1936er De Soto. Große, geriffelte runde Radkappen zierten die Vorderräder, während die hinteren unter tropfenförmigen Schürzen verborgen waren. Die Vordersitze und der Notsitz waren mit hellbraunem Leder bezogen. Der elegante kleine Wagen wurde von einem V8-Flachmotor angetrieben, der von Grund auf überholt und auffrisiert worden war, sodass er stolze 225 PS leistete, die durch ein fünfzig

Jahre altes Columbia-Schaltgetriebe mit Overdrive auf die Hinterachse übertragen wurden.

Der Wagen an sich war eine Augenweide, doch die Frau, die am Steuer saß, war nicht minder schön. Die langen zimtfarbenen Haare waren durch einen bunten Schal vor dem Fahrtwind geschützt. Sie hatte die hohen Wangenknochen eines Fotomodells, volle Lippen, eine kurze, gerade Nase und leuchtend violette Augen, trug einen dicken, herbstlaubbraunen Rollkragenpulli, eine maulwurfgraue Tweedhose und eine dazu passende knielange Jacke aus Schurwolle.

Loren Smith, Kongressabgeordnete aus Colorado, schenkte ihm ihr liebenswürdigstes Lächeln. »Willkommen daheim, Seemann. Wie oft habe ich dich schon so in Empfang genommen?«

»Mindestens acht Mal, soweit ich weiß«, sagte Pitt, froh darüber, dass seine langjährige Freundin und Geliebte sich trotz ihrer vielen Verpflichtungen die Zeit genommen hatte, ihn mit einem der Autos aus seiner Sammlung vom Flughafen abzuholen.

Er warf seinen Seesack auf den Notsitz, stieg vorne ein, beugte sich zu ihr, küsste sie und hielt sie lange in den Armen. Sie keuchte und rang nach Atem, als er sie endlich losließ. »Vorsicht, ich will nicht, dass es mir so geht wie Clinton.«

»Die Affären von Politiker*innen* begeistern doch die Öffentlichkeit.«

»Das denkst du«, sagte Loren, drückte auf den Zündschalter an der Steuersäule und betätigte den Anlasser. Der Motor sprang auf Anhieb an, und ein sattes, heiseres Grollen drang über die Smitty-Schalldämpfer aus den doppelten Auspuffrohren. »Wohin? Zu deinem Hangar?«

»Nein, ich möchte kurz in der NUMA-Zentrale vorbeischauen und einen Blick auf meinen Computer werfen. Mal sehen, ob Hiram Yeager etwas Neues über das Projekt rausgefunden hat, an dem wir gerade arbeiten.«

»Du bist wahrscheinlich der einzige ledige Mann im ganzen Land, der keinen Computer zu Hause hat.«

»Ich will keinen in meiner Wohnung haben«, versetzte er. »Ich habe zu viele andere Interessen, als dass ich meine Zeit damit vergeuden möchte, im Internet zu surfen oder E-Mails zu beantworten.«

Loren fuhr an und steuerte den Ford auf die breite Schnellstraße, die in die Innenstadt führte. Pitt saß schweigend neben ihr und war immer noch in Gedanken versunken, als das rundum von Scheinwerfern angestrahlte Washington Monument in Sicht kam. Loren kannte ihn gut genug, um zu wissen, dass sie ihn in Ruhe lassen musste. In ein paar Minuten würde er schon wieder zu sich kommen.

»Gibt's was Neues aus dem Kongress?«, fragte er schließlich.

»Als ob dich das interessieren würde«, erwiderte sie.

»So langweilig?«

»Haushaltsdebatten sind nicht unbedingt anregend.« Dann schlug sie einen sanfteren Ton an. »Ich habe gehört, dass Rudi Gunn ziemlich schwer verletzt wurde.«

»Der Chirurg in Südafrika, ein Spezialist für Knochenaufbau, hat hervorragende Arbeit geleistet. Rudi wird ein paar Monate lang hinken, aber das sollte ihn nicht davon abhalten, vom Schreibtisch aus weitere Unternehmungen der NUMA zu leiten.«

»Al hat gesagt, dass es in der Antarktis ziemlich ungemütlich für dich gewesen ist.«

»Nicht so ungemütlich wie für die zwei auf ihrer Felseninsel. Gegen die ist Alcatraz der reinste Botanische Garten.«

Er wandte sich zu ihr um und schaute sie mit nachdenklichem Blick an. »Du bist doch im Ausschuss für internationale Handelsbeziehungen?«

»Ja.«

»Kennst du dich mit argentinischen Unternehmen aus?«

»Ich war ein paarmal dort und habe mich mit dem Finanz- und dem Wirtschaftsminister getroffen«, antwortete sie. »Wieso fragst du?«

»Hast du schon mal was von einer Firma mit einem ziemlich geschwollenen Namen gehört, so was wie Schicksal oder Bestimmung?«

Loren dachte einen Moment lang nach. »Ich bin einmal bei einer Handelskonferenz in Buenos Aires dem Vorstandsvorsitzenden einer Destiny Enterprises Limited begegnet. Karl Wolf hieß er, wenn ich mich recht entsinne.«

»Wie lange ist das her?«, fragte Pitt.

»Etwa vier Jahre.«

»Du hast ein gutes Namensgedächtnis.«

»Karl Wolf war ein gut aussehender und eleganter Mann, echt attraktiv. Solche Männer vergisst man als Frau nicht.«

»Wenn das so ist, warum gibst du dich dann immer noch mit mir ab?«

Sie warf ihm einen kurzen Blick zu und schenkte ihm ein herausforderndes Lächeln. »Frauen stehen auf raue, ruppige und ruchlose Männer.«

»Ruppig und ruchlos, genau das bin ich.« Pitt legte den Arm um sie und biss ihr ins Ohrläppchen.

Sie zog ihren Kopf weg. »Nicht wenn ich fahre.«

Zärtlich kniff er sie in ihr rechtes Knie, lehnte sich zurück und blickte zu den Sternen auf, die in der frischen Frühlingsnacht durch die Äste der vorüberhuschenden knospenden Bäume blinkten. Karl Wolf. Er ließ sich den Namen durch den Kopf gehen. Ein guter deutscher Name, fand er. Vielleicht sollte man sich diese Destiny Enterprises Limited einmal genauer ansehen, auch wenn nichts dabei herauskam.

Loren fuhr ruhig, überholte gekonnt die wenigen anderen Autos, die zu so nachtschlafender Zeit noch unterwegs waren, und bog in die Auffahrt ein, die zur Tiefgarage der NUMA-Zentrale führte. Ein Wachmann trat aus seinem Kabuff, erkannte Pitt und winkte ihn durch, blieb aber noch einen Moment stehen und bewunderte den glänzenden alten Ford. Nur drei andere Autos standen auf der weitläufigen Parkfläche. Loren hielt neben den Aufzügen, schaltete das Licht aus und stellte den Motor ab.

»Soll ich mitkommen?«, fragte sie.

»Es dauert nur ein paar Minuten«, sagte Pitt und stieg aus.

Er fuhr mit dem Aufzug ins Foyer, wo er aussteigen und sich beim Sicherheitsdienst am Empfang eintragen musste, der die verschiedenen Bereiche des Hauses mittels einer Batterie von Videomonitoren überwachte.

»So spät noch im Dienst?«, fragte der Wachmann freundlich.

»Nur ein kurzer Besuch«, erwiderte Pitt und unterdrückte ein Gähnen.

Bevor Pitt zu seinem Büro fuhr, stieg er auf gut Glück im neunten Stock aus. Seine Ahnung hatte ihn nicht getrogen. Hiram Yeager, der einmal mehr bis tief in die Nacht hinein arbeitete, blickte mit geröteten Augen auf, als Pitt sein privates Revier betrat. Max strahlte ihm aus dem Reich der virtuellen Realität entgegen.

»Dirk«, murmelte er, stand auf und schüttelte ihm die Hand. »Ich habe nicht damit gerechnet, dass du dich mitten in der Nacht hier rumtreibst.«

»Ich dachte, ich schau mal kurz nach, was ihr dem Staub der Jahrtausende entrissen habt«, sagte er aufgeräumt.

»Ich hasse hohle Phrasen«, sagte Max.

»Das reicht jetzt«, sagte Yeager betont bissig. Dann wandte er sich wieder an Pitt. »Ich habe heute Abend um zehn Uhr einen schriftlichen Bericht über unsere neuesten Erkenntnisse auf Admiral Sandeckers Schreibtisch gelegt.«

»Ich besorge ihn mir und lege ihn morgen früh wieder zurück.«

»Lass dir Zeit. Der ist bis Mittag bei einer Besprechung mit dem Direktor vom Institut für Wetter- und Atmosphärenforschung.«

»Du solltest längst daheim bei Frau und Töchtern sein«, sagte Pitt.

»Ich habe mit Dr. O'Connell bis spät in die Nacht hinein gearbeitet«, sagte Yeager und rieb sich die müden Augen. »Du hast die knapp verpasst.«

»Ist sie etwa sofort vom Flughafen hierher gekommen und hat weiter gearbeitet, ohne sich auszuruhen?«, fragte Pitt erstaunt.

»Eine wirklich bemerkenswerte Frau. Wenn ich nicht verheiratet wäre, würde ich meinen Hut in den Ring werfen.«

»Du hast ja seit jeher was für studierte Frauen übrig.«

»Schlauheit vor Schönheit, sag ich immer.«

»Gibt's sonst noch was zu erzählen, bevor ich mir den Bericht reinziehe?«, erkundigte sich Pitt.

»Eine erstaunliche Geschichte ist das«, sagte Yeager beinahe sehnsüchtig.

»Da stimme ich zu«, warf Max ein.

»Das ist ein Privatgespräch«, sagte Yeager unwirsch und schaltete Max ab. Er stand auf und reckte sich. »Eine geradezu unglaubliche

Geschichte. Ein Seefahrervolk, das in grauer Vorzeit lebte, lange vor allen uns bekannten frühen Hochkulturen, und das nach dem Einschlag eines Kometen unterging. Der Einschlag löste riesige Flutwellen auf der Erde aus, in denen die Hafenstädte versanken, die sie in nahezu allen Winkeln der Welt errichtet hatten. Sie lebten und starben in einem Zeitalter, zu dem die Erde noch ganz anders ausgesehen haben muss, als wir sie kennen.«

»Als ich das letzte Mal mit dem Admiral gesprochen habe, wollte er nicht ausschließen, dass es sich um das legendäre Atlantis handeln könnte.«

»Ein versunkener Kontinent mitten im Atlantik passt nicht in das Bild, das wir uns bislang von ihnen machen konnten«, erwiderte Yeager. »Aber es besteht kein Zweifel, dass es sich um einen Staatenbund von Seefahrervölkern handelte, die sämtliche Meere besegelten und alle Kontinente kartografisch erfassten.« Er stockte und schaute Pitt an. »Die Fotos von den Inschriften und den Weltkarten, die Pat in der Grabkammer aufgenommen hat, sind noch im Labor. Morgen früh müssten sie entwickelt sein, sodass ich sie in den Computer einscannen kann.«

»Auf diesen Karten befinden sich die Kontinente an einer ganz anderen Stelle als heute«, sagte Pitt.

Nachdenklich schaute Yeager ihn an. »Ich habe allmählich das Gefühl, dass da etwas weit Schlimmeres als ein Kometeneinschlag stattgefunden hat. Ich bin sämtliche geologischen Daten durchgegangen, die meine Mitarbeiter in den letzten zehn Jahren zusammengetragen haben. Offenbar ging die letzte Eiszeit relativ abrupt zu Ende, begleitet von einem jähen Anstieg des Meeresspiegels. Er liegt heute rund hundert Meter höher als vor dreitausend Jahren.«

»Was wiederum hieße, dass sämtliche Bauwerke und Hinterlassenschaften der alten Atlanter tief im Meer liegen.«

»Vom Schlick gar nicht zu sprechen, der sich inzwischen darüber abgelagert hat.«

»Haben sie sich überhaupt Atlanter genannt?«, fragte Pitt.

»Ich bezweifle, dass sie diesen Begriff kannten«, erwiderte Yeager. »Atlantis stammt aus dem Griechischen und heißt ›Tochter des Atlas‹. Dass es im Laufe der Jahrhunderte zum Inbegriff einer vorgeschichtlichen Welt wurde, einer so genannten frühen Hochkultur, geht auf Platon zurück. Alle, die auch nur halbwegs lesen können, haben schon mal von Atlantis gehört. Heute ist das fast so was wie eine Art Markenname, der tausendfach verwendet wird, egal, ob es sich um ein Ferienhotel oder eine Finanzierungsgesellschaft handelt – Saunaausstatter oder Einkaufszentren, sogar Fischstäbchen und Weine sind danach benannt. Unzählige Artikel und Geschichten sind über diesen versunkenen Kontinent geschrieben worden, Fernsehen und Kino haben sich damit befasst. Aber alle halbwegs vernünftigen Menschen, die weder an den Weihnachtsmann noch an UFOs oder irgendwelches andere übernatürliche Zeug glauben, waren bislang der Meinung, dass Platon die Geschichte nur erfunden hat.«

Pitt ging zur Tür, drehte sich aber noch einmal um. »Ich frage mich bloß, was die Leute sagen«, meinte er versonnen, »wenn sie erfahren, dass es so eine Kultur tatsächlich gegeben hat.«

Yeager lächelte. »›Hab ich dir doch gleich gesagt‹, werden viele sagen.«

Als Pitt im obersten Stockwerk aus dem Fahrstuhl stieg und sich zu den Büros für die leitenden Angestellten der NUMA begab, fiel ihm sofort der gedämpfte Lichtschein der Deckenstrahler auf, der aus dem Flur zu Admiral Sandeckers Suite drang. Es kam ihm zwar merkwürdig vor, dass sie nicht ausgeschaltet waren, aber dafür konnte es zig Gründe geben. Er stieß die Glastür am Ende des Korridors auf und trat in den Vorraum zum Allerheiligsten des Admirals. Als er an dem Schreibtisch vorbeiging, an dem tagsüber Julie Wolfe, die Sekretärin des Admirals saß, nahm er den Duft von Orangenblüten wahr.

Er blieb in der Bürotür stehen und tastete nach dem Lichtschalter. Im gleichen Augenblick kam eine dunkle Gestalt vornübergebeugt auf ihn zugerannt. Zu spät spannte er die Muskeln an, als ihm der Eindringling den Kopf in die Magengegend rammte. Er torkelte zurück und krümmte sich zusammen, blieb aber auf den Beinen. Er fuhr herum und versuchte seinen Angreifer zu packen, aber der nutzte seinen Vorteil und schlug kurzerhand seinen Arm beiseite.

Keuchend und japsend, die eine Hand auf den Bauch gepresst, fand Pitt schließlich den Lichtschalter. Ein kurzer Blick auf Sandeckers Schreibtisch, dann wusste er, was der Eindringling hier gesucht hatte. Der Admiral achtete peinlichst darauf, dass sein Schreibtisch stets aufgeräumt war. Jedes Blatt Papier wurde sorgfältig in den Schubladen verstaut, bevor er Feierabend machte und sich in seine Wohnung im Watergate Building begab. Jetzt aber hätte Yeagers Bericht darauf liegen müssen, und der war weg.

Pitt kam sich vor, als hätte ihm jemand den Bauch eingeschnürt, als er zu den Fahrstühlen rannte. Der Dieb fuhr nach unten – der andere Aufzug hielt eine Etage tiefer an. Hektisch drückte er auf den Knopf und wartete, atmete tief durch und versuchte wieder einigermaßen zu sich zu kommen. Dann ging die Fahrstuhltür auf, und er sprang hinein und drückte den Knopf zur Tiefgarage. Otis sei Dank, dachte Pitt, als der Aufzug ohne weiteren Zwischenstopp rasch nach unten fuhr.

Noch ehe die Tür ganz offen war, rannte er zu dem Hot Rod und sah im letzten Moment noch die roten Rücklichter, die auf der Auffahrt verschwanden. Er riss die Fahrertür auf, schob Loren beiseite und ließ den Motor an.

Loren schaute ihn fragend an. »Wo brennt's denn?«

»Hast du den Mann gesehen, der gerade weggefahren ist?«, fragte er, während er die Kupplung drückte, den Gang einlegte und das Gaspedal durchtrat.

»Einen Mann nicht, aber eine Frau in einem Lederanzug mit einem teuren Pelzmantel.«

So was fällt nur Loren auf, dachte Pitt, als der Motor des Ford aufröhrte und die Hinterreifen mit einem schrillen Quietschen durchdrehten und zwei breite Gummistreifen in den Boden der Tiefgarage brannten. Er raste über die Auffahrt, trat auf die Bremse und kam neben dem Wachhäuschen zum Stehen. Der Posten stand neben der Auffahrt und spähte in die Ferne.

»Wo ist sie hin?«, rief Pitt.

»Ist an mir vorbeigeschossen, ehe ich sie aufhalten konnte«, sagte der Wachmann benommen. »Ist nach Süden auf den Stadtring gefahren. Soll ich die Polizei rufen?«

»Tun Sie das«, versetzte Pitt, stieß auf die Straße und steuerte den Washington Memorial Parkway an, der nur ein paar Blocks entfernt war. »Was für ein Auto?«, fragte er Loren.

»Ein schwarzer Chrysler 300M, dreieinhalb Liter Hubraum, zweihundertdreiundfünfzig PS. Beschleunigt in knapp zehn Sekunden von null auf hundert.«

»Woher willst du das so genau wissen?«, fragte er verdutzt.

»Weil ich selber einen habe«, entgegnete sie. »Hast du das etwa vergessen?«

»Ich bin ein bisschen von der Rolle.«

»Wie viel PS hat die Kiste hier?«, schrie sie ihm im röhrenden Motorenlärm zu.

»Zweihundertfünfundzwanzig«, erwiderte Pitt, während er runterschaltete und den Hot Rod mit allen vier Rädern zugleich auf den Stadtring zog.

»Du bist untermotorisiert.«

»Nicht, wenn du bedenkst, dass wir fast fünfhundert Kilo leichter sind«, sagte Pitt ruhig und schaltete hoch. »Unsere Diebin mag zwar eine höhere Spitzengeschwindigkeit erreichen und vielleicht eine bessere Kurvenlage haben, aber dafür können wir schneller beschleunigen.«

Der aufgemotzte V8-Flachmotor heulte mit zunehmender Drehzahl immer lauter auf. Die Tachometernadel am Armaturenbrett stand auf fast fünfundneunzig Meilen, als Pitt auf Overdrive schaltete. Die Drehzahl ging sofort zurück, während der Wagen auf über hundert Meilen pro Stunde beschleunigte.

Um ein Uhr morgens, noch dazu an einem Werktag, waren nur wenige Autos unterwegs, sodass Pitt den schwarzen Chrysler 300M im hellen Schein der Lampen über dem Stadtring rasch entdeckte und zu ihm aufschloss. Die Fahrerin war zwar rund zwanzig Meilen schneller unterwegs als erlaubt, holte aber bei weitem nicht das Letzte aus dem Wagen heraus. Sie wechselte auf die rechte Spur, achtete aber allem Anschein nach eher auf Polizeikontrollen als auf irgendwelche Verfolger.

Als den Ford nur noch knapp dreihundert Meter von dem anderen Wagen trennten, ging Pitt vom Gas, reihte sich hinter anderen

Autos ein und versuchte außer Sicht zu bleiben. Er war bester Dinge, weil er glaubte, sein Opfer hätte ihn nicht bemerkt, doch plötzlich scherte der Chrysler auf die Francis Scott Key Bridge aus, bog auf der anderen Seite des Potomac einmal scharf nach links, dass die Reifen quietschten und das Heck ausbrach, und brauste dann nach rechts, in Richtung Georgetown, dem noblen Wohnviertel von Washington.

»Ich glaube, die hat dich spitzgekriegt«, sagte Loren, die schaudernd im kalten Fahrtwind saß, der über die Windschutzscheibe fegte.

»Das ist eine ganz Schlaue«, versetzte Pitt wütend, weil er sich um ein Haar hätte abhängen lassen. Er riss das große Holzlenkrad bis zum Anschlag herum und stellte den Ford quer. »Statt geradeaus davonzudüsen, kurvt sie jetzt durch die Seitenstraßen, um uns abzuschütteln, damit wir nicht sehen, in welche Richtung sie will.«

Es war ein Katz-und-Maus-Spiel. Der Chrysler war in den Kurven schneller, doch auf den Geraden holte der fünfundsechzig Jahre alte Hot Rod immer wieder auf. Nach etlichen Quer- und Parallelstraßen war der Abstand noch genauso groß wie am Anfang.

»Mal was ganz Neues«, murmelte Pitt, während er entschlossen gegensteuerte.

»Was meinst du damit?«

Grinsend blickte er zu ihr. »Das ist das erste Mal, soweit ich mich entsinnen kann, dass ich jemanden verfolge.«

»Das kann noch die ganze Nacht so weitergehen«, sagte Loren, die den Türgriff umklammerte, als wollte sie jeden Moment abspringen.

»Oder bis einem von uns der Sprit ausgeht«, versetzte Pitt mitten in einer Spitzkehre.

»Sind wir hier nicht schon mal vorbeigekommen?«

»Sind wir.«

Als Pitt die Karre um die nächste Kurve riss, sah er plötzlich Bremslichter vor sich aufleuchten, und im nächsten Moment hielt der andere Wagen vor einem der noblen Ziegelhäuser an dieser von Bäumen gesäumten Straße. Schlitternd brachte er den Hot Rod neben dem Chrysler zum Stehen, gerade als die Fahrerin im Haus verschwand.

»Die hat sich grade noch über die Runden gerettet«, sagte Loren und deutete auf den Dampf, der aus der Kühlerhaube des Chrysler stieg.

»Die hätte nie aufgegeben, wenn sie nicht noch irgendwas in der Hinterhand hätte«, erwiderte Pitt und blickte zu der dunklen Stadtvilla.

»Was nun, Sheriff? Wollen wir die Verfolgung abblasen?«

Pitt warf Loren einen verschmitzten Blick zu. »Nein, du gehst zu dem Haus hin und klingelst an der Tür.«

Entgeistert schaute sie ihn im fahlen Licht der Straßenlaterne an. »Den Teufel werde ich tun.«

»Ich habe doch gewusst, dass du dich weigern würdest.« Er öffnete die Tür und stieg aus dem Wagen. »Hier, nimm mein Satellitentelefon. Wenn ich in zehn Minuten nicht zurück bin, rufst du die Polizei und verständigst anschließend Admiral Sandecker. Und außerdem sperrst du Augen und Ohren auf und haust ab, sobald sich irgendwas Verdächtiges tut – und zwar schleunigst. Ist das klar?«

»Wieso rufen wir nicht gleich die Polizei und melden einen Einbruch?«

»Weil ich mich erst mal umsehen möchte.«

»Bist du bewaffnet?«

Er grinste sie breit an. »Wer nimmt denn in einem Hot Rod eine Knarre mit?« Er beugte sich in den Wagen, klappte das Handschuhfach auf und holte die Taschenlampe heraus. »Die muss genügen.« Dann küsste er sie und verschwand in der Dunkelheit, die das Haus umhüllte.

Pitt brauchte die Taschenlampe nicht. Die Lichter der Stadt und der Schein der Straßenlaternen waren so hell, dass er den schmalen Steinplattenweg, der hinter das Haus führte, gut erkennen konnte. Alles wirkte düster und verlassen, geradezu gespenstisch. Der Garten allerdings war bestens gepflegt und in Schuss gehalten, soweit er das erkennen konnte. Links und rechts ragten hohe, efeuüberwucherte Mauern auf, hinter denen sich die Nachbargrundstücke verbargen. Auch dort war alles dunkel und wie ausgestorben, aber vermutlich gönnten sich die Bewohner nur den Schlaf der Gerechten.

Pitt war sich zu neunundneunzig Prozent sicher, dass das Haus eine Alarmanlage hatte, aber solange keine scharfen Hunde herumliefen, gab er sich keine Mühe, sich anzuschleichen. Er hoffte ja, dass die Diebin und ihre Helfer auftauchen würden. Erst dann musste er sich Gedanken darüber machen, wie er vorgehen wollte. Er kam zur Hintertür und stellte erstaunt fest, dass sie weit offen stand. Zu spät wurde ihm klar, dass die Diebin vorn in das Haus gestürmt war und es auf der Rückseite wieder verlassen hatte. Er rannte zu der Garage, die an eine Gasse angrenzte.

Plötzlich dröhnte das laute Röhren eines Motorrads durch die nächtliche Stille. Pitt riss die Tür zur Garage auf und stürmte hinein. Das altmodische Doppeltor auf der anderen Seite war nach außen aufgestoßen. Eine Gestalt in einem schwarzen Pelzmantel, Lederhose und Stiefeln hatte den Motor der Maschine angeworfen, wollte gerade den Gang einlegen und Gas geben, als Pitt in vollem Lauf auf sie hechtete, auf ihrem Rücken landete, beide Arme um ihren Hals schlang, sich seitlich abrollte und sie mit sich zog.

Er wusste sofort, dass Loren Recht hatte. Sein Widersacher war weder muskulös noch schwer genug für einen Mann. Pitt landete obenauf, als sie am Betonboden der Garage aufschlugen. Das Motorrad kippte um und drehte sich auf dem kreischenden Hinterrad einmal im Kreis, ehe der Motor ausging. In vollem Schwung prallte es gegen die beiden ineinander verschlungenen Leiber, traf die Fahrerin mit dem Vorderrad am Kopf und rammte mit dem Lenker Pitts Hüfte, brach ihm aber keinen Knochen.

Mit zusammengebissenen Zähnen kniete er sich hin und entdeckte die Taschenlampe, die immer noch unter der Tür leuchtete, wo er sie fallen gelassen hatte. Er kroch hin, hob sie auf und richtete den Strahl auf die reglose Gestalt neben dem Motorrad. Die Fahrerin hatte keine Zeit gehabt, den Helm aufzusetzen, sodass der Kopf mit den langen blonden Haaren unbedeckt war. Er rollte sie auf den Rücken und leuchtete ihr ins Gesicht.

Das Vorderrad der Maschine hatte sie bewusstlos geschlagen, aber sie lebte. Über der einen Augenbraue bildete sich eine Beule, doch die Züge waren unverkennbar. Pitt war wie vom Donner gerührt, und seine Hand zitterte so stark, dass er fast die Taschenlampe fallen gelassen hätte.

Jeder Arzt weiß, dass Blut nicht gefrieren kann, es sei denn, man spritzt Eiswasser in die Adern. Doch Pitt hatte trotzdem das Gefühl, als schlüge sein Herz doppelt so schnell wie üblich, um das erstarrte Blut in den Körper zu pumpen. Mit einem Mal graute ihn in dieser dunklen Garage, und vor Schreck wurden ihm die Knie weich. Er kannte die Person, die bewusstlos vor ihm lag.

Er schaute ohne jeden Zweifel in das gleiche Gesicht, das er in der Druckzelle des versunkenen U-Boots vor sich gesehen hatte, als ihm die Tote an die Schulter getippt hatte.

26

Im Gegensatz zu vielen anderen hochrangigen Regierungsvertretern oder Wirtschaftsführern war Admiral James Sandecker immer als Erster zur Stelle, wenn eine Besprechung anberaumt war. Außerdem setzte er sich stets eingehend mit den anstehenden Themen auseinander und bereitete sich sorgfältig vor, damit er die Konferenz zügig über die Bühne bringen konnte, so wie er das aus seiner Zeit als Flottenkommandeur bei der Navy gewöhnt war.

Obwohl ihm ein großer Konferenzraum zur Verfügung stand, in dem er prominente Gäste, Wissenschaftler oder Vertreter anderer Regierungsbehörden empfing, bevorzugte er für Besprechungen im engsten Kreis seiner Mitarbeiter ein kleineres, unmittelbar an sein Büro angrenzendes Arbeitszimmer. Dieser Raum war für ihn eine Art Zuflucht inmitten seines Allerheiligsten, ruhig und geistig anregend. Auf dem türkisfarbenen Teppichboden, umgeben von wuchtigen Ledersesseln, stand ein rund dreieinhalb Meter langer Konferenztisch, gezimmert aus den Rumpfplanken eines im Erie-See gesunkenen Schoners aus dem 19. Jahrhundert. An den mit Mahagoni getäfelten Wänden hingen diverse Gemälde, auf denen berühmte Seeschlachten dargestellt waren.

Sandecker leitete die NUMA streng wie ein Diktator, war aber auch gütig und verständnisvoll und hielt eisern zu seinen Untergebenen. Von einem früheren Präsidenten persönlich ausgewählt und mit dem Aufbau der National Underwater & Marine Agency betraut, hatte er einen mächtigen Apparat mit zweitausend Mitarbeitern geschaffen, die sich der Erforschung sämtlicher Meere verschrieben hatten. Inzwischen wurde die NUMA ihrer wissenschaftlichen Projekte wegen weltweit hoch geachtet, und ihre finanziellen Forderungen wurden vom Kongress nur selten abschlägig beschieden.

Als Fitness-Fanatiker war er auch mit zweiundsechzig Jahren noch bestens in Form und hatte kein Gramm Fett am Leib. Er war nur knapp über eins sechzig groß, hatte haselnussbraune Augen, flammend rote Haare und einen Spitz- und Knebelbart. Alkohol trank er nur gelegentlich, hauptsächlich bei den unvermeidlichen Dinnerpartys der Washingtoner Gesellschaft, und das einzige Laster, das er sich gönnte, war seine Vorliebe für edle Zigarren, groß und aromatisch, die von einem kleinen Familienbetrieb in der Dominikanischen Republik eigens nach seinen Vorgaben gewickelt wurden. Niemals bot er seinen Gästen eine davon an und reagierte überaus gereizt und wütend, wenn er Giordino wieder einmal dabei ertappte, wie er genau die gleiche Marke rauchte, obwohl aus seinen Privatbeständen noch nie eine abhanden gekommen war.

Er saß am Kopfende des Tisches, stand aber auf, als Pitt und Pat O'Connell das Zimmer betraten. Er ging ihnen entgegen und begrüßte Pitt wie einen Sohn, schüttelte ihm die Hand und ergriff mit der anderen seine Schulter. »Schön, dass Sie da sind.«

»Ist doch stets eine Freude, wieder in der guten Stube zu sein«, erwiderte Pitt strahlend. Der Admiral war wie eine Art zweiter Vater für ihn.

Sandecker wandte sich an Pat. »Bitte nehmen Sie Platz, Doktor. Ich bin schon gespannt darauf, was Sie und Hiram uns vorzutragen haben.«

Kurz darauf stießen Giordino und Yeager zu ihnen, gefolgt von Dr. John Stevens, einem bekannten Historiker und Verfasser etlicher Bücher über die Untersuchung und Zuordnung alter Kunstwerke und Gerätschaften. Stevens war der typische Gelehrte und sah mit seinem Pullunder und dem Sportsakko, aus dessen Brusttasche eine Meerschaumpfeife ragte, auch genauso aus. Zudem hatte er die Angewohnheit, den Kopf leicht schief zu halten, wie ein Rotkehlchen, das nach Würmern im Boden lauscht. Er hatte eine Kühlbox aus Plastik dabei, die er neben seinem Stuhl am Boden abstellte.

Sandecker stellte den abgesägten Fuß einer Zwanzigzentimetergranate, der ihm als Aschenbecher diente, vor sich auf den Tisch und zündete sich eine Zigarre an. Er warf einen Blick zu Giordino, rechnete fast damit, dass sich sein stellvertretender Projektleiter ebenfalls eine ansteckte. Giordino indes beschloss, seinen Chef nicht zu reizen, und versuchte so zivilisiert wie möglich zu wirken.

Pitt fiel sofort auf, dass Yeager und Pat ungewöhnlich abgespannt und müde aussahen.

Sandecker eröffnete das Gespräch mit der Frage, ob jeder dazu gekommen sei, sich mit dem von Pat und Yeager vorgelegten Bericht zu befassen. Alle nickten schweigend, bis auf Giordino. »Eine interessante Lektüre«, sagte er, »aber die utopischen Geschichten von Isaac Asimov oder Ray Bradbury finde ich doch noch besser.«

Yeager wandte sich mit festem Blick an Giordino. »Ich kann dir versichern, dass es sich nicht um Utopie handelt.«

»Habt ihr rausgefunden, wie sich dieses Volk nannte?«, fragte Pitt. »Hatten die einen Namen für ihre Kultur, von Atlantis mal abgesehen?«

Pat schlug einen Aktenordner auf, der vor ihr auf dem Tisch lag, entnahm ihm ein Notizblatt und musterte den Text. »Soweit ich das anhand der entzifferten und übersetzten Inschriften feststellen konnte, bezeichnete dieses Seefahrervolk sich und seinen Bund von Stadtstaaten als Amenes, genau so geschrieben, wie man es spricht.«

»Amenes«, wiederholt Pitt bedächtig. »Klingt irgendwie griechisch.«

»Ich habe eine Reihe von Wörtern entdeckt, bei denen es sich durchaus um Grundformeln späterer griechischer und ägyptischer Begriffe handeln könnte.«

Sandecker deutete mit seiner Zigarre auf den Historiker. »Dr. Stevens, ich nehme an, Sie haben die Obsidianschädel untersucht.«

»Ganz recht.« Stevens bückte sich, öffnete die Kühlbox, holte einen der schwarzen Schädel heraus und stellte ihn auf ein großes Seidenkissen, das vor ihm auf dem Konferenztisch lag. Das glatte

Obsidian glänzte im Licht der Deckenstrahler. »Eine wahrhaft bemerkenswerte Arbeit«, sagte er. »Die Künstler der Amenes haben ihn aus einem Obsidianblock hergestellt – einem unglaublich reinen und makellosen Stück, was an sich schon eine Seltenheit ist. Im Verlauf von mindestens neunzig bis hundert Jahren, vermutlich sogar länger, wurde er von Hand geformt und zurechtgeschmirgelt, und zwar meiner Ansicht nach mit Hilfe von Obsidianstaub.«

»Warum nicht mit Hämmern und gehärteten Metallmeißeln?«, fragte Giordino.

Stevens schüttelte den Kopf. »Werkzeuge wurden nicht verwendet. Es gibt keinerlei Kratz- oder Schlagspuren. Außerdem ist Obsidian zwar ein äußerst harter Werkstoff, aber auch sehr spröde. Ein einziger Ausrutscher, ein falsch angesetzter Meißel- oder Hammerschlag, und der ganze Schädel wäre zersprungen. Nein, er wurde behutsam zurechtgeschliffen und geschmirgelt. Eine mühsame Arbeit, etwa so, als versuchte man mit Autopolitur eine Marmorbüste herzustellen.«

»Wie lange würde es dauern, so etwas mit modernem Gerät herzustellen?«

Stevens lächelte leicht. »Rein technisch wäre es nahezu unmöglich, eine genaue Kopie davon zu machen. Je eingehender ich mich damit befasse, desto mehr bin ich davon überzeugt, dass es so etwas gar nicht geben dürfte.«

»Befinden sich Markierungen am Fuß, die Rückschlüsse auf die Herkunft zulassen?«, fragte Sandecker.

»Nichts dergleichen«, antwortete Stevens. »Aber ich zeige Ihnen etwas anderes, das noch viel erstaunlicher ist.« Mit äußerster Vorsicht drehte er am Schädeldach, bis es sich abheben ließ. Danach holte er eine ebenmäßige Kugel aus dem Inneren, hielt sie andächtig in beiden Händen und setzte sie dann auf ein eigens vorbereitetes Polster. »Ich darf gar nicht daran denken, welche Kunstfertigkeit erforderlich war, um etwas Derartiges herzustellen«, sagte er bewundernd. »Erst als ich den Schädel mithilfe starker optischer Hilfsmittel untersucht habe, ist mir eine feine Ritze rund um das Schädeldach aufgefallen, die mit bloßem Auge nicht zu sehen war.«

»Einfach wunderbar«, sagte Pat geradezu ehrfürchtig.

»Ist die Kugel graviert?«, fragte Pitt.

»Ja, sie stellt ein Ebenbild des Globus dar. Ich habe ein Vergrößerungsglas dabei, falls Sie sie genauer betrachten wollen.«

Er reichte Pitt eine starke Lupe, worauf er die feinen Linien musterte, die in die etwa schlagballgroße Kugel geritzt waren. Danach schob er sie vorsichtig quer über den Tisch zu Sandecker und gab ihm die Lupe.

Während der Admiral die Kugel untersuchte, ergriff Stevens wieder das Wort. »Bei einem Vergleich mit den Fotos, die Sie in den Kammern in Colorado und auf St. Paul aufgenommen haben, konnte ich feststellen, dass die Kontinente dort genauso dargestellt sind wie auf dem Obsidianglobus.«

»Was heißt das?«, fragte Sandecker.

»Wenn Sie sich die Anordnung der Kontinente und der großen Inseln, zum Beispiel Grönland und Madagaskar, ansehen, werden Sie feststellen, dass sie nicht den heutigen geografischen Gegebenheiten entsprechen.«

»Die Unterschiede sind mir auch schon aufgefallen«, sagte Pitt.

»Was soll das beweisen?«, fragte Giordino, der einmal mehr den Skeptiker spielte. »Abgesehen davon, dass es sich um eine primitive und fehlerhafte Darstellung handelt.«

»Primitiv? Ja. Fehlerhaft? Nach heutigen Maßstäben vielleicht. Aber ich bin fest davon überzeugt, dass diese Menschen sämtliche Weltmeere befuhren und den Verlauf der Küsten über tausende von Kilometern hinweg kartografisch erfassten. Wenn Sie sich den Obsidianglobus genau ansehen, können Sie erkennen, dass sogar Australien, Japan und die Großen Seen Nordamerikas eingezeichnet sind. All das von Menschen, die vor über neuntausend Jahren lebten.«

»Im Gegensatz zu Atlantis, das ja nach Platons Schilderung eine abgelegene Insel beziehungsweise ein Kontinent gewesen ist«, meldete sich Pat zu Wort, »unterhielten die Amenes weltweite Handelsbeziehungen. Sie fuhren viel weiter als spätere Kulturen, die auf Grund von Überlieferungen, Ängsten und Aberglauben die ihnen unbekannte offene See mieden. Auf den Inschriften sind die Schifffahrtsrouten und Handelswege genau verzeichnet, auf denen sie über den Atlantik und den St.-Lorenz-Strom hinauf bis nach Michigan fuhren, wo sie Kupfer schürften, oder nach Bolivien und zu den Britischen Inseln, wo sie Zinn abbauten. Auf Grund ihrer hoch entwickelten Kenntnisse in der Metallverarbeitung nutzten sie die beiden dort gewonnenen Rohstoffe zur Herstellung von Bronze – die Menschheit ließ die Steinzeit hinter sich und trat in das Bronzezeitalter ein.«

Sandecker beugte sich über den Tisch. »Sie haben doch sicher auch Gold und Silber abgebaut und damit gehandelt.«

»Seltsamerweise waren Gold und Silber für sie von minderem Wert. Sie verwendeten vorzugsweise Kupfer für ihre Kunstwerke und ihren Zierrat. Aber sie suchten auf der ganzen Welt nach Türkisen und schwarzen Opalen, die sie zu Schmuck verarbeiteten. Und nach Obsidian natürlich, der ihnen nahezu heilig war. Obsidian wird übrigens heute noch bei Operationen am offenen Herzen verwendet, weil er sich schärfer schleifen lässt und dadurch das Gewebe weniger schädigt als Stahl.«

»Türkise und schwarze Opale hatten auch die Mumien umhängen, die wir gefunden haben«, warf Giordino ein.

»Was wiederum beweist, wie weit ihre Handelsbeziehungen reichten«, sagte Pat. »Diese Steine mit dem satten grünlich blauen Farbton, die ich in der Kammer gesehen habe, können nur aus den Wüsten im Südwesten der Vereinigten Staaten stammen.«

»Und die schwarzen Opale?«, fragte Sandecker.

»Aus Australien.«

»Was nicht zuletzt eine Bestätigung dafür wäre«, sagte Pitt, »dass die Amenes die Kunst der Navigation beherrschten und vor tausenden von Jahren Schiffe bauen konnten, mit denen sie die Meere befuhren.«

»Außerdem erklärt es, weshalb sie die Küsten besiedelten und Hafenstädte gründeten«, ergänzte Pat. »Und soweit sich das anhand der Fotos aus der Grabkammer erkennen lässt, gab es in der gesamten uns bekannten Geschichte nur wenige menschliche Gemeinschaften, die sich so weit ausgebreitet haben. Ich habe über zwanzig Hafenstädte ausfindig gemacht, die sie überall auf der Welt gegründet hatten, in Mexiko und Peru, aber auch in Indien, China, Japan und Ägypten. Dazu etliche weitere auf Inseln im Indischen Ozean und im Pazifik.«

»Ich kann Dr. O'Connells Feststellungen nur bestätigen, da ich anhand der Kugeln aus den Schädeln zum gleichen Ergebnis gelangt bin«, sagte Stevens.

»Dann konzentrierte sich ihre Welt also nicht auf den Mittelmeerraum«, sagte der Admiral. »Die so genannte Wiege der Zivilisation?«

Stevens schüttelte den Kopf. »Zur Zeit der Amenes war der mediterrane Raum noch kein Meer. Vor neuntausend Jahren war das heutige Mittelmeer eine fruchtbare Tiefebene mit zahlreichen Seen, von den großen europäischen Strömen im Norden und vom Nil im Süden gespeist, die sich dort vereinigten, durch die heutige Straße von Gibraltar flossen und in den Atlantik mündeten. Die Nordsee gab es damals auch noch nicht, wie Sie sicher wissen, und die Britischen Inseln gehörten zum Festland. Die Ostsee war eine Talsenke, die deutlich über dem Meeresspiegel lag. Die Wüste Gobi und die Sahara waren fruchtbare Landstriche, durch deren üppige Tropenwälder und Savannen tausende Tierherden zogen. Die Welt, in der diese Menschen lebten, sah ganz anders aus als heute.«

»Was ist aus den Amenes geworden?«, fragte Sandecker. »Warum hat man bislang keinerlei Hinweise auf sie gefunden?«

»Ihre Kultur wurde etwa um das Jahr siebentausend vor Christus ausgelöscht, als ein Komet auf der Erde einschlug und eine weltweite Katastrophe auslöste. Damals brach die Landbrücke zwischen Gibraltar und Marokko, und das heutige Mittelmeer entstand. Sämtliche Küsten wurden überflutet und sehen seither völlig anders aus. Und von einem Augenblick zum andern wurde dieses Seefahrervolk mitsamt den Städten, die es gegründet hatte, hinweggefegt, und seine Kultur geriet in Vergessenheit.«

»All das haben Sie von den Inschriften erfahren?«

»Und noch viel mehr«, warf Yeager ein. »Sie schildern in allen Einzelheiten das entsetzliche Leid, das über sie kam. Der Aufprall des Kometen muss mit einem Schlag entsetzliche Urkräfte freigesetzt haben, die Tod und Vernichtung verbreiteten. In den Inschriften ist davon die Rede, dass die Berge geschwankt hätten wie Weiden im Wind. Erdbeben mit einer schier unvorstellbaren Gewalt wurden ausgelöst, weltweit brachen Vulkane mit der tausendfachen Sprengkraft einer Atombombe aus und schleuderten eine viele hundert Kilometer dicke Staub- und Ascheschicht in die Atmosphäre. Meterdicke Schichten aus Bimsstein und Schlacke trieben auf den Meeren. Riesige Lavaströme ergossen sich über die gesamte nordwestpazifische Küstenregion. Feuersbrünste rasten von Sturmwinden gepeitscht über das Land und verursachten dicke Qualmwolken, die den Himmel verdunkelten. Gewaltige Flutwellen, die bis zu fünf Kilometer hoch gewesen sein dürften, überrannten das Land. Ganze Inseln verschwanden für immer im Meer. Innerhalb von vierundzwanzig Stunden gingen ein Großteil der Menschheit und die Mehrzahl aller Tiere und Pflanzen zu Grunde.«

Giordino verschränkte die Hände hinter dem Kopf und versuchte sich das Ausmaß der Katastrophe vorzustellen. »Das erklärt alles – das Aussterben des Säbelzahntigers, des Höckerkamels, des Moschusochsen, des Riesenbisons mit seinen fast zwei Meter breiten Hörnern, des Mammuts, des Urpferdes und all der anderen Tiere, die einst durch die Prärien Nordamerikas zogen. Und auch diese Weichtiere, die schlagartig versteinert sein müssen, die Muscheln und Austern, Quallen und Seesterne, die wir seinerzeit bei einer Sedimentbohrung entdeckt haben – wisst ihr noch? Die Wissenschaftler konnten sich bislang keinen Reim darauf machen. Vielleicht lässt sich das auch auf einen Kometeneinschlag zurückführen.«

Sandecker musterte Giordino mit beifälligem Blick. Der kleine Italiener war blitzgescheit, auch wenn er dies mit Spott und ständigen Witzeleien zu überspielen versuchte.

Stevens zückte seine Pfeife und spielte daran herum. »In wissenschaftlichen Kreisen ist allgemein bekannt, dass am Ende der letzten Eiszeit zahlreiche große Tiere ausstarben, alle etwa zu der gleichen Zeit, als der Komet einschlug. In Sibirien fand man im ewigen Eis hervorragend erhaltene Mammuts, die noch unverdautes Futter im Magen hatten – ein eindeutiger Beweis dafür, dass sie vom einen Moment zum andern umgekommen sein müssen, fast so, als wären sie unverhofft tiefgekühlt worden. Genauso Bäume und Sträucher, die samt Blättern und Blüten gefroren waren.«

Keiner der hier am Tisch Versammelten konnte sich auch nur annähernd das ganze Ausmaß der Katastrophe vorstellen, die damals über die Welt und alle, die auf ihr lebten, hereingebrochen sein musste.

»Ich bin zwar kein Geophysiker«, sagte Stevens leise, »aber ich kann kaum glauben, dass ein Komet, so groß er auch gewesen sein mag, derart gewaltige Verwüstungen anrichten kann. Das ist einfach unfassbar.«

»Vor fünfundsechzig Millionen Jahren sind die Dinosaurier ausgestorben, weil ein Komet oder ein Asteroid die Erde getroffen hat«, erinnerte ihn Giordino.

»Das muss ja ein gewaltiges Ding gewesen sein«, sagte Sandecker.

»Bei Kometen lässt sich das schwer sagen, weil sie im Gegensatz zu Asteroiden oder Meteoriten keine feste Masse haben«, trug Yeager vor. »Kometen bestehen aus Eis, Gasen und Gestein.«

Pat sprang ein und zitierte weiter aus den Inschriften, ohne ihre Notizen zu Rate zu ziehen. »Manche Erdbewohner überlebten, bestellten das Land oder jagten in den Bergen und Hochebenen. Sie entrannen den entsetzlichen Folgen der Katastrophe, weil sie unter der Erde oder in Höhlen Zuflucht fanden, sich von den kargen Pflanzen ernährten, die auch unter widrigen Bedingungen noch wuchsen, oder das kümmerliche Wild jagten, das noch übrig war. Viele verhungerten oder gingen an den giftigen Dämpfen zu Grunde, mit denen die Luft verpestet war. Nur ein paar wenige Amenes, die sich zufällig in höher gelegenen Gebieten aufhielten, als die Flutwellen über ihre Heimatstädte hinwegrasten, überlebten.«

»Die Geschichte einer Sintflut, wie wir sie alle kennen«, stellte Stevens fest. »Aber Berichte darüber finden sich bereits auf fünftausend Jahre alten Tontafeln aus Mesopotamien, aus der Zeit der Sumerer – im Gilgamesch-Epos wird die ganze Geschichte von Noah und der Arche vorweggenommen. Und sie kehren bei allen Völkern wieder, ob auf den steinernen Stelen der Mayas, den Keilschrifttexten babylonischer Priester oder in der mündlichen Überlieferung der nordamerikanischen Indianer. Irgendwann, und davon dürfen wir zweifellos ausgehen, hat sich eine derartige Sintflut tatsächlich zugetragen.«

»Und dank der Amenes«, sagte Yeager, »wissen wir jetzt, dass sie sich etwa siebentausendeinhundert Jahre vor Christi Geburt ereignete.«

»Die Geschichte lehrt uns, dass gerade Hochkulturen anfällig sind«, merkte Stevens an. »Sie gehen mitunter ebenso rasch zu Grunde, wie sie aufgestiegen sind, sodass wir kaum etwas über sie in Erfahrung bringen können. Neunzig Prozent des Wissens, das die Menschen seit alters her besaßen, gerieten in Vergessenheit, weil die Menschheit entweder von Naturkatastrophen heimgesucht wurde oder sich gegenseitig vernichtete.«

Pitt nickte nachdrücklich. »Ein goldenes Zeitalter der Seefahrt, aber nichts ist davon geblieben als Inschriften in einer Felswand. Schade, dass sie nicht mehr hinterlassen haben.«

Sandecker stieß eine blaue Qualmwolke aus. »Hoffentlich ergeht es uns eines Tages nicht genauso.«

Pat ergriff wieder das Wort. »Die wenigen Überlebenden der Amenes bildeten eine verschworene Gemeinschaft, die sich fortan der Aufgabe widmete, die Steinzeitmenschen zu unterrichten, ihnen die schönen Künste nahe zu bringen und die Schrift, ihnen zu zeigen, wie man Häuser aus Stein baut und Schiffe, die übers Meer fahren können. Mit ihren Inschriften wollten sie künftige Generationen vor einer weiteren Katastrophe warnen, doch die Nachgeborenen, die den Einschlag des Kometen und die dadurch ausgelösten Verwüstungen nicht miterlebt hatten, wollten nicht daran glauben, dass sich ein so grauenhaftes Ereignis wiederholen könnte. Den Amenes wurde klar, dass ihre furchtbaren Erkenntnisse bald in Vergessenheit geraten und nur mehr als Sagen und Legenden überliefert werden würden. Daher versuchten sie ihr Vermächtnis durch den Bau steinerner Monumente zu hinterlassen, die die Jahrhunderte überdauern sollten und in die sie ihre Botschaft über Vergangenheit und Zukunft der Menschheit eingravierten. Die Megalithkultur, die sie schufen, breitete sich über weite Teile der Welt aus und währte rund viertausend Jahre. Doch im Laufe der Zeit verwitterten die Inschriften, und die zur Warnung gedachten Texte verschwanden.

Nachdem die letzten Nachkommen der Amenes gestorben waren, kam es Jahrhunderte lang zu einer kulturellen Stagnation, bis die Sumerer und die Ägypter aus dem Dunkel der Geschichte traten, sich auf die wenigen bruchstückhaften Erkenntnisse besannen, die aus der Vergangenheit überliefert waren, und allmählich neue Hochkulturen schufen.«

Pitt tippte mit einem Bleistift auf den Tisch. »Ich weiß zwar nicht viel über Megalithen, aber ich habe fast den Eindruck, dass spätere Kulturen, die von der ursprünglichen Absicht der Amenes nichts mehr wussten, zunächst deren Monumentalbauten als Tempel, Grabmäler und steinerne Kalender nutzten und dann nach deren Vorbild eigene Bauwerke errichteten.«

»Beim Studium aller verfügbaren Daten über die Megalithkultur stellt man fest«, sagte Yeager, »dass sich anhand der ältesten Bauwerke die typische Architektur der Amenes erkennen lässt. Sie errichteten zumeist Rundbauten aus dreieckigen oder trapezförmigen Steinblöcken, die sich wie die einzelnen Teile eines Puzzles ineinander fügten und nahezu allen Erderschütterungen standhielten, so stark sie auch sein mochten.«

Stevens ergriff das Wort, während er die Kugel vorsichtig wieder in ihre Fassung im Innern des Schädels legte. »Dank der Arbeit von Mr. Yeager und Dr. O'Connell bekommen wir allmählich den Eindruck, dass bestimmte Elemente der Amenes-Kultur über die Jahrhunderte hinweg weitergegeben und schließlich von den Ägyptern, den Sumerern, den alten Chinesen und Indern, den Olmeken, den Vorgängern der Mayas also, und anderen Indianervölkern aufgegriffen wurden. Die Phönizier vor allem dürften die Kunst der Hochseenavigation übernommen haben.

Ihre Erkenntnisse erklären unter anderem auch, weshalb überall auf der Welt die Götter und Gottheiten in der Mythologie späterer Kulturen dem Meer entstiegen und weshalb sämtliche Götter der Indianervölker aus dem Osten, die der alten europäischen Kulturen hingegen aus dem Westen kamen.«

Sandecker starrte auf seinen Zigarrenrauch, der in Kringeln zur Decke stieg. »Ein interessanter Punkt, Doktor, der zahllose Fragen über unsere Vorfahren beantwortet, über die wir hunderte von Jahren gerätselt haben.

Pitt nickte Pat zu. »Was ist aus den letzten Amenes geworden?«

»Aus Verzweiflung darüber, dass man ihre Botschaft nicht wahrhaben und sich dementsprechend verhalten wollte, schufen sie überall auf der Welt Kammern, die, so hofften sie, erst Jahrtausende später von einer künftigen Kultur gefunden werden würden, die über das nötige Wissen verfügte, um ihre Warnung vor einer drohenden Gefahr zu verstehen.«

»Worum handelt es sich dabei?«, hakte Sandecker nach.

»Um den Zeitpunkt, wann der zweite Komet zurückkehrt, die Erdumlaufbahn schneidet und mit an Sicherheit grenzender Wahrscheinlichkeit auf unserem Planeten einschlägt.«

Stevens reckte den Zeigefinger hoch, um sich bemerkbar zu machen. »In der Mythologie ist immer wieder davon die Rede, dass sich eine von einer Sintflut begleitete Katastrophe wiederholen wird.«

»Nicht gerade heitere Aussichten«, sagte Giordino.

»Weshalb waren sie so davon überzeugt, dass die Erde von einem weiteren Himmelskörper getroffen werden würde?«

»In den Inschriften wird genau geschildert, dass seinerzeit zwei Kometen ins Sonnensystem eindrangen«, antwortete Yeager. »Der eine schlug auf der Erde ein. Der andere flog vorbei und verschwand wieder im Weltall.«

»Wollen Sie damit etwa andeuten, dass die Amenes den genauen Zeitpunkt voraussagen konnten, zu dem der zweite Komet zurückkehrt?«

Pat nickte nur.

»Die Amenes«, sagte Yeager, »waren nicht nur hervorragende Seefahrer, sondern auch ausgezeichnete Astronomen. Sie vermaßen den Lauf der Sterne mit einer geradezu unheimlichen Genauigkeit. Und zwar ohne starke Teleskope.«

»Nehmen wir mal an, der Komet kommt tatsächlich zurück«, sagte Giordino. »Woher wollten die denn wissen, dass er die Erde nicht verfehlt und wieder in die Weiten des Alls hinausfliegt? Waren sie wissenschaftlich wirklich so weit, dass sie das genaue Datum berechnen konnten, zu dem er einschlägt?«

»Sie konnten es«, entgegnete Pat. »Wir haben per Computer die

Position der Sterne, wie sie auf der Himmelskarte in der Kammer in Colorado dargestellt sind, mit ihrem heutigen Standort verglichen und konnten so unsererseits einen Zeitpunkt errechnen. Er stimmt fast auf die Stunde genau mit der Voraussage der Amenes überein.

Die alten Ägypter haben einen Doppelkalender erfunden, der viel ausgeklügelter war als unser heutiger. Die Mayas errechneten, dass ein Jahr 365,2420 Tage zählt. Wir kommen heute unter Verwendung von Atomuhren auf 365,2423 Tage. Außerdem schufen sie auf Grund der Konjunktion von Venus, Mars, Jupiter und Saturn unglaublich genaue Kalender. Die Babylonier gaben die Länge eines Jahres mit 365 Tagen, sechs Stunden und elf Minuten an. Das ist eine Abweichung von nur zwei Minuten.« Pat legte eine Kunstpause ein. »Die Amenes berechneten den Zeitraum, in dem die Erde einmal die Sonne umkreist, bis auf zwei Zehntel Sekunden genau. Ihr Kalender basierte auf einer Sonnenfinsternis, die sich alle 521 Jahre am gleichen Tag ereignet. Die Sternenkarte, die sie anhand ihrer Himmelsbeobachtungen vor neuntausend Jahren anfertigten, stimmt auf den Punkt genau.«

»Somit beschäftigt uns jetzt also vor allem die Frage«, sagte Sandecker. »Wann kehrt dieser Komet nach den Voraussagen der Amenes zurück?«

Pat und Yeager warfen sich einen düsteren Blick zu. Yeager ergriff zuerst das Wort: »Wir haben per Computer alte astronomische Aufzeichnungen und Dokumente von verschiedenen Universitäten ausgewertet und dabei festgestellt, dass die Amenes nicht die einzigen waren, die einen zweiten Weltuntergang voraussagten. Auch die Mayas, die Hopi-Indianer, die alten Ägypter, die Chinesen und etliche andere vorchristliche Kulturen rechneten damit. Das Beunruhigende dabei ist, dass sich alle fast auf das Jahr genau einig sind.«

»Könnte das nicht reiner Zufall sein? Oder die eine Kultur hat sich bei der anderen bedient.«

Yeager schüttelte zweifelnd den Kopf. »Schon möglich, dass sie es aus den Überlieferungen der Amenes übernommen haben, aber vieles deutet darauf hin, dass sie bei ihren Beobachtungen des Sternenhimmels nur eine Bestätigung für die Gefahr fanden, vor der ihre Ahnen seit unvordenklicher Zeit warnten.«

»Welche Voraussage trifft es deiner Meinung nach am ehesten?«, fragte Pitt.

»Die der überlebenden Amenes, weil sie Zeitzeugen der Katastrophe waren. Sie sagen nicht nur das Jahr voraus, sondern nennen sogar den Tag.«

»Und zwar welchen?«, hakte Sandecker gespannt nach.

Pat ließ sich in ihren Sessel sinken, als wollte sie der Realität den Rücken zukehren. Yeager zögerte und blickte in die Runde. »Der von den Amenes genannte Zeitpunkt«, sagte er schließlich stockend, »zu dem der Komet zurückkehrt, ist der zwanzigste Mai 2001.«

Pitt runzelte die Stirn. »Das ist dieses Jahr.«

Yeager rieb sich die Schläfen. »Dessen bin ich mir wohl bewusst.«

Sandecker beugte sich vor. »Wollen Sie damit etwa sagen, dass in nicht mal zwei Monaten die Welt untergeht?«

Yeager nickte ernst. »Ja, genau das will ich damit sagen.«

27

Nach der Besprechung kehrte Pitt in sein Büro zurück, wo er von Zerri Pochinsky, seiner langjährigen Sekretärin, mit einem strahlenden Lächeln begrüßt wurde. Sie sah hinreißend aus, hatte eine Figur, um die sie manche Revuetänzerin in Las Vegas beneidet hätte, dazu dunkelblonde Haare und zauberhafte braune Augen. Sie lebte allein mit einer Katze namens Murgatroyd und ging nur selten aus. Pitt mochte Zerri sehr gern, doch er achtete eisern darauf, dass er ihr nicht zu nahe trat. Zwar stellte er sich hin und wieder vor, wie es wohl wäre, wenn er sie in den Armen hielte, doch was den Umgang mit weiblichen Angehörigen der NUMA anging, hatte er sich strenge Regeln auferlegt. Zu oft hatte er schon erlebt, was für ein Chaos bei diesen Büroliebschaften herauskam.

»Special Agent Ken Helm vom FBI hat angerufen und bittet um Rückruf«, berichtete sie und reichte ihm einen rosa Notizzettel mit der Nummer von Helms Privatanschluss. »Haben Sie wieder mal Ärger mit der Regierung?«

Er grinste und beugte sich über Zerris Schreibtisch, bis ihre Nasen nur mehr zwei Zentimeter voneinander entfernt waren. »Ich habe ständig Ärger mit der Regierung.«

Mit schelmischem Blick schaute sie ihn an. »Ich warte immer noch darauf, dass Sie mich einfach packen und zu einem Strand auf Tahiti entführen.«

Er ging auf Sicherheitsabstand, weil ihr Chanel ungehörige Gefühle in ihm weckte. »Warum suchen Sie sich nicht einen netten, anständigen Mann, der häuslich ist und Sie heiratet, statt einem alten, abgehalfterten Taugenichts wie mir nachzustellen?«

»Weil die Netten und Häuslichen stinklangweilig sind.«

»Wer hat bloß behauptet, alle Frauen wollen ein Nest bauen?« Er seufzte.

Pitt riss sich von ihr los und betrat sein Büro, in dem es aussah wie auf einem Campingplatz nach einer Sturmkatastrophe. Rundum waren Bücher, Papiere, Seekarten und Fotos verteilt, selbst am Boden. Die Möbel an seinem Arbeitsplatz, alles alte Stücke, die er bei einer Auktion ersteigert hatte, stammten von dem eleganten Passagierdampfer *President Cleveland* der American President Lines. Er ließ sich an seinem Schreibtisch nieder, nahm den Hörer ab und wählte Helms Nummer.

»Ja«, meldete sich jemand kurz und knapp.

»Mr. Helm, Dirk Pitt hier. Sie haben um Rückruf gebeten.«

»Mr. Pitt, besten Dank. Ich dachte, es interessiert Sie vielleicht, dass wir die Leiche identifizieren konnten, die Sie uns aus der Antarktis geschickt haben. Und auch die Frau, die Sie letzte Nacht dingfest gemacht haben.«

»Das ging aber schnell.«

»Dank unserer neuen digitalisierten Fotodatei«, erklärte Helm. »Man hat per Computer jedes Gesicht eingescannt, auf das man in Tageszeitungen, Illustrierten und im Fernsehen gestoßen ist, man hat die Passbilder sämtlicher Führerscheinbesitzer erfasst, die von den staatlichen Zulassungsstellen übermittelt wurden, die polizeilichen Fotoarchive, sogar Firmenausweise, soweit das möglich war, und die umfangreichste erkennungsdienstliche Bilddatei der Welt angelegt. Hunderte Millionen von Bildern, die digital aufbereitet wurden. Damit, aber auch mit unserer Fingerabdruckdatei und den bei uns gespeicherten DNA-Profilen stehen uns allerhand Möglichkeiten zur Identifizierung einer Leiche oder eines Straftäters zur Verfügung. Bei den beiden Frauen wurden wir in knapp zwanzig Minuten fündig.«

»Was haben Sie herausgefunden?«

»Bei der Toten aus dem Unterseeboot handelt es sich um eine gewisse Heidi Wolf. Die Frau, die Sie überwältigt haben, heißt Elsie Wolf.«

»Dann sind es also tatsächlich Zwillingsschwestern.«

»Nein, angeblich sind sie Cousinen. Aber das eigentlich Ungewöhnliche dabei ist, dass sie aus einer stinkreichen Familie stammen, die ein weit verzweigtes Firmenimperium besitzt, dessen Vorstand sie angehören.«

Pitt starrte nachdenklich aus seinem Bürofenster, ohne den Potomac oder das im Hintergrund aufragende Capitol wahrzunehmen. »Sind sie vielleicht zufällig mit einem Karl Wolf verwandt, dem Vorstandsvorsitzenden der in Argentinien ansässigen Destiny Enterprises?«

Helm stockte einen Moment. »Sie sind mir anscheinend ein paar Schritte voraus, Mr. Pitt«, sagte er dann.

»Dirk.«

»Na schön, Dirk, Sie haben es auf den Punkt gebracht. Elsie ist Karls Schwester. Heidi war seine Cousine. Und ihre Familie besitzt ein Firmenimperium namens Destiny Enterprises Limited mit Hauptsitz in Buenos Aires. Nach Schätzung des Wirtschaftsmagazins *Forbes* beläuft sich ihr Privatvermögen auf rund hundertzehn Milliarden Dollar.«

»Die nagen nicht grade am Hungertuch, was?«

»Und ich musste ausgerechnet eine arme Maurerstochter heiraten.«

»Ich begreife bloß nicht, warum eine Frau, der solche Mittel zur Verfügung stehen, wegen so einem läppischen Einbruch selber Kopf und Kragen riskiert.«

»Sie sagen uns doch hoffentlich Bescheid, wenn Ihnen dazu etwas einfällt.«

»Wo ist Elsie jetzt?«, fragte Pitt.

»In einer unserer Privatkliniken an der W Street, gegenüber vom Mount Vernon College.«

»Kann ich mit ihr reden?«

»Von uns aus gern, aber Sie müssen vorher mit dem zuständigen Arzt sprechen. Aaron Bell heißt er. Ich rufe ihn an und bereite ihn auf Ihren Besuch vor.«

»Ist sie einigermaßen ansprechbar?«

»Sie ist bei Bewusstsein. Sie haben ihr einen ziemlichen Schlag versetzt. Um ein Haar hätten Sie ihr den Schädel gebrochen.«

»Ich habe sie nicht geschlagen. Das war ihr Motorrad.«

»Wie auch immer«, sagte Helm amüsiert. »Sie werden jedenfalls nicht viel aus ihr rauskriegen. Eine unserer besten Vernehmungsspezialistinnen hat es versucht. Eine taffe Frau, bei der sogar die Tauben und die Stummen gesprächig werden.«

»Weiß sie, dass ihre Cousine tot ist?«

»Sie weiß Bescheid. Und sie weiß auch, dass Heidis sterbliche Überreste im Leichenschauhaus der Klinik liegen.«

»Das könnte ganz spannend werden«, sagte Pitt bedächtig.

»Was könnte spannend werden?«, erkundigte sich Helm.

»Elsies Miene, wenn ich ihr erzähle, dass ich derjenige bin, der Heidis Leiche geborgen und per Luftfracht aus der Antarktis nach Washington geschickt hat.«

Kurz nachdem er aufgelegt hatte, verließ Pitt das NUMA-Gebäude und fuhr zu dem unauffälligen Haus, in dem sich die Privatklinik befand, die ausschließlich vom FBI und anderen Sicherheitsdiensten genutzt wurde. Er parkte seinen 36er Ford auf einem freien Abstellplatz neben dem Gebäude und trat durch den Haupteingang, wo er sich ausweisen und mehrere Telefongespräche abwarten musste, ehe er passieren durfte. Ein Verwaltungsangestellter brachte ihn zum Büro von Dr. Bell.

Pitt war dem Arzt schon mehrmals begegnet, nicht als Patient, sondern bei gesellschaftlichen Anlässen, bei denen Gelder für die Krebsstiftung gesammelt wurden, die sein Vater, Senator George Pitt, und Dr. Bell leiteten. Aaron Bell war Mitte sechzig, ein Choleriker, viel zu dick, mit hochrotem Gesicht und ständig unter Hochspannung stehend. Er rauchte zwei Schachteln Zigaretten am Tag und trank dazu zwanzig Tassen Kaffee. Sein Lebensmotto, das er jederzeit verkündete, lautete: »Lass es krachen und genieße das Dasein, solange es währt.«

Er stand von seinem Schreibtisch auf wie ein Bär, der sich auf die Hinterhand erhebt. »Dirk?«, rief er lauthals. »Schön, Sie zu sehen. Wie geht's dem Senator?«

»Lässt sich ein weiteres Mal zur Wahl aufstellen.«

»Der gibt nie auf, genau wie ich. Setzen Sie sich. Sie sind bestimmt wegen der Frau hier, die letzte Nacht eingeliefert wurde.«

»Hat Ken Helm angerufen?«

»Sonst wären Sie hier gar nicht reingekommen.«

»Ich hatte nicht das Gefühl, dass man in dieser Klinik auf Schritt und Tritt überwacht wird.«

»Ein schiefer Blick auf eine der Kameras, und Sie werden erleben, was passiert.«

»Hat sie bleibende Hirnschäden erlitten?«

Bell schüttelte den Kopf. »In ein paar Wochen ist sie wieder auf den Beinen. Eine unglaubliche Konstitution. Die ist nicht wie die meisten anderen Frauen gebaut, die hierher kommen.«

»Sie ist sehr attraktiv«, sagte Pitt.

»Nein, nein, ich rede nicht vom Aussehen. Diese Frau stellt etwas ganz Besonderes dar, genau wie ihre Verwandte, deren Leiche Sie uns aus der Antarktis geschickt haben.«

»Nach Auskunft des FBI sind sie Cousinen.«

»Trotzdem stimmen sie genetisch völlig überein«, erwiderte Bell ernst. »Zu sehr, genau genommen.«

»Wie das?«

»Ich habe an der pathologischen Untersuchung teilgenommen und anschließend anhand der Gewebeproben die körperlichen Eigenschaften mit denen der jungen Dame verglichen, die da hinten im Bett liegt. Hier handelt es sich um mehr als nur um eine Ähnlichkeit unter Familienangehörigen.«

»Helm sagte mir, dass Heidis Leiche hier in der Klinik liegt.«

»Ja, auf einem Tisch in der Pathologie unten im Keller.«

»Ist es nicht möglich, dass sich Familienmitglieder, vor allem Cousinen, die ja recht ähnliche Gene haben, wie ein Ei dem anderen gleichen?«

»Unmöglich ist es nicht, aber äußerst selten«, erwiderte Bell.

»Es heißt doch, dass wir alle irgendwo einen Doppelgänger haben.«

Bell lächelte. »Gott möge dem armen Kerl beistehen, der so aussieht wie ich.«

»Und worauf deutet das alles hin?«, fragte Pitt.

»Ohne monatelange Tests und Untersuchungen kann ich nichts beweisen, und mit meiner Meinung stehe ich allein auf weiter Flur. Ich bin bereit, meinen guten Ruf darauf zu verwetten, dass die beiden jungen Damen, die Lebende und auch die Tote, künstlich hergestellt wurden.«

Pitt schaute ihn an. »Wollen Sie etwa andeuten, dass es Androiden sind?«

»Nein, nein.« Bell winkte ab. »So was Lächerliches meine ich nicht.«

»Klons?«

»Ganz und gar nicht.«

»Was dann?«

»Ich glaube, ihr Genmaterial wurde manipuliert.«

»Ist das denn möglich?«, fragte Pitt ungläubig. »Sind dafür überhaupt die wissenschaftlichen und technologischen Voraussetzungen vorhanden?«

»Es gibt eine Menge Labors, in denen Wissenschaftler an der Vervollkommnung des menschlichen Körpers durch genetische Manipulation arbeiten, aber meines Wissens experimentieren sie bislang noch mit Mäusen. Ich kann Ihnen lediglich sagen, dass Elsie eines Tages vermutlich ihren hundertzwanzigsten Geburtstag feiern wird, wenn es ihr nicht so geht wie Heidi, wenn sie nicht unter einen Lastwagen gerät oder von einem eifersüchtigen Liebhaber umgebracht wird.«

»Ich bin mir nicht sicher, ob ich so lange leben möchte«, sagte Pitt nachdenklich.

»Ich auch nicht«, versetzte Bell lachend. »Jedenfalls nicht in dieser ollen Hülle.«

»Kann ich Elsie jetzt sehen?«

Bell erhob sich von seinem Schreibtisch und geleitete Pitt aus dem Büro und den Flur entlang. Seit er die Klinik betreten hatte, hatte Pitt außer Dr. Bell und dem Verwaltungsangestellten im Foyer niemanden gesehen. Die Klinik wirkte unglaublich sauber und steril, so als hielte sich hier keine Menschenseele auf.

Bell blieb vor einer unbewachten Tür stehen, schob eine Karte in den Schlitz des elektronisch gesicherten Schlosses und stieß sie auf. Eine Frau saß aufrecht in einem Krankenhausbett und starrte aus dem Fenster, soweit das durch den starken Maschendraht und die Gitterstangen möglich war. Pitt sah Elsie zum ersten Mal bei Tageslicht, und wieder erschrak er über die unglaubliche Ähnlichkeit mit ihrer toten Cousine. Die gleichen langen blonden Haare, die gleichen blaugrauen Augen. Kaum zu glauben, dass sie lediglich Cousinen waren.

»Miss Wolf«, sagte Bell fröhlich. »Ich habe Ihnen einen Besucher mitgebracht.« Er schaute Pitt an und nickte. »Ich lass Euch zwei allein. Sehen Sie zu, dass es nicht zu lange dauert.«

Der Arzt hatte Pitt nicht darauf hingewiesen, wie er sich bemerkbar machen konnte, falls es Schwierigkeiten geben sollte, und nirgendwo sah er eine Fernsehkamera. Trotzdem war er davon überzeugt, dass jede Bewegung und jedes Wort überwacht und aufgezeichnet wurden.

Er zog einen Stuhl neben das Bett und setzte sich, sagte aber fast eine Minute lang nichts, schaute nur in die blaugrauen Augen, die durch ihn hindurch auf einen an der gegenüberliegenden Wand hängenden Kunstdruck vom Grand Canyon starrten. Schließlich begann er: »Ich heißt Dirk Pitt. Ich weiß nicht, ob Ihnen der Name was sagt, aber der Kommandant von U-2015 schien ihn zu kennen, als wir uns im Packeis miteinander unterhalten haben.«

Sie kniff die Augen leicht zusammen, schwieg aber weiter. »Ich bin zu dem Wrack getaucht«, fuhr Pitt fort, »und habe die Leiche Ihrer Cousine Heidi geborgen. Soll ich dafür sorgen, dass sie zu Karl nach Buenos Aires überführt wird, damit man sie auf dem Wolfschen Privatfriedhof standesgemäß beerdigen kann?«

Pitt wagte sich weit vor, aber er nahm an, dass die Wolfs einen Privatfriedhof hatten.

Diesmal landete er einen Treffer. Ihr Blick wurde versonnen, als sie über seine Worte nachdachte. Schließlich fing sie an zu zittern, wurde sichtlich wütend und kniff den Mund zusammen. »Sie sind das!«, stieß sie aus. »Sie sind für den Tod unserer Leute in Colorado verantwortlich.«

»Dr. Bell hat sich geirrt. Sie haben ja doch eine Zunge.«

»Waren Sie etwa auch dabei, als unser U-Boot gesunken ist?«, fragte sie verwirrt.

»In Colorado habe ich aus Notwehr gehandelt. Und ich war auch auf der *Polar Storm*, als euer U-Boot unterging, aber dafür kann ich nichts. Geben Sie von mir aus der US-Marine die Schuld. Wenn sie nicht rechtzeitig eingegriffen hätte, hätten Ihre Cousine und ihre verdammte Piratenbande ein harmloses Forschungsschiff versenkt und über hundert unschuldige Besatzungsmitglieder und Wissenschaftler umgebracht. Verlangen Sie nicht von mir, dass ich auch nur eine Träne für Heidi vergieße. Meiner Ansicht nach haben sie und ihre Besatzung nur ihre gerechte Strafe erhalten.«

»Was haben Sie mit der Leiche angestellt?«, wollte sie wissen.

»Sie ist hier in der Klinik, in der Pathologie«, antwortete er. »Man hat mir berichtet, dass Sie beide aus dem gleichen Wurf stammen könnten.«

»Wir sind genetisch rein«, sagte Elsie hochmütig. »Im Gegensatz zu allen anderen Menschen.«

»Wie kommt das?«

»Man hat drei Generationen lang experimentiert und sorgfältig ausgewählt. Meine Generation ist körperlich vollkommen und besitzt einen genialen Verstand. Außerdem sind wir auch künstlerisch hoch begabt.«

»Wirklich?«, sagte Pitt spöttisch. »Und ich dachte immer, Inzucht führt zu Schwachsinn.«

Elsie starrte Pitt eine ganze Weile an, dann lächelte sie kalt. »Ihre Beleidigungen sind sinnlos. Bald schon werden Sie und all die anderen minderwertigen Kreaturen von dieser Welt gefegt sein.«

Pitt achtete auf ihre Augen, als er ruhig und gelassen zu einer Erwiderung ansetzte. »Ach ja, wenn der Doppelgänger von dem Kometen, der vor neuntausend Jahren die Amenes vernichtet hat, die

Erde trifft und die Menschheit dezimiert. Darüber weiß ich schon Bescheid.«

Beinahe wäre es ihm entgangen, doch dann sah er es. Ein kurzes, triumphierendes Aufleuchten in ihren Augen, ein fast verzückter Blick. Er meinte die pure Bosheit, die von ihr ausging, geradezu mit Händen greifen zu können. Ihm war unwohl zu Mute. Er hatte das Gefühl, dass sie ihm ein Geheimnis vorenthielt, etwas so Gefährliches, dass er es sich nicht einmal annähernd vorstellen konnte.

»Wie lange haben eure Fachleute gebraucht, um die Inschriften zu entziffern?«, fragte sie wie beiläufig.

»Fünf, sechs Tage.«

Selbstgefällig schaute sie ihn an. »Unsere Leute haben es in drei geschafft.«

Er war davon überzeugt, dass sie log, daher versuchte er sie weiter aus der Reserve zu locken. »Hat die Familie Wolf vor, irgendwelche Feierlichkeiten zu Ehren des Kometen zu veranstalten?«

Langsam schüttelte Elsie den Kopf. »Wir haben keine Zeit für unsinnige Festlichkeiten. Wir verwenden unsere ganze Kraft aufs Überleben.«

»Glauben Sie wirklich, dass in ein paar Wochen ein Komet einschlägt?«

»Die Sternenkarten und die astronomischen Berechnungen der Amenes sind sehr genau.« Ein kurzer Blick zu Boden, ein leichtes Stocken ließen Pitt jedoch misstrauisch werden.

»Das hat man mir auch gesagt.«

»Wir haben … Beziehungen zu einigen hervorragenden Astronomen in Europa und den Vereinigten Staaten, die die Berechnungen der Amenes bestätigten. Alle waren der Meinung, dass der Komet exakt zu dem von ihnen ermittelten Zeitpunkt zurückkehren wird.«

»Und ihr zusammengeklonten Urmenschen habt das für euch behalten, statt die ganze Welt zu warnen«, sagte Pitt giftig. »Und mit euren *Beziehungen* habt ihr dafür gesorgt, dass die Astronomen nichts ausplaudern. Nächstenliebe ist für die Wolfs offenbar ein Fremdwort.«

»Wozu eine weltweite Panik auslösen?«, versetzte sie ungerührt.

»Was nützt das denn letzten Endes? Lassen wir die Menschen doch lieber in Ungewissheit sterben und ersparen ihnen die Seelenpein.«

»Sie sind vielleicht ein Herzchen.«

»Nur die Tüchtigsten sollen überleben, und diejenigen, die Vorsorge getroffen haben.«

»Und was ist mit den glorreichen Wolfs? Wie wollt ihr verhindern, dass ihr nicht genauso draufgeht wie alle andern?«

»Wir planen unser Überleben bereits seit über fünfzig Jahren«, sagte sie entschieden. »Meine Familie wird weder in den Flutwellen untergehen, noch in den Feuersbrünsten verglühen. Wir sind auf die Katastrophe vorbereitet und werden auch ihre Folgen überstehen.«

»Seit fünfzig Jahren«, wiederholte Pitt. »Damals habt ihr wohl die Kammer mit den Inschriften entdeckt, in denen die Amenes vom Untergang ihrer Kultur durch einen Kometeneinschlag berichten?«

»Ja«, erwiderte sie lediglich.

»Wie viele Kammern gibt es insgesamt?«

»Die Amenes berichten von sechs.«

»Wie viele hat Ihre Familie gefunden?«

»Eine.«

»Und wir haben zwei entdeckt. Damit bleiben noch drei übrig.«

»Eine wurde bei einem Vulkanausbruch auf Hawaii zerstört, unter Tonnen von Lava begraben. Eine weitere wurde im Jahr achthundert nach Christus bei einem Erdbeben in Tibet verschüttet. Nur eine wurde bislang nicht gefunden. Angeblich liegt sie irgendwo am Vulkankegel des Lascar in Chile.«

»Wenn die noch nicht gefunden ist«, sagte Pitt bedächtig, »warum habt ihr dann die Studenten umgebracht, die dort eine Höhle erkunden wollten?«

Sie funkelte ihn an, gab aber keine Antwort.

»Okay, darf ich wenigstens fragen, wo die Amenes-Kammer liegt, die Ihre Familie entdeckt hat?«, hakte er nach.

Sie schaute ihn an, als wäre er verloren. »Wir fanden die ältesten Inschriften der Amenes in einem Tempel inmitten der Ruinen einer ihrer Hafenstädte. Ersparen Sie sich weitere Fragen, Mr. Pitt. Ich habe alles gesagt, was ich zu sagen habe. Nur eins rate ich Ihnen noch: Verabschieden Sie sich von Ihren Freunden und Angehörigen.

Denn sehr bald schon werden Ihre sterblichen Überreste am Grunde eines Meeres liegen.«

Damit schloss Elsie Wolf die Augen und schottete sich von Pitt und aller Welt ab, als wäre sie in Tiefschlaf versetzt worden.

28

Als Pitt aus der Klinik kam, war es bereits spät am Nachmittag, daher fuhr er gleich nach Hause zu seinem Hangar, statt noch einmal in die NUMA-Zentrale zurückzukehren. Im Schritttempo kroch er im dichten Feierabendverkehr über die Rocheambeau Bridge, bis er endlich auf den Washington Memorial Parkway abbiegen konnte. Kurz vor dem Tor zum Flughafen ertönte das Globalstar-Telefon.

»Ja.«

»Hallo, mein Lieber«, meldete sich die Kongressabgeordnete Loren Smith mit sinnlicher Stimme.

»Ganz meinerseits. Ich freu mich doch immer, wenn meine Lieblingspolitikerin was von sich hören lässt.«

»Was treibst du heute Abend?«

»Ich hatte vor, mir ein Omelett mit Räucherlachs in die Pfanne zu hauen, mich unter die Dusche zu stellen und anschließend vor den Fernseher zu hocken«, antwortete Pitt, als ihn der Wachmann durchwinkte und den 36er Ford mit einem neidischen Blick bedachte.

»Das Junggesellendasein muss doch trostlos sein«, zog sie ihn auf.

»Ich ziehe schon seit meinem einundzwanzigsten Lebensjahr nicht mehr um die Häuser.«

»Selbstverständlich nicht.« Sie wurde von einem ihrer Mitarbeiter unterbrochen, der etwas von ihr wissen wollte. »Entschuldige bitte. Ein Wähler hat angerufen und sich über die Schlaglöcher auf der Straße vor seinem Haus beschwert.«

»Das Abgeordnetendasein muss doch trostlos sein«, erwiderte er.

»Weil du so unwirsch bist, darfst du mich zum Abendessen ins St. Cyr's ausführen.«

»Geschmack hast du jedenfalls«, sagte Pitt. »Das kostet mich ein ganzes Monatsgehalt. Aus welchem Anlass?«

»Ich habe eine ziemlich dicke Akte über die Destiny Enterprises vor mir auf dem Schreibtisch liegen, aber dafür musst du was springen lassen.«

»Hat dir schon mal jemand gesagt, dass du im falschen Gewerbe bist?«

»Ich habe mich bei so vielen Wahlkampfveranstaltungen gut verkaufen müssen, dass ich mit jeder Hure mithalten kann.«

Pitt hielt vor dem großen Hangartor und gab eine Codenummer in die Fernbedienung ein. »Du hast doch hoffentlich einen Tisch reserviert. Im St. Cyr's kann man nicht einfach reingeschneit kommen.«

»Ich habe dem Chef mal einen Gefallen getan. Verlass dich drauf, wir kriegen den besten Tisch des Hauses. Hol mich um halb acht ab.«

»Kriegst du auch einen Rabatt auf den Wein?«

»Stell dich nicht so an«, sagte Loren. »Bis dann.«

Pitt hatte keine Lust, sich eine Krawatte umzubinden, mochte der Laden noch so elegant sein. Als er mit dem Ford vor Lorens Stadthaus in Alexandria vorfuhr, trug er eine graue Hose, ein dunkelblaues Sportsakko und einen safrangelben Rollkragenpulli. Loren winkte ihm von ihrem Balkon im dritten Stock aus zu und kam herunter. Sie war schick und elegant wie immer, trug eine anthrazitfarbene, mit Spitze und Perlen besetzte Jacke, eine weite Pluderhose und einen knielangen schwarzen Webpelzmantel. Der dunkelgraue Lederaktenkoffer in ihrer Hand passte genau zur Kleidung.

Pitt stand auf dem Gehsteig und hielt ihr die Tür auf. »Danke sehr. Wenigstens gibt es noch ein paar Männer, die wissen, was sich gehört«, sagte sie mit einem strahlenden Lächeln.

Er beugte sich vor und küsste sie auf die Wange. »Die gute alte Schule.«

Das Restaurant lag auf der anderen Seite des Capitol Beltway, drüben im Bezirk Fairfax in Virginia, keine drei Kilometer weit entfernt. Der junge Mann, der die Autos der Gäste einparkte, bekam leuchtende Augen, als er die heiße Karre sah, die vor dem Restaurant hielt, und das satte Blubbern aus den Auspufftöpfen hörte.

Er reichte Pitt den Abholschein, doch bevor er wegfahren konnte, beugte sich Pitt noch einmal in den Wagen und warf einen Blick auf den Tacho. »Stimmt was nicht, Sir?«, fragte der Parkwächter.

»Wollte bloß mal auf den Tachostand schauen«, erwiderte Pitt und warf ihm einen wissenden Blick zu.

Das ernüchterte den jungen Mann, der eben noch davon geträumt hatte, mit dem Hot Rod ein bisschen durch die Gegend zu heizen. Langsam fuhr er den Ford weg und parkte ihn neben einem Bentley ein.

Das St. Cyr's war ein elegantes kleines Speiserestaurant im Erdgeschoss eines hochherrschaftlichen Backsteinhauses aus der zweiten Hälfte des 18. Jahrhunderts. Der Inhaber und Küchenchef hatte zuvor in Cannes und Paris gearbeitet, wo er von zwei wohlhabenden Grundstücksmaklern entdeckt wurde, die etwas von Wein und gutem Essen verstanden. Sie finanzierten ihm das Restaurant und traten ihm fünfzig Prozent davon ab. Marokkanisches Mobiliar und allerlei Arabesken zierten den ganz in Gold und Blau gehaltenen Speiseraum. Es gab nur zwölf Tische, für die sechs Kellner und vier Bedienungshilfen zuständig waren. Doch am meisten genoss Pitt die Ruhe, die hier herrschte, denn die schweren Vorhänge, die dicken Teppiche und die mit zahllosen Stoffbahnen drapierten Wände dämpften jeden Ton. Hier musste man sich nicht anschreien wie in manch anderem Restaurant, wo einem vor lauter Lärm der Appetit verging.

»Wein oder Champagner?«, fragte Pitt, nachdem sie der Oberkellner zu einem Tisch in einem kleinen Nebenraum geleitet hatte.

»Was soll die Frage?«, sagte sie. »Du weißt doch, dass ich bei einem guten Cabernet immer schwach werde.«

Pitt bestellte beim Weinkellner eine Flasche Martin Ray Cabernet Sauvignon und lehnte sich in dem Ledersessel zurück. »Nun erzähl schon, was du über die Destiny Enterprises rausgefunden hast.«

Loren lächelte. »Erst wenn du das Essen bestellt hast.«

»Aha, noch ein Politiker, der die Hand aufhält.«

Sie bückte sich, öffnete ihren Aktenkoffer und holte mehrere Mappen heraus, die sie Pitt unauffällig unter dem Tisch zuschob. »Bei Destiny Enterprises hält man offenbar nicht viel von Öffentlichkeitsarbeit, Kontaktpflege oder Werbung. Aktien oder anderweitige Anteile wurden nie verkauft. Die Firma befindet sich im alleinigen Besitz der Familie Wolf, der insgesamt drei Generationen angehören. Jahresberichte beziehungsweise Gewinn- und Verlustrechnungen werden offenbar nicht erstellt, zumindest nicht veröffentlicht. In den USA, Europa oder Asien wäre eine derartige Geheimniskrämerei gar nicht möglich, aber die Wolfs haben allem Anschein nach beste Beziehungen zur argentinischen Regierung, und zwar schon seit Perón, also kurz nach dem Zweiten Weltkrieg.«

Pitt las die ersten Seiten der Akte, als der Wein kam. Nachdem ihm der Weinkellner ein halbes Glas eingegossen hatte, betrachtete er die Farbe, genoss das Bukett, nahm einen Mund voll und verkostete den Cabernet ein paar Sekunden, bevor er ihn schluckte. Er blickte zum Weinkellner auf und lächelte. »Ich staune immer wieder über den feinen und zugleich kräftigen Charakter des Martin Ray Cabernet Sauvignon.«

»Eine ausgezeichnete Wahl, Sir«, sagte der Weinkellner. »Nur wenige unserer Gäste wissen überhaupt, dass wir ihn führen.«

Pitt kostete einen weiteren Schluck Wein, bevor er sich wieder der Akte widmete. »Die Destiny Enterprises sind 1947 anscheinend buchstäblich aus dem Nichts aufgetaucht.«

Loren musterte die dunkelrote Flüssigkeit in ihrem Weinglas. »Ich habe einen Rechercheur damit beauftragt, in den Tageszeitungen von Buenos Aires nach Veröffentlichungen aus jener Zeit zu suchen. Im Wirtschaftsteil taucht nirgendwo der Name Wolf auf. Der Rechercheur wusste lediglich von Gerüchten zu berichten, wonach das Unternehmen von hohen Nazi-Funktionären gegründet wurde, die vor der Kapitulation aus Deutschland geflüchtet waren.«

»Admiral Sandecker hat davon gesprochen, dass sich in den letzten Kriegsmonaten zahlreiche Nazi-Bonzen mitsamt ihren zusammengeraubten Schätzen per U-Boot nach Argentinien abgesetzt haben. Das Unternehmen wurde angeblich von Martin Bormann in die Wege geleitet.«

»Ist der nicht bei einem Fluchtversuch während der Schlacht um Berlin umgekommen?«, fragte Loren.

»Ich glaube, man konnte nie nachweisen, dass die Knochen, die man viele Jahre später fand, tatsächlich von ihm stammen.«

»Ich habe irgendwo mal gelesen, das Verschwinden des deutschen Staatsschatzes sei eines der größten ungelösten Geheimnisse des Krieges. Man hat weder Devisen noch die geringsten Goldreserven gefunden. Könnte es sein, dass Bormann überlebt und die zusammengeraubten Schätze nach Südamerika geschleust hat?«

»Er ist jedenfalls der Hauptverdächtige«, antwortete Pitt. Er blätterte in der Akte herum, fand aber wenig Interessantes. Zumeist handelte es sich um Zeitungsartikel über die Geschäfte von Destiny Enterprises, die so umfangreich waren, dass sie sich nicht verheimlichen ließen. Am aufschlussreichsten war ein Bericht der CIA, in dem die diversen Projekte und Aktivitäten des Unternehmens aufgeführt waren. Aber auch hier gab es so gut wie keine näheren Angaben über Aufbau und Organisation.

»Die haben anscheinend eine ganze Palette von Unternehmensbereichen«, sagte Pitt. »Große Bergwerke, in denen sie Edelsteine, Gold, Platin und andere seltene Rohstoffe gewinnen. Ihre Softwarefirma ist nach Microsoft das viertgrößte derartige Unternehmen auf der Welt. Sie erschließen Ölfelder, und sie sind weltweit führend auf dem Gebiet der Nanotechnologie.«

»Ich weiß nicht genau, was das ist«, sagte Loren.

Bevor Pitt antworten konnte, kam der Kellner an ihren Tisch, um die Bestellung entgegenzunehmen. »Worauf hast du denn Lust?«, fragte Pitt sie.

»Ich vertraue auf deinen Geschmack«, sagte sie leise. »Bestell für mich mit.«

»Als Vorspeise nehmen wir die Hauspastete mit Trüffeln, danach eine Vichyssoise. Die Dame hätte als Hauptgang gern das Kaninchen in Weißweinsoße, und ich probiere das Kalbsbries in brauner Buttersoße.«

»Wie kannst du nur Bries essen?«, fragte Loren mit angewiderter Miene.

»Ich bin seit jeher scharf auf ein gutes Kalbsbries«, erwiderte Pitt. »Wo waren wir? Ach ja, Nanotechnologie. Soweit ich weiß, ist die Nanotechnologie eine neue Wissenschaft, mit der man versucht, die Anordnung von Atomen zu steuern, wodurch man buchstäblich alles herstellen könnte, was nach den Naturgesetzen möglich ist. Damit ließen sich molekularbiologische Heilmethoden verwirklichen, und ganze industrielle Fertigungsverfahren würden revolutioniert. Alles wäre billiger, aber von höchster Qualität. Nichts ist unmöglich. Winzige Maschinen, die sich selbst reproduzieren, könnten so programmiert werden, dass sie neuartige Brennstoffe, Medikamente, Metalle und Baumaterialien erzeugen, die sich mit herkömmlichen Methoden nicht herstellen lassen. Ich habe gehört, dass sich dadurch Hochleistungsrechner bauen ließen, die nicht größer als ein Kubikmikron sind. Der Nanotechnologie gehört die Zukunft.«

»Ich kann mir nicht einmal annähernd vorstellen, wie das funktionieren soll.«

»Meines Wissens schaffen die Nanotechnologen zunächst einen so genannten Assembler, einen submikroskopischen Roboter mit computergesteuerten beweglichen Armen. Angeblich lassen sich damit große, in ihrer Atomstruktur genau übereinstimmende Gegenstände durch gezielte chemische Reaktion herstellen, Molekül für Molekül. Diese Assembler können so konstruiert werden, dass sie sich selbst kopieren. Theoretisch könnte man demnach seine Assembler so programmieren, dass sie einem nach persönlichen Vorgaben einen Satz Golfschläger aus einem Metall anfertigen, das es noch gar nicht gibt, einen Fernseher passend zum Wandschrank, sogar ein Auto oder ein Flugzeug samt passendem Spezialtreibstoff.«

»Klingt fantastisch.«

»Wir werden uns alle noch wundern, welche Fortschritte in den nächsten dreißig Jahren auf diesem Gebiet gemacht werden.«

»Das erklärt die Akte über das Antarktisprojekt der Destiny Enterprises«, sagte Loren, die kurz innehielt und einen Schluck Wein trank. »Du findest sie in Mappe fünf-A.«

»Ja, ich seh's«, sagte Pitt. »Eine riesige Anlage zur Gewinnung von Materialien aus dem Meer. Wäre das erste Mal, dass sich das Ausfällen wertvoller Rohstoffe aus dem Meerwasser rentiert.«

»Anscheinend haben die Ingenieure und Wissenschaftler von Destiny eine auf molekularer Basis funktionierende Methode entwickelt, durch die sich Materialien und Metalle, wie zum Beispiel Gold, aus dem Meerwasser gewinnen lassen.«

»Ich nehme an, das Projekt lohnt sich?«

»Sehr sogar«, sagte Loren. »Laut den Unterlagen des Schweizer Bankenvereins, die sich die CIA unter der Hand besorgt hat – ich musste einen heiligen Eid schwören, dass ich diese Auskunft streng vertraulich behandle –, können die Goldbestände der Destiny Enterprises, die in Schweizer Tresoren lagern, beinahe mit unserem Staatsschatz in Fort Knox mithalten.«

»Dann müssen sie aber aufpassen, dass sie nicht zu viel davon in Umlauf bringen, sonst fällt der Goldpreis in den Keller.«

»Meinen Quellen zufolge hat die Geschäftsleitung der Destiny Enterprises bislang noch nicht eine Feinunze verkauft.«

»Wozu sollten die so einen gewaltigen Hort bunkern?«

Loren zuckte die Achseln. »Keine Ahnung.«

»Vielleicht wollen sie es nach und nach unauffällig verkaufen, damit der Marktpreis stabil bleibt. Wenn sie auf einen Schlag tonnenweise Gold auf den Markt werfen, ist ihr Profit futsch.«

Der Kellner brachte ihre Trüffelpastete. Loren probierte eine kleine Gabel voll und verzog begeistert das Gesicht. »Die ist ja wunderbar.«

»Ja, sie ist gut«, pflichtete Pitt ihr bei.

Schweigend genossen sie die Pastete und aßen alles bis zum letzten Krümel auf, ehe Loren wieder das Wort ergriff. »Die CIA hat zwar jede Menge Daten über Neonazi-Bewegungen nach dem Krieg zusammengetragen, aber sie haben keinerlei Hinweise darauf gefunden, dass Destiny Enterprises oder die Familie Wolf irgendwelche heimlichen Kontakte zu einer dieser Gruppen unterhält.«

»Hier steht aber auch«, sagte Pitt und hielt eine Aktenmappe hoch, »es wäre ein offenes Geheimnis, dass die von den Nazis zusammengeraubte Beute, die Staatsschätze von Belgien, den Niederlanden, Dänemark und Norwegen sowie ein Großteil des Goldes und der Wertpapiere der ermordeten Juden, nach dem Krieg mit U-Booten nach Argentinien geschleust wurde.«

Loren nickte. »Ein Großteil des Goldes und der verfügbaren Vermögenswerte wurde zu Bargeld gemacht, das dann an einzelne Bankkonten weitergeleitet wurde.«

»Und wer ist der Inhaber dieser Konten?«

»Wer wohl? Die Destiny Enterprises, kurz nachdem sie 1947 gegründet wurde. Das Seltsame dabei ist, dass in den Anfangsjahren nirgendwo der Name Wolf in der Geschäftsleitung auftaucht.«

»Sie müssen den Laden später übernommen haben«, sagte Pitt. »Aber wie haben sie es geschafft, die alten Nazis zu verdrängen, die sich 1945 aus Deutschland abgesetzt haben?«

»Gute Frage«, meinte Loren. »Im Lauf von vierundfünfzig Jahren ist die Destiny Enterprises zu einem Firmenimperium herangewachsen, das durch seine Wirtschaftsmacht auf sämtlichen Finanzmärkten der Welt und auch bei Regierungsentscheidungen ein gewichtiges Wort mitzureden hat. Mehr als du dir vorstellen kannst. Denen gehört praktisch ganz Argentinien. Einer meiner Mitarbeiter hat einen Informanten an der Hand, der behauptet, dass erhebliche Geldsummen in die Wahlkampfkasse von einigen Kongressabgeordneten hier bei uns fließen. Vermutlich ist das der Grund dafür, dass unsere Regierung noch nie Erkundigungen über die Destiny Enterprises angestellt hat.«

»Die lassen vermutlich auch manch einem ehrenwerten Senator und vielen Leuten, die mal im Weißen Haus tätig waren, etwas zukommen.«

Loren hob beide Hände. »Schau mich nicht so an. Soweit ich weiß, habe ich von Destiny Enterprises bislang noch nicht einen Heller für meine Wahlkampfkasse bekommen.«

Pitt warf ihr einen scharfen Blick zu. »Wirklich?«

Sie trat ihm unter dem Tisch ans Schienbein. »Lass das. Du weißt ganz genau, dass ich nicht käuflich bin. Zufällig gehöre ich zu den angesehensten Mitgliedern des Kongresses.«

»Zu den hübschesten vielleicht – deine werten Kollegen kennen dich eben nicht so gut wie ich.«

»Das ist nicht komisch.«

Die Vichyssoise wurde aufgetragen, und sie ließen sie sich schmecken. Hin und wieder tranken sie einen Schluck Cabernet dazu. Der Wein stieg ihnen nach einiger Zeit zu Kopf, und sie wurden immer gelöster, zumal der Kellner ihnen ständig die Gläser nachfüllte.

»Sieht fast so aus, als ob die Nazis mit ihrer Wirtschaftsmacht nun all das erreichen wollen, was sie mit Massenmord, Krieg und Zerstörung nicht geschafft haben«, sagte Loren.

»Weltherrschaft ist heutzutage nicht mehr möglich«, entgegnete Pitt. »Der eine oder andere chinesische Staatsführer denkt vielleicht noch an so was, aber wenn ihre Wirtschaft weiter so gewaltig wächst, werden auch sie einsehen, dass sie mit einem Krieg nur alles kaputtmachen. Seit dem Zusammenbruch des Sowjetreiches finden Kriege nur noch auf wirtschaftlicher Ebene statt. Die Wolfs haben begriffen, dass wirtschaftliche Macht letztendlich auch zu politischer Macht führt. Die haben die Mittel, um sich alles und jeden zu kaufen. Die Frage ist nur, was sie damit bezwecken.«

»Hast du irgendwas von der Frau erfahren, die du letzte Nacht geschnappt hast?«

»Nur dass der Weltuntergang unmittelbar bevorsteht und die ganze Menschheit, mit Ausnahme der Familie Wolf natürlich, vernichtet werden wird, wenn der Komet auf der Erde einschlägt.«

»Das glaubst du doch nicht?«, fragte Loren.

»Du etwa?«, sagte Pitt spöttisch. »Schon zigtausend Mal hat irgendjemand den Weltuntergang vorausgesagt, und bis auf einen kurzen Regenguss ist nichts passiert. Ich habe keine Ahnung, warum die Wolfs so darauf abfahren.«

»Wie kommen sie überhaupt darauf?«

»Durch die Weissagungen der alten Amenes, eines Volkes, das vor neuntausend Jahren gelebt hat.«

»Das ist doch nicht dein Ernst«, sagte sie verblüfft. »Jemand, der so vermögend und mit allen Wassern gewaschen ist wie die Wolfs, glaubt doch nicht an die Weissagungen eines vor Jahrtausenden ausgestorbenen Volkes.«

»Auf den Inschriften, die wir in den Kammern im Indischen Ozean und in Colorado gefunden haben, ist auch davon die Rede.«

»Admiral Sandecker hat irgendwas erwähnt, als ich ihn anrief, kurz bevor ich dich am Flughafen abgeholt habe. Aber du hast mir noch nicht erzählt, was ihr gefunden habt.«

Pitt hob beide Hände. »Ich bin noch nicht dazu gekommen.«

»Vielleicht sollte ich allmählich meine Angelegenheiten ordnen.«

»Ehe du dich darauf vorbereitest, vor deinen Schöpfer zu treten, warte lieber noch ein bisschen, bis die Sache von Astronomen überprüft worden ist, die Asteroiden und Kometen aufspüren können.«

Die Suppenteller wurden abgeräumt und ihre Hauptgerichte aufgetragen. Sowohl das gesottene Kaninchen als auch das Kalbsbries waren die reinsten Kunstwerke, bei deren bloßem Anblick Pitt und Loren das Wasser im Mund zusammenlief. Und ihre Erwartungen wurden nicht enttäuscht.

»Das Kaninchen war eine ausgezeichnete Wahl«, sagte sie, als sie ein paar Bissen gegessen hatte. »Einfach köstlich.«

Auch Pitt wirkte völlig verzückt. »So ein Kalbsbries von einem richtigen Meisterkoch ist doch bei jedem Bissen eine Offenbarung. Und die Soße ist ein Gedicht.«

»Versuch mal mein Kaninchen«, sagte Loren und schob ihm den Teller zu.

»Willst du mein Bries kosten?«, fragte Pitt.

»Nein, danke«, sagte sie und rümpfte die Nase. »Ich stehe nicht auf Innereien.«

Glücklicherweise waren die Portionen nicht so groß wie in manch schlechterem Restaurant, deshalb konnten sie sich noch ein Dessert gönnen. Pitt bestellte pochierte Pfirsiche auf pürierten Himbeeren. Später, beim Cognac, kamen sie wieder aufs Thema zurück.

»Je mehr ich über die Wolfs lese oder erfahre, desto weniger begreife ich das alles«, sagte Pitt. »Warum raffen die ein Vermögen zusammen, wenn sie der Ansicht sind, dass die Welt sowieso zu Grunde geht, wenn der Komet einschlägt?«

Loren schwenkte den Cognac in ihrem Glas und betrachtete die goldenen Lichtmuster, die im Kerzenschein auf dem Tisch tanzten. »Vielleicht gehen sie davon aus, dass sie die Katastrophe überleben.«

»Elsie Wolf hat so was Ähnliches angedeutet. Und einer ihrer Killer in Colorado«, sagte Pitt. »Aber warum glauben die, dass sie eine weltweite Katastrophe eher überleben können als sonst wer?«

»Hast du Akte achtzehn gelesen?«, fragte Loren.

Pitt antwortete nicht gleich, sondern blätterte erst in den Mappen herum, bis er die richtige fand. Er schlug sie auf und las. Nach zwei, drei Minuten blickte er auf und schaute Loren an. »Ist das so bestätigt worden?«

Sie nickte. »Anscheinend baut sich da jemand eine Art Arche Noah, beziehungsweise eine ganze Flotte.«

»Vier riesige Schiffe«, sagte Pitt bedächtig. »Ein Passagierdampfer, genau genommen eine schwimmende Stadt, rund achtzehnhundert Meter lang, vierhundertfünfzig Meter breit, zweiunddreißig Stockwerke hoch, mit einer Wasserverdrängung von dreieinhalb Millionen Tonnen.« Er runzelte die Stirn. »Ein fantastischer Plan, aber praktisch kaum durchführbar.«

»Lies weiter«, sagte Loren. »Es wird noch besser.«

»Das mächtige, hochseetüchtige Schiff verfügt über ein großes Krankenhaus, Kinos, Theater und Festsäle, alles auf dem neuesten Stand der Technik. Auf dem Oberdeck befindet sich ein Flugplatz mit einer Rollbahn, auf der allerlei Düsenmaschinen und Hubschrauber starten und landen können, sowie Unterkünfte für rund fünftausend Passagiere und Besatzungsmitglieder.« Pitt schüttelte ungläubig den Kopf. »Auf so einem Koloss kommen mindestens fünfzigtausend Menschen unter.«

»Eher doppelt so viele. Aber schau dir die anderen Schiffe an.«

Pitt las weiter. »Die sind genauso groß. Das eine ist ein Fracht- und Versorgungsschiff mit allerlei technischen Geräten und Werkstätten, dazu kommen jede Menge Fahrzeuge, Baumaschinen und -material. Das zweite ist eine Art Zoo –«

»Siehst du«, unterbrach ihn Loren. »Da hast du deine Arche.«

»Das letzte Schiff ist ein Supertanker, der gewaltige Mengen Öl, Erdgas und allerlei andere Brennstoffe befördern kann.« Pitt schlug die Akte zu und blickte Loren an. »Ich habe zwar gehört, dass man solche Schiffe am Reißbrett entworfen hat, aber ich habe nicht geglaubt, dass man so was tatsächlich bauen kann. Und von Destiny Enterprises hätte ich das zuallerletzt erwartet.«

»Die Rumpfteile wurden Stück für Stück montiert und dann zu einem abgelegenen Fjord an der Südspitze von Chile geschleppt, an dem sich die Wolfsche Werft befindet. Dort werden die Schiffe fertig gestellt, vom Stapel gelassen und ausgerüstet. Sie haben so viele Vorräte an Bord, dass sich die Besatzung und die Passagiere mindestens zwanzig Jahre lang selbst versorgen könnten.«

»Und kein Außenstehender hat sie zu Gesicht bekommen? Die Presse hat nichts darüber veröffentlicht, obwohl es die größten seetüchtigen Schiffe der Welt sein müssen?«

»Lies den CIA-Bericht über die Werft«, erklärte Loren. »Die Gegend ist weitläufig abgeriegelt und wird von einer kleinen Armee von Sicherheitskräften überwacht. Da kommt kein Außenstehender rein oder raus. Die Werftarbeiter und ihre Familien leben in einer kleinen Stadt an der Küste und verlassen nie die Schiffe oder die Werft. Außerdem ist der Fjord von den Anden umgeben, von rund hundert bergigen Inseln und zwei Halbinseln, und ist nur auf dem Seeweg oder per Flugzeug zugänglich.«

»Die Erkundungen der CIA kommen mir ziemlich oberflächlich vor. Die haben sich nicht allzu eingehend mit den Unternehmungen der Destiny Enterprises befasst.«

Loren trank den letzten Schluck Cognac. »Der Agent, der mir Bericht erstattete, hat behauptet, seine Dienststelle hätte keine umfassenden Ermittlungen durchgeführt, da ihrer Ansicht nach weder die Sicherheit noch die nationalen Interessen der Vereinigten Staaten gefährdet seien.«

Pitt starrte nachdenklich auf die gegenüberliegende Wand. »Al und ich waren vor etlichen Jahren in einem chilenischen Fjord, als wir einen von Terroristen entführten Passagierdampfer gesucht haben. Die Entführer hatten das Schiff bei einem Gletscher versteckt. Soweit ich mich an die Gewässer nördlich der Magellanstraße erinnern kann, gibt es zwischen den Inseln keine Durchfahrten, die breit und tief genug für derart gigantische Schiffe sind.«

»Vielleicht sind sie nicht dazu gedacht, die sieben Meere zu befahren«, wandte Loren ein. »Vielleicht hat man sie nur gebaut, um darauf die angekündigte Katastrophe zu überstehen.«

»So fantastisch es auch klingen mag«, sagte Pitt, während er noch versuchte, das Unglaubliche zu begreifen, »aber du hast es ziemlich auf den Punkt getroffen. Die Wolfs müssen Milliarden in ihre Wette auf den Weltuntergang gesteckt haben.«

Pitt verstummte, und Loren sah, dass er tief in Gedanken versunken war. Sie stand auf und ging zur Damentoilette, während er immer noch hin und her überlegte. Auch wenn er sich nur schwer damit abfinden konnte, erkannte er allmählich, weshalb die Familie Wolf ihre Sprösslinge genetisch manipuliert hatte.

Die alten Nazis, die sich einst aus Deutschland abgesetzt hatten, waren längst tot, aber an ihre Stelle war eine Familie von Supermenschen getreten, die stark genug sein sollten, die kommende Katastrophe zu überleben, die Macht über eine zerstörte Welt zu übernehmen und eine neue aufzubauen, in der sie die absolute Herrschaftsgewalt ausübten.

29

Die grauen Granitklappen der Schlucht ragten wie riesige Schatten vor dem nächtlichen Sternenhimmel auf. Bläulich weiß schimmerte und glitzerte das Eis der uralten Gletscher im Schein des fast vollen Mondes. Der dreitausendsechshundert Meter hohe schneebedeckte Gipfel des Cerro Murallón erhob sich majestätisch über dem Westhang der südlichen Anden, um dann zum Meer hin steil abzufallen. Die Nacht war klar und wolkenlos. Im hellen Licht der Milchstraße huschte ein kleines Flugzeug zwischen den dräuenden Wänden der Schlucht hindurch wie eine Fledermaus auf der Suche nach Beute.

In der südlichen Hemisphäre war der Herbst angebrochen, und in den höheren Lagen hatte es bereits geschneit. Die zerklüfteten Hänge waren bis hinauf zur Baumgrenze mit mächtigen Koniferen bestanden, doch darüber ragten nur noch die nackten Felszacken der Gipfel auf. Weit und breit war nirgendwo eine menschliche Ansiedlung zu sehen. Pitt konnte sich lebhaft vorstellen, wie herrlich und erhaben diese Landschaft bei Tageslicht sein musste, aber um zehn Uhr nachts wirkten die steilen Klippen und schroffen Felsschründe dunkel und bedrohlich.

Das Moller M400 Skycar war nicht viel größer als ein Jeep Cherokee, flog aber genauso ruhig wie eine viel größere Maschine und konnte jederzeit auf einer städtischen Straße landen und daheim in der Garage abgestellt werden. Mit seinem lang gezogenen, spitz zulaufenden Bug und dem windschnittigen Rumpf sah es aus wie eine Mischung aus einem futuristischen Auto und einem Raketenjäger aus *Krieg der Sterne.* In jeder der vier Triebwerksgondeln befanden sich zwei in Gegendrehung laufende Turbinen, mit denen das Moller wie ein Hubschrauber starten und landen, gleichzeitig aber im Horizontalflug eine Reisegeschwindigkeit von fünfhundert Stundenkilometern bei einer Gipfelhöhe von etwa neuntausend Metern erreichen konnte. Auch wenn einer oder zwei Motoren ausfallen sollten, konnte es noch sicher landen. Und wenn alle auf einmal versagten, öffneten sich zwei in der Zelle verstaute Fallschirme, an denen das Skycar zu Boden schwebte, ohne dass den Insassen ein Haar gekrümmt wurde.

Die gesamte Technik wurde über zahlreiche Sensoren ständig von vier Bordcomputern überwacht, die das Fluggerät automatisch per GPS-Satellitenpeilung auf einem vorgegebenen Kurs hielten, über Flüsse und Berge hinweg, durch Täler und Schluchten. Das Navigationssystem war so zuverlässig, dass die Maschine auch ohne einen Piloten flog.

Pitt bekam nicht viel von der Umgebung mit, denn nur selten blickte er aus der Kanzel. Er wollte gar nicht sehen, wie der Schatten der Maschine im fahlen Mondlicht unmittelbar unter ihm über zerklüftete Felsen und die Wipfel der Bäume hinweghuschte, haarscharf über jäh aufragende Kämme schoss, bevor er sie überhaupt bemerkt hatte. Er konnte die Flugroute und das Gelände, durch das sie führte, am topografischen Bildschirm verfolgen, während das Skycar per Autopilot zu seinem vorprogrammierten Ziel flog, ruhig und stetig den Kurs hielt und gelegentliche Turbulenzen mittels der automatisch gesteuerten Stabilisatoren unter den Triebwerken ausglich.

Pitt fand es alles andere als beruhigend, mit verschränkten Armen dazusitzen, während das Flugzeug ohne jede menschliche Hilfe durch die stockdunkle Nacht huschte und Berge umkurvte. Aber ihm blieb nichts anderes übrig, als dem Computerleitsystem zu vertrauen und ihm das Fliegen zu überlassen. Giordino, der neben ihm saß, ließ sich nicht anmerken, ob er sich Sorgen darüber machte, dass der Computer versagen könnte, der sie zwischen den Felsen hindurchsteuerte. Seelenruhig las er im Schein der Cockpitbeleuchtung einen Abenteuerroman, während Pitt sich die Seekarte vornahm, auf der die Wassertiefen des Fjords verzeichnet waren, der zur Wolfschen Werft führte.

Sie hätten auch in sicherer Höhe über die Berggipfel hinwegfliegen können, aber das kam nicht in Frage. Immerhin wollten sie sich heimlich anschleichen, und das Skycar mit seinen starken Turbinentriebwerken brachte sie so tief zu ihrem Ziel, dass sie mit Radar oder Laserortungsgeräten nicht erfasst werden konnten.

Beide Männer schwitzten fürchterlich in ihren Trockentauchanzügen vom Typ DUI CF200 und der wärmeisolierenden Unterwäsche, aber keiner beklagte sich. Sie hatten sie vor dem Flug angezogen, damit sie nach der Landung keine Zeit mit Umziehen verloren, ehe sie ins kalte Wasser stiegen.

Pitt gab einen Befehl ein und las die entsprechenden Ziffern am Computer ab. »Dreihundertvierzig Kilometer seit dem Start in Punta Entrada bei Santa Cruz.«

»Wie weit noch?«, fragte Giordino, ohne von seinem Roman aufzublicken.

»Noch knapp achtzig Kilometer. In etwa fünfzehn Minuten müssten wir in den Bergen oberhalb der Wolfschen Werft sein.« Der genaue Landeplatz war anhand einer vergrößerten Luftaufnahme, die ein Spionagesatellit fotografiert hatte, in den Bordcomputer eingespeist worden.

»Das reicht gerade noch fürs nächste Kapitel.«

»Was ist denn so spannend daran, dass du dich nicht losreißen kannst?«

»Ich bin gerade bei der Stelle, wo der Held die hinreißende Heldin rettet, die jeden Moment von ein paar üblen Terroristen vergewaltigt wird.«

»Auch nicht direkt originell«, erwiderte Pitt gelangweilt. Er konzentrierte sich wieder auf den Bildschirm, auf dem das Gelände vor ihnen in allen Einzelheiten zu erkennen war, so wie es von dem starken Nachtsichtgerät in der Nase des M400 erfasst wurde. Unverhofft tauchten Berge vor ihnen auf und huschten vorbei. Auf einem Gerät in der Ecke leuchteten rote und orangefarbene Ziffern auf, die Flughöhe und Geschwindigkeit, Treibstoffvorrat und Reichweite sowie die Entfernung bis zum Ziel angaben. So ein ähnliches Gerät, fiel Pitt wieder ein, hatten sie auch in der Maschine benutzt, mit der sie seinerzeit rund hundertfünfzig Kilometer weiter südlich die chilenischen Fjorde auf der Suche nach dem entführten Kreuzfahrtschiff abgeflogen hatten.

Pitt schaute aus der runden Glaskanzel auf den Gletscher unter ihnen, sah den Mondschein, der sich auf dem glatten, nur ab und zu von Spalten durchzogenen Eis spiegelte, das sich auf seinem Weg hinab zum Meer immer weiter ausbreitete. Erleichtert stellte er fest, dass sie die schlimmsten Berge hinter sich hatten.

Am Horizont hinter dem Gletscher konnte er Lichter erkennen. Sterne konnten es nicht sein, dazu lagen sie zu dicht beieinander und zu tief am Boden. Er war sich aber auch darüber im Klaren, dass sie noch viel weiter entfernt waren, als es in der klaren, kühlen Nacht den Anschein hatte. Dann bemerkte er allmählich weitere, zunächst kaum wahrnehmbare Lichter am dunklen Himmel. Fünf Minuten später waren sie deutlich zu erkennen – vier gewaltige Schiffe, die gleißend hell wie kleine Städte in der Nacht lagen.

»Unser Ziel ist in Sicht«, sagte er ruhig und gelassen.

»Verdammt!«, brummte Giordino. »Gerade wenn ich zum Höhepunkt komme.«

»Nur die Ruhe. Du hast noch zehn Minuten Zeit. Außerdem weiß ich schon, wie's ausgeht.«

Giordino schaute ihn an. »Tatsache?«

Pitt nickte. »Der Butler ist es gewesen.«

Giordino warf ihm einen finsteren Blick zu und vertiefte sich wieder in sein Buch.

Das Moller M400 flog nicht unmittelbar über die Werft und die großen, im Fjord liegenden Schiffe hinweg, sondern drehte, wie von

Geisterhand gelenkt, vorher ab und ging auf Südwestkurs. Pitt konnte in aller Ruhe das Lichtermeer betrachten, das sich an Steuerbord ausbreitete.

»Fertig.« Giordino seufzte. »Und falls es dich interessieren sollte – es war nicht der Butler, der zehntausend Menschen umgebracht hat, sondern ein verrückter Wissenschaftler.« Er starrte auf den Lichterteppich hinab. »Entdecken die uns auch nicht mit ihren Ortungsgeräten?«

»Höchst unwahrscheinlich. Das Moller M400 ist so klein, dass man es allenfalls mit modernsten militärischen Radargeräten erfassen kann.«

»Hoffentlich hast du Recht«, sagte Giordino und reckte sich. »Ich lege keinen Wert auf ein Empfangskomitee.«

Pitt richtete eine Stiftleuchte auf seine Karte. »Aber hier lässt uns der Computer freie Wahl. Wir können entweder zur Werft schwimmen – das sind etwa dreieinhalb Kilometer – oder zu Fuß über den Gletscher gehen, was etwa doppelt so weit ist.«

»Bei Dunkelheit über einen Gletscher zu marschieren klingt nicht allzu verlockend«, sagte Giordino. »Was ist, wenn Mrs. Giordinos Sohn in eine Spalte stürzt und erst zehntausend Jahre später wiedergefunden wird?«

»Irgendwie kann ich mir nicht recht vorstellen, dass du eines Tages in einem Glaskasten im Museum liegst und von tausenden von Leuten bestaunt wirst.«

»Ich hätte nichts dagegen, die Attraktion aus früheren Zeiten zu geben«, erwiderte Giordino mit großer Geste.

»Bist du dir darüber im Klaren, dass sie dich wahrscheinlich nackt herzeigen? Du gibst wohl kaum ein gutes Beispiel für das männliche Geschlecht im einundzwanzigsten Jahrhundert ab.«

»Du wirst schon noch dahinter kommen, dass ich mit den Allerbesten mithalten kann.«

Sie brachen ihr Gespräch ab, als das Moller langsamer wurde und an Höhe verlor. Pitt, der sich mittlerweile ebenfalls für einen Vorstoß unter Wasser entschieden hatte, gab dem Bordcomputer den Befehl, die Maschine wie vorgesehen unmittelbar an der Küste zu landen, genau an der Stelle, die die Satellitenbildauswerter der CIA punktgenau berechnet hatten. Kurz darauf wurden die Triebwerksgondeln gekippt, sodass sich die Schubrichtung der Turbinen veränderte, bis die Maschine in der Luft stehen blieb und zur Landung ansetzte. Pitt konnte in der Dunkelheit lediglich erkennen, dass sie sich rund zehn Meter über einer schmalen Felsrinne befanden. Dann ging das Moller tiefer und setzte weich auf dem steinigen Boden auf. Im nächsten Moment wurden die Triebwerke abgeschaltet, und die Turbinen kamen langsam zum Stillstand. Laut Navigationscomputer waren sie nur knapp zehn Zentimeter von der einprogrammierten Stelle entfernt.

»Ich bin mir noch nie so nutzlos vorgekommen«, sagte Pitt.

»Bei so was kriegt man schnell das Gefühl, dass man völlig überflüssig ist«, stimmte Giordino zu. Erst jetzt blickte er aus der Kanzel. »Wo sind wir?«

»In einer Felsrinne, etwa fünfzig Meter vom Fjord entfernt.«

Pitt öffnete das Kanzeldach, klappte es hoch und stieg aus dem Fluggerät. Die Nacht war nicht still. Das Hämmern und Scheppern der Werft, auf der offenbar rund um die Uhr gearbeitet wurde, hallte über das Wasser. Er öffnete die Luke zu den hinteren Sitzen und dem Stauraum, lud die Tauchausrüstung aus und reichte sie Giordino, der die Pressluftflaschen, die Tarierwesten, die Bleigürtel, Flossen und Taucherbrillen in zwei parallelen Reihen auslegte. Sie zogen ihre Stiefel an, stülpten die Kopfhauben über, schlüpften in die Tarierwesten und schnallten sich die Doppelflaschen um. Beide trugen Brustbeutel, in denen sie Schusswaffen, Lampen und Pitts bewährtes Globalstar-Telefon verstauten. Zuletzt holten sie zwei Scooter vom Typ Torpedo 2000 aus dem Skystar, Tauchschlitten mit doppeltem Rumpf, die wie kleine Raketen aussahen und mit Batterien betrieben wurden. Bei einer Laufzeit von etwa einer Stunde erreichten sie unter Wasser eine Spitzengeschwindigkeit von knapp acht Kilometern pro Stunde.

Pitt schnallte sich einen kleinen Navigationscomputer, ein ähnliches Gerät, wie er es auch in der Paradise-Mine getragen hatte, um den linken Arm und stellte ihn auf GPS-Satellitenpeilung ein. Dann gab er ihm den Befehl, die empfangenen Daten so umzusetzen, dass sie anhand des Monitors, auf dem der Fjord und die Schiffswerft dargestellt waren, genau erkennen konnten, an welcher Stelle sie sich befanden.

Giordino brachte ein Nachtsichtgerät an seiner Taucherbrille an und schaltete es ein. Mit einem Mal konnte er die nähere Umgebung erkennen, leicht verschwommen zwar, aber immerhin so deutlich, dass er die kleinen Kieselsteine am Boden sah. Er wandte sich an Pitt.

»Kann's losgehn?«

Pitt nickte. »Du gehst voran, weil du an Land mehr siehst. Wenn wir im Wasser sind, übernehme ich die Führung.«

Giordino nickte nur kurz, ohne etwas zu sagen. Solange sie die Absperrung rund um die Werft nicht überwunden hatten, gab es auch nichts zu sagen. Auch ohne hellseherische Fähigkeiten wusste Pitt, was Giordino durch den Kopf ging. Er hatte die gleiche Szene vor Augen wie er.

Zwanzig Stunden war es her, seit sie rund zehntausend Kilometer von hier entfernt in Admiral Sandeckers Büro in der NUMA-Zentrale gesessen und darüber beratschlagt hatten, wie sie sich Zugang zu dieser Anlage verschaffen könnten, dieser Ausgeburt des Wahnsinns.

»Es hat ein paar Pannen gegeben«, sagte der Admiral bedächtig. »Dr. O'Connell ist verschwunden.«

»Ich dachte, sie wird rund um die Uhr bewacht«, sagte Pitt und warf Ken Helm einen bösen Blick zu.

»Bislang wissen wir bloß, dass sie mit ihrer Tochter losfuhr, um Eis zu holen. Die beiden Personenbeschützer blieben draußen im Wagen sitzen, als Dr. O'Connell und ihre Tochter in das Geschäft gingen. Aber sie kamen nicht wieder raus. Meiner Meinung nach hat sich Dr. O'Connell spontan dazu entschlossen. Die Entführer können im Voraus unmöglich etwas davon gewusst haben.«

»Mit Entführer meinen Sie die Wolfs.« Pitt schlug mit der Faust auf den Tisch. »Warum unterschätzen wir diese Leute immer noch?«

»Was danach kommt, wird Ihnen vermutlich ebenso wenig schmecken«, sagte Sandecker düster.

Pitt schaute ihn mit kaum verhohlener Wut an. »Lassen Sie mich raten. Elsie Wolf ist mitsamt ihrer toten Cousine Heidi aus der Klinik abgehauen.«

Sandecker wischte einen eingebildeten Fleck von der makellos glänzenden Tischplatte.

»Das kann nicht mit rechten Dingen zugegangen sein«, sagte FBI-Agent Ken Helm. »Glauben Sie mir. Die Klinik ist mit den allerneuesten Überwachungsgeräten ausgestattet.«

»Haben Ihre Videokameras aufgezeichnet, wie sie ausgerückt ist?«, fragte Pitt gereizt. »Ich nehme doch nicht an, dass Elsie sich ihre tote Cousine auf die Schulter geladen und einfach aus der Tür spaziert ist.«

Helm neigte kurz den Kopf. »Sämtliche Kameras waren voll funktionsfähig, jede Sekunde ist dokumentiert. Aber so Leid es mir tut – schrecklich Leid sogar –, wir haben nicht den geringsten Hinweis auf den Ausbruch finden können.«

»Irgendwie scheint dieses Pack die Gabe zu haben, sich durch Mauerritzen zu verdünnisieren«, sagte Giordino, der Sandecker gegenüber saß. »Oder sie haben ein Mittel erfunden, mit dem man sich unsichtbar machen kann.«

»Weder noch«, sagte Pitt. »Sie sind nur schlauer als wir.«

»Wir wissen lediglich, und auch das beruht zur Hälfte auf Spekulation«, wandte Helm ein, »dass in der fraglichen Zeit ein Privatjet der Destiny Enterprises auf einem Flugplatz in der Nähe von Baltimore gestartet ist und in Richtung Süden geflogen ist.«

»Nach Argentinien«, warf Pitt ein.

»Wohin denn sonst?«, schob Giordino nach. »In den Staaten können sie mit ihr nicht bleiben, weil sie hier die Behörden und Ermittlungsdienste nicht im Sack haben.«

Ron Little von der CIA räusperte sich. »Aber warum? Anfangs gingen wir noch davon aus, dass Mr. Pitt, Mr. Giordino und Dr. O'Connell beseitigt werden sollten, weil sie die Kammer mit den Inschriften in Colorado entdeckt haben. Aber mittlerweile wissen bereits viel zu viele Menschen von diesen Botschaften aus uralter Zeit. Damit ist doch diese ganze Geheimniskrämerei sinnlos geworden.«

»Die einzig vernünftige Erklärung ist«, antwortete Helm, »dass sie ihren Rat brauchen.«

»Als ich Elsie Wolf gefragt habe, wie viele Kammern die Amenes hinterlassen hätten, behauptete sie, es wären insgesamt sechs«, sagte Pitt. »Wir haben zwei gefunden, sie eine. Zwei andere wurden bei Naturkatastrophen zerstört. Damit bleibt eine übrig. Sie hat gesagt, sie läge irgendwo in den peruanischen Anden, wüsste aber nicht genau, wo. Ich wette, dass sie trotz aller Experten in ihrer Computerabteilung den Code mit den Hinweisen nicht knacken konnten, die zu dieser letzten Kammer führen.«

»Folglich hat man Dr. O'Connell geschnappt, damit sie den Code für sie knackt«, sagte Sandecker.

»Klingt einleuchtend«, sagte Helm bedächtig.

Giordino beugte sich über den Tisch. »Ich kenne Pat zwar erst seit kurzem, aber ich bezweifle, dass sie da mitspielt.«

Little lächelte. »Sie haben aber auch Dr. O'Connells vierzehnjährige Tochter. Die Wolfs brauchen lediglich damit zu drohen, ihr etwas anzutun.«

»Sie wird mitmachen«, sagte Helm ernst. »Ihr bleibt nichts anderes übrig.«

»Dann holen wir sie eben raus«, sagte Pitt.

Little schaute ihn zweifelnd an. »Wir wissen nicht genau, wo man sie festhält.«

»Auf ihrer Werft in Chile. Die Wolfs sind völlig von Sinnen, was den bevorstehenden Weltuntergang angeht. Ich wette, die ganze Familie hat sich auf den Schiffen versammelt und bereitet sich auf die Sintflut vor.«

»Ich kann Ihnen Satellitenfotos von der Werft zur Verfügung stellen«, sagte Little. »Aber ich muss Sie darauf hinweisen, dass nach Ansicht unserer Analytiker kein Zugang zu den Schiffen oder zur Werft möglich ist, weder auf dem Land noch in der Luft, noch übers Meer. Die ganze Anlage ist scharf bewacht.«

»Dann müssen wir eben tauchen.«

»Sie müssen aber auch mit Unterwassersensoren rechnen.«

»Dazu fällt uns schon was ein.«

»Ich kann dem nicht zustimmen«, sagte Sandecker leise. »Die NUMA ist hier überfordert. Das ist eine Aufgabe für die Special Forces oder einen Trupp Navy-SEALS.«

»Pat O'Connell und ihre Tochter zu finden und zu retten ist nur ein Teil unseres Plans«, erklärte Pitt. »Niemand ist besser dafür geeignet als Al und ich, dieses gewaltige Schiffsbauprojekt der Destiny Enterprises unter die Lupe zu nehmen. Vor nicht ganz einem Jahr haben wir mit einem Tauchboot von einer Werft in Hongkong heimlich den Rumpf des ehemaligen Ozeandampfers *United States* erkundet. Hinter allem Wahnsinn der Familie Wolf muss eine gewisse Methode stecken, sonst würden die nicht Milliarden von Dollar für den Bau von Schiffen ausgeben, die nicht in See stechen können.«

»Das FBI kann Ihnen dabei nicht helfen«, sagte Helm. »Das ist weit außerhalb unseres Zuständigkeitsbereichs.«

Little faltete nervös die Hände und öffnete sie wieder. »Ich kann Ihnen unsere Erkenntnisse zur Verfügung stellen, aber ansonsten, fürchte ich, sind uns die Hände gebunden. Das Außenministerium würde die CIA sofort zurückpfeifen, wenn sie sich an einer derartigen Intervention beteiligen wollte.«

Pitt schaute Sandecker an und lächelte verkniffen. »Sieht so aus, als wären wir dran.«

Sandecker erwiderte das Lächeln nicht. »Sind Sie sicher, dass es unbedingt notwendig ist, in die Wolfsche Anlage einzudringen?«

»Ja«, sagte Pitt im Brustton der Überzeugung. »Und ich glaube auch, obwohl ich Ihnen nicht sagen kann, warum, dass die mit ihrem Unternehmen noch etwas weitaus Schlimmeres bezwecken. Irgendetwas, das fürchterliche Folgen hätte.«

Die schmale, gewundene Felsrinne endete nach etwa hundert Metern am Wasser des Fjords. Im Westen stieg die Küste an und bildete eine Halbinsel namens Exmouth. Die Ostküste war von zahlreichen Einschnitten zerklüftet, die von den Gletschern ausgehobelt worden waren. Die hellen Lichter der Werft und der vier schwimmenden Städte spiegelten sich am nördlichen Ende des Fjords im Wasser.

Giordino blieb stehen und winkte Pitt zu, dass er sich im Schatten eines großen Felsblocks halten sollte. Zwei Patrouillenboote pflügten auf der anderen Seite der Fahrrinne nebeneinander durch das schwarze Wasser und suchten mit ihren Scheinwerfern den Küstenstreifen und die See ab. Giordino musterte sie durch sein Nachtsichtgerät, durch das die Dunkelheit wie trübes Licht wirkte.

»Du bist der Fachmann für Motorboote«, sagte Pitt. »Kannst du den Typ erkennen?«

»Dvichak Industries, elfeinhalb Meter lang«, erwiderte Giordino auf der Stelle. »Werden normalerweise zur Bekämpfung von Ölteppichen eingesetzt, aber die hier sind schwer bewaffnet. Ein gutes Boot, robust und zuverlässig. Nicht allzu schnell, macht allerhöchstens achtzehn Knoten, hat aber einen dreihundert PS starken Motor, mit dem es sogar Frachtkähne schleppen kann. Dass man es als Patrouillenboot einsetzt, ist was ganz Neues.«

»Kannst du die Bewaffnung erkennen?«

»Zwillingsmaschinengewehre, großes Kaliber, an Bug und Heck«, antwortete Giordino. »Das ist alles, soweit ich sehen kann.«

»Geschwindigkeit?«

»Etwa vier Knoten. Die lassen es gemächlich angehen und halten Ausschau nach Eindringlingen.«

»So langsam, dass wir mit unseren Torpedo 2000 Schritt halten können?«, sagte Pitt.

»Was hast du denn schon wieder Übles im Sinn?«

»Wir warten unter Wasser, bis sie kehrtmachen und wieder Kurs auf die Werft nehmen«, antwortete Pitt. »Wenn die Boote über uns vorbeifahren, hängen wir uns dran und folgen ihrem Kielwasser. Das ist von den Schrauben so verwirbelt, dass uns kein Unterwassersensor entdeckt.«

»Könnte klappen.«

Während die Patrouillenboote ihre Suche Richtung Süden fortsetzten, überprüften Pitt und Giordino ein letztes Mal ihre Ausrüstung, schlüpften dann in ihre gut einen halben Zentimeter dicken Stulpenhandschuhe aus Neopren und zogen ihre Schwimmflossen über die am Trockentauchanzug angebrachten Füßlinge. Sie trugen Vollgesichtsbrillen mit Aquacom-Unterwassersprechfunkgeräten über ihren Kopfhauben. Zuletzt hakten sie eine Buddy-Leine an ihre Bleigurte, die sie miteinander verband und verhindern sollte, dass sie sich im stockdunklen Wasser verloren.

Nachdem Giordino die Luft aus seinem Trockentauchanzug abgelassen hatte, zeige er mit hoch gerecktem Daumen an, dass er bereit war. Pitt winkte ihm kurz zu und stieg ins Wasser. Der Boden am Ufer war steinig und mit glitschigen Algen überwuchert, sodass sie mit ihrer schweren Ausrüstung vorsichtig vorwärts waten mussten, bis ihnen das Wasser bis zur Hüfte reichte und sie dicht unter der Oberfläche weiterschwimmen konnten. Der Grund fiel rasch ab, und Pitt tauchte bis auf drei Meter, wo er innehielt und die letzte Luft aus seinem Anzug abließ. Er atmete flach und ließ sich ein Stück tiefer sinken, bis der Wasserdruck den Anzug zusammenpresste, worauf er wieder etwas Luft einleitete und den Antrieb ausglich, sodass er im Wasser schwebte.

Als er etwa fünfzig Meter vom Ufer entfernt war, tauchte Pitt auf und schaute nach Süden. Die Patrouillenboote waren am Endpunkt ihrer Runde angelangt und kehrten gerade um. »Unsere Eskorte kommt auf uns zu«, meldete er sich über Sprechfunk. »Hoffentlich fahren die wirklich nur vier Knoten. Mehr schaffen unsere Scooter nicht.«

Giordinos Kopf schob sich neben ihm aus dem schwarzen Wasser. »Es könnte eng werden, aber ich glaube, wir können uns an sie ranhängen. Hoffen wir, dass sie keine Unterwasser-Infrarotkameras haben.«

»Der Fjord ist mindestens achthundert Meter breit – ein viel zu großes Gebiet, als dass man es mit Kameras auch nur halbwegs überwachen könnte.« Pitt drehte sich um und blickte zu den Lichtern im Norden. »Die Wolfs müssen ein Vermögen für Löhne ausgeben, wenn sie in drei Schichten rund um die Uhr arbeiten lassen.«

»Was wollen wir wetten, dass die keine Gewerkschaft zulassen?«

»Wie viel Tiefgang haben die Patrouillenboote deiner Meinung nach?«

»Etwa einen halben Meter, aber wir müssen auf die Schrauben achten. Die dürften fast einen Meter Durchmesser haben.«

Sie beobachteten die Boote, die auf ihrer Seite des Fjords nahten, und schätzten ihren weiteren Kurs ab. Dann schwammen sie zehn Meter weiter hinaus, tauchten ab und gingen auf rund dreieinhalb Meter Tiefe, bevor die Suchscheinwerfer sie erfassen konnten. Unter Wasser waren die Motoren- und Schraubengeräusche viermal so laut. Sie rollten sich auf den Rücken und warteten, blickten hinauf zur Oberfläche und achteten auf die Strahlen der Scheinwerfer, die über das eisige Wasser tanzten und immer näher kamen.

Und dann huschte der dunkle Rumpf des einen Boots über sie hinweg, getrieben von einer großen Schraube, die das Wasser zu brodelndem weißem Schaum verwirbelte. Im gleichen Moment drückten Pitt und Giordino die magnetischen Temporegler ihrer Scooter bis zum Anschlag durch, packten die Handgriffe und tauchten in das kochende Kielwasser des Patrouillenboots ein.

Da das Boot nur mit vier Knoten fuhr, also weit unter seiner Höchstgeschwindigkeit blieb, konnten sie im Schraubenwasser halbwegs ihren Kurs halten, ohne allzu sehr durcheinander geschleudert zu werden. Das meiste Kopfzerbrechen bereiteten ihnen die Sichtverhältnisse, denn sie konnten kaum erkennen, wohin die Reise ging. Glücklicherweise hatte das Boot ein helles Hecklicht gesetzt, das Pitt durch das aufgewühlte Wasser sehen konnte, und darauf richtete er den runden Torpedobug des Scooters aus, während er ihn mit eiserner Hand an beiden Griffen festhielt, um zu verhindern, dass er ausbrach.

Etwa drei Kilometer weit folgten sie dem Boot in rund zwei Metern Tiefe, holten das Letzte aus ihren Scootern heraus und konnten trotzdem kaum mithalten. Bei diesem Tempo wurden die Batterien viel zu schnell leer. Pitt hoffte nur, dass sie noch genug Saft für die Rückfahrt zu der Felsrinne hatten, in der das Skycar stand. Andererseits war er froh, dass man ihn und Giordino im hellen Schein der Werftbeleuchtung bislang noch nicht entdeckt hatte, denn obwohl sie sich im Kielwasser hielten und in ihren schwarzen Anzügen nur schwer zu erkennen waren, schwammen sie doch so dicht unter der Oberfläche, dass jederzeit ein Besatzungsmitglied etwas Verdächtiges hätte bemerken können. Aber noch hatte sich nichts getan. Vermutlich achteten alle nur auf die Suchscheinwerfer.

»Kannst du mich hören?«, erkundigte sich Pitt über das Funkgerät in seiner Vollgesichtsbrille.

»Jeden Ton«, antwortete Giordino.

»Mein Monitor zeigt an, dass wir über drei Kilometer zurückgelegt haben. Das Boot dürfte demnächst kehrtmachen und die nächste Runde durch den Fjord drehen. Sobald wir spüren, dass das Kielwasser nach links oder rechts ausschert, gehen wir ein paar Minuten auf sichere Tiefe, bevor wir wieder auftauchen und uns orientieren.«

»Von mir aus«, sagte Giordino so gleichmütig, als ob er auf den nächsten Bus wartete.

Keine drei Minuten später setzte das Boot zu einer weiteren Kehrtwende an. Sobald Pitt und Giordino am Kielwasser spürten, wie es abdrehte, gingen sie auf sechs Meter Tiefe und blieben unten, bis sie die Suchscheinwerfer in der Ferne verschwinden sahen. Mit langsamen Flossenschlägen stiegen sie vorsichtig auf, da sie nicht wussten, wo genau sie innerhalb der Werft auftauchen würden.

Beide schoben langsam den Kopf aus dem Wasser und suchten die Umgebung ab. Sie stellten fest, dass sie nur fünfundsiebzig Meter von einem der vier riesigen Piers entfernt waren, die anderthalb Kilometer in den Fjord hinausragten. Eine gewaltige schwimmende Stadt war dort vertäut, an den Nachbarpiers die drei anderen Schiffe. Gleißend hell ragten sie unter dem dunklen Nachthimmel auf, so groß, dass Pitt und Giordino, die vom Wasser aus zu ihnen aufblickten, ihren Augen kaum trauten. Unfassbar, dass derart monströse Kolosse überhaupt schwammen, geschweige denn mit eigener Kraft die Meere befahren konnten.

»Das darf doch nicht wahr sein«, murmelte Giordino.

»Aberwitzig, was anderes fällt mir dazu nicht ein«, erwiderte Pitt flüsternd.

»Wo soll's losgehen?«

»Schlag dir die Schiffe vorerst aus dem Kopf. Wir müssen uns erst ein Plätzchen suchen, wo wir unsere Tauchausrüstung ablegen können. Und dann nehmen wir uns die Büros der Werft vor.«

»Meinst du, dass Pat dort festgehalten wird?«

»Ich weiß es nicht, irgendwo müssen wir ja anfangen.«

»Wir können unter dem Pier vorrücken, bis wir zu den Felsen am Ufer stoßen«, sagte Giordino und deutete auf das ruhige Wasser unter den Stützpfeilern des Piers. »Ein Stück weiter rechts stehen ein paar dunkle Schuppen. Hoffen wir, dass wir da reinkommen und unsere Arbeitsmontur anziehen können.«

Bei der Arbeitsmontur handelte es sich um orangefarbene Overalls, ganz ähnlich wie die Sträflingskleidung in den Vereinigten Staaten, nur dass ihre nach Fotos maßgeschneidert waren, die von Spionagesatelliten aufgenommen, vergrößert und ausgewertet worden waren. Sandecker hatte sie von der CIA bekommen, dazu einen genauen Lageplan der Werft und Luftbilder von dem Gebäude, auf denen die einzelnen Gebäude ausgewiesen waren.

Pitt gab einen Befehl in seinen Wegweiser ein, hielt den Monitor dicht vor die Augen und sah die Dalben des Piers klar und deutlich vor sich, fast so, als schwömme er aus einer Korallenhöhle in einen hellen, lichtdurchfluteten Cañon.

Sie trieben über starke Rohre und dicke Stromkabel hinweg, die unter dem Pier entlang zum Festland führten. Im Schein des Lichtmeers, das rundum so hell gleißte, dass sie sich fast wie in Las Vegas vorkamen, hatten sie selbst unter Wasser gut zehn Meter Sicht.

Pitt und Giordino, der sich neben ihm etwas zurückfallen ließ, schwammen über den mit abgeschliffenen Steinen und Felsbrocken bedeckten Grund. Allmählich stieg der Boden an, bis sie sich mit den Händen voranziehen konnten. Im seichten Wasser blieben sie schließlich liegen. Vor sich sahen sie Stufen, die von einem schmalen Betonsims an den Stützpfeilern des Piers nach oben führten. Eine einzige Laterne stand dort oben und verbreitete einen eher schummrigen Schein, jedenfalls verglichen mit dem Lichtermeer auf der Werft, das hell auf die kleinen Gebäude da drüben fiel, die Pitt von den Satellitenfotos her kannte – das waren die Geräteschuppen. Nur die Rückseite lag im Schatten.

»Wie sieht's aus?«, fragte Giordino.

»Menschenleer«, antwortete Pitt. »Aber ich habe keine Ahnung, ob da draußen in der Dunkelheit nicht irgendwer lauert.« Er hatte kaum zu Ende gesprochen, als Giordino durch sein Nachtsichtgerät eine Bewegung neben dem nächstgelegenen Schuppen bemerkte. Warnend fasste er Pitt an die Schulter, als ein uniformierter Wachmann, der ein Schnellfeuergewehr umhängen hatte, in den Lichtschein trat und einen kurzen Blick zum Pier hinunterwarf. Reglos lagen sie da, halb untergetaucht, und versuchten sich so gut wie möglich zwischen den Pfeilern zu verstecken.

Der Wachmann wirkte gelangweilt, wie Pitt fast erwartet hatte, so als fragte er sich, wonach er hier überhaupt Ausschau hielt. Denn bislang hatte er noch nie jemanden erwischt, der sich auf die Werft hatte schleichen wollen. Hierher verirrten sich keine Diebe oder Einbrecher, denn die nächste Stadt war über hundertfünfzig Kilometer entfernt, auf der anderen Seite der Anden und ihrer eisigen Gipfel. Bald darauf wendete er sich ab und verschwand wieder im Zwielicht zwischen den Schuppen.

Noch ehe der Posten von der Dunkelheit verschlungen wurde, waren Pitt und Giordino auf dem Betonsims, hatten ihre Flossen in der Hand, die Scooter unter die Arme geklemmt, schlichen die Stufen hinab und huschten so schnell wie möglich durch den Lichtschein zur nächstbesten Hütte. Die Tür war gottlob nicht abgesperrt. Sie traten ein und zogen sie hinter sich zu.

»Endlich daheim«, kommentierte Giordino fröhlich.

Pitt fand eine alte Malerplane, verhängte damit das Fenster und stopfte mit den Ecken die Ritzen aus. Dann schaltete er seine Unterwasserlampe ein und ließ den Strahl durch den Schuppen wandern. Nichts als Schiffszubehör. Kisten voller Messingmuttern, verchromter Schrauben und Bolzen, Stromkabel und Drähte, dazu Eimer mit Rostschutzfarbe und Eisenlack für die Aufbauten – alles ordentlich in Regalen und Schränken verstaut und ausgezeichnet.

»Die haben garantiert einen Ordnungsfimmel.«

»Das muss von den deutschen Vorfahren kommen.«

Im Nu hatten sie ihre Geräte und die Trockentauchanzüge abgelegt. Dann holten sie die orangefarbenen Overalls aus ihren Brustbeuteln und zogen sie über ihre Unterwäsche. Die Füßlinge ersetzten sie durch Turnschuhe.

»Mir ist gerade was eingefallen«, sagte Giordino mit besorgtem Unterton.

»Und zwar?«

»Was ist, wenn das Wolfsche Personal irgendwelche Namensschilder auf seine Uniformen genäht hat, die auf dem Satellitenfoto nicht zu erkennen waren?«

»Das ist meine geringste Sorge.«

»Was denn sonst?«

»Wir sind in Südamerika«, versetzte Pitt. »Wir können uns auf Spanisch nicht mal nach dem nächsten Klo erkundigen.«

»Fließend beherrsche ich's zwar nicht, aber ich traue mir zu, dass ich so tun kann, als könnte ich's.«

»Gut. Dann übernimmst du das Reden, und ich tu so, als hätte ich einen Gehörschaden.«

Während Giordino den Lageplan der Werft musterte und sich überlegte, wie sie auf schnellstem Weg zu den Büros der Verwaltung gelangen könnten, zückte Pitt sein Globalstar-Telefon.

In Admiral Sandeckers Eigentumswohnung im Watergate Building herrschte düster gedämpfte Stimmung. Im Kamin flackerte ein Feuer, das anheimelnd, beruhigend und gemütlich wirkte, aber keinerlei Wärme verbreitete. Drei Männer saßen auf den Sofas zu beiden Seiten eines niedrigen Glastisches, auf dem ein Tablett mit Kaffeetassen und einer halb leeren Kanne stand. Admiral Sandecker und Ron Little starrten gebannt auf einen älteren Mann mit weißen Haaren, der eine Geschichte zum Besten gab, die noch niemals erzählt worden war.

Admiral Christian Holzapfel war im Zweiten Weltkrieg ein hoch dekorierter Offizier der Deutschen Kriegsmarine gewesen. Er hatte ab Juni 1942 als Kommandant auf mehreren U-Booten gedient und sich im Juli 1945 mit seinem letzten Boot in Mar del Plata in Argentinien ergeben. Nach dem Krieg hatte er von der US-Regierung im Zuge des Marshall-Plans ein Liberty-Schiff erworben – der Grundstock zu der äußerst erfolgreichen Handelsflotte der Holzapfel Marine, die er im Lauf der nächsten vierzig Jahre aufbaute und die über siebenunddreißig Schiffe verfügte, als er sie schließlich verkaufte und sich aufs Altenteil zurückzog. Er hatte die amerikanische Staatsbürgerschaft angenommen und lebte jetzt auf einem großen Anwesen auf Whidbey Island bei Seattle im US-Bundesstaat Washington, wo er eine sechzig Meter lange Brigantine liegen hatte, mit der er und seine Frau immer wieder auf Tour gingen.

»Sie behaupten also«, sagte Little, »dass die Russen vor dem Bunker der Reichskanzlei in Berlin keine verkohlten Überreste von Hitlers Leiche gefunden haben.«

»Nein«, antwortete Holzapfel entschieden. »Es gab keine verkohlten Überreste. Die Verbrennung der Leichen von Adolf Hitler und Eva Braun zog sich über fünf Stunden hin. Man zapfte literweise Benzin aus zerstörten Fahrzeugen rund um die Reichskanzlei ab und übergoss damit die beiden Toten, die in einem Krater lagen, den eine sowjetische Granate vor dem Bunker gerissen hatte. Das Feuer brannte so lange, bis nur noch Asche und ein paar winzige Knochenreste übrig waren, die danach von treuen SS-Offizieren sorgfältig zusammengefegt und in ein Silbergefäß gefüllt wurden. Nicht die geringste Spur blieb zurück. Anschließend legten die SS-Offiziere die bis zur Unkenntlichkeit verbrannten Leichen eines Mannes und einer Frau, die bei einem Bombenangriff umgekommen waren, in den Krater und verscharrten sie zusammen mit Hitlers Blondi, an dem man zuvor die Zyankalikapseln ausprobiert hatte, mit denen sich Hitler und Eva Braun umbrachten.«

Sandecker schaute Holzapfel unverwandt an. »Das waren also die Leichen, die von den Russen gefunden wurden«, sagte er.

Der ehemalige U-Boot-Kommandant, inzwischen Mitte achtzig, nickte. »Sie behaupteten später, sie hätten Hitler und Braun anhand des Zahnbildes eindeutig identifiziert, aber sie wussten genau, dass es nicht stimmte. Fünfzig Jahre lang hielten die Russen an dieser Legende fest, obwohl Stalin und andere hohe Sowjetfunktionäre der Meinung waren, Hitler wäre entkommen und hätte sich entweder nach Spanien oder nach Argentinien abgesetzt.«

»Was ist aus der Asche geworden?«, fragte Little.

»Ein kleines Flugzeug landete neben dem Bunker, inmitten der Flammen und der rundum explodierenden Artilleriegranaten der Roten Armee, die zum letzten Sturmangriff auf die Stadt antrat. Sobald der Pilot die Maschine gewendet hatte, um sofort wieder zu starten, kamen SS-Offiziere angestürmt und verstauten das Gefäß im Frachtraum. Ohne ein Wort mit ihnen zu wechseln, gab der Pilot Vollgas, hob ab und verschwand in kürzester Zeit in den dichten Rauchschwaden, die über der Stadt hingen. Er tankte in Dänemark auf und flog dann über die Nordsee nach Bergen in Norwegen. Dort landete er und übergab das Gefäß an Kapitänleutnant Edmund Mauer, der es wiederum an Bord von U-621 bringen ließ.

Gleichzeitig wurden zahlreiche weitere Kisten, die die kostbaren Hinterlassenschaften der Nazi-Partei enthielten, darunter die Heilige Lanze, die Blutfahne, aber auch wertvolle Kunstschätze des Dritten Reiches, auf ein anderes U-Boot verladen, auf U-2015 unter dem Kommando von Korvettenkapitän Rudolph Harger.«

»All das gehörte zu dem Plan, den Martin Bormann sich ausgedacht und dem er den Decknamen Neue Bestimmung gegeben hatte«, sagte Sandecker.

Holzapfel schaute den Admiral voller Hochachtung an. »Sie sind gut informiert, Sir.«

»Die Heilige Lanze und die Blutfahne«, hakte Sandecker nach. »Die waren Bestandteil der Fracht von U-2015?«

»Wissen Sie über die Lanze Bescheid?«, erkundigte sich Holzapfel.

»Ich habe mich auf der Marineakademie in Annapolis damit befasst und eine Klassenarbeit darüber geschrieben«, erwiderte Sandecker. »Der Legende zufolge stammt sie aus biblischer Zeit. Danach wurde sie von einem Schmied namens Tubal Kain, einem direkten Nachkommen von Kain, Adams Sohn, aus einem Stück Eisen hergestellt, das man in einem von Gott gesandten Meteoriten fand. Das geschah irgendwo um 3000 vor Christi Geburt. Die Heilige Lanze wurde an Saul weitergegeben, dann an David und Salomo und alle anderen Könige Israels. Schließlich gelangte sie in den Besitz des römischen Feldherrn Julius Caesar, der sie in einer Schlacht gegen seine innenpolitischen Feinde führte. Vor seiner Ermordung übergab er sie einem Zenturio, der ihm im Gallischen Krieg das Leben gerettet hatte. Der Sohn dieses Zenturio überließ sie seinem Sohn, der sie wiederum seinem Sohn vererbte, der ebenfalls bei den römischen Legionen diente. Er war es, der auf Golgatha stand und Augenzeuge war, als Jesus gekreuzigt wurde. Nach dem Gesetz des Landes mussten gekreuzigte Verbrecher vor Sonnenuntergang für tot erklärt werden, auf dass der darauf folgende Sabbat nicht entweiht werde. Den beiden neben Jesus gekreuzigten Missetätern brach man die Beine, um ihren Tod zu beschleunigen. Doch als Jesus an der Reihe war, stellte man fest, dass er bereits verschieden war. Trotzdem stieß der Zenturio, der die Begründung für seine Tat mit ins Grab nahm, Jesus seine Lanze in die Seite, worauf Blut und Wasser austraten. Durch die Berührung mit dem Blut Christi wurde sie neben dem Kreuz, an dem Christus starb, und dem heiligen Gral zu einer der kostbarsten Reliquien der Christenheit.

Die Heilige Lanze, wie man sie fortan nannte, fiel an Karl den Großen und wurde im Laufe der nächsten Jahrhunderte an jeden nachfolgenden Kaiser des Heiligen Römischen Reiches deutscher Nation weitervererbt, bis sie in den Besitz der Habsburger gelangte und in der Wiener Hofburg zur Schau gestellt wurde.«

»Sie kennen doch bestimmt auch die Legende über die Macht der Lanze«, sagte Holzapfel. »Die Sage, wegen der Hitler sie in seinen Besitz bringen wollte.«

»›Wer immer diese heilige Lanze besitzt und um die Mächte weiß, denen sie dient, hält die Geschicke der Welt zum Guten wie zum Bösen in Händen‹«, zitierte Sandecker. »Deswegen hat Hitler die Lanze aus Österreich rauben lassen und sie bis zu seinem Todestag bei sich behalten. Er bildete sich ein, sie würde ihm die Weltherrschaft bescheren. Heutzutage kann man allenfalls darüber spekulieren, ob Hitler seine Weltmachtpläne auch dann in Angriff genommen hätte, wenn er von dieser Lanze nie etwas gehört hätte. Jedenfalls verfügte er in seinem letzten Willen, dass sie vor seinen Feinden verborgen werden sollte.«

»Sie haben außerdem eine Blutfahne erwähnt«, sagte Little. »Die sagt mir auch nichts.«

»Im Jahr 1923«, erklärte Holzapfel, »unternahm Hitler in München einen Staatsstreich gegen die damalige deutsche Regierung. Es wurde eine vernichtende Niederlage. Die bayerische Landespolizei eröffnete das Feuer auf die Putschisten, und etliche Menschen wurden getötet. Hitler kam davon, wurde aber später vor Gericht gestellt und zu Festungshaft verurteilt, in deren Verlauf er innerhalb von neun Monaten *Mein Kampf* schrieb. Dieser Staatsstreich wurde fortan als Hitler-Ludendorff-Putsch bekannt. Einer der beteiligten Möchtegern-Putschisten trug seinerzeit eine Hakenkreuzfahne, die er mit seinem Blut tränkte, als er erschossen wurde. Natürlich wurde die Fahne zu einem Ehrenzeichen für die so genannten ›Märtyrer der Bewegung‹. Sie wurde zur Blutfahne verklärt und bei den großen Parteitagen nach der Machtergreifung zur feierlichen Fahnenweihe eingesetzt.«

»Und die Nazi-Schätze wurden also aus Deutschland geschmuggelt und verschwanden auf Nimmerwiedersehen«, sagte Little versonnen. »Den alten Akten im CIA-Archiv zufolge hat man nie eine Spur von der Lanze gefunden, geschweige denn von der anderen Beute, den Kunstschätzen und dem Gold, das man aus den Banken und staatlichen Tresoren in ganz Europa zusammengeraubt hatte.«

»Ihr Boot«, sagte Sandecker ruhig, »war das U-699.«

»Ja, ich war der Kommandant«, räumte Holzapfel ein. »Kurz nachdem eine Reihe hoher Nazis, Parteibonzen und Militärs sowie Hitlers Asche an Bord waren, stach ich von Bergen aus im Gefolge von U-2015 in See. Bis heute ist Hitlers Ende geheimnisumwittert. Ich erzähle Ihnen diese Geschichte nur auf Drängen von Mr. Little hin, und weil, soweit ich das verstanden habe, die Erde durch einen Kometeneinschlag erschüttert werden wird. Wenn das zutrifft, ist mein Schweigegelübde hinfällig.«

»Noch sind wir nicht so weit, dass wir in großes Wehgeschrei ausbrechen müssen«, sagte Sandecker. »Aber wir möchten gern wissen, ob die Familie Wolf tatsächlich unschätzbare Geldsummen für den Bau gewaltiger Archen ausgibt, weil sie fest davon überzeugt ist, dass die Erde und alle, die auf ihr leben, von einer Katastrophe vernichtet werden – oder ob sie womöglich etwas anderes vorhat.«

»Eine interessante Familie, diese Wolfs«, sagte Holzapfel nachdenklich. »Oberst Ulrich Wolf war einer der getreuesten Männer in Hitlers Stab. Er sorgte dafür, dass jeder Wunsch von Hitler, auch die aberwitzigsten Befehle, ausgeführt wurde. Außerdem war er der Führer einer verschworenen Truppe von SS-Offizieren, die entschlossen waren, ihre Weltanschauung zu verteidigen. Sie nannten sich die Hüter. Die meisten fielen in den letzten Kriegstagen – bis auf Oberst Wolf und drei andere. Er und seine ganze Familie – seine Frau, vier Söhne und drei Töchter, zwei Brüder und drei Schwestern nebst allen Angehörigen – fuhren an Bord von U-2015. Ein alter Marinekamerad, der noch lebt, erzählte mir, dass Wolf der letzte der Hüter wäre und er eine Art Orden gegründet hätte, der sich Neue Bestimmung nennt.«

»Das stimmt. Außerdem besitzt die Familie ein riesiges Firmenkonsortium namens Destiny Enterprises«, erklärte Sandecker Holzapfel.

Der alte deutsche Seemann lächelte. »Dann haben sie also ihre Uniformen und Parteiparolen gegen Nadelstreifenanzüge und Bilanzberichte eingetauscht.«

»Sie bezeichnen sich auch nicht mehr als Nazis und haben ihre Ideologie der Zeit angepasst«, sagte Little.

»Außerdem haben sie eine neue Herrenrasse geschaffen«, sagte Sandecker. »Durch genetische Manipulation. Die Angehörigen der jüngsten Generation der Wolfs ähneln sich nicht nur rein äußerlich, sie gleichen sich wie ein Ei dem anderen, anatomisch, charakterlich und auch vom Erbgut her. Sie sind hoch begabt, geradezu genial, und verfügen über eine ausgesprochen robuste Konstitution und starke Immunkräfte, dank derer sie ungewöhnlich alt werden dürften.«

Holzapfel erstarrte sichtlich und blickte zutiefst erschrocken auf. »Genetische Manipulation, sagen Sie? Einer der Behälter, der sich an Bord meines U-Boots befand, musste ständig tiefgekühlt werden.« Er holte tief Luft. »Er enthielt Sperma und Gewebeproben, die man Hitler eine Woche vor seinem Selbstmord entnommen hatte.«

Sandecker und Little warfen sich einen angespannten Blick zu. »Halten Sie es für möglich, dass Hitlers Sperma dazu benutzt wurde, die nachfolgenden Generationen der Wolfs zu erzeugen?«, fragte Little.

»Ich weiß es nicht«, sagte Holzapfel nervös. »Aber ich fürchte, es besteht durchaus die Möglichkeit, dass Oberst Wolf, der immerhin mit Dr. Joseph Mengele zusammengearbeitet hat, diesem Ungeheuer, mit Hitlers gefrorenem Sperma experimentiert und die weiblichen Mitglieder der Familie damit befruchtet hat.«

»Eine wahrhaft abscheuliche Vorstellung«, murmelte Little.

Ihr Gespräch wurde mit einem Mal durch einen gedämpften Piepton unterbrochen. Sandecker drückte auf die Lautsprechertaste des Telefons, das vor ihm auf dem Tisch stand.

»Ist jemand da?«, ertönte Pitts vertraute Stimme.

»Ja«, versetzte Sandecker unwirsch.

»Hier ist der Pizza-Lieferservice Schiefer Turm. Sie haben eine Bestellung bei uns aufgegeben?«

»Ganz recht.«

»Wollten Sie eine Pizza mit Schinken oder mit Salami?«

»Lieber mit Salami.«

»Sie kommt gleich in den Ofen. Wir rufen Sie an, wenn unser Lieferjunge unterwegs ist. Besten Dank für Ihre Bestellung.«

Dann wurde die Verbindung unterbrochen, und das Freizeichen ertönte aus dem Lautsprecher.

Sandecker strich sich über das Gesicht. Er wirkte grimmig und angespannt, als er wieder aufblickte. »Sie sind auf dem Werftgelände.«

»Gott steh ihnen bei«, murmelte Little.

»Ich verstehe nicht recht«, sagte Holzapfel. »War das eine Art Code?«

»Anrufe per Satellitentelefon können abgehört werden, wenn man über das entsprechende Gerät verfügt«, erklärte Little.

»Hat das irgendetwas mit den Wolfs zu tun?«

»Ich glaube, Admiral«, antwortete Sandecker bedächtig und mit gesenkter Stimme, »es wird allmählich Zeit, dass Sie die Geschichte aus unserer Sicht erfahren.«

30

Pitt und Giordino waren kaum aus der Tür des Geräteschuppens getreten, als jemand hinter der Hausecke hervorkam und sie auf Spanisch anrief.

Giordino antwortete ruhig und breitete die Hände aus.

Der Posten, offensichtlich zufrieden mit der Antwort, begab sich wieder auf seine Runde um die Schuppen. Pitt und Giordino warteten einen Moment und liefen dann zu der Straße, die zum Mittelpunkt der Werft führte.

»Was hat der Wachmann gesagt, und was hast du geantwortet?«, fragte Pitt.

»Er wollte eine Zigarette, und ich hab ihm gesagt, dass wir nicht rauchen.«

»Und er hat dir nicht misstraut?«

»Hat er nicht.«

»Du musst besser Spanisch können, als ich dachte. Wo hast du das gelernt?«

»Bei der Fleischerei mit den Händlern am Strand vor meinem Hotel drunten in Mazatlán«, antwortete Giordino. »Und als ich auf der Oberschule war, hat mir die Putzfrau meiner Mutter ein paar Brocken beigebracht.«

»Ich wette, das war nicht alles, was sie dir beigebracht hat«, frotzelte Pitt.

»Das ist 'ne andere Geschichte«, versetzte Giordino, ohne sich darauf einzulassen.

»Ab jetzt lassen wir die Quasselei lieber, sonst hört uns noch einer der Werftarbeiter.«

»Bloß aus Neugier, aber was für 'ne Knarre hast du dabei?«

»Meinen altbewährten 45er Colt. Warum fragst du?«

»Die alte Wumme hast du doch schon, solange ich dich kenne. Warum besorgst du dir nicht mal was Moderneres?«

»Der ist für mich wie ein alter Freund«, erwiderte Pitt ruhig. »Er hat mir schon zigmal den Arsch gerettet.« Er deutete mit dem Kopf auf die Beule in Giordinos Overall. »Und du?«

»Eine der Para-Ordnance-Knarren, die wir den Fuzzis in der Paradise-Mine abgenommen haben.«

»Zumindest hast du keinen schlechten Geschmack.«

»Und umsonst war sie auch noch«, sagte Giordino grinsend. Dann nickte er zu den Verwaltungsgebäuden der Werft hinüber. »Welches nehmen wir uns zuerst vor?«

Pitt zog seinen kleinen Orientierungscomputer zu Rate, in dem der Lageplan der Werft gespeichert und jederzeit auf Monitor abrufbar war. Er blickte auf die Straße, die an den Piers vorbeiführte und auf der anderen Seite von Lagerhäusern gesäumt wurde, riesigen Metallkonstruktionen. Er deutete auf ein zwanzigstöckiges Gebäude, rund anderthalb Kilometer entfernt, das hinter den Lagerhallen aufragte. »Das hohe Gebäude da vorn rechts.«

»Ich habe noch nie eine derart riesige Werftanlage gesehen«, sagte Giordino, während er sich auf dem Gelände umblickte. »So was gibt's nicht mal in Japan oder Hongkong.«

Plötzlich blieben sie stocksteif stehen und starrten auf das Superschiff, das vor ihnen aufragte. Sie sahen aus wie zwei Bauerntrampel aus der tiefsten Provinz, die zum ersten Mal im Leben ein Hochhaus sehen. Ein Privatjet setzte mit heulenden Düsen zur Landung an und rollte auf dem langen Flugdeck hoch oben auf dem Giganten aus. Der Lärm der laufenden Turbinen hallte über das Wasser und wurde von den Bergen zurückgeworfen. Es war ein atemberaubender Anblick. Unbeschreiblich, selbst von den besten Trickspezialisten Hollywoods nicht wiederzugeben.

»Keine Werft auf der Welt kann derart große Schiffe bauen«, sagte Pitt, der fassungslos den Koloss betrachtete, der dort am Pier lag.

Sie sah nicht aus wie ein Schiff, von dem mächtigen Bug einmal abgesehen, eher wie ein umgekippter Wolkenkratzer. Keine Galerien, keine Promenadendecks, nichts als geschlossene Aufbauten mit getönten Fenstern, allem Anschein nach aus Panzerglas. Pitt meinte dahinter üppiges Grün zu erkennen. Womöglich Lustgärten mit lauschigen Hainen und tropischen Wasserfällen, die über moosige Felsen schäumten. Und mit dem hochgezogenen, bis zum Flugdeck aufragenden Bug wollten sie offenbar die anbrandende Flutwelle abwettern.

Das Heck allerdings faszinierte ihn noch mehr. In Höhe der Wasserlinie ragten zwanzig Stege nach achtern, jeder rund dreißig Meter lang, und darüber spannte sich ein von fünfzehn Meter hohen dorischen Säulen getragenes Dach. Diese Konstruktion diente offenbar zweierlei Zwecken – zum einen sollte sie die Schraubengeräusche dämpfen, zum anderen standen dadurch Landestege für eine ganze Flotte von Motor-, Tragflächen- und Luftkissenbooten zur Verfügung. Breite Treppen und allerlei Aufzüge führten von den Anlegern nach oben. So unvorstellbar es war, aber dieses Riesenschiff hatte offenbar einen eigenen Jachthafen, an dem man sein Boot jederzeit vertäuen und anschließend an Bord hieven lassen konnte.

Pitt musterte eine Zeit lang die Arbeiter am Kai und auf den Piers.

Zigtausende mussten das sein, ein einziges hektisches Gewimmel. Offenbar wollten sie die Schiffe so schnell wie möglich ausrüsten und mit Proviant beladen. Hohe Kräne rollten auf Schienen zum Kai und ließen große Holzkisten in die riesigen Frachtluken ab. Ein unglaublicher Anblick. Kaum zu fassen, dass diese schwimmenden Städte niemals in See stechen sollten. Dass sie nur dazu dienten, die ersten großen Flutwellen zu überstehen, um sich dann hinaus aufs offene Meer tragen zu lassen.

Da die hellen Lichter sämtliche Winkel ausleuchteten und Pitt und Giordino sich folglich nirgends verstecken konnten, schlenderten sie den Kai hinunter, hin und wieder einem Wachmann zuwinkend, von denen ihnen aber keiner einen zweiten Blick schenkte. Pitt fiel auf, dass viele Arbeiter, die auf dem weitläufigen Gelände unterwegs waren, mit Elektrokarren durch die Gegend fuhren, fast wie auf dem Golfplatz. Er schaute sich um, und kurz darauf entdeckte er ein paar, die vor einem Lagerhaus geparkt waren.

Pitt rannte auf die Elektrokarren zu, gefolgt von Giordino, der sich kaum von den riesigen Schiffen losreißen konnte. »Zu Fuß kommen wir hier nicht rum«, sagte Pitt. »Ich jedenfalls fahre lieber.«

Die batteriebetriebenen Karren standen offenbar allen Arbeitern zur Verfügung. Hier wurden gerade etliche aufgeladen, jedenfalls den Stromkabeln nach zu schließen, die zu den Steckdosen unter der vorderen Sitzbank führten. Pitt nahm sich die vorderste Karre vor und zog den Stecker ab. Dann räumten sie etliche Kabel und Farbeimer von der Sitzbank weg, warfen sie nach hinten auf die Ladefläche und setzten sich hinein. Pitt drehte den Zündschlüssel um und fuhr los, als hätte er sein Lebtag nichts anderes gemacht.

Sie kamen an einer langen Reihe von Lagerhallen vorbei, ehe sie zu dem hohen Gebäude gelangten, in dem sich die Verwaltung der Werft befand. Unmittelbar davor ragte der zweite Pier ins Meer hinaus. Der hier vertäute Schiffskoloss war weitaus schmuckloser als der andere, auf dem offenbar die hohen Herrschaften in eine schöne neue Welt befördert werden sollten. Hier sollten anscheinend die landwirtschaftlichen Errungenschaften gerettet werden. Lastwagenweise wurden allerlei Bäume und Sträucher über die Laderampen in den Bauch des Schiffes geschafft. Hunderte von Fässern mit der Aufschrift »Saatgut« waren am Verladekai gestapelt. Ein schier endloser Zug von Treckern und Traktoren jedweder Größe, Mähdreschern, Motorpflügen und allerlei anderem landwirtschaftlichen Gerät rollte in den riesigen Schiffsrumpf.

»Die meinen wirklich, dass sie sich eine völlig neue Welt aufbauen können«, sagte Pitt, der das schiere Ausmaß dieses Unterfangens immer noch nicht fassen konnte.

»Wollen wir wetten, dass die auf einem der anderen Schiffe lauter Tiere verfrachten, jeweils ein Pärchen von jeder Art?«

»Ich wette nicht«, versetzte Pitt kurz angebunden. »Hauptsache, sie nehmen keine Mücken, Fliegen und giftige Schlangen mit.«

Giordino setzte zu einer Erwiderung an, ließ es dann lieber sein und stieg aus der Karre, als Pitt neben dem Aufgang zu dem rundum verglasten Verwaltungsgebäude hielt. Sie luden die Stromkabel und Farbeimer wieder auf die vordere Sitzbank, gingen hinein und begaben sich zu dem langen Schalter, an dem zwei Wachmänner saßen. Giordino rang sich sein freundlichstes Lächeln ab und redete auf Spanisch leise mit einem der Posten.

Der Wachmann nickte nur und deutete mit dem Daumen auf die Fahrstühle. »Was für einen Bären hast du ihm diesmal aufgebunden?«, erkundigte sich Pitt, als sie in die Kabine traten. Aber zuvor schielte er aus den Augenwinkeln um die Fahrstuhltür und sah, wie einer der Posten zum Telefon griff und aufgeregt hineinsprach. Dann trat er zurück, und die Türen schlossen sich.

»Ich habe gesagt, dass uns einer der Wolfs beauftragt hat, die Stromleitung in seiner Penthaussuite im zehnten Stock zu reparieren und hinterher die Wand wieder zu verputzen und zu streichen. Er hat nicht den geringsten Einwand vorgebracht.«

Pitt suchte den Fahrstuhl nach Überwachungskameras ab, entdeckte aber keine. Fast so, als hätten sie keine Angst, dass jemand heimlich hier eindringt, dachte er. Oder aber sie wissen, dass wir hier sind, und haben uns eine Falle gestellt. Mal den Teufel nicht an die Wand, sagte er sich, aber er traute den Wolfs nicht über den Weg. Außerdem hatte er das Gefühl, dass die Posten im Foyer sie erwartet hatten.

»Zeit für einen Geniestreich«, sagte er.

Giordino schaute ihn an. »Plan C?«

»Wir halten im fünften Stock und sehen zu, dass wir die Posten abschütteln, die uns vermutlich auf Schritt und Tritt überwachen. Aber wir steigen nicht aus, sondern schicken den Fahrstuhl weiter zum Penthaus, klettern aufs Dach und fahren ebenfalls hoch.«

»Gar nicht schlecht«, sagte Giordino und drückte den Knopf zum fünften Stock.

»Okay«, sagte Pitt. »Lass mich auf deine Schulter steigen, damit ich durchs Dach komme.« Doch Pitt rührte sich nicht. Eine Videokamera sah er zwar nirgendwo, aber dennoch war er fest davon überzeugt, dass der Fahrstuhl Abhörgeräte enthielt. Schweigend stand er da und grinste Giordino verschwörerisch an.

Giordino kapierte sofort und zog seine P-10-Automatik. »Verdammt, bist du schwer«, knurrte er.

»Reich mir deine Hand, dann zieh ich dich hoch«, sagte Pitt leise, während er den alten 45er Colt in die rechte Hand nahm. Sie blieben in der Kabine, gingen zu beiden Seiten der Tür in Stellung und drückten sich in die Ecke.

Die Tür ging auf, und drei Wachmänner, alle in schwarzen Overalls und Mützen, stürmten mit gezogenen Handfeuerwaffen herein und starrten zu der Ausstiegsluke in der Decke. Pitt streckte das Bein aus und brachte den dritten Mann zu Fall, der prompt gegen die beiden anderen stürzte und sie mit zu Boden riss. Dann drückte er den Knopf zum Schließen der Tür, wartete, bis sie ein kurzes Stück abwärts gefahren waren, und betätigte dann den roten Notschalter, sodass der Aufzug zwischen zwei Stockwerken stehen blieb.

Giordino hatte zwei der Posten mit gezielten Kolbenschlägen niedergestreckt, ehe sie sich aufrappeln konnten, und drückte dem dritten die Mündung seiner Pistole an die Stirn. »Wirf die Waffe weg, sonst bist du mausetot«, knurrte er auf Spanisch.

Der Wachmann war ein harter Bursche und vermutlich genauso eiskalt und unerschrocken wie die Söldner, denen sie in der Paradise-Mine begegnet waren. Pitt straffte sich, sobald er spürte, dass der Posten Widerstand leisten, vielleicht blitzschnell einen Schuss auf sie abgeben wollte. Doch der Mann bemerkte Pitts kühlen, entschlossenen Blick und erkannte die Gefahr, in der er schwebte. Er wusste, dass er bei der geringsten Bewegung eine Kugel in den Kopf bekommen würde, und ließ seine Waffe fallen, eine Para-Ordnance vom gleichen Typ wie die, die Giordino ihm zwischen die Augen drückte.

»Ihr zwei Blödmänner kommt nicht weit!«, stieß er auf Englisch hervor.

»Na, na«, sagte Pitt. »Was haben wir denn hier? Noch ein gedungener Killer. Das hatten wir doch schon in Colorado. Karl Wolf muss euch gut bezahlen, damit ihr für ihn mordet und ins Gras beißt.«

»Gib's auf, Mann. Du bist derjenige, der ins Gras beißen wird.«

»Immer wieder die alte Leier. Eine scheußliche Angewohnheit.« Pitt trat neben ihn und richtete den Colt aus nächster Nähe auf das linke Auge des Wachmanns. »Dr. O'Connell und ihre Tochter. Wo werden sie festgehalten?«, herrschte er ihn an. Es klang wie das Rasseln einer Klapperschlange. »Raus damit, sonst drücke ich ab. Du wirst's vermutlich überleben, aber deine Augen sind futsch. *Also los, wo sind sie?«*

Pitt mochte knallhart sein, aber er war kein Sadist. Doch der Wachmann, der sich von dem verzerrten Gesicht und dem funkelnden Blick täuschen ließ, meinte, er hätte es mit einem Wahnsinnigen zu tun, der ihm jeden Moment die Augen ausschießen könnte. »Sie sind auf einem der großen Schiffe eingesperrt.«

»Auf welchem Schiff?«, hakte Pitt nach. »Es gibt vier Stück.«

»Ich weiß es nicht. Ich schwöre, dass ich es nicht weiß.«

»Er lügt«, sagte Giordino mit eiskaltem Tonfall.

»Die Wahrheit«, sagte Pitt drohend, »oder ich ballere dir beide Augäpfel weg.« Er zog den Hahn zurück und drückte die Mündung des Colts an den linken Augenwinkel des Wachmanns.

Der Posten wirkte nach wie vor eher trotzig als ängstlich, doch er japste hasserfüllt: »Die *Ulrich Wolf.* Sie werden auf der *Ulrich Wolf* festgehalten.«

»Welches Schiff ist das?«

»Das Wohnschiff, auf dem die Angehörigen des Vierten Reichs nach der Katastrophe zur See fahren werden.«

»So ein Riesenschiff zu durchsuchen dauert mindestens zwei

Jahre«, sagte Pitt. »Etwas genauer bitte, sonst bist du blind. Beeilung!«

»Ebene sechs, Sektion K. Ich weiß nicht, in welcher Wohneinheit.«

»Er lügt immer noch«, sagte Giordino. »Drück ab, aber warte, bis ich wegschaue. Ich kann kein Blut sehen.«

»Na los, erschieß mich, mach schon«, knurrte der Wachmann.

»Wo treiben die Wolfs solche Mordbuben wie dich auf?«

»Was geht's dich an?«

»Du bist Amerikaner. Die haben dich nicht einfach von der Straße geholt. Du musst beim Militär gewesen sein, bei einer Eliteeinheit, wenn ich mich nicht irre. Und jetzt bist du der Familie Wolf so treu ergeben, dass es alle Vernunft übersteigt. Warum?«

»Sein Leben für das Vierte Reich hinzugeben ist eine Ehre. Die Gewissheit, dass meine Frau und meine Söhne an Bord der *Ulrich Wolf* in Sicherheit sein werden, wenn die ganze Welt untergeht, ist mir Lohn genug. Und das gilt für uns alle.«

»Das ist also eure Lebensversicherung.«

»Ein Mensch mit Familie«, sagte Giordino verwundert. »Ich hätte schwören können, der ringelt sich ein und legt Eier.«

»Was nutzt denn ein Bankkonto mit einer Milliarde Dollar, wenn die ganze Welt untergeht?«

»Ich kann Pessimisten nicht ausstehen«, sagte Giordino, als er dem Söldner den Kolben seiner Automatik über den Nacken zog und ihn bewusstlos neben seinen Kameraden niederstreckte. Fast im gleichen Augenblick wurde im ganzen Gebäude Alarm gegeben. »Das war's dann. Wir müssen uns den Weg aus der Stadt freischießen.«

»Mit Anstand und Köpfchen«, sagte Pitt scheinbar ungerührt. »Immer mit Anstand und Köpfchen.«

Sechs Minuten später hielt der Fahrstuhl im Foyer an, und die Tür ging auf. Rundum standen und knieten fast zwei Dutzend Männer, die allesamt automatische Waffen angelegt hatten und auf den Aufzug zielten.

Zwei Männer in den schwarzen Overalls des Sicherheitsdienstes, die Mützen fast bis auf die Augen heruntergezogen, rissen die

Hände hoch und schrien mit gesenktem Kopf auf Englisch und auf Spanisch: »Nicht schießen. Wir haben die beiden Eindringlinge erledigt!« Dann packten sie zwei mit orangefarbenen Overalls gekleidete Gestalten an den Füßen, zerrten sie auf den Marmorboden im Foyer und luden sie kurzerhand ab. »Es sind noch mehr, die hatten Helfershelfer im Haus«, sagte Giordino aufgeregt. »Sie haben sich im zehnten Stock verschanzt.«

»Wo ist Max?«, fragte ein Wachmann, der offenbar das Kommando hatte.

Pitt, der die Hand vors Gesicht hielt und so tat, als wische er sich den Schweiß ab, drehte sich um und deutete nach oben. »Wir mussten ihn zurücklassen«, sagte Giordino. »Er wurde im Kampf verwundet. Schnell, holt einen Arzt.«

Die erstklassig ausgebildeten Sicherheitskräfte teilten sich in zwei Trupps auf. Der eine stieß zum Aufzug vor, der andere stürmte die Feuertreppe hinauf. Pitt und Giordino, die über den beiden bewusstlosen Wachmännern knieten, die sie aus dem Fahrstuhl geschleppt hatten, und so taten, als untersuchten sie sie, nutzten die Gelegenheit und verzogen sich leise.

»Ich kann kaum glauben, dass wir das hingekriegt haben«, sagte Giordino, als sie sich eine Elektrokarre organisierten und zu dem Kai fuhren, an dem die *Ulrich Wolf* vertäut war.

»Glück gehabt. Die waren so drauf versessen, die Eindringlinge zu schnappen, dass sie uns nicht weiter beachtet haben. Sonst hätten sie gemerkt, dass wir nicht dazugehören.«

»Meine Wachdienstuniform ist zu lang und zu eng. Was ist mit deiner?«

»Zu kurz und zu weit, aber wir können jetzt nicht zum Schneider gehen«, brummte Pitt, während er mit dem Wagen auf den ersten Pier zusteuerte und um einen hoch aufragenden Kran herumkurvte, der schwerfällig auf seinem Gleisbett dahinrollte. Er hatte das Gaspedal bis zum Anschlag durchgetreten, doch die Karre fuhr höchstens zwanzig Sachen – ein fürchterliches Schneckentempo.

Sie fuhren an der schwimmenden Stadt entlang, wobei sie ständig irgendwelchen Hindernissen ausweichen mussten. Mittlerweile tummelten sich noch mehr Arbeiter auf dem Pier, viele davon ebenfalls mit Elektrokarren unterwegs, andere mit Fahrrädern und gelegentlich auch ein paar auf Rollerblades. Immer wieder musste Pitt auf die Bremse treten, damit er keinen Unfall baute. Schauerleute liefen ihnen in den Weg, ohne auf sie zu achten, riesige Gabelstabler kamen ihnen in die Quere, rollten die Rampen hoch und verschwanden in den riesigen Frachträumen. Zahllose Fäuste wurden ihnen entgegengereckt, wilde Flüche hinterhergerufen, als Pitt im Slalom zwischen Menschen und Material hindurchkurvte.

Wenn sie die schwarzen Uniformen nicht getragen hätten, die sie den Wachmännern im Fahrstuhl abgenommen hatten, wären sie garantiert angehalten und verprügelt worden. Plötzlich sah Pitt, wie sie auf das Schiff gelangen konnten, ohne über die endlos langen Gangways klettern zu müssen. Er riss das Lenkrad jäh nach rechts und fuhr mit der Karre eine Rampe hinauf, auf der sich im Augenblick kein anderes Fahrzeug befand, quer über das Hauptdeck und auf der anderen Seite eine weitere Rampe hinab, mitten in den Bauch des Schiffes. In einem riesigen Frachtraum mit breiten Gängen, die wie in einem Lagerhaus in alle Richtungen führten, entdeckte Pitt einen Mann in einem roten Overall, der anscheinend für das Verstauen von Proviant und Ausrüstung zuständig war. Er erklärte Giordino, was er ihn auf Spanisch fragen sollte, und hielt neben ihm an.

»Ein Notfall auf Ebene sechs, Sektion K«, rief Giordino. »Wie kommen wir am schnellsten dorthin?«

»Wisst ihr das nicht?«, fragte der Mann, als er die schwarzen Uniformen des Sicherheitsdienstes sah.

»Wir sind gerade vom Küstenwachdienst hierher versetzt worden«, antwortete Giordino, »und kennen uns auf der *Ulrich Wolf* noch nicht aus.«

Der Wachmann nahm ihnen offensichtlich ab, dass sie zum Wachpersonal gehörten und zu einem Notfall gerufen worden waren. Er deutete auf einen Gang. »Da entlang bis zum zweiten Aufzug rechts. Stellt eure Karre dort ab und fahrt damit rauf zu Oberdeck vier. Bei E-Bahn-Station vier kommt ihr raus. Ihr fahrt mit der E-Bahn bis zu Sektion K. Dann nehmt ihr den Gang, der in die Mitte des Schiffs führt und erkundigt euch in der Wachstube nach der betreffenden Wohneinheit. Es sei denn, ihr wisst das bereits.«

»Eine amerikanische Wissenschaftlerin und ihre Tochter werden dort verwahrt.«

»Keine Ahnung, wo das sein könnte. Da müsst ihr entweder den Chef vom Sicherheitsdienst oder den Leiter von Sektion K fragen.«

»Muchas gracias«, rief ihm Giordino über die Schulter gewandt zu, als Pitt bereits auf den Gang zuhielt. »So weit, so gut, sagte der Mann, der vom Empire State Building sprang, bevor er unten aufschlug. Mein Kompliment«, fügte er dann hinzu. »Die orangen Knackiklamotten gegen die schwarzen Uniformen vom Sicherheitsdienst einzutauschen war ein Geniestreich.«

»Es war das Einzige, was mir eingefallen ist«, erwiderte Pitt bescheiden.

»Wie viel Zeit haben wir deiner Meinung nach, bis sie uns den Fluchtweg abschneiden?«

»Wenn du dem Wachmann einen kräftigen Schlag verpasst hast, kommt er nicht so schnell wieder zu sich. In den nächsten zehn Minuten werden sie allenfalls feststellen, dass wir zur *Ulrich Wolf* gefahren und an Bord gegangen sind. Aber sie wissen nach wie vor nicht, wer wir sind und was wir vorhaben.«

Sie hielten sich an die Anweisungen des Frachtmeisters und stellten die Karre neben dem zweiten Aufzug ab. Die Kabine war riesengroß, offenbar für schwere Lasten gebaut. Etliche Arbeiter schafften eine Palette voller Konservendosen nach oben. Pitt und Giordino schlossen sich ihnen an und stiegen auf Ebene sechs aus, in unmittelbarer Nähe des Bahnsteigs, der sich über zwei rund um das Schiff führende Schienenstränge erhob. Fünf Minuten lang gingen sie ungeduldig auf und ab, bis ein elektrisch betriebener Zug mit fünf Wagen, außen hellgelb gespritzt, innen in zartem Violett gehalten, fast lautlos anhielt. Mit einem leisen Zischen gingen die Türen auf. Sie stiegen in den ersten Wagen, in dem sich rund vierzig Sitzplätze, aber nur etwa halb so viele Fahrgäste befanden, alle mit Overalls in den verschiedensten Farben uniformiert. Wie selbstverständlich setzte sich Giordino neben eine attraktive Frau mit silberblonden Haaren und blauen Augen, die einen hellen, blaugrauen Overall trug. Pitt wäre fast zusammengezuckt, als er ihr Gesicht sah und die typischen Züge einer Wolf erkannte.

Sie schaute sie an und lächelte. »Ihr müsst Amerikaner sein«, sagte sie auf Englisch, mit einem leichten spanischen Akzent.

»Woher wollen Sie das wissen?«, fragte Pitt.

»Der Großteil unserer Sicherheitskräfte wurde beim amerikanischen Militär geworben«, erwiderte sie.

»Sie sind ein Mitglied der Familie Wolf«, sagte er leise, ehrfürchtig fast, wie es sich für einen untertänigen Diener geziemte.

Sie lachte fröhlich. »Außenstehenden muss es so vorkommen, als ob wir lauter eineiige Zwillinge wären.«

»Ihre Ähnlichkeit untereinander ist ziemlich verblüffend.«

»Wie heißen Sie?«, fragte sie mit herrischem Unterton.

»Dirk Pitt.« Mindestens ebenso dumm wie dreist, dachte er, während er ihre Augen musterte. Keine Reaktion. Offensichtlich war sie noch nicht vor ihm gewarnt worden. »Mein kleiner Freund hier heißt Al Capone.«

»Rosa Wolff«, sagte sie ihrerseits.

»Es ist eine große Ehre für uns, Miss Wolf«, sagte Pitt, »dass wir an dem gewaltigen Unternehmen Ihrer Familie teilhaben dürfen. Die *Ulrich Wolf* ist ein wahres Meisterwerk. Mein Freund und ich sind erst vor zwei Wochen von der Marineinfanterie abgeworben worden. Ich bin von Herzen dankbar dafür, dass ich einer Familie dienen darf, die etwas derart Geniales vollbracht hat.«

»Mein Vetter Karl war die treibende Kraft. Er hat die *Ulrich Wolf* und die drei anderen schwimmenden Städte des Vierten Reiches bauen lassen«, erklärte Rosa Wolf voller Stolz, sichtlich angetan von Pitts Lob. »Er hat die besten Schiffbauingenieure der Welt hierher geholt und sie mit der Konstruktion unserer Archen betraut, von der Planung bis zur Fertigstellung, und alles unter strengster Geheimhaltung. Das Unterschiff wird nicht nur durch die Rumpfwand geschützt, wie bei den meisten Kreuzfahrtdampfern oder Tankern, sondern es besteht aus insgesamt neunhundert Zellen, die alle untereinander wasserdicht abgeschottet werden können. Selbst wenn bei der gewaltigen Flutwelle, mit der nach dem Einschlag des Kometen zu rechnen ist, einhundert Zellen beschädigt und geflutet werden, liegen unsere Schiffe lediglich fünfundzwanzig Zentimeter tiefer im Wasser.«

»Wirklich erstaunlich«, sagte Giordino, der so tat, als wäre er völlig begeistert. »Was ist mit dem Antrieb?«

»Neunzig Dieselmotoren zu je zehntausend PS, mit denen das Schiff bis zu fünfundzwanzig Knoten Fahrt machen kann.«

»Eine schwimmende Stadt für fünfzigtausend Menschen, die rund um die Welt fahren kann«, sagte Pitt. »Kaum zu glauben.«

»Von wegen fünfzigtausend, Mr. Pitt. Wenn die Zeit gekommen ist, wird dieses Schiff einhundertfünfundzwanzigtausend Menschen befördern. Und auf den anderen drei finden jeweils weitere fünfzigtausend Platz, insgesamt also zweihunderfünfundsiebzigtausend Menschen, alle hervorragend ausgebildet und eigens dazu herangezogen, um aus der Asche, in der die alten, überkommenen Demokraten versunken sind, das Vierte Reich erstehen zu lassen.«

Pitt verkniff sich jeden Kommentar, so gern er ihr auch Kontra gegeben hätte, und schaute stattdessen aus dem Fenster. Unmittelbar neben dem Gleis erstreckte sich ein künstlich angelegter Park, der gut einen Hektar groß war, mit Joggingpfaden und Radwegen, die zwischen den Bäumen hindurchführten, an Teichen vorbei, auf denen Schwäne, Gänse und Enten schwammen. Einmal mehr erschreckte ihn die schiere Größe dieses Projekts.

Rosa bemerkte den gebannten Blick, mit dem er die Landschaft draußen betrachtete. »Einer von vielen Parks. Wir haben hier insgesamt zweihundert Hektar Erholungs- und Freizeitgebiete. Haben Sie schon unsere Sportanlagen gesehen, die Schwimmbäder und die Thermen?«

Pitt schüttelte den Kopf. »Dazu war die Zeit zu knapp.«

»Sind Sie verheiratet? Haben Sie Kinder?«

Pitt dachte an das Gespräch mit dem Wachmann und nickte. »Einen Sohn und eine Tochter.«

»Wir haben die besten Lehrkräfte und Erzieher der Welt für unsere diversen Bildungseinrichtungen angeworben, von der Vorschule bis zur Universität.«

»So was hört man gern.«

»Für Sie und Ihre Frau stehen Theater zur Verfügung, Fortbildungskurse und Seminare, Bibliotheken und Galerien mit alten Kunstschätzen. Außerdem haben wir Räume, in denen die Artefakte aufbewahrt werden, die uns von den Ahnen hinterlassen wurden, damit man sie untersuchen kann, während wir darauf warten, dass sich die Erde wieder von der Katastrophe erholt.«

»Die Ahnen?«, fragte Pitt, der sich bewusst dumm stellte.

»Unsere Vorfahren, die einst die Antarktis entdeckten, die Amenes. Sie schufen eine Hochkultur, die vernichtet wurde, als vor neuntausend Jahren ein Komet auf der Erde einschlug.«

»Von denen habe ich noch nie was gehört«, mischte sich Giordino ein.

»Unsere Wissenschaftler untersuchen ihre Aufzeichnungen, damit wir wissen, was uns in den kommenden Monaten und Jahren erwartet.«

»Wie lange wird es Ihrer Meinung nach dauern, bis wir wieder das Land bestellen können?«, fragte Pitt.

»Fünf, vielleicht auch zehn Jahre, ehe wir eine neue Weltordnung begründen können«, erklärte Rosa.

»Können so viele Menschen denn so lange versorgt werden?«

»Sie dürfen die anderen Schiffe nicht vergessen«, erwiderte sie großspurig. »Die Flotte wird sich ganz und gar selbst versorgen. »Die *Karl Wolf* verfügt über zwanzigtausend Hektar landwirtschaftliche Anbauflächen, auf denen bereits Feldfrüchte gepflanzt und Obsthaine angelegt wurden. Die *Otto Wolf* wird tausende von Tieren befördern, die uns sowohl als Nahrung als auch zur Zucht dienen werden. Die *Hermann Wolf* schließlich ist ein reiner Frachter. Auf ihr werden sämtliche Geräte, Maschinen und Materialien verstaut, die wir zum Bau neuer Städte, Dörfer, Bauernhöfe und Verkehrswege benötigen werden, wenn wir wieder festen Boden betreten können.«

Giordino deutete auf eine Leuchtschrift über den Türen. »Sektion K kommt gleich.«

»War mir ein großes Vergnügen, Sie kennen gelernt zu haben, Miss Wolf«, sagte Pitt. »Ich hoffe, Sie grüßen Ihren Cousin Karl von mir.«

Sie schaute ihn einen Moment lang fragend an, dann nickte sie. »Wir werden uns sicherlich wieder begegnen.«

Der Zug hielt an, und Pitt und Giordino stiegen aus. Vom Bahnsteig aus gelangten sie in eine Art Vorraum, von dem in alle Richtungen Gänge wegführten wie die Speichen eines Rades.

»Wohin jetzt?«, fragte Giordino.

»Wir halten uns genau in Richtung Schiffsmitte und folgen den Schildern zur Sektion K«, sagte Pitt und zog in Richtung des mittleren Ganges los. »Die Wachstube wollen wir lieber meiden wie die Pest.«

Sie gingen den schier endlosen Korridor entlang, an nummerierten Türen vorbei, die zum Teil offen waren, weil die Zimmer gerade eingerichtet wurden. Sie schauten hinein und sahen geräumige Unterkünfte, die sich mit jedem Luxusappartement messen konnten. Jetzt wurde Pitt klar, weshalb der Wachmann von Wohneinheiten gesprochen hatte. Die Menschen an Bord sollten so bequem und komfortabel wie möglich leben, während sie darauf warteten, dass sie sich wieder an Land niederlassen konnten.

Alle zehn Meter hingen Gemälde an den Wänden zwischen den Türen zu den einzelnen Wohneinheiten. Giordino blieb kurz stehen und betrachtete eine Landschaft in leuchtenden Farben. Er beugte sich weiter vor und musterte die krakelige Signatur des Künstlers.

»Das kann nie und nimmer ein van Gogh sein«, sagte er ungläubig. »Es muss eine Fälschung oder eine Imitation sein.«

»Das ist echt«, sagte Pitt im Brustton der Überzeugung. Er deutete auf andere Kunstwerke an den Wänden. »Die Bilder stammen sicher aus Museen und den Privatsammlungen von Holocaust-Opfern und wurden von den Nazis im Zweiten Weltkrieg geraubt.«

»Wie nobel von denen, dass sie Kunstschätze retten wollen, die ihnen nie gehört haben.«

»Die Wolfs wollen die großen Meisterwerke in ihr gelobtes Land schaffen.«

Woher wollten die Wolfs so genau wissen, dass der Komet bei seiner Rückkehr die Erde traf?, fragte sich Pitt. Warum glaubten die nicht, dass er sie wieder verfehlte, so wie vor neuntausend Jahren? Derzeit wusste er darauf keine Antwort, aber er war fest entschlossen, eine Erklärung dafür zu finden, sobald sie Pat und ihre Tochter heil von der Werft weggebracht hatten.

Nach Giordinos Schätzung hatten sie rund einen halben Kilometer zurückgelegt, als sie zu einer großen Tür mit der Aufschrift »Sicherheitsdienst, Sektion K« kamen. Rasch gingen sie daran vorbei und stießen schließlich auf einen geschmackvoll ausgestatteten Empfangsbereich mit allerlei Tischen, Sesseln und Sofas, die vor einem großen offenen Kamin standen. Es hätte durchaus das Foyer eines Fünf-Sterne-Hotels sein können. Ein Mann und eine Frau in grünen Overalls saßen unter einem Bild der Arche Noah an der Rezeption.

»Irgendeiner von den Führungskräften muss einen Farbenfimmel haben«, grummelte Giordino vor sich hin

»Frag sie, wo sich die amerikanische Epigrafikerin aufhält, die die alten Inschriften entziffert«, wies Pitt ihn an.

»Woher, zum Teufel, soll ich wissen, was ›Epigrafikerin‹ auf Spanisch heißt?«

»Denk dir was aus.«

Giordino verdrehte die Augen und wandte sich an die Frau am Schalter, weil er sich von ihr mehr versprach als von ihrem Kollegen.

»Wir sollen Dr. O'Connell und ihre Tochter in einen anderen Bereich des Schiffes bringen«, sagte er leise, darum bemüht, seinen amerikanischen Akzent zu dämpfen.

Die Frau, eine herbe, fast männlich wirkende Schönheit mit hellem Teint und einem strengen Dutt blickte zu Giordino auf und stellte fest, dass er die Uniform des Sicherheitsdienstes trug. »Wieso hat man uns nicht vorher verständigt, dass sie verlegt werden soll?«

»Ich habe es auch erst vor zehn Minuten erfahren.«

»Ich sollte mir das bestätigen lassen«, sagte die Frau förmlich.

»Mein Vorgesetzter ist schon unterwegs. Ich schlage vor, Sie warten und regeln die Sache mit ihm.«

Sie nickte. »Ja, das werde ich tun.«

»Inzwischen können Sie uns ja schon mal sagen, in welcher Wohneinheit sie sich aufhält, damit wir sie auf den Umzug vorbereiten.«

»Wissen Sie das etwa nicht?«, fragte die Frau, die allmählich misstrauisch wurde.

»Woher denn?«, fragte Giordino unschuldig. »Als Sektionsleiterin sind doch Sie für sie zuständig. Mein Kamerad und ich wollten ja nur höflich sein und uns erst bei Ihnen erkundigen, statt einfach reinzuplatzen und sie zu holen. Wenn Sie mir jetzt verraten würden, wo sie ist, warten wir, bis mein Vorgesetzter da ist und Ihnen die entsprechende Vollmacht vorlegt, falls Sie dann besser schlafen können.«

Die Sektionsleiterin gab nach. »Sie finden Dr. O'Connell in Wohneinheit K-37. Aber ich kann Ihnen keinen Schlüssel für die Tür geben, solange ich keinen schriftlichen Befehl vorliegen habe.«

»Wir müssen ja nicht gleich rein«, sagte Giordino mit einem Achselzucken. »Wir bleiben draußen stehen und warten.« Er bedeutete Pitt mit einer knappen Kopfbewegung, dass er ihm folgen sollte, und steuerte den Gang an, durch den sie gekommen waren. »Sie wird in K-37 festgehalten«, sagte er, sobald sie außer Hörweite waren. »Ich glaube, wir sind auf dem Weg hierher an den Wohneinheiten mit der Ziffer drei vorbeigekommen.«

»Wird ihre Unterkunft bewacht?«, fragte Pitt.

»Da ich Wachschutzmontur trage, sollte ich vermutlich wissen, ob man Posten aufgestellt hat. Nein, ich hatte keine Lust, sie darauf anzusprechen.«

»Halten wir uns lieber ran«, sagte Pitt. »Die müssten inzwischen hinter uns her sein.«

Als sie sich K-37 näherten, sahen sie einen Posten vor der Tür stehen. Giordino ging locker und lässig zu ihm. »Du wirst abgelöst.«

Der Wachmann, der gut einen Kopf größer war als der stämmige Italiener, musterte Giordino mit fragendem Blick. »Ich habe noch zwei Stunden Dienst.«

»Sei doch froh, dass man uns zu früh hergeschickt hat.«

»Du kommst mir überhaupt nicht bekannt vor«, sagte der Wachmann unsicher.

»Du mir auch nicht.« Giordino wandte sich ab. »Dann eben nicht. Mein Kamerad und ich warten in der Kantine, bis dein Dienst zu Ende ist.«

Der Wachmann schlug augenblicklich einen anderen Ton an. »Nein, nein, etwas mehr Freizeit kann ich gut gebrauchen. Dann komme ich wenigstens zum Schlafen.« Ohne sich noch weiter aufhalten zu lassen, entfernte er sich raschen Schrittes und ging zum Fahrstuhl.

»Eine gelungene Vorstellung«, sagte Pitt.

»Ich besitze eben Überzeugungskraft«, versetzte Giordino grinsend.

Sobald der Wachmann in den Fahrstuhl am Ende des Korridors gestiegen war, trat Pitt mit aller Kraft gegen die Tür und sprengte das Schloss. Noch ehe die Tür innen anschlug, stürmten sie in die Unterkunft. Ein junges Mädchen in einem blauen Overall stand in der Küche und trank gerade ein Glas Milch. Vor Schreck ließ sie das Glas auf den Teppichboden fallen. Pat, die ebenfalls einen blauen Overall trug, kam mit wehenden roten Haaren aus dem Schlafzimmer gestürmt. Wie erstarrt blieb sie in der Tür stehen, schaute Pitt und Giordino erst ungläubig, dann fassungslos an, öffnete den Mund, als wollte sie etwas sagen, brachte aber keinen Ton hervor.

Pitt ergriff ihren Arm, während sich Giordino das Mädchen schnappte. »Für Küsse und Umarmungen ist keine Zeit«, sagte er kurz angebunden. »Wir müssen unsere Maschine erwischen.«

»Wo kommt ihr zwei schönen Männer denn her«, murmelte sie schließlich ungläubig, so als begreife sie immer noch nicht, wie ihr geschah.

»Ich weiß nicht, ob ich unbedingt als schön bezeichnet werden möchte«, sagte Pitt, als er sie um die Taille fasste und zur aufgebrochenen Tür zog.

»Warte!«, rief sie und wand sich aus seinem Arm. Sie stürmte noch einmal hinein und kehrte im nächsten Moment mit einem kleinen Aktenkoffer zurück, den sie an ihre Brust drückte.

Sie hatten jetzt keine Zeit mehr für Vorsichtsmaßnahmen und heimliches Erkunden – falls sie das überhaupt vorgehabt hatten. Sie stürmten die langen Korridore entlang, vorbei an Arbeitern, die letzte Hand an das Schiff legten und sie verwundert anstarrten. Aber niemand machte Anstalten, sie aufzuhalten oder ihnen Fragen zu stellen.

Mittlerweile, davon war Pitt überzeugt, war höchstwahrscheinlich Alarm ausgelöst worden, und der bloße Gedanke an einen Zusammenstoß mit den erbarmungslosen Wolfs spornte ihn an. Sie mussten schleunigst vom Schiff herunter, sich zum anderen Ende des Piers durchschlagen, im Wasser verschwinden und drei Kilometer weit durch den kalten Fjord schwimmen. Aber damit war es noch nicht getan. Mit den Scootern kamen sie zwar schneller voran als mit bloßer Körperkraft, aber trotzdem würden Pat und ihre Tochter vermutlich an Unterkühlung sterben, ehe sie die Felsrinne und das Skycar erreichten.

Und seine Befürchtungen nahmen schlagartig zu, als schrille Sirenentöne über das ganze Werftgelände hallten, kaum dass sie beim nächsten Aufzug waren.

Bislang war ihnen das Glück hold. Der Aufzug stand mit offener Tür auf Ebene sechs. Drei Männer in roten Overalls waren gerade dabei, Büromöbel auszuladen. Wortlos und ohne jede Erklärung drängten Pitt und Giordino die verdutzten Packer ins Foyer, schoben Pat und ihre Tochter in die Kabine und fuhren keine fünfzehn Sekunden später nach unten.

In der kurzen Verschnaufpause, die ihnen vergönnt war, lächelte Pitt Pats Tochter an, ein hübsches junges Mädchen mit schimmerndem topasfarbenem Haar und leuchtend blauen Augen. »Wie heißt du?«

»Megan«, sagte sie und blickte ihn ängstlich und mit weit aufgerissenen Augen an.

»Atme tief durch und beruhige dich«, sagte er leise. »Ich heiße Dirk, und der stämmige kleine Kerl hier ist mein Freund Al. Wir werden euch sicher nach Hause bringen.«

Seine Worte beruhigten sie sichtlich, und ihre Miene wirkte nicht mehr furchtsam, sondern nur mehr bang und besorgt. Offensichtlich vertraute sie ihm, aber umso mulmiger war Pitt dabei zu Mute, denn er hatte keine Ahnung, was sie erwartete, wenn der Aufzug unten anhielt und die Tür aufging. Sie konnten sich nicht einfach den Weg freischießen, nicht jetzt, wo sie die Frauen dabei hatten.

Die Befürchtungen erwiesen sich als grundlos. Auf dem Frachtdeck erwarteten sie keine Wachmannschaften mit gezogenen Waffen. »Ich habe keine Ahnung, wie's weiter geht«, sagte er und blickte auf das Ganglabyrinth.

Giordino grinste betreten. »Zu schade, dass wir keinen Stadtplan mitgenommen haben.«

Pitt deutete auf eine Elektrokarre, die vor einer Tür mit der Aufschrift »Schaltraum« stand. »Das ist die Rettung«, sagte er, sprang auf den Fahrersitz und drehte den Zündschlüssel um. Die anderen waren kaum eingestiegen, als er bereits das Gaspedal bis zum Anschlag durchtrat. Da ihm sein elektronischer Wegweiser diesmal nichts nützte, fuhr er auf gut Glück los, über die E-Bahn-Gleise hinweg, und stieß prompt auf einen breiten Gang, der zu einer der Laderampen am Pier führte.

Die Wachmannschaften, die ihm so viel Kopfzerbrechen bereiteten, waren inzwischen angerückt.

Sie sprangen von ihren Lastwagen, schwärmten am Pier aus und bauten sich mit gezogenen, schussbereiten Waffen rund um die Laderampen auf. Pitts Schätzung nach mussten es mindestens vierhundert Mann sein, ganz zu schweigen von den tausend weiteren, die bereits an Bord des Schiffes waren. Augenblicklich erkannte er, in welcher Klemme sie steckten. »Festhalten!«, rief er. »Ich fahre zum Aufzug zurück.« Er trat die Bremse durch, riss die Karre herum und fuhr durch den breiten Gang zurück.

Giordino blickte zurück, sah aber nichts als Männer in schwarzen Overalls, die wie Ameisen über den Pier wimmelten. »Ich kann es nicht leiden, wenn was nicht läuft«, sagte er mürrisch.

»Hier kommen wir nie raus.« Pat brach ab und umklammerte ihre Tochter. »Diesmal nicht.«

Pitt schaute zu Giordino. »Gab's im Krieg nicht ein altes Lied mit dem Refrain ›Wir haben's schon mal geschafft, wir schaffen es auch wieder‹?«

»Der Zweite Weltkrieg war vor meiner Zeit«, sagte Giordino »Aber ich weiß, worauf du hinauswillst.«

Kurz darauf kamen sie zu dem Aufzug, aber Pitt hielt nicht an. Die Tür war noch offen, und er fuhr hinein, kurz bevor sie zuging. Er drückte den Knopf zu Ebene sechs, zog seinen 45er und winkte Giordino kurz zu, worauf auch der zur Waffe griff. Sobald die Tür aufging, sahen sie die drei Möbelpacker vor sich, die sie aus dem Aufzug gedrängt hatten. Immer noch sichtlich verdutzt, schrien sie winkend und wild gestikulierend auf einen Mann in einem gelben Overall ein, der anscheinend einen höheren Posten bekleidete. Als sie Pitt und Giordino sahen, die mit der Karre blindwütig aus dem

Aufzug preschten, die Waffen gezogen und im Anschlag, erstarrten die vier Männer und rissen die Hände hoch.

»Rein in den Aufzug!«, befahl Pitt.

Die vier Männer standen verständnislos da, bis Giordino den Befehl auf Spanisch wiederholte.

»Tut mir Leid«, sagte Pitt betreten. »Hab ich im Eifer des Gefechts ganz vergessen.«

»Es sei dir vergeben«, erwiderte Giordino.

Anschließend griffen sie auf den bewährten Trick zurück, der sie schon im Verwaltungsgebäude gerettet hatte. Sechs Minuten später waren sie wieder unterwegs und ließen die vier Männer, die mit Klebeband gefesselt und nur mehr in ihrer Unterwäsche am Boden lagen, im Aufzug zurück. Sobald die Tür aufging, stieß Pitt mit der Karre aufs Frachtdeck, hielt an und rannte zurück. Er schickte den Aufzug nach oben, blockierte die Bedienungsknöpfe und sprang hinaus, bevor die Tür zuging. Dann folgte er den Wegweisern und fuhr zur E-Bahn. Drei von ihnen trugen jetzt die roten Overalls der im Schiff beschäftigten Arbeiter, während der vierte – er – in der gelben Uniform eines Gruppenführers steckte.

An einer Kreuzung kurz vor der Bahnstation waren bereits Sicherheitskräfte postiert. Einer von ihnen trat ihnen entgegen und hob die Hand. Gemächlich hielt Pitt an und schaute den Wachmann fragend an.

Da der Posten nicht wusste, dass Pat und ihre Tochter aus ihrem Quartier befreit worden waren, wunderte er sich nicht weiter, als er zwei Frauen in Frachtarbeiteruniform sah, denn hier gab es viele Gabelstapler- und Zugmaschinenfahrerinnen. Pat drückte den Arm ihrer Tochter, damit sie keinen Laut von sich gab, und zog ihren Kopf zu sich, sodass der Wachmann nicht sehen konnte, wie jung sie war.

Pitt war davon ausgegangen, dass ihn der gelbe Overall, den er sich besorgt hatte, als Respektperson auswies, und der ergebene Blick, den ihm der Posten zuwarf, bestätigte ihm, dass er Recht gehabt hatte.

»Was geht hier vor?«, erkundigte sich Giordino, dessen Spanisch durch die viele Übung immer besser wurde.

»Zwei als Sicherheitskräfte verkleidete Eindringlinge haben sich auf das Werftgelände geschlichen und sollen sich an Bord der *Ulrich Wolf* befinden.«

»Eindringlinge? Warum habt ihr sie nicht aufgehalten, bevor sie auf die Werft gelangen konnten?«

»Keine Ahnung«, erwiderte der Wachmann. »Ich weiß nur, dass sie bei einem Fluchtversuch vier unserer Kameraden umgebracht haben.«

»Vier Tote«, sagte Giordino betroffen. »Eine Schande. Hoffentlich erwischt ihr das Mörderpack. Stimmt's, Leute?« Er wandte sich an die anderen und nickte voller Nachdruck.

»Sí, sí«, rief Pitt zustimmend und versuchte, so entrüstet wie möglich zu wirken.

»Wir müssen jeden überprüfen, der das Schiff verlassen oder an Bord gehen will«, beharrte der Wachmann. »Zeigt mir eure Ausweise.«

»Sehen wir etwa aus wie Eindringlinge, die sich als Sicherheitskräfte verkleidet haben?«, fragte Giordino unwirsch.

Der Posten schüttelte den Kopf und lächelte. »Nein.«

»Dann lass uns durch!« Giordinos Stimme klang plötzlich kalt und herrisch. »Wir müssen noch viel Fracht verstauen und können es uns nicht leisten, hier rumzuhocken und mit dir zu plaudern. Ich komme sowieso schon zu spät zu der Besprechung mit Karl Wolf. Ich rat dir, aus dem Weg zu gehen, es sei denn, du willst zurückgelassen werden, wenn der Komet kommt.«

Derart unter Druck gesetzt, senkte der Posten seine Waffe und gab klein bei. »Entschuldigt, dass ich euch aufgehalten habe.«

Pitt, der den Wortwechsel nicht verstanden hatte, trat erst auf das Gaspedal der Karre, als Giordino ihm den Ellbogen in die Rippen rammte. Da er es für besser hielt, wenn sie nach wie vor wie gewöhnliche Werftarbeiter wirkten, die in dienstlichem Auftrag unterwegs waren, riss er sich zusammen und fuhr so gemächlich wie möglich zur nächsten Bahnstation. Mit einer Hand lenkte er, mit der anderen bediente er das Globalstar-Telefon.

Sandecker drückte beim ersten Klingelton auf die Lautsprechertaste. »Ja?«

»Pizza-Lieferservice Schiefer Turm. Ihre Bestellung ist unterwegs.«

»Meinen Sie, Sie finden den Weg zu mir?«

»Das schon, aber wir wissen nicht genau, ob wir rechtzeitig eintreffen, bevor die Pizza kalt ist.«

»Ich hoffe doch, Sie beeilen sich«, sagte Sandecker, der sich zusammennehmen musste, damit man ihm die Erregung nicht anmerkte. »Wir haben allmählich Hunger.«

»Es herrscht dichter Verkehr. Wir werden uns bemühen.«

»Ich lasse eine Lampe an.« Sandecker legte den Hörer auf und blickte Admiral Holzapfel mit bedrückter Miene an. »Entschuldigen Sie das alberne Gerede, Admiral.«

»Ich habe dafür vollstes Verständnis«, sagte der alte U-Boot-Kommandant.

»Wie sieht's bei denen aus?« fragte Little.

»Nicht gut«, erwiderte Sandecker. »Sie haben Dr. O'Connell und ihre Tochter, stecken aber gewaltig in der Klemme. »Dichter Verkehr« bedeutet, dass sie von den Wolfschen Sicherheitskräften verfolgt werden.«

Little blickte Sandecker an. »Wie stehen Ihrer Meinung nach die Chancen, dass sie heil davonkommen?«

»Chancen?« Sandecker wirkte gequält. Er sah aus, als wäre er innerhalb der letzten Stunde um zehn Jahre gealtert. »Schlecht.«

31

Der Zug fuhr langsam aus dem Bahnhof und begegnete einer anderen E-Bahn, die in die entgegengesetzte Richtung fuhr. Obwohl er allmählich schneller wurde und schließlich mit fast fünfzig Stundenkilometern über die Gleise glitt, hatte Pitt das Gefühl, als kröche er nur dahin. Am liebsten wäre er ausgestiegen und hätte ihn angeschoben. Ein Bahnhof nach dem anderen kam, alle mit Buchstaben des Alphabets ausgeschildert, und jedes Mal rechneten sie damit, dass Sicherheitskräfte den Zug stürmen und sie ergreifen würden. Als der

Zug auf Station W hielt, ohne dass etwas geschah, fasste Pitt neue Hoffnung, doch auf Station X verließ sie das Glück.

Sechs Wachmänner in schwarzen Uniformen stiegen im hintersten Wagen ein und überprüften die Ausweiskarten der Fahrgäste, die sie, wie Pitt erst jetzt feststellte, an einer Art Armband am Handgelenk trugen. Er verfluchte sich, dass er nicht früher darauf gekommen war, sonst hätten sie die Ausweise der Möbelpacker stehlen können. Zu spät fiel ihm ein, dass die Wachen ausdrücklich nach Leuten Ausschau halten würden, die keine Ausweise hatten. Aber er bemerkte auch, dass sie alle Arbeiter in roten oder gelben Overalls besonders eingehend überprüften.

»Sie kommen näher«, stellte Giordino gelassen fest, als die Wachmänner den zweiten der insgesamt fünf Wagen betraten.

»Einer nach dem andern geht zum ersten Wagen«, sagte Pitt. »Aber langsam und locker.«

Ohne ein Wort mit ihm zu wechseln, zog Giordino los, gefolgt von Megan und Pat. Pitt kam als Letzter.

»Bis zur nächsten Station könnten wir es schaffen, bevor sie in unserem Wagen sind«, sagte Giordino. »Aber es wird eng.«

»Ich bezweifle, dass wir so leicht davonkommen«, sagte Pitt grimmig. »Vermutlich warten dort auch schon welche.«

Er ging nach vorn und schaute durch das Fenster in der Tür, die zu der kleinen Führerkabine des Zuges führt. Vor sich sah er das Steuerpult mit allerlei Lichtern, Knöpfen und Schaltern, aber keinen Fahrer. Der Zug fuhr vollautomatisch. Er versuchte die Tür zu öffnen, war aber nicht überrascht, als sie verschlossen war.

Er musterte die Zeichen und Markierungen am Steuerpult. Vor allem eins fiel ihm ins Auge. Er zog den Colt und schlug mit dem Kolben die Fensterscheibe ein. Ohne auf die verdutzten Blicke der anderen Fahrgäste zu achten, griff er hinein und entriegelte die Tür. Im nächsten Moment streckte er die Hand aus und legte den ersten von fünf Kippschaltern um, mit denen die elektronischen Kupplungen des Zuges betätigt wurden. Danach nahm er sich den Computer vor, der die Geschwindigkeit der E-Bahn regelte.

Zufrieden stellte er fest, dass alles genau so funktionierte, wie er gehofft hatte. Die vier hinteren Wagen wurden abgekuppelt und fielen zurück. Zwar hatte jeder ein eigenes Antriebsaggregat, aber sie fuhren mit der bislang eingestellten Geschwindigkeit weiter und damit viel langsamer als der vorderste Wagen. Die Wachmänner konnten sich nur mit anderen Suchtrupps in Verbindung setzen und ansonsten ohnmächtig mit ansehen, wie der Abstand zwischen den Wagen immer größer wurde.

Vier Minuten später raste der Wagen mit Pitt und den anderen durch Station Y, vorbei an einem Trupp aufgebrachter Wachmänner und etlichen Arbeitern, die mit verdutzter Miene auf dem Bahnsteig standen. Pitt fühlte sich, als ob ihm eine eisige Hand den Magen zusammendrückte, als hätte ihm jemand trockenes Laub in den Mund gestopft. Er hatte sich auf ein verzweifeltes Spiel eingelassen, bei dem der Gegner alle Trümpfe in der Hand hatte. Er blickte kurz nach hinten in den Wagen und sah Pat dort sitzen, die den einen Arm um Megans Schulter gelegt hatte und mit dem anderen immer noch den Aktenkoffer umklammerte. Sie war bleich und wirkte ungewohnt bedrückt und verloren. Er ging zurück und strich ihr über die langen roten Haare.

»Wir kommen durch«, sagte er im Brustton der Überzeugung. »Der alte Dirk wird euch über Wasser und Berge hinweg in Sicherheit bringen.«

Sie blickte auf und rang sich ein Lächeln ab. »Ist das Ihr Ernst?«

»Großes Ehrenwort«, sagte er voller Zuversicht.

Eine halbe Minute verging. Pitt kehrte in die Steuerkabine zurück und stellte fest, dass sie sich dem Heck näherten. Vor ihm führten die Gleise in weitem Bogen zum Jachthafen, wo vermutlich Station Z lag, der letzte Haltepunkt, bevor der Zug seine Fahrt rund um das Schiff fortsetzte. Dort aber, davon war er überzeugt, hatten die Sicherheitskräfte längst Stellung bezogen und warteten nur darauf, sie aus allen Rohren unter Beschuss zu nehmen.

»Ich bremse den Wagen bis auf fünfzehn Stundenkilometer ab«, sagte Pitt. »Wenn ich Bescheid gebe, springen wir ab. Neben den Gleisen ist allerlei Grünzeug angepflanzt, sodass wir einigermaßen weich landen sollten. Versucht euch vornüber abzurollen, wenn ihr den Boden berührt. Im Augenblick können wir es uns nicht leisten, dass sich jemand den Knöchel verknackst oder ein Bein bricht.«

Giordino legte den Arm um Megan. »Wir springen gemeinsam. Dann hast du ein dickes Fettpolster, auf das du dich fallen lassen kannst.« Eine dreiste Lüge. Giordino hatte kein Gramm Fett am Leib.

Pitt stellte den Temporegler zurück, und der Wagen wurde sofort langsamer. Sobald auf der Geschwindigkeitsanzeige in roten Ziffern die Fünfzehn stand, brüllte er: »Okay, alle raus!«

Er zögerte kurz und überzeugte sich, dass alle vom Zug gesprungen waren. Dann stellte er den Steuerungscomputer auf hundert Kilometer pro Stunde, rannte zur Tür und setzte sich ebenfalls ab, bevor der Zug auf Höchstgeschwindigkeit beschleunigte. Er traf mit den Füßen voran im weichen Erdreich auf, rollte sich ab und landete mit voller Wucht in einem Hain aus Bonsai-Bäumen, deren verkrüppelte Äste und Stämme umknickten und platt gewalzt wurden. Er rappelte sich auf; das eine Knie schmerzte, aber er konnte es noch voll belasten.

Giordino kam zu ihm und stützte ihn. Erleichtert stellte er fest, dass Pat und Megan offenbar unversehrt waren. Sie zupften sich bereits die Erdkrumen und Kiefernnadeln aus den Haaren. Der Wagen war inzwischen hinter der Kurve verschwunden. Die Treppe, die zum Pier hinabführte, war allenfalls fünfzehn Meter weit entfernt, und nirgendwo standen Posten.

»Wohin gehen wir?«, fragte Pat, nachdem sie sich wieder halbwegs gefasst hatte.

»Bevor wir zu unserer Maschine kommen«, sagte Pitt, »müssen wir noch eine kleine Bootsfahrt unternehmen.«

Er nahm sie am Arm und zog sie mit sich, während Giordino Megan übernahm. Sie rannten die Gleise entlang, bis sie zu der Treppe kamen, die hinunter zu Pier Nummer eins führte. Wie Pitt vermutet hatte, war Station Z, die zweihundert Meter weiter unmittelbar am Jachthafen lag, von Sicherheitskräften umstellt. Dort herrschte allgemeine Verwirrung, als der Zug durch den Bahnhof raste, um die Kurve verschwand und nach Backbord weiterfuhr. Die Wachmänner, die fest davon überzeugt waren, dass sich die vermeintliche Beute noch im Wagen versteckte, nahmen sofort die Verfolgung auf, während der zuständige Sicherheitsdienstleiter den Befehl gab, die Stromversorgung der E-Bahn abzuschalten.

Pitts Schätzung nach dürfte es etwa sieben Minuten dauern, bis die Wachmänner bei dem liegen gebliebenen Wagen waren und feststellten, dass er leer war. Wenn er und die anderen bis dahin nicht vom Schiff waren, standen sie auf verlorenem Posten.

Keiner der Arbeiter am Pier achtete auf sie, als sie seelenruhig die Treppe hinunterstiegen. Drei Boote waren zwischen dem ersten und dem zweiten Anlegesteg vertäut, ein kleines, sieben Meter langes Segelboot, ein rund zwölf Meter langer Grand-Banks-Kabinenkreuzer und ein klassisches offenes Boot, gut sechs Meter lang und mit Innenmotor. »Steigt auf das große Motorboot«, sagte Pitt und ging locker und lässig über den Anleger.

»Ich nehme an, wir holen unsere Tauchausrüstung nicht mehr ab«, sagte Giordino.

»Pat und Megan kriegen wir nicht lebend durch das kalte Wasser. Versuchen wir unser Glück lieber damit.«

»Das kleine Boot ist schneller«, versetzte Giordino.

»Stimmt«, gab Pitt zu. »Aber wenn ein schnelles Boot ablegt und davonrast, schöpfen die Wachmannschaften Verdacht. Ein Grand Banks, das gemächlich dahintuckert, fällt bei weitem nicht so auf.«

Ein Hafenarbeiter spritzte gerade das Deck ab, als Pitt an der Gangway stehen blieb. »Hübsches Boot«, sagte er lächelnd.

»Hä?« Der Hafenarbeiter schaute ihn verständnislos an.

Pitt ging über die Gangway und deutete auf das schmucklos-schnittige Grand Banks 42. »Ein hübsches Boot«, wiederholte er und begab sich kurzerhand ins Cockpit.

Der Hafenarbeiter kam lauthals zeternd hinter ihm her, doch sobald sie außer Sichtweite der anderen Arbeiter am Pier waren, holte Pitt aus und streckte ihn mit einem kräftigen Kinnhaken nieder. Dann beugte er sich aus der Tür und rief: »Al, wirf die Leinen los. Die Damen begeben sich bitte an Bord.«

Pitt stand einen Moment lang da und musterte die Instrumente am Armaturenbrett. Er drehte den Zündschlüssel um und drückte auf die beiden Anlasserknöpfe. Tief unten im Maschinenraum sprangen zwei schwere Dieselmotoren an und kamen auf Touren. Er schob das Fenster auf der Steuerbordseite auf und schaute hinaus.

Giordino hatte die Leinen an Bug und Heck losgemacht und ging gerade an Bord.

Pitt legte den Rückwärtsgang ein, steuerte das Boot langsam vom Anlegesteg weg und hielt auf das offene Fahrwasser zu, das rund zwanzig Meter achteraus lag. Er fuhr an zwei Hafenarbeitern vorbei, die ein Geländer um den Pier bauten, und winkte ihnen zu. Sie winkten zurück. Mit List und Tücke geht doch alles leichter als mit roher Gewalt, dachte er.

Dann stieß das Boot am Anlegesteg vorbei ins offene Fahrwasser. Turmhoch ragte jetzt das Heck des riesigen Schiffes über ihnen auf. Pitt legte den Vorwärtsgang ein und steuerte das Grand Banks an der *Ulrich Wolf* entlang. Sie mussten erst den ganzen Koloss umfahren, bevor sie auf den Fjord hinausstechen und von der Werft fliehen konnten. Pitt gab Gas, bis der Geschwindigkeitsmesser acht Knoten anzeigte, ein Tempo, bei dem hoffentlich noch niemand Verdacht schöpfte. Bislang hatte niemand Alarm geschlagen. Weit und breit war kein Verfolger zu sehen, nirgendwo ein Suchscheinwerfer, der auf dem dunklen Wasser nach ihnen tastete.

Bei diesem Tempo würde es gut eine Viertelstunde dauern, bis sie an dem gigantischen Schiff vorbei waren und hinaussteuern konnten, weg von den gleißenden Lichtern der Werft. Fünfzehn quälende Minuten, die ihnen wie Jahre vorkommen würden. Und das war erst der Anfang. Sie mussten sich auch noch mit den Patrouillenbooten auseinander setzen, und bis dahin hatte man deren Besatzung höchstwahrscheinlich davon verständigt, dass sich die Eindringlinge mit einem Grand Banks absetzen wollten.

Momentan konnten sie nichts anderes tun, als in der Kabine zu bleiben, wo sie außer Sicht waren, und zu dem Giganten emporzublicken, an dem sie vorbeischlichen. Mit seinen riesigen gläsernen Aufbauten, die vom Bug bis zum Heck hell erleuchtet waren, wirkte er wie ein Fußballstadion bei einem Abendspiel. Neben der *Ulrich Wolf* hätten selbst die berühmtesten Ozeandampfer aller Zeiten zusammen, die *Titanic* und die *Lusitania*, die *Queen Mary*, die *Queen Elisabeth* und die *Normandy*, wie Zwerge gewirkt.

»Ich könnte jetzt einen Hamburger gebrauchen«, meldete sich Giordino, um sie abzulenken.

»Ich auch«, sagte Megan. »Die haben uns lauter eklig gesunde Sachen vorgesetzt.«

Pat lächelte, doch ihr Gesicht wirkte angespannt. »Es dauert nicht mehr lang, mein Schatz, dann kriegst du deinen Hamburger.«

Pitt wandte sich vom Ruder ab. »Seid ihr schlecht behandelt worden?«

»Misshandelt hat uns niemand«, antwortete Pat, »aber ich bin noch nie von so vielen ekelhaften und aufgeblasenen Menschen herumkommandiert worden. Die haben mich zwanzig Stunden am Tag auf Trab gehalten.«

»Mit dem Entziffern der Amenes-Inschriften aus einer anderen Kammer?«

»Nein, nicht aus einer anderen Kammer. Es waren Fotos von Inschriften, die sie in einer versunkenen Stadt in der Antarktis gefunden haben.«

Pitt warf ihr einen erstaunten Blick zu. »In der Antarktis?«

Sie nickte. »Unter dem ewigen Eis. Die Nazis haben sie kurz vor dem Krieg entdeckt.«

»Elsie Wolf hat mir erzählt, sie hätten Hinweise gefunden, dass die Amenes sechs Kammern angelegt haben.«

»Dazu kann ich nichts sagen«, erwiderte Pat. »Aber ich habe den Eindruck, dass sie mit der Stadt unter dem Eis irgendetwas bezwecken. Was, das habe ich nicht rausbekommen.«

»Haben Sie beim Entziffern der Inschriften irgendwas Neues erfahren?«

Pat wirkte jetzt, wo sie mit ihm redete, bei weitem nicht mehr so bedrückt und verloren. »Ich hatte mich noch kaum damit befasst, als Sie hereingeplatzt kamen. Die wollten in erster Linie wissen, was wir beim Entziffern der Inschriften in Colorado und auf St. Paul herausgefunden haben. Mir kam es so vor, als ob die Wolfs unbedingt Genaueres darüber erfahren wollten, wie die Katastrophe und ihre Nachwirkungen in den Berichten der Amenes dargestellt werden.«

»Weil alle Inschriften, die sie in der versunkenen Stadt gefunden haben, vor der Katastrophe verfasst wurden.« Er hielt inne und nickte zu ihrem Aktenkoffer hin. »Sind die da drin?«

Sie hielt ihn hoch. »Die Fotos aus der Antarktis. Die konnte ich einfach nicht zurücklassen.«

Er schaute sie unverwandt an. »Frauen wie Sie haben Seltenheitswert.«

Zu mehr kam er nicht, denn etwa hundert Meter voraus kreuzte ein Boot ihren Kurs, zog dann aber in weitem Bogen an Backbord vorbei. Offenbar ein Versorgungsboot. Die Besatzung war so beschäftigt, dass sie dem Kabinenkreuzer nicht die geringste Aufmerksamkeit schenkte.

Als sie sich dem Bug der *Ulrich Wolf* näherten, ohne dass irgendwelche Verfolger aufgetaucht waren, wurde Pitt etwas lockerer. »Die wollen also unbedingt erfahren, wie sich die Katastrophe auswirkt?«

»Bis in alle Einzelheiten. Ich nehme an, sie versprechen sich davon eine praktische Überlebenshilfe. Deshalb tragen sie alles zusammen, was sie kriegen können.«

»Ich kapiere immer noch nicht, warum sich die Wolfs so sicher sind, dass die alten Amenes richtig gerechnet haben und tatsächlich ein Komet auf die Erde zufliegt«, sagte Pitt.

Pat schüttelte langsam den Kopf. »Dazu fällt mir auch nichts ein.«

Pitt drehte leicht bei und zog das Grand Banks in weitem Bogen um den Bug der *Ulrich Wolf* und die Spitze des Piers herum, auf dem es jetzt vor Sicherheitskräften nur so wimmelte, die jeden Werftarbeiter in rotem Overall prüften, egal, ob Mann oder Frau. Sie passierten ein kleines Motorboot ohne Positionslichter, das sofort kehrtmachte und ihnen folgte. Pitt klemmte seinen elektronischen Wegweiser zwischen Armaturenbrett und Windschutzscheibe und konzentrierte sich auf den kleinen Monitor, der ihn durch die dunkle Nacht zu der Felsrinne und dem Skycar lotsen würde.

Knapp fünf Kilometer waren es bis dorthin, fünf Kilometer auf offenem Fahrwasser, in einem Boot, in dem es keinerlei Deckung gab, wenn sie mit automatischen Waffen oder Maschinengewehren unter Beschuss genommen wurden. Und sie hatten lediglich zwei Pistolen. Er konnte nur hoffen, dass die Patrouillenboote am anderen Ende des Fjords waren und nicht gleich eingreifen konnten. Ein Hoffnungsschimmer bestenfalls. Denn die waren so schnell, dass sie das Grand Banks mit Leichtigkeit abfangen konnten, bevor es nur in die Nähe der Felsrinne kam.

»Al!«

Giordino war sofort bei ihm. »Aye, aye.«

»Besorg ein paar Flaschen. Irgendwo liegen bestimmt welche rum. Leer sie aus. Dann suchst du irgendwas, das leicht brennt, Benzin oder irgendein Lösungsmittel, und füllst sie damit. Kein Dieselöl, das kokelt nur.«

»Molotow-Cocktails«, sagte Giordino mit einem teuflischen Grinsen. »Seit dem Kindergarten durfte ich keinen mehr werfen.« Mit zwei Schritten war er an der Leiter und stieg hinab in den Maschinenraum.

Pitt überlegte kurz, ob er Vollgas geben sollte, aber seiner Meinung nach waren sie besser beraten, wenn sie sich zurückhielten. Er warf einen Blick nach hinten, auf das rund siebeneinhalb Meter lange Boot, sah den großen Außenbordmotor am Heck. Es hatte Tempo zugelegt und ging jetzt längsseits. Im Lichtschein der Werft sah er nur zwei Männer – der eine steuerte das Boot, der andere stand am Heck und hatte ein Schnellfeuergewehr in der Hand. Der Steuermann deutete auf sein Ohr. Pitt begriff, was er wollte, und schaltete das Funkgerät ein.

Eine krächzende Stimme meldete sich auf Spanisch, und dem herrischen Tonfall nach zu schließen, wurde er aufgefordert, anzuhalten und beizudrehen. Er griff zum Mikrofon: »No hablo Español.«

»Alto, alto!«, schallte es aus dem Lautsprecher.

»Geht nach unten und legt euch flach hin«, befahl er Pat und Megan. Wortlos stiegen sie in die Kajüte hinab.

Pitt drosselte die Maschinen und trat in die Tür, den Colt gespannt und schussbereit. Der Wachmann am Heck ging in die Hocke und bereitete sich offenbar zum Übersetzen vor.

Pitt nahm noch mehr Gas weg, ließ die Maschinen aber weiterlaufen, schätzte den Abstand zwischen den beiden Booten ein und behielt so viel Fahrt bei, dass der Wachmann etwa in Höhe der Kabinentür über die Reling kommen musste. Das war der entscheidende Moment. Er wartete geduldig wie ein Jäger, der einen auffliegenden Entenschwarm abpassen will.

Als der Wachmann zum Sprung ansetzte, schob er die beiden Gasregler kurz nach vorn und zog sie sofort wieder zurück. Der Söldner geriet durch das jähe Stampfen des Bootes aus dem Gleichgewicht und schlug lang hin, als er auf dem Backborddeck des Grand Banks landete.

Pitt trat lautlos aus der Kabine, setzte ihm den Fuß auf den Hals, bückte sich und nahm ihm sein Schnellfeuergewehr ab, ein Bushmaster M17S, und zog ihm dann den Kolben über den Nacken. Er legte auf den Mann am Steuer an und drückte ab, verfehlte ihn aber knapp, worauf der sofort das Ruder herumriss, Vollgas gab und mit röhrendem Motor in einer Gischtwolke abdrehte. Pitt kehrte ins Cockpit zurück und schob die Gasregler bis zum Anschlag vor. Er spürte, wie sich das Heck senkte und der Bug hob, als das Grand Banks mit fast zwanzig Knoten durch das dunkle Wasser pflügte.

Jetzt galt es, auf die Patrouillenboote zu achten, die mittlerweile kehrtgemacht hatten und ihnen mit voller Fahrt entgegenkamen, mit ihren Scheinwerfern bereits nach ihnen suchten. Wahrscheinlich hatte sie der Wachmann in dem Motorboot per Funk verständigt. Pitt sah sie kommen, sah auch, dass das erste über einen halben Kilometer Vorsprung vor dem anderen hatte, aber er konnte noch nicht erkennen, wann und wo das vordere Boot den Kurs des Grand Banks kreuzen würde. Er wusste nur, dass es sich vor ihren Bug legen würde, bevor sie die Felsrinne erreichten. Die nächsten fünf, sechs Minuten würden über Leben und Tod entscheiden.

Die Werft lag weit hinter ihnen, aber noch hatten sie gut drei Kilometer vor sich.

Das Motorboot folgte ihnen noch, aber bislang hatte der Fahrer nicht auf sie geschossen, vermutlich weil er Angst hatte, seinen Kameraden zu treffen.

Giordino kehrte mit vier Flaschen ins Cockpit zurück, die er mit einem Lösungsmittel gefüllt hatte, das zum Putzen der Maschinen benutzt wurde. Schmale Stofffetzen steckten in den Flaschenhälsen. Vorsichtig stellte er alle vier auf der Sitzbank ab. Der stämmige kleine Italiener betastete die dicke Beule, die er an der Stirn hatte.

»Was ist denn mit dir passiert?« fragte Pitt.

»Ein uns allen wohl bekannter Herr kann nicht richtig Motorboot fahren. Das Ding hat so wild gebockt, dass ich quer durch den ganzen Maschinenraum geflogen bin und mir den Kopf an einem Wasserrohr angeschlagen habe.« Dann bemerkte Giordino den bewusstlosen Wachmann, der halb in der Tür lag. »Bitte vielmals um Entschuldigung. Du hast Besuch bekommen?«

»Er konnte keine Einladung vorweisen.«

Giordino trat neben Pitt und blickte durch die Windschutzscheibe auf das rasch näher kommende Patrouillenboot. »Die setzen uns garantiert keinen Warnschuss vor den Bug. Sie sind bis an die Zähne bewaffnet und warten nur darauf, dass sie uns zusammenballern können.«

»Vielleicht auch nicht«, sagte Pitt. »Noch brauchen sie Pat zum Entziffern der Inschriften. Sie verprügeln sie möglicherweise oder bedrohen Megan, aber sie werden sie nicht umbringen. Für dich und mich allerdings ist Sense. Aber ich habe eine kleine Überraschung für sie. Wenn wir sie näher locken können, bereiten wir ihnen ein Freudenfeuer.«

Giordino schaute Pitt in die Augen. Die meisten Männer hätten in einer derart ausweglosen Lage bedrückt gewirkt, doch Giordino sah nichts dergleichen. Pitt wirkte ruhig und entschlossen, strahlte sogar eine gewisse Vorfreude aus. »Ich frage mich, was John Paul Jones davon halten würde.«

Pitt nickte. »Du kümmerst dich um deine Spielsachen. Leih mir deine Knarre. Dann versteckst du dich auf der anderen Seite der Kajüte, bis du Schüsse hörst.«

»Von dir oder von denen?«

Pitt warf Giordino einen finsteren Blick zu. »Ist doch egal.«

Giordino reichte ihm widerspruchslos seine Para-Ordnance, während Pitt mit aller Kraft gegen die Gasregler drückte, als könnte er dadurch mehr Leistung aus den Maschinen herausholen. Doch das Grand Banks hatte nicht mehr zu bieten. Es war für gemütliche Kreuzfahrten gebaut, nicht für Bootsrennen.

Der Kommandant des Patrouillenbootes hatte keinerlei Bedenken, sich dem Grand Banks zu nähern. Seiner Ansicht nach konnte niemand so verrückt sein, sich mit einem Boot anzulegen, das mit zwei Maschinengewehren bestückt war und eine schwer bewaffnete

Besatzung hatte, die dazu ausgebildet war, beim geringsten Widerstand das Feuer zu eröffnen. Er betrachtete das Grand Banks durch sein Nachtglas, sah nur einen Mann am Ruder stehen und beging den schwersten Fehler, der einem Angreifer unterlaufen kann – er unterschätzte seinen Gegner. Die Suchscheinwerfer wurden auf das Grand Banks gerichtet und tauchten das Boot in gleißendes Licht.

Die weiße Gischt am Bug verschwand, als das elfeinhalb Meter lange Patrouillenboot langsamer wurde, sich auf das Grand Banks zuschob, bis es nur mehr fünf Meter entfernt war, und längsseits ging. Pitt, der mit zusammengekniffenen Augen in das blendende Licht starrte, erkannte je einen Mann an beiden Maschinengewehren, deren Läufe direkt auf das Cockpit gerichtet waren. Drei weitere Männer, alle mit Bushmaster-Schnellfeuergewehren bewaffnet, standen Schulter an Schulter auf dem offenen Deck der Kabine. Giordino konnte er nicht sehen, denn der war auf der anderen Seite der Kajüte in Deckung gegangen, aber er wusste, dass sein Freund bereits Streichhölzer oder ein Feuerzeug bereithielt, um die Lunten der mit Lösungsmittel gefüllten Flaschen anzuzünden. Jetzt kam der entscheidende Moment, und Pitt spürte die Anspannung, aber er war guter Dinge.

Er wollte niemanden töten, nicht einmal die Killer auf dem anderen Boot, mit deren Kameraden er bereits in Colorado zusammengestoßen war. Aber er wusste auch, dass er und Giordino nicht mit dem Leben davonkommen würden, wenn man sie erwischte. Er sah, wie der Kommandant des Patrouillenbootes ein Megafon ansetzte.

Pitt verstand nur *alto*, das spanische Wort für »Halt«, nahm aber an, dass man ihm drohte, das Feuer zu eröffnen, wenn er nicht tat, wie ihm geheißen. Er winkte, dass er verstanden habe, schaute noch einmal auf den Computer, um festzustellen, wie weit es noch bis zur Felsrinne war – nur noch knapp achthundert Meter –, warf einen kurzen Blick auf das zweite Patrouillenboot und versuchte abzuschätzen, wann es dem anderen zu Hilfe kommen könnte – in etwa fünf, sechs Minuten. Danach überzeugte er sich davon, dass er die beiden Waffen hinten im Gürtel stecken hatte. Dann nahm er das Gas weg, ließ die Schraube aber laufen, sodass das Boot immer noch leichte Fahrt machte.

Er ging zur Tür der Kajüte, aber nicht weiter, hob die Hände und versuchte so unterwürfig wie möglich zu wirken, während er im gleißenden Lichtstrahl stand. Er bemühte sich nicht darum, die wenigen spanischen Brocken aufzubieten, die er kannte, sondern antwortete gleich auf Englisch. »Was wollt ihr?«, rief er.

»Leisten Sie keinen Widerstand«, befahl der Kommandant, der jetzt so nah war, dass er auf das Megafon verzichten konnte. »Ich schicke Ihnen ein paar Männer an Bord.«

»Womit soll ich denn Widerstand leisten?«, fragte Pitt. »Ich habe keine Maschinengewehre.«

»Sagen Sie den anderen, sie sollen an Deck kommen.«

Pitt drehte sich mit erhobenen Händen um und tat so, als befolgte er den Befehl des Kommandanten. »Sie haben Angst, dass sie erschossen werden.«

»Wir erschießen niemanden«, antwortete der Kommandant mit einem Tonfall, der seine Worte Lügen strafte.

»Machen Sie bitte das Licht aus«, bat Pitt. »Sie blenden mich und erschrecken die Frauen.«

»Bleiben Sie stehen, wo Sie sind«, schrie der Kommandant aufgebracht.

Kurz darauf schob sich das Patrouillenboot mit langsam tuckernden Maschinen schräg auf das Grand Banks zu. Als es nur noch knapp drei Meter entfernt war, legten zwei der Wachmänner ihre Gewehre weg und warfen die Fender über die Bordwand aus. Auch die Maschinengewehrschützen meinten jetzt offenbar, dass ihnen keinerlei Gefahr drohte, und wurden sorglos. Einer zündete sich sogar eine Zigarette an. Allem Anschein nach waren der Kommandant und seine Männer davon überzeugt, dass sie Herr der Lage waren.

Darauf hatte Pitt nur gewartet. Blitzartig griff er nach hinten, riss die Waffen aus dem Gürtel, richtete die rechte auf den Mann am vorderen Maschinengewehr, die andere auf den Heckschützen und drückte beide ab, so schnell er konnte. Auf diese Entfernung konnte er sie nicht verfehlen. Der Bugschütze wurde von einer Kugel an der Schulter getroffen und sank auf die Knie, der Mann am Heck riss die Arme hoch, torkelte zurück und fiel über das Schanzkleid ins Wasser.

Fast gleichzeitig flogen brennende Flaschen über die Kajüte des Grand Banks hinweg und gingen wie ein Meteoritenschauer auf der Kabine und dem Deck des Patrouillenbootes nieder, wo sie mit grellen Stichflammen zerplatzten, ihren brisanten Inhalt ringsum verspritzten und weitere Brände entfachten, die sich über das ganze Boot ausbreiteten. Im Nu standen das offene Achterdeck und die halbe Kabine in Flammen. Ohne auch nur einen Moment zu zögern, sprang die vom Feuertod bedrohte Besatzung in das kalte Wasser. Auch der verletzte Bugschütze rappelte sich auf, torkelte durch die Flammenzungen, die jetzt aus sämtlichen Luken leckten, und ging über Bord. Nur der Kommandant, dessen Kleidung bereits brannte, blieb stehen, ohne auf die Flammen zu achten, schaute Pitt mit vernichtendem Blick an und schüttelte die Faust. Dann sprang auch er.

Störrischer Trottel, dachte Pitt.

Jetzt kam es auf jede Sekunde an. Er stürmte ins Cockpit, schob die Gasregler bis zum Anschlag vor und setzte Kurs auf die Felsrinne. Erst dann nahm er sich die Zeit und warf einen Blick zu dem Patrouillenboot. Der gesamte Rumpf war jetzt in Flammen gehüllt, die hoch in den Nachthimmel aufloderten. Schwarzer Qualm stieg auf und verdeckte die Sterne. Im nächsten Moment explodierten die Treibstofftanks, und brennende Trümmer wurden durch die Luft geschleudert wie Feuerwerkskörper. Das Boot sank jetzt. Mit dem Heck voran ging es unter, zischte noch einmal laut auf, als das kalte Wasser die letzten Flammen erstickte, und war verschwunden.

Giordino kam um die Kajüte herum, blieb in der Tür stehen und schaute auf die Trümmer und das brennende Öl auf dem Wasser. »Gut geschossen«, sagte er leise.

»Gut geworfen.«

Giordino deutete mit dem Kopf auf das zweite Patrouillenboot, das über den Fjord auf sie zuhielt. Dann wandte er sich kurz ab und schaute zur Küste. »Das wird eng«, stellte er fest.

»Die gehen uns garantiert nicht auf den Leim. Die bleiben in sicherem Abstand und versuchen uns den Motor zusammenzuschießen.«

»Pat und Megan sind da unten«, erinnerte ihn Giordino.

»Hol sie rauf«, sagte Pitt, während er die Zahlenangaben auf seinem Richtungscomputer las. Er korrigierte den Kurs und zog das Boot weitere fünf Grad nach Südwest. Noch vierhundert Meter. Nicht mehr weit bei diesem Tempo. »Sag ihnen, sie sollen sich bereitmachen, sofort das Boot zu verlassen, sobald wir auflaufen.«

»Hast du etwa vor, es mit voller Fahrt auf die Felsen zu setzen?«

»Wir haben keine Zeit für ein tolles Landemanöver mit Musik und großem Brimborium.«

»Bin schon unterwegs«, sagte Giordino und winkte ihm kurz und ergeben zu.

Das zweite Patrouillenboot steuerte direkt auf sie zu. Der Suchscheinwerfer erfasste das Grand Banks und folgte ihm unverwandt. Mit voller Fahrt rasten die beiden Boote schräg aufeinander zu. Dann begriff der Kommandant, was Pitt vorhatte, und änderte seinen Kurs, um ihm den Weg zur Küste abzuschneiden. Da das Grand Banks nur halb so schnell war wie sein Verfolger, musste Pitt sich wohl oder übel damit abfinden, dass er sich auf ein Rennen eingelassen hatte, das er nicht gewinnen konnte. Dennoch stand er ungerührt am Ruder, wild entschlossen, sich zu seinem Ziel durchzuschlagen. Er wusste, dass es ein einseitiger Kampf war, doch er dachte nicht daran, klein beizugeben. Und auf den Gedanken, dass er scheitern könnte, kam er überhaupt nicht.

Dann erkannte er die Chance, die sich ihm unverhofft bot. Pitt riss den Schalthebel nach hinten und legte den Rückwärtsgang ein. Das Grand Banks gierte und stampfte, seine Schrauben wühlten gischtenden Schaum auf, als es aus voller Fahrt zum Stillstand kam. Dann setzte es zurück und pflügte mit dem breiten Heck wie ein Bulldozer durch das Wasser.

Giordino brachte Pat und Megan nach oben. Verdutzt schaute er Pitt an, als er sah, dass das Patrouillenboot ihren Bug kreuzte, während das Grand Banks rückwärts fuhr. »Erzähl's mir nicht. Ich will raten. Du hast dir wieder mal was Schlaues einfallen lassen.«

»Nichts Schlaues, die reinste Verzweiflung.«

»Du willst ihn rammen.«

»Wenn wir's richtig anstellen«, antwortete Pitt kurz angebunden, »können wir ihm, glaube ich, eine blutige Nase verpassen. Und jetzt legen sich alle auf den Boden. Sucht euch eine einigermaßen gute Deckung. Wir kriegen nämlich garantiert einiges ab.«

Für eine längere Ansprache war keine Zeit. Der Kommandant des Patrouillenbootes, der nicht erkannte, dass sein Widersacher rückwärts fuhr, drehte bei und wollte sich rund drei Meter vor den Bug des Grand Banks legen und es aus nächster Nähe beharken. Eine alte Marinetaktik. Er stand am Ruder, hob die Hand und gab seinen Bordschützen das Zeichen, das Feuer zu eröffnen.

Dann ging alles blitzschnell. Pitt rammte den Schalthebel nach vorn, und gleichzeitig legten die Maschinengewehre los. Die Schrauben des Grand Banks wühlten sich durch das Wasser und trieben das Boot voran, als die Kugeln durch die Kabine pfiffen und die Windschutzscheibe zerfetzten. Pitt hatte sich bereits hinter dem Armaturenbrett zu Boden geworfen und hielt mit einer Hand von unten das Ruder fest. Den Schnitt, den ihm eine herumfliegende Glasscherbe am Handrücken zugefügt hatte, bemerkte er erst, als ihm das Blut in die Augen tropfte. Unterdessen wurde die Kajüte des Grand Banks von den Neun-Millimeter-Geschossen regelrecht zerfetzt, denn die Schützen zielten absichtlich hoch, um die Menschen, die flach auf dem Deck lagen, einzuschüchtern und in Angst und Schrecken zu versetzen.

Der Kommandant hatte das Gas weggenommen und ließ das Patrouillenboot treiben, da seine Männer das Zielschießen aus nächster Nähe sichtlich genossen. Er freute sich zu früh, denn Pitt hatte genau im richtigen Augenblick reagiert. Ehe er begriff, was Pitt vorhatte, schoss das Grand Banks plötzlich mit voller Fahrt nach vorn.

Knirschend und knackend verkeilten sich berstende Glasfiberteile und Holz ineinander. Der Bug des Grand Banks bohrte sich an Steuerbord in den Rumpf des Patrouillenbootes und schlitzte es bis zum Kiel auf. Das Patrouillenboot krängte so stark nach Backbord, dass sich die Besatzung festhalten musste, um nicht über Bord zu gehen, und begann rasch zu sinken.

Pitt rappelte sich auf, legte den Rückwärtsgang ein und stieß aus dem Riesenloch, das er in den Rumpf des Patrouillenbootes gerissen hatte, damit das Wasser noch schneller eindringen konnte. Einen Moment lang richtete es sich wieder auf, doch dann spülte schwarzes Wasser über das Deck, und es ging langsam unter, während die Besatzung in den eisigen Fluten trieb, und sank mit gleißendem Suchscheinwerfer auf den Grund des Fjords.

»Al«, sagte Pitt ruhig. »Schau dir mal unser Vorschiff an.«

Giordino verschwand in der Luke und kehrte kurz darauf zurück. »Wir fassen Wasser wie ein Riesenschwamm. In spätestens fünf Minuten gehen wir genauso baden wie unsere Freunde, und wenn du den Pott nicht anhältst, noch viel schneller.«

»Wer hat denn gesagt, dass wir vorwärts fahren?« Pitt blickte auf den Richtungscomputer. Nur noch fünfzig Meter bis zu Küste, trotzdem viel zu weit für ein sinkendes Boot. Wenn er vorwärts fuhr, drang nur noch mehr Wasser durch den gesplitterten Bug ein. Fieberhaft überlegte er hin und her, war dabei aber seltsam klar im Kopf, wie immer, wenn es darauf ankam. Er ging sämtliche Möglichkeiten durch. Dann fuhr er mit dem Grand Banks rückwärts durch das Wasser, sodass sich das Heck senkte und der Bug hob. Sobald sie nicht mehr unmittelbar abzusaufen drohten, wandte er sich an die anderen.

»Geht raus an Deck und haltet euch fest, so gut ihr könnt, bevor wir auf die Felsen laufen.«

»An Deck?«, fragte Pat benommen.

»Falls das Boot umkippt, wenn wir auflaufen. Draußen kommt ihr schneller von Bord.«

Ohne weitere Umstände schaffte Giordino die beiden Frauen nach draußen und befahl ihnen, sich auf dem Deck niederzulassen, rücklings an die Kajüte zu lehnen und sich an der Reling festzuhalten. Er setzte sich zwischen sie und schlang ihnen die Arme um die Taille. Pat war vor Angst wie erstarrt, doch Megan fasste neuen Mut, als sie Giordinos ungerührte Miene sah. Er und der Mann am Ruder hatten sie bis hierher gebracht. Sie war felsenfest davon überzeugt, dass die beiden Wort halten und sie sicher nach Hause bringen würden.

Das Grand Banks lag jetzt deutlich tiefer und machte immer mehr Wasser. Aber bis zur Felsrinne war es nicht mehr weit. Schwarze Felsen, an denen Pitt und Giordino vorbeigewatet waren, bevor sie zu ihrem Tauchgang zu der Werft aufgebrochen waren, ragten in der Dunkelheit auf. Pitt versuchte den größten Brocken auszuweichen, obwohl er sie in der Dunkelheit kaum erkennen konnte und nur die Gischt sah, wenn sich die hohen Wellen an ihnen brachen.

Dann schlug eine der Schrauben mit lautem Scheppern auf Grund und wurde abgerissen. Jaulend drehte die Maschine durch. Weitere Felsen huschten vorbei. Dann ein heftiger Stoß, der das ganze Boot erschütterte. Ein paar Meter schlitterte es noch weiter, bis der Heckspiegel einen Felsen rammte, der das Holz zertrümmerte. Ein Wasserschwall ergoss sich über das Achterdeck und drückte das Heck noch tiefer. Schließlich tat es einen markerschütternden Schlag, und das Boot lief mit voller Wucht auf. Der Kiel brach, und die hölzernen Rumpfplanken zersplitterten. Doch das grässliche Knacken und Knirschen hörte auf, als das Boot nur drei Meter von der Felsenküste entfernt endgültig liegen blieb.

Pitt schnappte sich seinen kleinen elektronischen Wegweiser und stürmte aus dem Cockpit. »Alle Mann an Land«, rief er. Er klemmte sich Megan unter den Arm und lächelte sie an. »Tut mir Leid, junge Frau, aber wir können nicht lang nach einer Leiter suchen.« Damit ließ er sich über die Bordwand gleiten und zog Megan mit sich hinab in das eisige Wasser. Nach eineinhalb Metern stießen seine Füße auf Grund, und er stolperte über die glitschigen Steine und Felsen zum Ufer. Pat und Giordino waren unmittelbar hinter ihm.

Sobald er aus dem Wasser kam, setzte er Megan ab und überprüfte seinen Computer, um sicherzugehen, dass sie bei der richtigen Felsrinne waren. Alles klar. Das Skycar war nur ein paar Minuten entfernt.

»Sie sind verletzt«, sagte Pat, als sie im Licht der Sterne den Blutstreifen an Pitts Hand sah. Sie haben eine scheußliche Wunde.«

»Nur ein Schnitt«, sagte er.

Sie griff in ihren roten Overall, riss ihren BH ab und schlang ihn um Pitts Hand, um die Blutung zu unterbinden.

»So einen Verband hab ich auch noch nicht gesehen«, murmelte er grinsend.

»Unter diesen Umständen«, sagte sie, während sie einen Knoten band, »kann ich leider nichts Besseres bieten.«

»Wer beklagt sich denn?« Er umarmte sie kurz und wandte sich dann an Giordino. »Alle anwesend und abgezählt?«

Giordino hielt Megan an der Hand. »Und immer noch allzeit bereit.«

»Dann kommt mit«, sagte Pitt. »Unsere Privatmaschine wartet schon.«

Sandecker und CIA-Agent Ron Little kam es vor, als wäre die Zeit stehen geblieben, während sie auf ein Lebenszeichen von Pitt und Giordino warteten. Das Kaminfeuer war bis auf die Glut niedergebrannt, und der Admiral hatte anscheinend keine Lust, neues Holz nachzulegen. Er paffte eine seiner dicken Zigarren und ließ eine Wolke aus blauem Dunst zur Decke aufsteigen. Er und Little saßen wie gebannt da und hörten sich die Geschichten von Admiral Holzapfel an, Geschichten, die er sechsundfünfzig Jahre lang keinem Menschen erzählt hatte.

»Sie wollten uns gerade erklären, Admiral«, sagte Sandecker, »dass die Nazis kurz vor dem Krieg Expeditionen in die Antarktis ausgesandt haben.«

»Ja. Adolf Hitler hatte mehr Fantasie, als die Leute dachten. Ich weiß nicht, was ihn darauf gebracht hat, aber die Antarktis faszinierte ihn, vor allem die Möglichkeit, sie zu besiedeln und als riesigen Militärstützpunkt zu nutzen. Wenn dieser Traum sich verwirklichen ließe, so glaubte er, könnte er mit seiner Luftwaffe und der Kriegsmarine sämtliche Meere südlich vom Wendekreis des Steinbocks beherrschen. Kapitän Alfred Ritscher wurde mit der Leitung einer großen Expedition betraut, die den sechsten Kontinent erkunden sollte. Die *Schwabenland*, einer der ersten deutschen Flugzeugträger, den man Anfang der Dreißigerjahre zum Auftanken von Flugbooten benutzte, die in die Antarktis unterwegs waren, wurde für diese Expedition umgerüstet und lief im Dezember 1938 in Hamburg aus. Angeblich, um die Voraussetzungen für die Gründung einer Walfangstation zu prüfen. Nachdem sie im antarktischen Sommer ihren Bestimmungsort erreicht hatte, schickte Ritscher zwei Flugzeuge los, die mit den neuesten und besten deutschen Aufklärungskameras ausgerüstet waren. Die Piloten flogen rund sechshundertfünfzigtausend Quadratkilometer Land ab und schossen über elftausend Luftaufnahmen.«

»Ich habe Gerüchte über diese Expedition gehört«, sagte Sandecker. »Aber dass sie den Tatsachen entsprechen, höre ich jetzt zum ersten Mal.«

»Ritscher kehrte ein Jahr später mit einer noch größeren Expedition zurück, diesmal mit Flugzeugen, die mit Skiern ausgerüstet waren, sodass sie auf dem Eis landen konnten. Außerdem führte er einen kleinen Zeppelin mit. Diesmal suchten sie rund neunhunderttausend Quadratkilometer ab, landeten am Südpol und warfen alle fünfzig Kilometer Hakenkreuzfahnen ab, um das Gebiet abzustecken, das die Nazis für sich beanspruchten.«

»Haben sie irgendetwas entdeckt?«, fragte Little.

»In der Tat«, erwiderte Holzapfel. »Bei den Erkundungsflügen wurden eine ganze Anzahl eisfreier Gebiete entdeckt, überfrorene Seen, deren Eisdecke nur einen Meter dick war, und etliche Geysire, in deren Nähe offenbar Pflanzen wuchsen. Außerdem meinten die Bildauswerter Überreste von Straßen unter dem Eis erkennen zu können.«

Sandecker setzte sich auf und blickte den alten U-Boot-Kommandanten an. »Die Deutschen haben Hinweise auf eine Zivilisation in der Antarktis gefunden?«

Holzapfel nickte. »Mit Schneemobilen ausgerüstete Suchtrupps fanden natürliche Höhlen im Eis. Als sie sie untersuchten, stießen sie auf die Überreste einer alten Kultur. Diese Entdeckung regte die Nazis dazu an, ihr ganzes technisches Können aufzubieten und einen riesigen unterirdischen Stützpunkt in der Antarktis aufzubauen. Es war das bestgehütete Geheimnis des Krieges.«

»Meines Wissens«, sagte Little, »haben die alliierten Nachrichtendienste die Gerüchte über einen Nazi-Stützpunkt in der Antarktis nicht ernst genommen. Sie dachten, das wäre reine Propaganda.«

Holzapfel schenkte ihm ein schiefes Lächeln. »Das sollten sie auch. Aber einmal hätte Admiral Dönitz beinahe alles verraten. Bei einer Ansprache an seine U-Boot-Kommandanten sagte er: ›Die deutsche U-Bootwaffe ist stolz darauf, für ihren Führer auf einem anderen Erdteil eine Reichsfeste errichtet zu haben, eine unbezwingbare Burg.‹ Zu unserem Glück achtete niemand darauf. Die

U-Boote, die ich in den ersten Kriegsjahren kommandierte, wurden nie in die Antarktis entsandt, daher erfuhr ich erst gegen Ende, als ich Kommandant von U-699 wurde, von dem geheimen Stützpunkt. Er trug den Decknamen Neu-Berlin.«

»Wie hat man ihn gebaut?«, erkundigte sich Sandecker.

»Nach Kriegsausbruch schickten die Nazis zwei Zerstörer in die antarktischen Gewässer, die sämtliche feindlichen Schiffe versenken und verhindern sollten, dass die Alliierten etwas von dem Unternehmen erfuhren. Die Zerstörer kaperten oder vernichteten eine ganze Flotte alliierter Handelsschiffe, dazu zahllose Fisch- und Walfangschiffe, die sich in diesem Gebiet aufhielten, bis sie schließlich von Kriegsschiffen der britischen Navy versenkt wurden. Danach bot man eine Armada von Frachtern auf, die als alliierte Handelsschiffe getarnt waren, und eine Flotte großer U-Boote, die nicht für den Kampfeinsatz, sondern für den Transport schwerer Güter gebaut worden waren, um Männer, Material, Geräte und Nachschub in die Gegend zu befördern, in der man die Überreste der uralten Zivilisation gefunden hatte.«

»Weshalb hat man einen Stützpunkt in den alten Ruinen gebaut?«, sagte Little. »Was bezweckten die Militärs damit?«

»Die untergegangene Stadt selbst spielte dabei keine Rolle. Aber unter dem Eis fand man eine riesige Höhle, die von der Stadt wegführte. Sie war rund vierzig Kilometer lang und endete an einem über zweihundertachtzig Quadratkilometer großen See, dessen Wasser durch die Erdwärme aufgeheizt war. Wissenschaftler, Ingenieure, Bautrupps, Angehörige aller Waffengattungen – Heer, Luftwaffe und Flotte – und natürlich ein großes Kontingent SS-Männer, die als Wachmannschaften und Aufseher dienten, landeten dort und begannen mit den gewaltigen Ausgrabungen. Außerdem schaffte man eine ganze Armee von Sklavenarbeitern dorthin, hauptsächlich russische Kriegsgefangene aus Sibirien, die an das eisige Klima gewöhnt waren.«

»Was ist aus den Russen geworden, nachdem der Stützpunkt fertig war?«, fragte Little, der die Antwort bereits ahnte.

Holzapfels Miene wurde finster. »Die Nazis konnten nicht zulassen, dass sie freikamen und Deutschlands bestgehütetes Geheimnis preisgaben. Sie mussten entweder arbeiten, bis sie tot umfielen, oder sie wurden hingerichtet.«

Sandecker musterte mit düsterem Blick die Rauchkringel, die von seiner Zigarre aufstiegen. »Dann liegen also tausende von Russen unter dem Eis, unbekannt und vergessen.«

»Menschenleben zählten bei den Nazis nicht viel«, sagte Holzapfel. »Der Bau einer Festung als Grundstock für ein Viertes Reich war ihnen jedes Opfer wert.«

»Das Vierte Reich«, sagte Sandecker. »Die letzte Bastion der Nazis. Von dort aus wollten sie also noch einmal versuchen, die Weltherrschaft zu erringen.«

»Die Deutschen sind ein hartnäckiges Volk.«

»Haben Sie den Stützpunkt gesehen?«, fragte Little.

Wieder nickte Holzapfel. »Nach dem Auslaufen aus Bergen fuhr Korvettenkapitän Harger mit U-2015, begleitet von mir und meiner Besatzung auf U-699, ohne einmal aufzutauchen über den Atlantik, zu einem abgelegenen Hafen in Patagonien.«

»Wo Sie Ihre Passagiere abgesetzt und die Schätze entladen haben«, fügte Sandecker hinzu.

»Wissen Sie über das Unternehmen Bescheid?«

»Nur im Groben, nichts Genaueres.«

»Dann können Sie auch nicht wissen, dass nur die Passagiere und das eisgekühlte Behältnis mit den Gewebeproben an Land gebracht wurden. Die Kunstschätze, die Goldbarren und andere Wertsachen wie auch die Reliquien der Partei blieben an Bord von U-2015 und U-699. Korvettenkapitän Harger und ich nahmen anschließend Kurs auf den Stützpunkt in der Antarktis. Nachdem wir ein Versorgungsschiff angelaufen und Treibstoff gebunkert hatten, setzten wir unsere Fahrt fort und erreichten Anfang Juni 1945 unseren Bestimmungsort. Die deutschen Ingenieure hatten dort ein wahres Wunderwerk vollbracht. Ein Lotse kam uns entgegen und übernahm das Ruder von U-2015. Wir folgten ihm und gelangten in eine große Kaverne, die von See aus auf einen halben Kilometer Entfernung nicht zu erkennen war. Wir trauten unseren Augen kaum, als wir die Hafenanlagen sahen, die aus dem Eis gehauen worden waren und Platz für mehrere U-Boote und große Frachter boten. Korvettenkapitän

Harger und ich wurden angewiesen, hinter einem Militärtransporter anzulegen, der gerade Flugzeugteile löschte …«

»Sind von diesem Stützpunkt aus Flugzeuge gestartet?«, unterbrach ihn Little.

»Die neueste Errungenschaft der deutschen Luftfahrttechnik. Düsenbomber vom Typ Junkers 287, die man zu Transportmaschinen umgebaut, mit Skiern ausgerüstet und eigens auf die klimatischen Bedingungen eingestellt hatte. Die Sklavenarbeiter hatten einen großen Hangar aus dem Eis gehauen, und gleichzeitig hatte man mit schwerem Gerät eine rund anderthalb Kilometer lange Start- und Landebahn angelegt. Innerhalb von fünf Jahren hatte man eine riesige Höhle geschaffen und eine Stadt für fünftausend Bauarbeiter und Sklaven.«

»Ist das Eis in den Kavernen und Stollen nicht durch die Hitze geschmolzen, die so viele Menschen und Maschinen erzeugen?«, fragte Little.

»Deutsche Chemiker haben einen Spezialanstrich entwickelt, der auf die Eiswände gesprüht wurde und sie isolierte, sodass sie nicht schmolzen. Die Temperatur in der Anlage betrug ständig fünfzehn Grad Celsius.«

»Wenn der Krieg ohnehin vorbei war«, wandte sich Sandecker an Holzapfel, »welchem Zweck sollte der Stützpunkt dann dienen?«

»Soweit ich weiß, sollten die überlebenden Nazi-Bonzen von diesem Stützpunkt aus im Geheimen tätig werden, Verbindungen mit Südamerika knüpfen und große Ländereien sowie Industrie- und Wirtschaftsunternehmen erwerben. Erhebliche Summen wurden auch für den Wiederaufbau eines neuen Deutschland verwendet oder flossen in asiatische Länder. Man benutzte dazu das Gold aus den alten Staatsschätzen, einen Teil des Erlöses aus der zusammengeraubten Beute, die man in Amerika verkaufte, und gefälschte amerikanische Banknoten, die man mittels echter Druckplatten des US-Schatzamtes herstellte – sie waren den Russen zur Verfügung gestellt worden und den Deutschen in die Hände gefallen. An finanziellen Mitteln zur Gründung eines Vierten Reiches mangelte es jedenfalls nicht.«

»Wie lange sind Sie auf dem Stützpunkt geblieben?«, fragte Little.

»Zwei Monate. Danach bin ich mitsamt meiner Besatzung zum Río de la Plata gefahren und habe mich den dortigen Behörden ergeben. Ein Offizier der argentinischen Marine kam an Bord und wies mich an, den Marinestützpunkt Mar del Plata anzulaufen. Ich gab den entsprechenden Befehl, den letzten, den ich als Offizier der Kriegsmarine erteilte, bevor ich das leere Boot den argentinischen Behörden überstellte.«

»Wie lange war da der Krieg schon vorbei?«

»Knapp vier Monate.«

»Und danach?«

»Meine Besatzung und ich wurden interniert, bis britische und amerikanische Nachrichtendienstleute eintrafen und uns vernahmen. Sechs Wochen lang verhörte man uns, bevor wir entlassen wurden und heimkehren durften.«

»Sie und Ihre Besatzung, nehme ich an, haben den alliierten Nachrichtendiensten nichts erzählt.«

Holzapfel lächelte. »Wir hatten auf der Fahrt von der Antarktis nach Argentinien drei Wochen Zeit, um uns ein paar Geschichten auszudenken und einzustudieren. Wir haben womöglich ein bisschen dick aufgetragen, aber keiner von uns ist davon abgewichen, sodass sie nichts erfahren haben. Sie waren überaus misstrauisch. Wer wollte ihnen das verübeln? Ein deutsches Kriegsschiff, das vier Monate verschwunden ist und dann plötzlich wieder auftaucht? Dessen Kommandant behauptet, er hätte geglaubt, die Funksprüche, in denen von der Kapitulation Deutschlands berichtet wurde, seien nur ein Trick der Alliierten, mit dem man ihn dazu verleiten wollte, seine Position preiszugeben? Keine allzu glaubwürdige Geschichte, aber sie konnten sie nicht widerlegen.« Er hielt inne und starrte auf das niedergebrannte Feuer. »Anschließend wurde U-699 an die US-Navy überstellt und zum Marinestützpunkt Norfolk in Virginia geschleppt, wo es abgewrackt und verschrottet wurde.«

»Und U-2015?«, hakte Sandecker nach.

»Ich weiß es nicht. Ich habe nie erfahren, was aus ihm geworden ist, und Harger habe ich auch nicht wieder gesehen.«

»Vielleicht interessiert es Sie«, sagte Sandecker, »dass U-2015 vor ein paar Tagen von einem amerikanischen Atom-Unterseeboot in der Antarktis versenkt wurde.«

Holzapfel kniff die Augen zusammen. »Ich habe Gerüchte gehört, dass sich noch lange nach Kriegsende deutsche U-Boote in der Antarktis herumtrieben, fand das aber nirgends bestätigt.«

»Weil viele hochmoderne U-Boote vom Typ XXI und XXII nach wie vor als vermisst gelten«, sagte Little. »Wir nehmen an, dass die Nazi-Führung seinerzeit eine ganze Flotte davon retten konnte, die seither zu Schmuggelzwecken eingesetzt wurden.«

»Ich muss einräumen, dass Sie womöglich Recht haben.«

Sandecker wollte gerade das Wort ergreifen, als das Telefon wieder klingelte. Er schaltete den Lautsprecher ein, wirkte aber bedrückt, fast so, als ob er eine schlechte Nachricht befürchtete. »Ja?«

»Nur zur Bestätigung«, ertönte Pitts Stimme. »Die Pizza liegt vor Ihrer Tür, und der Lieferjunge ist trotz des dichten Berufsverkehrs auf dem Rückweg zur Firma.«

»Danke für Ihren Anruf«, sagte Sandecker. Er klang keineswegs erleichtert.

»Ich hoffe, Sie rufen uns wieder an, wenn Sie Lust auf eine Pizza haben.«

»Dann aber lieber eine Calzone.« Sandecker unterbrach die Verbindung. »Nun ja«, sagte er müde, »sie haben sich zum Flugzeug durchgeschlagen und sind in der Luft.«

»Dann haben sie es hinter sich«, sagte Little, der mit einem Mal viel lebhafter wirkte.

Sandecker schüttelte bedrückt den Kopf. »Als Dirk von dichtem Berufsverkehr sprach, meinte er damit, dass sie von den Sicherheitskräften mit Flugzeugen angegriffen werden. Ich fürchte, sie sind den Haien entronnen, nur um unter die Barracudas zu geraten.«

Von seinem automatischen Leitsystem gesteuert, stieg das Moller Skycar in den Nachthimmel auf, huschte über das schwarze Wasser des Fjords dahin und gewann an Höhe, während es über den Gletscher kurvte, der sich von den Bergen herunterschob. Falls allerdings jemand an Bord gemeint hatte, sobald sie in der Luft wären, stünde ihnen ein ruhiger Rückflug zu dem NUMA-Schiff bevor, das sie vor Punta Entrada erwartete, hatte er sich gründlich getäuscht.

Insgesamt vier Kampfhubschrauber stiegen vom Deck der *Ulrich Wolf* auf und nahmen Kurs auf Skycar. Einer hätte genügt, doch die Wolfs schickten die gesamte Luftflotte ihrer Sicherheitskräfte los, um die Flüchtigen aufzuhalten. Sie flogen nicht in eleganter Formation, hatten auch nicht vor, sich an den Gegner heranzutasten und ihn in ein klassisches Gefecht zu verwickeln – in breiter Reihe hielten sie auf das Skycar zu und wollten ihm den Weg abschneiden, bevor es in den Bergen Zuflucht fand.

Die Hubschrauber vom Typ BO 103LS-7, die die Destiny Enterprises bei der Firma Messerschmitt-Bölkow-Blohm erworben hatten, waren in erster Linie für die deutsche Bundeswehr zur Panzerbekämpfung und Unterstützung von Bodentruppen entwickelt worden. Die Maschinen, die das Skycar jagten, hatten zwei Mann Besatzung und wurden von zwei Turbinen getrieben, mit denen sie eine Höchstgeschwindigkeit von rund vierhundertfünfzig Stundenkilometern erreichten. Bewaffnet waren sie mit einer schwenkbaren Zwanzig-Millimeter-Kanone, die unter dem Rumpf angebracht war.

Giordino saß auf dem Pilotensitz, Pitt überwachte die Instrumente, und die beiden Frauen hatten sich in die engen Rücksitze gequetscht. Wie schon auf dem Herflug, gab es für Giordino kaum etwas zu tun, außer die Gashebel auf Höchstleistung zu stellen. Alle anderen Flugbewegungen wurden per Computer gesteuert. Neben ihm beobachtete Pitt unterdessen die angreifenden Hubschrauber auf dem Radarschirm.

»Warum können uns diese Mistkerle nicht in Ruhe lassen?«, stöhnte Giordino.

»Sieht so aus, als ob sie uns die ganze Bande auf den Hals gehetzt haben«, sagte Pitt, während er die leuchtenden Punkte am Rand des Radarschirms musterte, die auf das in der Mitte abgebildete Skycar zuhielten wie auf eine Zielscheibe.

»Wenn sie Raketen mit Hitzesuchkopf haben, die auch durch enge Schluchten fliegen«, sagte Giordino, »können sie uns eine Menge Ärger machen.«

»Glaub ich nicht. Zivilmaschinen sind selten mit Raketenwerfern ausgerüstet.«

»Können wir sie in den Bergen abschütteln?«

»Es wird knapp«, antwortete Pitt. »Die können nur hoffen, dass sie uns mit einem Glückstreffer aus rund einem halben Kilometer Entfernung erwischen, bevor wir außer Reichweite sind. Danach können wir sie abhängen. Allem Anschein nach sind sie rund fünfzig Stundenkilometer langsamer als wir.«

Giordino spähte aus der Kanzel. »Wir sind über den Gletscher weg und kommen in die Berge. Wenn wir im Zickzack durch die Schluchten fliegen, tun die sich ziemlich schwer, uns vor die Rohre zu kriegen.«

»Sollten Sie sich nicht lieber aufs Fliegen konzentrieren?«, sagte Pat, die beklommen auf die Berge starrte, die im fahlen Mondlicht zu beiden Seiten des Skycar aufragten. »Statt miteinander zu plaudern?«

»Wie geht's euch beiden da hinten?«, erkundigte sich Pitt.

»Das ist wie Achterbahnfahren«, sagte Megan aufgeregt.

Pat war sich eher der Gefahr bewusst, in der sie schwebten, und bei weitem nicht so begeistert wie ihre Tochter. »Danke, aber ich glaube, ich halte meine Augen lieber geschlossen.«

»Wir werden bei dem Hin- und Hergekurve in den Bergen ein bisschen von den Turbulenzen durchgerüttelt werden, zumal wir Höchstgeschwindigkeit fliegen«, erklärte Pitt. »Aber keine Sorge. Der Computer steuert die Maschine.«

»Wie tröstlich«, murmelte Pat beklommen.

»Die bösen Buben kommen bei neun Uhr über den Gipfel«, meldete Giordino, während er argwöhnisch auf die gleißenden Scheinwerferstrahlen der Helikopter starrte, die über die schroffen Berghänge zuckten.

Die Piloten der angreifenden Hubschrauber stellten es schlau an. Sie machten keine Anstalten, das schnellere Skycar durch die Kurven und Windungen der Schluchten zu verfolgen, die Wind, Wetter und Wasser in die Berge gegraben hatten. Ihnen war klar, dass sie nur eine einzige Chance hatten, das seltsam aussehende Fluggerät abzuschießen. Alle vier gingen höher, feuerten hinab in die Schlucht und setzten einen Hagel von Neun-Millimeter-Geschossen vor den Bug des Skycar.

Pitt begriff sofort, welche Taktik sie verfolgten, und stieß Giordino mit dem Ellbogen an. »Geh auf Handbetrieb!«, rief er. »Bleib in der Luft stehen und setze zurück!«

Giordino tat, wie ihm geheißen, und hatte das Manöver schon fast durchgeführt, noch ehe Pitt zu Ende gesprochen hatte. Er schaltete den Computer aus und übernahm die Steuerung, stoppte das Skycar so abrupt ab, dass sie alle gegen die Sicherheitsgurte geschleudert wurden, und zog es rückwärts in die Schlucht hinab.

»Wenn wir durch das Sperrfeuer fliegen«, sagte Pitt, »werden wir in Fetzen geschossen.«

»Dürfte bloß ein paar Sekunden dauern, bis sie sich neu formiert haben und wieder auf uns zielen.«

»Darum geht's doch. Ich rechne damit, dass sie uns ihre Kugeln hinter das Heck setzen, weil sie erwarten, dass wir in die Richtung fliegen. Aber inzwischen schießen wir wieder nach vorn und zwingen sie dazu, sich noch mal neu zu formieren – der gleiche Trick, den wir mit dem Patrouillenboot durchgezogen haben. Wenn es halbwegs gut läuft, gewinnen wir so viel Zeit, dass wir hinter dem Berg verschwunden sind, ehe sie ihr Feuer wieder auf uns konzentrieren können.«

Noch während er sprach, lösten sich die Kampfhubschrauber aus der Formation, um sich ihr Ziel erneut vorzunehmen. Sekunden später hatten sie sich neu gruppiert, hielten auf sie zu und richteten ihr Feuer direkt auf das Skycar. Giordino zog die Maschine sofort wieder nach vorn, die Schlucht hinauf. Um ein Haar wäre es geglückt, doch in den wenigen Sekunden, in denen er rückwärts geflogen war, waren die Helikopter näher gekommen. Diesmal versuchten sie es nicht mit Sperrfeuer. Die Piloten reagierten prompt und nahmen das rasch flüchtende Skycar unter Einzelbeschuss.

Kugeln schlugen in die senkrechten Flossen am Schwanz. Das Fahrgestell wurde weggeschossen, und der obere Teil der Kanzel zerplatzte plötzlich und flog in die Dunkelheit davon, sodass ein Schwall kalte Luft ins Cockpit strömte. Ringsum pfiffen die Geschosse vorbei, aber weil das Feuer bei aller Schärfe letztlich ungezielt blieb, wurden die Triebwerke gottlob nicht beschädigt. Da Giordino den Salven nicht im Zickzack ausweichen konnte, weil die Wände der Felsrinne auf beiden Seiten keine fünfzehn Meter weit entfernt waren, riss er das Skycar immer wieder hoch und drückte es nach unten.

Die Zwanzig-Millimeter-Geschosse schlugen in die steilen Klippen ein und rissen Gesteinsfontänen aus dem Fels, während Giordino mit dem Skycar in aberwitzigen Kapriolen durch die Schlucht jagte wie eine Katze, die von einem Rudel wilder Hunde verfolgt wird. Noch zweihundert Meter, noch hundert, dann riss Giordino die Maschine in eine scharfe Neunzig-Grad-Kurve und zog sie um eine vorspringende Felsnase, die sie vor dem Kugelhagel schützte.

Als die Kampfhubschrauber der Destiny Enterprises die Wand umflogen, war das Skycar bereits in der Dunkelheit der Berge verschwunden.

VIERTER TEIL

Eine Stadt unter dem ewigen Eis

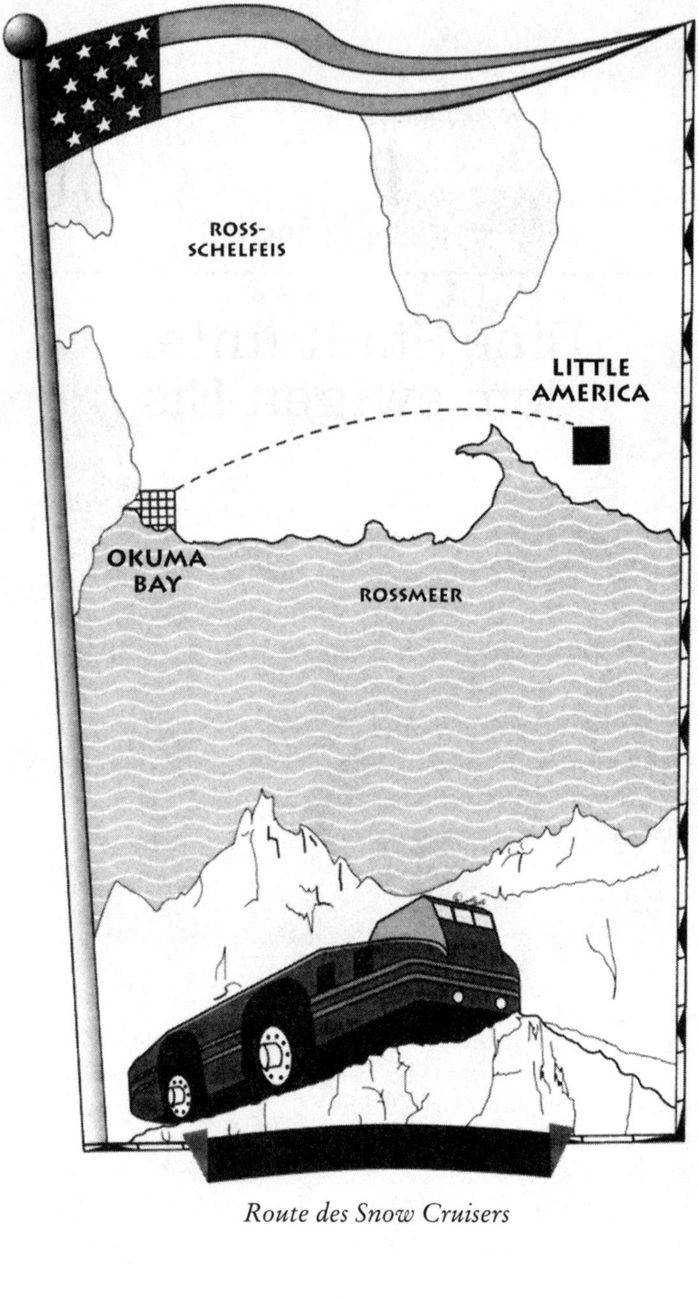

Route des Snow Cruisers

10. April 2001
Buenos Aires, Argentinien

32

Eine lange Schlange von Limousinen rollte über die geschwungene Auffahrt vor der britischen Botschaft in Buenos Aires. Frauen im Abendkleid und Männer im Frack stiegen aus den schweren schwarzen Wagen und traten durch die hohen Bronzetüren in das Foyer, wo sie von Charles Lexington, dem britischen Botschafter in Argentinien, und seiner Gemahlin Martha, einer großen, stattlichen Frau mit weißen Haaren und Pagenkopf, empfangen wurden. Die Feier zu Ehren von Prinz Charles, der nach der Abdankung seiner Mutter, Queen Elizabeth II., den Thron bestiegen hatte, war das gesellschaftliche Ereignis des Jahres.

Jeder, der in Argentinien Rang und Namen hatte, war eingeladen worden, und alle kamen – der Präsident, die Führer der im Nationalkongress vertretenen Parteien, der Bürgermeister von Buenos Aires, Finanzmagnaten, Industrielle und die gesamte Prominenz des Landes. Alle, die den Ballsaal betraten, in dem ein Orchester in Kostümen des 18. Jahrhunderts spielte, waren begeistert von dem reichhaltigen Büfett, zubereitet von den besten Küchenchefs, die man eigens aus England eingeflogen hatte.

Als Karl Wolf mit seinen Schwestern samt Gefolge eintraf, zogen sie wie üblich sämtliche Blicke auf sich. Seine persönliche Leibwache wich ihnen die ganze Zeit nicht von der Seite. Entsprechend der Familientradition trugen die Frauen Kleider vom gleichen Zuschnitt, aber in unterschiedlichen Farben. Nachdem sie vom britischen Botschafter begrüßt worden waren, begaben sie sich, von allen anwesenden Frauen neidisch begafft, in den Ballsaal.

Karl wurde von Geli, Maria und Lucie samt deren Ehemännern sowie von Elsie begleitet, die gerade aus den Vereinigten Staaten zurückgekehrt war. Während seine Schwestern und deren Gatten zu einem Potpourri mit Melodien von Cole Porter tanzten, gingen Karl und Elsie zum Büfett, blieben unterwegs kurz stehen und ließen sich von einem livrierten Kellner zwei Gläser Champagner reichen. Sie wählten eine Reihe exotischer Gerichte aus und begaben sich in die Bibliothek, wo sie sich einen freien Tisch suchten und neben einem raumhohen Bücherregal Platz nahmen.

Elsie wollte gerade die Gabel mit einem Stück Käse zum Munde führen, als sie erstarrte und mit ungläubigem Blick zur Tür schaute. Karl sah ihre verdutzte Miene, drehte sich aber nicht um, sondern wartete ruhig auf eine Erklärung. Sie kam in Gestalt eines großen, markig wirkenden Mannes, der von einer bezaubernden Frau mit flammend roten, taillenlangen Haaren begleitet wurde. Der Mann trug einen Frack und eine rostbraune Brokatweste, über die sich eine goldene Uhrkette spannte. Die Frau hatte eine schwarze Jacke aus Seidensamt und ein eng anliegendes, knöchellanges schwarzes Abendkleid mit Seitenschlitzen an. Ein mit Bergkristallen besetzter Reif zierte ihren schlanken Hals.

Sie näherten sich den Wolfs und blieben stehen. »Wie schön, Sie wieder zu sehen, Elsie«, sagte Pitt herzlich. Bevor sie antworten konnte, wandte er sich an Karl. »Und Sie müssen der berüchtigte Karl Wolf sein, von dem ich schon so viel gehört habe.« Er hielt inne und drehte sich zu Pat um. »Darf ich Ihnen Dr. Patricia O'Connell vorstellen?«

Wolf betrachtete Pitt wie ein Diamantschleifer den Edelstein, bevor er den Hammer hebt und ihn in zwei Teile spaltet. Obwohl er Pitt offenbar nicht erkannte, lief es Pat eiskalt über den Rücken. Der Milliardär sah unglaublich gut aus, doch die Augen wirkten kalt und bedrohlich. Er strahlte eine gewisse Härte und Unnahbarkeit aus, die auf eine unterschwellige Grausamkeit hindeuteten. Er verzog keine Miene, als sie ihm vorgestellt wurde, ließ sich nicht einen Moment lang anmerken, ob ihm der Name etwas sagte, erwies ihr aber auch nicht die Ehre aufzustehen.

»Wir sind uns zwar noch nie begegnet«, fuhr Pitt in aller Freundlichkeit fort, »aber ich habe trotzdem das Gefühl, dass ich Sie kenne.«

»Ich habe keine Ahnung, wer Sie sind«, sagte Wolf in perfektem Englisch mit einem leichten spanischen Akzent.

»Ich heiße Dirk Pitt.«

Einen kurzen Moment wirkte Wolf fassungslos, dann musterte er Pitt mit unverhohlen feindseligem Blick. »Sie sind Dirk Pitt?«, fragte er kalt.

»Genau der.« Er lächelte Elsie an. »Sie sind offenbar überrascht, mich zu sehen. Sie sind ganz plötzlich aus Washington abgereist; wir hatten gar keine Gelegenheit, uns noch mal zu unterhalten.«

»Woher kommen Sie?«, fauchte sie.

»Von der *Ulrich Wolf*«, antwortete Pitt höflich. »Nachdem wir das Schiff besichtigt hatten, sind Pat und ich unversehens in Buenos Aires gelandet. Da dachten wir uns, wir schauen einfach mal vorbei und sagen hallo.«

Ihre Augen wirkten wie Laserstrahlen, mit denen sie Pitt durchbohren wollte. »Wir können Sie töten lassen.«

»Das haben Sie schon mal probiert, aber es hat nicht geklappt«, erwiderte Pitt lässig. »Ich rate Ihnen von weiteren Versuchen ab, zumindest in der britischen Botschaft und im Beisein so vieler Menschen.«

»Sie befinden sich hier nicht zu Hause, Mr. Pitt, sondern in meinem Land. Sobald Sie auf die Straße treten, kann Sie nichts und niemand mehr schützen.«

»Keine gute Idee, Karl. Damit legen Sie sich nur mit der US-Marineinfanterie an, die uns im Auftrag des amerikanischen Botschafters hierher geleitet hat.«

Einer von Wolfs Leibwächtern nahte, als wollte er Pitt angreifen, doch plötzlich trat Giordino von hinten vor, baute sich vor ihm auf und verstellte ihm den Weg. Der Bodyguard, der gut einen Kopf größer und rund zwanzig Kilo schwerer war, schaute verächtlich auf Giordino herunter. »Du kommst dir wohl sehr stark vor, Kleiner?«

Giordino grinste herablassend. »Ich will ja nicht angeben, aber ich habe grade ein halbes Dutzend von deiner Sorte kaltgemacht.«

»Er macht keine Witze«, sagte Pitt.

Der Leibwächter wusste offensichtlich nicht, ob er darauf defensiv oder wütend reagieren sollte. Wolf hob wie beiläufig die Hand und winkte seinen Bodyguard weg. »Ich beglückwünsche Sie zu Ihrer Flucht von der *Ulrich Wolf*. Meine Sicherheitskräfte haben sich leider als völlig unfähig erwiesen.«

»Ganz und gar nicht«, erwiderte Pitt liebenswürdig. »Eigentlich waren sie ziemlich gut. Wir hatten bloß großes Glück.«

»Dem Bericht nach zu schließen, den ich erhalten habe, spielte Glück dabei nur eine sehr geringe Rolle.«

Aus dem Munde eines Karl Wolf war das fast so etwas wie ein Kompliment. Langsam stand er auf und wandte sich an Pitt. Er war rund fünf Zentimeter größer und genoss es sichtlich, auf diesen Störenfried, der Destiny Enterprises so zu schaffen machte, herabschauen zu können. Mit funkelnden Augen starrte er Pitt an, doch der hielt seinem Blick mühelos stand, auch wenn er diese Spielereien für kindisch hielt und lieber die Gelegenheit nutzte, seinen Gegner zu mustern.

»Sie begehen einen schweren Fehler, wenn Sie sich mir in den Weg stellen, Mr. Pitt. Sie sind sich doch sicherlich darüber im Klaren, dass ich fest entschlossen bin, alle mir zur Verfügung stehenden Mittel einzusetzen, um eine Welt zu schaffen, die so rein und unverdorben ist, wie sie einst vor neuntausend Jahren war.«

»Sie wenden dabei sonderbare Methoden an.«

»Weshalb sind Sie heute Abend hergekommen?«

Pitt dachte nicht daran, auch nur einen Fuß breit nachzugeben. »Ihre Familie hat mir allerlei Unannehmlichkeiten eingebrockt, deshalb wollte ich den Mann kennen lernen, der sich zum Herrn der Welt aufschwingen möchte.«

»Und nun, da Sie mich kennen gelernt haben?«

»Mir kommt es so vor, als ob Sie Ihr ganzes Hab und Gut auf ein Ereignis setzen, das möglicherweise gar nicht stattfindet. Warum sind Sie so davon überzeugt, dass der Doppelgänger des Kometen, der die Amenes vernichtet hat, nächsten Monat zurückkehrt und die Erde trifft? Woher wollen Sie wissen, dass er nicht wieder vorbeifliegt, so wie damals?«

Wolf schaute Pitt forschend an und lächelte boshaft. Er war es offensichtlich nicht gewöhnt, dass jemand keine Angst vor seiner Macht und seinem Reichtum hatte und nicht vor ihm am Boden kroch.

»Dass es zu einer Katastrophe kommt, steht nachweislich fest. Danach wird es die Welt, so wie man sie derzeit kennt, nicht mehr geben. Mit Ausnahme meiner Familie werden sämtliche Menschen, jeder in diesem Haus, darunter auch Sie, zu Grunde gehen.« Mit einem tückischen Grinsen beugte er sich vor. »Aber ich fürchte, Mr. Pitt, dass dies etwas früher geschehen wird, als Sie meinen. Der Zeitplan wurde gestrafft, müssen Sie wissen. Das Ende der Welt… beginnt in genau vier Tagen und zehn Stunden.«

Pitt versuchte sich den Schreck nicht anmerken zu lassen. Keine fünf Tage mehr! Wie konnte das sein?

Pat bemühte sich gar nicht darum, ihre Bestürzung zu verhehlen. »Wie können Sie so was nur tun? Wieso haben Sie sich so viel Mühe gegeben, die Sache zu verheimlichen?«, herrschte sie ihn an. »Wieso haben Sie keine Menschenseele vorgewarnt, damit man sich darauf vorbereiten kann? Haben Sie und Ihre werten Schwestern denn gar kein Gewissen? Haben Sie kein Mitleid? Quält Sie nicht der Gedanke an die Abermillionen toter Kinder, wie er jeden halbwegs normalen Menschen quälen würde? Sie sind ja genauso schlimm wie Ihre Vorfahren, die Millionen…«

Elsie sprang auf. »Unterstehen Sie sich, meinen Bruder zu beleidigen!«, zischte sie.

Pitt schlang den Arm um Pats Taille. »Für dieses Gesindel ist jedes Wort zu schade«, sagte er mühsam beherrscht. Die Auseinandersetzung wurde allmählich eine Idee zu hitzig. Aber eine Bemerkung musste er noch loswerden. Er schaute Elsie an und sagte freundlich, aber mit einem frostigen Grinsen: »Wissen Sie, Elsie, ich wette, wenn man mit Ihnen oder einer Ihrer Schwestern ins Bett geht, kommt man sich vor, als ob man mit einem Eisklotz schläft.«

Elsie holte aus und wollte ihm eine Ohrfeige verpassen, doch Pat ging dazwischen und packte ihren Arm. Elsie riss sich los, sichtlich schockiert darüber, dass sich jemand, der nicht zur Familie gehörte, an ihr vergriff. Einen Moment lang dachten sowohl Pitt als auch Wolf, die beiden Frauen würden übereinander herfallen, doch dann lächelte Pat unverfroren und wandte sich an Pitt und Giordino. »Ich langweile mich. Wieso fordert mich keiner von euch zum Tanzen auf?«

Pitt wollte lieber bei den Wolfs bleiben und zusehen, ob er ihnen noch etwas mehr entlocken konnte, solange sich die Gelegenheit bot. Mit einer knappen Verbeugung wandte er sich an Giordino. »Du hast den Vortritt.«

»Mit Vergnügen.« Giordino nahm Pat an der Hand und führte sie auf die Tanzfläche, als das Orchester gerade »Night and Day« anstimmte.

»Ganz schön schlau«, sagte Pitt zu Karl Wolf, »dass Sie den Zeitpunkt vorgezogen haben. Wie haben Sie das gemacht?«

»Ach, Mr. Pitt«, sagte Wolf. »Ein paar Geheimnisse muss ich doch für mich behalten.«

Pitt versuchte es anders. »Mein Kompliment zu Ihren Schiffen. Sie sind wahre Meisterwerke. Nur die *Freedom*, eine schwimmende Stadt, die Norman Nixon von Engineering Solutions gebaut hat, kann von der schieren Größe her einigermaßen mithalten.«

»Das stimmt.« Wolf konnte sein Interesse nicht verhehlen. »Ich gebe offen zu, dass viele Errungenschaften, die wir uns beim Bau der *Ulrich Wolf* zu Eigen gemacht haben, auf diese Entwürfe zurückgehen.«

»Glauben Sie wirklich, dass diese Riesenschiffe hinaus auf See getragen werden, wenn die riesige Flutwelle herankommt?«

»Meine Ingenieure haben mir versichert, dass ihre Berechnungen hundertprozentig stimmen.«

»Was passiert, wenn sie sich geirrt haben?«

Wolfs Miene verriet, dass er darauf noch keinen Gedanken verschwendet hatte. »Die Katastrophe wird sich genau zu dem Zeitpunkt ereignen, den ich vorausgesagt habe, und unsere Schiffe werden sie heil überstehen.«

»Ich bin mir nicht sicher, ob ich noch leben möchte, wenn die Erde verwüstet und die Mehrzahl aller Menschen und Tiere tot ist.«

»Das ist eben der Unterschied zwischen Ihnen und mir, Mr. Pitt. Für Sie ist damit alles vorbei. Ich hingegen betrachte es als eine Herausforderung zu einem Neuanfang. Und nun gute Nacht. Wir haben noch viel zu tun.« Damit nahm er seine Schwester am Arm und entfernte sich.

Pitt hätte nur allzu gern geglaubt, dass Wolf lediglich ein Spinner war, aber die Überzeugung, mit der dieser Mann und seine ganze Familie zu Werke gingen, ließ sich mit bloßem Fanatismus nicht mehr erklären. Pitt war reichlich unwohl zu Mute. Ein derart intelligenter Mensch, dachte er, der ein milliardenschweres Wirtschaftsimperium aufgebaut hatte, warf doch nicht alles wegen eines Hirngespinstes weg. Es musste einen logischen Grund dafür geben, irgendetwas Handfestes, auch wenn es zu schrecklich war, als dass man es sich vorstellen konnte. Aber was? Wenn Wolfs Zeitvorgabe zutraf, blieben Pitt nur noch vier Tage und zehn Stunden, um die Antwort darauf zu finden. Und warum war Wolf mit einem Mal so mitteilsam gewesen, als es um den Zeitpunkt ging? War er schlicht und einfach der Meinung, dass es keine Rolle mehr spielte, weil sowieso niemand etwas dagegen unternehmen konnte? Oder steckte eine weitere Teufelei dahinter?

Pitt wandte sich um, begab sich zur Bar und bestellte einen Anejo, reinen, aus blauen Agaven gebrannten Tequila auf Eis. John Horn, der amerikanische Botschafter, gesellte sich zu ihm, ein kleiner Mann mit hellen Haaren. Er wirkte wie ein Falke, der über dem Waldland kreist und eher die eigene Herrlichkeit auskostet, als Ausschau nach Beute zu halten.

»Wie sind Sie und Karl Wolf miteinander klargekommen?«, erkundigte er sich.

»Nicht besonders«, antwortete Pitt. »Er will unbedingt den Allmächtigen markieren, und ich kann nicht katzbuckeln.«

»Ein seltsamer Mann. Soweit ich weiß, hat ihn noch nie jemand näher kennen gelernt. Der hat Ihnen sicherlich nicht verraten, weshalb er an diese fantastische Geschichte vom Ende der Welt glaubt. Ich habe mich mit meinen Kollegen hier und in Washington darüber unterhalten, und die sagen, es gäbe nicht den geringsten Hinweis darauf – bislang zumindest.«

»Wissen Sie Genaueres über ihn?«

»Nicht viel. Nur das, was ich in den nachrichtendienstlichen Berichten gelesen habe. Sein Großvater war ein hoher Nazi, der sich gegen Kriegsende aus Deutschland abgesetzt hat. Er kam mit seiner Familie und ein paar anderen Nazi-Bonzen sowie etlichen Wissenschaftlern und Ingenieuren hierher. Kurz nach ihrer Ankunft in Argentinien wurden sie auf den Finanzmärkten tätig und begründeten innerhalb von zwei Jahren einen Wirtschaftskonzern, der die größten landwirtschaftlichen Betriebe, Banken und Unternehmen des ganzen Landes aufkaufte. Sobald sie sich hier eine Hausmacht aufgebaut hatten, stiegen sie auf internationaler Ebene in so gut wie sämtliche Industriezweige ein, von der Chemie bis zur Elektronik. Man kann nur raten, woher das Anfangskapital stammt. Gerüchteweise verlautete, dass es sich um deutsches Raubgold und die Wertpapiere ermordeter Juden gehandelt habe. Jedenfalls müssen es gewaltige Werte gewesen sein, woher auch immer, sonst hätten sie in so kurzer Zeit nicht so viel erreicht.«

»Können Sie mir irgendwas über die Familie erzählen?«

Horn orderte beim Barkeeper einen Martini. »Bestenfalls Gerüchte. Meine argentinischen Freunde werden immer sehr still, sobald ich sie auf die Wolfs anspreche. Es heißt, dass Dr. Mengele, der Todesengel von Auschwitz, der angeblich vor etlichen Jahren ertrunken sein soll, beste Beziehungen zu den Wolfs hatte. Die Geschichten, die ich in diesem Zusammenhang gehört habe, sind, wie ich zugeben muss, aberwitzig. Aber man behauptet, dass Mengele seine Experimente mit menschlichem Erbgut fortgesetzt und gemeinsame Sache mit den Wolfs gemacht hat. Dass ihr Nachwuchs daraus entstanden sein soll. Bei den Kindeskindern ging man dann angeblich noch gezielter vor, züchtete lauter hochintelligente, kräftige Bälger, die sich alle ähneln wie ein Ei dem andern, so wie Karl und seine Schwestern, die übrigens genauso aussehen wie ihre Cousinen und Vettern. So haarsträubend es auch klingen mag, aber man munkelt sogar, dass Adolf Hitlers Sperma in den letzten Kriegstagen aus Berlin geschmuggelt und von Mengele zur Befruchtung der Wolfschen Frauen benutzt wurde.«

»Glauben Sie das?«, fragte Pitt.

»Gern ganz gewiss nicht«, sagte Horn und trank einen Schluck Martini. »Der britische Geheimdienst hält sich diesbezüglich bedeckt. Aber Major Steve Miller, mein hiesiger Nachrichtendienstoffizier, hat seinen Computer zu Rate gezogen und alte Fotos von Hitler mit Bildern der Wolfs verglichen. Ich weiß, es ist abscheulich, aber wenn man von den Haaren, der Augenfarbe und der Körpergröße einmal absieht, gibt es eindeutig gewisse Ähnlichkeiten.«

Pitt trank aus und bot ihm die Hand zum Gruß. »Besten Dank für die Einladung und die Leibgarde. Wir sind unverhofft in Buenos Aires eingefallen, und trotzdem haben Sie alles getan, was in Ihrer Macht stand, um uns mit Karl Wolf bekannt zu machen.«

Horn ergriff Pitts Hand. »Wir haben Glück gehabt, dass die Wolfs gekommen sind. Es freut mich sehr, dass diesem arroganten Ekel mal jemand Kontra gegeben hat. Als Diplomat darf ich mir so etwas leider nicht herausnehmen.«

»Er behauptet, sie hätten den Zeitplan geändert, sodass es nur noch viereinhalb Tage bis zum großen Inferno sind. Meiner Meinung nach müsste sich die gesamte Familie demnächst auf ihre Archen begeben.«

»Wirklich? Sehr seltsam«, sagte Horn. »Ich weiß aus zuverlässiger Quelle, dass Karl übermorgen eine Dienstreise in die Antarktis antritt, wo die Familie eine Meerwasseranlage zur Gewinnung von Mineralien besitzt.«

Pitt kniff die Augen zusammen. »Das wird zeitlich aber ziemlich knapp.«

»Dieses Projekt, das die dort unten betreiben, ist schon seit jeher etwas rätselhaft. Soweit ich weiß, konnte die CIA dort noch nie einen Agenten einschleusen.«

Pitt lächelte Horn an. »Über nachrichtendienstliche Angelegenheiten wissen Sie ja bestens Bescheid.«

Horn zuckte die Achseln. »Es zahlt sich aus, wenn man gewisse Kontakte pflegt.«

Pitt ließ den Tequila im Glas kreisen und sah nachdenklich zu, wie der Schnaps die Eiswürfel umspülte. Was ist dort unten so wichtig, fragte er sich, dass er auf den letzten Drücker noch mal in die Antarktis reist? Eigentlich müsste sich der künftige Führer des Vierten Reichs zu seiner Flotte begeben und seine Anhängerschar auf das große Ereignis einstimmen, statt zum Südpol zu fliegen. Diese Reise kostete ihn hin und zurück gut zwei Tage. Irgendwas stimmte da nicht.

33

Tags darauf trafen sich siebenundzwanzig von insgesamt zweihundert Mitgliedern der Familie Wolf, alles Führungskräfte bei Destiny Enterprises und maßgeblich am Aufbau des Vierten Reichs beteiligt, in den Büros der Firma. Sie versammelten sich im Sitzungssaal, dessen Wände mit Teakholz getäfelt waren, wo sie an dem zwölf Meter langen, ebenfalls aus Teakholz gefertigten Konferenztisch Platz nahmen. Ein großes Ölgemälde von Ulrich Wolf hing über dem offenen Kamin an einem Ende des Raums. Kerzengerade stand der Familienpatriarch in seiner schwarzen SS-Uniform da, das Kinn energisch nach vorn geschoben, und starrte mit dunklen Augen in weite Ferne.

Die zwölf Frauen und fünfzehn Männer warteten geduldig, während ihnen fünfzig Jahre alter Portwein aus Kristallkaraffen aufgetischt wurde. Um Punkt zehn Uhr kam Karl Wolf aus der Suite des Vorstandsvorsitzenden und nahm seinen Platz am Kopfende des Tisches ein. Einen Moment lang ließ er den Blick über seine Brüder und Schwestern, Cousins und Cousinen schweifen, die erwartungsvoll zu ihm schauten. Max Wolf, sein Vater, saß zu seiner Linken, sein Schwager Bruno Wolf rechts neben ihm. Karl Wolf lächelte leicht und wirkte gut gelaunt.

»Bevor wir mit unserer Sitzung beginnen, der letzten in diesen Räumen und in unserer geliebten Stadt Buenos Aires, möchte ich euch und allen Anverwandten meine Anerkennung für all das aussprechen, was ihr in so kurzer Zeit geleistet habt. Jedes Mitglied der Familie Wolf hat weit mehr vollbracht, als wir erwarten durften, und wir sollten alle stolz darauf sein, dass uns nicht einer enttäuscht hat.«

»Hört, hört«, rief Bruno. Die anderen stimmten ein und klatschten Beifall.

»Ohne die tatkräftige Führung durch meinen Sohn«, verkündete Max Wolf, »hätte der große Kreuzzug, so wie ihn sich unsere Vorfahren vorgestellt haben, niemals in die Tat umgesetzt werden können. Ich bin stolz auf deinen bedeutenden Beitrag zur Schaffung einer neuen Weltordnung und von Herzen froh darüber, dass unsere

Familie, in deren Adern das Blut des Führers fließt, in Kürze ein Viertes Reich wird erstehen lassen.«

Wieder brandete rundum Beifall auf. Mit Ausnahme von Vater Max Wolf sahen alle, die am Tisch saßen, wie geklont aus. Die gleichen Gesichtszüge, der gleiche Körperbau, die gleiche Haar- und Augenfarbe – es war wie in einem Spiegelkabinett.

Karl wandte sich an Bruno. »Befinden sich alle, die nicht anwesend sind, an Bord der *Ulrich Wolf*?«

Bruno nickte. »Sämtliche Familienmitglieder sind in ihren Wohnquartieren untergebracht.«

»Und die Vorräte und die Ausrüstung?«

Wilhelm Wolf hob die Hand und erstattete Bericht. »Die Nahrungsmittel sind verladen und auf alle vier Schiffe verteilt. Sämtliche Besatzungsmitglieder und sonstiges Personal sind an Bord. Alle Geräte und die gesamte Elektronik wurden geprüft und erprobt. Es gab keinerlei Mängel. Nichts wurde außer Acht gelassen. Wir haben alle Möglichkeiten in Betracht gezogen und die entsprechenden Vorkehrungen getroffen. Die Schiffe sind bereit und selbst für die stärksten Flutwellen gerüstet, die wir bei unseren Computersimulationen erzeugt haben. Nun müssen wir nur noch zur *Ulrich Wolf* fliegen und ausharren, bis die Erde wieder ersteht.«

Karl lächelte. »Ihr müsst ohne mich aufbrechen. Ich komme später nach. Ich muss unbedingt die letzten Vorbereitungen in unserem Werk an der Okuma Bay überwachen.«

»Komm nicht zu spät«, sagte Elsie lächelnd. »Sonst müssen wir ohne dich in See stechen.«

Karl lachte. »Keine Angst, Schwesterherz. Ich habe nicht vor, das Schiff zu verpassen.«

Rosa hob die Hand. »Hat die amerikanische Wissenschaftlerin die Inschriften der Amenes entziffert, bevor sie geflohen ist?«

Karl schüttelte den Kopf. »Leider hat sie alle Unterlagen mitgenommen.«

»Können unsere Leute die Sachen nicht zurückholen?«, fragte Bruno.

»Ich fürchte nein. Sie steht unter dem Schutz der amerikanischen Botschaft. Jetzt ist es zu spät, sich noch Gedanken darüber zu machen, wie wir sie wieder in unsere Gewalt bringen können. Wir würden von den Ereignissen überrollt werden.«

Albert Wolf, der Paläoökologe der Familie, der die Auswirkungen von Umwelt- und Klimaveränderungen auf die Tier- und Pflanzenwelt in prähistorischer Zeit erforscht hatte, meldete sich zu Wort. »Es wäre überaus nützlich gewesen, wenn wir Texte von Überlebenden der letzten Katastrophe hätten auswerten können, aber ich glaube, unsere Computersimulationen haben uns einen recht genauen Eindruck davon vermittelt, was wir zu erwarten haben.«

»Sobald die Schiffe aufs offene Meer getrieben werden«, sagte Elsie, »müssen wir vor allem dafür sorgen, dass keinerlei Asche, vulkanische Gase oder Rauch eindringen können.«

»Darüber brauchst du dir keine Gedanken zu machen«, sagte Bernd Wolf, das technische Genie der Familie. »Das gesamte Schiff kann binnen weniger Sekunden luftdicht abgeschottet werden. Gleichzeitig schaltet sich eine eigens für unsere Zwecke konstruierte Filteranlage ein. Die gesamte Technik wurde eingehend erprobt und wies nicht die geringsten Mängel auf. Ich garantiere dafür, dass uns auch über einen längeren Zeitraum hinweg stets reine Atemluft zur Verfügung steht.«

»Haben wir uns schon entschieden, wo wir an Land gehen wollen, sobald das wieder möglich ist?«, fragte Maria Wolf.

»Wir sind noch dabei, das entsprechende Material zusammenzutragen und bei unseren Berechnungen zu berücksichtigen«, antwortete Albert. »Wir müssen genau feststellen, inwiefern sich die Küsten der Kontinente infolge der Katastrophe und der Flutwellen verändern werden. Genaueres werden wir erst anhand einer Lagebeurteilung erkennen können, wenn sich die Elemente wieder beruhigt haben.«

Karl blickte seine Verwandten an. »Vieles wird davon abhängen, inwieweit sich das Festland verändert. Europa wird möglicherweise bis zum Ural überflutet werden. Die Sahara dürfte unter Wasser stehen. Kanada und die Vereinigten Staaten werden von Eis bedeckt sein. Zunächst kommt es vor allem darauf an, dass wir die Katastrophe überleben und geduldig abwarten, ehe wir uns entscheiden, wo wir die Hauptstadt unseres neuen Reiches gründen wollen.«

»Wir haben etliche Möglichkeiten in Betracht gezogen«, sagte Wilhelm. »In erster Linie käme dafür eine Hafenstadt wie San Francisco in Frage, wo wir unsere Schiffe vertäuen können. Darüber hinaus sollte uns in unmittelbarer Nähe genügend landwirtschaftlich nutzbarer Boden zur Verfügung stehen, und die Gegend sollte zentral gelegen sein, damit wir Verkehrsverbindungen aufbauen und die neue Weltordnung durchsetzen können. Vieles wird vom Ausmaß der Katastrophe abhängen.«

»Wissen wir ungefähr, wie lange wir auf den Schiffen bleiben müssen, ehe wir uns wieder an Land wagen dürfen?«, fragte Gerda Wolf, die als Pädagogin für Bildung und Erziehung an Bord zuständig war.

Albert blickte sie an und lächelte. »Gewiss nicht länger als notwendig, liebe Schwester. Viele Jahre werden vergehen, aber im Voraus lässt sich nicht genau feststellen, wie lange es dauern wird, bis wir das Land zurückerobern können.«

»Was ist mit den Menschen, die sich in höher gelegene Gebiete retten können?«, fragte Maria. »Wie verfahren wir mit denen?«

»Es werden herzlich wenige sein«, erwiderte Bruno. »Diejenigen, die wir finden und ergreifen können, werden in überwachten Zonen angesiedelt und müssen zusehen, wie sie über die Runden kommen.«

»Unterstützen wir sie etwa nicht?«

Bruno schüttelte den Kopf. »Wir dürfen unsere Nahrungsmittelvorräte nicht vergeuden, bevor wir unsererseits das Land bestellen können.«

»Mit der Zeit wird die gesamte Menschheit aussterben«, sagte Max Wolf. »Bis auf uns, die Gründer des Vierten Reiches. Nur die Stärksten überleben. So lautet das Gesetz der Natur. Der Führer hat verfügt, dass eines Tages eine Herrenrasse über die Welt gebieten soll. Wir sind diese Herrenrasse.«

»Seien wir doch mal ehrlich, Onkel Max«, sagte Felix Wolf. »Wir sind keine fanatischen Nazis. Die Partei ist mit unseren Vorfahren untergegangen. Wir zollen Adolf Hitler nur seines Weitblicks wegen Respekt. Wir verehren weder die Hakenkreuzfahne, noch stehen wir vor seinem Bild stramm und rufen ›Sieg Heil‹. Wir sind eine eigene Rasse, geschaffen, um Kriminalität, Korruption und Krankheiten zu überwinden und ein wertvolleres Menschengeschlecht zu begründen – eines, das eine neue Gesellschaft ohne die Sünden der alten aufbauen wird. Dank unserer Gene wird eine neue Rasse entstehen, rein und unberührt vom Ruch der Vergangenheit.«

»Gut gesprochen.« Otto Wolf, der während der ganzen Konferenz geschwiegen hatte, ergriff zum ersten Mal das Wort. »Felix hat klar und deutlich die Ziele zusammengefasst, denen wir uns mit vollem Einsatz widmen wollen. Nun müssen wir nur noch unseren großen Auftrag durchführen und zu seinem ruhmreichen Abschluss bringen.«

Danach herrschte einen Moment lang Stille. Schließlich faltete Karl die Hände. »Ich bin gespannt darauf«, sagte er bedächtig, »welcher Anblick sich uns heute in einem Jahr bieten wird. Denn wir werden in der Tat in einer Welt leben, wie sie sich all jene, die bis dahin längst tot sind, nicht annähernd vorstellen können.«

34

Ein weißer Kastenwagen ohne Firmenaufschrift oder Werbung rollte am Abfertigungsgebäude des mitten im Regierungsviertel von Buenos Aires gelegenen Jorge-Newbery-Flughafen vorbei und hielt im Schatten eines Hangars. Von hier aus verkehrten normalerweise nur die Maschinen der inländischen Fluggesellschaften, dazu ein paar aus den Nachbarstaaten Paraguay, Chile und Uruguay. Das Bodenpersonal schien keinerlei Notiz von dem türkisfarbenen Privatjet mit der fetten Aufschrift »NUMA« am Rumpf zu nehmen, der unmittelbar nach der Landung zu dem Hangar rollte, wo der Laster stand.

Drei Männer und eine Frau traten aus der Passagiertür und stiegen hinab auf den Betonboden, der von der Mittagssonne aufgeheizt war. Kurz vor der Tür zum Büro des Hangars bogen sie ab und kamen auf den Lastwagen zu. Als sie noch knapp zehn Meter entfernt waren, ging die hintere Tür auf, und vier US-Marineinfanteristen sprangen heraus und bauten sich rund um das Fahrzeug auf. Dann half der Sergeant vom Dienst der Kongressabgeordneten Loren Smith, Admiral Sandecker, Hiram Yaeger und einem dritten Mann beim Einsteigen und schloss hinter ihnen die Tür.

In dem Lastwagen befand sich ein mit allen Schikanen ausgestattetes Büro, eine Art rollender Kommandostand. Es war eines von insgesamt fünfzig Fahrzeugen dieser Art, die an amerikanischen Botschaften in aller Welt stationiert und eigens dafür konstruiert worden waren, um dem Botschaftspersonal Schutz zu bieten und ihm die Flucht zu ermöglichen, falls es zu Übergriffen kommen sollte, so wie im November 1979 in Teheran.

Pitt ging Loren Smith entgegen und schloss sie in die Arme. »Klasse siehst du aus. Mit dir habe ich nicht gerechnet.«

Pat O'Connell spürte plötzlich, dass sie eifersüchtig auf Loren war. Die Kongressabgeordnete war weitaus attraktiver, als sie gedacht hatte.

»Der Admiral hat mich gebeten mitzukommen, und da keine Wahlen vor der Tür stehen, bin ich nun da, wenn auch nur ein paar Stunden.«

»Ein Jammer«, sagte er. »Wir hätten in Buenos Aires einen draufmachen können.«

»Hätte mir bestimmt Spaß gemacht«, erwiderte sie mit rauchiger Stimme. Dann bemerkte sie Giordino. »Al, schön, dich zu sehen.«

Er gab ihr einen Kuss auf die Wange. »Eine Volksvertreterin bei der Arbeit. So was freut einen doch immer.«

Danach kam Sandecker in den Wagen, gefolgt von Yeager und einem Unbekannten. Er nickte Pitt und Giordino nur kurz zu und ging sofort zu Pat O'Connell. »Ich bin ja so froh, dass wir Sie wieder bei uns haben, Doktor.«

»Sie können sich gar nicht vorstellen, wie froh ich darüber bin«, sagte sie und küsste ihn auf die Stirn, was ihm sichtlich peinlich war. »Ich möchte mich auch im Namen meiner Tochter dafür bedanken, dass Sie uns Dirk und Al zu Hilfe geschickt haben.«

»Die musste ich nicht schicken«, sagte er trocken. »Die wären auch von allein gekommen.«

Yeager begrüßte seine alten Freunde und dann Pat, die anschließend mit Loren bekannt gemacht wurde. Danach stellte Sandecker Dr. Timothy Friend vor. »Tim ist ein alter Schulfreund von mir. Er hat mir früher immer in Mathe geholfen. Als ich auf die Marineakademie gegangen bin, hat er sich an der Hochschule für Bergbau in Colorado eingeschrieben und ist Geophysiker geworden. Weil er damit nicht zufrieden war, hat er in Stanford auch noch seinen Doktor in Astronomie gemacht, gilt heute als einer der angesehensten Astronomen unseres Landes und ist außerdem Leiter des Bundesforschungslaboratoriums für strategische Computersimulationen. Tim kann Ihnen am Bildschirm die allerneuesten technischen Tricks vorführen.«

Ein paar schüttere graue Strähnen, die trotzig die hohe Glatze umkränzten, zierten Friends ansonsten kahlen Schädel. Er war klein, so klein, dass er zu den beiden Frauen aufblicken musste. Giordino, der seinerseits nur eins zweiundsechzig maß, war der Einzige, dem er in die Augen schauen konnte. Unter Freunden war er eher schweigsam, doch wenn er seine Vorträge hielt, sei es vor Studenten, Führungskräften aus Wirtschaft und Industrie oder hohen Regierungsvertretern, lebte er auf und ging aus sich heraus. In solchen Augenblicken war er sichtlich in seinem Element.

»Wollen wir uns nicht hinsetzen?«, sagte Pitt und deutete auf die bequemen Ledersessel und Sofas, die mitten im Laderaum des Lasters standen. Sobald sie Platz genommen hatten, brachte ihnen ein Mitarbeiter der Botschaft Kaffee und Sandwiches aus einer kleinen Kombüse hinter dem Führerhaus.

»Ich habe Loren gebeten mitzukommen«, sagte Sandecker ohne jede Vorrede. »Sie und ihre Mitarbeiter haben Destiny Enterprises unter die Lupe genommen und ein paar hoch interessante Erkenntnisse gewonnen.«

»Was wir in den letzten zwei Tagen herausgefunden haben, ist ziemlich beunruhigend«, begann Loren. »Still und leise und unter erstaunlicher Geheimhaltung haben die Familie Wolf und Destiny Enterprises all ihre Anteile an nationalen und internationalen Unternehmen verkauft, ihre Finanzierungsgesellschaften aufgelöst, alle Aktien und Anlagen, den gesamten Immobilienbesitz, ja sogar das Mobiliar in ihren Häusern abgestoßen. Sämtliche Bankkonten wurden aufgelöst. Alle Wertpapiere wurden veräußert. Stattdessen wurden Milliarden Dollar in Goldbarren angelegt, die man zu einem geheimen Ort transportierte –«

»Und die jetzt in den Frachträumen ihrer Flotte verstaut sind«, schloss Pitt.

»Es ist fast so, als ob es die ganze zweihundertköpfige Familie nie gegeben hätte.«

»Diese Leute sind nicht blöde«, sagte Pitt mit Nachdruck. »Ich halte es für unvorstellbar, dass sie sich zu unsinnigen Entscheidungen hinreißen lassen. Also, was ist jetzt mit dem Kometen?«

»Aus diesem Grund habe ich Tim gebeten mitzukommen«, erklärte Sandecker.

Friend breitete etliche kleine Papierstapel auf dem Tisch zwischen den Sesseln und Sofas aus. Er nahm den ersten und blätterte ihn durch, bevor er seine Notizen zu Rate zog. »Lassen Sie mich zunächst ein bisschen weiter ausholen, ehe ich darauf eingehe, damit Sie verstehen, worauf sich die Wolfs vorbereiten. Ich glaube, ich fange am besten mit dem Kometen an, der etwa um das Jahr siebentausend vor Christus auf der Erde einschlug. Glücklicherweise ereignet sich so etwas nicht in regelmäßigen Abständen. Zwar wird die Erde täglich von Himmelskörpern getroffen, doch zumeist handelt es sich dabei um kleine Bruchstücke von Asteroiden, die beim Eintritt in die Atmosphäre verglühen. Etwa alle hundert Jahre schlägt ein ungefähr fünfzig Meter großer Brocken ein – ein solcher hat beispielsweise den Krater bei Winslow in Arizona geschaffen. Ein weiterer, der 1908 über Sibirien niederging, zerbrach vor dem Aufprall, wobei die Trümmer über ein rund zweitausend Quadratkilometer großes Gebiet verstreut wurden. Etwa einmal in einer Million Jahren schlägt ein Asteroid mit einem Durchmesser von rund achthundert Metern ein und setzt dabei gewaltige Energien frei, die der Sprengkraft sämtlicher Atomwaffen auf der Erde entsprechen. Über zweitausend derartige Himmelskörper kreuzen in regelmäßigen Abständen die Erdumlaufbahn.«

»Keine angenehme Vorstellung«, sagte Pat.

»Das sollte Ihnen keine schlaflosen Nächte bereiten«, sagte Friend lächelnd. »Die Chancen, durch einen Asteroiden zu Tode zu kommen, liegen bei etwa eins zu zwanzigtausend. Wir dürfen dabei jedoch nicht außer Acht lassen, dass es nur eine Frage der Zeit ist, bis uns das Glück verlässt.«

Pitt goss sich eine Tasse Kaffee ein. »Ich nehme an, Sie beziehen sich dabei auf einen richtig gewaltigen Knall.«

»In der Tat«, sagte Friend und nickte energisch. »Etwa alle hundert Millionen Jahre wird die Erde von einem riesigen Asteroiden oder Kometen getroffen, so zum Beispiel vor fünfundsechzig Millionen Jahren, als ein Asteroid vor Yukatan im Meer einschlug, was zum Aussterben der Dinosaurier führte. Er dürfte einen Durchmesser von zehn Kilometern gehabt haben und hinterließ einen hundertachtzig Kilometer breiten Krater.«

Friend hielt inne und überflog seine Unterlagen, bevor er fortfuhr. »Er war deutlich kleiner als der Komet, der vor neuntausend Jahren einschlug. Unsere Computersimulationen deuten darauf hin, dass er einen Durchmesser von rund fünfzehn Kilometern hatte und über der Hudson Bay im heutigen Kanada niederging. Er setzte eine Kettenreaktion in Gang, in deren Verlauf nahezu neunundneunzig Prozent der gesamten Flora und Fauna auf diesem Planeten vernichtet wurden, das sind zwanzig Prozent mehr als bei dem Einschlag des Asteroiden, der den Untergang der Dinosaurier verursachte.«

Loren starrte Friend gebannt an. »Zu welchen Verwüstungen kam es in Folge dieser Kettenreaktion?«

»Stellen Sie sich einen fünfzehn Kilometer großen Himmelskörper vor, der mehrere Milliarden Tonnen wiegt und mit einer Geschwindigkeit von über zweihunderttausend Kilometern pro Stunde wie ein riesiger Ball durchs Weltall fliegt, dann können Sie in etwa ermessen, was für einen unvorstellbar gewaltigen Knall es gibt, wenn der aufschlägt. Die Erde würde vermutlich in ihren Grundfesten erschüttert. Mithilfe von Computersimulationen und neuesten Techniken zur virtuellen Darstellung haben wir festgestellt, dass der Komet schräg auf die Erde zuflog, im südöstlichen Teil der Hudson Bay einschlug und einen Krater mit einem Durchmesser von rund dreihundertfünfzig Kilometern riss. Das entspricht einer Fläche, die etwa doppelt so groß ist wie die Insel Hawaii. Das gesamte Wasser in der Bay verdunstete, als sich der nunmehr auseinander brechende Komet rund drei Kilometer tief in die Erde bohrte. Auf Fotos, die von Astronauten aufgenommen wurden, kann man anhand des Küstenverlaufs deutlich die Umrisse des Ringkraters erkennen.«

»Woher wollen Sie wissen, dass es ein Komet war und nicht etwa ein Asteroid oder Meteor?«, fragte Yeager.

»Ein Asteroid ist ein kleiner Himmelskörper, der sich um die Sonne dreht. Manche sind reich an Kohlenstoff, andere enthalten Eisen, Silizium und andere Rohstoffe. Bei Meteoriten handelt es sich zumeist um kleinere Bruchstücke von Asteroiden, die zusammengestoßen und dabei geborsten sind. Der größte, den man je gefunden hat, wog siebzig Tonnen. Ganz anders verhält es sich mit Kometen. Sie bestehen aus Eis, gefrorenen Gasen und staub- bis felsgroßen Partikeln und werden häufig mit schmutzigen Schneebällen verglichen. Für gewöhnlich laufen sie auf sehr lang gestreckten, elliptischen Bahnen, die bis zum äußersten Rand des Sonnensystems reichen. Auf Grund der Anziehungskraft der Sonne und der Planeten werden sie manchmal von ihrer Bahn abgelenkt und umlaufen die Sonne. Wenn der Komet sich der Sonne nähert, verdunstet ein Teil des Eises und der gefrorenen Gase, wobei sich eine leuchtende, nebelartige Hülle bildet – der Schweif. Man nimmt allgemein an, dass es sich um kosmische Abfallprodukte handelt, die bei der Entstehung der Planeten anfielen. Bei Bohrungen und der anschließenden Auswertung der Proben, die man rund um den Krater in der Hudson Bay fand, entdeckten Geophysiker winzige Partikel, die sie als Teile eines Kometen identifizierten, der um siebentausend vor Christus auf der Erde einschlug. Bei den Untersuchungen fand man keine Spuren von Mineralien oder Metallen, wie sie normalerweise in Asteroiden enthalten sind.«

»Da hätten wir also den Einschlag«, sagte Sandecker. »Was ist danach passiert?«

»Eine unvorstellbare Masse aus rot glühendem Gestein, Dampf, Staub und Schutt wurde in die Atmosphäre geschleudert, fiel als feuriger Regen wieder auf die Erde zurück und verursachte weltweit gewaltige Waldbrände. Riesige Mengen Schwefel, erhitzter Stickstoff und Fluor gerieten in die Erdatmosphäre. Die Ozonschicht wurde zerstört, Rauchschwaden verdeckten den Himmel, und gleichzeitig fegten orkanartige Winde über Land und Meer. Unsere Simulationen deuten darauf hin, dass die Wolken aus Rauch, Schutt und Staub mindestens vierzehn Monate um die Erde zogen. Allein dadurch dürfte der Großteil allen Lebens auf der Erde ausgelöscht worden und die Nahrungskette zusammengebrochen sein.«

»Mir graut schon bei der bloßen Vorstellung«, sagte Loren leise.

Friend rang sich ein verkniffenes Lächeln ab. »Leider ist das nur der Auftakt. Da die Hudson Bay mit dem Atlantischen Ozean verbunden war, entstanden zehn bis zwölf Kilometer hohe Flutwellen, die über das gesamte Tiefland hereinbrachen. Florida dürfte völlig überflutet worden sein, desgleichen die meisten Inseln auf der Welt. Große Teile Europas und Afrikas wurden von Wellen heimgesucht, die hunderte von Kilometern ins Landesinnere vordrangen. Da die australischen Ureinwohner zumeist an oder in der Nähe der Küsten lebten, dürften neunundneunzig Prozent von ihnen binnen weniger Minuten umgekommen sein. Südostasien versank vermutlich im Wasser. Zahllose Meerestiere wurden ins Inland geschwemmt, wo sie jämmerlich zu Grunde gingen, als die riesigen Wellen wieder zurückfluteten. Das chemische Gleichgewicht der Meere wurde verändert. Schlamm, Schlick und Trümmer erstickten alles Leben in den Ozeanen.

Direkt auf den Aufprall des Kometen folgten gewaltige Erdbeben, die sich mit keiner Richter-Skala erfassen lassen und die Gestalt der Erde für immer veränderten. Danach brachen rund um den Globus Vulkane aus, tätige wie untätige. Bis zu anderthalb Kilometer dicke Lavaschichten ergossen sich über das Land, soweit es nicht überflutet war. Wenn ein Astronaut kurz vor der Katastrophe zum Mars geflogen und zwei Jahre später wieder zurückgekehrt wäre, hätte er die Welt nicht wieder erkannt. Abgesehen davon, dass keiner seiner Freunde und Verwandten noch am Leben gewesen wäre. Womöglich hätte er feststellen müssen, dass er der einzige Mensch auf Erden ist.«

Pitt schaute den Astronomen an. »Ein ziemlich düsteres Bild, das Sie uns da vermitteln.«

»Die Auswirkungen müssen grauenhaft gewesen sein. Als die

Fluten zurückwichen, waren Felsbrocken jedweder Größe und Form weit übers Land verstreut, wo sie heute noch liegen und die Geologen vor ein großes Rätsel stellen, weil die sich nicht erklären können, wie sie dorthin gelangten. Unmengen zermalmter Bäume und toter Tiere wurden weit ins Inland geschwemmt und dort abgesetzt. In kalten Regionen findet man diese Lagerstätten noch heute, und auf Grund ihrer Beschaffenheit kann man nachweisen, dass es sich um die Folgen einer gewaltigen Katastrophe handelt. Riesige Wassermassen, die nicht abfließen konnten, bildeten neue Seen. Die Landbrücke, die einst das von Flüssen und Tälern durchzogene Tiefland zwischen Afrika und Europa vom Atlantischen Ozean trennte, wurde weggerissen, und das Mittelmeer entstand. Alte Gletscher schmolzen, neue entstanden. Wo einst eisige Temperaturen und kalte Winde geherrscht hatten, wuchsen nun tropische Wälder. Die Gobi, die Sahara und die Mojave-Wüste, damals fruchtbares Land, wurden zu Dürregebieten. Der Kontinentalsockel, der einst aus dem Wasser ragte, war nun überflutet. Die magnetische Ausrichtung der Pole kehrte sich um. Bestehende Kulturen versanken bis zu hundertfünfzig Meter tief im Meer. Bis zu zwanzig Jahre dürfte es gedauert haben, ehe sich die Erde wieder beruhigte. Die wenigen Menschen, die irgendwie überlebt hatten, fristeten ein bitteres Dasein, und es grenzt geradezu an ein Wunder, dass überhaupt welche von ihnen all diese Unbilden ertrugen und für den Fortbestand unserer Art sorgten.«

Pat setzte ihre Tasse ab. »Die alten Völker dieser Erde wurden derart dezimiert und in alle Winde zerstreut, dass sie über tausende von Jahren hinweg keinerlei Aufzeichnungen hinterließen. Von den Inschriften der Amenes einmal abgesehen, die größtenteils versunken oder verschollen waren, gab es nur mündliche Überlieferungen von dieser Katastrophe. Erst als die alten Ägypter, die Sumerer und die Indus-Kultur die Schrift wieder erfunden hatten, verbreiteten sich die Berichte und Geschichten von dieser Sintflut.«

»Wer weiß«, sagte Pitt, »welche Städte und Paläste mitsamt ihren Schätzen am tiefsten Meeresgrund verstreut oder unter einer viele Meter dicken Schlick- und Schlammschicht begraben sind. Wir können uns doch, von den Amenes einmal abgesehen, gar keine

Vorstellungen von der Größe und Pracht der alten Kulturen in prähistorischer Zeit machen.«

Friend saß schweigend da, während sich die anderen das ganze Ausmaß dieses Albtraumes vorzustellen versuchten. Er ließ den Blick durch die Runde schweifen, die sich hier im Lastwagen versammelt hatte, und bemerkte die betroffenen Mienen, die verstörten Blicke. Nur Pitt wirkte ruhig und gefasst, fast so, als wäre er mit etwas ganz anderem beschäftigt, etwas, was in weiter Ferne lag.

»Und damit endet die Katastrophe«, sagte Sandecker mit düsterer Miene.

Friend schüttelte bedächtig den Kopf. »Das Schlimmste kommt erst noch«, sagte er. Sein Lächeln war verflogen. »Erst in den letzten paar Jahren sind sich die Wissenschaftler darüber klar geworden, welch gewaltigen Umwälzungen die Erde in der Vergangenheit unterworfen war, mit oder ohne Einwirkung von Himmelskörpern. Wir wissen heute, dass es durch den Einschlag eines großen Kometen oder Asteroiden zu Verschiebungen der Erdkruste kommen kann. Charles Hapgood hat die Theorie aufgestellt, dass die Erdkruste, die ja nur dreißig bis vierzig Kilometer dick ist und buchstäblich auf dem fließfähigen oberen Mantel schwimmt, sich mit hoher Geschwindigkeit abrupt verschieben kann und dies auch schon getan hat, was zu extremen klimatischen Veränderungen führte. Man bezeichnet dies als Erdkrustenverschiebung, und sie zieht katastrophale Folgen nach sich. Zunächst wurde Hapgood von den anderen Wissenschaftlern, die sich mit der Erforschung der Erde beschäftigten, ausgelacht, doch Einstein war sehr angetan von der Theorie.

»›Unsere Computersimulationen deuten nun darauf hin, dass der beim Kometenimpakt freigesetzte Druck ausreichte, um die Kruste in Bewegung zu versetzen. Infolgedessen wurden einige Kontinente und Inseln näher zum Äquator geschoben, andere weiter weg. Die Polgebiete gerieten in wärmere Klimazonen, wobei Trillionen Tonnen Wasser freigesetzt wurden, sodass der Meeresspiegel um rund einhundertzwanzig Meter anstieg. Nur um ein Beispiel zu nennen: Vor dieser Flut konnte man trockenen Fußes von London nach Frankreich gelangen, da es den Ärmelkanal noch nicht gab.

Die ganze Welt war aus den Fugen geraten. Nicht mehr Kanada lag am Nordpol, sondern das heutige Polarmeer. Sibirien muss sich in unglaublich kurzer Zeit gen Norden verschoben haben, wie gefrorene Laubbäume beweisen und Mammuts, die man im Eis fand und in deren Mägen sich noch unverdaute Nahrung befand, Pflanzen, die heute anderthalbtausend Kilometer weiter südlich vorkommen. Da sich Nordamerika und Europa nach Süden verlagerten, ging die letzte Eiszeit jäh zu Ende. Auch die Antarktis, einstmals zwischen der Südspitze von Afrika und Südamerika gelegen, verschob sich Richtung Süden, rund dreitausend Kilometer von ihrem einstigen Standort weg.«

»Hatte das auch Auswirkungen auf die Erdumlaufbahn?«, fragte Yeager.

»Nein, die Erde blieb auf ihrer alten Umlaufbahn. Auch die Erdachse war nicht betroffen. Der Äquator verlagerte sich nicht. Die Jahreszeiten kamen und gingen wie eh und je. Nur das Antlitz des Planeten hatte sich verändert.«

»Das erklärt eine ganze Menge«, sagte Pitt. »Zum Beispiel, warum die Antarktis auf der Karte der Amenes keinen Eispanzer hat.«

»Und auch ihre Stadt unter dem Eis, die von den Deutschen entdeckt wurde«, sagte Pat. »Dort herrschte vor der Verschiebung ein gemäßigtes Klima.«

»Was ist mit der Erdachse?«, fragte Giordino. »Könnte die sich auch verlagern?«

Friend schüttelte den Kopf. »Die Neigung der Erdachse bleibt fast unverändert bei dreiundzwanzig Grad und siebenundzwanzig Minuten, und auch der Äquator verändert sich nicht. Nur die auf dem Mantel treibende Kruste geriete in Bewegung.«

»Wenn wir vielleicht noch einmal kurz auf den Kometen zurückkommen könnten«, sagte Sandecker. »Vielleicht kannst du Dirks Frage beantworten. Haben die Amenes und die Familie Wolf Recht mit ihrer Voraussage, dass es zu einem katastrophalen Zusammenstoß mit dem Doppelgänger des Kometen kommen wird, der die Erde siebentausend vor Christus getroffen hat?«

»Könnte ich vielleicht noch eine Tasse Kaffee bekommen?«, fragte Friend.

»Klar«, sagte Loren, nahm die Kanne, die auf dem Tisch stand, und goss ihm nach.

Friend trank ein paar Schlucke und setzte die Tasse ab. »Nun denn, bevor ich deine Frage beantworte, Jim, möchte ich kurz das neue Asteroiden- und Kometen-Warnsystem beschreiben, das erst letztes Jahr in Dienst gestellt wurde. Man hat an verschiedenen Punkten der Erde Beobachtungsstationen mit Teleskopen und eigens entwickelten Instrumenten errichtet, die ausdrücklich dazu dienen, Asteroiden und Kometen zu entdecken, deren Umlaufbahn sie in die Nähe der Erde führt. Schon jetzt haben die Astronomen, die in diesen Stationen tätig sind, über vierzig Asteroiden ausfindig gemacht, die der Erde irgendwann unangenehm nahe kommen werden. Aber genaue Berechnungen haben ergeben, dass zumindest in den kommenden Jahren alle mit einem beträchtlichen Abstand daran vorbeifliegen werden.«

»Haben die etwa gewusst, dass der zweite Komet naht«, sagte Loren bestürzt, »und uns die drohende Gefahr verschwiegen?«

»Nein«, erwiderte Friend. »Zwar sind die Astronomen übereingekommen, Nachrichten von möglichen Zusammenstößen achtundvierzig Stunden lang zurückzuhalten, bis sich anhand der Berechnungen und Computersimulationen eindeutig feststellen lässt, ob ein Einschlag bevorsteht. Erst wenn absolute Gewissheit besteht, würde man es publik machen.«

»Sie wollen also sagen …«, setzte Yeager an.

»Dass keine unmittelbare Gefahr droht.«

Pitt schaute Friend an. »Sagen Sie das noch mal.«

»Was sich siebentausend vor Christus zugetragen hat«, erklärte Friend, »war ein kosmischer Zufall, wie er sich nur in einem von einer Million Fällen ereignet. Der Komet, der die Erde traf, und der andere, der ein paar Tage später auftauchte und vorbeiflog, waren keine Zwillinge. Es handelte sich um zwei verschiedene Himmelskörper, jeder auf einer anderen Bahn, die sich zufällig fast zur gleichen Zeit auf Kollisionskurs mit der Erde befanden. Ein unglaubliches Zusammentreffen, mehr nicht.«

»Wann rechnet man mit der Rückkehr des zweiten Kometen?«, erkundigte sich Pitt misstrauisch.

Friend dachte einen Moment lang nach. »Wir schätzen«, sagte er dann, »dass er in einer Entfernung von über einer Million Kilometern an uns vorbeifliegt – aber da vergehen noch zehntausend Jahre.«

35

Danach herrschte eine Zeit lang erschüttertes Schweigen. Sie saßen um Dr. Friend herum wie vom Donner gerührt und schauten einander verdutzt an. Pitt fluchte leise vor sich hin. Er starrte Friend an, als könnte er ihm irgendetwas vom Gesicht ablesen, von den Augen, vielleicht eine Unsicherheit erkennen, doch vergebens.

»Der Komet …«, setzte er an.

»Baldwin ist sein Name, nach dem Amateurastronom, der ihn entdeckt hat«, unterbrach ihn Friend.

»Sie sagen also, dass es sich bei dem komischen Himmelskörper, der irgendwo da draußen herumschwirrt, um jenen zweiten Kometen handelt, von dem die Amenes berichten.«

Friend nickte energisch. »Ohne jeden Zweifel. Unsere Berechnungen haben ergeben, dass sich seine Umlaufbahn vor rund neuntausend Jahren zufällig mit der des Kometen deckte, der seinerzeit die große Katastrophe auslöste.«

Pitt warf einen kurzen Blick zu Sandecker und Pat, dann wandte er sich wieder an Friend. »Ein Irrtum ist ausgeschlossen?«

Friend zuckte die Achseln. »Allenfalls zweihundert Jahre hin oder her, aber ansonsten sind wir uns unserer Sache sicher. Der einzige größere Himmelskörper, der die Erde in historischer Zeit traf, war jener Komet, der einen zweitausend Quadratkilometer großen Landstrich in Sibirien verwüstete.«

»Die Wolfs haben doch sicherlich Zugang zu den gleichen Daten«, sagte Loren, die ziemlich verblüfft wirkte. »Aber dann wäre es doch der blanke Unsinn, den gesamten Familienbesitz aufzulösen und Milliarden Dollar in den Bau einer Flotte zu stecken, mit der sie eine große Katastrophe überleben wollen, obwohl sie genau wissen, dass es überhaupt nicht dazu kommt.«

»Da sind wir alle einer Meinung«, sagte Sandecker. »Vielleicht handelt es sich bei dieser Familie Wolf schlicht und einfach um einen Haufen Irrer.«

»Es geht ja nicht nur um die Familie«, sagte Giordino. »Da sind ja auch noch zweihundertfünfundsiebzigtausend andere Leute, die für sie arbeiten und sich schon auf die Fahrt ins Blaue freuen.«

»Das klingt ganz und gar nicht nach einer Sekte mit ein paar versponnenen Weltuntergangsjüngern«, sagte Loren.

»Ganz recht«, warf Pitt ein. »Alle Leute, die Al und ich auf dem Superschiff gesprochen haben, waren felsenfest davon überzeugt, dass sie die Sintflut überleben werden.«

»Ich habe genau das Gleiche herausgehört«, fügte Pat hinzu. »Auf Grund der Gespräche, die ich mitbekommen habe, weiß ich, dass diese Menschen an die bevorstehende Katastrophe glauben. Sie haben nicht die geringsten Zweifel daran, dass die Erde verwüstet werden wird und dass es ihnen vergönnt sein wird, eine neue und bessere Zivilisation aufzubauen.«

Giordino wandte sich an Pat. »Eine Art zweite Arche Noah.«

»Aber in einem weit größeren Maßstab«, erinnerte ihn Pitt.

Sandecker schüttelte den Kopf. »Ich muss leider zugeben, dass mir die ganze Sache völlig schleierhaft ist.«

»Die Familie Wolf muss sich ihrer Sache absolut sicher sein.« Pitt hielt inne, worauf ihn alle schweigend anstarrten. »Das ist die einzige Erklärung. Wenn sie so davon überzeugt sind, dass die ganze zivilisierte Welt für immer untergeht, müssen sie irgendwas wissen, von dem ansonsten niemand auch nur die leiseste Ahnung hat.«

»Ich kann dir versichern, Jim«, sagte Friend, »dass uns aus dem Weltall keinerlei Gefahr droht. Jedenfalls nicht in den nächsten Tagen. Unsere Beobachtungsstationen haben keinen größeren Asteroiden oder Kometen aufgespürt, der sich in absehbarer Zeit in unmittelbare Nähe der Erdumlaufbahn verirren könnte, mit Sicherheit nicht vor Ende des nächsten Jahrhunderts.«

»Was könnte denn sonst noch zu einer derartigen Katastrophe führen?«, fragte Yeager. »Gibt es eine Möglichkeit, eine Verschiebung der Erdkruste samt Polgebieten vorauszusagen?«

»Nein, nur wenn sich die Gelegenheit böte, ein solches Phänomen aus erster Hand zu untersuchen. Über Erdbeben, Vulkanausbrüche und Tsunami-Wellen gibt es Aufzeichnungen und Augenzeugenberichte. Aber seit der Zeit der alten Griechen, die ja die Geowissenschaft erst begründeten, kam es zu keiner Verschiebung der Erdkruste. Daher besitzen wir keinerlei zuverlässige Daten, auf Grund deren wir die entsprechenden Rückschlüsse ziehen könnten, um eine Voraussage zu treffen.«

»Gibt es bestimmte Bedingungen, die eine Verschiebung der Kruste und der Polgebiete verursachen könnten?«, fragte Pitt.

»Ja«, antwortete Friend bedächtig. »Es gibt Naturkräfte, die die Erde aus dem Gleichgewicht bringen könnten.«

»Zum Beispiel?«

»Am ehesten käme dafür eine Veränderung der Eiskappen an den Polen in Frage.«

»Wäre das möglich?«

»Die Erde ist eine Art riesiger Kreisel, der sich ständig um seine eigene Achse dreht, während sie sich auf ihrer einjährigen Umlaufbahn um die Sonne bewegt. Und wie ein Kreisel läuft sie bei ihrer Drehung um die eigene Achse nicht völlig rund, weil die Anordnung der Pole und die Verteilung der Landmassen nicht ausgewogen sind. Die Erde taumelt also. Wenn nun die Eiskappen an den Polen zunehmen, wirkt sich das auf diese Taumelbewegung aus. Es ist so ähnlich, als hätte ein Rad an Ihrem Wagen eine Unwucht. Das könnte dann zu einer Krustenverschiebung und einer Verlagerung der Pole führen. Ich kenne angesehene Wissenschaftler, die der Meinung sind, so etwas ereigne sich regelmäßig.«

»Wie oft?«

»Ungefähr alle sechs- bis achttausend Jahre.«

»Wann zum letzten Mal?«

«Bei der Auswertung von Bohrkernen vom Tiefseeboden haben Ozeanographen festgestellt, dass die letzte Verschiebung vor etwa neuntausend Jahren stattfand, ungefähr zu der Zeit, als der Komet die Erde traf.«

»Man könnte also sagen, wir sind fällig«, sagte Pitt.

»Überfällig sogar.« Friend breitete hilflos die Hände aus. »Aber zuverlässige Angaben können wir nicht machen. Wir wissen lediglich, dass diese Verlagerung, wenn es eines Tages dazu kommt, sehr plötzlich erfolgen wird. Ohne jede Vorwarnung.«

Loren schaute Friend beklommen an. »Was wird die Ursache sein?«

»Die Eismassen, die die Antarktis bedecken, sind nicht gleichmäßig verteilt. Auf der einen Seite hat sich deutlich mehr Eis gebildet als auf der anderen. Allein das Ross-Schelfeis wächst jedes Jahr um mehr als fünfzig Millionen Tonnen, eine gewaltige Masse, die das Taumeln der Erde verstärkt. Dadurch entstehen riesige Kräfte, die über die Erdkruste übertragen werden und eine Verschiebung auslösen könnten. Und dann bewegen sich die Polargebiete in Richtung Äquator. Gewaltige Eismassen werden abschmelzen, all die Naturgewalten, die beim Einschlag des Kometen entfesselt wurden, würden erneut freigesetzt werden. Der große Unterschied dabei ist, dass wir es nicht mehr mit einer Erdbevölkerung von rund einer Million zu tun haben wie vor neuntausend Jahren, sondern dass inzwischen sieben Milliarden Menschen auf diesem Planeten leben, und die würden allesamt in den Tod gerissen. New York, Tokio, Sydney und Los Angeles würden völlig überflutet, die weiter im Inland gelegenen Städte dem Erdboden gleichgemacht werden und verschwinden. Dort, wo wenige Tage zuvor noch Millionen Menschen unterwegs waren, würde kaum mehr ein Brocken Beton übrig bleiben.«

»Und wenn sich das Ross-Schelfeis plötzlich vom Kontinent lösen und aufs Meer hinaustreiben würde?«, erkundigte sich Pitt, an Friend gewandt.

Friend zog eine grimmige Miene. »Ein derartiges Ereignis haben wir bereits in Betracht gezogen. Unsere Simulation hat gezeigt, dass eine gravierende Verlagerung des Schelfeises zu einem Ungleichgewicht führen würde, das stark genug wäre, um eine jähe Verschiebung der Erdkruste auszulösen.«

»Was verstehen Sie unter einer gravierenden Verlagerung?«

»Wenn das gesamte Schelfeis abbrechen und rund hundert Kilometer weit aufs Meer hinaus driften sollte, das hat unsere Simulation ergeben, würde durch die Verlagerung dieser gewaltigen Masse die Taumelbewegung der Erde so sehr verstärkt werden, dass es zu einer Erdkrustenverschiebung käme.«

»Wie lange würde es Ihrer Schätzung nach dauern, bis es hundert Kilometer weit hinausgedriftet ist?«

Friend dachte einen Moment lang nach. »Wenn man die Strömungsverhältnisse in diesem Teil der Antarktis in Betracht zieht, nicht mehr als sechsunddreißig Stunden, würde ich sagen.«

»Und es gibt keinerlei Möglichkeit, dieses Abdriften aufzuhalten?«, fragte Loren.

»Ich wüsste nicht, wie.« Friend schüttelte den Kopf. »Nein, ich bezweifle, dass man mit tausend Atombomben genügend Eis zum Abschmelzen bringen könnte, um darauf Einfluss zu nehmen. Aber schauen Sie, das ist doch alles reine Theorie. Was sollte denn ein Abdriften des Schelfeises aufs Meer verursachen?«

Pitt schaute zu Sandecker, der seinen Blick erwiderte. Beiden Männern ging der gleiche Gedanke durch den Kopf, so unvorstellbar er auch sein mochte. Pitt wandte sich an Loren.

»Wie weit ist dieses nanotechnologische Werk, in dem die Wolfs Mineralien aus dem Meerwasser gewinnen, vom Ross-Schelfeis entfernt?«, fragte er sie.

Loren riss die Augen auf. »Du glaubst doch nicht etwa …«

»Wie weit?«, hakte Pitt nach.

Sie atmete tief durch. »Die Fabrik befindet sich genau am Rand.«

Pitt wandte sich an Friend. »Wissen Sie in etwa, wie groß das Ross-Schelfeis ist, Doktor?«

»Es ist riesig«, sagte Friend und breitete die Arme weit aus. »Die genauen Ausmaße kann ich Ihnen nicht nennen. Ich weiß nur, dass es die größte Schelfeisfläche der Welt ist.«

»Lasst mir ein paar Minuten Zeit«, sagte Yeager, der sein Laptop aufklappte und ein paar Tasten drückte. Alle saßen schweigend da und sahen zu, wie Yeager sich in sein Rechnernetz in der NUMA-Zentrale einklinkte. Nach ein paar Minuten las er die Daten von seinem Monitor ab. »Geschätzte Gesamtfläche rund fünfhundertfünfzigtausend Quadratkilometer, damit ist es ungefähr so groß wie Texas. Der Umfang beträgt rund zweitausendzweihundert Kilometer, wobei die Peripherie zum Meer hin nicht eingerechnet ist. Die Dicke liegt zwischen dreihundertfünfzig und siebenhundert Metern. Eisforscher vergleichen es immer mit einem riesigen Floß.«

Yeager blickte zu den anderen auf, die ihm gespannt zuhörten. »Es gibt natürlich noch eine ganze Menge weiterer Angaben, aber das ist das Wesentliche.«

»Wie ist denn so was möglich?«, fragte Pat. »Kein Mensch bringt es fertig, dass eine fünfhundertfünfzigtausend Quadratkilometer große Eisfläche abbricht und davontreibt.«

»Ich habe nicht die leiseste Ahnung«, sagte Pitt. »Aber ich gehe jede Wette ein, dass die Familie Wolf das seit drei Generationen geplant und darauf hingearbeitet hat.«

»Guter Gott«, murmelte Friend. »Das ist unvorstellbar.«

»Allmählich«, sagte Giordino düster, »fügt sich eins zum andern.«

»Aber egal, mit welchen Mitteln, die haben vor, das Schelfeis vom Festland zu lösen und dadurch die Erdachse aus dem Lot zu bringen, damit die Taumelbewegung stärker wird, bis es zur Erdkrustenverschiebung und mit ihr zur Verlagerung der Polgebiete kommt. Dann werden die Wolfschen Riesenschiffe die dadurch entstandenen Flutwellen abreiten und raus aufs Meer geschwemmt werden, wo sie eine Weile treiben und ein paar Jahre auf Weltreise gehen, bis sich die Erde wieder beruhigt hat. Sobald sie sich davon überzeugt haben, dass man auf diesem Planeten wieder leben kann, werden sie an Land gehen und eine neue Weltordnung schaffen, das Vierte Reich, begründet auf sieben Milliarden Toten und einer vernichteten Tier- und Pflanzenwelt.«

Betroffen saßen sie alle in dem Laster. Abscheu und Verzweiflung sprachen aus ihren Mienen. Keiner konnte fassen, dass jemand zu einer derart grauenvollen Tat, einer solchen Unmenschlichkeit fähig sein sollte.

»Gott steh uns bei«, murmelte Loren.

Pitt schaute zu Sandecker. »Sie müssen den Präsidenten verständigen.«

»Ich habe Joe Flynn, seinen wissenschaftlichen Berater und Stabschef, ständig über unsere Ermittlungen auf dem Laufenden gehalten, aber bislang hat keiner die Gefahr ernst genommen.«

»Dann sollten sie lieber verdammt schnell noch mal darüber nachdenken«, sagte Giordino.

»Wir sollten uns lieber überlegen, welche Möglichkeiten wir haben«, sagte Pitt, »und uns einen Schlachtplan ausdenken. Nur noch drei Tage. Viel Zeit bleibt uns nicht, wenn wir verhindern wollen, dass die Wolfs die Welt untergehen lassen.«

36

Der Pilot zog den Firmenjet der Destiny Enterprises auf die lange, eisige Landebahn herunter und setzte butterweich und ohne den geringsten Stoß auf. Die Maschine, die letzte, die von der einstmals stattlichen Luftflotte übrig geblieben war, war eine Spezialanfertigung, eine zweistrahlige japanische Dragonfire ohne Kennzeichen oder -ziffern an Rumpf, Tragflächen oder Leitwerk. Sie war weiß lackiert, sodass sie sich kaum von der verschneiten Landschaft abhob, als sie auf eine steile, vereiste Bergwand zurollte.

Als das Flugzeug nur mehr zweihundert Meter von der Eisklippe entfernt war, öffnete sich die Wand wie von Zauberhand, und dahinter tat sich ein riesiger, grottenartiger Raum auf. Der Pilot nahm das Gas zurück und ließ den Jet mitten in dem Hangar ausrollen, der vor fast sechzig Jahren von Kriegsgefangenen aus dem Berg gehauen worden war. Die Triebwerke heulten kurz auf, dann drehten sich die Turbinen immer langsamer und kamen schließlich zum Stillstand. Die schweren, auf Gummirädern gelagerten Tore schlossen sich hinter der Maschine.

Zwei weitere Flugzeuge standen in dem Hangar, zwei für militärische Zwecke umgerüstete Airbus A340-300. Der eine konnte zweihundertfünfundneunzig Passagiere und zwanzig Tonnen Gepäck befördern. Der andere war eine reine Frachtmaschine. Allerlei Bodenpersonal tummelte sich um die beiden Maschinen, überprüfte die Triebwerke, füllte die Tanks auf und traf die letzten Vorbereitungen für die große Evakuierungsaktion, den Abflug aller Arbeitskräfte zu den Schiffen, die im chilenischen Fjord warteten.

In dem riesigen Hangar ging es zu wie in einem Bienenstock. Kolonnen von Arbeitern, die stumm ihres Weges zogen, höchstens leise miteinander tuschelten, alle in den üblichen kunterbunten Overalls, verluden hunderte von Holzkisten, in denen die Artefakte der Amenes, die im Zweiten Weltkrieg geraubten Kunstschätze und die heiligen Insignien der Nazi-Partei zum Abtransport auf die *Ulrich Wolf* verstaut waren.

Fünfzig Mann in den schwarzen Uniformen des Sicherheitsdienstes nahmen Haltung an, als Karl Wolf, begleitet von seiner Schwester Elsie, aus der Maschine trat. Er trug eine wattierte Hose und eine dicke, mit Alpakafell gefütterte Wildlederjacke. Elsie hatte eine knielange Pelzjacke an und darunter einen einteiligen Skianzug.

Der Mann, der für den Abtransport verantwortlich war, erwartete sie am Fuß der Gangway.

»Lieber Karl, liebe Elsie, welch eine Ehre, euch hier empfangen zu dürfen.«

»Horst, mein lieber Cousin«, begrüßte ihn Karl. »Die Pflicht ruft. Ich hatte das Gefühl, dass ich persönlich dabei sein sollte, wenn der Weltuntergang eingeläutet wird.«

»Bald wird die Stunde kommen«, fügte Elsie stolz hinzu.

»Wie weit seid ihr mit der Evakuierung?«, fragte Karl.

»Frachtgut und Passagiere werden genau zehn Stunden vor der Katastrophe auf der *Ulrich Wolf* eintreffen«, versicherte ihm Horst.

Danach traten ihr Bruder Hugo und ihre Schwester Blondi vor und begrüßten sie.

»Willkommen in Walhalla«, sagte Blondi und umarmte ihn.

»Ich war zu lange anderweitig beschäftigt«, sagte Karl.

Hugo, der den Sicherheitsdienst der Familie leitete, deutete auf einen kleinen Elektrowagen, einen von vielen Nutz- und Lastfahrzeugen, die alle mit Batterien betrieben wurden, damit in diesen unterirdischen Kammern keine giftigen Abgase freigesetzt wurden. »Wir bringen euch zur Zentrale. Dort könnt ihr das Ende der Welt selbst miterleben.«

»Nachdem ich mir eure Wachen vorgenommen habe«, sagte Karl. Er und Elsie schritten die schwarz uniformierten Sicherheitskräfte ab, die stocksteif dastanden, die Gewehre vom Typ Bushmaster M 17S über der Schulter hängend, die P-10 um die Hüfte geschnallt. Ab und zu blieb er stehen und fragte einen Wachmann nach seiner

Nationalität und seinen militärischen Erfahrungen. Er nickte zufrieden, als er am Ende der Ehrenformation angelangt war.

»Lauter tüchtige Männer. Gut gemacht, Hugo. Die sehen so aus, als ob sie mit jedem Zwischenfall fertig werden.«

»Sie haben den Befehl, auf jeden Unbekannten zu schießen, der auf unser Gelände eindringen will.«

»Ich hoffe, dass sie sich geschickter anstellen als Erichs Männer auf der Werft.«

»Bei uns werden solche Fehler nicht vorkommen«, sagte Hugo entschieden. »Das verspreche ich dir, Bruder.«

»Irgendwelche Hinweise auf einen Angriff von außen?«

»Nein«, antwortete Blondi. »Unsere Aufklärungseinheit hat im Umkreis von zweihundertfünfzig Kilometern um die Fabrik nichts Verdächtiges entdeckt.«

Elsie schaute sie an. »Zweihundertfünfzig Kilometer sind nicht besonders viel.«

»So weit ist Little America VI entfernt, eine der US-Forschungsstationen in der Antarktis. Seit die Station eingerichtet wurde, hat sich dort niemand für unser Unternehmen interessiert. Auch unsere Luftüberwachung hat bislang noch niemanden entdeckt, der unbefugt auf unser Firmengelände eindringen wollte.«

»Bei den Amerikanern ist alles ruhig«, fügte Hugo hinzu. »Die machen uns keine Schwierigkeiten.«

»Da bin ich mir nicht so sicher«, sagte Karl. »Behalte sie gut im Auge. Ich fürchte, ihr Nachrichtendienst könnte unserem Geheimnis auf der Spur sein.«

»Jeder Versuch, uns aufzuhalten«, sagte Hugo voller Zuversicht, »wird zu spät kommen. Das Vierte Reich lässt sich nicht mehr verhindern.«

»Ich hoffe von ganzem Herzen, dass du Recht hast«, sagte Karl, als er vor den Frauen in den Wagen stieg. Karl war normalerweise ein höflicher, ja sogar galanter Mann, aber er entstammte der alten deutschen Schule und war es nicht gewohnt, Frauen den Vortritt zu lassen.

Der Fahrer steuerte den Elektrowagen vom Hangar aus in einen Tunnel. Nach etwa fünfhundert Metern kamen sie in eine weitläufige Kaverne aus Eis, in der sich ein kleiner Hafen mit langen Schwimmdocks befand, die sich in der Tide des Rossmeeres hoben und senkten. Der von einem hohen Dach überspannte Kanal, der vom Hafen zum Meer führte, beschrieb einen leichten Bogen, sodass ihn die Schiffe im Schutz der Eisklippen passieren konnten, ohne von draußen gesehen zu werden. An der Decke angebrachte Leuchtkörper mit Dutzenden von Halogenlampen tauchten die ganze Anlage in gleißendes Licht. Vier Unterseeboote und ein kleiner Frachter waren an den Docks vertäut. Der gesamte Hafen war völlig menschenleer. Verlassen standen die Kräne da, ebenso die Lastwagen und Maschinen. Auch auf den Schiffen und den Docks war weit und breit niemand zu sehen.

»Ein Jammer, dass die U-Boote, die unserem Unternehmen in all den Jahren so gute Dienste geleistet haben, verloren gehen werden«, sagte Elsie wehmütig.

»Vielleicht überstehen sie alles«, tröstete sie Blondi.

Hugo lächelte. »Wenn die Zeit gekommen ist, werde ich persönlich nach Walhalla zurückkehren und nachsehen, wie es ihnen ergangen ist. Ihnen gebührt ein Ehrenplatz für all die Dienste, die sie dem Vierten Reich geleistet haben.«

Der alte, fünfzehn Kilometer lange Tunnel, der den geheimen Hafen, den Hangar und die Meerwasseraufbereitungsanlage miteinander verband, war ebenfalls von Kriegsgefangenen aus der alten Sowjetunion aus dem ewigen Eis gehauen worden, deren Leichen jetzt in einem Massengrab am Rande des Schelfeises lagen. Seit 1985 war der Tunnel erweitert und wegen des wandernden Eises immer wieder begradigt worden.

Am Anfang waren alle Versuche, wertvolle Rohstoffe aus dem Meerwasser zu gewinnen, kläglich gescheitert. Doch nachdem Eric Drexler und seine Frau Chris Peterson in Kalifornien der entscheidende Durchbruch auf dem Gebiet der Nanotechnologie gelungen war, hatten die Destiny Enterprises ihre gewaltigen finanziellen Mittel in ein Projekt zur Beeinflussung der Materiestruktur gesteckt. Durch die Umlagerung von Atomen und die Herstellung unglaublich kleiner Maschinen hatten sie völlig neue technische und industrielle Produktionsmethoden entwickelt. Mit so genannten

Molekularmaschinen konnte man selbst einen Baum von Grund auf künstlich produzieren. Die Wolfs hatten sich diese Technologie zu Nutze gemacht, um Edelmetalle und Mineralien aus dem Meerwasser zu gewinnen, ein Verfahren, das sie inzwischen so weit entwickelt und verbessert hatten, dass sie tagtäglich tausend Troyunzen Gold aus dem Rossmeer gewannen, dazu Platin, Silber und andere seltene Rohstoffe. Im Gegensatz zu den üblichen Verhüttungsmethoden, bei denen das abgebaute Erz in Brechwerken erst zerkleinert und mit Chemikalien behandelt werden muss, ehe man das gewünschte Metall gewinnt, waren die aus dem Meerwasser ausgefällten Mineralien nahezu rein.

Die technische Zentrale der Meerwasseraufbereitungsanlage von Destiny Enterprises war ein riesiger Kuppelbau, der so ähnlich aussah wie die Bodenkontrollstation der NASA. Dreißig Wissenschaftler und Ingenieure saßen an den Kontrollpulten und überwachten die computergesteuerten nanotechnologischen Ausfällungsverfahren. Doch an diesem Tag war niemand mit der Gewinnung von Edelmetallen aus dem Meer befasst. Das gesamte Wolfsche Personal konzentrierte sich auf das bevorstehende Abspalten des Schelfeises.

Karl Wolf betrat den weitläufigen Raum und blieb vor der riesigen elektronischen Tafel stehen, die von der Kuppeldecke hing. In der Mitte war das Ross-Schelfeis abgebildet. Eine Reihe kleiner Neonröhren markierte die Grenze zwischen Eis und Festland. Die Röhren, die sich von der Meerwasseraufbereitungsanlage rund um das Schelfeis zogen und auf der gegenüberliegenden Seite endeten, eine Strecke von knapp fünfhundert Kilometern, waren grün. Der übrige Abschnitt bis zum Rand des Rossmeeres war mit roten Lichtern gekennzeichnet.

»Muss der rote Bereich noch programmiert werden?«, fragte Karl Chefingenieur Jürgen Holtz, der zu ihnen herkam und sie mit einem zackigen Kopfnicken begrüßte.

»Ja, ganz recht.« Holtz hob die Hand und deutete auf die Tafel. »Wir sind gerade dabei, die Geräte zur Molekularumlagerung zu schalten. Rund fünfhundert Kilometer müssen noch programmiert werden, bis zu der Stelle, wo der Tunnel am Meer endet.«

Karl betrachtete die ständig wechselnden roten Buchstaben und

Ziffern auf den Leuchtdioden rund um die Karte. »Wann ist es so weit?«

»Der letzte Arbeitsgang zum Abspalten des Schelfeises beginnt in genau sechs Stunden ...«. Holtz hielt inne und blickte auf eine Reihe von Zahlen, die die verbleibende Zeit bis zum Weltuntergang anzeigten, »zweiundzwanzig Minuten und vierzig Sekunden.«

»Irgendwelche Schwierigkeiten, die zu einer Verzögerung führen könnten?«

»Nein, unseres Wissens nicht. Sämtliche Rechner und Sicherungssysteme wurden etliche Male untersucht und überprüft. Bislang gab es nicht die geringste Störung.«

»Eine erstaunliche technische Leistung«, sagte Karl leise, während er die bunten Röhren rund um das Schelfeis betrachtete. »Ein Jammer, dass die Welt nie etwas davon erfahren wird.«

»In der Tat eine erstaunliche Leistung«, wiederholte Holtz. »Immerhin haben wir in zwei Monaten einen zweitausendzweihundert Kilometer langen Tunnel mit einem Durchmesser von drei Metern durch das Eis gebohrt.«

»Der Dank dafür gebührt Ihnen und Ihren Ingenieuren, die die Molekulartunnelmaschine entworfen und gebaut haben«, sagte Elsie und deutete auf ein großes Foto an der einen Wand. Auf dem Bild war eine dreißig Meter lange, kreisrunde Bohrmaschine mit einer Stoßramme und einem Förderband zu sehen. An der Vorderseite befand sich ein seltsam aussehendes Gerät, das bestimmte Molekularbindungen im Eis aufbrach, sodass eine Art körniger Pulverschnee entstand, der auf dem Förderband nach hinten, zum offenen Meer abtransportiert wurde. Ein zweites Gerät verschmolz die winzigen Körner wieder zu festem Eis, das zum Auskleiden des Tunnels verwendet wurde. Wenn die Maschine mit voller Kraft lief, konnte sie sich in vierundzwanzig Stunden achtzig Kilometer weit durchs Eis bohren. Jetzt, da sie ihren Zweck erfüllt hatte, stand sie unter einer immer dicker werdenden Eisschicht draußen vor der Meerwasseraufbereitungsanlage.

»Wenn das Eis geschmolzen ist, können wir mit der Bohrmaschine vielleicht Tunnel im Felsgestein anlegen«, sagte Karl nachdenklich.

»Meinst du, das Eis schmilzt ab?«, sagte Elsie verwundert.

»Wenn unsere Berechnungen auch nur zu fünfundneunzig Prozent stimmen, wird sich dieser Teil der Antarktis zwei Monate nach der Katastrophe knapp dreitausend Kilometer weiter nördlich befinden.«

»Mir ist immer noch nicht ganz klar, wie das vor sich gehen soll, dass das Eis abbricht und aufs Meer treibt«, sagte Elsie.

Karl lächelte. »Ich habe ganz vergessen, dass du in den letzten drei Jahren in geheimer Mission für die Familie in Washington tätig warst und die näheren Einzelheiten des Unternehmens Walhalla nicht kennst.«

Holtz hob die Hand und deutete auf die große Schautafel. »Ich will es Ihnen so einfach wie möglich erklären, Miss Wolf. Unsere computergesteuerte Nanomaschine hat eine Vielzahl von molekularreplizierenden Assemblern hergestellt, die ihrerseits wiederum etliche Millionen Maschinen erzeugten, die die Molekularstruktur des Eises auflösen.«

Elsie wirkte nachdenklich. »Mit anderen Worten, die replizierten Assembler stellen durch die Manipulation von Molekülen Maschinen her, die so gut wie alles erzeugen können.«

»Das ist das Schöne an der Nanotechnologie«, erwiderte Holtz. »Der replizierende Assembler kann sich in wenigen Minuten kopieren. In knapp vierundzwanzig Stunden haben Tonnen von replizierten Maschinen, die Trillionen Atome bewegen, im Abstand von fünfzehn Zentimetern oberhalb und unterhalb des Tunnels Löcher ins Eis gebohrt. Sobald die im Voraus festgelegte Bohrtiefe erreicht war, unterbrach der Computer die Verbindung und gab den Maschinen keine weiteren Anweisungen mehr. In sechs Stunden, wenn nach Voraussage unserer Meteorologen ein starker ablandiger Wind aufkommt und günstige Strömungsverhältnisse herrschen, werden die Maschinen reaktiviert. Dann werden sie ihre Aufgabe vollenden und das Schelfeis vom Festland lösen, damit es hinaus aufs Meer treiben kann.«

»Wie lange wird das dauern?«, fragte Elsie.

»Keine zwei Stunden«, antwortete Holtz.

»Und zehn Stunden nach dem endgültigen Abbrechen«, erklärte

Karl, »wird das Ross-Schelfeis weit genug vom antarktischen Kontinent abgetrieben sein, dass unter seiner Last die genau austarierte Erdachse aus dem Gleichgewicht gerät, was zu einer jähen Verlagerung der Pole und einer Krustenverschiebung führt, in deren Folge die ganze Welt verwüstet werden wird.«

»Eine Welt, die wir anschließend nach unseren Vorstellungen neu gestalten können«, sagte Elsie stolz.

Ein Mann in der schwarzen Uniform des Sicherheitsdienstes kam aus einem Büro gestürmt und lief auf sie zu. »Für Sie«, sagte er zu Karl und reichte ihm einen Papierstreifen.

Karl musterte das Blatt einen Moment lang mit finsterer Miene, dann wurde er nachdenklich.

»Was ist los?«, fragte Elsie.

»Ein Bericht von Hugo«, antwortete Karl langsam. »Anscheinend nähert sich über die Amundsensee ein unbekanntes Flugzeug, das nicht auf unsere Funksprüche eingeht.«

»Vermutlich die Versorgungsmaschine für die Eisstation Little America«, sagte Holtz. »Keine Sorge. Die kommt alle zehn Tage.«

»Fliegt es immer über Walhalla hinweg?«, fragte Karl.

»Nicht direkt, aber es nähert sich bis auf ein paar Kilometer, wenn es zur Landung bei der Eisstation ansetzt.«

Karl wandte sich an den Wachmann, der die Nachricht überbracht hatte. »Bestellen Sie bitte meinem Bruder, dass er die näher kommende Maschine genau beobachten soll. Wenn sie von ihrem üblichen Kurs nach Little America abweicht, soll er mich unverzüglich verständigen.«

»Bist du besorgt, Bruderherz?«, fragte Elsie.

Karl schaute sie mit nachdenklicher Miene an. »Besorgt nicht, Schwesterherz, nur vorsichtig. Ich traue den Amerikanern nicht.«

»Die Vereinigten Staaten sind weit weg«, sagte Elsie. »Bis die Amerikaner eine Eingreiftruppe aufgestellt und sechzehntausend Kilometer weit bis zur Okuma Bay geflogen haben, vergehen mindestens vierundzwanzig Stunden.«

»Trotzdem«, sagte Karl, »sollten wir wachsam sein.« Er wandte sich an Holtz. »Können wir im Falle eines Störmanövers den Befehl zum Abspalten des Eises früher erteilen?«

»Nein, nicht wenn wir garantiert Erfolg haben wollen«, erwiderte Holtz entschieden. »Wir müssen den ablandigen Wind und die Flut abwarten, da wir die Maschinen zum Auflösen der Eismoleküle erst kurz vor dem Höchststand reaktivieren können. Anschließend wird die Ebbe das gewaltige Schelfeis hinaus aufs Meer tragen.«

»Dann haben wir ja anscheinend nichts zu befürchten«, sagte Elsie voller Zuversicht.

Karl senkte die Stimme. »Ich hoffe, du hast Recht, Schwesterherz«, sagte er leise und bedächtig.

In diesem Augenblick nahte ein weiterer Wachmann und reichte Karl eine Nachricht von Hugo. Er las sie, blickte auf und lächelte leicht. »Hugo sagt, die amerikanische Versorgungsmaschine befindet sich auf ihrem üblichen Kurs, der sie in einer Entfernung von sechzehn Kilometern an unserer Anlage vorbeiführt, und fliegt in einer Höhe von zehntausend Metern.«

»Aus dieser Höhe kann man wohl schwerlich eine Eingreiftruppe absetzen«, sagte Holtz.

»Und kein Land auf dieser Erde würde es wagen, Raketen auf unsere Anlage abzufeuern, ohne das Unternehmen zuvor von seinen Nachrichtendiensten auskundschaften zu lassen. Das haben sie aber nicht geschafft. Hugos Sicherheitskräfte haben jeden Unterwanderungsversuch durchkreuzt und verhindert.«

»Durchkreuzt und verhindert«, wiederholte Karl. Doch insgeheim war er sich nicht so sicher. Er musste an den Mann denken, der ihm und seiner Familie schon viel zu oft in die Quere gekommen war, und fragte sich unwillkürlich, wo er wohl sein mochte.

37

Unter einer dichten grauen Wolkendecke landete ein NUMA-Jet auf dem eisigen Flugfeld und rollte zu einem Kuppelbau. Little America V war die fünfte Eisstation der Vereinigten Staaten, die diesen Namen trug, seit Admiral Byrd 1928 die erste gegründet hatte. Einst hatte sie etliche Kilometer vom Rand des Ross-Schelfeises entfernt an der Kainan Bay gelegen, doch durch das ständige Kalben des Schelfeises im Lauf der Jahre war es von hier aus jetzt nur noch ein kurzer Fußmarsch bis zum Meer. Die Station diente als Endpunkt der tausend Kilometer langen, viel befahrenen Eisstraße zum Byrd Surface Camp auf dem Rockefeller Plateau.

Ein Mann in limonengrünem Parka mit pelzbesetzter Kapuze nahm seine Sonnenbrille ab und grinste breit, als Pitt die Passagiertür öffnete und auf den gefrorenen Boden hinabstieg.

»Sind Sie Pitt oder Giordino?«, fragte er mit grollender Stimme.

»Ich bin Pitt. Sie müssen Frank Cash sein, der Stationsleiter.«

Cash nickte lediglich. »Ich habe euch frühestens in zwei Stunden erwartet.«

»Wir haben uns beeilt.«

Pitt drehte sich um, als sich Giordino, der die Maschine abgestellt hatte, zu ihnen gesellte. »Danke, dass Sie sich so kurzfristig zur Zusammenarbeit bereit erklärt haben«, sagte Giordino, nachdem er sich vorgestellt hatte. »Aber die Sache ist ungemein dringend.«

»Ich habe keinen Grund, Ihnen nicht zu glauben«, sagte Cash munter. »Auch wenn ich von höherer Stelle noch keine Anweisungen erhalten habe.«

Trotz aller Überredungskünste hatten sie keine Erlaubnis erhalten, zu dem Eingreiftrupp zu stoßen, der zurzeit aufgestellt wurde, um die Wolfsche Anlage anzugreifen und die Katastrophe zu verhindern; Admiral Sandecker hatte ihnen vielmehr unmissverständlich erklärt, dass sie in Buenos Aires bleiben und sich aus der Schusslinie halten sollten. Vergeblich hatte Pitt darauf verwiesen, dass er und Giordino einen wichtigen Beitrag zum Gelingen des Unternehmens leisten könnten. Immerhin hätten sie entdeckt, welch ungeheuerliche Katastrophe hier von Menschenhand entfesselt werden sollte, und außerdem wüssten sie mehr als jeder andere über die Wolfs und ihre Sicherheitsvorkehrungen. Und da sie bereits in Buenos Aires wären und damit achttausend Kilometer näher am Schauplatz, könnten sie vor dem Eingreiftrupp vor Ort sein und die Anlage auskundschaften.

Ihre Bitte war auf taube Ohren gestoßen. Die hohen Militärs hatten darauf verwiesen, dass sie keine Berufssoldaten seien und demnach weder über die Ausbildung noch über die körperlichen Voraussetzungen für einen derart anstrengenden und schwierigen Einsatz verfügten. Sandecker wiederum dachte nicht daran, seine besten Männer in der eisigen Ödnis des sechsten Kontinents Selbstmord begehen zu lassen. Pitt und Giordino hatten kurzerhand den ihnen zur Verfügung gestellten NUMA-Jet genommen, aber statt wie befohlen nach Washington zu fliegen, hatten sie ihn bis zum Rand voll getankt und waren in Richtung Antarktis gestartet, wo sie sich irgendwie durch die Hintertür in das Wolfsche Werk einschleichen wollten, ohne auch nur die geringste Ahnung zu haben, wie sie nach der Landung in Little America V hundert Kilometer weit quer durchs ewige Eis zu der Anlage gelangen wollten.

»Wir lassen uns was einfallen, wenn wir dort sind«, hatte Pitt unverdrossen vorgeschlagen.

»Ich bin dabei, da ich eh nichts Besseres zu tun habe«, hatte Giordino daraufhin erwidert.

»Kommt rein«, sagte Cash, »eh wir zu Eiszapfen gefrieren.«

»Wie ist die Temperatur?«, fragte Giordino.

»Heute ganz angenehm, weil kein Wind geht. Als ich das letzte Mal nachgeguckt habe, waren's minus sechsundzwanzig Grad.«

»Hier muss ich mir wenigstens keine Eiswürfel für meinen Tequila schicken lassen«, sagte Pitt.

Der Kuppelbau, der zu achtzig Prozent vom Eis bedeckt war, ragte nur anderthalb Meter aus dem Boden. Die Wohn- und Arbeitsräume, ein Labyrinth aus Kammern und Korridoren, waren aus dem Eis gehauen worden. Cash führte sie in die Kantine, bestellte beim Stationskoch heiße Lasagne für sie und organisierte eine Zwei-Liter-Flasche Rotwein, einen Gallo. »Nicht der Alleredelste, aber wirken tut er auch«, sagte er lachend.

»Wie daheim bei Muttern«, meinte Giordino.

»Eigentlich nicht«, sagte Cash mit einem verkniffenen Lächeln. »Man muss eine ziemliche Macke haben, um freiwillig so ein Leben zu führen.«

»Warum suchen Sie sich dann nicht einen Job in einem angenehmeren Klima?«, fragte Pitt, dem auffiel, dass alle Männer, die er bislang in der Station gesehen hatte, Bärte trugen und die Frauen ungeschminkt und nicht frisiert waren.

»Die Männer und Frauen hier arbeiten freiwillig in der Antarktis, weil sie die Gefahren reizen, die dieser Job mit sich bringt, das Gefühl, etwas Unbekanntes zu erkunden. Ein paar sind hergekommen, weil sie daheim Probleme hatten, aber in der Mehrzahl handelt es sich um Wissenschaftler, die Forschungen auf ihrem Fachgebiet durchführen, egal, wohin es sie dabei verschlägt. Nach einem Jahr kehren sie dann aber gern wieder nach Hause zurück. Bis dahin sind sie entweder abgestumpft, oder sie leiden langsam unter Halluzinationen.«

Pitt musterte Cash. Er wirkte weder verstört noch gehetzt, noch nicht zumindest. »Man muss vermutlich eine starke Persönlichkeit sein, um es in so einer trostlosen Umgebung auszuhalten.«

»Es fängt beim Alter an«, erklärte Cash. »Unter fünfundzwanzig hat man noch nicht die nötige Ausdauer, über fünfundvierzig nicht mehr die Widerstandskraft.«

Cash wartete ein paar Minuten lang geduldig, während Pitt und Giordino ihre Lasagne aßen. »Hab ich das recht verstanden, als ihr euch aus Argentinien bei mir gemeldet habt?«, fragte er dann. »Wollt ihr wirklich quer über das Schelfeis zur Okuma Bay?«

Pitt nickte. »Wir wollen zur Fabrikanlage der Destiny Enterprises.«

Cash schüttelte den Kopf. »Das sind Sicherheitsfanatiker. Bislang ist keiner unserer Forschungstrupps näher als fünfzehn Kilometer an das Gelände rangekommen. Die Rausschmeißer da drüben haben sie sofort weggescheucht.«

»Mit Rausschmeißern kennen wir uns ganz gut aus«, sagte Giordino, der sich allmählich wieder wohler fühlte, nachdem er sich den Bauch voll geschlagen hatte.

»Wie wollt ihr eigentlich dort hinkommen? Hubschrauber haben wir hier nicht.«

»Wir brauchen lediglich zwei Schneemobile«, sagte Pitt zu Cash. Die Miene des Stationsleiters wirkte alles andere als ermutigend.

Cash war sichtlich betreten. »Ich fürchte, ihr zwei seid umsonst hierher geflogen. Zwei unserer Schneemobile sind in Reparatur, und wir warten darauf, dass die Ersatzteile eingeflogen werden. Und mit den anderen vier sind die Wissenschaftler unterwegs, die das Eis rund um die Roosevelt-Insel untersuchen wollen, die ein Stück nördlich von hier liegt.«

»Wann kommen die Wissenschaftler zurück?«, fragte Pitt.

»Frühestens in drei Tagen.«

»Und ein anderes Fortbewegungsmittel haben Sie nicht?«, fragte Giordino.

»Einen Bulldozer und eine zehn Tonnen schwere Schneekatze.«

»Was ist mit der Schneekatze?«

Cash zuckte die Achseln. »Ein paar Glieder von der einen Kette sind in der Kälte gebrochen. Wir warten auf die Ersatzteile, die aus Auckland eingeflogen werden müssen.«

Giordino blickte zu seinem Freund, der auf der anderen Seite des Tisches saß. »Dann bleibt uns nichts anderes übrig, als hinzufliegen und darauf zu hoffen, dass wir irgendwo landen können.«

Pitt schüttelte den Kopf. »Wir können nicht einfach aus heiterem Himmel dort einschweben, sonst gefährden wir womöglich das Kommandounternehmen. Ich hatte gehofft, dass wir Schneemobile kriegen, mit denen wir den Großteil der Strecke zurücklegen können, bis wir sie zwei Kilometer vom Werk entfernt irgendwo abstellen und uns dann heimlich, still und leise reinschleichen.«

»Ihr zwei tut ja so, als ob's um Leben und Tod geht«, sagte Cash.

Pitt und Giordino warfen sich einen kurzen Blick zu, dann wandten sich beide mit ernster Miene an den Stationsleiter. »Genau«, sagte Pitt, »aber es stehen mehr Menschenleben auf dem Spiel, als Sie sich vorstellen können.«

»Könnt ihr mir verraten, worum es überhaupt geht?«

»Können wir nicht«, versetzte Giordino. »Außerdem wollen Sie das gar nicht wissen. Es könnte Ihnen den ganzen Tag verderben.«

Cash goss sich eine Tasse Kaffee ein und betrachtete einen Moment lang die dunkle Brühe. »Es gibt noch eine andere Möglichkeit«, sagte er dann. »Aber ich weiß nicht, ob das hinhaut.«

Pitt schaute ihn an. »Schießen Sie los.«

»Admiral Byrds Snow Cruiser«, rief Cash, als wollte er einen Vortrag halten, was er letztlich auch tat. »Ein riesiges Allrad-Fahrzeug, seinerzeit das größte seiner Art.«

»Wann war das?«, fragte Giordino.

»1939.« Er hielt kurz inne. »Die Idee dazu hatte Thomas Poulter, ein Polarforscher, der eine monströse Maschine entworfen und gebaut hat, die fünf Männer mitsamt seinem Hund zum Südpol und wieder zurück befördern sollte. Vermutlich war es das erste richtig große Geländefahrzeug der Welt. Die Räder waren gut einen Meter breit und hatten einen Durchmesser von drei Metern. Es war alles in allem achtzehn Meter lang, sechs Meter breit und wog voll beladen siebenunddreißig Tonnen. Ein tolles Fahrzeug, das könnt ihr mir glauben.«

»Klingt, als wär's ein bisschen überzüchtet«, sagte Pitt, »jedenfalls für ein Fahrzeug, das zum Südpol gelangen soll.«

»Das *war's* auch. Neben dem hohen Führerhaus vorne hat es einen eigenen Maschinensaal, Unterkünfte für die Besatzung und eine Kombüse, die nebenbei als Dunkelkammer für den Fotografen diente. Im Heck befand sich der Stauraum, in dem Proviant für ein Jahr, Ersatzreifen und so viel Sprit gelagert werden konnten, dass es damit fünftausend Meilen weit kam. Und auf dem Dach sollte es außerdem noch ein Flugzeug mitführen, eine mit Skiern ausgerüstete Beechcraft.«

»Was für einen Antrieb hatte dieses Monstrum?«

»Zwei Dieselmotoren mit je hundertfünfzig PS, gekoppelt mit vier fünfundsiebzig PS starken Elektromotoren, die jedes der vier Räder einzeln antreiben konnten. Sämtliche Räder konnten so weit eingeschlagen werden, dass es in scharfen Kurven seitwärts fahren konnte wie ein Krebs, und sie ließen sich sogar einziehen, wenn man eine Gletscherspalte überqueren musste. Jedes Rad wog zweieinhalb Tonnen. Die Reifen mit ihren zwölf Lagen Gummi wurden eigens von Goodyear hergestellt.«

»Und Sie sagen, dieses Riesengerät existiert noch, und es ist sogar einsatzfähig?«, fragte Pitt ungläubig.

»Oh, existieren tut's noch, aber ich kann nicht sagen, ob es einsatzfähig ist oder die hundert Kilometer über das Schelfeis schafft. Das ist zwar keine allzu große Entfernung, aber als der Snow Cruiser fertig war, in die Antarktis verfrachtet und in Little America III, nicht weit weg von hier, ausgeladen wurde, stellte sich raus, dass die ganzen schönen Baupläne nichts taugten. Der Antrieb war stark genug, aber Poulter hatte sich bei der Übersetzung verhauen. Auf ebener Fahrbahn hat der Koloss fünfzig Kilometer die Stunde geschafft, aber auf Schnee und Eis ist er nicht vorangekommen, vor allem, wenn's bergauf ging. Man hat ihn als Fehlkonstruktion abgeschrieben und ausrangiert. In den Jahren danach verschwand er im Eis und geriet in Vergessenheit. Man dachte immer, der Snow Cruiser würde irgendwann von dem wandernden Eis mitgeschleppt und eines Tages, wenn es im Sommer schmilzt, im Meer versinken.«

»Und wo ist er jetzt? Immer noch unter dem Eis begraben?«, erkundigte sich Pitt.

Cash schüttelte den Kopf und lächelte. »Der Snow Cruiser steht etwa drei Kilometer von hier entfernt, gefährlich nahe am Rand des Schelfeises. Ein reicher alter Bergbauingenieur hat es sich in den Kopf gesetzt, das Fahrzeug zu suchen und zu bergen, es dann zurück in die Staaten zu bringen und in einem Museum auszustellen. Er und seine Leute haben es zehn Meter tief im Eis entdeckt. Drei Wochen haben sie gebraucht, bis sie es ausgegraben hatten. Sie haben außen rum ein Schutzzelt aufgebaut, und soweit ich gehört habe, haben sie's tatsächlich zum Laufen gebracht.«

»Ob sie es uns wohl ausleihen?«

»Fragen kostet nichts«, sagte Cash. »Aber ich glaube nicht, dass er sich's so ohne weiteres abluchsen lässt.«

»Wir müssen es versuchen«, sagte Pitt entschieden.

»Habt ihr Polarkleidung?«

»In der Maschine.«

»Zieht sie lieber an. Wir müssen nämlich zu dem Snow Cruiser marschieren.« Cash wirkte mit einem Mal nachdenklich, so als wäre ihm etwas eingefallen. »Eh ich's vergesse – ich sag unserem Bodenpersonal Bescheid, dass sie eure Maschine abdecken und zusätzlich Heizkörper außen rum aufstellen sollen, damit der Treibstoff und die Hydraulikflüssigkeit nicht gelieren und sich kein Eis an Rumpf, Triebwerken und Flügeln bildet. Lasst die Kiste eine Woche lang hier rumstehen, und sie verschwindet glatt im Eis.«

»Gute Idee«, sagte Giordino. »Könnte sein, dass wir sie noch dringend brauchen, falls alles andere danebengeht.«

»In einer halben Stunde treffen wir uns hier. Dann bringe ich euch zu dem Gerät.«

»Wer ist der alte Knabe, der die Bergungsarbeiten geleitet hat?«, fragte Pitt.

Cash wirkte einen Moment lang ratlos. »Weiß ich beim besten Willen nicht. Er ist ein Sonderling, ein komischer Kauz. Seine Leute nennen ihn gewöhnlich Dad.«

Cash übernahm die Führung auf dem mit orangefarbenen Fahnen gekennzeichneten Pfad. Fast eine Stunde lang wanderten sie über das Eis. Nach einer Weile konnte Pitt Gestalten erkennen, die sich um ein großes blaues Zelt herumtrieben, das von einer Reihe kleiner orangefarbener Polarzelte umgeben war. Ein paar vereinzelte Flocken fielen, die sie im Nu mit einer dünnen weißen Decke überzogen hatten. In der Antarktis schneit es kaum. Sie ist eins der trockensten Gebiete der Welt, und schon in ein paar Zentimetern Tiefe stößt man auf uralten Schnee.

Es war fast windstill, doch Pitt und Giordino, die derart eisige Temperaturen nicht gewohnt waren, froren trotz ihrer dicken Polarkleidung. Gleißend strahlte die Sonne durch die dünnen Überreste der Ozonschicht, sodass sie ohne die dunklen Schutzbrillen in kürzester Zeit fast blind gewesen wären.

»Es wirkt alles so friedlich«, sagte Pitt, während er die majestätische Landschaft rundum musterte. »Kein Verkehr, kein Smog, kein Lärm.«

»Lasst euch davon nicht täuschen«, erwiderte Cash. »Eh man sich's versieht, schlägt das Wetter um, und dann ist hier die Hölle los. Ich weiß nicht mehr, wie viele Finger und Zehen sich die Leute hier schon erfroren haben. Immer wieder stößt man auf steif gefrorene Leichen. Deswegen muss jeder, der in der Antarktis arbeitet, ein zahnärztliches Röntgenbild bei sich haben und 'ne Hundemarke tragen. Man kann nie wissen, ob man mal irgendwann identifiziert werden muss.«

»So schlimm?«

»Der Wind ist mörderisch. Ich habe Leute erlebt, die bloß einen kurzen Fußmarsch machen wollten, aber vom Wind überrascht wurden, nichts mehr sehen konnten und erfroren sind, eh sie zur Station zurückgefunden haben.«

Schweigend trotteten sie die letzten fünfhundert Meter über das verharschte, vom Wind zerklüftete Eis dahin, das in wachsender Tiefe immer dichter und kompakter wurde. Pitt spürte allmählich, wie erschöpft er war und dass er in den letzten Tagen zu wenig geschlafen hatte, weil er zu viel um die Ohren gehabt hatte, aber er dachte nicht daran, den müden Mann zu markieren. Zu viel stand auf dem Spiel, viel zu viel. Doch er schritt nicht mehr so forsch aus, wie er es gewohnt war. Und er bemerkte, dass auch Giordino sichtlich langsamer geworden war.

Beim Camp angelangt, begaben sie sich sofort in das große Zelt. Der Snow Cruiser wirkte auf den ersten Blick fast genauso überwältigend wie die Wolfschen Riesenschiffe. Neben den gewaltigen Rädern sahen die Männer, die daran arbeiteten, wie Zwerge aus. Das Führerhaus saß mitten auf der tief gezogenen Frontpartie und ragte fast fünf Meter hoch auf, bis dicht unter das Zeltdach. Dahinter befand sich ein breites Flachdach, auf dem die Beechcraft transportiert werden sollte, die 1940 jedoch nicht dabei gewesen war, als man das Fahrzeug in die Antarktis verfrachtet hatte. Es war feuerrot lackiert und hatte einen orangefarbenen Streifen, der sich rundum zog.

Der Lärm, den sie beim Anmarsch über das Eis gehört hatten, kam von zwei Kettensägen, mit denen zwei Männer Rillen und Kerben in die mächtigen Reifen frästen. Ein alter Mann mit grauen Haaren und grauem Bart überwachte die reichlich groben Runderneuerungsarbeiten. Cash ging zu ihm und tippte ihm auf die Schulter. Der Alte drehte sich um, erkannte Cash und winkte den anderen zu, dass sie ihm folgen sollten. Er führte sie hinaus, zu einem der kleinen Zelte, in dem sich die Kombüse befand, und bot ihnen die Stühle an, die um einen langen Metallklapptisch standen.

»So, hier ist es ruhiger«, sagte er mit einem freundlichen Lächeln und musterte sie mit seinen blaugrünen Augen.

»Das sind Dirk Pitt und Al Giordino von der National Underwater and Marine Agency«, sagte Cash. »Sie sind in einer wichtigen Sache für die Regierung unterwegs und hoffen, dass Sie ihnen dabei behilflich sein können.«

»Mein Name ist nicht so geläufig, daher nennen mich meine Leute, die alle vierzig Jahre jünger sind, einfach Dad«, sagte er und schüttelte ihnen die Hand. »Was kann ich für euch tun?«

»Sind wir uns nicht schon mal begegnet?«, fragte Pitt, während er den Alten musterte.

»Schon möglich. Ich bin ziemlich weit rumgekommen.«

»Es geht um den Snow Cruiser«, sagte Pitt, der sofort zur Sache kam. »Kann man damit wirklich zum Südpol fahren?«

»Dazu ist er ja gebaut worden. Aber wenn Sie mir die Frage vor sechzig Jahren gestellt hätten, oder noch vor einer Woche, hätte ich nein gesagt. Auf trockenem Boden war er hervorragend, aber auf Eis hat er jämmerlich versagt. Erstens, weil die Reifen viel zu glatt waren und einfach durchgedreht haben. Und zweitens hat die Übersetzung hinten und vorne nicht hingehauen. Sobald es bergauf ging, ist man sich vorgekommen, als ob man mit einem voll beladenen Neunachser im sechzehnten Gang über die Rocky Mountains fahren will. Die Motoren wurden regelrecht abgewürgt. Wir haben das Getriebe und das Differenzial ein bisschen verändert und fräsen jetzt ein tieferes Profil in die Reifen, weil wir glauben, dass man damit durchaus zum Südpol fahren könnte.«

»Was ist, wenn man auf einen Spalt stößt, der so breit ist, dass man nicht drüberfahren kann?«, fragte Giordino.

»Thomas Poulter, der Erfinder und Konstrukteur, hatte eine geradezu geniale Idee. Ein kurzer Radstand mit Schwerpunkt auf der Mitte des Fahrzeugs, sodass Front- und Heckpartie rund fünfeinhalb Meter überstehen. Außerdem konnten die Räder eingefahren werden. Wenn der Fahrer auf eine Spalte stößt, zieht er die Vorderräder ein und schiebt sich, von den Hinterrädern getrieben, langsam vor. Sobald die Vorderräder auf der anderen Seite sind, fährt er die hinteren ein und zieht sich mit der Frontpartie auf die andere Seite. Wahrhaft genial, und es funktioniert auch.«

»Wo haben Sie die Ersatzteile für ein sechzig Jahre altes Getriebe gefunden?«

»Damals wurde nicht nur dieses eine Getriebe hergestellt. Wir haben uns eingehend mit der Sache befasst und es gelöst, bevor wir herkamen. Wir haben festgestellt, dass es die Firma noch gibt, die seinerzeit die Zahnräder hergestellt hat, und in deren Lager haben wir einen Haufen alter Teile entdeckt. Unter anderem genau die richtigen Zahnräder für Getriebe und Differenzial.«

»Habt ihr ihn schon ausprobiert?«, fragte Giordino.

»Ihr kommt grade zur rechten Zeit«, erwiderte Dad. »In etwa einer Stunde wollen wir zum ersten Mal seit sechzig Jahren wieder mit ihm übers Eis fahren. Mal sehen, was er kann. Wir waren keinen Moment zu früh dran. In zwei Wochen wäre er von dem kalbenden Schelfeis raus aufs Meer geschoben worden und irgendwann untergegangen.«

»Und wie wollen Sie ihn in die Staaten zurückbringen?«, fragte Giordino.

»Ich habe einen kleinen Frachter gechartert, der am Rande des Schelfeises liegt. Wir fahren damit hin und verladen ihn über eine Bordrampe.«

»Wenn er sich als funktionstüchtig erweisen sollte«, sagte Pitt, »dürften wir ihn dann vielleicht zwei Tage lang ausleihen?«

Dad schaute ihn verständnislos an. Dann wandte er sich an Cash. »Will der mich veräppeln?«

Cash schüttelte den Kopf. »Keineswegs. Die beiden brauchen unbedingt ein Fahrzeug, mit dem sie zu dem Wolfschen Werk gelangen können.«

Dad musterte Pitt mit verkniffenen Augen, während er sich Wein nachgoss. »Ganz bestimmt nicht. Ich habe über dreihunderttausend Dollar ausgegeben, um ihn aus dem Eis zu graben und so weit zu überholen, dass er wieder läuft und ins Smithsonian in Washington gebracht werden kann. Anfangs hat mich jeder ausgelacht, dem ich von meinem Traum erzählt habe, dieses Fahrzeug zu bergen. Meine Leute und ich haben ihn unter den schlimmsten Witterungsbedingungen ausgegraben. Wir haben uns schwer ins Zeug gelegt, um ihn zu bergen, und sind alle mächtig stolz darauf. Ich denke nicht daran, ihn zwei wildfremden Menschen für eine Spritztour übers Packeis zu überlassen.«

»Glauben Sie mir«, versetzte Pitt ernst, »es geht nicht um eine Spritztour. So absurd es auch klingen mag, aber wir versuchen eine weltweite Katastrophe abzuwenden.«

»Trotzdem nein.«

Pitt und Giordino wechselten einen kurzen Blick. Dann holte Pitt einen zusammengefalteten Zettel aus der Brusttasche seines Polaranzuges und schob ihn quer über den Tisch zu Dad. »Da stehen ein paar Telefonnummern drauf. Über die erreichen Sie unter anderem den Präsidenten, den Generalstab im Pentagon, den Leiter der NUMA und den Sicherheitsausschuss im Kongress. Dazu noch ein paar wichtige Leute, die unsere Geschichte bestätigen können.«

»Und was ist das für eine Geschichte?«, fragte Dad.

Pitt erklärte ihm alles.

Anderthalb Stunden später standen Frank Cash, Dad und dessen Leute schweigend draußen auf dem Eis und sahen zu, wie das riesige rote Fahrzeug eine dicke schwarze Qualmwolke ausstieß und bei strahlend blauem Himmel über die endlose Eiswüste davonrollte.

»Ich weiß nicht mal Dads Namen«, sagte Pitt, der sich über das Lenkrad beugte und durch die Windschutzscheibe Ausschau nach Rissen und sonstigen Hindernissen auf dem Eisfeld hielt.

Giordino stand unmittelbar hinter Pitt im Führerhaus des Snow Cruisers und studierte die Karte. »Auf dem Briefumschlag, der aus seiner Brusttasche ragte, stand ›Clive Cussler‹.«

»Komischer Name. Aber irgendwie kommt er mir bekannt vor.«

»Wurschtegal«, erwiderte Giordino.

»Hoffentlich habe ich mich nicht in die Nesseln gesetzt, als ich ihm versprochen habe, dass er seine Karre im gleichen Zustand zurückbekommt, wie er sie uns geliehen hat.«

»Wenn sie ein paar Kratzer abkriegt, muss er halt Admiral Sandecker die Rechnung schicken.«

»Kannst du mir den Kurs angeben?«, fragte Pitt.

»Wo ist dein GPS-Gerät?«

»Hab ich in der Eile vergessen. Außerdem gab's 1940 noch kein Satelliten-Ortungssystem.«

»Fahr einfach geradeaus«, sagte Giordino und deutete in die Ferne.

Pitt zog die Augenbrauen hoch. »Mehr fällt dir dazu nicht ein?«

»Gegen gutes Augenmaß kommt kein Kompass an.«

»Deine Einstellung spottet mal wieder jeder Vernunft.«

»Was glaubst du, wie lange wir brauchen, bis wir dort sind?«, fragte Giordino.

»Hundert Kilometer sind es in etwa, und die Karre schafft rund dreißig Kilometer die Stunde«, murmelte Pitt. »Drei Stunden, wenn uns kein Hindernis in die Quere kommt, das wir umfahren müssen. Ich hoffe nur, dass wir vor dem Kommandotrupp dort sind. Ehe Karl Wolf merkt, dass er angegriffen wird und möglicherweise vorzeitig das Schelfeis absprengen lässt.«

»Ich habe das dumpfe Gefühl, dass wir uns diesmal nicht so einfach reinschleichen können wie auf der Werft.«

»Ich hoffe, du irrst dich, weil es nämlich einer Menge Menschen ziemlich dreckig geht, wenn wir es nicht schaffen.«

38

Grell und gleißend spiegelte sich das Sonnenlicht unter dem azurblauen Himmel auf dem kristallhart gefrorenen Boden, als der schwere Snow Cruiser durch die eisige Landschaft kroch wie ein Käfer über ein zerwühltes weißes Bettlaken. Ein feiner Schleier aus aufgewirbeltem Schnee hüllte das Fahrzeug ein, dessen Dieselmotoren dünne blaue Qualmwolken ausstießen. Knirschend rollten die mächtigen Räder über das Eis, aber sie griffen jetzt und drehten nicht mehr durch, nachdem von Hand ein tieferes Profil in die Reifen gefräst worden war. Mühelos, geradezu majestätisch schob es sich voran, wie es sich die Leute vorgestellt hatten, die es einst gebaut hatten, aber nicht mehr miterleben durften, wie es die in ihn gesetzten Erwartungen erfüllte.

Pitt saß aufrecht auf dem bequemen Fahrersitz, hielt mit beiden Händen das große Buslenkrad fest und steuerte den Cruiser geradewegs auf eine Bergkette zu, die am Horizont aufragte. Er trug eine dunkle, verspiegelte Sonnenbrille, die ihn vor Schneeblindheit schützen sollte, eine der großen Gefahren in arktischen Gefilden.

Verursacht wird sie durch kurzwellige ultraviolette Strahlen, die bei der Spiegelung des Sonnenlichts auf dem gleißenden Boden entstehen und zu einer Entzündung der Bindehaut führen. Sie kündigt sich durch eine leichte Reizung des Auges an, so als wäre einem Sand hineingeraten, gefolgt von einer Erblindung, die bis zu vier Tage andauern kann.

Vom Frost drohte indes keine Gefahr, da die Heizung des Snow Cruisers für beachtliche achtzehn Grad im Führerhaus sorgte. Lästig war lediglich die Eisschicht, die sich ständig auf der Windschutzscheibe und den Seitenfenstern bildete, ohne dass Lüftung und Gebläse viel dagegen ausrichten konnten. Pitt trug beim Fahren nur einen irischen Wollpullover, hatte aber seinen Polaranzug griffbereit neben sich liegen, damit er notfalls sofort aussteigen konnte. Im Augenblick herrschte zwar herrliches Wetter, aber er wusste aus eigener Erfahrung, wie schnell man in Lebensgefahr geraten konnte, wenn es unverhofft umschlug.

Über hundertfünfzig Todesopfer hatte die Erforschung der Antarktis bislang gefordert, seit Carstens Borchgrevink, ein Seemann auf einem norwegischen Walfangschiff, 1895 als erster Mensch den sechsten Kontinent betreten hatte. Die meisten waren an der Kälte zu Grunde gegangen, wie Captain Robert Falcon Scott, der mitsamt seinen Begleitern auf dem Rückmarsch vom Südpol erfroren war. Andere hatten sich verirrt und waren ziellos in den Tod gewandert. Viele waren bei Flugzeugabstürzen und anderen Unglücksfällen ums Leben gekommen.

Pitt hatte nicht die geringste Lust, ihr Schicksal zu teilen – weder jetzt noch später. Schließlich wollten er und Giordino verhindern, dass die Wolfs den Weltuntergang entfesselten. Aber zunächst musste er den Snow Cruiser über das Schelfeis steuern und zusehen, dass sie so schnell wie möglich zu dem Werksgelände kamen.

»Wie sieht's mit dem Kurs aus?«, rief er Giordino zu, der ein Stück tiefer und etwas weiter hinten am Kartentisch stand und in ein Messtischblatt vom Ross-Schelfeis vertieft war.

»Halte mit der alten Klapperkiste einfach gradeaus auf den höchsten Berggipfel da vorn zu. Ach ja, und pass auf, dass du das Meer immer links liegen lässt.«

»Aha, das Meer immer links liegen lassen«, wiederholte Pitt bissig.

»Na ja, wir wollen doch nicht über den Rand geraten und absaufen, oder?«

»Was ist, wenn das Wetter umschlägt und die Sicht schlechter wird?«

»Such dir einen Kurs aus«, sagte Giordino spöttisch. »Schau auf den Kompass. Da gibt's dreihundertsechzig Möglichkeiten.«

»Ich gebe mich geschlagen«, erwiderte Pitt. »Ich war nicht ganz bei der Sache. Habe vergessen, dass die Kompassnadel hier unten immer nach Norden zeigt.«

»Damit kommst du aber nicht ins Fernsehen.«

»Die meisten Quizfragen überfordern meine geistigen Fähigkeiten sowieso.« Mit einem verschmitzten Grinsen wandte er sich Giordino zu. »Ich wette, du erzählst kleinen Kindern für dein Leben gern Gruselgeschichten.«

Verständnislos schaute Giordino zu Pitt. »Wie?«

»Die Klippen am Rand des Ross-Schelfeises ragen über fünfzig Meter hoch auf und reichen dreißig Meter tief ins Meer. Sie fallen steil ab. Wenn wir über die Kante geraten, bleibt nicht mehr viel übrig, was noch absaufen könnte.«

»Da hast du Recht«, räumte Giordino widerwillig ein.

»Außerdem könnten wir natürlich auch in eine tiefe Spalte geraten oder in einem Schneesturm die Orientierung verlieren und erfrieren. Ansonsten besteht nur noch die Gefahr, dass das Eis, auf dem wir fahren, abbricht oder kalbt und mit uns aufs Meer hinaustreibt. Dann bleibt uns nichts anderes übrig, als dazusitzen und abzuwarten, bis uns die große Flutwelle hinwegfegt.«

»Du brauchst was zu sagen«, versetzte Giordino mit höhnischem Unterton. »Gegen dein Geunke klinge ich ja wie Mutter Bär, wenn sie eine Gute-Nacht-Geschichte erzählt.«

»Der Himmel wird dunkler«, sagte Pitt, als er durch die Windschutzscheibe nach oben blickte.

»Bist du immer noch der Meinung, dass wir's rechtzeitig schaffen?«, fragte Giordino.

Pitt warf einen Blick auf den Tacho. »Wir sind in der letzten

Stunde knapp vierunddreißig Kilometer vorangekommen. Wenn wir nicht noch auf ein unvorhergesehenes Hindernis stoßen, müssten wir in zwei Stunden dort sein.«

Sie mussten es rechtzeitig schaffen. Falls das Kommandounternehmen scheiterte, hing alles von ihm und Giordino ab, auch wenn sie noch keine Ahnung hatten, wie sie das bewerkstelligen wollten. Pitt war nicht allzu zuversichtlich. Er wusste, dass das Gelände vor ihm jede Menge Hindernisse und Gefahren barg. Daher passte er ständig auf, achtete auf brüchiges Eis und verdächtige Spalten, die viele Meter tief bis zu den südpolaren Meeresfluten aufklaffen konnten. Bislang war die Eiswüste halbwegs eben gewesen, abgesehen von zahllosen Rissen und Rillen, sodass sie einigermaßen gut vorangekommen waren. Ab und zu entdeckte er vor ihnen eine Spalte, worauf er anhielt, die Lage abschätzte und einen Umweg suchte.

Trotzdem war ihm beim bloßen Gedanken daran, dass sie mit einem fünfunddreißig Tonnen schweren Stahlkoloss über das rundum brüchige und zerklüftete Eis fuhren, mehr als unwohl. Ihm war unbeschreiblich mulmig zu Mute. Plötzlich sah er voraus einen Riss im Eis. Fast im letzten Moment schlug er das Lenkrad ein und stellte den Snow Cruiser quer, sodass er keine anderthalb Meter neben der Kante zum Stehen kam. Nachdem sie rund einen halben Kilometer daran entlanggefahren waren, wurde der Spalt allmählich schmäler, und bald darauf stießen sie wieder auf festen Boden.

Pitt warf einen Blick auf den Tachometer und stellte fest, dass sie inzwischen deutlich Tempo zugelegt hatten und fast vierzig Stundenkilometer fuhren. Giordino war unten im Maschinenraum und bastelte an den beiden schweren Dieselmotoren herum, stellte die Ventile an den Einspritzpumpen nach und sorgte für das richtige Gemisch in dieser dünnen, extrem trockenen und kalten Luft, denn so weit waren Dad und seine Leute noch nicht gekommen. Bei modernen Dieselmotoren wird die Einspritzung elektronisch geregelt, doch bei den sechzig Jahre alten Cummins-Maschinen musste man die Spritzzufuhr noch von Hand einstellen.

Die Landschaft, die vor ihnen lag, war öde und trostlos, eine eisige, menschenfeindliche Wüstenei, zugleich aber erhaben und herrlich. Friedlich und beängstigend in einem. Pitt schrak jäh hoch, trat

Bremse und Kupplung durch und starrte verdutzt auf die Spalte, die sich keine dreißig Meter vor ihnen auftat, breit und klaffend, so weit das Auge reichte, aber von Weitem kaum zu erkennen.

Er stieß die Tür auf, stieg auf das Eis hinab und trat bis zum äußersten Rand vor. Ein grusliger Anblick. Steile Wände, die oben weiß waren, nach unten allmählich silbergrün wurden und schließlich in der Tiefe verschwanden. Die Spalte war gut und gerne sechs Meter breit. Er drehte sich um, als er Giordinos Schritte hinter sich hörte.

»Was nun?«, fragte Giordino. »Die ist bestimmt ewig lang.«

»Frank Cash hat irgendwas davon erwähnt, dass man die Räder einziehen und Eisspalten überwinden kann. Schaun wir doch mal, was in der Betriebsanleitung steht, die Dad uns mitgegeben hat.«

Thomas Poulter, der Erfinder des Snow Cruisers, hatte sich, wie Dad ihnen erklärt hatte, in der Tat eine geniale Lösung zum Überqueren von Eisspalten einfallen lassen. Die Unterseite des Fahrzeugs, dessen Bug und Heck fünfeinhalb Meter über den Radstand hinausragten, war flach wie ein Ski. Der Betriebsanleitung folgend, betätigte Pitt die Hebel, mit denen die Vorderräder senkrecht eingezogen werden konnten. Dann steuerte er den nur mehr von den Hinterrädern getriebenen Cruiser langsam vorwärts, bis der vordere Teil über die Spalte glitt und auf der anderen Seite sicheren Halt fand. Danach klappte Pitt die Vorderräder wieder aus, fuhr die hinteren ein und zog den Cruiser mittels Frontantrieb über den Abgrund. Nachdem auch die Hinterräder wieder ausgeklappt waren, ging es weiter.

»Ich glaube, so was nennt man eine großartige Erfindung«, sagte Giordino bewundernd.

Pitt legte einen höheren Gang ein und steuerte mit dem Snow Cruiser wieder den höchsten Gipfel der Bergkette an, die sich vor ihnen erstreckte. »Schon erstaunlich, dass er bei dieser Technik so umsichtig war und sich gleichzeitig beim Getriebe und beim Reifenprofil so gewaltig verhauen hat.«

»Fehler macht jeder. Außer mir natürlich.«

Pitt reagierte auf die Angeberei so gelassen wie immer. »Natürlich.«

Giordino nahm die Betriebsanleitung und wollte wieder in den Maschinenraum hinabsteigen. Aber zuvor deutete er auf die beiden Temperaturanzeiger. »Die Motoren laufen heißer als normal. Behalte sie lieber im Auge.«

»Wie können die heiß laufen, wenn draußen fast dreißig Grad minus sind?«, fragte Pitt.

»Weil die Kühler nicht außen angebracht sind. Sie befinden sich im Maschinenraum, direkt vor den Motoren. Kommt mir fast so vor, als ob sie sich von selber aufheizen.«

Pitt hatte gehofft, sie könnten sich dem Werksgelände im Schutz der Dunkelheit nähern, doch um diese Jahreszeit ging die Sonne in der Antarktis kaum unter. Er war sich darüber im Klaren, dass sie nicht unbemerkt in die Anlage eindringen konnten, jedenfalls nicht mit einem riesigen, feuerroten Schneemobil. Er wusste auch, dass er sich in den nächsten anderthalb Stunden etwas einfallen lassen musste. Bald, sehr bald schon würden die Gebäude der Meerwasseraufbereitungsanlage am Fuß der Berge am Horizont auftauchen.

Allmählich fasste er wieder Hoffnung, doch plötzlich, so als hätten sich unsichtbare Mächte gegen sie verschworen, verdunkelte sich der Himmel. Ein jäher Wind kam auf, der aus dem Inneren des Kontinents heranfegte wie eine Flutwelle. Eben noch hatte Pitt fast hundert Kilometer weit sehen können, im nächsten Moment hatte er das Gefühl, als blickte er durch eine wirbelnde, wogende Wand aus schimmerndem Wasser. Binnen kürzester Zeit konnte er weder den Himmel noch die Sonne erkennen, während der Wind mit Urgewalt über das Schelfeis fauchte und die ganze Welt in ein weißes Leichentuch hüllte.

Er trat weiter das Gaspedal durch, umklammerte das Lenkrad und versuchte das Fahrzeug geradeaus zu halten, so gut es ging. Sie hatten es eilig und dachten nicht daran, sich von den Launen der Natur aufhalten zu lassen.

Wenn man in einen Schneesturm gerät und seine Umgebung nicht mehr erkennt, kann es leicht passieren, dass man im Kreis läuft. Das liegt daran, dass bei den meisten Menschen das eine Bein einen Millimeter kürzer ist als das andere, ohne dass sie sich dessen bewusst sind. Das Gleiche galt für den Snow Cruiser. Auch dessen Reifen stimmten nicht hundertprozentig überein. Daher scherte das Fahrzeug unmerklich aus, selbst wenn das Lenkrad geradeaus gerichtet war, und fuhr allmählich eine leichte Kurve.

Keinerlei Konturen waren zu erkennen. Es war, als wäre die ganze Welt von dem heulenden Schneesturm verschlungen worden: Myriaden von Eiskristallen wirbelte er auf und blies sie mit solcher Wucht gegen die Windschutzscheibe, dass sie klirrend wie kleine Nägel aufschlugen. Pitt fragte sich unwillkürlich, ob das alte, aus Vorkriegszeiten stammende Sicherheitsglas diesen Urgewalten standhalten würde. Er wurde nach vorn geschleudert, als der Snow Cruiser über eine Eisrille rumpelte, die er in dem weißen Mahlstrom nicht gesehen hatte. Er wappnete sich gegen einen zweiten Stoß, doch der kam nicht. Das Eis war wieder eben.

Pitt ging gerade das alte Sprichwort durch den Kopf, wonach ein Unglück selten allein kommt, als Giordino den Kopf aus der Luke zum Maschinenraum steckte. »Überprüf die Anzeigen«, rief er. »Die Motoren laufen immer noch heiß. Hier unten kommt schon der Dampf aus dem Überlaufrohr am Kühler, weil das Wasser nicht mehr richtig zirkuliert.«

Pitt starrte auf die Temperaturanzeiger am Armaturenbrett. Er hatte sich so darauf konzentriert, das schwere Fahrzeug auf stetem Kurs zu halten, dass er nicht auf die Instrumente geachtet hatte. Der Öldruck war etwas zu niedrig, und die Wassertemperatur lag bereits im roten Bereich. Keine fünf Minuten mehr, dann würde der Kühler überkochen, und danach war es nur noch eine Frage der Zeit, bis die Kolben heiß liefen und sich festfraßen. Er hörte bereits die ersten Fehlzündungen und spürte, dass die Motoren wegen der Hitze nicht mehr rund liefen.

»Zieh deine Polarklamotten an«, rief Pitt. »Wenn du so weit bist, machst du die Tür auf. Die kalte Luft von draußen sollte die Motoren abkühlen.«

»Und wir gefrieren dabei zu Eiszapfen«, versetzte Giordino.

»Das müssen wir über uns ergehen lassen, bis sie wieder halbwegs normale Temperatur haben.«

Beide Männer legten ihre einteiligen Polaranzüge und die Parkas an. Pitt, der gleichzeitig den Cruiser auf möglichst geradem Kurs durch den Sturm steuerte, brauchte eine Weile, bis er seine Kapuze verschnürt hatte. Als sie beide fertig und gegen die Kälte geschützt waren, öffnete Giordino die Tür. Pitt duckte sich über das Lenkrad und schaute mit zusammengekniffenen Augen geradeaus, als der Wind heulend und fauchend wie tausend Furien ins Führerhaus fegte und sämtliche Motorengeräusche übertönte.

Pitt war auf die Kälte vorbereitet, doch auf den jähen Schock, als die Temperatur im Führerhaus innerhalb von dreißig Sekunden um fast fünfzig Grad fiel, war er nicht gefasst. Wenn ein Mensch die entsprechende Schutzkleidung trägt, kann er bis zu einer halben Stunde Temperaturen von minus achtzig Grad aushalten, ohne bleibende Schäden davonzutragen. Weht aber zusätzlich noch ein eisiger Wind, kann man binnen weniger Minuten erfrieren. Pitt war zwar durch seine Polarkleidung vor der schieren Kälte geschützt, trotzdem hatte er das Gefühl, als saugte ihm der Sturm die Körperwärme förmlich aus dem Leib.

Giordino saß zwischen den beiden Dieselmotoren unten im Maschinenraum und genoss das bisschen Wärme, das die Flammrohre und die Kühlerlüftung abstrahlten. Aber er machte sich Sorgen um Pitt und fragte sich, ob er so lange überleben konnte, bis die Motortemperatur wieder gesunken war. Unterhalten konnten sie sich jetzt nicht mehr, denn der heulende Wind übertönte jeden Laut.

Die nächsten Minuten kamen Pitt geradezu endlos vor. Noch nie hatte er eine derartige Kälte erlebt. Er hatte das Gefühl, als ob der Wind durch ihn hindurchdrang und ihm die Eingeweide zerschnitt. Er starrte auf die Nadeln der beiden Temperaturanzeiger und sah, dass sie quälend langsam zurückgingen. Unentwegt prasselten Eiskristalle an die Windschutzscheibe, stoben ins Führerhaus und überzogen Pitt und das Armaturenbrett in kürzester Zeit wie mit einer weißen Glasur. Die Heizung kam gegen die kalte Luft nicht mehr an, sodass die Fenster im Nu von innen zufroren, während die Scheibenwischer vergebens gegen die Schneemassen ankämpften und schließlich stecken blieben. Pitt, der nun überhaupt nichts mehr erkennen konnte, saß wie ein Fels inmitten einer weiß kochenden Brandung und kam sich vor, als würde er von einem Ungeheuer mit tausenden winziger Zähne verschlungen.

Er biss seinerseits die Zähne zusammen, damit sie nicht heillos aufeinander schlugen. Gegen Kälte anzukämpfen, auf die er keinerlei Einfluss hatte, und sich gleichzeitig darüber im Klaren zu sein, dass möglicherweise Milliarden Menschenleben vom Gelingen ihrer Rettungsaktion abhingen, war alles andere als angenehm, aber es verlieh ihm auch den nötigen Antrieb, um trotz des heulenden Windes und der stechenden Eiskristalle weiter auf Kurs zu bleiben. Er durfte nur nicht daran denken, dass er in eine Spalte geraten könnte, die er bei diesen Witterungsbedingungen nicht rechtzeitig sah. Am vernünftigsten wäre es gewesen, mit dem Snow Cruiser nur mehr Schritttempo zu fahren und Giordino vorweggehen und das Eis überprüfen zu lassen. Aber erstens hätte er dadurch das Leben seines Freundes aufs Spiel gesetzt, und zweitens verlören sie kostbare Zeit, und das konnten sie sich beim besten Willen nicht leisten. Sein rechter Fuß war inzwischen so gefühllos, dass er ihn kaum noch bewegen konnte, daher ließ er ihn einfach auf dem bis zum Anschlag durchgetretenen Gaspedal stehen.

Die Fahrt über das tückische und trügerische Eisfeld war der reinste Albtraum in Weiß geworden.

Aber es gab kein Zurück mehr. Entweder sie brachten ihre Aufgabe zu Ende, oder sie starben. Der Wind heulte nach wie vor mit unveränderter Gewalt. Pitt wischte schließlich die dicker werdende Eisschicht vom Armaturenbrett. Die Nadeln der Temperaturanzeiger verließen allmählich den roten Bereich. Aber wenn er und Giordino ihr Ziel ohne weitere Unterbrechungen erreichen wollten, mussten die Motoren noch um mindestens zehn Grad abkühlen.

Er kam sich vor wie ein Blinder, der sich nicht einmal mehr durch die Welt tasten kann. Seine Hände und Füße wurden nach kurzer Zeit taub, sodass er kein Gefühl mehr in ihnen hatte. Sein Körper wollte ihm nicht mehr gehorchen. Er konnte kaum noch atmen, denn die bittere Kälte versengte ihm schier die Lunge. Der Frost, der trotz der dicken Kleidung durch die Haut drang und ihm fast das Blut gefrieren ließ, und der brennende Schmerz, der ihn quälte, laugten ihn aus. Er hätte nie gedacht, dass man so schnell erfrieren konnte. Er musste alle Willenskraft aufbieten, damit er nicht aufgab und Giordino aufforderte, die Tür zu schließen. Aber sie durften nicht versagen, und wenn der Wind noch so grimmig pfiff.

Pitt hatte dem Tod schon früher ins Antlitz geblickt, ohne sich von ihm schrecken zu lassen. Solange er noch atmete und einigermaßen klar denken konnte, hatte er eine Chance. Wenn nur der Wind nachlassen würde. Er wusste, dass sich antarktische Stürme genauso schnell wieder legen konnten, wie sie aufgezogen waren. Warum vergeht der hier nicht?, murmelte er fast flehentlich vor sich hin. Eine schreckliche Leere überkam ihn. Sein Blickfeld wurde enger und trübte sich allmählich, und die Nadeln hatten sich noch immer nicht bei normaler Betriebstemperatur eingependelt.

Er war nicht der Typ, der sich unsinnigen Hoffnungen hingab. Er glaubte an sich, an Giordino und daran, dass ihnen das Glück stets hold war. Gegen den Allmächtigen war auch nichts einzuwenden, wenn er ihnen denn beispringen wollte. Pitt dachte nicht daran, aus freien Stücken in die ewigen Jagdgründe einzugehen. Er war immer davon überzeugt gewesen, dass man ihn dorthin schleifen musste, sei es durch Engel oder Dämonen, denn er würde bis zuletzt kämpfen. Außerdem war noch längst nicht entschieden, wo er letztlich landen würde, ob seine Tugenden überwogen oder seine Laster. Er wusste lediglich, dass er in dieser Angelegenheit nichts mitzureden hatte und dass er in wenigen Minuten zu einem Eisblock erstarrt sein würde.

Beinahe hätte er nachgegeben und das Handtuch geworfen, doch er zwang sich dazu, noch zehn Minuten durchzuhalten. Er hatte nicht den geringsten Zweifel, dass er und Giordino die Sache gemeinsam durchstehen würden, und er verlor auch nicht einen Moment lang die Nerven. Erst kommen die Motoren, dann ich, und danach können wir die Welt retten. Nur in dieser Reihenfolge, dachte er. Er rieb das Eis von seiner Schutzbrille und sah, dass die Nadeln an beiden Instrumenten rasch fielen und schon fast auf normaler Betriebstemperatur standen.

Noch zwanzig Sekunden, sagte er sich, dann noch zwanzig. Wie lautete doch der alte Spruch? »Einer, einer, einer geht noch rein.« Dann die Erleichterung und das Hochgefühl, als beide Nadeln fast wieder im normalen Bereich standen.

Er musste Giordino nicht zurufen, dass es so weit war. Der kleine Italiener spürte es sofort, als er kurz die Hand auf die Kühler legte. Er schlug die Tür zu, damit der eisige Wind nicht mehr eindringen konnte, und stellte die Heizung so hoch wie möglich. Dann hastete er hinauf ins Führerhaus und zerrte Pitt vom Lenkrad weg.

»Das reicht für diesmal«, sagte er betroffen, als er sah, dass Pitt kurz vor dem Erfrierungstod war. »Ich bring dich runter in den Maschinenraum. Dort kannst du dich aufwärmen.«

»Der Snow Cruiser…« Pitts Lippen waren so eingefroren, dass er sie kaum bewegen konnte. »Nicht vom Weg abkommen.«

»Nur keine Sorge. Ich kann mit diesem mechanischen Mammut genauso gut umgehen wie du.«

Nachdem er Pitt am Boden zwischen den beiden schweren Dieselmotoren abgesetzt hatte, wo er sich aufwärmen konnte, stieg Giordino hinauf ins Führerhaus, übernahm das Lenkrad und legte den ersten Gang ein. Sechzig Sekunden später wälzte sich das mächtige Fahrzeug wieder mit fast vierzig Stundenkilometern durch den Schneesturm.

Das stete Tuckern der Dieselmotoren, die wieder völlig rund liefen, war geradezu Musik in Pitts Ohren, fast wie ein Triumphmarsch. In seinem ganzen Leben hatte er sich noch nie so wohl gefühlt wie hier, inmitten der Wärme, die von den Motoren ausgestrahlt und von seinem halb erfrorenen Körper regelrecht aufgesogen wurde. Bald waren seine Glieder wieder durchblutet, aber er blieb sitzen und gönnte sich noch eine halbe Stunde Ruhe, während Giordino den Kurs hielt.

Fast widerwillig fragte er sich, ob die vom Militär aufgestellte Eingreiftruppe mittlerweile gelandet war. Oder waren die Männer in den gleichen mörderischen Schneesturm geraten wie sie?

39

Die dunkelgrau lackierte McDonnell Douglas C-17, die bis auf eine kleine amerikanische Flagge am Leitwerk keinerlei Kennzeichen trug, strich über ein Meer aus perlweißen Wolken dahin, das sich über dem gleißenden Eis der Antarktis erstreckte wie ein riesiger Flugsaurier über einer mesozoischen Landschaft.

Captain Lyle Stafford von der US Air Force fühlte sich fast wie zu Hause in seinem Cockpit hoch über dem eisigen Kontinent. Normalerweise flog er zwischen Christchurch in Neuseeland und der Antarktis hin und her und beförderte Wissenschaftler, Ausrüstung und Nachschub zu den amerikanischen Eisstationen. Diesmal aber waren er und seine Besatzung vom Militär eingespannt worden, um eine in aller Eile aufgestellte Eingreiftruppe zum Ross-Schelfeis zu befördern und über dem Werksgelände der Destiny Enterprises abzusetzen.

Mit seinen tadellos frisierten grauen Haaren und dem steten Lächeln, das um seinen Mund spielte, wirkte er eher wie der Pressesprecher eines großen Unternehmens. Doch er war mit Leib und Seele Pilot und meldete sich immer freiwillig, wenn die Air Force oder irgendwelche Hilfsorganisationen seiner Dienste bedurften. Unterwegs war er meistens in ein Buch vertieft und überließ die Maschine seinem Kopiloten, Lieutenant Robert Brannon, einem langbeinigen Kalifornier, dessen Knie fast bis zum Kinn ragten, wenn er im Cockpit saß. Fast widerwillig blickte er von seinem Buch auf, *Die Einstein-Papiere* von Craig Dirgo, schaute aus dem Seitenfenster und warf einen Blick auf die Anzeige des Global Positioning Systems.

»Dann wollen wir mal wieder was tun«, sagte er und legte das Buch beiseite. Lächelnd wandte er sich an Major Tom Cleary, der auf einem Klappsitz hinter den beiden Piloten saß. »Wird allmählich Zeit, dass Sie mit den Atemübungen anfangen, Major, damit sich Ihre Männer an den Sauerstoff gewöhnen.«

Cleary blickte über die Köpfe der Piloten hinweg nach vorn, doch er sah nur eine dichte Wolkendecke. Irgendwo darunter, nicht mehr allzu weit voraus, so nahm er an, breitete sich das Ross-Schelfeis aus. »Wie viel Zeit habe ich noch?«

Stafford deutete mit dem Kopf auf das Instrumentenbrett. »Wir sind in einer Stunde über dem Absetzpunkt. Sind Ihre Männer bereit und brennen auf den Einsatz?«

»Bereit vielleicht, aber dass sie auf den Einsatz brennen, kann ich nicht unbedingt behaupten. Sie sind zwar schon alle mehr als einmal in über zehntausend Metern Höhe aus einer Düsenmaschine abgesprungen, aber nicht bei sechshundertfünfzig Kilometer pro Stunde. Wir sind's gewohnt, dass die Maschine langsamer fliegt, bevor die Rampe runtergeht.«

»Tut mir Leid, dass ich euch nicht näher, niedriger und langsamer ranbringen kann«, sagte Stafford. »Aber das Entscheidende bei der ganzen Sache ist, dass Sie und Ihre Männer auf dem Eis landen, ohne dass man eure Schirme in der Luft bemerkt. Mein Befehl lautet unmissverständlich, dass ich mich an die übliche Route halten soll, wenn ich den McMurdo-Sund ansteuere, genau wie bei meinen Versorgungsflügen. Ich geh schon so haarscharf ran, wie ich es riskieren kann, ohne Verdacht zu erregen. Trotzdem sind es noch etwa fünfzehn Kilometer bis zur Landezone unmittelbar vor dem Sperrzaun.«

»Der Wind kommt von See her, das erleichtert euch die Sache«, warf Brannon ein.

»Die Wolkendecke kommt uns ebenfalls zugute«, sagte Cleary bedächtig. »Und selbst wenn sie eine Radaranlage haben, kriegen sie nicht mit, wie wir abspringen. Die entdecken uns allenfalls, wenn wir die Schirme öffnen.«

Stafford korrigierte den Kurs leicht. »Ich beneide Sie nicht darum, Major«, sagte er dann. »Ein Sprung aus einem warmen Flugzeug in eine über siebzig Grad kalte Eishölle.«

Cleary lächelte. »Wenigstens fragen Sie nicht, weshalb wir aus einer völlig flugtüchtigen Maschine abspringen. Ich weiß das zu schätzen.«

Alle lachten einen Moment lang über den alten Pilotenwitz. Seit Jahrzehnten schon mussten sich Fallschirmspringer die Frage gefallen lassen, weshalb sie aus völlig flugtüchtigen Maschinen absprängen. Für gewöhnlich antwortete Cleary darauf nur: »Wenn es eine völlig flugtüchtige Maschine gibt, springe ich nicht mehr ab.«

»Was die Kälte angeht«, fuhr Cleary fort, »so sind wir dagegen mit unseren elektrisch beheizten Thermalanzügen ganz gut geschützt, bis wir in wärmere Luftschichten geraten.«

»Die Wolkendecke hängt bis auf dreihundert Meter über dem Boden runter, das heißt, dass ihr den Großteil der Strecke blind zurücklegen müsst, weil euch eure Kompasse und GPS-Geräte hier überhaupt nichts nützen«, sagte Brannon.

»Die Männer sind dafür entsprechend ausgebildet. Bei einem solchen Einsatz, einem Absprung aus großer Höhe mit möglichst tiefem Anschweben, kommt es darauf an, dass beim Aussteigen alle den gleichen Abwind erwischen und möglichst in gleicher Höhe ihre Schirme öffnen.«

»Wir setzen Sie punktgenau ab. Aber ein Spaziergang wird das nicht.«

»Nein«, sagte Cleary ernst. »Ich weiß genau, dass wir uns in den ersten Minuten nach dem Absprung sämtliche Höllenfeuer herbeiwünschen werden.«

Stafford warf einen weiteren Blick auf die Instrumente. »Wenn Sie und Ihre Männer mit den Atemübungen fertig sind, nehme ich den Kabinendruck weg. Kurz darauf gebe ich Ihnen und meiner Besatzung die Dreißig-Minuten-Vorwarnung durch. Wenn wir sechs Minuten vom Absetzpunkt entfernt sind, sage ich Ihnen über die Bordsprechanlage Bescheid. Zwei Minuten vorher lasse ich die Rampe runter.«

»Verstanden.«

»Eine Minute vorher«, fuhr Stafford fort, »lasse ich einmal die Alarmglocke schellen. Und wenn wir direkt über dem Absetzpunkt sind, gebe ich grünes Licht. Bei der Geschwindigkeit, mit der wir fliegen, solltet ihr schnell aussteigen, damit ihr beisammen bleibt.«

»Genau das haben wir vor.«

»Na dann viel Glück«, sagte Stafford, drehte sich auf dem Pilotensitz herum und schüttelte dem Major die Hand.

Cleary rang sich ein knappes Lächeln ab. »Danke fürs Mitnehmen.«

»War uns ein Vergnügen«, erwiderte Stafford. »Aber ich hoffe, es kommt so schnell nicht wieder vor.«

»Ich auch.«

Cleary stand auf und reckte sich, verließ das Cockpit und begab sich nach hinten in den riesigen Frachtraum. Die fünfundsechzig Männer, die dort saßen, waren ein ernster, entschlossener Haufen, ruhig und gefasst, in Gedanken bereits mit den Gefahren beschäftigt, die sie erwarteten. Sie waren jung, zwischen zwanzig und vierundzwanzig. Keiner lachte oder laberte dummes Zeug, niemand meckerte oder maulte. Alle waren damit beschäftigt, ihre Ausrüstung zu überprüfen und letzte Vorbereitungen zu treffen. Die Truppe bestand aus den besten Elitesoldaten der Vereinigten Staaten, die in Antarktisnähe verfügbar gewesen waren. Man hatte sie in aller Eile aus Spezialeinheiten zusammengezogen, die zur Drogenbekämpfung in ganz Südamerika eingesetzt waren. Ein Trupp Navy-SEALs, Mitglieder der Delta Force der Army und ein Aufklärungsteam der Marineinfanterie … ein gemischter Verband von Einzelkämpfern in einem geheimen Einsatz, wie er noch nie zuvor geplant worden war.

Als das Pentagon vom Weißen Haus alarmiert worden war, durfte man keine Zeit mehr verlieren. Eine starke Special-Forces-Einheit war von den Vereinigten Staaten aus in Marsch gesetzt worden, doch die traf frühestens in drei Stunden an der Okuma Bay ein, und bis dahin konnte es bereits zu spät sein. Admiral Sandeckers Warnung war bei den Beratern des Präsidenten und dem Generalstab der Streitkräfte nicht gerade auf begeisterte Zustimmung gestoßen. Zuerst mochte keiner die Geschichte glauben. Erst als Loren Smith und diverse Wissenschaftler mit allem Nachdruck darauf verwiesen hatten, dass man etwas unternehmen müsse, hatte sich der Präsident dazu überreden lassen, dem Pentagon die Entsendung einer Spezialtruppe zu befehlen, die die drohende Katastrophe verhindern sollte.

Ein Luftangriff mit Raketen wurde nach kurzer Beratung abgelehnt, weil keinerlei nachrichtendienstliche Erkenntnisse vorlagen. Außerdem wollte man weder im Weißen Haus noch im Pentagon riskieren, dass man in Teufels Küche geriet, wenn man eine womöglich harmlose Fabrikanlage mit hunderten von Mitarbeitern zerstörte. Zudem wusste man nicht genau, wo die Kommandozentrale lag, von der aus der Weltuntergang eingeleitet werden sollte. Sie könnte sich durchaus auch in einer Kammer unter dem Eis befinden, die kilometerweit vom Werksgelände entfernt war. Schließlich entschied der oberste Generalstab, dass eine Eingreiftruppe die besten Aussichten auf Erfolg bot, ohne dass es zu einem weltweiten Aufschrei käme, falls sich herausstellen sollte, dass man sich geirrt hatte.

Die Männer saßen auf ihren schweren Rucksäcken, hatten ihre Fallschirme umgeschnallt und trafen die letzten Vorbereitungen vor dem Absprung. In den Rucksäcken befanden sich die Überlebensausrüstung und die Munition für das neue Spartan Q-99 Eradicator, eine zehn Pfund schwere tödliche Waffe, die einerseits als automatische Schrotflinte, daneben aber auch als 5,56-Millimeter-Schnellfeuergewehr mit Zielfernrohr verwendet werden konnte und in der Mitte einen dicken Lauf besaß, aus dem man Splittergranaten verschießen konnte, die beim leichtesten Aufprall explodierten. Die Reservemagazine, Schrotpatronen und Splittergranaten, alles in allem fast zehn Kilo, waren in einem Bauchbeutel verstaut, der um die Taille geschnallt wurde. Die Verschlusslasche enthielt Kartenmaterial, einen Silva-Marinekompass und einen digitalen Höhenmesser, die der Springer jederzeit im Blick hatte, wenn er unter seinem Schirm zu Boden schwebte.

Captain Dan Sharpsburg leitete die Delta Force der Army, während Lieutenant Warren Garnet das Aufklärungsteam der Marineinfanterie befehligte. Lieutenant Miles Jacobs und sein SEAL-Trupp, der die NUMA bereits auf St. Paul unterstützt hatte, waren ebenfalls mit von der Partie. Die vereinigte Truppe stand unter dem Kommando von Cleary, einem altgedienten Special-Forces-Mann, der in Südafrika im Urlaub gewesen war und gerade mit seiner Frau den Krüger-Nationalpark besucht hatte, als er von einem Moment zum andern abberufen worden war, um den Befehl über die zusammengewürfelte Eliteeinheit zu übernehmen. Es war das erste Mal in der amerikanischen Militärgeschichte, dass Angehörige verschiedener Spezialtruppen zu einem Kampfverband zusammengefasst wurden.

Bei diesem Einsatz wurde ein neuer lenkbarer Fallschirm verwendet, MT-1Z oder Zulu genannt. Es handelte sich um einen Schirm mit hervorragenden Slipp-Eigenschaften, der pro Meter Höhenverlust vier Meter horizontal gleiten konnte – ein Vorteil, den die Mitglieder der drei Teams durchaus zu schätzen wussten.

Cleary musterte die Männer, die in zwei Reihen vor ihm saßen. Dan Sharpsburg, der Offizier, der ihm am nächsten war, legte den Kopf schief und grinste. Er war ein alter Freund von ihm, ein rothaariger Spaßvogel mit einem eher derben Humor und einer der wenigen, die sich auf den selbstmörderischen Einsatz freuten. Er sprang seit vielen Jahren und war Spezialausbilder für Militäreinsätze bei freiem Fall an der angesehenen Special Forces Military Free Fall School der US-Army in Yuma, Arizona. Wenn er nicht im Einsatz oder bei einer Schulung war, frönte er dem Fallschirmspringen eben in seiner Freizeit.

Cleary hatte noch kaum Zeit gehabt, sich die Personalpapiere von Jacobs und Garnet vorzunehmen, aber er wusste, dass sie die Allerbesten waren, die Navy und Marineinfanterie für Spezialeinsätze aufbieten konnten. Er selbst war zwar ein alter Army-Mann, doch er war sich darüber im Klaren, dass die Navy-SEALs und die Aufklärer der Marines zu den härtesten Kampftruppen der Welt zählten.

Während er so von einem Gesicht zum anderen blickte, dachte er über den bevorstehenden Einsatz nach. Wenn sie den Absprung und den Gleitflug zur Landezone heil überstanden, mussten sie anschließend gegen die Wolfschen Sicherheitskräfte antreten. Eine kleine, gut bewaffnete und hervorragende Armee aus Söldnern, so hatte man ihm mitgeteilt, von denen viele in den gleichen Einheiten gedient hatten wie die Männer in der Maschine. Nein, sagte er sich. Ein Spaziergang wird das nicht.

»Wie lange noch?«, fragte Sharpsburg.

»Knapp eine Stunde«, antwortete Cleary, während er zwischen den Männern entlangging und Jacobs und Garnet Bescheid sagte. Dann stand er inmitten der zusammengewürfelten Elitekämpfer und gab ihnen die letzten Anweisungen. Alle hatten in einer Tasche ihrer Thermalanzüge Satellitenaufnahmen der Anlage, die sie sich näher ansehen konnten, sobald sie ihre Schirm geöffnet hatten. Die Taktikspezialisten waren der Ansicht gewesen, dass es bei einem Angriff von außen weniger Verluste geben würde als bei einer Landung inmitten von Gebäuden, Antennen, Maschinen und Stromleitungen, daher war als Landezone ein großes Eisfeld unmittelbar außerhalb der Fabrikanlage vorgesehen, ein zerklüftetes, unebenes Gelände, das ihnen zumindest etwas Deckung bot, wenn sie sich nach dem Sprung sammelten. Danach wollten sie die technische Zentrale der Anlage stürmen, wo sich hoffentlich die Apparaturen befanden, mit denen der Weltuntergang herbeigeführt werden sollte.

Der gemeinsame Vorstoß sollte erfolgen, sobald alle Einheiten am Boden waren und sich zum Angriff gesammelt hatten. Alle, die sich bei der Landung verletzten, mussten die Kälte eine Weile aushalten, bis man sich um sie kümmern konnte, denn zuerst galt es, das Werk zu stürmen und sämtliche Geräte zu zerstören, mit denen das Schelfeis abgespalten werden sollte.

Nachdem er sich davon überzeugt hatte, dass jeder Mann wusste, was von ihm erwartet wurde, begab sich Cleary zum hinteren Teil des Frachtraums und schnallte seinen Rucksack und den Fallschirm um. Dann ließ er von einem von Sharpsburgs Männern seine Ausrüstung überprüfen, vor allem das Sauerstoffgerät, das er während des langen freien Falls brauchte, und ging mit ihm sämtliche Anweisungen durch.

Schließlich baute er sich vor der geschlossenen Laderampe im Boden auf und winkte, um die Männer auf sich aufmerksam zu machen. Von jetzt ab musste die Verständigung mit der Gruppe per Handzeichen erfolgen, wie das im Einsatz allgemein üblich war. Nur Cleary, Sharpsburg, Jacobs, Garnet und Stafford konnten miteinander sprechen. Sobald sie jedoch die Maschine verlassen und ihre Schirme geöffnet hatten, konnten sich alle Männer über ihre Motorola-Funkgeräte auf abhörsicheren Frequenzen miteinander in Verbindung setzen.

»Pilot, hier spricht der Absetzleiter.«

»Ich höre Sie, Major«, meldete sich Stafford. »Alles klar und bereit?«

»Ausrüstung ist überprüft. Vorbereitung auf Sauerstoffatmung läuft.«

Cleary ließ sich auf einem freien Platz nieder und musterte die Männer. Bislang ist alles gut gelaufen, dachte er, fast schon zu gut. Meistens geht in genau diesem Moment irgendetwas schief, deshalb heißt es, Obacht geben. Zufrieden stellte er fest, dass die Männer hellwach und bereit waren.

Sie trugen Kapuzen unter den grauen Gentex-Springerhelmen, die ihnen zusätzlich Schutz vor den eisigen Außentemperaturen bieten sollten. Alle hatten die gelb getönten Adidas-Galeforce-Schutzbrillen für den Einsatz bei Nebel und dichter Wolkendecke an ihren Helmen hochgeschoben, sodass Cleary und der Beatmungstechniker ihre Augen deutlich erkennen und sofort feststellen konnten, ob einer unter Sauerstoffmangel litt. Die Heizgeräte an ihren Thermalanzügen wurden eingeschaltet, dann überprüfte jeder seinen Nebenmann und überzeugte sich davon, dass die Ausrüstung in Ordnung war und richtig saß. Mit Spannschnüren und Kreuzriemen wurde alles umwickelt und am Leib gesichert, damit in dem reißenden Luftstrom, der sie nach dem Ausstieg erwartete, nichts davonflog.

Nachdem sie ihre Funkgeräte überprüft und sichergestellt hatten, dass sie alle funktionierten, stand Cleary auf und begab sich zu der geschlossenen Rampe. Er wandte sich an seine Eingreiftruppe und sah, dass ihm alle ihre ungeteilte Aufmerksamkeit schenkten. Einmal mehr winkte er dem ihm am nächsten sitzenden Mann mit hoch gerecktem Daumen zu.

Unterdessen musterte Captain Stafford vorn im Cockpit eingehend den an seinem Computer vorgegebenen Kurs samt Zielpunkt und konzentrierte sich darauf, die Männer an genau der Stelle abzusetzen, an der sie die besten Überlebenschancen hatten. Zehn Sekunden zu früh oder fünf Sekunden zu spät, und sie wurden quer über die Eiswüste dort unten verstreut. Er schaltete den Autopilot aus und überließ Brannon die Steuerung, damit er bei seinen Kurs- und Zeitberechnungen nicht abgelenkt wurde. Stafford schaltete die Cockpit-Sprechanlage ein und wandte sich über das Mikrofon in seiner Atemmaske an Brannon. »Wenn Sie nur einen Grad vom Kurs abweichen, müssen die es büßen.«

»Ich bringe sie genau über das Ziel«, sagte Brannon selbstsicher. »Aber Sie müssen uns punktgenau hinlotsen.«

»Haben Sie etwa kein Vertrauen in die Navigationskünste Ihres Kommandanten? Sie sollten sich was schämen.«

»Bitte tausendmal um Entschuldigung, Captain.«

»Schon besser«, sagte Stafford. Er schaltete die Bordsprechanlage ein. »Major Cleary, sind Sie bereit?«

»Roger«, antwortete Cleary knapp.

»Besatzung, seid ihr bereit?«

Die Besatzungsmitglieder, die Atemgeräte und Sicherheitsgeschirr trugen, das an den Halterungsringen zum Vertäuen der Fracht befestigt war, standen links und rechts vor dem Zugang zur Rampe.

»Sergeant Hendriks bereit, Captain.«

»Corporal Joaquin bereit, Sir.«

»Noch zwanzig Minuten, Major«, gab Stafford bekannt. »Senke jetzt den Kabinendruck.«

Hendricks und Joaquin begaben sich näher an die Rampe, zogen vorsichtig ihre Sicherungsleinen mit, gingen ihre Checklisten durch und bereiteten sich auf eine der ungewöhnlichsten Aufgaben ihrer ganzen Dienstzeit vor.

Als der Kabinendruck abfiel, spürten die Männer trotz ihrer elektrisch beheizten Springeranzüge, wie die Temperatur sank. Während die Luft zischend aus dem Frachtraum entwich, drang von draußen allmählich die Kälte ein.

Die Minuten rannen dahin. Dann meldete sich Stafford wieder über die Bordsprechanlage.

»Major, noch zehn Minuten.«

»Roger.« Cleary schwieg einen Moment. »Könnten Sie vielleicht die Heizung hier hinten ein bisschen höher stellen?«, fragte er dann spöttisch.

»Habe ich Ihnen das etwa nicht gesagt?«, erwiderte Stafford. »Wir brauchen Eis für die Cocktails, wenn wir euch abgesetzt haben.«

In den nächsten zwei Minuten ging Cleary noch einmal den Angriffsplan durch. Eine Mischung aus Luftlandeunternehmen und Gleitschirmeinsatz. Absprung aus großer Höhe, freier Fall bis auf siebeneinhalbtausend Meter, Schirme öffnen, sich in der Luft sammeln und zu der Landezone fliegen.

Sharpsburgs Delta Force sollte zuerst aussteigen, unmittelbar darauf Jacobs mit seinen SEALs und dann Garnet und seine Marines. Cleary wollte zuletzt springen, weil er dadurch alle Männer im Blick hatte und von oben aus ihren Kurs korrigieren konnte. Sharpsburg war die Glucke, wie man den ersten Mann im Springerjargon bezeichnete, an den sich der ganze Schwarm hielt. Ihm folgten alle nach.

»Noch sechs Minuten bis zum Absprung«, ertönte Staffords Stimme und riss ihn aus seinen Gedanken.

Stafford blickte auf den Computer, der mit einer erst unlängst eingebauten Kameraausrüstung gekoppelt war, die trotz der Wolkendecke erstaunlich deutliche Bilder vom Boden lieferte. Brannon steuerte die Maschine mit feiner Hand und hielt sie auf Kurs, genau entlang der Linie, die sich quer über den Monitor zog, bis zu dem kleinen Kreis, der den Absetzpunkt darstellte.

»Scheiß auf Befehle!«, knurrte Stafford plötzlich. »Brannon!«

»Sir?«

»Eine Minute vor Absprung gehen Sie mit der Geschwindigkeit auf hundertfünfunddreißig Knoten runter. Ich gedenke alles dazu beizutragen, was ich kann, dass die Jungs eine Überlebenschance haben. Wenn Sergeant Hendricks meldet, dass der letzte Mann gesprungen ist, gehen Sie langsam wieder auf zweihundert Meilen.«

»Aber dem Wolfschen Bodenradar fällt doch sofort auf, wenn wir langsamer werden.«

»Der Funkverkehr mit McMurdo läuft auf offener Frequenz. Sagen Sie denen, dass wir später kommen, weil wir einen Triebwerksschaden haben und unsere Reisegeschwindigkeit drosseln müssen.«

»Keine schlechte Tarnung«, musste Branon zugeben. »Das nehmen die uns garantiert ab, wenn sie uns abhören.«

Brannon meldete sich über Funk und gab die Verzögerung durch.

Dann deutete er auf die Ziffern, die an seinem Bildschirm aufflackerten. »Noch knapp über zwei Minuten bis zum Absetzpunkt.«

Stafford nickte. »Nehmen Sie die Geschwindigkeit zurück, *ganz langsam*. Eine Minute vor Absprung, kurz nachdem ich die Glocke betätige, gehen Sie bis auf hundertfünfunddreißig Knoten runter.«

Brannon ließ die Finger spielen wie ein Pianist bei der Vorbereitung auf ein Konzert. »Ich werde mit den Gashebeln ein sanftes Adagio hinlegen.«

Stafford meldete sich über die Bordsprechanlage im Frachtraum. »Noch zwei Minuten, Major. Sergeant Hendricks, öffnen Sie die Rampe.«

»Rampe wird geöffnet«, meldete sich Hendricks.

Nach der Durchsage stand Cleary auf, begab sich zur Backbordseite der Rampe und baute sich vor der Rumpfwand auf, sodass er seine Männer, das rotgrüne Warnlicht und die Rampe im Blick hatte. Er hob den ausgestreckten rechten Arm und beugte ihn, bis seine Hand lotrecht zum Körper stand. Das Zeichen zum Aufstehen.

Die Männer erhoben sich, überprüften noch einmal die Reißleinen und ihre Ausrüstung und rückten die schweren Rucksäcke zurecht, die sie unter den Fallschirmen am Rücken trugen. Langsam öffnete sich die riesige Rampe, und eisige Außenluft fegte in den Frachtraum.

Quälend langsam verstrichen die nächsten Sekunden.

Entschlossen umfassten sie mit ihren Handschuhen die Stahltrossen, an denen sie sich festhalten konnten, wenn die Rampe ganz geöffnet war und der reißende Luftstrom durch die Kabine wirbelte. Sie wirkten in sich gekehrt, trotz der selbstbewussten Blicke, die sie miteinander wechselten, so als nähmen sie ihre Nebenleute in Wirklichkeit gar nicht wahr. Sie wussten genau, was sie erwartete, sobald die Rampe offen war und sie sich in diese unvorstellbare Kälte hinausstürzen mussten.

Vorn im Cockpit wandte sich Stafford an Brannon. »Ich übernehme jetzt die Maschine. So kann ich den Zeitpunkt besser einschätzen. Sie sind für die Gashebel zuständig.«

Brannon hob beide Hände. »Zu Ihrer Verfügung, Skipper.«

»Skipper? Skipper?«, wiederholte Stafford mit gequälter Miene. »Haben Sie denn keinen Funken Hochachtung vor Ihrem Vorgesetzten?« Dann schaltete er die Bordsprechanlage ein. »Noch eine Minute, Major.«

Cleary meldete sich nicht zurück. Musste er auch nicht, denn im nächsten Moment schellte die Alarmglocke. Er gab das nächste Zeichen – ausgestreckter Arm, Handteller nach oben, dann den Ellbogen beugen, bis die Hand den Helm berührte. Alle Mann nach hinten, hieß das. Die Ersten traten bis auf drei Schritte zur Rampe vor. Er zog die Schutzbrille herunter, zählte leise die Sekunden bis zum Aussteigen ab. Mit einem Mal hatte er das Gefühl, dass irgendwas nicht stimmte. Die Maschine wurde eindeutig langsamer.

»Rampe offen und arretiert, Captain«, meldete sich Hendricks bei Stafford.

Cleary fuhr auf, als er die Stimme des Sergeants hörte. Erst jetzt wurde ihm klar, dass er vergessen hatte, das Kabel zur Bordsprechanlage auszustöpseln.

Cleary gab den Männern per Handzeichen zu verstehen, dass es noch fünfzehn Sekunden bis zum Ausstieg waren. Wie gebannt schaute er auf das rote Licht. Die fünfundsechzig Männer drängten sich dicht um die Rampe. Sharpsburg hockte sich unmittelbar daneben hin.

Als das rote Licht erlosch und das grüne anging, deutete Cleary auf die Rampe.

Im nächsten Moment sprang Captain Sharpsburg aus der Maschine, breitete Arme und Beine aus und verschwand im Nu in den Wolken. Sein Trupp folgte ihm auf dem Fuß, und kurz darauf stiegen Jacobs und seine Navy-SEALs aus. Danach war Garnet mit seinen Marines an der Reihe. Als der letzte Marineinfanterist draußen war, sprang Cleary.

Hendricks und Joaquin standen eine Zeit lang wie gebannt da und starrten hinab auf die dichte weiße Wolkendecke, die sich unter der Luke auftat. Dann meldete sich Hendricks zögerlich, so als könnte er nicht glauben, was er soeben miterlebt hatte, beim Kommandanten. »Captain, sie sind raus.«

Brannon schob sofort die Gashebel nach vorn, bis die Fahrtmesser wieder auf zweihundert Knoten standen – etwa die halbe Reisegeschwindigkeit der C-17. Die Laderampe war inzwischen geschlossen und der Kabinendruck wieder hergestellt. Stafford schaltete auf eine abhörsichere Frequenz um und verständigte das Hauptquartier der amerikanischen Südatlantik-Streitkräfte davon, dass der Absprung wie geplant vonstatten gegangen war. Dann wandte er sich an Brannon.

»Hoffentlich schaffen sie es«, sagte er leise.

»Wenn ja, dann nur, weil Sie unsere Fluggeschwindigkeit um vierhundert Kilometer die Stunde gedrosselt haben.«

»Ich hoffe nur, dass ich sie dabei nicht verraten habe«, sagte Stafford ohne jede Reue. »Aber meiner Meinung nach wären sie mit Sicherheit draufgegangen, wenn ich sie dem vollen Fahrtwind ausgesetzt hätte.«

»Da stimme ich Ihnen zu«, sagte Brannon mit düsterer Miene.

Stafford seufzte, als er den Autopilot wieder einschaltete. »Dafür sind wir jetzt nicht mehr zuständig. Wir haben sie punktgenau abgesetzt.« Dann hielt er inne und starrte auf die dichten weißen Wolken, die an der Windschutzscheibe vorbeifegten und ihm jegliche Sicht nahmen. »Ich kann nur beten, dass sie alle heil runterkommen.«

Brannon schaute ihn schief an. »Ich habe gar nicht gewusst, dass Sie beten.«

»Nur wenn es knüppeldick kommt.«

»Runter werden sie schon kommen«, sagte Brannon zuversichtlich. »Aber es könnte sein, dass da unten der Teufel los ist, wenn sie landen.«

Stafford schüttelte den Kopf. »Ich möchte mich nicht mit den Jungs anlegen, die gerade gesprungen sind. Ich wette, dass ihr Angriff das reinste Kinderspiel wird.«

Stafford hatte keine Ahnung, wie sehr er sich irrte.

Der Radar-Beobachter im Gebäude des Sicherheitsdienstes, das sich neben der technischen Zentrale befand, griff zum Telefon, während er den blinkenden Punkt auf seinem Schirm betrachtete. »Señor Wolf. Haben Sie einen Moment Zeit?«

Ein paar Minuten später kam Hugo Wolf forschen Schrittes in den kleinen, dunklen Raum, der voller elektronischer Geräte stand. »Ja, was gibt es?«

»Señor Wolf, das amerikanische Versorgungsflugzeug hat plötzlich seine Geschwindigkeit gedrosselt.«

»Ja, das weiß ich bereits. Unsere Funkstation hat eine Meldung mitgehört, in der sie mitteilen, dass sie einen Triebwerksschaden haben.«

»Meinen Sie, es könnte ein Trick sein?«

»Ist die Maschine von der üblichen Anflugroute abgewichen?«, fragte Hugo.

Der Radar-Beobachter schüttelte den Kopf. »Nein, Sir. Die Maschine ist fünfzehn Kilometer weit weg.«

»Ansonsten sehen Sie nichts auf dem Schirm?«

»Nur die üblichen Interferenzen, wie immer bei einem Eissturm.«

Hugo legte dem Beobachter die Hand auf die Schulter. »Verfolgen Sie ihren Kurs und überzeugen Sie sich davon, dass sie nicht umkehrt. Und halten Sie weiter gut Ausschau nach möglichen Angreifern aus der Luft oder vom Meer aus.«

»Unter hinter uns, Señor?«

»Na, wer hat denn schon die Kraft, mitten in einem Eissturm die Berge zu überqueren oder über das Schelfeis zu marschieren?«

Der Beobachter zuckte die Achseln. »Niemand. Jedenfalls kein menschliches Wesen.«

Hugo grinste. »Genau.«

General Jeffrey Coburn von der US Air Force legte den Telefonhörer auf und blickte über den langen Tisch im Lagerraum tief unter dem Pentagon. »Mr. President, Major Cleary und sein Kommando sind aus dem Flugzeug ausgestiegen.«

Sämtliche Stabschefs und ihre Adjutanten saßen in einem wie ein Vorlesungssaal angelegten Bereich eines großen Raumes, dessen massive Wände von riesigen Monitoren gesäumt waren, über die Bilder von diversen Militärstützpunkten, Kriegsschiffen und Luftwaffenbasen flackerten. Von hier aus wurden alle Flugzeuge und

Schiffe, die sich in der Luft beziehungsweise auf See befanden, ständig überwacht, sodass man jederzeit über ihre Position auf dem Laufenden war. Das galt vor allem für die schwere Transportmaschine, mit der die Spezialeinheit in die Antarktis befördert wurde.

Auf einem großen Bildschirm an der hinteren Wand war eine Fotomontage von der Meerwasseraufbereitungsanlage der Destiny Enterprises an der Okuma Bay zu sehen. Die Bilder zeigten das Werksgelände nicht von oben, sondern waren offenbar von einem Flugzeug, das etliche Kilometer Abstand gehalten hatte, aufgenommen, anschließend ausgewertet und zusammengesetzt worden. Genaue Luftaufnahmen lagen nicht vor, weil das Militär über dem Südpol keinen Spionagesatelliten in Einsatz hatte. Die einzige direkte Funkverbindung mit Clearys Eingreiftruppe erfolgte daher über einen zivilen Fernmeldesatelliten, der normalerweise von den amerikanischen Forschungsstationen am Ross-Schelfeis benutzt wurde.

Auf einem weiteren Bildschirm waren Präsident Dean Cooper Wallace, sechs Mitglieder seines Kabinetts und die wichtigsten Berater zu sehen, die um einen Tisch in einem sicheren Raum tief unter dem Weißen Haus saßen. Ron Little von der CIA und Ken Helm vom FBI waren ebenfalls direkt mit dem Lagerraum verbunden, desgleichen die Kongressabgeordnete Loren Smith, die man wegen ihrer genauen Kenntnisse über die Destiny Enterprises hinzugebeten hatte. Sie sollten dem Präsidenten bei diesem Unternehmen, dem man den Codenamen Projekt Apokalypse gegeben hatte, beratend zur Seite stehen, während Sandecker in gleicher Funktion beim obersten Generalstab im Pentagon saß.

»Wie viel Zeit haben wir noch, General?«, fragte der Präsident.

»Eine Stunde und zweiundvierzig Minuten, Sir«, antwortete General Amos South, der Chef des obersten Generalstabs. »Nach Aussage unserer Wissenschaftler ist das der Zeitpunkt, zu dem die Flut ihren Höchststand erreicht und das abgetrennte Eis anschließend von der Ebbe aufs Meer hinausgetrieben wird.«

»Wie zuverlässig ist diese Angabe?«

»Man könnte sagen, sie stammt aus erster Hand«, erwiderte Loren. »Der Zeitpunkt wurde von Karl Wolf höchstpersönlich bekannt gegeben, und er wurde von unseren besten Glaziologen und Fachleuten für Nanotechnologie bestätigt.«

»Seit Admiral Sandeckers Leute in die Wolfsche Organisation eingedrungen sind«, erklärte Ron Little, »haben wir erheblich umfangreichere Erkenntnisse über dieses so genannte Unternehmen Walhalla gewonnen. Alles deutet darauf hin, dass sie ihre Drohung wahr machen wollen. Das heißt, dass sie das Ross-Schelfeis abspalten, die Erdachse aus dem Gleichgewicht bringen und eine Verlagerung der Pole herbeiführen wollen.«

»Und dadurch eine Katastrophe mit unvorstellbaren Folgen auslösen«, fügte Loren hinzu.

»Wir sind beim FBI zum gleichen Schluss gekommen«, sagte Helm. »Wir haben Fachleute auf dem Gebiet der Nanotechnologie gebeten, die uns bekannten Fakten zu überprüfen, und alle geben uns Recht. Die Wolfs sind wissenschaftlich und technisch in der Lage, eine derartige Ungeheuerlichkeit in die Tat umzusetzen.«

Der Präsident wandte sich über Monitor an General South. »Ich bin nach wie vor der Meinung, dass wir eine Rakete abschießen und diesem Wahnsinn ein Ende bereiten sollten, bevor es zu spät ist.«

»Nur als letzten Ausweg, Mr. President. Der oberste Generalstab stimmt darin überein, dass es zu riskant ist.«

Admiral Morton Eldridge, der Oberbefehlshaber der Navy, ergriff das Wort. »Eines unserer mit Radar-Erfassungsgeräten ausgerüsteten Flugzeuge ist vor Ort. Die Besatzung hat bereits berichtet, dass die Wolfsche Fabrikanlage über hochmoderne Radargeräte verfügt, mit denen sich eine von einem Flugzeug oder einem Unterseeboot abgefeuerte Rakete mit einer Vorwarnzeit von drei Minuten erkennen lässt. Wenn sie bemerken, dass etwas im Busch ist, und die Nerven verlieren, drücken sie vielleicht vorzeitig auf den Knopf, was ebenfalls zum Abbrechen des Schelfeises führen könnte. Ich kann nur wiederholen: Es ist zu riskant, das reinste Glücksspiel.«

»Wenn die, wie Sie sagen, hochmoderne Radargeräte haben«, sagte Wallace, »warum sind sie dann nicht auf Ihre Maschine und die Signale, die sie aussendet, aufmerksam geworden?«

Admiral Eldridge und General Coburn warfen sich einen verwirrten Blick zu, ehe Eldridge antwortete: »Weil wir strengste Geheimhaltung wahren und nur ein paar Leute wissen, dass unsere neuen Radar-Spürgeräte praktisch nicht zu erfassen sind. Unsere Maschine fliegt unter dem Horizont. Wir können deren Signale empfangen, aber sie bekommen unsere nicht mit.«

»Sollten unsere Bodentruppen nicht in der Lage sein, in die Wolfsche Fabrik vorzudringen«, sagte South, »haben wir natürlich immer noch die Möglichkeit, sozusagen als letzten Ausweg eine Rakete vom Atom-Unterseeboot *Tucson* abzufeuern.«

»Ist das etwa schon in der Antarktis stationiert?«, fragte Wallace ungläubig.

»Ja, Sir«, antwortete Eldridge. »Ein glücklicher Zufall. Es befand sich auf einer Eismeerpatrouille, bei der es ein Wolfsches U-Boot vernichtete, das ein Forschungsschiff der NUMA, die *Polar Storm*, unter Beschuss genommen hatte. Dank Admiral Sandeckers Warnung konnten wir es rechtzeitig zur Okuma Bay schicken.«

»Was ist mit Flugzeugen?«

»Zwei Tarnkappenbomber sind in der Luft und werden in etwa einer Stunde und zehn Minuten rund hundertfünfzig Kilometer von der Fabrik entfernt ihre Warteschleifen fliegen«, antwortete Coburn.

»In der Luft und auf See ist für alles vorgesorgt«, sagte Wallace.

»So ist es«, bestätigte General South.

»Wie lange dauert es noch, bis Major Cleary und seine Truppe mit dem Angriff beginnen?«

South warf einen Blick auf eine große Digitaluhr an der Wand. »Das hängt vom Wind und der Bewölkung ab, aber sie müssten in ein paar Minuten ins Ziel gleiten und landen.«

»Werden wir über den Angriff auf dem Laufenden gehalten?«

»Wir stehen mit Major Cleary über einen Satelliten in Verbindung, der von unseren Eisstationen am Pol und am McMurdo-Sund genutzt wird. Aber da er und seine Männer in der nächsten Stunde alle Hände voll zu tun haben werden und womöglich unter Beschuss geraten, halten wir es nicht für klug, uns während des Einsatzes in ihren Funkverkehr einzuschalten.«

»Dann bleibt uns nichts anderes übrig, als abzuwarten«, sagte Wallace tonlos.

Niemand erwiderte etwas darauf.

»Herrgott«, murmelte er nach einer Weile. »Wie sind wir bloß in diesen Schlamassel reingeraten?«

40

Während er mit rund zweihundert Kilometern pro Stunde aus zehntausendfünfhundert Metern Höhe durch die dichten Wolken raste, breitete Cleary die Arme aus und schaute dorthin, wo er den Boden vermutete, denn einen Horizont konnte er weit und breit nicht erkennen. Er verdrängte jeden Gedanken an die eisige Luft, die ihn umgab, und konzentrierte sich auf die richtige Körperhaltung für den freien Fall. Irgendwann musste er sich bei Stafford persönlich dafür bedanken, dass er die Geschwindigkeit des Flugzeuges gedrosselt hatte. Dadurch hatte der Eingreiftrupp geschlossen abspringen und sich formieren können, ohne tausende von Metern hilflos durch die Luft gewirbelt und über etliche Kilometer verstreut zu werden. Ein Angriff mit vereinten Kräften wäre unter diesen Umständen so gut wie unmöglich gewesen.

Er führte das linke Handgelenk bis auf wenige Zentimeter an seine Schutzbrille, sodass er seinen Höhenmesser vom Typ MA2-30 erkennen konnte. Bereits unter zehntausend Meter. Bei der dünnen Luft in dieser Höhe musste er sich darauf gefasst machen, dass er noch erheblich schneller fallen würde.

Cleary konzentrierte sich darauf, die Richtung beizubehalten – zum Zeitpunkt des Ausstiegs genau hundertachtzig Grad vom Kurs der C-17 –, während er zugleich den Himmel nach den anderen Männern absuchte. Er kam durch eine dicke Wolkenschicht und spürte, wie Hagelkörner an seine Brust, die Atemmaske und die Schutzbrille prasselten. Rund zehn Meter neben sich sah er in der grauen Suppe etliche helle Lichter blinken.

Die Lampen, deren Strahl nach hinten gerichtet war, befanden sich oben an den Helmen der Männer. Dadurch sollte verhindert werden, dass die Springer einander beim Öffnen der Schirme ins Gehege kamen.

Er fragte sich einen Moment lang, ob sie möglicherweise an der falschen Stelle abgesprungen waren. Aber das ließ sich jetzt nicht mehr ändern. Sie waren unterwegs. Entweder sie waren auf Kurs zur Landezone oder nicht. So oder so. Aber da er Vertrauen in Staffords Navigationskünste hatte, war er einigermaßen zuversichtlich.

Seit Captain Sharpsburg abgesprungen und er ihm wenige Sekunden später gefolgt war, gab es ohnehin kein Zurück mehr. Er blickte nach unten, sah aber niemanden. Dann schaute er wieder auf den Höhenmesser. Er näherte sich der 8500-Meter-Marke.

Laut Einsatzplan sollten die Männer im freien Fall bis auf siebeneinhalbtausend Meter gehen, die Schirme öffnen, sich in der Luft sammeln und zur Landezone gleiten. Kurz vor Erreichen der vorgesehenen Höhe musste jeder mit den Vorbereitungen zum Öffnen des Schirms beginnen. Er musste sich davon überzeugen, dass niemand in seiner Nähe war, sich in der Luft so gerade wie möglich halten und die Reißleine außen an seinem Fallschirmgurt ins Auge fassen. Danach musste er sie ergreifen, ziehen und sich mit einem Blick über die rechte Schulter davon überzeugen, dass der Schirm richtig aufging. Und er musste dreihundert Meter vorher damit anfangen, wenn sich der Schirm genau in der richtigen Höhe öffnen sollte.

In der Ferne konnte er jetzt mehr flackernde Lichter sehen, zehn, vielleicht auch zwölf. Die Wolkendecke wurde allmählich dünner und die Sicht besser, je tiefer er kam. Clearys Höhenmesser stand auf siebentausendneunhundert Meter. Jetzt handelte er nur noch, ohne nachzudenken, so wie er es in jahrelanger Übung gelernt hatte. Cleary reagierte sofort, ging stumm die Anweisungen durch und führte sie aus. Nach vorn legen, gucken, zufassen, ziehen, nach oben schauen, noch mal checken, ob er aufgeht.

Clearys MT-1Z öffnete sich genau in der richtigen Höhe und bremste ihn in kürzester Zeit von einer Geschwindigkeit von fast zweihundertfünfzig Kilometern pro Stunde auf nahezu Null ab. Er hing jetzt unter dem voll entfalteten Dach und trieb im Wind dahin.

Schlagartig erstarb das Heulen des Windes, so als hätte jemand eine dröhnende Stereoanlage ausgeschaltet. Statisches Knistern drang aus den Kopfhörern in seinem Gentex-Helm, und zum ersten Mal, seit er von der Rampe gesprungen war, konnte er deutlich seine Atemzüge durch die Sauerstoffmaske hören. Er blickte sofort nach oben und überzeugte sich davon, dass weder der Schirm noch die Fangleinen, noch Haupttragegurte beschädigt waren.

»Wizard, hier spricht Tin Man, bitte um Funkcheck, over«, drang Lieutenant Garnets Stimme aus den Kopfhörern. Alle Männer konnten sich per Kehlkopfmikrofon über ihre Motorola-Geräte auf einer sicheren Frequenz miteinander in Verbindung setzen.

Cleary meldete sich und leitete den Funkcheck mit seinen Unterführern ein, die er mit ihren Codenamen ansprach. »An alle Trupps, hier spricht Wizard. Melden Sie sich, over.« Wegen der Wolken konnte Cleary nicht die ganze Truppe überblicken. Er war auf die Berichte seiner Unterführer angewiesen.

Captain Sharpsburg meldete sich zuerst. »Wizard, hier Lion. Bin auf siebentausend Meter. Bis auf zwei Mann habe ich alle im Blick. Bin bereit, die Kette ins Ziel zu führen.« Mit Kette wurde ein Trupp Männer bezeichnet, die in Reih und Glied niedergingen.

»Roger, Lion«, bestätigte Cleary.

»Wizard, hier Scarecrow«, meldete sich Jacobs. »Bin auf siebentausenddreihundert Meter und habe alle Männer im Blick. Over.«

Danach war Garnet von den Marines an der Reihe. »Wizard, hier Tin Man. Habe bis auf einen Mann alle im Blick.«

»Habe verstanden, Tin Man«, sage Cleary.

Dann langte er nach oben, ergriff die Steuerleinen links und rechts, zog beide gleichzeitig durch und öffnete die Luftschlitze, damit der Schirm richtig glitt. Er spürte sofort, dass er schneller wurde, bekam über Kopfhörer das Stimmengewirr rundum mit, als sich die Männer bei ihren jeweiligen Truppführern meldeten. Er ging in Gedanken noch einmal den Angriffsplan durch. Wenn der Eingreiftrupp an der richtigen Stelle abgesetzt worden war, müssten sie mitten auf einem Eisfeld in der Nähe der Fabrikumzäunung landen. Das Gelände sollte ihnen einigermaßen Deckung und Sichtschutz bieten, sodass sie sich sammeln und ein letztes Mal ihre Ausrüstung überprüfen konnten, bevor sie sich in ihre Angriffspositionen begaben.

Er konnte den Fahrtwind spüren, als sein Schirm schneller wurde, ein Zeichen dafür, dass er mit dem Wind flog, nicht gegen ihn. In fünftausendsiebenhundert Metern Höhe riss die Wolkendecke auf, sodass er die schneeweiße Eislandschaft der Antarktis unter sich erkennen konnte. Vor ihm hing eine unregelmäßige Reihe Fallschirme in der Luft, die einen höher, die andern tiefer, und darunter blinkten die Helmlampen wie eine vor dem leeren Horizont aufgespannte Lichtergirlande.

Garnet meldete sich plötzlich. »Wizard, hier Tin Man. Mir fehlt ein Mann. Wiederhole: Ein Mann fehlt.«

Verdammt! Es war zu glatt gegangen, und jetzt kam irgendein Murks dazwischen, damit sie sich ja nicht zu sicher fühlten.

Cleary fragte nicht nach dem Namen des fehlenden Mannes. Das war nicht nötig. Wenn sein Hauptschirm nicht funktioniert hatte, schwebte er jetzt vermutlich an seinem Reserveschirm irgendwo unterhalb der Kette, die dem Sammelpunkt zustrebte. Höchst unwahrscheinlich, dass er in den Tod gestürzt war. So was passierte selten. Wenn der fehlende Mann am Boden war, musste er selbst zusehen, wie er zurechtkam, bis ein Suchtrupp nach ihm ausgeschickt wurde. Aber vorher mussten sie die Fabrik einnehmen.

Cleary sorgte sich eher um die Ausrüstung als um den Mann. »Tin Man. Hier spricht Wizard. Was hatte der Mann im Gepäck?«

»Wizard, wir haben einen Sprengsatz und zwei LAWs verloren, over.«

Nicht gut. Das LAW oder Light Antitank Weapon war eine panzerbrechende Waffe mit hoher Durchschlagskraft, aber sie konnte nur einmal abgefeuert werden. Allerdings hatten zwei weitere Männer je ein LAW mit, sodass sie immer noch ein Paar in Reserve hatten. Der Sprengsatz war schlimmer. Er enthielt fünfzehn Kilo Plastiksprengstoff, Zündschnur und Zeitzünder. Den brauchten sie unbedingt, wenn sie auf irgendwelche Barrikaden oder feste Unterstände stießen. Cleary fluchte leise vor sich hin. Dass ausgerechnet der Mann abhanden kommen musste, der zwei LAWs und den einzigen Sprengsatz im Gepäck gehabt hatte.

Sei's drum. »Wizard an alle Einheiten. Noch dreizehn Kilometer bis zum Ziel. Alle Lampen ausschalten und Funkstille wahren. Halten Sie die Kette so dicht wie möglich beisammen. Ende.«

Cleary warf einen Blick auf seine Armbanduhr. In rund fünfzehn

Minuten müssten sie die Landezone anfliegen. Trotzdem war es ein Wettlauf mit der Zeit, und viel Spielraum hatten sie nicht. Er konnte nur hoffen, dass der fehlende Mann kein schlechtes Omen war. In der nächsten halben Stunde konnte alles Mögliche schief gehen. Sie durften auf keinen Fall noch einen Mann und womöglich weitere Ausrüstung verlieren. Der Rückenwind trieb sie ordentlich voran. Cleary schaute nach vorn und stellte zufrieden fest, dass die Formation dicht beisammen blieb. Die neuen Gleitschirme waren besser als erwartet. In genau hundertfünfzig Metern Höhe wollten sie über der Landezone einschweben.

Die Fabrikanlage kam näher. Durch die Wolkenlöcher waren bereits einzelne Gebäude zu erkennen. Sie waren noch zweieinhalbtausend Meter hoch, und ab jetzt wurde es heikel, denn von nun an waren sie so gut wie schutzlos, bis sie unten am Boden Deckung fanden.

In zweitausend Metern Höhe spürte er, dass irgendetwas nicht stimmte. Er verlor Tempo. Sein Fallschirm bockte und flatterte plötzlich, als ihn ein jäher Seitenwind erfasste. Unwillkürlich griff er nach den Steuerleinen hinter dem Tragegurt. Damit konnte man den Schirm so trimmen, dass er dem Wind weniger Angriffsfläche bot.

»Wizard, Lion hier. Wir haben einen höllischen Seitenwind.«

»Roger, Lion. Bei mir ebenfalls. An alle Einheiten, trimmt die Schirme und bleibt auf Kurs.«

Cleary blickte nach unten und sah die eisige Landschaft näher kommen, wenn auch erheblich langsamer als zuvor. In sechshundert Metern Höhe bekamen sie endlich wieder Rückenwind. Er suchte das Werksgelände ab, achtete auf jede verdächtige Bewegung. Da unten tat sich gar nichts. Weiße Dampfwolken stiegen aus den Schornsteinen auf, aber das war auch schon alles. Gefährlich wirkte das Ganze überhaupt nicht.

Endlich hört Cleary die Meldung, auf die er gewartet hatte.

»Wizard, hier Lion. Sind über den Zaun weg und haben die Landezone im Blick. Wir sind fast da.«

»Roger, Lion«, antwortete Cleary erleichtert.

Er sah, wie die vordersten Glieder der Kette leicht nach rechts ausscherten. Sie bereiteten sich darauf vor, mit dem Fallwind tiefer zu gehen, um dann in den Wind zu drehen und zu landen. Sharpsburg, der führende Mann, schwenkte im rechten Winkel aus der bisherigen Flugrichtung. Die Kette der übrigen Schirme hinter ihm folgte ihm sofort und drehte an der gleichen Stelle ab wie Sharpsburg.

»Wizard«, meldete sich Lion, ohne sich zu erkennen zu geben, »noch hundertfünfzig Meter. Bereiten uns zur Landung vor.«

Cleary antwortete nicht. Es war nicht nötig. Er sah, wie der erste Fallschirm punktgenau niederging und in sich zusammensank, gefolgt vom zweiten, dann dem dritten. Sobald die Männer am Boden waren, warfen sie so viel Ausrüstung wie möglich ab und sicherten in aller Eile die Landezone.

Jetzt, in hundertfünfzig Metern Höhe, beobachtete Cleary, wie Jacobs Navy-SEALs auf die gleiche Weise landeten wie die Delta Force. Danach waren Garnet und seine Marines an der Reihe. Als er den imaginären Wendepunkt erreichte, zog er die linke Steuerleine, glitt rund hundert Meter quer ab und wiederholte das Manöver, bis er gegen den Wind flog. Er spürte, wie er ihn erfasste und den Schirm abbremste. Dann zog Cleary beide Steuerleinen halb durch, musterte den eisigen Boden und behielt gleichzeitig seinen Höhenmesser im Auge.

Im Nu war er auf sechzig Meter herunter. Der Boden raste auf ihn zu. In dreißig Metern Höhe ließ er die Steuerleinen los und ging in den freien Flug über. Dann verließ er sich ganz auf sein Können und seine Erfahrung, zog die Steuerleinen voll durch und setzte so leichtfüßig, als träte er von einer Bordsteinkante, auf dem Eis der Antarktis auf.

Rasch löste er seinen Gurt und warf den Fallschirm ab, der ihn zu seinem Ziel getragen hatte. Dann kniete er sich hin, machte sein Spartan Q-99 Eradicator klar, lud und sicherte es, damit es sofort einsatzbereit war.

Garnet, Sharpsburg und Jacobs waren innerhalb von dreißig Sekunden bei ihm. Sie sprachen sich kurz ab, überprüften ihre Position und trafen die letzten Vorbereitungen für den Vorstoß auf die Schaltzentrale der Fabrik. Nachdem er Sharpsburg, der den Eingreiftrupp führen musste, falls Cleary getötet oder schwer verwundet werden sollte, die letzten Anweisungen gegeben hatte, spähte er durch seinen Feldstecher auf das Werk. Als er weder Sicherheitskräfte noch befestigte Stellungen sah, befahl er seinen Männern auszuschwärmen, übernahm selbst die Mitte und ließ die Einheit vorrücken.

41

Der Wind wollte sich einfach nicht legen und frischte immer wieder auf. Doch irgendwann hatte er dann doch keine Kraft mehr. Nach dem Sturm brach die Sonne durch und ließ die letzten aufgewirbelten Eiskristalle funkeln wie Diamantenstaub. Unaufhaltsam walzte der Snow Cruiser unter dem wieder strahlend blauen Himmel über das Schelfeis. Die mächtige Maschine hatte ihre Zuverlässigkeit bewiesen. Die Motoren liefen tadellos, die Räder wühlten sich durch Schnee und Eis und waren auch im tobenden Blizzard nicht ein Mal stecken geblieben. Bis auf das dumpfe Tuckern der Diesel herrschte eine geradezu unwirkliche Stille auf dem weiten Eisfeld.

Pitt hatte sich im Maschinenraum so weit aufgewärmt, dass er wieder bereit zu neuen Taten war. Er übernahm das Lenkrad von Giordino, der im Stauraum einen Besen besorgte und die Eiskruste von der Windschutzscheibe fegte. Die von dem Frostpanzer befreiten Scheibenwischer sorgten in kürzester Zeit wieder für klare Sicht. In der Ferne tauchten die hoch aufragenden Rockefeller Mountains auf. Sie waren fast am Ziel.

Pitt deutete auf eine Reihe schwarzer Punkte links vor ihnen am gleißenden Horizont. »Dort ist die Wolfsche Fabrik.«

»Wir haben uns gut gehalten«, sagte Giordino. »Wir sind trotz des Sturms höchstens anderthalb Kilometer vom Kurs abgekommen.«

»Noch fünf, sechs Kilometer. In zwanzig Minuten müssten wir dort sein.«

»Hast du vor, unangemeldet mitten in die Party reinzuplatzen?«

»Lieber nicht. Die haben garantiert eine ganze Armee von Sicherheitskräften«, antwortete Pitt. »Siehst du den Höhenzug, der da vorn aus dem Eis ragt und bis zum Fuß der Berge reicht?«

»Seh ich.«

»Wir können die letzten drei Kilometer daran entlangfahren und ihn als Deckung nutzen, damit uns auf dem Gelände keiner kommen sieht.«

»Könnte klappen«, sagte Giordino, »wenn sie unsere Auspufffahne nicht entdecken.«

»Du kannst uns ja die Daumen drücken«, sagte Pitt mit einem verkniffenen Grinsen.

Sie verließen das Ross-Schelfeis, stießen über das unter einem dicken Frostpanzer liegende Festland vor und umfuhren den Höhenzug, der sich wie eine riesige Zunge von den Bergen her erstreckte. Im Schutz des Kammes rückten sie auf das Werksgelände vor. Kurz darauf fuhren sie unter turmhoch aufragenden grauen Felsklippen entlang, von denen breite Eisplatten hingen, die blaugrün wie gefrorene Wasserfälle im Sonnenschein schimmerten. Der Boden hier war nicht so glatt und eben wie das Schelfeis, sondern von zahllosen Rillen und Wellen durchzogen.

Pitt schaltete herunter und fuhr mit dem Snow Cruiser im zweiten Gang über eine Reihe niedriger Kuppen und flacher Senken hinweg. Die schwere Maschine kam auch im unebenen Gelände gut voran, da die großen Räder die Steigungen und Gefälle nahezu mühelos überwanden. Zum zehnten Mal in ebenso vielen Minuten warf er einen Blick auf die Temperaturanzeiger. Durch die hohen Drehzahlen bei niedriger Geschwindigkeit liefen die Motoren wieder heiß, aber diesmal konnten sie die Tür aufmachen, ohne im Führerhaus fast erfrieren zu müssen.

Sie fuhren gerade am Eingang zu einer schmalen Schlucht vorbei, als Pitt plötzlich anhielt.

»Was ist los?«, fragte Giordino und schaute Pitt an. »Siehst du irgendwas?«

Pitt deutete durch die Windschutzscheibe nach vorn. »Spuren im Schnee, die in die Schlucht führen. Sie können nur von den Ketten einer schweren Schneekatze stammen.«

Giordinos Blick folgte Pitts ausgestrecktem Finger. »Du hast gute Augen. Die Spuren sind kaum zu erkennen.«

»Sie müssten eigentlich vom Blizzard verweht sein«, sagte Pitt. »Da sie aber noch zu sehen sind, muss das Fahrzeug, das sie hinterlassen hat, hier durchgekommen sein, als der Sturm zu Ende ging.«

»Warum sollte jemand mit einer Schneekatze in eine Schlucht fahren, aus der es offenbar keinen Ausweg gibt?«

»Vielleicht ein weiterer Zugang zu dem Werksgelände?«

»Könnte gut sein.«

»Wollen wir nachschauen?«

Giordino grinste. »Ich sterbe vor Neugier.«

Pitt zog das Lenkrad bis zum Anschlag herum und steuerte den Snow Cruiser in die Schlucht. Bedrohlich ragten die Wände zu beiden Seiten auf, wurden immer höher, als sie weiter vordrangen, bis nur mehr fahles Sonnenlicht einfiel. Glücklicherweise waren die Kurven und Biegungen nicht allzu scharf, sodass der Snow Cruiser trotz seiner Ausmaße halbwegs herumkam. Dennoch war Pitt nicht ganz wohl dabei zu Mute. Wenn sie am Ende auf blanken Fels stießen, musste er durch die ganze Schlucht zurückstoßen, denn umkehren konnte er hier nirgendwo. Nach knapp fünfhundert Metern brachte Pitt das Fahrzeug vor einer Wand aus blankem Eis zum Stehen.

Eine Sackgasse. Einen Moment lang waren sie maßlos enttäuscht.

Beide stiegen aus dem Snow Cruiser und starrten auf die senkrechte Eisplatte. Pitt musterte die Spuren, die durch die Schlucht führten und vor der Wand endeten. »Da stimmt was nicht. Die Schneekatze kann nicht rückwärts wieder rausgefahren sein.«

»Jedenfalls nicht, ohne eine zweite Spur zu hinterlassen«, stellte Giordino fest.

Pitt trat dicht vor die Eisplatte, schirmte die Augen ab und versuchte hindurchzuschauen. Er meinte undeutliche Schatten hinter der Eisbarriere zu erkennen. »Irgendwas ist da drin«, sagte er.

Giordino spähte durch das Eis und nickte. »Ist das nicht der Moment, in dem jemand ›Sesam, öffne dich‹ sagen muss?«

»Eindeutig der falsche Spruch«, sagte Pitt.

»Das Eis ist gut einen Meter dick.«

»Denkst du das Gleiche wie ich?«

Giordino nickte. »Ich halte draußen die Stellung und gebe dir mit meinem Bushmaster Feuerschutz.«

Pitt stieg wieder in den Snow Cruiser, legte den Rückwärtsgang ein und setzte das Fahrzeug fünfzehn Meter zurück, wobei er in der ausgewalzten Kettenspur der Schneekatze blieb, damit die Reifen besser griffen. Er hielt einen Moment inne, umfasste mit beiden Händen das Lenkrad und rutschte so tief wie möglich in den Sitz, falls das Eis die Windschutzscheibe durchschlagen sollte. Dann legte er den ersten Gang ein und trat das Gaspedal bis zum Anschlag durch. Mit röhrenden Motoren setzte sich der Koloss in Bewegung, wurde schneller und rammte die Eiswand mit einer derartigen Wucht, dass der Boden unter Giordinos Füßen bebte.

Es klang, als ob ein Riese mit den Zähnen knirschte. Das Eis zerbarst in tausend glitzernde Stücke, die wie die Überreste eines zersplitterten Kristalllüsters auf den Snow Cruiser herabregneten. Giordino, der davon ausgegangen war, dass mehrere Rammstöße nötig waren, ehe das massive Eis nachgab, stand plötzlich allein da, als das Fahrzeug auf Anhieb durchbrach und auf der anderen Seite verschwand. Es klemmte sich das Gewehr in die Armbeuge und folgte ihm wie ein Infanterist, der hinter einem Panzer Deckung sucht.

Sobald er durchgebrochen war, brachte Pitt den Snow Cruiser zum Stehen und wischte sich die Glassplitter aus dem Gesicht und von der Brust. Ein großer Eisbrocken war mitten durch die Windschutzscheibe gekracht, hatte ihn um ein Haar verfehlt und war am Boden zersprungen. Er hatte einen Schnitt an der Wange und einen weiteren an der Stirn. Beide waren nicht so tief, dass sie genäht werden mussten, aber er blutete wie ein Schwein. Er wischte sich mit dem Ärmel die rote Soße aus den Augen und blickte sich um.

Der Snow Cruiser stand in einem großen Tunnel, der quer hinter dem Eingang vorbeiführte, und hatte sich mit der Schnauze in die gegenüberliegende Wand gebohrt. In beiden Richtungen war kein Mensch zu sehen. Als Giordino abgesichert hatte, stürmte er zum Snow Cruiser und stieg die Leiter zum Führerhaus hinauf. Pitt grinste ihn mit gruslig blutverschmiertem Gesicht an.

»Du siehst schlimm aus«, sagte er und versuchte ihm aufzuhelfen.

Pitt stieß ihn sachte weg. »Ist nicht annähernd so schlimm, wie es aussieht. Für fachärztliche Versorgung haben wir keine Zeit. Du kannst mir ja ein Pflaster aus dem alten Sanitätskasten hinten im Mannschaftsraum draufkleben. Inzwischen sollten wir meiner Meinung nach den linken Gang nehmen. Wenn ich mich nicht sehr irre, führt der genau zu der Aufbereitungsanlage.«

Giordino wusste, dass jeder Widerspruch zwecklos war. Er stieg hinab in den Mannschaftsraum und kehrte mit dem Sanitätskasten zurück, der seit dem Jahr 1940 nicht mehr geöffnet worden war. Er wischte Pitt das Blut aus dem Gesicht und desinfizierte die Schnitte mit dem seinerzeit üblichen Mittel – purem Jod, was so höllisch brannte, dass Pitt laut vor sich hin fluchte. Dann versorgte er die Wunden. »Und wieder wurde dank der segensreichen Hände von Dr. Giordino, dem Chefchirurgen der Antarktis, ein Menschenleben gerettet.«

Pitt schaute ungläubig auf das Gesicht, das ihm aus dem Rückspiegel entgegenblickte. Mehr Pflaster und Verbandsmull wären auch bei einer Hirntransplantation nicht nötig gewesen. »Was soll das?«, fragte er säuerlich. »Ich seh aus wie eine Mumie.«

Giordino spielte den Beleidigten. »Die Nachversorgung ist nicht meine Stärke.«

»Die Medizin auch nicht.«

Pitt warf die Motoren an und stieß mit dem mächtigen Fahrzeug vor und zurück, bis er es in den Tunnel rangiert hatte. Dann kurbelte er das Fenster herunter und sah sich den Gang genauer an. Der Snow Cruiser passte mit knapper Not durch; seiner Schätzung nach war links und rechts und unter der Decke allenfalls ein halber Meter Platz. Dann bemerkte er das dicke Rohr an der Außenwand, von dem kleine Röhrchen senkrecht nach oben und unten führten.

»Was hältst du davon?«, fragte er und deutete darauf.

Giordino stieg aus dem Snow Cruiser, quetschte sich zwischen den Vorderrädern und dem Rohr hindurch und legte die Hände darauf. »Keine Stromleitung«, meldete er. »Es muss sich um irgendwas anderes handeln.«

»Wenn es das ist, was ich glaube …« Pitts Stimme klang nachdenklich.

»Ein Teil von dem Mechanismus, mit dem das Schelfeis losgebrochen werden soll«, sagte Giordino, der den Gedankengang seines Freundes zu Ende brachte.

Pitt reckte den Kopf aus dem Fenster und blickte den Tunnel entlang, soweit er etwas erkennen konnte. »Der muss vom Werksgelände aus rund zweitausend Kilometer um das Schelfeis führen.«

»Eine unfassbare technische Leistung. Das ist so weit wie von San Francisco nach Phoenix.«

»Ob unfassbar oder nicht«, sagte Pitt. »Die Wolfs haben es jedenfalls geschafft. Außerdem musst du bedenken, dass es leichter ist, einen Tunnel durch Eis zu bohren als durch Felsgestein.«

»Wie wär's, wenn wir einfach die Verbindung unterbrechen und die ganze Anlage lahmlegen, mit der sie das Eis abspalten wollen?«, fragte Giordino.

»Das könnte die ganze Sache vorzeitig auslösen«, antwortete Pitt. »Das Risiko dürfen wir nicht eingehen, es sei denn, uns bleibt nichts anderes übrig. Dann können wir meinetwegen die Verbindung unterbrechen.«

Wie ein klaffender schwarzer Schlund tat sich der Tunnel vor ihnen auf. Schummriges Sonnenlicht fiel durch das Eis, doch die Halogenlampen, die etwa alle fünf Meter an der Decke hingen, waren dunkel. Offenbar war der Strom abgestellt. Pitt schaltete die beiden kleinen Scheinwerfer vorn am Snow Cruiser an, legte den Gang ein und beschleunigte, bis sie mit rund dreißig Stundenkilometern durch den Gang rasten. Nicht schneller als ein Radfahrer, doch in dem engen Tunnel eine geradezu halsbrecherische Geschwindigkeit.

Während Pitt darauf achtete, dass er mit dem Snow Cruiser nicht die eisigen Wände rasierte, saß Giordino neben ihm, das Gewehr aufs Knie gestützt, die Augen nach vorn gerichtet, so weit die Scheinwerfer reichten, und hielt Ausschau nach verdächtigen Bewegungen. Doch er sah nur das scheinbar endlose Rohr mit den nach oben und unten abführenden Röhrchen.

Der Tunnel war völlig menschenleer und verlassen, für Pitt ein eindeutiges Zeichen dafür, dass die Wolfs und ihre Arbeiter dabei waren, das Werk zu räumen und sich auf ihre Schiffe abzusetzen. Er fuhr so schnell er konnte, schrammte ab und zu mit den Radkappen links und rechts über das Eis und riss tiefe Furchen in die Wände, ehe er den Snow Cruiser wieder im Griff hatte. Allmählich bekam er es mit der Angst zu tun. Sie hatten auf dem Schelfeis zu viel Zeit verloren. Vier Tage und zehn Stunden, das war die Frist, die Karl Wolf bei dem Botschaftsempfang in Buenos Aires großspurig verkündet hatte.

Vier Tage waren um, dazu acht Stunden und vierzig Minuten. Damit blieb nur noch eine Stunde und zwanzig Minuten, bis Karl auf den Knopf drückte und den Weltuntergang auslöste.

Pitt schätzte, dass sie noch anderthalb bis zwei Kilometer vom Zentrum der Anlage entfernt waren. Er und Giordino hatten keine Satellitenaufnahmen von der Fabrik zu Gesicht bekommen, daher konnten sie nur raten, wo sich die Schaltzentrale befand. Immer wieder musste er an die Special Forces denken. Waren sie inzwischen gelandet und hatten die Söldner ausgeschaltet? Die leisteten wahrscheinlich erbitterten Widerstand – die Wolfs hatten ihnen sicher versprochen, dass sie und ihre Familien vor der Katastrophe gerettet werden würden. Wie man's auch drehte und wendete, allzu rosig sah die Sache nicht aus.

Nachdem sie etwa achtzehn Minuten lang schweigend durch den engen Tunnel gebrettert waren, beugte sich Giordino vor und deutete nach vorn. »Wir kommen zu einer Kreuzung.«

Pitt bremste den Snow Cruiser ab, als sie die Stelle erreichten, an der fünf verschiedene Tunnel in das Eis führten. Es war zum Wahnsinnigwerden. Sie durften keine Zeit verlieren, konnten nicht lange herumsuchen, bis sie den richtigen fanden. Er beugte sich aus dem Fenster und musterte den eisigen Boden. Er war von allerlei Spurrillen zerfurcht, aber die Abzweigung nach rechts war allem Anschein nach am tiefsten aufgefahren. »Sieht so aus, als ob im rechten Gang der meiste Verkehr war.«

Giordino sprang aus dem Snow Cruiser und verschwand in dem Tunnel. Ein paar Minuten später kehrte er wieder zurück. »Etwa zweihundert Meter weiter mündet der Tunnel offenbar in eine große Kammer.«

Pitt nickte kurz, zog das Fahrzeug herum und folgte den Spurrillen in den Tunnel zur Rechten. Seltsame Formen zeichneten sich unter dem Eis ab, undeutlich nur und kaum zu erkennen, aber den geraden Linien nach zu schließen, handelte es sich um Gebilde, die von Menschenhand geschaffen waren. Bald darauf wurde der Tunnel breiter, genau wie Giordino gemeldet hatte, und mündete in eine riesige Kammer, von deren gewölbter Decke Eiszapfen herabhingen wie Stalaktiten in einer Tropfsteinhöhle. Das Licht, das durch mehrere Löcher in der Decke fiel, tauchte den ganzen Innenraum in einen unheimlichen Dämmerschein. Es war ein unwirklicher Anblick, wie verzaubert, zeitlos und wunderbar. Staunend brachte Pitt den Snow Cruiser zum Stehen.

Einen Moment lang verschlug es beiden die Sprache.

Sie standen mitten auf dem großen Platz, umgeben von den im ewigen Eis versunkenen Bauwerken einer uralten Stadt.

42

Jetzt, da der Sturm abgeflaut war, der ihnen Sichtschutz hätte bieten können, und kaum noch ein Wind ging, kam sich Cleary ganz nackt vor, als seine weiß gekleideten Männer ausschwärmten und auf die Fabrikanlage vorrückten. Sie nutzten eine Reihe von Erhebungen, die wie Kamelhöcker aus dem Eis aufragten, als Deckung, bis sie den hohen Zaun erreichten, der sich vom Fuß der Berge bis zur Steilklippe über dem Meer erstreckte und die ganze Anlage umgab.

Cleary wusste nicht, was ihn und seine Truppe erwartete. Es gab keinerlei nachrichtendienstliche Erkenntnisse über die Fabrik, da die CIA sie bislang nicht als Gefahr für die nationale Sicherheit betrachtet hatte. Als man buchstäblich in letzter Minute entdeckt hatte, welch schreckliche Bedrohung von hier ausging, war keine Zeit mehr für ein heimliches Auskundschaften gewesen, nur mehr für einen simplen Blitzeinsatz. Ein Stoßtruppunternehmen ohne taktische Raffinessen, das rasche Entscheidungen erforderte. Sie hatten den Befehl, die Fabrik einzunehmen und die Anlagen zum Abspalten des Schelfeises stillzulegen, bis sie durch einen zweihundert Mann starken Trupp Special Forces, der nur noch eine Stunde entfernt war, abgelöst wurden.

Man hatte Cleary lediglich mitgeteilt, dass die Wolfschen Sicherheitskräfte aus knallharten Profis bestanden, die von Elite-Kampfverbänden in aller Welt abgeworben worden waren. Diese Auskunft stammte von der National Marine & Underwater Agency – wohl kaum eine Behörde, die im Beschaffen von nachrichtendienstlichen Erkenntnissen viel Erfahrung hatte, daher glaubte Cleary zuversichtlich, dass seine Spezialtruppen mit jedem Feind fertig wurden, auf den sie stießen. Womit er sich gründlich irrte.

Er hatte keine Ahnung, dass es seine kleine Truppe mit einer dreimal so starken Übermacht zu tun hatte.

Sie rückten in zwei Kolonnen vor und erreichten den Zaun, beziehungsweise zwei Zäune, wie sie jetzt feststellten, zwischen denen ein Graben verlief. Cleary hatte den Eindruck, dass er schon vor Jahrzehnten errichtet worden war, aber man konnte noch die deutsche Aufschrift erkennen: »Betreten verboten«. Es war ein gewöhnlicher Maschendrahtzaun, gekrönt von ein paar Rollen Stacheldraht, der dick mit Eis überzogen war und keinen Schaden mehr anrichten konnte. Einst war er viel höher gewesen, aber inzwischen hatte sich so viel Eis davor abgelagert, dass man mühelos darüber steigen konnte. Auch der Graben war fast aufgefüllt und bildete nurmehr eine flache Bodenrinne. Der zweite Zaun war höher und ragte noch immer gut zwei Meter aus dem Schnee auf, aber eine ernsthafte Herausforderung stellte auch er nicht dar. Sie verloren lediglich kostbare Zeit, weil sie ihn erst durchschneiden mussten, ehe sie auf das Gelände vordringen konnten. Für Cleary war es ein gutes Zeichen, dass sie über die Umgrenzung vorgedrungen waren, ohne entdeckt zu werden.

Sobald sie drin waren, wurden sie durch eine Reihe fensterloser Gebäude gedeckt. Cleary ließ alle anhalten. Er musterte eine vierzig mal fünfundvierzig große Luftaufnahme des Geländes. Zwar hatte er sich ebenso sie Sharpsburg, Garnet und Jacobs während des Fluges von Kapstadt hierher jede Straße und jedes Gebäude eingeprägt, aber er hatte sich einen Vorstoßpunkt markiert, anhand dessen er nun vergleichen wollte, wo sie den Zaun überwunden hatten. Sie waren nur fünfzehn Meter davon entfernt. Zum ersten Mal seit sie gelandet waren, sich gesammelt hatten und vorgerückt waren, sprach er in sein Motorola-Funkgerät.

»Tin Man?«

»Ich verstehe, Wizard«, meldete sich die raue Stimme von Lieutenant Warren Garnet.

»Wir teilen uns hier auf«, sagte Cleary. »Sie wissen, was man von Ihnen und Ihren Marines erwartet. Viel Glück.«

»Sind unterwegs, Wizard«, bestätigte Garnet, dessen Marineinfanteristen den Auftrag hatte, das Elektrizitätswerk zu stürmen und die Stromversorgung der Fabrik auszuschalten.

»Scarecrow?«

Lieutenant Miles Jacobs von den Navy-SEALs meldete sich sofort. »Ich höre Sie, Wizard.« Jacobs und sein Trupp sollten die Schaltzentrale umgehen und von der dem Meer zugewandten Seite aus angreifen.

»Sie haben den weitesten Weg, Scarecrow. Sie sollten sich lieber ranhalten.«

»Wir sind schon fast da«, erwiderte Jacobs zuversichtlich, als er mit seinen SEALs über eine Nebenstraße vorrückte, die in Richtung der Schaltzentrale führte.

»Lion?«

»Bereit zum Losschlagen«, antwortete Captain Sharpsburg von der Army Delta Force munter.

»Ich begleite Sie.«

»Einen alten Haudegen nehm ich doch gern mit.«

»Na dann los.«

Sie verglichen ihre Uhren nicht, nahmen auch keinen Funkkontakt miteinander auf, als sich die Trupps aufteilten und zu ihren Zielen vorrückten. Das war auch nicht nötig. Alle wussten, was sie zu tun hatten. Man hatte sie eingehend auf die grauenhaften Folgen hingewiesen, die ein Fehlschlag nach sich ziehen würde. Cleary war fest davon überzeugt, dass seine Männer wie die Wilden kämpfen und notfalls ohne zu zögern ihr Leben hingeben würden, um zu verhindern, dass die Wolfs die Welt untergehen ließen.

Zügig, geradezu forsch rückten sie in Gefechtsformation vor –

zwei Mann zehn Meter voraus an beiden Flanken und zwei Mann, die nach hinten sicherten. Alle fünfzig Meter machten sie Halt, warfen sich zu Boden oder nutzten jede Deckung, die sich ihnen bot, während Cleary das Gelände musterte und sich mit den Marines und den SEALs in Verbindung setzte.

»Tin Man, berichten Sie.«

»Vorstoß erfolgt. Haben uns dem Ziel bis auf dreihundert Meter genähert.«

»Scarecrow? Sind Sie auf irgendwas gestoßen?«

»Wenn ich's nicht besser wüsste, würde ich sagen, die Anlage ist verlassen«, antwortete Jacobs.

Cleary antwortete nicht. Er erhob sich, als Sharpsburg mit dem Lion-Team vorstieß.

Von Nahem besehen, wirkte die Anlage eher öde und trostlos. Ganz und gar nicht auffällig. Doch dann wurde ihm mulmig zu Mute. Das Gelände war anscheinend völlig menschenleer. Nirgendwo ein Arbeiter. Keinerlei Fahrzeuge. Es war zu ruhig. Eine geradezu unheimliche Stille lag über der ganzen Fabrik.

Karl Wolf stand im Hauptquartier der Sicherheitskräfte, das sich ein Stockwerk unter der technischen Zentrale befand, und starrte auf eine Reihe von Bildschirmen. Gedankenverloren verfolgte er, wie Cleary und sein Eingreiftrupp durch die Straßen der Anlage vorrückten.

»Kannst du verhindern, dass sie unseren Zeitplan durchkreuzen?«, fragte er Hugo, der neben ihm stand.

»Mit Leichtigkeit«, versicherte ihm Hugo. »Wir haben derartige Angriffe häufig durchgespielt und die Gegenmaßnahmen immer wieder eingeübt. Wir haben befestigte Stellungen, unsere Barrikaden stehen, und unsere gepanzerten Schneekatzen warten nur auf meinen Einsatzbefehl.«

Karl nickte zufrieden. »Du hast gut vorgebaut. Aber dennoch, das sind Elitetruppen, die besten Soldaten, die Amerika zu bieten hat.«

»Keine Sorge, Bruderherz. Meine Männer sind genauso gut ausgebildet. Außerdem sind wir deutlich in der Übermacht, und wir kennen das Gelände. Wir können sie überraschen, sie uns nicht. Die haben keine Ahnung, dass sie in die Falle laufen. Zumal wir über die unterirdischen Tunnel jederzeit unsere Truppen verschieben und sie in der Flanke oder von hinten fassen können, ehe sie überhaupt begreifen, wie ihnen geschieht.«

»Wie lautet deine Taktik?«, fragte Karl.

»Sie nach und nach vor unsere technische Zentrale locken, wo wir sie einkesseln und vernichten können.«

»Unsere Vorfahren, die sich im Krieg so heldenhaft gegen die Alliierten geschlagen haben, wären stolz auf dich.«

Hugo, sichtlich erfreut über das Lob seines Bruders, schlug die Hacken zusammen und verbeugte sich steif. »Es ist mir eine Ehre, dem Vierten Reich dienen zu dürfen.« Dann blickte er zu den Monitoren auf und sah zu, wie die Amerikaner weiter vorrückten. »Ich muss jetzt gehen, Bruder, und unsere Gegenmaßnahmen einleiten.«

»Wie lange wird es deiner Schätzung nach dauern, bis deine Männer die Angreifer aufgerieben haben?«

»Zwanzig Minuten, länger bestimmt nicht.«

»Danach müsst ihr euch aber schleunigst an Bord der Flugzeuge begeben. Kommt nicht zu spät, Hugo. Ich möchte dich und deine tapferen Männer nur ungern zurücklassen.«

»Bestimmt nicht«, sagte Hugo beherzt. »Wir lassen uns doch nicht die Gelegenheit entgehen, Gründerväter einer besseren neuen Welt zu werden.«

Karl deutete auf die Digitaluhr, die zwischen den Monitoren an der Wand hing. »In fünfundzwanzig Minuten werden wir die Apparaturen zum Abtrennen des Eisschelfs schalten. Danach verlassen alle Mitarbeiter die technische Zentrale über einen Tunnel, durch den sie sicher unter dem Schlachtfeld hindurch zu den Personalunterkünften gelangen. Von dort aus werden sie mit E-Wagen zu den Flugzeugen im Hangar gebracht.«

»Wir werden siegen«, sagte Hugo mit eiserner Entschlossenheit.

»Dann wünsche ich dir viel Glück«, sagte Karl. Er schüttelte Hugo die Hand, wandte sich dann ab und stieg in den Fahrstuhl, mit dem er hinauf in die technische Zentrale fuhr.

Cleary und das Lion-Team waren nur noch hundertfünfzig Meter vom Eingang zur Schaltzentrale entfernt, als sich Garnet über Funk meldete. »Wizard, hier spricht Tin Man. Irgendwas stimmt hier nicht…«

Im gleichen Moment entdeckte Cleary die Barrikade, die die Straße vor der Schaltzentrale versperrte, sah die dunklen Mündungen der Gewehre, die darüber angelegt waren. Er öffnete den Mund, wollte schreien, aber es war bereits zu spät. Eine ohrenbetäubende Salve schlug der Delta Force entgegen, ehe die Männer überhaupt begriffen, woher die Schüsse kamen, die donnernd von den Gebäuden widerhallten.

Garnet und seine Marines wurden auf offener Straße erwischt, aber sie gaben sich gegenseitig Feuerschutz und nutzten jede verfügbare Deckung. Obwohl sie unaufhörlich unter Beschuss standen, rückten sie weiter auf das E-Werk vor, bis Garnet keine hundert Meter voraus eine Eisbarrikade entdeckte, die vor dem weißen Hintergrund kaum zu erkennen war. Seine Männer nahmen sie unter Feuer und deckten die Sicherheitskräfte, die sich dahinter verschanzt hatten, mit Splittergranaten aus ihren Eradicators ein.

Zur gleichen Zeit wurde Cleary vor der Schaltzentrale von einer ähnlichen Eisbarrikade aufgehalten, aus der ihm ebenso heftiges Feuer entgegenschlug. Der vorderste Mann an der linken Flanke wurde an Knie und Oberschenkel getroffen und ging zu Boden. Sharpsburg robbte zu ihm, bekam seinen Fuß zu fassen und zog ihn um die Ecke eines Gebäudes.

Cleary ging unter einer Treppe in Deckung, die in ein kleines Lagerhaus führte. Eissplitter fielen auf ihn herab, als ein Feuerstoß die Zapfen abrasierte, die vom Dach hingen. Dann wurde er knapp über dem Herz getroffen, torkelte zurück, überlebte zwar dank seiner kugelsicheren Weste, hatte aber trotzdem das Gefühl, als hätte ihm jemand mit einem Vorschlaghammer an die Brust gedroschen. Sergeant Carlos Mendoza, der beste Schütze des Trupps, erfasste mit dem Fadenkreuz seines Eradicators den Wachmann, der auf Cleary geschossen hatte, und drückte ab. Eine schwarze Gestalt fuhr hinter der Barrikade hoch, fiel um und war verschwunden. Danach suchte sich der Sergeant das nächste Ziel aus.

Immer mehr Kugeln schlugen über Cleary ins Dach ein, zertrümmerten das Eis und ließen die Splitter in alle Richtungen davonfliegen. Zu spät erkannte er, dass die Wolfschen Sicherheitskräfte vorbereitet waren und nur auf sie gewartet hatten. Die festen Stellungen, die sie angelegt hatten, waren wie geschaffen für einen solchen Angriff. Jetzt wurde ihm schmerzlich bewusst, dass sie für die fehlende Feindaufklärung bitter büßen mussten. Und er begriff auch, dass seine Truppe deutlich unterlegen war.

Cleary verfluchte sich, weil er der Auskunft der NUMA keinen Glauben geschenkt hatte. Er verfluchte das Pentagon und die CIA, nach deren Schätzung die Wolfschen Sicherheitskräfte allenfalls zwanzig bis fünfundzwanzig Mann stark waren. Er verfluchte den Moment, da er sich ahnungslos auf diese Sache eingelassen hatte und vor lauter Eile den schwersten Fehler begangen hatte, der einem Soldaten unterlaufen konnte: Er hatte den Gegner unterschätzt.

»Tin Man!«, rief er in sein Mikrofon. »Wie sieht's bei Ihnen aus?«

»Haben mindestens sechzig Feinde vor uns, die die Straße abriegeln«, meldete Garnet ruhig und ungerührt. »Wir liegen unter schwerem Beschuss.«

»Könnt ihr durchbrechen und das E-Werk nehmen?«

»Die schießen zu gut. Wir kommen keinen Schritt voran. Wir haben's hier nicht mit einer bunt zusammengewürfelten Sicherheitstruppe zu tun. Die Jungs verstehen ihr Geschäft. Können Sie uns Verstärkung schicken, Wizard? Ich glaube, wenn wir ihnen in die Flanke fallen, können wir die Barrikade nehmen.«

»Negativ, Tin Man«, antwortete Cleary. Er war sich wohl bewusst, dass die Aufklärer, die Recons, wie sie sich nannten, die Eliteeinheit des Marineinfanteriekorps war. Wenn die nicht vorrücken konnten, ging nichts mehr. »Wir liegen ebenfalls unter schwerem Beschuss durch mindestens achtzig Feinde und können euch nicht unterstützen. Ich wiederhole: Ich kann keinen Mann entbehren. Lösen Sie sich, so gut es geht, und schließen Sie zu Lion auf.«

»Verstanden, Wizard. Ziehen uns jetzt zurück.«

Garnet, dessen Marines dem feindlichen Feuer schutzlos ausgesetzt waren, war wütend und enttäuscht, als er erfuhr, dass er keine Verstärkung bekam, sondern sich durch das Straßengewirr zurückziehen und Anschluss an Scharpsburgs Delta Force suchen sollte. Aber hier kam er nicht mehr voran, sosehr es ihn auch juckte. Auf offener Straße eine Barrikade anzugreifen, die von einem mindestens dreimal so starken Gegner verteidigt wurde, wäre glatter Selbstmord. Ihm blieb nichts anderes übrig, als den geordneten Rückzug zu befehlen und dafür zu sorgen, dass die Verwundeten außer Schussweite gebracht wurden.

Jacobs, der mit seinen SEALs die Schaltzentrale schon halb umgangen hatte, war wie vom Donner gerührt, als er die Meldungen von Cleary und Garnet vernahm. Er ließ seine Männer so schnell wie möglich vorrücken, damit sie die Schaltzentrale von der Rückseite aus einnahmen, um Tin Man und Lion zu entlasten. Die Navy-SEALs waren nur noch knapp hundert Meter von ihrem Ziel entfernt, als zwei gepanzerte Schneekatzen um die Ecke kamen und sie unter Beschuss nahmen.

Jacobs musste hilflos mit ansehen, wie zwei seiner Männer niedergemäht wurden. Wutentbrannt legte er sein Eradicator an und drückte den Abzug durch, bis das Magazin leer war, dann packte ihn sein Sergeant am Kragen und zerrte ihn hinter eine Mülltonne, bevor es ihn erwischte. Eine volle Salve Splittergranaten von Seiten der SEALs hatten die Schneekatzen kurz aufgehalten, aber sie stießen schon wieder vor.

Die SEALs setzten sich verbissen zur Wehr, nutzten jede Deckung, die sie finden konnten, während sie sich langsam zurückzogen. Dann tauchten unverhofft zwei weitere Schneekatzen hinter ihnen auf und deckten sie mit einem Kugelhagel ein. Jacobs wurde mulmig zu Mute. Er konnte mit seinen Leuten nur noch in eine schmale Gasse ausweichen. Hoffentlich gerieten sie dort nicht in einen Hinterhalt. Aber soweit er erkennen konnte, war zumindest auf den nächsten siebzig Metern alles klar.

Während er hinter seinen Männern herlief und darauf hoffte, dass sie irgendwo Deckung fanden, bevor die Schneekatzen in die Gasse stießen und sie ungehindert unter Beschuss nehmen konnten, meldete er sich bei Cleary. »Wizard, Scarecrow hier. Wir werden von vier gepanzerten Schneekatzen angegriffen.«

»Scarecrow, sind sie mit schweren Waffen bestückt?«

»Soweit ich sehen kann nein. Vier Mann mit Schnellfeuergewehren in jedem Fahrzeug. Mit unseren Splittergranaten richten wir gegen die nur wenig aus.«

Cleary ging unter einer Vortreppe in Deckung und musterte seinen Lageplan von dem Fabrikgelände. »Geben Sie Ihren Standort durch, Scarecrow.«

»Wir sind etwa hundertfünfzig Meter von der Schaltzentrale entfernt, ziehen uns auf einer schmalen Straße hinter einer Reihe von Werkstattschuppen in Richtung See zurück.«

»Scarecrow, noch fünfzig Meter weiter, dann biegt ihr rechts ab und rückt auf die Treibstofftanks vor. Von dort aus gelangt ihr über eine Nebenstraße unmittelbar vor die Schaltzentrale. Fallt den Feinden, die uns hier festnageln, in die Flanke.«

»Roger, Wizard. Sind unterwegs.« Dann fiel Jacobs noch etwas ein. »Womit sollen wir uns gegen die gepanzerten Schneekatzen zur Wehr setzen?«, fragte er.

»Tin Man hat zwei LAWs.«

»Wir brauchen aber vier.«

»Der Mann, der die zwei anderen im Gepäck hatte, ist beim Absprung abhanden gekommen.«

»Tin Man ist beim E-Werk«, versetzte Jacobs unwirsch. »Der hat keine gepanzerten Katzen am Hals. Wir schon.«

»Ich habe ihm auf Grund der heftigen Gegenwehr befohlen, sich zurückzuziehen. Er müsste demnächst zu Lion aufschließen.«

»Sagen Sie ihm, er soll sich sputen, weil wir nämlich vier am Arsch haben, wenn wir zu euch vorstoßen.«

Die Navy-SEALs umgingen in kürzester Zeit die Tanks, ohne auf ernsthafte Gegenwehr zu stoßen. Jacobs schaute immer wieder auf seinen Lageplan und ließ seine Männer schließlich entlang einer Mauer vorrücken, die offenbar kurz vor der Schaltzentrale endete. Eine hervorragende Deckung. Von hier aus konnten sie den Sicherheitskräften in die Flanke fallen, die Sharpsburg und seiner Delta Force von dieser verfluchten Barrikade aus so höllisch zusetzten. Doch die SEALs waren kaum fünfzig Meter vom Ende der Mauer entfernt, als sie von hinten unter schweren Beschuss genommen wurden.

Ohne dass sie es bemerkt hatten, war ein Trupp Sicherheitskräfte durch einen Tunnel vorgestoßen und unverhofft aus einem Gebäude in ihrem Rücken geschwärmt, eine Taktik, die die Verteidiger immer öfter anwandten. Jacobs erkannte, dass es so gut wie unmöglich war, das Flankenmanöver fortzusetzen, daher wählten er und seine Männer den Weg des geringsten Widerstands und zogen sich durch eine Straße zurück, in der seltsamerweise kein einziger Schuss auf sie abgegeben wurde.

Nur achtzig Meter davon entfernt lag Cleary flach am Boden, musterte mit seinem Fernglas die Barrikade, die den Zugang zur Schaltzentrale blockierte, und suchte nach einem schwachen Punkt. Als er keinen entdeckte, wurde ihm klar, dass es ihm genauso ging wie Garnet und er seine Stellung nicht mehr lange würde halten können, doch er war fest entschlossen, einen Vorstoß auf die Schaltzentrale zu unternehmen, sobald er von den Marines verstärkt wurde und die SEALs dem Gegner in die Flanke fielen.

Doch insgeheim bezweifelte er inzwischen, dass sie die Kohlen aus dem Feuer holen und den Sieg noch erringen konnten.

Die Sicherheitskräfte führten das Gefecht mit aller Verbissenheit. Für sie ging es hier nicht nur um ihr eigenes Leben, sondern auch um das ihrer Angehörigen, die an Bord der *Ulrich Wolf* warteten. Hugo hielt sich höchstpersönlich mitten im dichtesten Kampfgetümmel vor der technischen Zentrale auf, befehligte seine Männer und sorgte dafür, dass sich die Schlinge um die amerikanische Eingreiftruppe immer enger zog. Die Arroganz, mit der er seine Befehle gab, spiegelte sein Selbstvertrauen und seine Zuversicht wider. Sein Schlachtplan ging genau auf. Er befand sich in einer Position, um die ihn jeder Kommandeur beneidete, konnte er doch dem Gegner die Kampfbedingungen diktieren.

Er war dabei, den Gegner in die Enge zu drängen, ihn einzukesseln und zu vernichten, wie er es seinem Bruder versprochen hatte.

Er sprach in das Mikrofon, das in seinem Helm angebracht war. »Karl?«

Ein kurzes statisches Knistern in den Kopfhörern, dann meldete sich Karl. »Ja, Hugo.«

»Die Eindringlinge sind aufgehalten. Du kannst dich mit Elsie und den anderen zum Hangar begeben, sobald die Ingenieure die nanotechnischen Apparaturen auf Automatik eingestellt haben.«

Zwei Minuten später, als Hugo gerade den beiden verbliebenen Schneekatzen befahl, die Amerikaner anzugreifen, stürmte ein Wachmann im Schutz der Barrikade zu ihm. »Señor, ich habe eine dringende Meldung aus dem Hangar!«, rief er.

»Was ist los?«, brüllte Hugo im Gefechtslärm.

Doch in diesem Moment erfasste Sergeant Mendoza mit seinem Zielfernrohr ein weiteres Opfer, nahm dessen Kopf ins Fadenkreuz und drückte sein Eradicator ab. Der Wachmann kippte unmittelbar neben Hugo tot um, ohne den Schuss zu hören, geschweige denn die Kugel zu spüren, die an seiner linken Schläfe eindrang und an der rechten austrat. Die dringende Meldung, dass ein seltsames Fahrzeug den Hangar verwüstet hatte, konnte er nicht mehr überbringen.

Garnets Marines stießen zu Sharpsburgs Delta Force und gingen sofort in Deckung, als die Schneekatzen, die mittlerweile die Verfolgung von Jacobs und seinen Leuten abgebrochen hatten, von hinten in Zweierreihe angriffen. Sie rückten vor, ohne zu ahnen, dass die Marines panzerbrechende Waffen auf sie gerichtet hatten, die sie auf hundert Meter Entfernung nicht verfehlen konnten. Trümmer und zerfetzte Körper flogen durch die Luft, als die beiden vordersten Schneekatzen in einem Feuerball explodierten und mitten auf der Straße liegen blieben, sodass die beiden anderen Fahrzeuge den hart bedrängten Amerikanern nicht weiter zusetzen konnten.

Cleary wurde rasch klar, dass die Gnadenfrist, die sie damit gewonnen hatten, nur von kurzer Dauer sein würde. Es war nur eine Frage der Zeit, bis die Sicherheitskräfte merkten, dass sie keine weiteren panzerbrechenden Waffen hatten. Dann würden die Schneekatzen erneut angreifen, und nichts und niemand konnte sie noch aufhalten. Aber mit etwas Glück wendete sich das Blatt vielleicht, wenn Jacobs und seine Jungs die Barrikade in der Flanke fassten.

In Washington hatte man unterdessen anhand der Berichte vom bisherigen Kampfverlauf erkannt, dass die Eingreiftruppe in der

Klemme steckte. Von Minute zu Minute wurde deutlicher, dass Cleary und seine Männer regelrecht zusammengeschossen wurden. Präsident und oberster Generalstab trauten ihren Ohren kaum. Der Einsatz, den man so wagemutig in die Wege geleitet hatte, drohte in einer Katastrophe zu enden, einem Massaker. Sie waren entsetzt über diesen Fehlschlag – und die Gefahr, in der die gesamte Menschheit schwebte. Es war ein einziger Albtraum.

»Die Maschine mit der Hauptmacht«, sagte der Präsident, der kaum einen klaren Gedanken fassen konnte. »Wann …?«

»Die sind frühestens in vierzig Minuten über der Anlage«, antwortete General South.

»Und wie viel Zeit ist noch?«

»Noch zweiundzwanzig Minuten, bis die Flut ihren Höchststand erreicht.«

»Dann müssen wir Raketen abfeuern.«

»Damit bringen wir aber auch unsere Männer um«, warnte General South.

»Haben wir eine andere Wahl?«, hielt ihm der Präsident vor.

South schaute auf seine Hände und schüttelte den Kopf. »Nein, Mr. President.«

»Soll ich dem Kommandanten der *Tucson* den Feuerbefehl erteilen?«, fragte Admiral Eldridge.

»Wenn ich etwas vorschlagen dürfte«, sagte General Coburn, der Oberbefehlshaber der Air Force. »Meiner Meinung nach sollten wir die Tarnkappenbomber einsetzen. Die haben Raketen, die von der Besatzung ins Ziel gelenkt werden und viel genauer treffen als die Tomahawks der Marine.«

Der Präsident entschied sich rasch. »Na schön, verständigen Sie die Bomberpiloten, aber sagen Sie ihnen, dass sie nicht angreifen sollen, solange sie nicht ausdrücklich den Befehl dazu erhalten. Man weiß ja nie, ob nicht vielleicht doch noch ein Wunder geschieht und Major Cleary mit seinen Männern in die Schaltzentrale eindringen und den Countdown stoppen kann.«

Während General Coburn die entsprechenden Befehle erteilte, murmelte General South leise vor sich hin. »Ein Wunder, genau das brauchen wir auch.«

43

Von dem Platz aus führten nach allen Seiten Straßen zwischen den Bauwerken hindurch, die aus dem Eis aufragten. Es waren keine Monumentalbauten, wie sie von späteren Hochkulturen errichtet worden waren; Pitt und Giordino hatten eine derartige Architektur noch nirgendwo gesehen. Sie hatten keine Ahnung, wie groß diese Stadt einst gewesen sein mochte, wussten aber, dass sie hier nur einen Bruchteil der ganzen Pracht sahen, die die Amenes einst geschaffen hatten.

Auf der einen Seite des Platzes ragte ein großer, tempelartiger Bau auf – dreieckige Säulen, auf denen ein Fries mit allerlei Tier- und Menschengestalten ruhte, die ebenso gekleidet waren wie die Mumien auf St. Paul, darüber ein spitzer Giebel, verziert mit einem Relief, das eine ganze Flotte alter Schiffe darstellte. Pitt und Giordino kannten so manches alte Bauwerk, aber so etwas hatten sie noch nie gesehen. Einem Architekten allerdings wären vermutlich gewisse Grundformen aufgefallen, die über die Jahrtausende weitergegeben und später von den Erbauern der großen Tempel von Luxor, Athen und Rom wieder aufgegriffen worden waren. Die dreieckigen Stützpfeiler allerdings wirkten mehr als sonderbar, vor allem, wenn man sie mit den kannelierten dorischen, ionischen und korinthischen Säulen verglich.

Ein breiter Eingang tat sich hinter dem Säulenportal auf. Treppen gab es nicht, dafür aber Rampen, die nach oben führten. Wie gebannt stiegen Pitt und Giordino aus dem Snow Cruiser und gingen unter den Säulen hindurch. Ein ausladendes dreieckiges Dach überspannte den Innenraum, dessen eisbedeckter Boden aus dem blanken Fels gehauen worden war. In hohen Nischen entlang der Wände standen steinerne Statuen, die offenbar Könige der Amenes darstellten – eindrucksvolle Gestalten mit runden Augen und schmalen Gesichtern, alle aus schimmerndem, mit Glimmer durchsetztem Granit gemeißelt, sodass sie im Vorübergehen auffunkelten. Im Boden, umgeben von den typischen Inschriften der Amenes, waren steinerne Köpfe eingelassen, hauptsächlich Männer, aber dazwischen auch ein paar Frauen, die durch eine dünne Eisschicht aufblickten.

Auf einem Piedestal in der Mitte der großen Kammer stand ein lebensgroßes, aus Stein gehauenes Schiff mitsamt Ruderbänken, voller Besegelung und Besatzung. Ein unglaublicher Anblick. Ein Meisterwerk der Handwerkskunst, geradezu unheimlich in seiner Ausdruckskraft und Liebe zum Detail, mit der keine moderne Plastik mithalten konnte.

»Was hältst du davon?«, fragte Giordino ehrfürchtig, so als stünden sie in einem Kirchenschiff. »Ein Tempel zu Ehren ihrer Götter?«

»Eher eine Art Mausoleum oder Ehrenmal«, sagte Pitt und deutete auf die aus dem Boden ragenden Köpfe. »Das sind allem Anschein nach Gedenksteine, möglicherweise für all die Männer und Frauen, die die Welt erkundet haben oder auf See verschollen sind.«

»Schon erstaunlich, dass das Dach nicht unter der Last des Eises eingebrochen ist, das sich nach dem Einschlag des Kometen darauf abgelagert hat.«

»Hier müssen erstklassige Baumeister am Werk gewesen sein, wie sie nur eine Hochkultur hervorbringt.«

Fasziniert musterten sie die zahlreichen Quer- und Seitengänge, deren Wände mit herrlichen Meeresszenen bemalt waren – anfangs ruhiges Wasser, das allmählich aufwogte und schließlich in sturmgepeitschten Springfluten an die Küste brandete. Wir schauen zum Himmel auf, wo wir den Sitz unserer Götter wähnen, dachte Pitt, aber die Amenes wandten sich der See zu. Und ihre Statuen stellen sterbliche Männer und Frauen dar, keine Göttergestalten.

»Schade, dass wir keine Zeit haben, uns hier genauer umzusehen.«

»Ich würde mir am liebsten die ganze Stadt anschauen«, sagte Pitt, der sich nur mühsam losreißen konnte. »Aber wir müssen in spätestens fünfundzwanzig Minuten die Schaltzentrale gefunden haben, sonst ist Sense.«

Widerwillig wandten sie sich ab, begaben sich hinaus auf den Platz und stiegen wieder in den Snow Cruiser. Pitt, der sich nach wie vor an die Spurrillen der Schneekatzen hielt, steuerte das schwere

Gefährt mitten durch die verwunschene Stadt, bis sie auf einen Tunnel stießen, der vom Mausoleum der Amenes wegführte. Vorsichtig tastete sich Pitt vor, während Giordino hinter dem Armaturenbrett in Deckung ging und mit dem Bushmaster durch die zersplitterte Windschutzscheibe nach vorn zielte.

Sie waren rund anderthalb Kilometer vorgedrungen, als ihnen nach einer Biegung plötzlich ein Elektrowagen entgegenkam. Die drei schwarz gekleideten Wachmänner, die darin saßen, starrten ungläubig auf das monströse Fahrzeug, das auf sie zuhielt. Der Fahrer verlor die Nerven und stieg auf die Bremse, worauf sich die Karre auf dem eisigen Boden quer stellte, ohne auch nur einen Deut langsamer zu werden. Die beiden Beifahrer erkannten die Gefahr, sprangen ab und versuchten wenigstens die eigene Haut zu retten.

Mit einem markerschütternden Kreischen zerriss das Blech, als der Snow Cruiser den Elektrowagen erfasste und niederwalzte wie ein Stück Alteisen. Der Fahrer verschwand mitsamt seinem zermalmten Fahrzeug unter dem Cruiser, während die beiden anderen Wachmänner von den riesigen Reifen an die Eiswände des Tunnels gequetscht wurden. Als Pitt in den Rückspiegel blickte, sah er nur mehr einen Haufen verbogenen Schrott auf dem Boden liegen.

Giordino drehte sich auf seinem Sitz um und starrte durch das schmale Rückfenster des Führerhauses. »Ich hoffe, du hast deine Versicherungsbeiträge bezahlt.«

»Ich habe nur eine Haftpflicht- und Hausratversicherung. Gegen Unfall war ich noch nie versichert.«

»Solltest du dir aber überlegen.«

Zweihundert Meter weiter stießen sie auf einen Trupp Arbeiter in roten Overalls, die gerade dabei waren, Holzkisten auf eine Reihe flacher, von einer Schneekatze gezogener Förderwagen zu verladen. Gabelstapler transportierten die Kisten an einer schweren Stahltür vorbei, die an tief im Eis verankerten Haltebolzen aufgehängt war. Sie sah aus wie die Tür zum Tresorraum einer Bank. Ein kurzer Gang führte durch das Eis zu einer großen Kaverne.

Zwei Wachmänner blieben beim Anblick des riesigen Snow Cruisers, der aus einem vermeintlich verlassenen Tunnel angedonnert kam, erstaunt stehen und starrten wie gebannt auf die Scheinwerfer.

Erst als Giordino mit seinem Bushmaster einen kurzen Feuerstoß durch die zerbrochene Windschutzscheibe auf den Gabelstapler abgab, kamen die Arbeiter und Wachmänner zur Besinnung und stürmten in die Kaverne, um sich vor dem Koloss zu retten, der auf sie zuhielt.

»Die Tür!«, schrie Pitt und trat die Bremse durch.

Giordino gab keinen Ton von sich. Als hätte er Pitts Gedanken gelesen, sprang er aus dem Snow Cruiser und rannte zu der Stahltür, während Pitt mit seinem 45er Colt ein paar Schüsse in den Gang abgab, um ihm Feuerschutz zu geben. Giordino war erstaunt, wie leicht sich die Tür schließen ließ. Er hatte damit gerechnet, dass er seine ganze Körperkraft würde aufbieten müssen, doch sie schwang beinahe schwerelos herum. Sobald sie eingeschnappt war, drehte er am Sperrrad herum, bis die Verriegelung einrastete. Dann schnappte er sich eine Kette von dem Gabelstapler, befestigte das eine Ende an einem Förderwagen und schlang das andere um das Rad, sodass es sich nicht mehr drehen ließ. Jetzt waren die Wolfschen Wachmänner und Arbeitskräfte eingesperrt, und in absehbarer Zeit kamen sie hier auch nicht wieder heraus.

»Ich frage mich, was in den Kisten ist«, sagte Giordino, als er wieder ins Führerhaus stieg.

»Artefakte aus der Stadt der Amenes vermutlich.« Pitt gab Gas und schaltete den Snow Cruiser hoch, bis er wieder seine Spitzengeschwindigkeit erreicht hatte. Bislang musste ihnen auf ihrer wilden Fahrt ein Schutzengel beigestanden haben, aber sie hatten noch einen langen Weg vor sich. Zwar hatten sie das Überraschungsmoment auf ihrer Seite, aber trotzdem waren sie erstaunlich weit gekommen, ohne dass ein einziger Schuss auf sie abgegeben worden war. Doch das konnte sich schnell ändern, wie Pitt nur zu gut wusste. Sobald sie mit dem Snow Cruiser ins Freie kamen, wurden vermutlich sämtliche Gewehre auf dem Gelände auf sie gerichtet.

Hinter einer lang gezogenen Kurve stießen sie plötzlich in den riesigen Hangar, in dem die Flugzeuge der Destiny Enterprises startbereit gemacht wurden. Ohne den Fuß vom Gaspedal zu nehmen, musterte Pitt die beiden Airbus A340-300, die mitten in dem weitläufigen Raum standen. Neben der Frachtluke der ersten Maschine stand eine Schneekatze mit etlichen Transportwagen, von denen Holzkisten über ein Förderband in den Frachtraum verladen wurden. Ingenieure und Arbeiter der Destiny Enterprises stiegen über die Gangway zu der anderen Maschine hinauf, die sie zu den gigantischen Schiffen bringen sollte. Etwas abseits stand ein schnittiger Privatjet, der gerade aufgetankt wurde.

Pitt wurde etwas gelöster, als er nirgendwo Sicherheitskräfte sah. »Was haben wir denn hier?«

»Aha!« Giordino verkrampfte sich, als er merkte, wie Pitt das Bein anspannte, als wollte er das Gaspedal durchs Bodenblech treten. »Hast du das allen Ernstes vor?«

»Wenn man einmal ein Demolierrennen gefahren ist«, sagte Pitt mit einem teuflischen Funkeln in den Augen, »kommt man nie wieder davon los.«

Die Menschen im Hangar reagierten beim Anblick des unverhofft auftauchenden Snow Cruisers wie alle anderen, denen sie zuvor im Tunnel begegnet waren. Erst erstarrten sie vor Staunen, schauten dann verständnislos auf das rote Ungetüm und bekamen es schließlich mit der Angst zu tun, wenn das Teufelsgefährt wie aus heiterem Himmel auf sie zuhielt.

Pitt brauchte knapp drei Sekunden, dann hatte er sich einen Weg ausgesucht, auf dem er so viel Verwüstung wie nur irgend möglich anrichten konnte. Genauso lange brauchten die anderen, bis ihnen klar wurde, was er vorhatte. Stur und entschlossen steuerte er quer über den eisigen Boden schnurstracks auf den Airbus zu. Die Maschine ragte hoch auf, aber nicht hoch genug für den Snow Cruiser. Das Frontblech unmittelbar unter dem rechten Seitenfenster des Führerhauses erfasste den hinteren Teil der Tragfläche, zermalmte das Querruder und zerfetzte die Flügelspitze.

Die Frachtarbeiter und das Bodenpersonal ließen alles liegen und stehen und brachten sich schleunigst in Sicherheit, als der Koloss das Flugzeug rammte und vor sich herschob. Sie warfen sich zu Boden, schlitterten verzweifelt über das Eis und versuchten, so weit wie möglich von dem wahnwitzigen Ungetüm wegzukommen. Ein paar wagten einen flüchtigen Blick auf das fremdartig anmutende Fahrzeug, sahen aber nur den dick bandagierten Kopf eines Mannes, der das Lenkrad hin und her riss, während der Beifahrer drohend sein Gewehr aus dem Seitenfenster richtete. Als sie sich endlich aufrafften und hektisch nach den Sicherheitskräften riefen, war es bereits zu spät, um das Werk der Zerstörung noch aufzuhalten.

Der Snow Cruiser bohrte sich in die Tragfläche des zweiten Airbusses. Doch diesmal erwischte Pitt den Flügel zu weit innen. Mit einem grässlichen Kreischen knickte das malträtierte Blech ab, bog sich vorn um den Reifen des Snow Cruisers und blieb hängen. Pitt legte den Rückwärtsgang ein und trat das Gaspedal durch. Der Cruiser rollte zurück, die Maschine mit sich zerrend. Pitt riss das Lenkrad so weit wie möglich herum und versuchte verzweifelt von dem Flugzeug freizukommen, doch das verbogene Blech hatte sich heillos am Vorderrad verheddert, sodass die mächtigen Reifen des Cruisers keinen Halt mehr fanden und auf dem Eis durchdrehten.

Pitt stieß mit dem Snow Cruiser vor und wieder zurück, als versuchte er ein im Schlamm steckendes Auto wieder flott zu bekommen. Mit einem infernalischen Knirschen und Kreischen gab die Flügelspitze schließlich nach, löste sich von dem Gefährt und blieb wie ein verbogenes Stück Schrott auf dem Eis zurück. Danach steuerte Pitt ungerührt und ohne mit der Wimper zu zucken den Privatjet an.

»Du lässt nichts aus, was?«, sagte Giordino schicksalsergeben und vergnügt zugleich.

»Hör mal!«, knurrte Pitt. »Wenn diese Lumpen schon die Welt untergehen lassen wollen, sollen sie gefälligst hier bleiben und das gleiche Schicksal erleiden wie alle andern.«

Er hatte die Worte kaum ausgesprochen, als der verbeulte Snow Cruiser die Heckpartie des Wolfschen Privatjets zertrümmerte, der nicht so hoch aufragte wie die beiden anderen Maschinen. Ohne jede Mühe riss das schwere Fahrzeug Höhen- und Seitenleitwerk ab, als wären sie aus Balsaholz, sodass es aussah, als setzte das Flugzeug zum Start an.

Giordino schüttelte den Kopf. »Du wirst nirgendwo mehr eingeladen, wenn du überall so ein Chaos hinterlässt.«

Mit breitem Grinsen wandte sich Pitt an Giordino. »Wenigstens vergeht die Zeit wie im Flug, wenn man sich amüsiert.«

Pitt blickte auf und sah plötzlich in den zertrümmerten Überresten des Rückspiegels eine Schneekatze nahen. Er war nicht weiter beunruhigt, noch nicht zumindest. Der Snow Cruiser war seiner Schätzung nach gut und gern zehn Stundenkilometer schneller.

Verwegen donnerte er mit dem schweren Gefährt durch den Tunnel, schrammte und schlitterte an den Eiswänden entlang und versuchte den Vorsprung vor der mit Sicherheitskräften bemannten Schneekatze auszubauen. Er kachelte durch die Kurven, wo sie zumindest vorübergehend außer Schussweite waren, machte Boden gut und vergrößerte den Abstand, bis die Schneekatze nicht mehr zu sehen war.

»Du hast sie abgehängt«, sagte Giordino, der sich in aller Gemütsruhe die Glassplitter des zersprungenen Rückspiegels von der Schulter strich, als wären es nur Schuppen.

»Fürs Erste«, sagte Pitt. »Sobald wir ins Freie stoßen, ist die Jagd auf uns eröffnet.«

Vier Minuten später kamen sie um die letzte Biegung, fuhren vorbei an stehen gelassenen Baumaschinen und Türen, die in leere Lagerräume führten, und weitere zwei Minuten danach donnerte der Snow Cruiser aus dem Tunnel in den strahlenden Sonnenschein.

Endlich waren sie am Ziel angelangt, und zum ersten Mal sahen sie die Werksanlage in voller Größe vor sich. Im Gegensatz zu den Forschungsstationen am Südpol, die größtenteils unter dem Eis begraben sind, waren die Gebäude und die Straßen, die dazwischen hindurchführten, schnee- und eisfrei. Umringt von kleineren Hallen und Schuppen, ragten vor ihnen die beiden Hauptgebäude auf, in denen sich die Meerwasseraufbereitungsanlage und die technische Zentrale befanden.

Knatterndes Gewehrfeuer hallte plötzlich durch die eisige Luft, Flammen schlugen aus etlichen Bauten, und schwarzer Qualm wallte auf. Dazwischen donnerten immer wieder Explosionen, flogen Trümmer durch die Gegend. Verkrümmte Leichen lagen im blutroten Schnee entlang der Straßen, manche in schwarzen Uniformen, andere in weißen Tarnanzügen, aber die Schwarzen waren deutlich in der Überzahl.

»Sieht fast so aus«, sagte Pitt grimmig, »als ob die Party schon angefangen hat.«

44

Trotz der langen und harten Ausbildung, die jedes Mitglied von Team Apocalypse hinter sich hatte, trotz aller Tapferkeit und Entschlossenheit, mit der sie die Katastrophe verhindern wollten, drohte der ganze Einsatz fürchterlich in die Hose zu gehen. Für nichts und wieder nichts hielten sie hier den Kopf hin, hatten Tote und Verwundete zu beklagen. Keinen Meter Boden hatten sie bisher gewonnen. Und es kam noch schlimmer, viel schlimmer, als Cleary befürchtet hatte. Jacobys' Navy-SEALs wurden nach ihrem gescheiterten Flankenangriff auf die Barrikade gnadenlos auf die Stellung zurückgetrieben, in der sich die beiden anderen Trupps verschanzt hatten. Die Falle war zugeschnappt. Jeder Ausweg abgeriegelt. Die gesamte Eingreiftruppe war eingekesselt.

Ein Granatsplitter riss Clearys Kinn auf, eine Kugel traf ihn an der Hand. Auch zwei seiner Offiziere hatte es erwischt. Sharpsburg am Arm und an der Schulter. Garnet, der am Hals getroffen war, hustete Blut. Nur Jacobs war noch unversehrt, ermutigte seine Männer lauthals und wies ihnen ihre Ziele zu.

Dann stellten die Sicherheitskräfte unverhofft das Feuer ein. Die Eingreiftruppe gab noch den einen oder anderen Schuss ab, bis Cleary ihnen befahl, sich ruhig zu verhalten. Er fragte sich, was die Wolfs damit bezwecken wollten.

Eine Stimme, klar und deutlich zu verstehen, schallte aus den rundum an den Gebäuden angebrachten Lautsprechern, hallte die Straße auf und ab – über die Mikrofone der Eingreiftruppe bekam man in Washington jedes einzelne Wort mit.

»Ich bitte um Ihre Aufmerksamkeit. Hier spricht Karl Wolf. Ich möchte mich hiermit an die amerikanische Kommandotruppe wenden, die das Werksgelände der Destiny Enterprises überfallen hat. Inzwischen haben Sie wohl erkannt, dass Sie hoffnungslos in der Unterzahl sind, umzingelt und eingekesselt. Jedes weitere Blutvergießen ist sinnlos. Ich rate Ihnen, aufzugeben und sich auf das Schelfeis zurückzuziehen. Dort können Sie von Ihren Leuten abgeholt werden. Ihre Toten und Verwundeten dürfen Sie mitnehmen. Wenn Sie diesem Vorschlag nicht innerhalb der nächsten sechzig Sekunden Folge leisten, werden Sie allesamt sterben. Sie haben die Wahl.«

Die Durchsage traf sie wie ein Blitz aus heiterem Himmel.

Cleary wollte sich nicht mit der Niederlage abfinden. Ohnmächtig starrte er auf die zusammengekrümmten, von Kugeln zerfetzten Leichen der Gefallenen, die Verwundeten, die ringsum in ihrem Blut lagen. Die anderen allerdings, die noch einsatzfähig waren, ließen sich weder Angst noch Verzagen anmerken. Sie hatten sich tapfer geschlagen und alles Menschenmögliche gegeben. Aber jetzt konnten sie sich nur mehr bis zum bitteren Ende wehren, die letzte Stellung halten und kämpfend untergehen.

Nur ganze sechsundzwanzig einsatzfähige Männer waren von der stolzen fünfundsechzig Mann starken Eingreiftruppe übrig geblieben, mit der Cleary aus der C-17 abgesprungen war. Sie lagen unter schwerem Beschuss von vorn, und von hinten setzten ihnen die beiden gepanzerten Schneekatzen zu. Cleary löste sich aus der lähmenden Lethargie, die ihn angesichts der bitteren Niederlage einen Moment lang zu befallen drohte. Auch wenn es noch so hoffnungslos sein mochte, er wollte noch einen Vorstoß wagen. Selbstverständlich war jeder weitere Angriff der reinste Selbstmord. Doch er dachte nicht daran aufzugeben. Jeder Mann wusste, dass es hier um Leben und Tod ging, dass sie sowieso alle sterben würden, wenn die Erde außer Rand und Band geriet. Trotzdem war Cleary nicht wohl zu Mute, als er die Überreste seiner Einheit zu einem letzten Angriff auf die Schaltzentrale sammelte.

Dann meinte er in der Stille, die während der Feuerpause herrschte, eine Art Tröten zu hören, wie von einer fernen Lastwagenhupe. Kurz darauf wieder, aber viel lauter, worauf sich alle Mann verdutzt umwandten.

Und dann tauchte das Unding hinter ihnen auf.

»Was ist da los?«, rief Loren, um sich im allgemeinen Gemurmel ringsum bemerkbar zu machen, als sie das jähe Geschrei und Stimmengewirr aus den Lautsprechern vernahm.

In den Lagerräumen im Pentagon und im Weißen Haus wandten sich aller Augen den großen Monitoren zu, auf denen verschwommene Bilder von dem Werksgelände zu sehen waren. Einen Moment lang saßen alle verwirrt da, als trauten sie ihren Ohren nicht, und achteten auf die Funksprüche, die sie über die Lautsprecheranlage mithören konnten.

»Meine Güte!«, stieß Admiral Eldridge krächzend aus.

»Was, in drei Teufels Namen, geht dort vor?«, wollte der Präsident wissen.

»Ich habe keine Ahnung, Mr. President«, versetzte General South, der in dem wilden Geschrei, das die Elitetruppen anstimmten, kein Wort verstehen konnte. »Nicht die geringste.«

Etwas Unglaubliches tat sich unterdessen auf den hart umkämpften Straßen des Fabrikgeländes. Erschrocken fuhren die Männer des Eingreiftrupps wie auch die Sicherheitskräfte herum. Mit weit aufgerissenen Augen und fassungsloser Miene starrte Cleary auf das rote Monstrum mit den riesigen Reifen, das aussah, als wäre es dem Albtraum eines Wahnsinnigen entsprungen. Gebannt sah er zu, wie der Gigant die beiden gepanzerten Schneekatzen rammte, sie umkippte und zermalmte, wie die erschrockenen Wachmänner durch die Wucht des Aufpralls durch die Luft geschleudert wurden und hart auf dem Eis aufschlugen. Flammen züngelten aus den zerquetschten Überresten, zwischen lose baumelnden Türen, zerfetzten Laufketten, geborstenem Blech und Panzerplatten. Der Koloss rollte mit unverminderter Geschwindigkeit weiter.

Jacobs rief seinen Männern zu, dass sie beiseite springen sollten, sah, wie sich Sharpsburg trotz seiner Verletzungen vor dem herandonnernden Ungetüm in Sicherheit brachte. Garnet und seine Jungs glotzten einen Moment lang ungläubig und hechteten dann schleunigst zur nächstbesten Wand. Dann bretterte das Gerät, dem beim Zusammenprall mit den Schneekatzen beide Auspufftöpfe abgerissen worden waren, mit ohrenbetäubendem Röhren an ihnen vorbei. Ein Geräusch, das keiner der Einzelkämpfer, die da benommen im Schnee kauerten, jemals vergessen würde. Es hielt auf die Eisbarrikade zu und durchbrach sie, als wäre sie aus Sperrholz zusammengezimmert.

Die Sicherheitskräfte, nicht minder entgeistert als die Eingreiftruppe, starrten fassungslos auf den Koloss, der die Barrikade niederriss, alles in Grund und Boden walzte, was sich ihm in den Weg stellte, und immer weiter rollte, wie ein führerloser D-Zug, genau auf das hohe Portal der technischen Zentrale zu.

Da drüben brach das reinste Chaos aus. Die Sicherheitskräfte stoben nach allen Seiten davon, um sich zu retten. Einen Moment lang meinte Cleary an Halluzinationen zu leiden, konnte kaum glauben, dass er und seine Einheit gerettet waren. Doch rasch wurde ihm klar, dass sie dank dieser monströsen Maschine vielleicht doch noch den Sieg davontragen konnten.

Cleary würde das Bild, das sich ihm bot, niemals vergessen. Ein riesiges, rot gespritztes Fahrzeug, dessen Lack im grellen Sonnenschein funkelte; der Fahrer, der mit der einen Hand lenkte, in der anderen einen alten 45er Colt hielt und aus dem Fenster auf die Sicherheitskräfte schoss, was das Zeug hielt, während sein Nebenmann jeden, der eine schwarze Uniform trug und sich noch rührte, mit einem Feuerstoß aus einem Bushmaster-Gewehr bedachte. Es war ein unglaublicher Anblick.

Die knapp dreißig Sicherheitskräfte, die von der Eingreiftruppe noch nicht ausgeschaltet worden waren und auch den Angriff auf die Barrikade überlebt hatten, erholten sich rasch von ihrem Schrecken und nahmen das mörderische Wahnsinnsvehikel unter Beschuss. Zahllose Kugeln schlugen in die rot lackierte Karosserie und die großen Reifen ein, bohrten sich durch Metall und Gummi, und dennoch rollte das Ungetüm weiter, trötete mit den Signalhörnern auf dem Dach, bis sie weggeschossen wurden. Nicht eine einzige Glasscherbe war von den Fenstern des Führerhauses übrig geblieben, aber immer noch feuerten der Fahrer und sein Nebenmann auf die Sicherheitskräfte.

Mit voller Wucht rammte der Snow Cruiser die Schaltzentrale und brach mit über dreißig Stundenkilometern durch die Metallwände und das Dach rund um den Eingang. Bei dem gewaltigen Aufprall wurde das Dach des Führerhauses glatt abgerissen, als wäre es mit einer riesigen Axt gekappt worden. Das Frontblech platzte auf, als das wild gewordene Ungetüm durch den Kontrollraum pflügte, zwischen explodierenden elektronischen Geräten, durchtrennten Kabeln, zermalmtem Büromobiliar und zerstörten Computeranlagen hindurch.

Die mächtige Karosserie war vom Gewehrfeuer förmlich durchsiebt, das Führerhaus kaum mehr zu erkennen, die riesigen Reifen waren in Fetzen geschossen und platt, als der Snow Cruiser allmählich seinen Schwung verlor, sich in die hintere Wand bohrte und endlich zum Stehen kam.

In so einem Moment regiert nur noch der Instinkt. Und prompt sprangen die überlebenden Marines, die SEALs und die Männer der Delta Force schreiend und fluchend aus ihren notdürftigen Stellungen, ohne dass ihnen jemand den Befehl dazu erteilen musste, und rückten vor. Sie stürmten durch die Bresche, die der Snow Cruiser gerissen hatte, überrannten die Barrikade und schalteten mit konzentriertem Feuer den Großteil der überraschten Sicherheitskräfte aus, die immer noch mit dem monströsen Fahrzeug beschäftigt waren und von dem Angriff völlig überrumpelt wurden.

Hugo Wolf war starr vor Schreck. Das riesige rote Ungetüm, das urplötzlich aufgetaucht war, hatte innerhalb von nur zwei Minuten das Blatt gewendet, zwei Schneekatzen mitsamt ihrer Besatzung zerstört und fast zwanzig seiner Männer überrollt. Er konnte nicht fassen, was hier passiert war; er kam sich vor wie ein Fußballer, der kurz vor dem Abpfiff den letzten tödlichen Pass spielen will und prompt in einen Konter läuft. Mit einem Mal verlor er die Nerven, sprang auf das nächste Schneemobil, warf den Motor an und raste im allgemeinen Durcheinander in Richtung Hangar davon.

Die von ihrem Anführer im Stich gelassenen Sicherheitskräfte sahen ein, dass ihre Lage so gut wie aussichtslos war, worauf einer nach dem anderen die Waffen streckte und die Hände auf dem Kopf verschränkte. Ein paar setzten sich ab, umgingen Clearys Eingreiftrupp und versuchten sich zum Hangar durchzuschlagen, bevor die Flugzeuge starteten. Eine eigenartige Stille herrschte plötzlich auf dem eben noch hart umkämpften Schlachtfeld. Das blutige Gefecht war vorüber.

Der Kontrollraum bot ein Bild der Verwüstung. Schaltpulte waren aus der Verankerung gerissen und an die Wand geschleudert worden. Zahllose Papiere und Unterlagen aus den zerstörten Schreibtischen, Regalen und Schränken waren rundum am Boden verstreut, Tische und Stühle zermalmt und geborsten, Computermonitore hingen schief und krumm heraus. Der von zahllosen Kugeln durchlöcherte Snow Cruiser stand mitten in diesem heillosen Durcheinander wie ein riesiger verwundeter Dinosaurier. Doch seine letzte Stunde hatte noch nicht geschlagen. Trotzig tuckerten die Dieselmotoren im Leerlauf vor sich hin, untermalt vom dumpfen Knattern der zerfetzten Auspuffrohre.

Pitt stieß die Tür des Snow Cruisers auf, ohne darauf zu achten, dass sie aus den gebrochenen Angeln riss und zu Boden fiel. Schon erstaunlich, dass er und Giordino nicht draufgegangen waren. Pitt hatte einen Streifschuss am linken Unterarm davongetragen, und Giordino blutete aus einer Kopfwunde, aber sie hatten wider Erwarten überlebt und keine ernsthaften Verletzungen erlitten.

Pitt suchte in dem zerstörten Kontrollraum nach Toten, doch die Wolfs, ihre Ingenieure und Wissenschaftler hatten das Gebäude offenbar vorher geräumt und sich zum Hangar verzogen. Lächelnd, aber mit nachdenklichem Blick sah sich Giordino in dem Chaos um.

»Läuft die Uhr noch?«, fragte er.

»Ich glaube nicht.« Pitt deutete mit dem Kopf auf die Überreste der Digitaluhr, die inmitten der Trümmer lagen. Sie war bei zehn Minuten und zwanzig Sekunden stehen geblieben. »Sieht so aus, als hätten wir den Countdown aufgehalten, als wir die Computer und die Elektronik zerstört haben.«

»Das Schelfeis bricht also nicht ab und treibt raus auf See?«

Pitt schüttelte den Kopf.

»Die Welt geht nicht unter?«

»Die Welt geht nicht unter«, versetzte Pitt.

»Dann ist es also vorbei«, murmelte Giordino, der kaum glauben konnte, dass hier, in einem verwüsteten Raum in der Antarktis, endgültig Schluss sein sollte mit diesem Wahnwitz, in den sie in dem Bergwerk von Colorado geraten waren.

»Fast.« Pitt, der sich an den kaputten Snow Cruiser lehnte, war erleichtert, aber die Wut auf Karl Wolf war stärker. »Wir müssen noch ein paar Sachen regeln.«

Giordino starrte vor sich hin, als wäre er auf einem anderen Planeten. »Zehn Minuten und zwanzig Sekunden«, sagte er langsam. »Sind wir wirklich so knapp um den Weltuntergang rumgekommen?«

»Wenn Unternehmen Walhalla angelaufen wäre? Vermutlich. Aber ob sich die Erde dadurch tatsächlich über tausende von Jahren hinweg verändert hätte? Das werden wir hoffentlich nie erfahren.«

»Keine Bewegung und nicht den geringsten Mucks!«, herrschte sie jemand in hartem Kommandoton an.

Pitt blickte auf und sah eine Gestalt in weißem Tarnanzug vor sich, die eine utopisch anmutende Waffe auf ihn gerichtet hatte. Der Fremdling war am Kinn und an der Hand verletzt.

Pitt starrte ihn an wie eine Erscheinung, vergebens darum bemüht die Augen unter der verspiegelten Schutzbrille zu erkennen.

»Darf ich mit den Ohren wackeln?«, fragte er gelassen.

Cleary hatte keine Ahnung, ob die beiden unbeschreiblichen Typen, die da vor ihm standen, Freund oder Feind waren. Der Kleinere sah aus wie eine Bulldogge. Der Größere war ziemlich angeschlagen, trug einen Kopfverband, der das halbe Gesicht verdeckte. Beide sahen aus wie der Tod auf Latschen, abgespannt, so müde, dass sie kaum noch geradeaus schauen konnten, die Augen tief eingesunken, Kinn und Wangen voller Bartstoppeln. »Wer seid ihr, und wo kommt ihr zwei Klugscheißer her?«

»Ich heiße Dirk Pitt. Und das ist mein Freund Al Giordino. Wir sind von der National Underwater and Marine Agency.«

»Von der NUMA«, wiederholte Cleary, als wären sie nicht recht bei Trost. »Ist das wahr?«

»Das ist wahr«, antwortete Pitt. »Und wer sind Sie?«

»Major Tom Cleary, Special Forces der US-Army. Ich bin der Kommandeur des Eingreiftrupps, der die Fabrik gestürmt hat.«

»Tut mir Leid, dass wir Ihnen und Ihren Männern nicht früher zu Hilfe gekommen sind«, sagte Pitt ernst.

Cleary ließ die Schultern hängen und senkte die Waffe. »Die Besten sind heute gestorben.«

Pitt und Giordino sagten nichts. Ihnen fiel nichts Passendes dazu ein.

Schließlich richtete sich Cleary wieder auf. »Kaum zu glauben, dass zwei Meeresforscher von der NUMA, die keinerlei Kampfausbildung haben, so viel Schaden anrichten können«, sagte er und musterte forschend die beiden Männer, die vor ihm standen.

»Dass wir Ihnen und Ihren Männern beigesprungen sind, hat sich nur zufällig ergeben. In erster Linie ging's uns darum, die Wolfs daran zu hindern, die große Katastrophe auszulösen.«

»Habt ihr es geschafft?«, fragte Cleary und blickte sich auf dem Trümmerfeld um, das einstmals eine mit hochmoderner Technik ausgestattete Schaltzentrale gewesen war. »Oder läuft die Uhr noch?«

»Wie Sie sehen«, erwiderte Pitt, »ist die gesamte Elektrotechnik zusammengebrochen. Die Schaltungen zu den Maschinen, mit denen das Eis abgespalten werden sollte, sind unterbrochen.«

»Gott sei Dank«, sagte Cleary, der das Gefühl hatte, als würde ihm eine schwere Bürde abgenommen. Müde setzte er den Helm ab, schob sich die Schutzbrille auf die Stirn, trat einen Schritt vor und streckte die unverletzte Hand aus. »Meine Herren. Wir stehen alle tief in Ihrer Schuld. Wer weiß, wie viele Menschenleben gerettet wurden, weil Sie grade zur rechten Zeit mit diesem ...« Er hielt inne, während er ihnen die Hand schüttelte, und warf einen Blick zu dem verbogenen und zerfetzten Wrack des einst so prächtigen Snow Cruisers, dessen Cummins-Diesel immer noch leise vor sich hin tuckerten wie zwei schwach schlagende Herzen. »Was genau ist das?«

»Ein Andenken von Admiral Byrd«, sagte Giordino.

»Von wem?«

Pitt lächelte leicht. »Das ist eine lange Geschichte.«

Cleary blickte sich um. »Ich sehe nirgendwo Tote.«

»Die müssen während des Gefechts die Zentrale geräumt und sich in den Hangar zu den Flugzeugen begeben haben, mit denen sie sich absetzen wollten«, meinte Giordino.

»Auf meiner Karte von der Anlage ist eine Landebahn verzeichnet, aber wir haben bei unserem Anflug nirgendwo einen Hangar gesehen.«

»Den kann man aus der Luft nicht sehen. Er ist aus dem Eis gehauen.«

Mit wütender Miene wandte sich Cleary an ihn. »Soll das heißen, dass sich die Bande, die für diese Sauerei hier verantwortlich ist, abgesetzt hat?«

»Nur die Ruhe, Major«, sagte Giordino mit einem verschmitzten Grinsen. »Sie haben das Werksgelände nicht verlassen.«

Cleary sah Pitts zufriedenen Blick. »Dafür habt ihr ebenfalls gesorgt, was?«

»Aber selbstverständlich«, antwortete Pitt. »Wir sind auf dem Weg hierher zufällig auf ihre Flugzeuge gestoßen. Ich freue mich, Ihnen mitteilen zu dürfen, dass sämtliche Flüge von der Anlage gestrichen worden sind.«

Lauter Jubel brandete in den Lagerräumen im Pentagon und im Weißen Haus auf, als Cleary meldete, dass die Apparaturen zum Abtrennen des Eises zerstört waren, und Lieutenant Jacobs unmittelbar danach mitteilte, dass die überlebenden Wolfschen Sicherheitskräfte die Waffen niederlegten und sich ergaben. Zentnerlasten fielen allen Beteiligten von der Seele, als sie erfuhren, dass die größte Gefahr gebannt war. Sie hörten, wie Cleary sich mit den Männern unterhielt, die das Unternehmen gerettet hatten, konnten aber nur ihn verstehen, da seine Gesprächspartner weder Funkgerät noch Kehlkopfmikrofon hatten.

Der Präsident, der seine Erregung nicht mehr länger bezähmen konnte, griff zum Telefon und meldete sich mit forscher Stimme. »Major Cleary, hier spricht der Präsident. Können Sie mich verstehen?«

Ein kurzes statisches Knistern, dann antwortete Cleary. »Ja, Mr. President, ich verstehe Sie klar und deutlich.«

»Ich wollte mich bislang nicht in Ihren Funkverkehr einschalten, Major, aber ich glaube, wir alle würden gern einen Lagebericht hören.«

»Verstanden, Sir«, sagte Cleary, der kaum glauben konnte, dass er mit dem obersten Befehlshaber über sämtliche Streitkräfte der Vereinigten Staaten sprach. »Ich muss mich aber kurz fassen, Mr. President. Wir müssen noch die Wolfs, ihre Ingenieure und die restlichen Sicherheitskräfte aufgreifen.«

»Ich verstehe, aber teilen Sie uns doch bitte kurz mit, was das für ein sonderbares Fahrzeug war, das unverhofft aufgetaucht ist. Wem gehört es, und wer hat es gesteuert?«

Cleary berichtete es ihm, scheiterte aber hoffnungslos bei seinem Versuch, das Ungetüm zu beschreiben, das buchstäblich in letzter Minute aus dem Eis gebrochen war und ihnen unverhofft den Sieg beschert hatte.

Verblüfft saßen die Beteiligten da und hörten fassungslos zu – allen voran Admiral Sandecker, als er erfuhr, dass zwei Mitarbeiter seiner Behörde, Männer, die ihm direkt unterstellt waren, mit einem aberwitzigen, über sechzig Jahre alten Schneefahrzeug hundert Kilometer weit durch die Eiswüste vorgedrungen waren und ihren Teil zu dem Sieg über die Söldnerarmee beigetragen hatten. Und er war wie vom Donner gerührt, als er die Namen hörte. Dirk Pitt und Al Giordino, die eigentlich in etwa einer Stunde in Washington hätten landen sollen.

»Pitt und Giordino«, sagte er und schüttelte staunend den Kopf. »Ich hätte es wissen müssen. Wenn jemand irgendwo unverhofft einen großen Aufruhr veranstalten kann, dann sind es die beiden.«

»Mich wundert das nicht«, sagte Loren, die über das ganze Gesicht strahlte. »Dirk und Al hätten nie und nimmer still gehalten und untätig zugesehen, wie die ganze Welt in die Binsen geht.«

»Was sind das für Leute?«, erkundigte sich General South unwirsch. »Wie kommt die NUMA dazu, sich in einen Militäreinsatz einzumischen? Wer hat sie dort hingeschickt?«

»Ich wäre stolz, wenn ich behaupten könnte, ich wär's gewesen«, sagte Sandecker, South unverwandt in die Augen blickend. »Aber das entspräche einfach nicht den Tatsachen. Diese Männer, *meine Männer* von mir aus, haben auf eigene Faust gehandelt, und wie's aussieht, können wir alle froh darum sein.«

Damit war der Streit beigelegt, noch ehe er begonnen hatte. Denn alle Beteiligten im Lagerraum des Pentagon und im Weißen Haus waren sich nur zu bewusst, dass es ohne Pitts und Giordinos Eingreifen zu einer Katastrophe gekommen wäre.

Pitt und Giordino hätten die Ohren klingen müssen, aber da sie weder Funkgerät noch Kopfhörer hatten, bekamen sie nichts von all dem mit, was ein paar tausend Kilometer weiter weg über sie gesprochen wurde. Pitt saß auf dem Trittbrett des Snow Cruisers und wickelte den Verband ab, unter dem etliche Schnitte zum Vorschein kamen, die dringend genäht werden mussten.

Cleary blickte auf ihn herab. »Sind Sie sicher, dass die Wolfs noch da sind?«

Pitt nickte. »Karl, das ist das Oberhaupt der Familie, und seine Schwester Elsie sind bestimmt in Tränen aufgelöst, wenn sie feststellen, dass die Maschinen, mit denen sie sich von hier absetzen wollten, nicht mehr flugtüchtig sind.«

»Können Sie und Mr. Giordino mich und meine Männer zu dem Hangar führen?«

Pitt grinste breit. »Es ist mir eine Ehre.«

General South schaltete sich in ihr Gespräch ein. »Major Cleary, ich befehle Ihnen hiermit, sich zu sammeln, sich um die Verwundeten zu kümmern, so gut es geht, und die übrigen Gebäude zu sichern. Danach warten Sie auf die Special Forces, die in etwa einer halben Stunde landen müssten.«

»Ja, Sir«, antwortete Cleary. »Aber erst müssen wir noch etwas erledigen.« Er stöpselte sein Mikrofon aus, wandte sich an Pitt und warf ihm einen viel sagenden Blick zu. »Wo ist dieser Hangar?«

»Etwa achthundert Meter von hier entfernt«, sagte Pitt. »Haben Sie etwa vor, mit den paar Männern, die Sie noch haben, rund hundert Leute dingfest zu machen?«

Cleary bedachte ihn mit einem knappen Grinsen. »Finden Sie nicht, dass es nur gerecht ist, wenn die Männer, die all das durchgemacht haben, die Sache auch zu Ende bringen?«

»Da kann ich Ihnen nicht widersprechen.«

»Seid ihr beide bereit, uns zu führen?«

»Haben Sie aus Washington die Erlaubnis dazu bekommen?«

»Ich habe nicht darum ersucht.«

Pitts leuchtend grüne Augen funkelten auf. »Warum nicht?«, sagte er dann. »Al und ich sind zu jeder Schandtat bereit.«

45

Karl Wolf war außer sich vor Wut und Entsetzen, als er die Überreste seiner zerstörten Luftflotte sah. Aufgescheucht und verängstigt liefen er, seine Wissenschaftler und Ingenieure im Hangar herum. Ihr großartiger Plan war offensichtlich gescheitert. Soweit sie wussten, liefen die nanotechnologischen Apparaturen noch und mussten in knapp vier Minuten die Abspaltung des Schelfeises einleiten.

Da Hugo ihm berichtet hatte, seine Sicherheitskräfte kämpften vor der technischen Zentrale nach wie vor auf Leben und Tod mit den Kommandoeinheiten, hatte Karl keine Ahnung, dass das Vierte Reich untergegangen war, noch bevor es erstehen konnte, und das Unternehmen Walhalla gescheitert war.

Mit ernsten Mienen standen die Wolfs beisammen, unfähig, das ganze Ausmaß der Katastrophe zu ermessen. Zu unglaublich klang die Geschichte von diesem riesigen Fahrzeug, das hier unten angeblich Amok gelaufen war, ihre Flugzeuge vernichtet und sich dann mitten in das vor der technischen Zentrale tobende Gefecht gestürzt hatte. Sie waren wie vom Donner gerührt, dass ihre von langer Hand vorbereiteten Pläne geplatzt waren. Hugo war nicht bei ihnen. Entschlossen, die Sache bis zum bitteren Ende durchzufechten, hatte er nichts davon wissen wollen, dass sie sich in einer ausweglosen Lage befanden, und war fieberhaft damit beschäftigt, die verbliebenen Männer seiner Sicherheitskräfte zusammenzutrommeln und sie zum letzten Widerstand gegen die Amerikaner aufzubieten, die seiner Überzeugung nach in wenigen Minuten den Hangar angreifen würden.

»Nun, das war's dann wohl«, sagte Karl schließlich. Er wandte sich an Blondi. »Schick unserem Schwager Bruno an Bord der *Ulrich Wolf* eine Nachricht. Erkläre ihm die Lage und sage ihm, er soll sofort und so schnell wie möglich Ersatzflugzeuge schicken. Es kommt auf jede Minute an.«

Blondi verlor keine Zeit mit langen Fragen. Sie rannte zu dem Kontrollraum am Rande des Flugfelds, in dem sich eine Funkanlage befand.

»Können wir denn in den ersten Phasen der Katastrophe auf der *Ulrich Wolf* landen?«, fragte Elsie Wolf ihren Bruder mit banger, bleicher Miene.

Karl wandte sich an Jürgen Holtz, seinen Chefingenieur. »Können Sie die Frage meiner Schwester beantworten, Jürgen?«

Holtz, der sichtlich Angst hatte, blickte auf den eisigen Hangarboden. »Ich kann beim besten Willen nicht einschätzen, wann die erwarteten Sturmwinde und Springfluten einsetzen«, sagte er hölzern. »Auch ihre anfängliche Stärke lässt sich nicht voraussagen. Aber wenn sie die *Ulrich Wolf* erfassen, ehe wir dort gelandet sind, müssen wir meiner Meinung nach das Allerschlimmste befürchten.«

»Wollen Sie damit sagen, dass wir alle sterben werden?«, herrschte Elsie ihn an.

»Ich will sagen, dass wir nicht wissen, was uns erwartet, ehe es so weit ist«, erwiderte Holtz ernst.

»Wir werden nicht genügend Zeit haben, die Artefakte der Amenes umzuladen, wenn Brunos Maschinen eintreffen«, sagte Karl, während er verbittert auf den Privatjet der Familie starrte, der wie ein kaputtes Kinderspielzeug vor ihm stand. »Wir können nur die Insignien des Dritten Reiches mitnehmen.«

»Ich brauche jeden Mann und jede Frau, die mit einer Waffe umgehen können.« Karl drehte sich zu dem Sprecher um. Es war Hugo, dessen schwarze Uniform mit dem Blut des Wachmanns bespritzt war, der nicht mehr dazu gekommen war, ihm von der Verwüstung des Hangars zu berichten. »Ich bin mir darüber im Klaren, dass viele von uns verängstigt und verwirrt sind, aber wenn wir am Leben bleiben wollen, bis wir von unseren Brüdern und Schwestern auf der Werft gerettet werden, müssen wir die amerikanischen Kommandotruppen aufhalten.«

»Wie viele einsatzfähige Männer hast du noch?«, fragte Karl.

»Nur noch zwölf Überlebende. Deshalb versuche ich ja alle Reserven aufzubieten, die ich finden kann.«

»Hast du genügend Waffen für uns alle?«

Hugo nickte. »Gewehre und Munition findet ihr in der Waffenkammer am Eingang zum Hangar.«

»Dann erteile ich dir hiermit die Erlaubnis, jeden von unseren

Leuten, der seine Angehörigen noch einmal sehen will, im Kampf einzusetzen.«

Hugo blickte seinem Bruder in die Augen. »Ich fühle mich nicht dazu berufen, sie aufzufordern, ihr Leben für uns hinzugeben. Du bist der Führer unserer neuen Bestimmung. Du bist derjenige, den sie achten und verehren. Bitte du sie, und sie werden dir folgen.«

Karl musterte seinen Bruder und seine beiden Schwestern – sah ihnen an, dass sie die gleichen düsteren Vorahnungen hatten wie er. Eiskalt und ungerührt, wie er war, hatte er nicht die geringsten Bedenken, seinen Leuten den Befehl zu erteilen, ihr Leben für ihn und seine Anverwandten hinzugeben.

»Ruf alle zusammen«, sagte er zu Elsie. »Ich werde ihnen mitteilen, was sie tun müssen.«

Cleary ließ vier leicht Verletzte zurück, die sich um die Verwundeten kümmern und die überlebenden Sicherheitskräfte bewachen sollten. Dann drang er, geführt von Pitt und Giordino, die den Weg zum Hangar kannten, mit den zweiundzwanzig noch einsatzfähigen Männern seiner Truppe in Kampfformation in den Tunnel ein, wobei zwei Mann nach vorn und an den Flanken sicherten.

Lieutenant Jacobs war ziemlich überrascht, als er Pitt und Giordino wieder begegnete, und er staunte noch mehr, als er erfuhr, dass sie die beiden Verrückten waren, die sich mit dem Snow Cruiser mitten ins Gefecht gestürzt und buchstäblich in letzter Minute verhindert hatten, dass es Cleary und seinen Männern so ähnlich erging wie Custer und dem siebten Kavallerieregiment am Little Bighorn.

Vorsichtig rückten sie um die erste Tunnelbiegung vor, vorbei an den verlassenen Baumaschinen und den leeren Lagerräumen. Zu Fuß kam Pitt und Giordino der Tunnel ganz anders vor als bei ihrer rasenden Fahrt mit dem Snow Cruiser. Pitt lächelte still vor sich hin, als er die langen Schrammen sah, die er auf ihrer halsbrecherischen Flucht vor der gepanzerten Schneekatze in die Eiswände gerissen hatte.

Als sie zu einem verlassenen Schlepper mit vier angehängten Förderwagen kamen, mit denen man Vorräte und Frachtgut durch das

Tunnelsystem transportiert hatte, hielten sie an und gingen hinter den Fahrzeugen in Deckung, während sich Cleary mit Pitt und Giordino beriet.

»Wie weit ist es von hier aus bis zum Hangar?«, fragte er.

»Noch etwa fünfhundert Meter, dann wird der Tunnel breiter und führt direkt hinein«, antwortete Pitt.

»Gibt es auf dem Weg dorthin irgendeine Stelle, an der sie eine Barrikade errichten könnten?«

»Alle paar Meter, wenn sie Zeit und genügend Eisblöcke zur Verfügung hatten. Aber ich bezweifle, dass sie in den paar Minuten, die seit dem Kampf um die Schaltzentrale vergangen sind, etwas Handfestes zu Stande gebracht haben.« Er deutete auf das Eis. Neben den runden Reifenabdrücken des Snow Cruisers waren dort nur die Spuren eines Schneemobils und die Fußstapfen vieler Männer zu sehen, die offenbar vom Schlachtfeld geflohen waren.

»Viel mehr als ein Dutzend Sicherheitskräfte können nicht übrig geblieben sein. Wenn sie noch Widerstand leisten wollen, müssen sie mindestens hundert Meter vor dem Hangar in Stellung gehen.«

»Vergiss die Schneekatze nicht«, sagte Giordino leise. »Die, die du nicht platt gemacht hast.«

»Treibt sich hier etwa noch eins von den Teufelsdingern rum?«, knurrte Cleary.

Pitt nickte. »Könnte gut sein. Haben Sie irgendwas in Ihrem Reisegepäck, mit dem man sie ausschalten kann?«

»Nichts, mit dem man eine Panzerung brechen kann«, gestand Cleary.

»Halten Sie Ihre Männer zurück, Major. Ich glaube, ich sehe was, was man verwenden könnte.«

Pitt kramte im Werkzeugkasten des Schleppers herum, bis er einen leeren Bezinkanister entdeckte. Dann suchte er sich ein Stemmeisen, durchbohrte damit den oberen Teil des Kanisters und stieß von unten ein Loch in den Tank des Fahrzeugs. Als der Kanister voll war, hielt er ihn hoch. »Jetzt brauchen wir nur noch einen Zünder.«

Lieutenant Jacobs, der Pitt beobachtet hatte, griff in seinen Tornister und holte eine kleine Leuchtpistole heraus, die zum Verschießen von Signalraketen bei Nacht oder schlechtem Wetter diente. »Tut's die?«

»Wie eine schöne Frau und ein Glas Cabernet«, sagte Pitt.

Cleary hob den Arm und deutete nach vorn. »Auf geht's.«

Niemand musste gedrängt werden, keiner hatte noch Angst oder schreckte vor dem zurück, was sie womöglich erwartete. Wie eine Geisterarmee rückten sie im schummrigen Licht in den Tunnel vor, voraus zwei Mann, die nach vorn sicherten, dahinter die anderen, unerschütterlich und kampfbereit, fest entschlossen, ihre gefallenen Kameraden zu rächen. Pitt war mit einem Mal stolz darauf, dass er und Giordino von diesen Männern anerkannt wurden, als gehörten sie zu ihnen.

Plötzlich gab die Vorhut das Zeichen zum Anhalten. Alle erstarrten, lauschten. Ein leises Motorengeräusch in der Ferne, das allmählich näher kam, immer lauter wurde und schließlich durch den Tunnel hallte. Zwei Scheinwerferstrahlen tauchten auf, tanzten über das Eis, bevor das Fahrzeug um die Kurve kam.

»Die Schneekatze«, erklärte Pitt ruhig. »Da kommt sie.« Er deutete auf einen der leeren Lagerräume. »Ich schlage vor, dass Sie und Ihre Männer schleunigst da reingehen, bevor uns die Scheinwerfer erfassen.«

Ein kurzer Befehl, und zwanzig Sekunden später waren alle Mann in dem Lagerraum, dessen Tür nur einen Spalt offen stand. Die Lichter wurden heller, als die Schneekatze vorrückte. Pitt kauerte unmittelbar hinter der Tür am Boden, den Benzinkanister in beiden Händen. Hinter ihm stand Jacobs, die Leuchtpistole im Anschlag, bereit abzudrücken, und hinter ihm wiederum lag der ganze Trupp auf der Lauer, wartete nur darauf, aus dem Lagerraum zu stürmen und die Insassen der Schneekatze und jeden Wachmann, der ihr zu Fuß folgte, mit einem tödlichen Kugelhagel zu überziehen.

Auf den richtigen Zeitpunkt kam es an. Wenn Pitt den Kanister zu früh oder zu spät warf, würden die Wachmänner in der Schneekatze überleben, und die ganze Eingreiftruppe saß im Lagerraum fest, wo man sie in null Komma nichts vernichten konnte. Außerdem musste Jacobs gut zielen. Ein Fehlschuss, und alles war vorbei.

Die Schneekatze kam näher. Pitt schätzte ihre Geschwindigkeit auf fünfzehn Stundenkilometer. Der Fahrer rückte vorsichtig voran. Durch den schmalen Türspalt konnte Pitt keine Wachmänner sehen, die dem Fahrzeug zu Fuß folgten. »Bei dem Tempo kommt keine Infanterieunterstützung mit«, sagte er leise zu Cleary. »Meiner Meinung nach erkundet sie nur die Lage.«

»Sie hat vier Mann Besatzung«, murmelte Cleary. »So viel weiß ich.«

Pitt wandte den Kopf ab und schloss die Augen, damit er von den hellen Scheinwerfern der Schneekatze nicht geblendet wurde. Sie war jetzt so nah, dass er die knirschenden Ketten auf dem Eis hören konnte. Langsam und vorsichtig, damit man in dem Fahrzeug nichts davon mitbekam, schob er die Tür weiter auf. Wartete dann, bis die Schneekatze so dicht heran war, dass er jede Kolbenbewegung hörte. Dann stieß er die Tür auf, richtete sich, ganz auf sein Ziel konzentriert, zu voller Größe auf und schleuderte den Benzinkanister in die offene Schneekatze. Im nächsten Moment hechtete er zur Seite und warf sich flach auf das Eis.

Jacobs war bereits auf dem Sprung. Er erfasste mit der Leuchtpistole sein Ziel, noch ehe Pitt aus der Tür war. Zog den Lauf einen Millimeter nach links und drückte ab. Das Geschoss ging um Haaresbreite an Pitts Kopf vorbei, kaum dass der Benzinkanister in die offene Schneekatze geflogen war und seinen Inhalt quer über die Sitzbänke ergossen hatte.

Das ganze Führerhaus verschwand in einem Feuerball. Die entsetzten Wachmänner sprangen mit brennenden Uniformen ab und wälzten sich auf dem Eis, um die Flammen zu ersticken. Es nützte ihnen nicht viel, denn Clearys Männer, denen die Sicherheitskräfte zuvor so schwer zugesetzt hatten, kannten keine Gnade. Sie stürmten aus dem Lagerraum und deckten die vier zuckenden Gestalten mit einem Kugelhagel ein. Die Schneekatze, die kaum mehr als solche zu erkennen war, walzte führerlos durch den Tunnel weiter, schrammte an den Eiswänden entlang, die sie indes kaum abbremsen konnten.

Sie hielten sich nicht lange auf dem Schlachtfeld auf. Cleary sammelte seine Leute und ließ sie weiter vorrücken. Keiner blickte zurück oder zeigte auch nur die geringste Reue. Sie stießen durch den Tunnel vor, entschlossen, diesem Albtraum endlich ein Ende zu bereiten und sich diejenigen vorzunehmen, die ihnen all das eingebrockt hatten. Schwerfällig richtete Pitt sich auf, musste sich einen Moment lang auf Giordinos Schulter stützen, bis ihn seine Beine wieder trugen. Dann folgte er Cleary.

Als er das Gewehrfeuer drunten im Gang widerhallen hörte und die Schneekatze nicht mehr auf seine Funksprüche antwortete, machte sich Hugo Wolf auf das Schlimmste gefasst. Ohne die gepanzerten Fahrzeuge blieb ihm nur noch eins übrig, wenn er die Amerikaner aufhalten wollte, ehe sie zum Hangar vordrangen und die acht Wachmänner, die ihm noch zur Verfügung standen in ein offenes Gefecht verwickelten. Von den Wissenschaftlern und Ingenieuren hielt er nur wenig; die wussten weder, wie man mit einer Waffe umging, noch hatten sie den Mumm, auf einen anderen Menschen zu schießen, geschweige denn auf bestens ausgebildete Einzelkämpfer, die zurückschossen. Jetzt bleibt nur noch eine Möglichkeit, ein allerletzter Trumpf, dachte Hugo beklommen.

Er ging zu Karl, Elsie und Blondi, die sich mit Jürgen Holtz unterhielten. Karl drehte sich zu Hugo um und fragte, als er dessen finstere Miene sah. »Wo brennt's, Bruderherz?«

»Ich glaube, ich habe soeben mein letztes gepanzertes Fahrzeug verloren. Und vier Männer, die ich nicht ersetzen kann.«

»Wir müssen aushalten«, sagte Elsie. »Bruno ist unterwegs. Mit zwei Maschinen. Sie treffen in fünf Stunden hier ein.«

»Dreieinhalb Stunden nach dem Abtrennen des Schelfeises«, stellte Holtz fest. »Der Schaltbefehl an die Maschinen müsste inzwischen ergangen sein, und danach können sie durch nichts und niemanden mehr aufgehalten werden.«

Karl fluchte leise vor sich hin. »Können wir so lange durchhalten?«

Hugo starrte zu dem Tunnel, der auf das Werksgelände führte, als könnte dort jeden Moment eine Geisterarmee auftauchen. »Die haben allenfalls noch eine Hand voll Männer. Wenn meine Leute sie im Tunnel vernichten oder ihnen zumindest weitere Verluste zufügen, sind wir in der Überzahl und können sie endgültig aufhalten.«

Karl wandte sich an Bruno und legte ihm die Hand auf die Schulter. »Wie immer es auch ausgehen mag, Bruder, ich weiß, dass du dich tapfer und ehrenhaft geschlagen hast.«

Hugo umarmte Karl, begab sich dann zu seinen Leuten und rückte mit ihnen in den Tunnel vor. Ein Schlepper mit einem Förderwagen, der mit einem Zweihundertfünfzig-Liter-Fass und einem großen, knapp zwei Meter breiten Ventilator beladen war, rollte hinter ihnen her.

Der Eingreiftrupp ging kurz vor der letzten Tunnelbiegung in Deckung und rückte dann weitere fünfzig Meter vor. Plötzlich sahen die Männer leichte Nebelschwaden vor sich, die rasch dicker wurden, auf sie zuwallten und sie einhüllten.

»Was halten Sie davon?«, fragte Cleary, an Pitt gewandt.

»Gefällt mir nicht. Wir sind auf nichts dergleichen gestoßen, als wir mit dem Snow Cruiser hier durchgefahren sind.« Pitt hob den Finger, als prüfte er die Windrichtung. »Ein natürlicher Nebel ist das nicht. Erstens riecht er ziemlich sonderbar, und außerdem wird er irgendwie künstlich verwirbelt, vermutlich mit einem großen Ventilator.«

»Nichts Giftiges«, sagte Cleary, nachdem er die Nase kurz in den Dunst gehalten hatte. »Giftgas erkennen gehört zu unserer Ausbildung. Meiner Meinung nach handelt es sich um eine harmlose Chemikalie, mit der sie sich einnebeln wollen.«

»Könnte sein, dass sie keine Männer mehr haben und einen letzten verzweifelten Schlag führen wollen«, wandte Jacobs ein, der neben den Major getreten war.

»Aufschließen«, befahl Cleary seinen Männern über Helmfunk. »Wir rücken weiter vor. Haltet euch bereit und geht sofort in Deckung, falls sie uns entgegenkommen und aus dem Nebel unter Beschuss nehmen sollten.«

»Ich kann Ihnen nur dringend davon abraten«, warnte ihn Pitt.

»Warum?«, fragte Cleary.

Pitt grinste Giordino an. »Ich glaube, das hatten wir schon mal.«

»Und wir haben's krachen lassen«, ergänzte Giordino.

Pitt schaute nachdenklich in den Nebel, dann legte er Giordino die Hand auf den Arm. »Al, lass dir vom Major einen Mann mitgeben, lauf zurück zu dem Schlepper und hol Reservereifen.«

Cleary schaute ihn verwundert an. »Was wollen Sie mit einem Reifen?«

»Eine kleine Kriegslist unsererseits.«

Wenige Minuten später hallte ein ohrenbetäubender Donnerschlag durch den Tunnel. Weder Rauch noch Flammen drangen aus dem Stollen, nur ein greller Blitz, gefolgt von einer gewaltigen Druckwelle, die durch die engen Gänge fegte. Dann verlor sich der grollende Knall der Explosion in der Ferne.

Langsam, mit klingenden Ohren, immer noch benommen von der Detonation rappelten sich Hugo Wolf und die ihm verbliebenen acht Wachmänner auf und marschierten durch die herabgestürzten Eisbrocken voran. Überzeugt, nur noch die zerfetzten Leichen der Amerikaner vorzufinden. Die Sprengung war weit schlimmer gewesen, als sie erwartet hatten, aber nun, da sie meinten, sie hätten ihre Feinde vernichtet, fassten sie wieder neuen Mut.

Sie gingen um die Biegung, die Taschenlampen nach vorn gerichtet, und bewegten sich langsam auf die letzten Nebelschwaden und die Explosionsdämpfe zu, bis sie die Gestalten erkennen konnten, die inmitten und teilweise unter den Eisbrocken der eingestürzten Decke lagen. Hugo ließ den Blick von einem zum anderen schweifen, musterte die toten Amerikaner genüsslich und voller Genugtuung. Keiner hatte überlebt. Er sah zwei Männer, die Zivil trugen, und fragte sich, wer sie sein mochten und was sie hierher verschlagen hatte. Sie lagen auf dem Bauch, sodass er die Gesichter nicht sehen, nicht erkennen konnte, dass es sich um die beiden Männer handelte, die dieses ungeheuerliche Fahrzeug gesteuert hatten, das sie vor der technischen Zentrale so vernichtend geschlagen hatte.

»Meinen Glückwunsch zu dem großartigen Sieg, Mr. Wolf«, meldete sich einer der Wachmänner neben ihm.

Hugo nickte bedächtig. »Ja, aber diesen Sieg haben wir uns teuer erkauft.« Dann wandten er und seine Männer sich ab, so als hätten sie genug gesehen, und gingen zum Hangar zurück.

»Keine Bewegung!«, rief Cleary.

Hugo und seine Männer fuhren herum. Entgeistert sahen sie zu, wie die vermeintlich toten Männer plötzlich aufsprangen und ihre Waffen auf sie anlegten. Jetzt hätte er sich ergeben können. Jeder halbwegs vernünftige Mensch hätte eingesehen, dass weiterer Widerstand zwecklos war, der reinste Selbstmord. Doch wie von Sinnen riss Hugo die Waffe hoch, und seine Männer taten es ihm gleich.

Die Eingreiftruppe eröffnete sofort das Feuer und mähte die Sicherheitskräfte nieder, ohne dass diese auch nur einen gezielten Schuss abgeben konnten. Mit verzerrtem Gesicht torkelte Hugo zurück, stand einen Moment lang reglos da, ließ die Waffe dann fallen und starrte ungläubig und erschrocken auf die Einschusslöcher, die sich quer über seine Brust bis zur Taille zogen. Allmählich begriff er, dass er endgültig geschlagen war und nur mehr ein paar Sekunden zu leben hatte. Langsam sank er zu Boden.

Kurz darauf wurde das Feuer eingestellt, und Jacobs trat mit seinen Männern vorsichtig nach vorn, untersuchte die Gefallenen und nahm ihnen die Waffen ab. Pitt, der den Colt locker in der rechten Hand hielt, begab sich zu ihm und kniete neben Hugo Wolf nieder. Der Kommandeur der Wolfschen Sicherheitskräfte spürte, wie sich jemand über ihn beugte, und schlug die Augen auf.

»Woher habt ihr das gewusst?«, murmelte er.

»Ihre Leute haben in einem Bergwerk in Colorado schon mal eine ähnliche Sprengfalle gelegt.«

»Aber die Explosion…?«

Pitt war klar, dass der Mann im Sterben lag und dass er sich ranhalten musste, wenn er ihm noch etwas unter die Nase reiben wollte. »Wir haben das Reserverad eines Schleppers in den Tunnel gerollt. Dann haben wir uns in einen Lagerraum verzogen und abgewartet, bis es auf den Stolperdraht stieß und den Sprengsatz auslöste. Unmittelbar nachdem er losging, sind wir rausgestürmt, haben uns zwischen den runtergestürzten Eisbrocken verteilt und den toten Mann markiert.«

»Wer sind Sie?«, flüsterte er.

»Dirk Pitt ist mein Name.«

Hugo riss kurz die Augen auf. »Nicht Sie«, wisperte er. Dann brach sein Blick, und sein Kopf sackte zur Seite.

46

Wie grollender Donner schallten die Explosionen und das anschließende Gewehrfeuer durch den Tunnel und in den Hangar. Dann brach der Lärm jäh ab, die Schüsse verklangen, und eine unheilvolle Stille lastete über den eisigen Gewölben. Minutenlang standen alle reglos da, starrten in die gähnende Dunkelheit und warteten bang und beklommen. Dann wurde das unheimliche Schweigen von Schritten durchbrochen, die hallend näher kamen.

Eine Gestalt tauchte auf und trat langsam in das fahle Licht, das durch die Decke des Hangars fiel. Ein großer Mann, der einen Stock mit einer wehenden weißen Fahne in der Hand hatte, näherte sich den hundert Männern und Frauen, die im Halbkreis dastanden und sämtliche Waffen auf den Fremden angelegt hatten. Ein Schal war um die untere Hälfte seines Gesichts geschlungen. Er ging direkt auf Karl Wolf und seine Schwester zu, blieb stehen und zog den Schal weg, unter dem ein markiges, von dunklen Bartstoppeln bedecktes Gesicht zum Vorschein kam, das müde und abgespannt wirkte.

»Hugo lässt Ihnen sein Bedauern ausrichten, aber er kann leider nicht an Ihrer kleinen Abschiedsparty teilnehmen.«

Ein Moment lang herrschten rundum Verwirrung und ungläubiges Schweigen. Blondi starrte ihn staunend und fasziniert zugleich an. Elsie wirkte erschrocken und wütend. Wie vorauszusehen, fand Karl als Erster seine Fassung wieder. »Sie sind das also, Mr. Pitt«, sagte er, während er Pitt mit argwöhnischem Blick betrachtete. »Sie sind wie ein Fluch.«

»Entschuldigen Sie die legere Kleidung«, sagte Pitt freundlich, »aber mein Frack ist in der Reinigung.«

Elsie, die Pitt mit ihren blauen Augen wütend anfunkelte, trat einen Schritt vor und rammte ihm eine automatische Pistole in den

Bauch. Er stöhnte vor Schmerz auf, wich zurück und schlang sich die Arme um den Bauch, doch er lächelte unverwandt weiter.

»Sie werden bemerkt haben«, sagte Pitt mit gepresster Stimme, »dass ich unbewaffnet bin und eine Parlamentärsflagge trage.«

Karl schob Elsies Hand mit der Waffe weg. »Lass mich ihn doch töten«, zischte sie giftig.

»Alles zu seiner Zeit«, sagte er ruhig. Er schaute Pitt in die Augen. »Hugo ist tot?«

»Hugo hat ins Gras gebissen, wie man bei uns daheim sagt.«

»Und seine Männer?«

»Ebenfalls.«

»Haben Sie meine Flugzeuge zerstört?«

Pitt blickte zu den kaputten Maschinen und zuckte die Achseln. »Ich bin ziemlich rücksichtslos gefahren, muss ich zugeben.«

»Wo sind Sie hergekommen?«, fragte Wolf scharf.

Pitt lächelte und ignorierte die Frage. »Ich schlage vor«, sagte er, »dass Sie Ihre Leute anweisen, die Waffen niederzulegen, bevor jemandem etwas Ernsthaftes zustößt. Heute wurde schon mehr als genug Blut vergossen. Weitere Menschenleben zu opfern wäre der Gipfel der Dummheit.«

»Wie viele Männer, Mr. Pitt, sind von den amerikanischen Truppen übrig?«

»Überzeugen Sie sich selbst.« Pitt drehte sich um und winkte. Giordino, Cleary und die verbliebenen zwanzig Männer traten aus dem Tunnel und verteilten sich in einer breiten Reihe im Hangar, jeweils zehn Schritte voneinander entfernt, die Waffen im Anschlag.

»Zwanzig gegen hundert.« Karl Wolf lächelte zum ersten Mal.

»Wir erwarten jeden Moment Verstärkung.«

»Zu spät«, sagte Karl, der fest davon überzeugt war, dass Pitt nur ein verzweifeltes Täuschungsmanöver versuchte, um seine Haut zu retten. »Die nanotechnologischen Apparaturen, mit denen das Schelfeis abgespalten wird, sind mittlerweile eingeschaltet. Während wir hier reden, steuert die Welt einer gewaltigen Katastrophe entgegen. Nichts kann sie noch aufhalten.«

»Ich muss Ihnen widersprechen«, sagte Pitt betont gleichmütig.

»Alle Apparaturen wurden zehn Minuten, bevor sie in Gang gesetzt werden sollten, ausgeschaltet. Tut mir Leid, wenn ich Sie enttäuschen muss, Karl, aber es wird keine Katastrophe geben. Es wird keine Neue Bestimmung geben, kein Viertes Reich. Die Erde wird sich weiter um die Sonne drehen, alles andere als vollkommen sein, ebenso wie die Menschen mit all ihren Fehlern und Schwächen. Es wird weiter Sommer und Winter geben, blauen Himmel und Wolken, Regen und Schnee, auch wenn das Menschengeschlecht längst von diesem Planeten verschwunden sein wird. Wenn wir eines Tages aussterben, dann wird das natürliche Ursachen haben und nicht durch die aberwitzigen Machenschaften eines Größenwahnsinnigen herbeigeführt werden, der die Weltherrschaft erringen will.«

»Was sagen Sie da?«, blaffte Elsie, die zusehends unruhiger wurde.

»Nur keine Angst, Schwesterherz«, sagte Karl Wolf mit einem Tonfall, der nicht mehr ganz so umgänglich klang. »Der Mann lügt.«

Pitt schüttelte müde den Kopf. »Die Familie Wolf hat ausgespielt. Wenn es jemand verdient, vor einem internationalen Gericht wegen Verbrechen gegen die Menschlichkeit angeklagt zu werden, dann sind Sie das. Sie werden nicht besonders beliebt sein, wenn sieben Milliarden Menschen erfahren, dass Sie und Ihre teuflische Familie jeden Mann, jede Frau und jedes Kind auf diesem Planeten vernichten wollten. Ihre riesigen Schiffe, Ihr Vermögen und Ihre Schätze werden beschlagnahmt werden. Und falls irgendein Mitglied Ihrer Familie einer lebenslangen Gefängnisstrafe entrinnen sollte, wird es von sämtlichen Nachrichtendiensten und Polizeibehörden dieser Welt streng überwacht werden, um sicherzugehen, dass es ihn nicht nach einem Fünften Reich gelüstet.«

»Wenn das, was Sie sagen, zutrifft«, sagte Karl mit einem höhnischen Grinsen, wenn auch nicht ganz so selbstsicher wie zuvor, »was haben Sie dann mit meinen Schwestern und mir vor?«

»Ist nicht meine Sache.« Pitt seufzte. »Irgendwann, irgendwo werden Sie wegen Ihrer Verbrechen gehängt werden, wegen all der Morde, die Sie befohlen haben, wenn Ihnen jemand im Weg stand. Und ich werde voller Genugtuung in der ersten Reihe sitzen und zusehen, wie Sie in die Schlinge fallen.«

»Eine sehr anregende Vorstellung, Mr. Pitt, und gewiss auch faszinierend. Nur leider ist das reine Fantasie.«

»Sie sind schwer zu überzeugen.«

»Gib das Feuer frei, Bruder«, verlangte Elsie. »Erschieß die Ratte. Wenn du es nicht machst, übernehme ich es.«

Karl Wolf starrte auf die müden, abgekämpften Männer von Clearys Kommando. »Meine Schwester hat Recht. Wenn Ihre Männer nicht innerhalb von zehn Sekunden die Waffen strecken, werden sie von meinen Leuten niedergemacht.«

»Nie und nimmer«, sagte Pitt mit schroffer, harter Stimme.

»Hundert Gewehre gegen zwanzig? Der Kampf wird nicht lange dauern, und der Ausgang steht jetzt schon fest. Begreifen Sie, Mr. Pitt, es steht zu viel auf dem Spiel. Meine Schwestern und ich sind gern bereit, unser Leben im Namen des Vierten Reichs zu opfern.«

»Es wäre Unsinn, sein Leben für einen Traum wegzuwerfen, der bereits tot und begraben ist«, sagte Pitt ruhig.

»Hohle Phrasen eines verzweifelten Mannes. Ich zumindest werde wissen, dass Sie zuerst sterben werden, und es wird mir eine Genugtuung sein.«

Pitt schaute Wolf eine ganze Weile an, dann blickte er auf das Schnellfeuergewehr, das der Wahnsinnige in Händen hielt. Schließlich zuckte er die Achseln. »Wie Sie wollen. Aber bevor Sie sich vor lauter Blutgier zu etwas Unbedachtem hinreißen lassen, sollten Sie mal hinter sich blicken.«

Wolf schüttelte den Kopf. »Ich werde Sie nicht aus den Augen lassen.«

Pitt wandte sich kurz an Elsie und Blondi. »Warum erklärt ihr Mädels eurem Bruder nicht, wie es auf der Welt aussieht?«

Die beiden Schwestern wandten sich um. Daraufhin drehten sich alle um und schauten zu dem Tunneleingang an der hinteren Wand des Hangars. Zweihundert Männer, deren Gesichter unter Helmen und Schutzbrillen verborgen waren, hatten ihre hässlich aussehenden Eradicator-Gewehre auf die Ingenieure und Wissenschaftler der Destiny Enterprises gerichtet. Sie trugen die gleichen Polar-Kampfanzüge wie Cleary und seine Einheit und waren im Halbkreis angetreten, die vorderen kniend, die hintere Reihe stehend.

Eine der Gestalten trat vor und ergriff mit lautem, befehlsgewohntem Ton das Wort. »Legen Sie langsam die Waffen nieder und treten Sie zurück! Beim geringsten Anzeichen von Widerstand werde ich meinen Männern befehlen, das Feuer zu eröffnen! Seien Sie bitte vernünftig, dann wird niemand zu Schaden kommen!«

Niemand zögerte oder widersetzte sich. Im Gegenteil. Die Wissenschaftler der Destiny Enterprises, Männer wie Frauen, waren heilfroh, die Waffen loszuwerden, mit denen sie ohnehin nicht richtig umgehen konnten. Fast alle seufzten erleichtert auf, als sie die Bushmaster-Gewehre hinlegten, die Hände hoben und sich zurückzogen.

Elsie sah aus, als hätte ihr jemand ein Messer ins Herz gestoßen. Mit verdutzter, fassungsloser Miene stand sie da. Blondi wirkte verwirrt und betroffen und gleich würde ihr übel. Karl Wolfs Miene war angespannt, steinern, eher wütend denn ängstlich, als er feststellen musste, dass sich sein hochfliegender Plan, eine neue Weltordnung zu schaffen, zerschlagen hatte.

»Wer von euch ist Dirk Pitt?«, erkundigte sich der Anführer der frisch eingetroffenen Special Forces.

Pitt hob langsam die Hand. »Hier.«

Der Offizier begab sich zu Pitt und nickte ihm kurz zu. »Colonel Robert Wittenberg. Ich leite den Einsatz der Special Forces. Wie ist die Lage am Ross-Schelfeis?«

»Bereinigt«, antwortete Pitt ruhig. »Unternehmen Walhalla wurde abgebrochen – zehn Minuten, bevor die Apparaturen zum Abspalten des Eises geschaltet werden konnten.«

Wittenberg wurde sichtlich gelöster. »Gott sei Dank«, seufzte er.

»Sie sind gerade zur rechten Zeit gekommen, Colonel.«

»Nachdem wir uns über Funk mit Major Cleary in Verbindung gesetzt hatten, haben wir uns an Ihre Wegbeschreibung gehalten und sind durch das Loch im Eis eingedrungen, das Sie mit Ihrem Fahrzeug gebrochen haben.« Er hielt einen Moment inne. »Haben Sie die alte Stadt gesehen?«, fragte er mit ehrfürchtigem Unterton.

Pitt lächelte. »Ja, die haben wir gesehen.«

»Von dort aus war's nur noch ein leichter Geländelauf mit vollem Marschgepäck«, fuhr Wittenberg fort, »bis wir auf den Hangar hier stießen und uns sammeln konnten, ehe sich jemand umgedreht und uns bemerkt hat.«

»Es war ein bisschen haarig, aber Major Cleary und ich haben dafür gesorgt, dass alle vom anderen Tunnel abgelenkt waren, bis ihr in Kampfformation angetreten seid.«

»Sind das alle?«, fragte Wittenberg.

Pitt nickte. »Bis auf ein paar Verwundete bei der Schaltzentrale.«

Cleary kam zu ihnen, worauf die beiden Soldaten voreinander salutierten und sich dann die Hand schüttelten. »Bob, du kannst dir gar nicht vorstellen, wie froh ich bin, dein hässliches altes Gesicht zu sehen.«

»Wie oft hab ich dir jetzt schon den Arsch gerettet?«, versetzte Wittenberg mit verschmitztem Blick.

»Zwei Mal, und ich gebe es jederzeit zu, ohne mich zu schämen.«

»Du hast nicht viel für mich übrig gelassen.«

»Stimmt, aber wenn du mit deinen Männern nicht zur rechten Zeit aufgetaucht wärst, hättest du hier ein Leichenfeld vorgefunden.«

Wittenberg musterte Clearys Männer, die müde und abgespannt wirkten, aber nach wie vor wachsam dastanden und auf jede Bewegung achteten, als das Wolfsche Personal seine Gewehre auf den Eisboden legte und sich in stummen kleinen Grüppchen in der Nähe der kaputten Flugzeuge versammelte. »Sieht so aus, als hätten die euch ganz schön zugesetzt.«

»Ich habe viel zu viele gute Männer verloren«, versetzte Cleary grimmig.

Pitt deutete auf die Wolfs. »Colonel Wittenberg, darf ich Ihnen Karl Wolf und seine Schwestern Elsie und ...« Er stockte, da er Blondis Namen nicht wusste.

»Meine Schwester Blondi«, warf Karl ein. Er sah aus, als erlebte er einen Albtraum. »Wie gedenken Sie mit uns zu verfahren, Colonel?«

»Wenn's nach mir ginge«, knurrte Cleary, »würdet ihr alle erschossen werden.«

»Hat man Ihnen irgendwelche Befehle bezüglich der Wolfs gegeben und was nach der Festnahme mit ihnen geschehen soll?«, fragte Pitt an Wittenberg gewandt.

Der Colonel schüttelte den Kopf. »Wir hatten keine Zeit, über heikle Themen wie den Umgang mit Gefangenen zu sprechen.«

»Dürfte ich Sie in diesem Fall um einen Gefallen bitten?«

»Nach all dem, was Sie und Ihr Freund getan haben«, erwiderte Cleary, »brauchen Sie bloß zu sagen, was Sie wollen.«

»Könnten Sie mir die Wolfs eine Zeit lang überlassen?«

Wittenberg schaute Pitt in die Augen, als versuchte er seine Gedanken zu lesen. »Ich verstehe nicht recht.«

Aber Cleary durchaus. »Da man dir keinerlei Befehle bezüglich der Gefangenen mit auf den Weg gegeben hat«, sagte er zu dem Colonel, »halte ich es nur für gerecht, wenn der Mann, der uns aus diesem unbeschreiblichen Schlamassel rausgehauen hat, seinen Wunsch erfüllt bekommt.«

Wittenberg dachte einen Moment lang nach, dann nickte er. »Einverstanden. Die Kriegsbeute. Ich übergebe die Wolfs in Ihren Gewahrsam, bis sie unter Bewachung nach Washington gebracht werden können.«

»Keine Regierung der Welt verfügt in der Antarktis über gesetzliche Vollmachten«, sagte Karl herrisch. »Sie halten uns widerrechtlich als Geiseln fest.«

»Ich bin nur ein einfacher Soldat«, sagte Wittenberg mit einem Achselzucken. »Von mir aus sollen die Juristen und Politiker über Ihr weiteres Schicksal bestimmen, wenn *die* Sie in die Finger bekommen.«

Während die neu formierten Special-Forces-Truppen das Werksgelände sicherten, die Gefangenen abführten und in den Arbeiterunterkünften einsperrten, trieben Pitt und Giordino Karl, Elsie und Blondi Wolf unauffällig zu den mächtigen Toren an der einen Wand des Hangars. Scheinbar unbemerkt drängten sie die drei durch eine schmale Tür, durch die das Bodenpersonal hinaus auf die Landebahn gelangte. Nach den fünfzehn Plusgraden im Innern des Hangars wirkte die Eisluft wie ein jäher Kälteschock.

Karl Wolf wandte sich um und lächelte Pitt und Giordino kalt an. »Wollen Sie uns hier liquidieren?«

Blondi wirkte wie in Trance, aber Elsie starrte Pitt mit vernichtendem Blick an. »Erschießen Sie uns doch, wenn Sie sich trauen!«, zischte sie gehässig.

Pitt musterte sie mit angewiderter Miene. »Ihr habt weiß Gott alle den Tod verdient. Die ganze gruselige Familie hat ihn verdient. Aber weder ich noch mein bester Freund werden die Ehre haben. Das überlasse ich den Kräften der Natur.«

Mit einem Mal begriff Wolf. »Sie wollen uns entkommen lassen?«

Pitt nickte. »Ja.«

»Dann werden Sie aber nicht miterleben, wie meine Schwester und ich vor Gericht gestellt und ins Gefängnis gesteckt werden.«

»Eine Familie, die so reich und mächtig ist wie die Ihre, wird niemals vor Gericht zitiert werden. Sie werden alle Mittel aufbieten, um dem Galgen oder einer lebenslangen Haftstrafe zu entrinnen, und letztlich werden Sie davonkommen.«

»Stimmt genau«, sagte Karl verächtlich. »Keine Regierung dieser Welt würde es wagen, die Familie Wolf unter Anklage stellen zu lassen.«

»Oder sich unseren Zorn zuzuziehen«, ergänzte Elsie. »Es gibt nirgendwo einen hohen Amtsträger oder Staatsführer, der nicht in unserer Schuld steht. Wenn wir bloßgestellt werden, werden auch sie bloßgestellt.«

»Man kann uns nicht einfach einsperren wie gewöhnliches Pack«, sagte Blondi, die sich wieder etwas gefangen hatte und einen kesseren Tonfall anschlug. »Unsere Familie ist zu rührig, zu willensstark. Wir werden wieder erstehen, und das nächste Mal werden wir nicht scheitern.«

»Davon«, sagte Giordino, dessen schwarzbraune Augen vor Verachtung funkelten, »halte ich wiederum überhaupt nichts.«

»Wir werden alle ruhiger schlafen, wenn wir wissen, dass Sie und Ihre Familie nirgendwo mehr die Finger drinstecken haben«, sagte Pitt mit kaltem Unterton.

Karl kniff die Augen zusammen, starrte dann hinaus auf das Eisfeld. »Ich glaube, ich weiß, was Sie vorhaben«, murmelte er dumpf vor sich hin. »Sie wollen uns laufen lassen, damit wir auf dem Eis sterben.«

»Ja.« Pitt nickte nur kurz.

»Ohne die entsprechende Kleidung stehen wir diese eisigen Temperaturen keine Stunde durch.«

»Etwa zwanzig Minuten, nehme ich an.«

»Mit scheint, ich habe Sie unterschätzt, Mr. Pitt.«

»Ich bin der Meinung, dass die Welt ohne den Vorstandsvorsitzenden der Destiny Enterprises und das Erbteil seiner Familie besser dran ist.«

»Warum machen Sie dann nicht Schluss und erschießen uns einfach?«

Pitt warf Wolf einen kurzen, beinahe belustigten Blick zu. »Das ginge zu schnell. So aber habt ihr Zeit, darüber nachzudenken, in welches Elend ihr Milliarden unschuldiger Menschen stürzen wolltet.«

Wolfs Schläfen liefen rot an. Er legte seinen Schwestern die Arme um die Schultern. »Ihr Vortrag langweilt mich, Mr. Pitt. Ich erfriere lieber, als mir noch länger dieses salbungsvolle Geschwätz anzuhören.«

Nachdenklich musterte Pitt Karl Wolf und seine Schwestern. Er fragte sich, ob es überhaupt etwas gab, mit dem man dieser unverbesserlichen Sippschaft beikommen konnte. Der Untergang ihres Imperiums hatte sie tief getroffen, aber sie zeigten nicht die geringste Todesangst. Wenn überhaupt, dann waren sie stinksauer. Er blickte vom einen Gesicht zum anderen. »Eine Warnung noch. Kehrt nicht um und versucht in die Tunnel oder auf das Werksgelände einzudringen. Alle Zu- und Ausgänge werden bewacht.« Dann winkte er mit seinem alten Colt. »Lauft los.«

Blondi schien sich in ihr Schicksal zu fügen, desgleichen Karl. Sie bibberte bereits vor Kälte. Nicht aber Elsie. Sie stürzte sich auf Pitt, fing sich aber lediglich einen harten Rückhandhieb von Giordino ein, der sie auf die Knie warf. Pitt betrachtete sie, als sie sich mit Hilfe von Karl wieder aufrappelte. Selten hatte er bei einer Frau einen derart bösartigen Gesichtsausdruck gesehen.

»Ich schwöre Ihnen, ich bringe Sie um«, fauchte sie mit blutigen Lippen.

Pitt lächelte ungerührt. »Wiedersehen, Elsie, und einen schönen Tag noch.«

»Wenn ihr euch sputet«, sagte Giordino spöttisch, »wird euch wärmer.«

Dann schlug er die Tür zu und sperrte sie ab.

47

Achtundvierzig Stunden später wimmelte es auf dem Werksgelände von Wissenschaftlern und Ingenieuren, die die nanotechnologischen Anlagen der Wolfs untersuchten und sich davon überzeugten, dass die Schaltkreise zum Abtrennen des Schelfeises nicht wieder in Gang gesetzt werden konnten. Ihnen folgte eine ganze Armee von Archäologen und Anthropologen, die sofort über die alte Stadt der Amenes herfielen. Fast alle waren Skeptiker und vertraten die herkömmliche Lehrmeinung, der zufolge es vor dem vierten vorchristlichen Jahrtausend keine Hochkulturen gegeben hatte. Jetzt liefen sie ehrfürchtig zwischen den alten Bauten herum und bestaunten die absonderlich geformten Säulen unter dem Eis. Anschließend nahmen sie sich die Artefakte vor, die man in den beschädigten Flugzeugen und in den Lagerräumen entlang der Tunnel gefunden hatte, die vom Hangar wegführten, erfassten jedes einzelne Stück und listeten alles auf. Nachdem die Gegenstände wieder sorgfältig verpackt waren, wurden sie in die Vereinigten Staaten geflogen, wo sie konserviert, eingehend untersucht und schließlich der Öffentlichkeit zugänglich gemacht werden sollten.

Jede Universität der Welt, deren archäologische Fakultät etwas auf sich hielt, schickte Forschungsteams vor Ort, die die Stadt untersuchten und allmählich aus dem Eis freilegten, das sie neuntausend Jahre lang bedeckt hatte. Es wurde ein gewaltiges Projekt, das fast fünfzig Jahre in Anspruch nehmen und zu weiteren, noch nicht entdeckten Stätten der Amenes führen sollte. Am Ende sollte man so viele Artefakte finden, dass man jedes Museum der Welt damit ausstatten konnte.

Nachdem Pitts Gesicht von den Ärzten, die man zur Versorgung und Überführung der Verwundeten eingeflogen hatte, wieder zusammengeflickt worden war, begrüßten er und Giordino Dad Cussler, als dieser mit seinen Leuten eintraf, um den Snow Cruiser auseinander zu nehmen und in die Vereinigten Staaten zu verfrachten. Sie standen zerknirscht und von schweren Gewissensbissen geplagt ein Stück abseits, während er das Fahrzeug zum ersten Mal wieder in Augenschein nahm, seitdem sie damit von Little America aufgebrochen waren.

Ernst und betroffen musterte der alte Mann das große rote Fahrzeug, das völlig verbeult und durchlöchert war – die Reifen zerfetzt und platt, das Führerhaus zerschossen, die Fenster in Scherben. Fast drei Minuten vergingen, während er um das Wrack herumlief und sich den Schaden besah. Schließlich blickte er auf und rang sich ein schiefes Lächeln ab.

»Nichts, was sich nicht wieder beheben ließe«, sagte er und zupfte an seinem grauen Bart.

Pitt starrte ihn verblüfft an. »Glauben Sie wirklich, der kann wieder hergestellt werden?«

»Ich weiß es. Könnte ein, zwei Jahre dauern, aber ich glaube, wir kriegen ihn wieder so hin, dass er aussieht wie neu.«

»Kann ich mir nicht vorstellen«, sagte Giordino kopfschüttelnd.

»Ihr seht nicht das, was ich sehe«, sagte Cussler. »Für euch ist das ein Haufen Schrott. Für mich ist es ein großartiges technisches Gerät, das eines Tages im Smithsonian von Millionen Menschen bewundert werden wird.« Seine blaugrünen Augen leuchteten, als er fortfuhr. »Euch ist nicht klar, dass ihr einer Fehlkonstruktion zu einem späten Triumph verholfen habt. Bevor ihr damit losgefahren seid, galt der Snow Cruiser als ein Reinfall, weil er nicht annähernd das leisten konnte, wofür er konstruiert worden war – nämlich seine Besatzung bei aller Bequemlichkeit fünftausend Kilometer über das Eis der Antarktis zum Südpol zu befördern. Er ist liegen geblieben, kaum dass er 1940 vom Schiff entladen wurde, und war sechzig Jahre lang unter dem Eis begraben. Als ihr zwei damit hundert Kilometer weit mitten in einem Schneesturm übers Schelfeis gefahren seid, habt ihr bewiesen, dass er ein Meisterwerk der Ingenieurskunst im frühen zwanzigsten Jahrhundert war, und außerdem habt ihr seine gewaltige Kraft und Größe genutzt, um eine weltweite Katastrophe zu verhindern. Dank euch ist er jetzt ein unschätzbar wertvolles Gefährt von historischem Rang.«

Pitt blickte zu dem mächtigen, übel zugerichteten Fahrzeug, als wäre es ein waidwundes Tier. »Ohne ihn würden wir alle nicht mehr hier stehen.«

»Ich hoffe, dass ihr mir eines Tages die ganze Geschichte erzählt.«

Giordino warf dem Alten einen sonderbaren Blick zu. »Irgendwie hab ich das Gefühl, dass Sie schon alles wissen.«

»Wenn es öffentlich ausgestellt wird«, sagte Dad und schlug Pitt auf die Schulter, »schicke ich euch beiden eine Einladung zum Festakt.«

»Al und ich freuen uns schon darauf.«

»Da fällt mir was ein. Könnt ihr mir sagen, wer hier das Kommando hat? Auf dem Weg von der Eisstation hierher sind meine Leute und ich knapp einen Kilometer von der Landebahn entfernt auf drei Tote gestoßen. Anscheinend wollten sie grade über den Zaun klettern, als sie von der Kälte übermannt wurden. Ich dachte, ich melde das lieber, damit man die sterblichen Überreste bergen kann.«

»Ein Mann und zwei Frauen?«, fragte Pitt unschuldig.

Dad nickte. »Komische Sache. Die Kleidung, die sie trugen, war eher für einen lauschigen Sommerabend in der Stadt geeignet als für die Antarktis.«

»Manche Menschen haben eben kein Gespür für die Gefahren, die in kalten Klimazonen lauern.«

Dad zog eine Augenbraue hoch, dann griff er in die Hosentasche, holte ein Schnupftuch von den Ausmaßen eines kleinen Zelts heraus und schnäuzte sich. »Ja, das ist wohl wahr.«

Ein Flugzeug nach dem anderen landete, flog Wissenschaftler und Militärs ein, nahm dann Clearys verwundete Männer und die verletzten Wolfschen Sicherheitskräfte an Bord und brachte sie zu Kliniken in den Vereinigten Staaten. Darüber hinaus drang das Atom-Unterseeboot *Tucson* durch den verborgenen Kanal in den aus dem Eis gehauenen Hafen ein und legte neben den alten deutschen U-Booten an.

Commander Evan Cunningham war eine Kämpfernatur, klein und drahtig, ein schmächtiger Mann, der sich so zackig und ruckartig wie eine Marionette bewegte. Er hatte ein ebenmäßiges Gesicht mit einem spitzen Kinn und dunkelblaue Augen, die ständig in Bewegung waren. Er traf sich zu einer Besprechung mit Colonel Wittenberg und General Bill Guerro, der von Washington zur Okuma Bay geschickt worden war, um Wittenberg abzulösen und die zunehmend schwieriger werdenden Aufgaben vor Ort zu übernehmen. Cunningham erklärte sich nach Rücksprache mit dem Oberkommando der Marine bereit, ihm das Schiff mitsamt der Besatzung zur Verfügung zu stellen.

Cunningham, der sich Pitt von Wittenberg hatte beschreiben lassen, entdeckte den Mann von der NUMA. Er ging zu ihm und stellte sich vor. »Mr. Pitt, wir haben uns über Funk unterhalten, aber kennen gelernt haben wir uns noch nicht. Ich bin Evan Cunningham, Kommandeur der *Tucson*.«

»Es ist mir eine Ehre, Commander. Endlich kann ich mich bei Ihnen persönlich für die Rettung der *Polar Storm* und ihrer Besatzung bedanken.«

»Reine Glückssache. Wir waren zufällig zur rechten Zeit am rechten Ort.« Er grinste breit. »Dürfte heutzutage nicht mehr allzu viele Kommandeure in der Navy geben, die von sich sagen können, dass sie ein deutsches U-Boot versenkt haben.«

»Bestimmt nicht, und wenn, dann sind sie längst im Altersheim.«

»Apropos U-Boote. Haben Sie gewusst, dass in dem Eisbunker noch vier weitere liegen?«

Pitt nickte. »Ich habe sie mir heute Morgen kurz angeschaut. Die sehen aus wie neu, als wären sie gerade vom Stapel gelaufen.«

»Meine Maschinenraumcrew ist an Bord gegangen und hat sich umgesehen. Die waren mächtig beeindruckt von den technischen Fähigkeiten der damaligen Ingenieure, die das alles zu einer Zeit gebaut haben, als ihre Großeltern noch zur Schule gingen.«

»Den Jungs geht's so wie unseren Eltern mit dem Bürgerkrieg. Wenn man nach 1980 geboren ist, muss es einem so vorkommen, als wäre der Zweite Weltkrieg eine Ewigkeit her.«

Pitt entschuldigte sich und musterte die Passagiere, die gerade aus einer Boeing 737 stiegen, die vor dem Hangar ausgerollt war. Eine Frau mit einer Strickmütze, unter der eine wallende rote Haarmähne hervorquoll wie ein feurig funkelnder Wasserfall, blieb einen Moment stehen und betrachtete verwundert das hektische Treiben rundum. Dann entdeckte sie ihn und strahlte plötzlich.

Pitt ging auf sie zu, doch er wurde von Giordino überholt, der an ihm vorbeirannte, Pat O'Connell in die Arme schloss, sie mühelos hochhob, als wäre sie ein Daunenkissen, und wild herumschleuderte. Dann küssten sie sich leidenschaftlich.

Pitt sah ihnen verdutzt zu. Als Giordino Pat wieder absetzte, blickte sie zu ihm und winkte. Pitt küsste sie kurz auf die Wange und trat zurück. »Ist mir da irgendwas entgangen, oder habt ihr zwei was miteinander?«

Pat lachte fröhlich. »Al und ich haben einander in die Augen geschaut, als wir in Buenos Aires waren, und uns ist etwas Wunderbares widerfahren.«

Er schaute Giordino an. »Und zwar?«

Pitt wirkte nicht mehr verdutzt. Er war wie vom Donner gerührt. »Du hast dich verliebt?«

Giordino zuckte die Achseln und lächelte. »Ich kann's nicht erklären. Ich habe so was noch nie erlebt.«

»Heißt das, dass du aussteigst?«

»Mein Lieber, wir zwei haben allerhand durchgemacht, lauter wilde Sachen, an die ich mich größtenteils gar nicht mehr erinnern mag. Es ist das reinste Wunder, dass wir überhaupt noch am Leben sind, und wir beide haben dabei unsere Narben davongetragen. Wir müssen den Tatsachen ins Auge blicken. Wir werden nicht jünger. Mir tun allmählich die Knochen weh, wenn ich morgens aufstehe. Wir müssen langsamer treten.« Er hielt inne und grinste. »Und außerdem muss ich natürlich auch an Mama Giordino denken.«

»Du hast eine Mutter?«, neckte Pat ihn.

»Mit Mama wirst du prima klarkommen«, sagte Giordino. »Mama hat gesagt, ich darf nicht ewig Junggeselle bleiben. Schließlich soll ich ihr irgendwann mal kleine Giordinos bescheren, damit sie sie mit ihrer berühmten Lasagne aufpäppeln kann.«

»Dann müssen wir uns aber ranhalten.« Pat lachte. »Ich bin fünfunddreißig. Da bleibt nicht mehr viel Zeit, wenn wir noch Nachwuchs haben wollen.«

»Du hast doch Megan«, sagte Pitt.

»Ja, und sie verehrt Al.«

Pitt schüttelte verwundert den Kopf. »Megan mag diesen aberwitzigen Kerl?«

»Wieso auch nicht?«, sagte Pat. »Er hat ihr das Leben gerettet.«

Pitt wies nicht darauf hin, dass er ebenfalls an der Rettungsaktion beteiligt gewesen war. Er verlor auch kein Wort darüber, dass er für Pat mehr als nur freundschaftliche Gefühle hegte. »Tja, dann bleibt mir vermutlich nichts anderes übrig, als euch alles Gute zu wünschen. Aber ich bestehe darauf, dass ich als Trauzeuge zu der Hochzeit eingeladen werde.«

Giordino legte den Arm um Pitts Schulter. »Ich wüsste niemanden, dessen Beistand mir lieber wäre«, sagte er.

»Wisst ihr schon, wann?«

»Frühestens in sechs Monaten«, antwortete Pat. »Admiral Sandecker hat dafür gesorgt, dass ich für das Entziffern und Übersetzen sämtlicher Amenes-Inschriften zuständig bin, die man in der versunkenen Stadt findet. Das dürfte Jahre dauern, aber ich glaube, er hat nichts dagegen, wenn ich etwas früher heimkehre und Al heirate.«

»Nein«, sagte Pitt, der immer noch daran zu kauen hatte, dass Al in Bälde heiraten wollte. »Vermutlich nicht.«

Lieutenant Miles Jacobs kam zu ihnen und salutierte lässig. »Mr. Pitt? Major Wittenberg möchte Sie sprechen.«

»Wo finde ich ihn?«

»Er und General Guerro haben ihr Hauptquartier in einem der Büros am anderen Ende des Hangars aufgeschlagen.«

»Bin schon unterwegs, besten Dank.« Pitt wandte sich an Giordino. »Sieh zu, dass du Pat in einem der leeren Lagerräume unterbringst – dort kann sie wohnen und ungestört an den Inschriften arbeiten.« Dann drehte er sich um und begab sich mitten durch das allgemeine Tohuwabohu zum Kommandoposten.

Wittenberg saß an seinem Schreibtisch und deutete auf einen Stuhl, als Pitt in einen der Büroräume trat, die russische Kriegsgefangene vor sechzig Jahren aus dem Eis gehauen hatten. Inzwischen war hier eine Fernmeldezentrale mit zwei Funkern eingerichtet worden. Es ging zu wie in einem Tollhaus – ständig strömten Leute rein und raus. Zivilisten wie Militärangehörige. General Guerro saß an einem großen Metallschreibtisch in der anderen Ecke, umringt von Wissenschaftlern, die ihn bedrängten, er solle endlich dafür sorgen, dass das schwere Gerät geliefert werde, das ihnen das Militär versprochen hatte, damit sie mit der Ausgrabung der alten Stadt beginnen könnten. Er sah alles andere als glücklich aus, als er ihnen mitteilen musste, dass es leider ein paar Verzögerungen gegeben habe.

»Haben Sie die Nazi-Relikte schon gefunden?«

»Wir sind noch nicht dazu gekommen«, antwortete Wittenberg. »Ich dachte, das überlass ich lieber Ihnen. Sagen Sie mir Bescheid, wenn Sie so weit sind, dann besorge ich Ihnen eine Militärmaschine in die Staaten.«

»Das wird nicht lange dauern«, sagte Pitt und stand auf. »Ich glaube, ich weiß, wo die Wolfs sie verstaut haben.«

»Noch eins, Mr. Pitt«, sagte Wittenberg mit ernster Miene. »Erzählen Sie niemandem etwas davon. Diese Relikte müssen stillschweigend weggeschafft werden, bevor irgendwelche Irre etwas davon erfahren und Himmel und Hölle in Bewegung setzen, um sie in die Hände zu bekommen.«

»Warum zerstören wir sie dann nicht gleich?«

»An uns liegt's nicht. Der Präsident höchstpersönlich hat befohlen, dass sie ins Weiße Haus gebracht werden sollen.«

»Ich glaube, das kann ich verstehen«, beruhigte Pitt ihn.

Die Bürde der Verantwortung lastete wie eine schwarze Wolke auf ihm, als er durch den Hangar ging. Mit einem mulmigen Gefühl näherte er sich dem Wolfschen Privatjet und musterte das abgerissene, vom Snow Cruiser zermalmte Heck, bevor er sich zu der Einstiegsluke begab und in den dunklen Innenraum trat. In dem schummrigen Licht, das durch die Fenster und das Loch im Rumpf fiel, konnte er den eleganten, mit Ledersesseln und -sofas eingerichteten Innenraum erkennen. Er holte seine Taschenlampe heraus und ließ den Lichtstrahl durch die Kabine wandern. Dort waren die Bar und eine Kredenz mit einem großen Fernseher. Im hinteren Teil der Kabine befand sich ein ausladendes Bett für den Fall, dass der Besitzer der Maschine unterwegs ein paar Stunden schlafen wollte. Das mit vergoldeten Armaturen ausgestattete Bad verfügte unter anderem über eine kleine Dusche. Weiter vorn, unmittelbar hinter dem Cockpit, sah er eine kleine Kombüse mit Herd, Mikrowelle, Spüle und Schränken, die Kristallgläser und Porzellangeschirr enthielten.

Sein Blick fiel auf eine lange Kiste, die neben dem Bett am Boden vertäut war. Pitt kniete sich hin und strich mit den Händen über den Deckel. Er versuchte ihn anzuheben, stellte aber fest, dass er aus Bronze bestand und sehr schwer war. Eine Messingplakette war darin eingelassen. Er richtete den Lichtstrahl auf die Inschrift und beugte sich vor. Der Text war auf Deutsch, aber mit den paar Wörtern, die er gelernt hatte, konnte er ihn ungefähr übersetzen: »Hier ruhen die Schätze aus Jahrtausenden und harren ihrer Wiedererstehung.«

Er schraubte die Stifte aus den Schließen und entfernte sie. Dann atmete er tief durch, ergriff den Deckel mit beiden Händen und hob ihn hoch.

Vier Gegenstände befanden sich in dem Bronzekasten, alle in Lederbehältnissen verstaut und in dickes Leintuch eingeschlagen. Vorsichtig öffnete er das erste Futteral und wickelte den kleinsten Gegenstand aus. Es war eine Bronzeplakette, durch die sich ein Riss zog. Auf der Vorderseite war ein Ritter abgebildet, der einen Drachen tötete. Pitt sollte später erfahren, dass sie von den Nazis als Heiligtum verehrt wurde, weil Hitler sie in der Brusttasche seiner Uniform stecken hatte, als hohe Offiziere in seinem Hauptquartier in den Wäldern Ostpreußens ein Bombenattentat auf ihn verübt hatten.

Das nächste Behältnis enthielt die von Admiral Sandecker beschriebene Fahne, die angeblich mit dem Blut der getöteten Hitler-Anhänger getränkt worden war, als die bayerische Polizei 1923 beim November-Putsch in München das Feuer auf die Mitglieder der Nazi-Partei eröffnet hatte. Im Licht der Taschenlampe waren die Blutflecken deutlich zu erkennen. Er schlug sie wieder in das Leintuch ein und verstaute sie in der Ledertasche.

Dann öffnete er eine lange Mahagonikiste und starrte wie gebannt auf die heilige Lanze, die Lanze, die angeblich ein römischer Zenturio Jesus Christus in die Seite gestoßen hatte, die Lanze, von der Hitler glaubte, sie werde ihm die Weltherrschaft bescheren. Die Vorstellung, dass diese Lanze von Christi Blut benetzt worden war, überstieg Pitts Fantasie. Sacht legte er die bedeutendste Reliquie der Christenheit wieder in die Mahagonikiste und wandte sich der größten Ledertasche zu.

Nachdem er das Leintuch entfernt hatte, stellte er fest, dass er ein schweres, rund fünfzig Zentimeter hohes Gefäß aus massivem Silber in Händen hielt. Den Deckel zierte ein schwarzer Adler, der auf einem goldenen, ein Hakenkreuz aus Onyx umrankenden Lorbeerkranz stand. Unmittelbar unter dem Deckel prangte die Inschrift *Der Führer*. Darunter, über den Runenzeichen der SS, standen die Jahreszahlen 1889 und 1945. Am Fuß, über einem Ring aus Hakenkreuzen, befanden sich die Namen Adolf und Eva Hitler.

Pitt packte das nackte Grauen. Eiskalt lief es ihm über den Rücken, das Blut wich ihm aus dem Gesicht, und seine Eingeweide krampften sich zusammen, als ihm klar wurde, welche Ungeheuerlichkeit er vor sich hatte. Zu unvorstellbar war der Gedanke, dass er die Asche von Adolf Hitler und seiner Geliebten und späteren Ehefrau Eva Braun in Händen hielt.

FÜNFTER TEIL

Asche zu Asche

15. April 2001
Washington, D. C.

Die Militärmaschine, die Pitt, Giordino und die Relikte von der Okuma Bay nach Washington bringen sollte, landete auf dem Flughafen von Veracruz in Mexiko. Als Pitt sich nach dem Grund erkundigte, teilte ihm der Pilot mit, dass Admiral Sandecker einen NUMA-Jet losgeschickt hatte, der sie nach Hause bringen sollte. Schwitzend schleppten sie die Bronzekiste in der feuchten Hitze zu dem hundert Meter entfernt stehenden türkisfarbenen Flugzeug, auf dessen Rumpf in großen Lettern die Aufschrift NUMA prangte.

Nur der Pilot und der Kopilot befanden sich in der Maschine. Nachdem sie die Kiste verstaut und am Boden vertäut hatten, versuchte Pitt die Cockpit-Tür zu öffnen, musste aber feststellen, dass sie verschlossen war. Er klopfte und wartete, bis sich eine Stimme über die Bordsprechanlage meldete.

»Tut mir Leid, Mr. Pitt, aber man hat mir befohlen, die Tür verschlossen zu lassen und niemandem Zutritt zum Cockpit zu gewähren, bis wir auf der Andrews Air Force Base sind und die Funde in einen gepanzerten Wagen verladen wurden.«

Man kann es mit den Sicherheitsvorkehrungen auch übertreiben, dachte Pitt. Er wandte sich an Giordino, der seine Hand hochhielt. Sie war mit grüner Farbe verschmiert. »Woher hast du die grüne Hand?«

»Von der Farbe am Türrahmen. Ich habe mich dran festgehalten, als wir die Kiste an Bord gebracht haben.« Er rieb mit dem Finger über den Fleck. »Nicht grün, türkis. Der Lack an der Maschine ist noch nicht trocken.«

»Sieht so aus, als ob es noch keine acht Stunden her ist, seit man sie türkis gespritzt hat«, stellte Pitt fest.

»Könnte es sein, dass wir entführt werden?«, fragte Giordino.

»Möglicherweise, aber deswegen sollten wir trotzdem die Aussicht genießen, bis wir feststellen können, ob wir uns auf dem richtigen Kurs nach Washington befinden.«

Die Maschine rollte ein paar Minuten über das Vorfeld, ehe sie startete und unter einem strahlend blauen, wolkenlosen Himmel über das Meer flog. Während der nächsten paar Stunden ruhten sich Pitt und Giordino aus und schauten abwechselnd durch die Fenster hinunter auf das Wasser. Die Maschine überquerte den Golf von Mexico, flog bei Pensacola, Florida, in die Vereinigten Staaten ein und nahm offenbar Kurs auf Washington. Als Giordino in der Ferne die Hauptstadt erkannte, wandte er sich an Pitt.

»Könnte es sein, dass wir uns aufgeführt haben wie zwei argwöhnische alte Weiber?«

»Ich warte mit meinem Urteil, bis ich den roten Teppich sehe, der von der Maschine zu einem gepanzerten Wagen führt.«

Eine Viertelstunde später zog der Pilot die Maschine sanft in die Kurve und flog die Andrews Air Force Base an. Knapp drei Kilometer vor der Rollbahn legte sich das Flugzeug kurz, kaum wahrnehmbar zur Seite. Pitt und Giordino, die selbst Piloten waren und viele Flugstunden auf dem Buckel hatten, spürten die leichte Kursänderung sofort.

»Der landet nicht auf der Andrews«, stellte Giordino gelassen fest.

»Nein, er steuert einen kleinen Privatflugplatz an, der unmittelbar nördlich der Andrews in einem Wohngebiet namens Gordons Corner liegt.«

»Ich habe das komische Gefühl, als ob wir doch nicht mit einem roten Teppich empfangen werden.«

»Sieht fast so aus.«

Giordino blickt Pitt mit zusammengekniffenen Augen an. »Die Wolfs?«

»Wer sonst?«

»Die müssen ja unheimlich scharf auf das alte Geraffel sein.«

»Ohne ihre Heiligtümer haben sie ja nichts, worum sie ihre Horden versammeln könnten.«

»Solche Finessen sehen denen aber gar nicht ähnlich. Die hätten uns doch jederzeit irgendwo zwischen Mexico und Virginia aus dem Verkehr ziehen können.«

»Da Karl und Hugo das Ruder nicht mehr in der Hand haben«, sagte Pitt, »hat die übrige Familie vielleicht gepatzt. Oder aber sie haben gewusst, dass die Maschine ab Veracruz überwacht wird und sie sofort ein paar Jäger der Air Force auf dem Hals haben, wenn sie auch nur einen Strich vom Kurs abweicht.«

»Wollen wir die Kiste übernehmen und zur Andrews Base fliegen?«, fragte Giordino.

»Warten wir lieber, bis wir am Boden sind«, sagte Pitt. »Wenn wir ins Cockpit stürmen, während der Pilot gerade zur Landung ansetzt, könnte das ziemlich bös ausgehen.«

»Du meinst, wir schmieren ab?«

»So was Ähnliches.«

»So ist das Leben«, sagte Giordino betrübt. »Und ich habe mich schon im Triumphmarsch mit Musik in die Stadt einziehen sehen.«

Wenige Sekunden später setzten die Räder mit einem kurzen Quietschen auf der Rollbahn auf. Pitt, der durch ein Fenster schaute, sah einen gepanzerten Transporter und zwei Mercedes-Geländewagen vom Typ ML 430, die hinter ihnen ausscherten und dem Flugzeug folgten. Es waren Allradfahrzeuge, bequem wie Limousinen, aber mit einem 268 PS starken V8-Motor bestückt, mit dem sie beschleunigen konnten wie ein Sportwagen.

»Jetzt ist es so weit«, sagte er kurz und knapp. Er holte den Colt aus seinem Seesack. Giordino zog seine P-10, trat dann mühelos die Cockpit-Tür ein, und sie stürmten hinein. Der Pilot und der Kopilot hoben sofort die Hände, ohne sich umzudrehen.

»Wir haben Sie erwartet, meine Herren«, sagte der Pilot, als läse er einen Text ab. »Versuchen Sie bitte nicht, das Flugzeug in Ihre Gewalt zu bringen. Wir haben unmittelbar nach der Landung sämtliche Kabel zur Steuerung gekappt. Die Maschine ist nicht mehr flugtüchtig.«

Pitt musterte das Instrumentenbrett und sah, dass die Verbindungen zwischen Handrad und Pedalen tatsächlich knapp über dem Bodenblech durchtrennt worden waren. »Raus mit euch!«, fauchte er und zerrte sie am Kragen von ihren Sitzen. »Al, schmeiß sie alle beide aus der Maschine!«

Das Flugzeug war noch gut und gerne vierzig Stundenkilometer schnell, als Giordino den Piloten und den Kopiloten aus der Einstiegsluke stieß und zufrieden zusah, wie sie am Boden aufschlugen und wie Stoffpuppen über den Asphalt kullerten. »Was nun?«, fragte er, als er wieder ins Cockpit kam. »Die Mercedes-Geländewagen hängen knapp hundert Meter hinter unserem Heck und holen rasch auf.«

»Fliegen können wir mit der Maschine nicht mehr«, erwiderte Pitt. »Aber Bremsen und Turbinen funktionieren noch.«

Giordino schaute ihn zweifelnd an. »Du willst doch nicht etwa mit der Kiste bis zum Weißen Haus fahren?«

»Warum nicht?«, sagte Pitt, während er die Gashebel nach vorn schob, die Maschine beschleunigte und quer über das Vorfeld auf eine Straße zusteuerte, die vom Flugplatz führte. »Wir sehen zu, dass wir so weit wie möglich kommen. Mit etwas Glück geraten wir vielleicht in dichteren Verkehr, wo sie sich keinen Angriff mehr erlauben können.«

»Du und dein verdammter Optimismus«, sagte Giordino. »Die Wolfs sind so scharf auf die Teile, dass sie notfalls ein ganzes Fußballstadion voller Frauen und Kinder zusammenschießen lassen, um sie wieder in ihre schmutzigen Pfoten zu kriegen.«

»Schlag was Besseres vor, wenn …«

Pitt brach ab, als er von hinten Kugeln in die dünne Aluminiumhaut des Flugzeugs einschlagen hörte. Er trat auf die rechte Bremse, dann auf die linke und steuerte die Maschine im Zickzack über die Straße, um den Männern in den beiden Mercedes das Zielen zu erschweren.

»Wird Zeit, dass ich mal wieder Wild Bill Hickok spiele«, sagte Giordino.

Pitt reichte ihm seinen 45er. »Du kannst alles gebrauchen, was kracht. In meinem Seesack sind Reservemagazine.«

Giordino legte sich neben der offenen Passagiertür hin, die Füße in Richtung Heck, und visierte die beiden Geländewagen über das Höhenleitwerk hinweg an. Aus dem Augenwinkel sah er, wie Kugeln in die Tragfläche einschlugen und den Tank trafen. Glücklicherweise fing der Sprit kein Feuer, aber es war nur eine Frage der Zeit, bis eine Turbine getroffen wurde und in Flammen aufging. Er nahm genau Ziel und drückte ab, als Pitt die Maschine herumzog.

Pitt riss die Maschine regelrecht herum und raste auf die Auffahrt zum Branch Avenue Highway, der in die Stadt führte. Mit heulenden Turbinen jagte der Jet rund hundertfünfzig Stundenkilometer schnell auf der rechten Spur der Schnellstraße dahin. Erschrocken sperrten die Autofahrer den Mund auf, als die Maschine an ihnen vorbeipreschte, verfolgten fassungslos die Schießerei zwischen dem Mann, der sich aus der Passagiertür lehnte, und den beiden Mercedes-Geländewagen, die ihn verfolgten.

Pitt wusste, dass die Maschine von der Motorleistung her die beiden Mercedes locker abhängen konnte, aber die gut zwölf Meter breiten Tragflächen machten ihm zu schaffen. Es war nur eine Frage der Zeit, bis er ein anderes Auto, einen Lastwagen oder einen Laternenmast streifte. Und wenn die Flügel und damit auch die Treibstofftanks abgerissen wurden, nützte es überhaupt nichts, dass die Triebwerke am Rumpf aufgehängt waren. Schon jetzt ging die Nadel am Kraftstoffanzeiger für den linken Tank deutlich zurück. Er warf einen kurzen Blick aus dem Seitenfenster auf die von Kugeln zerfetzte Tragfläche und das im Fahrtwind zerstiebende Kerosin.

Die Maschine mit den Bremsen steuernd, wechselte er von einer Spur auf die andere. Noch herrschte wenig Verkehr, aber er wusste, dass er dichter werden würde, je näher sie in Richtung Innenstadt kamen. So oft wie möglich überholte er schwere Lastwagen und scherte vor ihnen wieder ein, benutzte sie als Schutzschilde, die sie vor den Schüssen der Männer in den Geländewagen deckten. Er konnte den Widerhall von Giordinos Waffe hören, hatte aber keine Ahnung, ob er damit etwas ausrichten konnte, und wusste auch nicht, wie weit die Verfolger inzwischen aufgeholt hatten.

Er hatte beide Füße auf den Bremspedalen, betätigte mit der rechten Hand die Gashebel und setzte mit der linken einen Notruf ab. Die Flugleitung im Tower der Andrews Air Force Base meldete sich und erkundigte sich nach seiner Position, da man ihn nicht im Radar habe. Als er mitteilte, dass er sich auf der Branch Avenue befand und sich dem Suitland Parkway näherte, dachte der Fluglotse, er hätte es mit einem Spinner zu tun, und befahl ihm in aller Schärfe, sich aus dem Funkverkehr auszuschalten. Doch Pitt ließ nicht locker und bat darum, dass er die nächste Polizeidienststelle verständigen sollte. Den Gefallen tat man ihm gern.

Unterdessen ließ sich Giordino hinten in der Kabine Zeit, zielte sorgfältig und genau und landete die ersten Treffer. Er zerschoss den rechten Vorderreifen des ersten Mercedes, worauf er ausbrach, quer über die Fahrbahn schlitterte, im Graben landete und sich dreimal überschlug, ehe er auf dem Dach liegen blieb. Der andere Mercedes holte rasch auf, zumal Pitt im dichter werdenden Verkehr immer langsamer vorankam.

In der Ferne heulten Sirenen, und bald darauf kamen ihnen rotblaue Blinklichter entgegen. Die Polizeiwagen schrammten quer über den grasbestandenen Mittelstreifen und nahmen die Verfolgung auf, bis sie dicht hinter der Stoßstange des Mercedes klemmten, überholten ihn dann und rasten hinter dem Flugzeug her, das sich offensichtlich in der Hand eines Drogensüchtigen oder sinnlos Betrunkenen befand.

Ganze zehn Sekunden lang nahmen die Polizisten überhaupt nicht wahr, dass zwei Männer mit Schnellfeuergewehren aus den Seitenfenstern des Mercedes schossen – bis die ersten Kugeln die Motorhauben der Polizeiwagen durchschlugen und die Kühlschläuche zerrissen. Verdutzt und fassungslos steuerten sie ihre kochenden und qualmenden Fahrzeuge aufs Bankett.

»Sie haben die Cops ausgeschaltet!«, rief Giordino durch die Cockpit-Tür.

Die wollen die Reliquien unbedingt wiederhaben, dachte Pitt, als der Mercedes aufschloss und einer der Schützen einen Kugelhagel in die Bugverkleidung der Maschine jagte. Aber sie hatten sich zu weit vorgewagt. Giordino feuerte mit beiden Pistolen auf den Mercedes, bis die Magazine leer waren, und traf den Fahrer, der prompt über dem Lenkrad zusammensackte. Der Geländewagen scherte aus und prallte seitlich in einen riesigen Milchlaster samt Anhänger. Die mächtigen Hinterräder erfassten den Benz, federten kurz hoch, walzten dann über die Karosserie mitsamt der Insassen hinweg und hinterließen nichts als zerfetzte Trümmer auf der Betonpiste.

»Du kannst es jetzt langsamer angehen lassen«, rief Giordino nach vorn. »Die Verfolger sind weg.«

»Du kannst besser schießen, als ich gedacht habe«, sagte Pitt, während er das Gas zurücknahm, aber die Maschine weiterhin über den Highway steuerte. Erst als er sich selbst davon überzeugt hatte, dass niemand mehr hinter ihnen her war, zog er den Jet auf eine weitläufige Wiese beim Fort Davis Park und stellte die Turbinen ab.

In kürzester Zeit waren sie von rund zehn Polizeiwagen umringt und wurden, kaum dass sie ausgestiegen waren, zu Boden geworfen und in Handschellen gelegt. Danach wurden sie ins nächste Revier gebracht und von zwei Kriminalpolizisten vernommen, die zunächst glaubten, sie wollten ihnen einen Bären aufbinden, als sie ihnen erzählten, dass sie wegen ein paar alter Nazi-Schätze verfolgt worden seien. Bis Pitt sie davon überzeugen konnte, dass er dringend einen Anruf erledigen müsse.

»Ein Anruf steht Ihnen zu«, sagte Detective Lieutenant Richard Scott, ein erfahrener, altgedienter Mann.

»Ich wäre Ihnen sehr verbunden, wenn Sie die Verbindung herstellen könnten«, sagte Pitt.

Der Detective stöpselte ein Telefon in die Buchse im Verhörraum ein und blickte auf. »Die Nummer.«

»Ich habe sie nicht im Kopf, aber über die Auskunft erfahren Sie bestimmt die Nummer vom Weißen Haus.«

»Ich habe euren Unsinn satt«, sagte Scott verdrossen. »Welche Nummer soll ich nun wählen?«

Pitt warf dem Kriminalpolizisten einen kalten, durchdringenden Blick zu. »Ich meine es todernst. Rufen Sie im Weißen Haus an, verlangen Sie den Stabschef des Präsidenten. Sagen Sie ihm, dass wir mitsamt der Nazi-Relikte in einem Polizeirevier an der Potomac Avenue festgehalten werden.«

»Das soll wohl ein Witz sein?«

»Sie haben uns doch inzwischen bestimmt überprüft und festgestellt, dass wir leitende Mitarbeiter der NUMA sind und nicht etwa gesuchte Kriminelle.«

»Und wie erklären Sie diese Schießerei auf dem Highway, mit Waffen, die nirgendwo registriert sind?«

»Bitte«, drängte Pitt. »Rufen Sie dort an.«

Scott suchte die Nummer des Weißen Hauses heraus und hielt sich dann an Pitts Anweisungen. Langsam änderte sich seine Miene, fast wie bei einem Schmierenkomödianten, der erst argwöhnisch ist, dann neugierig und am Ende bass erstaunt. Er war sichtlich beeindruckt, als er den Hörer wieder auflegte.

»Und?«, fragte Giordino.

»Präsident Wallace ist höchstpersönlich an den Apparat gekommen und hat mich aufgefordert, Sie und die Relikte innerhalb der nächsten zehn Minuten zum Weißen Haus zu schaffen, sonst bin ich meinen Job los.«

»Keine Bange, Lieutenant«, sagte Giordino leutselig. »Wir stoppen die Zeit nicht mit.«

Mit Blaulicht und Sirenengeheul wurden Pitt und Giordino mitsamt der Bronzekiste zum nordwestlichen Tor des Weißen Hauses gebracht. Unmittelbar hinter dem Eingang wurde die Kiste von Männern des Secret Service geöffnet und nach Waffen und Sprengstoff durchsucht. Die Nazi-Relikte wurden aus den Lederbehältnissen genommen, ausgewickelt und überprüft. Giordino, der die ganze Aus- und Einpackerei irgendwann satt hatte, ergriff einfach die Heilige Lanze und wog sie in der Hand. Pitt nahm die Bronzeplakette an sich und reichte einem der Agenten die blutbefleckte Flagge. Die silberne Urne allerdings gab er nicht aus der Hand.

Die Sekretärin des Präsidenten erhob sich, als sie mit vier Männern vom Secret Service auf sie zukamen. Sie lächelte und begrüßte Pitt und Giordino. »Der Präsident und ein paar andere hochrangige Leute erwarten Sie schon.«

»Wir sehen aber ein bisschen ramponiert aus für einen Empfang«, sagte Giordino, während er seine Klamotten musterte.

»Wenn Sie mich einen Moment entschuldigen würden«, sagte Pitt. »Wo bitte geht's zur nächsten Toilette?«

»Selbstverständlich«, sagte sie. »Die Herrentoilette ist unmittelbar rechts hinter Ihnen.«

Ein paar Minuten später traten Pitt und Giordino ins Oval Office und blieben verdutzt stehen, als sie die vielen Menschen im Amtszimmer des Präsidenten sahen: der oberste Generalstab, die Kabinettsmitglieder und Berater des Präsidenten, Admiral Sandecker, begleitet von Hiram Yeager und Rudi Gunn, etliche führende Kongressabgeordnete, allen voran Loren Smith, die auf sie zukam, Pitt in die Arme schloss und ihn in aller Öffentlichkeit auf den Mund küsste. Rundum brandete Applaus auf. Pitt und Giordino wussten überhaupt nicht, wie ihnen geschah.

»Das ist ein wesentlich besserer Empfang als auf dem Flugplatz von Gordons Corner«, sagte Pitt, der sich den Seitenhieb nicht verkneifen konnte, sobald der Lärm wieder halbwegs abgeklungen war.

»Gordons Corner?«, rief Sandecker. »Ihr solltet auf der Andrews Air Force Base landen, wo euch ein Empfangskomitee erwartet hat.«

»Genau«, sagte Paul Reed, der Außenminister. »Und wieso sind Sie eigentlich von der Polizei aufgegriffen und festgehalten worden?«

»Die Familie Wolf hat versucht, die Nazi-Relikte wieder in ihre Hände zu kriegen«, antwortete Pitt.

»Sie wollten die Reliquien entführen?«, fragte General Amos South vom obersten Generalstab. »Das ist ihnen doch hoffentlich nicht geglückt.«

»Ist es nicht«, versicherte ihm Pitt. »Wir haben die Sachen.«

Präsident Dean Cooper Wallace kam auf sie zu. »Meine Herren, unser Volk, nein, die ganze Welt ist Ihnen zu tiefstem Dank verpflichtet. Leider werden nur ein paar wenige Eingeweihte jemals erfahren, wie knapp die Welt dem Untergang entronnen ist und was Sie dazu beigetragen haben, um sie zu retten.«

Vizepräsident Brian Kingman gesellte sich zum Präsidenten. »Wirklich eine himmelschreiende Ungerechtigkeit, dass Ihnen nicht die öffentliche Anerkennung zuteil werden darf, die Sie verdient haben. Aber wenn jemals bekannt werden würde, wie knapp die Menschheit dem Untergang entronnen ist, wäre hier die Hölle los. Die Presse würde sich schier überschlagen, auch wenn die Gefahr längst überstanden ist, und jahrelang für Angst und Panik sorgen.«

»Brian hat Recht«, sagte der Präsident. »Auch wenn die Menschen wissen, dass die Erde jederzeit von einem Kometen oder Asteroiden getroffen oder von einem schweren Beben heimgesucht werden kann, machen sie sich darum keine allzu großen Sorgen. Aber die Öffentlichkeit würde sich niemals mit der Vorstellung abfinden, dass eines Tages ein anderer Wahnsinniger vom Schlage eines Karl Wolf und seiner Familie den Versuch unternehmen könnte, Milliarden von Menschen zu vernichten, um die Weltherrschaft zu erringen. Die Leute wären außer sich vor Angst, und das darf unter keinen Umständen passieren.«

»Mir ist das einerlei, Mr. President«, versetzte Giordino mit einem breiten, unverfrorenen Grinsen. »Mich hat schon immer bei der bloßen Vorstellung gegruselt, dass irgendwelche Leute an meinen Tisch kommen und ein Autogramm von mir verlangen könnten, wenn ich im Restaurant sitze.«

Pitt wandte sich ab, um nicht laut loszulachen. Sandecker verdrehte die Augen. Der Präsident wirkte einen Moment lang verdutzt und wusste nicht recht, ob der kleine Italiener einen Scherz machen wollte.

»Ich glaube, mein Freund möchte Ihnen sagen«, erklärte Pitt, »dass es uns beiden ganz recht ist, wenn wir weiter im Hintergrund bleiben.«

Von da an mussten sie zahllose Fragen beantworten, die hauptsächlich ihre Fahrt mit dem Snow Cruiser über das Eis und die Rettung der Eingreiftruppe betrafen. Dann senkte der Präsident den Blick und sah den Speer, den Giordino in der Hand hatte.

»Ist das die Heilige Lanze, von der ich so viel gehört habe?«, fragte er.

Lässig drückte Giordino dem Präsidenten die Lanze in die Hand. »Ja, Sir, das ist sie.«

Wallace hielt die Lanze, die von allen ehrfürchtig betrachtet wurde, hoch über den Kopf.

»Die allerheiligste Reliquie der Christenheit«, erklärte Pitt. »Es heißt, dass der Mann, der sie führt, die Geschicke der Welt bestimmt, sei es zum Guten oder zum Schlechten.«

»Hitler hat sich offensichtlich für das Letztere entschieden«, sagte Admiral Sandecker.

»Ist das wirklich der Speer, mit dem der gekreuzigte Christus durchbohrt wurde?«, fragte Wallace tief beeindruckt, während er erwartungsvoll die Spitze betrachtete, als gäbe es dort getrocknete Blutreste zu sehen.

»So will es die Legende«, sagte Pitt.

Der Präsident reichte die Lanze an den Außenminister weiter. »Nehmen Sie sie lieber, Paul.«

»Was haben Sie damit vor, Mr. President?«, fragte General South.

Wallace strich über die alte Speerspitze. »Man hat mir gesagt, dass die Lanze in die Schatzkammer der Wiener Hofburg gehört, aus der Hitler sie 1938 geraubt hat.«

Reed schüttelte den Kopf. »Niemals«, sagte er voller Nachdruck. »Tut mir Leid, Mr. President, aber sie muss an einem geheimen Ort verwahrt werden, damit sie nicht mehr in falsche Hände geraten und von Tyrannen für ihre Zwecke missbraucht werden kann.«

Nachdem alle die Blutfahne und die kleine Bronzeplakette, die angeblich Hitler das Leben gerettet hatte, betrachtet hatten, ging Pitt hinaus zum Schreibtisch der Sekretärin des Präsidenten, wo er die Urne zurückgelassen hatte, und brachte sie ins Oval Office. Er stellte sie auf den Tisch vor dem offenen Kamin. »Die Asche von Hitler und Eva Braun.«

Dann trat er beiseite, während sich alle Anwesenden vordrängten, um die in das silberne Gefäß eingravierten Worte zu lesen. Das Stimmengewirr wurde leiser, und bald tuschelten alle nur mehr miteinander, während sie das Behältnis mit den sterblichen Überresten des schlimmsten Despoten aller Zeiten untersuchten.

»Mir graust es schon vor dem Anblick«, sagte Loren und ergriff Pitts Arm.

Pitt fasste sie um die Taille. »Da bist du nicht die Einzige.«

»Abscheuliche Vorstellung«, murmelte der Präsident.

General South schaute Cooper an. »Sir, ich glaube, wir sollten uns die Urne von innen ansehen und uns davon überzeugen, dass sie tatsächlich Asche enthält.«

Präsident Wallace blickte sich in seinem Amtszimmer um. »Hat jemand was dagegen?«

»Ich hielte es außerdem für klug«, sagte Außenminister Reed,

»vom FBI-Labor gründlich untersuchen zu lassen, ob es sich um menschliche Asche handelt.«

»Würden Sie bitte den Deckel abnehmen, General?«, sagte der Präsident zu South.

Selbst der alte, abgebrühte Soldat musste sich regelrecht überwinden, die Urne zu berühren. Geradezu widerwillig ergriff er den schwarzen Adler, drehte vorsichtig am Deckel und hob ihn an. Dann legte er ihn auf den Schreibtisch, als wäre er mit einem Virus infiziert.

Alle traten zurück und tuschelten leise miteinander, als der Präsident argwöhnisch in die Urne spähte. Einen Moment lang wirkte er verdutzt, dann blickte er zu den anderen auf, die mit grimmiger, erwartungsvoller Miene dastanden.

»Sie ist leer«, sagte er leise. »Da ist keine Asche drin.«

»Leer?«, wiederholten alle mehr oder minder fassungslos. »Damit hat sicherlich niemand gerechnet«, sagte Vizepräsident Kingman, der nicht minder verblüfft war.

»Wäre es möglich, dass die Wolfs die Asche entnommen und anderweitig versteckt haben?«, sagte General South, der damit die Gedanken aller Anwesenden aussprach.

Nur Giordino wirkte seltsam nachdenklich. Dann strahlte sein Gesicht auf, als wäre ihm plötzlich eine Offenbarung zuteil geworden. Er wandte sich um und warf Pitt einen merkwürdigen Blick zu. *»O nein!«*, murmelte er. *»Das hast du nicht gemacht.«*

»Habe ich doch«, antwortete Pitt.

»Was redet ihr da?«, fragte Loren. »Wisst ihr etwa, wer die Asche herausgenommen hat?«

»Ich schon.«

»Wer denn?«

»Ich«, erwiderte Pitt, dessen grüne Augen spitzbübisch funkelten. »Ich habe sie im Männerklo des Weißen Hauses runtergespült.«

SECHSTER TEIL

Letztes Glück

10. September 2002
Washington, D.C.

Es war ein typischer Spätsommertag in der Hauptstadt der Vereinigten Staaten. Die Luft war heiß und schwül, die Bäume standen in vollem Laub, und kein Windhauch regte sich. Menschenmassen drängten sich in langen Schlangen vor dem jüngst eröffneten neuen Flügel des Natural History Museums, das mehr als dreitausend Kunstschätze und Artefakte der Amenes beherbergte, die man auf St. Paul, auf der *Ulrich Wolf* und im Zuge der noch längst nicht abgeschlossenen Ausgrabungsarbeiten in der versunkenen Stadt in der Antarktis geborgen hatte.

Die Angehörigen der Familie Wolf wurden, wie zu erwarten war, vor Gericht freigesprochen. Aber man gründete eine internationale Ermittlungsbehörde, deren einzige Aufgabe darin bestand, sämtliche Familienmitglieder auf Schritt und Tritt zu überwachen. Damit wollte man unter allen Umständen verhindern, dass sich die Wolfs noch einmal zusammentun und die Weltherrschaft anstreben konnten, ohne dass man ihnen sofort auf die Schliche kam. Jeder Versuch sollte sogleich im Keim erstickt werden. Die Destiny Enterprises gab es nicht mehr, und seit Karls Tod war die Familie führerlos. Zudem mussten sich die meisten Mitglieder nach dem Verlust ihres gewaltigen Vermögens und all ihrer Liegenschaften mit einem weitaus weniger luxuriösen Leben bescheiden.

Die chilenische Regierung hatte die vier riesigen Schiffe der Destiny Enterprises sofort beschlagnahmen lassen. Nachdem der Fjord tief ausgebaggert worden war, damit sie in offenes Fahrwasser gelangen konnten, befuhren die Superschiffe sämtliche sieben Meere und beförderten Unmassen von Passagieren und gewaltige Mengen an Frachtgut, wie man sich das ein paar Jahre zuvor noch nicht hatte vorstellen können. Die *Ulrich Wolf* wurde für drei Milliarden Dollar an einen Reedereikonzern verkauft. Nachdem ein paar kleinere Umbauten vorgenommen worden waren, ging sie als schwimmende Stadt, auf der man Luxuskabinen mieten, aber auch großzügig ausgestattete Apartments und Suiten kaufen konnte, auf Kreuzfahrt rund um die Welt. Sie wurde in *Ocean Paradise* umgetauft und erfreute sich binnen kurzer Zeit großer Beliebtheit, da auf der langen Rollbahn am Oberdeck jederzeit Passagiermaschinen starten und landen konnten, wenn sie auf hoher See war.

Die anderen drei Riesenschiffe wurden von Stückgutreedereien und Ölfirmen erworben, die sie als Frachter und Tanker einsetzten, und waren bald ein vertrauter Anblick in allen großen Hafenstädten, die sie anlaufen konnten. Und da sich bald herausstellte, dass derartige Kolosse durchaus rentabel waren, dauerte es nicht lange, bis sechs weitere Schiffe mit ähnlichen Ausmaßen auf Kiel gelegt wurden.

Admiral Sandecker, Pitt, Loren Smith, Giordino und Pat O'Connell, die eigens eingeflogen waren, um beim Aufstellen der Amenes-Inschriften zu helfen, zählten zu den Ehrengästen, die zu einer Vorbesichtigung vor der offiziellen Eröffnung der Ausstellung eingeladen worden waren. Obwohl Pitt und Giordino schon vieles davon gesehen hatten, staunten sie doch immer noch über die schiere Pacht der hier zur Schau gestellten Schätze. Keiner, der sie zu Gesicht bekam, konnte glauben, dass sie von einem Volk stammten, das vor neuntausend Jahren untergegangen war, lange vor allen bisher bekannten Hochkulturen.

Im Mittelpunkt der Ausstellung, unter einer weiten Glaskuppel, befanden sich die wunderbar erhaltenen Mumien der Amenes-Herrscher, die Giordino und Rudi Gunn auf St. Paul gefunden hatten. Ehrfürchtig blieben sie alle vor diesen Gestalten stehen, die vor Anbeginn aller Zeiten gelebt hatten. Pitt fragte sich unwillkürlich, ob einer von ihnen womöglich ein direkter Vorfahre von ihm war.

Fast fünf Stunden später verließen sie die Ausstellung durch einen Nebenausgang, wo ihnen ein Wachmann die Tür aufhielt, und spazierten zum neu erbauten Smithsonian Transportation Museum. Loren sah hinreißend aus mit ihrem zimtfarbenen Haar, das in der

Sonne funkelte. Sie trug ein ärmelloses hellblaues Kleid, das kurz geschnitten war und ihre braunen, wohl geformten Beine hervorragend zur Geltung brachte. Pitt hatte ein grünes Golfhemd und eine hellbraune Hose an. Al und Pat, die bei der Hitze keine Lust auf festliche Kleidung gehabt hatten, trugen helle T-Shirts und Shorts. Händchen haltend wie ein junges Liebespaar überquerten sie den Madison Drive und liefen den Fußweg über die Mall entlang, immer hinter Sandecker her, der eine seiner fetten Zigarren paffte.

»Wann fliegst du wieder zur Okuma Bay?«, fragte Loren Pat.

»Nächste Woche.«

Loren lächelte Giordino an.

»Dann ist es vorbei mit dem Liebesleben.«

»Hast du es etwa noch nicht erfahren? Der Admiral schickt mich mit einem Studienauftrag in die alte Stadt zurück. Ich soll die nautischen Fähigkeiten der Amenes untersuchen, feststellen, was sie als Seefahrer auf dem Kasten hatten und wo sie überall gewesen sind, damit Hiram Yeager seine Datenbank auf den neuesten Stand bringen kann. Pat und ich arbeiten die nächsten sechs Monate zusammen.«

»Damit sind nur noch wir zwei übrig«, sagte Loren und drückte Pitts Hand.

»Nicht mehr lange.« Pitt strich mit den Lippen über ihr Haar. »In zwei Wochen übernehme ich die Leitung eines Forschungsprojekts an einem unterseeischem Vulkankegel, der südöstlich von Hawaii entstanden ist und schon fast bis zum Meeresspiegel aufragt.«

»Wie lange bist du weg?«

»Höchstens drei Wochen.«

»Ich glaube, drei Wochen kann ich es ohne dich aushalten«, sagte Loren mit einem verschmitzten Grinsen.

Sie überquerten den Jefferson Drive und begaben sich zum Eingang des Verkehrsmuseums. Dort waren auf einer Fläche von rund achtzehntausend Quadratmetern zahllose Fahrzeuge ausgestellt, teilweise über hundert Jahre alt, alle in chronologischer Reihenfolge angeordnet, von den ersten hochbeinigen Benzinkutschen bis zu den neuesten Karosseriestudien der Automobilindustrie. Außerdem zahllose Nutzfahrzeuge – Lastwagen, Traktoren, Motorräder und Fahrräder.

Das Schmuckstück der ganzen Sammlung war Admiral Byrds Snow Cruiser. Er stand in einer Nische, die anderthalb Meter tief in den Boden eingelassen war, damit die Besucher durch die Fenster und die offenen Türen schauen konnten. Mit nagelneuem Lack, funkelnd rot mit orangefarbenem Längsstreifen, präsentierte er sich in alter Pracht im Scheinwerferlicht.

»Den haben sie wunderbar wieder hingekriegt«, sagte Pitt leise.

»Kaum zu glauben«, murmelte Giordino, »wenn man bedenkt, wie wir ihn zugerichtet haben.«

Sandecker musterte den Snow Cruiser von vorn bis hinten. »Ein großartiges Fahrzeug. Vor allem, wenn man bedenkt, dass es vor über sechzig Jahren gebaut wurde.«

»Trotzdem würde ich gern wissen, was der alles fertig bringt, wenn man zwei sechzehnhundert PS starke Dieselmotoren einbaut«, warf Giordino ein.

»Ich hätte sonst was dafür gegeben, wenn ich ihn meiner Sammlung hätte einverleiben dürfen«, sagte Pitt beinahe wehmütig.

Loren schaute ihn an. »Das ist das erste Mal, so weit ich zurückdenken kann, dass du kein Andenken an deine Abenteuer mitbringst.«

Er zuckte die Achseln. »Der gehört der Allgemeinheit.«

Sie standen mehrere Minuten lang da und betrachteten den Snow Cruiser, während Pitt und Giordino in Erinnerungen an ihre wilde Fahrt durch die Eiswüste schwelgten. Dann rissen sie sich fast widerwillig von dem großen Fahrzeug los und besichtigten die anderen Ausstellungsstücke, bis sie wieder zum Eingang gelangten.

Sandecker warf einen Blick auf seine Armbanduhr. »Nun ja, ich muss weiter.«

»Ein heißer Feger?«, fragte Giordino. Es war allgemein bekannt, dass der Admiral seit seiner Scheidung vor vielen Jahren einer der begehrtesten Junggesellen in der ganzen Stadt war. Er ließ sich auf nichts ein, brachte es aber trotzdem immer irgendwie fertig, dass seine Verehrerinnen glücklich und zufrieden waren und ihm freundschaftlich verbunden blieben.

»Ich speise mit Senatorin Mary Conrow zu Abend, und sie ist

meines Erachtens wohl kaum ein heißer Feger, was immer Sie darunter auch verstehen mögen.«

»Sie sind mir einer«, sagte Loren. »Mary ist ein hohes Mitglied im Haushaltsausschuss. Sie wollen sich doch bloß bei ihr einschmeicheln, damit Sie für die NUMA einen höheren Etat rausschlagen.«

»So was nennt man das Angenehme mit dem Nützlichen verbinden.« Er gab beiden Frauen einen Kuss auf die Wange, bot den Männern aber nicht die Hand zum Gruß. Er sah die beiden beinahe tagtäglich und wollte ein bisschen auf Abstand achten, obwohl er sie fast als seine Söhne betrachtete.

»Wir müssen auch los«, sagte Pat. »Wir haben Megan versprochen, dass wir mit ihr irgendwo einen Hamburger essen und hinterher ins Kino gehen.«

»Habt ihr Lust, am Freitag zu mir zum Essen zu kommen?«, fragte Loren und schlang den Arm um Pats Taille.

»Gern.« Sie wandte sich an Giordino. »Ist dir das recht, Liebling?«

Giordino nickte. »Lorens Hackbraten ist schier zum Reinlegen.«

»Dann gibt's also Hackbraten.« Loren lachte.

Die Sonne ging langsam am Horizont unter, verwandelte sich von einer kleinen gleißenden Scheibe in einen riesigen orangeroten Ball. Pitt und Loren saßen in seiner Wohnung über dem Hangar, genossen ein Glas Don-Julio-Tequila auf Eis und hörten Musik. Sie fläzte auf der Couch, hatte die Füße untergeschlagen und kuschelte sich an ihn.

»Ich werde nie begreifen, wie Frauen so was fertig bringen«, sagte er und trank einen Schluck Tequila.

»Was?«

»Mit untergeschlagenen Beinen dasitzen. Ich kann meine gar nicht so weit anwinkeln, und selbst wenn ich's könnte, würden sie sofort einschlafen.«

»Männer sind eben wie Hunde, Frauen wie Katzen. Wir sind einfach gelenkiger als ihr.«

Pitt streckte die Arme hoch und reckte sich. »Jetzt ist der Sonntag auch schon wieder vorbei. Morgen muss ich mich wieder um die

Meeresforschung kümmern, und du musst alberne Reden im Kongress halten.«

»Nächstes Jahr geht die Legislaturperiode zu Ende«, sagte sie bedächtig. »Ich glaube nicht, dass ich mich noch mal zur Wiederwahl stellen will.«

Er schaute sie erstaunt an. »Ich dachte, du hast mal gesagt, dass du im Kongress alt und grau werden willst.«

»Ich habe meine Meinung geändert. Als ich gesehen habe, wie glücklich Pat und Al sind, ist mir klar geworden, dass ich mich ranhalten muss, wenn ich noch Kinder bekommen will, und mir schleunigst einen guten Mann suchen sollte, um eine Familie zu gründen.«

»Ich glaube, ich höre nicht recht.«

Sie warf ihm einen kessen, herausfordernden Blick zu. »Willst du mich nicht heiraten?«

Es dauerte einen Moment, bis er ihre Worte verdaut hatte. »Wenn ich mich recht entsinne, habe ich dir seinerzeit in der Sonorawüste einen Antrag gemacht, nachdem wir das Inka-Gold entdeckt hatten, und du hast mir einen Korb gegeben.«

»Das war damals«, versetzte sie.

»Ich habe dich nie wieder gefragt. Woher willst du wissen, dass ich es mir nicht anders überlegt habe?«

Sie schaute ihm in die Augen – ihr war nicht klar, ob er es ernst meinte oder sich nur über sie lustig machen wollte. »Hast du kalte Füße bekommen?«

»Können wir beide wirklich unser Leben ändern?«, fragte er sie in aller Offenheit. »Noch hast du deinen Sitz im Repräsentantenhaus, dazu eine elegante Villa in Alexandria. Ich wohne mitsamt meiner Autosammlung in einem alten, rostigen Hangar, über den alle Naselang Flugzeuge hinwegdonnern. Wie soll das denn funktionieren?«

Sie legte den Arm um ihn und schaute ihn liebevoll an. »Ich habe mein Leben als unabhängige Frau genossen, die sich für nichts und niemanden vor den Karren spannen lässt, aber allmählich wird's Zeit umzudenken und ein vernünftiges Leben zu führen. Ich habe noch anderes vor.«

»Zum Beispiel?«

»Man hat mich gefragt, ob ich Lust hätte, die Stiftung für missbrauchte Kinder zu leiten.«

»So weit zum Beruflichen. Was ist mit dem Lebensstil?«

»Wir könnten uns doch abwechseln – eine Woche hier, eine Woche in meinem Haus in der Stadt.«

»Das bezeichnest du als vernünftig?«

Da wurde sie schnippisch. »Ich weiß nicht, was du dagegen hast«, versetzte sie. »Wir verbringen doch sowieso den Großteil unserer Freizeit miteinander.«

Er zog sie an sich und küsste sie. »Okay, nachdem du mich so nett gefragt hast, werde ich mal drüber nachdenken, ob ich dich heiraten will.«

Sie stieß ihn weg und tat so, als schmollte sie, wusste aber sehr wohl, dass er sie nur necken wollte. »Andererseits muss ich mich vielleicht nur mal umschaun. Es gibt bestimmt hunderte hübscher Männer, die auf mich fliegen. Ich kriege sicher noch was Besseres als diesen ach so sehr von sich eingenommenen Dirk Pitt.«

Pitt drückte sie eng an sich und schaute in ihre veilchenblauen Augen. »Warum die Zeit vergeuden?«, sagte er leise. »Du weißt doch genau, dass das unmöglich ist.«

»Du bist unverbesserlich.«

»Im nächsten Jahr kann allerhand passieren.«

Loren schlang ihm die Arme um den Hals. »Ganz recht, aber das ist doch das Tolle an der Sache.«

Nachwort

Im Jahr 1960 fanden Archäologen auf Santa Rosa, einer kleinen Insel im Channel Islands National Park vor der kalifornischen Küste, die uralten Gebeine einer Frau. Nachdem sie vierzig Jahre lang im Keller des Museums von Santa Barbara gelegen hatten, wurden sie von einem Forschungsteam mit modernsten Untersuchungsmethoden, darunter der DNA-Analyse und dem Radio-Karbon-Test, unter die Lupe genommen. Dabei stellte man fest, dass die Knochen rund dreizehntausend Jahre alt und somit die ältesten menschlichen Überreste waren, die man bislang in Nordamerika gefunden hatte.

Zu ihren Lebzeiten erstreckten sich Gletscher, so groß wie ganz Australien, über die Nordhälfte des Kontinents, streiften Mammuts und Säbelzahntiger umher, und sie konnte zu Fuß von Insel zu Insel gehen, da der Meeresspiegel damals etwa hundert Meter tiefer lag. Mit dieser Altersbestimmung wurden alle bisherigen Theorien in Frage gestellt, wonach die ersten Amerikaner über eine Landbrücke zwischen Sibirien und Alaska, der heutigen Beringstraße, eingewandert waren.

Und es gab weitere Funde. Der Spirit Caveman, wie man die Überreste eines Menschen nennt, der vor rund neuntausendvierhundert Jahren im westlichen Nevada lebte, hat ein Schädelprofil, das auf eine japanische oder ostasiatische Abstammung hindeutet. Der Schädel des ebenfalls in Nevada gefundenen Menschen vom Wizard's Beach wirkt teils nordisch, teils polynesisch. Andere Schädel, allesamt mindestens achttausend Jahre alt, die man in Nebraska und Minnesota fand, könnten sowohl von Europäern als auch von Südostasiaten stammen.

Neue Funde deuten darauf hin, dass die ersten Siedler auf dem amerikanischen Festland Polynesier und Asiaten gewesen sein könnten, die sich an den westlichen Küstenabschnitten des Doppelkontinents niederließen. Etwa zur gleichen Zeit dürften die ersten Europäer ihre Boote am Rande des Packeises entlang, das während der letzten Eiszeit den ganzen Nordatlantik bedeckte, gen Westen gesteuert haben, immer dem Zug der Vögel nach.

Man weiß mittlerweile, dass bereits vor mehr als vierzigtausend Jahren Menschen von Südostasien aus per Boot bis nach Australien gelangten. Die ersten Seefahrer stammten also keineswegs aus dem Mittelmeerraum. Das Meer hat den Menschen seit jeher gelockt, und womöglich sind die alten Seefahrervölker zu ferneren Gestaden gesegelt, als man gemeinhin annimmt. Ihre Geschichte muss erst noch geschrieben werden.

Danksagung

Ich danke Major Joe Andrzejewski (i.R.) für seine umfassende und wertvolle Beratung in Sachen Special Forces.

Mein Dank gilt außerdem K. Eric Drexler und Christine Peterson, den führenden Experten auf dem Gebiet der Nanotechnologie, für ihren Beistand sowie John Stevens, der mich durch das Labyrinth der Pandora Mine geleitete. Des weiteren Colonel Howard A. Buechner, Donald Cyr, Graham Hancock, Charles Hapgood und Platon, deren Bücher und Worte von unschätzbarem Wert für mich waren, sowie Paul Mollar, der mir seinen unglaublichen Skycar auslieh.